Yaşar Kemal
Zorn des Meeres

Yaşar Kemal

Zorn des Meeres

Aus dem Türkischen von
Cornelius Bischoff

Unionsverlag

Die türkische Originalausgabe erschien
1978 unter dem Titel *Deniz Küstü*
im Verlag Milliyet Yayinlari,
Istanbul

© by Yaşar Kemal 1978
© by Unionsverlag Zürich 1996
Rieterstrasse 18, CH-8059 Zürich, Telefon 01-281 14 00
Alle Rechte vorbehalten
Umschlaggestaltung: Heinz Unternährer, Zürich
Umschlagfoto: Fulvio Roiter
Druck und Bindung: Freiburger Graphische Betriebe
ISBN 3-293-00230-7

1

Die roh behauene Tür des Kaffeehauses wurde mit einem Fußtritt fast aus den Angeln gesprengt; noch bevor Zeynel, den Trommelrevolver in der Faust, auf der Schwelle erschien, fegte Lodos, der Südwind, der weit draußen das Meer aufwühlte, staubwirbelnd in die Gaststube. Einen Augenblick zauderte Zeynel, doch dann stellte er sich in aller Ruhe sperrig in den Türrahmen, richtete seine Waffe auf Ihsan und begann zu feuern. Wie versteinert blieben die Anwesenden auf ihren Stühlen hocken.

»O Mutter, ich bin verloren«, schrie Ihsan schrill. Sein zweites »Ich bin verloren« kam schon sehr leise, war kaum zu hören. Er glitt von seinem Stuhl zu Boden, ein Strom von Blut quoll in Stößen aus seinem Hals, versiegte dann plötzlich. Ihsans Aufschrei und der Sprung Selims des Fischers, der sich wie von der Sehne geschnellt aus der erstarrten Menge auf Zeynel stürzte, dessen Handgelenk umklammerte und sich der Waffe bemächtigte, waren eins. Den Revolver in der Hand, schaute Selim verstört einmal in die rauchende Mündung, dann wieder zu Zeynel, der immer noch dastand. Im nächsten Augenblick zuckten alle durch das Klatschen einer Ohrfeige zusammen, doch noch immer rührte sich keiner von der Stelle. Selim hatte die Waffe fallen lassen, mit der Linken Zeynel am Genick gepackt und schlug mit der Rechten auf ihn ein. Zeynel wiederum hatte seinen Kopf mit beiden Händen abgedeckt, und je länger der andere zuschlug, desto mehr krümmte er sich, duckte sich tiefer und tiefer, als gelte es, dem Tod zu entrinnen. Die Mündung seines Revolvers, der unter dem Herd der Teestube lag, rauchte nicht mehr, und Selim, mit Händen wie Vorschlaghämmer, schlug und schlug, bis er schließlich wie ein Blasebalg keuchend von Zeynel abließ. Dieser stand jetzt wie verloren neben dem Toten, ratlos, was er nun tun solle. Ihsan hatte sich im Fall auf die rechte Seite gerollt und lag mit geballten Fäusten und an den Bauch gezogenen Beinen in seinem Blut, das stellenweise im Lehmboden kleine Lachen gebildet hatte und bis an die Tür gesickert war. Auch der lange, blonde Schnurrbart des Toten war blutbefleckt. Und in den weit aufgerissenen, starren Augen zeichneten sich der maßlose Schrecken ab und die Angst vor dem drohenden Tod. Selim ging zu Ihsans Leichnam, betrachtete ihn, und während seine Augen nachdenklich auf ihm ruhten, bekam sein Gesicht nach und nach wieder Farbe. Wie von Angst gepackt drehte er sich plötzlich um, aber Zeynel stand noch immer unverändert da. Selim baute sich vor ihm auf, starrte ihn an, als gewahre er ihn zum ersten Mal, und fragte sich, wo dieser Mann wohl auf einmal hergekommen sei. Vielleicht konnte er wirklich nicht nachvollziehen, was da eben vor sich gegangen war. Er drehte sich wieder um, und als suche er irgend etwas, beugte er sich über den Toten, blickte ihm in die Augen« und berührte ihn mit dem Zeigefinger. Doch ruckartig, als habe er eine Flamme berührt, zog er seine Hand wieder zurück. Als er sich danach aufrichtete, stand er Aug in Aug Zeynel gegenüber.

Mit einem lauten »Haktuuu!« spuckte Selim den reglosen Zeynel an, einmal, zweimal, dreimal mit solcher Kraft, daß die Spucke in dessen Gesicht wie der Hieb einer Peitsche aufklatschte.

Wie ein Betrunkener schwankte Selim zur Tür hinaus, mit hängenden Armen, den Strand entlang bis zur Anlegebrücke, kehrte von dort zum Kaffeehaus zurück, verharrte gedankenversunken vor der Tür, linste wie auf der Suche nach jemandem in die Gaststube, machte sofort wieder kehrt und schlug am »Kasino zur Möwe« entlang den Weg zum Strand von Florya ein. Baumhoch türmte der aus Südwest stürmende Lodos die Gischt über die Küstenstraße, wo sie klatschend auf den Asphalt niederging.

Kurz nachdem Selim gegangen war, richtete sich Zeynel wie aus tiefem Schlaf erwachend aus seiner gebückten Haltung auf, schaute in die Runde, stieg, ohne ihn anzusehen, über den daliegenden Ihsan hinweg, ging zum Herd, bückte sich, hob seinen Revolver auf, machte kehrt, ging zur Tür, und nachdem er wieder über Ihsan hinweggestiegen war, blieb er, den Rücken dem Licht zugewandt, vor der Tür stehen. Nacheinander schaute er jeden von uns an. Schließlich blieb sein Blick auf Ihsan haften, und es schien, als husche ein Ausdruck des Erstaunens über sein Gesicht. Er lächelte, schüttelte den Kopf, biß die Zähne zusammen, und dann sagte er mit gepreßter, pfeifender Stimme: »Du hast mich vernichtet, Hurensohn Ihsan! Was hatte ich dir bloß getan?«

Er wandte sich ab, doch auf der Türschwelle verhielt er, schaute einmal zum Meer hinaus, dann mit scheuem Blick zu uns und rief: »Nun sagt schon, ihr alle wart hier Zeuge, und was habe ich diesem Luden Selim getan, daß er mich so behandelt?«

Niemand gab auch nur einen Ton von sich.

»Nun sagt schon, verdammt, was habe ich ihm denn getan, daß er mich vor euch allen so erniedrigt? Muß ich mich jetzt nicht für all das bei Selim rächen? Los, antwortet, 'dammt noch mal! Seid ihr denn Grabsteine?«

Den Revolver in der Hand, begann er im Kaffeehaus zu wandern. Weiterredend ging er auf und ab, verhielt hin und wieder, betrachtete den Toten zu seinen Füßen, um dann mit langen Schritten seinen Rundgang fortzusetzen, wohlbedacht, nicht in das Blut zu treten, das bis zur Schwelle gesickert war.

»Sagt mir, hab ich mit diesem Selim auch nur einmal gesprochen, seit er hier in Menekşe aufgetaucht ist? Antwortet, ihr Plagen Gottes, ihr Feiglinge, ihr miesen Geschöpfe! Seid ihr eigentlich Menschen? Schau, schau, nur weil ich diesen Revolver in der Hand halte und dieser Schurke da in seinem Blut liegt, könnt ihr euren Mund nicht aufmachen, nicht wahr? Ist euer Blut eingetrocknet, nicht wahr? Da ist unter euch kein zweiter Recke wie dieser stumme, tausendjährige Selim, nicht wahr? Heeey, ihr Grabsteine, gebt Laut! Hey, Süleyman, schau her, du Kiefernkloben, schau dich an, gebaut wie ein Bär, und vor lauter Brumm und Knurr wagt sich sonst niemand in deine Nähe, du verdammter Hund, und sieh, jetzt verkriechst du dich da, bist drauf und dran, unter den Tisch zu rutschen und unter dich zu scheißen!«

Er brach in irres Gelächter aus.

»Wer weiß«, höhnte er, »vielleicht hast du schon in die Hose geschissen und kannst dich deswegen nicht von der Stelle rühren.«

Dann richtete er die Mündung des Revolvers auf Süleyman. Dessen blau angelaufene Lippen zitterten so, daß man meinte, sie fielen ihm im nächsten Augenblick vom Munde. Er selbst hockte zusammengesunken auf seinem Stuhl.

»Steh auf, ungehobelter Bär! Seht ihn euch an, dieses Schwergewicht. Masse für drei Körper, wenn man ihn zerteilte.«

Wutentbrannt reckte Zeynel seinen drahtigen Körper, der sich jetzt wie eine stählerne Feder spannte.

»Auf die Beine, Schwätzer Süleyman, Sohn einer hurenden Mutter!«

Süleyman versuchte aufzustehen, er hatte beide Hände auf den Tisch gestemmt, doch es wollte ihm nicht gelingen, sich aufzurichten. Sein Gesicht war von papierener Blässe.

»Lase Erkan, steh auf und sieh mal nach, ob Süleyman in die Hosen geschissen hat.«

Erkan der Lase stand auf, faßte Süleyman unterm Arm, hob ihn hoch, bückte sich, besah den Sitz, musterte dann eingehend Süleymans Rücken, besonders das Hinterteil seiner Hose, und während Süleyman sich wieder hinsetzte, schüttelte Erkan den Kopf, schnalzte und sagte: »Tz, tz, er hat nicht geschissen.«

Zeynel mußte lachen: »Dieser gottlose, geschwätzige Lude hat vor lauter Angst nicht einmal scheißen können ...«

Süleyman nuschelte etwas vor sich hin. Zeynel ging näher an ihn heran und fragte: »Kerl, was hast du gesagt?« Seine Stimme klang spöttisch, von oben herab. »Wenn du nicht wiederholst, was du eben gesagt hast, kriegst du eine Kugel.«

Er drückte ihm den Revolverlauf gegen die Nase, doch

dann, als sei ihm etwas eingefallen, drückte er die Trommel heraus, leerte die Patronen in seine Hand, steckte die Hand mit den Patronen in die Tasche, zog sie dann wieder heraus, lud den Revolver von neuem und hakte die Trommel wieder ein.

»Nun sag schon, du Stricher«, drohte er, »sag, bevor ich dir das Maul mit Blei vollstopfe!«

Und Süleyman sagte flehentlich wie im Gebet: »Bitte nicht, mein Junge, tu's nicht, mein Kleiner, tu's nicht! Es gibt doch einen Gott ...«

»Soso!« stieß Zeynel zwischen zusammengebissenen Zähnen hervor, »soso, dessen Mutter und Weib, dessen ganze Sippe samt Tochter und Stute ... Für euch gibt es keinen richtenden Gott, aber für mich, nicht wahr, für mich soll's einen geben, stimmt's?«

Er verkantete den Lauf und schmetterte ihn mit aller Kraft auf Süleymans Kopf. Blut strömte Süleyman von der Stirn übers ganze Gesicht zum Hals hinunter und weiter übers Hemd auf den Tisch, wo es kleine Lachen bildete.

»Lase Erkan!«

»Befiehl, Bruder!«

»Wisch diesem Luden das Blut ab! Keine Angst, er wird nicht krepieren. Er wird nicht krepieren, aber er wird einen Monat lang auch nicht hinausfahren können, das gesamte Marmarameer in einer Nacht leerzufischen.«

Erkan stand auf, ging zum Küchenherd, nahm dem Wirt das Geschirrtuch von der Schulter und wischte damit Süleyman das Blut vom Gesicht, ging wieder an seinen Platz und setzte sich.

»Du hättest diesem Scheißkerl die Jacke ausziehen und damit sein verseuchtes Blut abwischen sollen«, sagte Zeynel und biß wieder die Zähne zusammen.

»Niederträchtiger Süleyman«, begann er von neuem, »erinnerst du dich noch, es ist wohl fünfzehn Jahre her, wie du mir mit deinen Stiefeln auf die Hand tratst, als wir die Fische aus den Maschen des Schleppnetzes herausklaubten, mir auf die Hand tratest und meine Knochen zerdrücktest? Die Haut hattest du mir von den Fingern getreten und gelacht, weil man die blanken Knochen sehen konnte, du gottloser Kerl!«

Zeynel ging bis zur Tür, warf einen Blick aufs Meer und auf den Weg gegenüber, und jedesmal, wenn er wieder zurückkam, nahm er sich einen der Anwesenden vor, damit er ihm Rede stehe für ein ganzes Leben. Bis zum Abend, bis der Tag sich neigte, dauerte diese Abrechnung. Irgendwann kam Zeynel auch zu mir, sah mich mit einem bitteren Lächeln an, und während seine Augen feucht wurden, sagte er mit trauriger, gebrochener Stimme: »Du hast nun alles mitgehört, mein großer Bruder, »alles ... Hat mich nicht auch eine Mutter geboren, bin ich nicht auch ein Mensch?«

Ich schwieg.

»Wenigstens du solltest nicht schweigen, Bruder, hast so viel von der Welt gesehen und im Lauf der Zeit so viel erfahren!«

»Was soll ich denn dazu sagen, Zeynel«, antwortete ich, »du hast ja niemandem die Gelegenheit gegeben zu sprechen.«

Er hielt den Lauf der Waffe genau auf mein Herz. »Schau«, sagte er, »der da ist tot, der andere verwundet! Und was ich den anderen antat, ist schlimmer als der Tod. Vielleicht werden bald die Polizisten kommen, und wir werden kämpfen, denn ich ergebe mich nicht. Schau her«, und er zeigte auf seine Taschen, die voller Patronen waren, »ich wußte, was ich tat, als ich herkam. Ich werde gegen die Polizisten kämpfen ... Ich gehöre nicht zu denen, die sich ihre Haut so leicht durchlöchern lassen. Meinst du, daß Selim der Fischer die Polizei alarmiert hat?«

»Das hat er nicht«, antwortete ich ruhig.

»Nicht schlecht, was ich da gemacht habe, nicht wahr?«

»Ich weiß nicht so recht, Zeynel.«

»Der Hurensohn dort am Boden hat es verdient«, sagte er, und auf Süleyman deutend, »und der auch ...«

Dann musterte er seine Hände, lächelte und höhnte in die Runde: »Und die da auch ...«

Er ging zur Tür und sah hinaus. »Die Lichter brennen«,

freute er sich, »wie schön … Vielleicht werde ich bald getötet werden, wer weiß, wie Sterben ist. Dieser Hurensohn ist gestorben, schau dir an, wie er guckt. Wer weiß, vielleicht sterbe ich auch nicht, komme davon und verschwinde. Aber mich ergeben? Niemals!«

Niemand im Kaffeehaus sagte auch nur ein Wort. Zeynel ging hin, betätigte den Schalter, und die große, nackte Glühbirne von hundertfünfzig Watt tauchte die betroffenen, bleichen Gesichter der Anwesenden in grelles Licht. Nur Erkan lächelte.

»Was meinst du, mein großer Bruder, du kennst dich doch aus; werden sie mich hängen, wenn ich mich ergebe? Vielleicht tun sie's nicht. Warum sollten sie, nur weil ich diesen Hurensohn getötet und diesen Köter von Aufschneider verwundet und diese niederträchtigen Kerle beschimpft habe … Deswegen hängen sie mich doch nicht, oder?«

»Wer weiß, vielleicht …«

»Wer weiß, vielleicht«, äffte er. »Mann, sind du und deinesgleichen diplomatisch! Dir sitzt die Angst auch in den Knochen, nicht wahr?«

»Wer weiß, vielleicht …«

In diesem Augenblick erschien Selim der Fischer in der Tür. Kaum hatte Zeynel ihn erblickt, geriet er in Panik, stürzte zur Tür, drängte Selim mit einem harten Stoß beiseite, flüchtete ins Freie und verschwand in der Dunkelheit.

Dann kam Selim herein und blickte in die Runde: »Was ist, war die Polizei noch nicht hier?«

»Hast du sie denn alarmiert?« fragte ich.

»Natürlich nicht«, entgegnete er barsch, und ich schwieg.

»Was hast du denn so lange getrieben, nachdem du weggelaufen warst?« fragte ihn Papa Hakki.

»Was ich getrieben hab?« Selim der Fischer strich sich mit den Händen durchs Haar: »Mensch, Hakki«, fügte er hinzu, »du weißt doch, mein Revolver … Ich bin zum Boot und dann aufs Meer hinaus … Ich hab wohl hundertmal geschossen, hab ihn ausprobiert. Ein Revolver wie Ezrail, der Todesengel ... Und dann entdeckte ich, daß ich keine Munition mehr hatte ... Was nun, fragte ich mich und bin hierhergekommen. Ach, denkst du, er wäre hier herausgekommen, wenn auch nur eine einzige Kugel übriggeblieben wäre?«

»Nein, dann wäre er hier nicht mehr herausgekommen«, antwortete Papa Hakki.

Um fünf Uhr morgens kam die Polizei ins Kaffeehaus. Sie holten mich aus dem Bett und verhörten mich mit all den anderen aus Menekşe bis zum Mittag. Dabei hörte ich verschiedentlich, wie Selim der Fischer »Ach wäre doch nur eine einzige Kugel übriggeblieben!« vor sich hin murmelte.

2

Ihsans Begräbnis fand am übernächsten Tag statt. Ganz Menekşe war ins Paradiesviertel zur neuen Moschee geströmt, die Alten, die Jungen und sogar die Kinder. Jeder sprach von Ihsans Schönheit, seinem Draufgängertum und seiner Großmut.

Über seine Schattenseiten und die sich für ihn aufopfernde Meliha aus Gelibolu fiel nicht ein einziges Wort, auch nicht, aus welchem Grund (den ja jeder kannte) Zeynel ihn getötet hatte. Auch über Zeynel verlor niemand ein Wort.

Nach der Beerdigung kehrten wir alle ins Kaffeehaus zurück. Einzig Remzi hatte sich heute morgen nicht aus Menekşe gerührt. Den Fang auf ein Blech ausgebreitet, bot er seine Fische lauthals zum Verkauf, schrie zwischendurch: »Ich gehe nicht zur Beerdigung dieses Gehörnten, zur Beerdigung dieses Luden«, blies dabei den Vorübergehenden eine stechende Alkoholfahne in die gerümpften Nasen und grölte: »Man geht nicht zur Beerdigung eines so gemeinen Geschöpfs, nur Niederträchtige wie er beten die Totenandacht für ein schändliches Wesen.«

Der Wirt des Kaffeehauses, Saban, hatte den Tee schon längst aufgebrüht, der hasenblutrot leuchtend in goldgerandeten, taillierten Gläsern dampfte. Alle waren erschöpft, wortlos trank jeder schlückchenweise seinen Tee. Danach nahmen einige sofort ihr Kartenspiel wieder auf, die Tavlaspieler setzten sich wieder vor ihre noch aufgeklappt auf den Tischen liegenden Tavlakästen. Draußen eitel Sonnenschein, das Meer schien mit Licht gefüllt, randvoll, und das Wasser dehnte sich wie ein blaues, glitzerndes Netz. Ein Tag, an dem das lila Licht dem Menschen Flügel verleiht und in seinem Herzen das unbändige Verlangen weckt, davonzufliegen bis ans Ende aller Meere.

Ibo Efendi mit grauem Wochenbart hatte sich auf seinen Handstock gestützt und das runde Gesicht gedankenverloren in Falten gelegt. Erkan der Lase kritzelte Figuren auf ein Blatt Papier, das glattgestrichen vor ihm lag. Seine Hände waren riesig, mindestens zwei Handbreit groß, und er schielte leicht auf beiden Augen. Hin und wieder legte er den Kugelschreiber auf den Tisch, blickte erwartend in die Runde, ließ die Augen auf diesem oder jenem ruhen, als wolle er sagen: Los, worauf wartet ihr denn noch.

Eine ungeduldige Spannung herrschte, die nichts gemein hatte mit Trauer oder Wut. Wenn auch jeder den überbordenden Drang verspürte, sich mitzuteilen, niemand sprach. Öffnete auch nur einer den Mund, würde ein jeder loslegen und sich alles von der Seele reden. Von draußen hallten Remzis Stimme und das Tuckern eines Motorboots herüber. Und weit weg, in der Gegend um Yeşilköy, krähte ein Hahn. Die Stimmung im Raum wurde immer bedrückender, und ich war gerade im Begriff, ins Freie zu flüchten, als Selim der Fischer aufstand; er war ein hochgewachsener, stämmiger Mann, dessen Kopf fast an die Decke stieß. Die Enden seines kräftigen, leicht ergrauten braunen Schnauzbarts hatte er nadelspitz gezwirbelt, und tiefe Furchen wie die Spuren eines schweren, erfahrungsvollen Lebens durchzogen seine hohe Stirn. Sein Kinn war kräftig und paßte gut zu den wulstigen Lippen und eingefallenen Wangen. Er hatte leuchtend blaue Augen inmitten zahlloser Fältchen, die diese wie ein Spinnennetz umringten und ihren Glanz noch erhöhten. Meistens verengte er die Augenlider, als habe er irgend etwas entdeckt, woran er sich nicht satt sehen konnte. Selim zog einige Münzen aus seiner Tasche, legte sie auf den Tisch und knöpfte seinen braunen Tuchcaban zu. Seine braunen Hosen klebten an den muskulösen Beinen. Er trug gelbe Gummistiefel und einen sorgfältig um die Hüften geknoteten Gurt. Mit weit ausholenden Schritten ging er hinaus, machte aber aus unerfindlichem Grund wieder kehrt, streckte seinen langen Hals zur Tür herein, ließ seine Augen über die Anwesenden schweifen, ein bißchen von oben herab; doch als sich dabei unsere Blicke trafen, wich er mir aus, was ihn gereut haben mußte, denn er sah mir sofort wieder ins Gesicht und lächelte mich ganz verhalten, fast unmerklich an. Ich meine, dies war der Augenblick, an dem er volles Vertrauen zu mir faßte, an dem unsere Freundschaft eigentlich begann, an dem in gegenseitiger Übereinstimmung zutage trat, was schon unausgesprochen viele Jahre lang schlummerte. Er kehrte uns den Rücken und schlug die Richtung zum Anleger am Strand ein. Ich nehme an, daß er mit seinem Boot aufs offene Meer hinauswollte. Mit Getöse flog in geringer Höhe ein Flugzeug über uns hinweg, gleich danach knatterte im Tiefflug über unseren Köpfen der Hubschrauber, der jeden Tag um diese Zeit in Richtung Thrazien fliegt.

»Dreckskerl, niederträchtiger«, stieß Süleyman zwischen seinen Zähnen hervor, nachdem Selim verschwunden war. »Er ist der Mörder Ihsans, nicht Zeynel. Bevor Zeynel auch nur an den Abzug gekommen wäre, hätte er sich vorbeugen und ihm die Waffe aus der Hand reißen können ... Wenn er nur gewollt hätte.«

»Er hätte es können«, pflichtete ihm Ibo Efendi bei, hob sein Kinn vom Knauf seines Stocks und kratzte sich den angegrauten Einwochenbart. »Natürlich hätte er ihm die Waffe wegnehmen können. Er wollte aber, daß Ihsan vorher Zeynel erschießt.«

»So ist es«, sagte Kaffeewirt Saban, »ich habe ihn von hier

aus genau beobachtet. Solange Zeynel schoß, hatte Selim sich nicht von der Stelle gerührt. Drei Schuß lang ... Erst als Ihsan vom Stuhl fiel, ergriff er Zeynels Handgelenk, und der ließ seinen Revolver fallen.«

»Ein abgekarteter Kampf«, meinte Süleyman und wandte sich an mich: »Sag du, war es nicht ein abgekarteter Kampf? Zeynel sollte Ihsan im Kaffeehaus töten, danach sollte Selim der Fischer ihm den Revolver aus der Hand schlagen, so hatten sie es vorher abgesprochen.«

»Sie haben sich abgesprochen!« höhnte Hakki Baba, während Süleyman ihn erbost ansah, »oh, du Gottloser, hast du jemals gesehen, daß Selim und Zeynel miteinander sprachen?«

»Er konnte Zeynel ja überhaupt nicht leiden, warum sollte er also mit ihm sprechen«, lachte Erkan der Lase selbstsicher, »wäre es nach ihm gegangen, hätte der Onkel Selim ihn in einem Löffel Wasser ertränkt. Wenn Onkel Selim der Fischer Zeynel nur sah, lief er schon dunkelrot an vor Zorn.«

»Haltet den Mund!« rief Ibo Efendi und schlug mit seinem Stock auf den Fußboden, »haltet den Mund!«

»Nicht Zeynel hat Ihsan getötet, sondern Selim der Fischer«, beharrte Süleyman.

Remzi, der in der Tür stand, kam wütend hereingestürmt. Eine Wolke sauren Weingeruchs breitete sich in der ganzen Gaststube aus.

»Verdammt«, brüllte er, »habt ihr keine Gottesfurcht? Wie kann man einen Menschen nur so verleumden, ihr verfluchten Gottlosen, ihr.«

»Du bist doch nur der Hund von Selim dem Fischer«, rief Atom-Salih und schnellte aus seiner Ecke.

»Ein Hund bist du«, entgegnete Remzi. Mit Tritten und Hieben gerieten sie aneinander und prügelten sich eine Weile mitten in der Kaffeestube. Niemand mischte sich ein, jeder saß nur so da und schaute zu. Schließlich trennten sich die Streithähne mit blutigen Nasen von selbst und gingen bald danach hinaus.

Ibo Efendi schlug mit seinem Handstock auf den Boden

und rief: »Wäre Selim der Fischer ein etwas besserer Mensch, wäre Ihsan jetzt in unserer Mitte anstatt im Grab.«

Saban verteilte noch eine Runde Tee.

»Es ist dieser geizige Selim Ağa der Fischer, der ihn getötet hat«, sagte Yusuf der Tscherkesse.

»Natürlich«, bekräftigte Süleyman und stieß den Rauch seiner Zigarette aus. »Absichtlich, alles absichtlich ... Er hatte Zeynel am Handgelenk gepackt und hätte ihn zermalmen können. Und Zeynels Revolver fiel zu Boden. Warum hat er Zeynel denn nicht festgehalten, gefesselt und der Polizei übergeben? Oder ihn gefesselt, hier auf den Stuhl gesetzt und einen Jungen zur Polizei geschickt?«

»Warum hat er Zeynel ins Gesicht gespuckt?«

»Weil er sich vor ihm ekelte und ihn nicht anfassen wollte«, lachte Erkan der Lase.

»Er hatte Angst«, mischte sich Mahmut ein. Er saß in der hintersten Ecke und sprach jetzt zum ersten Mal. Aller Gesichter wandten sich ihm zu. »Laßt euch von seinem Brumm und Knurr nicht täuschen. Er ist mit seinem Kuchenteigherz der ängstlichste Mensch der Welt. Er ist kein schlechter Mensch, er ist nur feige. Er fürchtet sich vor einem Fisch, vor einer Ameise, vor der Dunkelheit, vorm Friedhof, vor dem Bootsanleger dort, vor Netzen, Hunden, Katzen, sogar vor Schmetterlingen. Aslans Sohn hatte voriges Jahr in der Ebene von Florya ein Fohlen gefunden, und Selim der Fischer fürchtete sich auch vor diesem klitzekleinen, neugeborenen Fohlen ... Dem jagt schon eine einzige Fliege Angst ein – ja sogar er sich selbst!«

»Nicht doch, Mahmut«, warf ich ein, »flunkre nicht so, wir sind schließlich Brüder von selbem Glauben!«

»Bei Gott, großer Bruder«, entgegnete Mahmut peinlich berührt, »bei Gott, ich flunkre nicht. Ich bin mit ihm zum Fischen gefahren. Er spricht doch nie, wie du weißt, denn wenn er spräche, würde er vor Angst stottern, und deswegen spricht er nicht. Es kommt mir vor, als würde er sich eines Tages vor Angst selbst töten.«

»Flunkre nicht!«

»Meine Mutter soll mein Weib sein, wenn ich lüge!«

»Wer feige ist, wer mutig, kann allenfalls derjenige ...«

»Ich hab's aber miterlebt, Bruder, er wird verrückt vor Angst.«

»Er ist der geizigste Dreckskerl der Welt«, empörte sich Atom-Salih, der wieder zur Tür hereinkam. »Es fehlte nicht viel, und Remzi und ich hätten uns wegen dieses geizigen, ehrlosen Unglücksbringers gegenseitig totgeschlagen.«

»Habt ihr euch wieder vertragen?« fragte Hasan der Kurde.

»Und ob wir uns vertragen haben«, antwortete Atom-Salih grinsend, »wir werden doch wegen dieses Dreckskerls nicht bis ans Ende aller Tage böse miteinander sein. Er hat meine Hand geküßt, und wir haben uns vertragen.«

»Er hat meine Hand geküßt«, schrie der kleine, ausgemergelte Remzi, der in der Tür auftauchte.

»Du hast meine Hand geküßt!«

Als Salih zum Sprung auf Remzi ansetzte, machte dieser einen Rückzieher. »Stimmt«, gab er zu, »du hast recht, mein Freund, zuerst habe ich deine Hand geküßt.«

»Du hast sie geküßt«, spreizte sich Atom-Salih, schlingerte zu Remzi, hakte sich bei ihm ein, und die beiden steuerten auf die gegenüberliegende Kneipe zu.

Danach ging im Kaffeehaus das Palaver von neuem los. Sie ließen kein gutes Haar an Selim, und je mehr sie über ihn herzogen, desto mehr wuchs ihre Wut.

»Weiß denn jemand, von woher der überhaupt gekommen ist?«

»Als er krank war, hab ich mich drei Monate um diesen Hund gekümmert, hab ihn drei Monate gepflegt und ihm sogar Suppe gekocht ... Und drei Monate lang auch Medikamente gekauft ... Und drei Monate gefleht und gebettelt, sieh doch, Fischer Selim, du liegst im Sterben, sag mir doch, wo deine gesparten Gelder liegen! Sieh doch, du stirbst, ist es nicht schade um das viele Geld, sag mir, wo du es versteckt hast, damit es nicht verrottet ... Fischer Selim, Fischer Selim, sieh, seit Monaten koche ich dir Suppe, seit Monaten pflege ich dich, wasche dich, habe dich sogar eigenhändig rasiert, du wirst doch sowieso bald sterben; ich verlange keinen Lohn dafür, sag mir nur, wo dein Geld liegt, damit das viele Geld unseres Staates, unseres Volkes nicht verrottet, Fischer Selim, mein Fischer Selim! Er kämpfte und quälte sich, und obwohl er mit dem Tode rang, machte er eine wegwerfende, verneinende Handbewegung. Da hob ich ihn hoch, legte ihn über meine Schulter, trug ihn zu seinem Boot und ließ ihn dort in seinem Todeskampf liegen. Anstatt in meinem Haus zu krepieren und alles zu verdrecken, sagte ich, stirb doch auf deinem eigenen Kahn!«

»Gelogen, Osman, gelogen. Ich erinnere mich, als wär's heute. Du hast ihn gar nicht in seine Kajüte gebracht.«

»Ich habe ihn wohl hingebracht, doch was sehe ich: Gegen Morgen ist dieser Mann in seinem Todeskampf wieder zurückgekehrt und in das Bett neben dem Ofen gekrochen ... Da habe ich ihm noch einen Monat lang Suppe gekocht.«

»Und hast viel Geld dafür genommen.«

»Und wie viele Suppen hab ich ihm dafür gekocht? Sag, wie viele!«

»Wie viele Suppen denn, wie viele?«

»Suppen, sag ich dir!«

»Und wäre er gestorben, wären sein Kajütboot und seine Kähne bei dir gelandet.«

»Du hast ihm doch nicht aus reiner Güte Suppe gekocht! Wieviel hast du dafür genommen?«

»Zehn Lira ... So ein Geizhals, einen geizigeren Mann als diesen ...«

»Wird es auf dieser Welt nie wieder geben ...«

»Zehn Tage altes Brot brockt er ins Wasser ...«

»Weicht es auf ...«

»Ißt Brot mit Wasser ...«

»Und den unverkäuflichen Kleinkram im Netz ...«

»Den er weder brät noch kocht und wie 'ne Möwe runterwürgt.«

»Habt ihr schon einmal gesehen, daß er etwas anderes als Fisch und Brot gegessen hat?«

»Es ist wohl zehn Jahre her, vielleicht auch fünfzehn, da schenkte ihm jemand eine Apfelsine; und er beschnupperte die Apfelsine, beroch sie, und es verging eine Woche, bis er sie endlich streichelnd schälte und sie in ganz kleine, ganz dünne Scheiben schnitt. An einer Apfelsine hat er bis zum Abend einen Tag lang gegessen.«

»Er hat so viel Geld, wohl tonnenweise.«

»Und er bringt sein Geld nicht zur Bank.«

»Wo versteckt er es denn?«

»Das weiß niemand.«

»Vielleicht auf dem Meeresboden.«

»Unter Merkzeichen, die er niemandem verrät.«

»Wenn du verdurstest, gibt er dir keinen Tropfen Wasser.«

»Pißt dir nicht einmal auf den verletzten Finger.«

»Und sollte auf See dein Boot leckschlagen und er in der Nähe sein ...«

»Käme er nicht zu dir, auch wenn du ertrinkst.«

»Er lacht nicht.«

»Er verschwindet und läßt sich eine Woche und länger nicht blicken.«

»Niemand weiß, wo er abbleibt.«

»Auch wenn du vor Neugier platzt, kannst du ihm nicht eine Frage stellen.«

»Er ist so abstoßend, daß man seine Nähe meidet.«

»Und tust du's nicht, hältst du's keine Viertelstunde aus.«

»Seitdem er wieder gesund ist, schaut er mich nicht mehr an.«

»Den Osman hat er nicht einmal gegrüßt.«

»Und ist an seiner Haustür kein einziges Mal vorbeigegangen.«

»Danach ist er nicht mehr krank geworden.«

»Aus lauter Geiz nicht mehr krank geworden.«

»Weil er wußte, daß eine Krankheit nicht umsonst zu haben ist.«

»Selim der Fischer kann nicht mehr krank werden.«
»Weil er weiß, daß Sterben teuer ist.«
»Selim der Fischer kann nicht sterben.«
»Den handgemachten Tuchcaban trug er schon, als er herkam.«
»Ein Hemd trägt er mindestens sieben Jahre lang.«
»Weil sie sich abnutzen könnte, wäscht er seine Unterhose nicht.«
»Er hat Ihsan getötet.«
»Beim Jüngsten Gericht wird er nicht wie ein rechtschaffener Mann vor Gottes Angesicht treten können.«
»Hat mit eigener Hand Zeynel den Revolver entrissen und dort hingeworfen ... Hingeworfen und ist abgehauen.«
»Und wohin ist er?«
»Hat es nur getan, damit wir Zeynel nicht festnehmen.«
»Geiziger, falscher ...«
»So was von geizig ...«
»Ein einziges Wort ...«
»Kommt ihm einmal im Jahr über die Lippen.«
»Und das in Raten.«
»Und das in Raten!«
»Und das in Raten!«
»Einmal bin ich in sein Boot gestiegen ... Beinah hätte er mich getötet.«
»Und ich bückte mich mal nach einem Tauende, das ihm gehört haben soll. Da packte er mich so hart am Arm, als wolle er mich töten.«
»Hat jemand schon einmal sein Zimmer gesehen?«
»Wie denn, er läßt ja keinen hinein!«
»Er hat Ihsan getötet ...«
Süleyman stand auf, reckte sich, öffnete seine Arme und rief: »Ihr alle könnt es bezeugen: Selim der Fischer hat Zeynel entkommen lassen. Als die Polizei kam ...«
»Hat er ihn aus unseren Händen befreit.«
»Denn wir hatten ihn ja schon festgenommen«, wollte Ibo Efendi sagen, doch er brachte es nicht über die Lippen.

»Hätten wir gewollt, hätten wir ihn gehabt.«
»Wäre Selim der Fischer nicht gewesen, einer hätte sich in diesem großen Kaffeehaus bestimmt gefunden, der Zeynel festgenommen hätte.«
»Und ob sich einer gefunden hätte.«
»Doch wir alle hatten uns auf Selim den Fischer verlassen.«
»Wir waren alle wie erstarrt«, sagte Erkan der Lase. »Das ist die Wahrheit. Aus Angst vor dem Revolver haben wir in die Hosen geschissen.«
»Und Zeynel hat uns alle durch die Scheiße gezogen.«
»Dieser niederträchtige Kerl.«
»Das hatte Selim ihm aufgetragen.«
»Behandle sie so und so ...«
»Nachdem du Ihsan erschossen hast!«
»Meine Zunge war wie gelähmt, und als fesselte mich eine unsichtbare Hand, konnte ich mich nicht vom Platz rühren«, sagte Süleyman, dessen Kopf ein schneeweißer Kopfverband wie ein Turban zierte.
»So wird es gewesen sein«, meinte Ibo Efendi, »sonst hättest du ihm doch ...«
»Sonst hätte ich ihm ...« sagte Süleyman, faßte sich an den Kopf und sprach den Satz nicht zu Ende.
»Jetzt geht es um Selim den Fischer ... Seid ihr dabei? Wenn die Polizei kommt ...«
»Wir sind dabei«, riefen sie.
»Ich nicht«, sagte Erkan der Lase.
»Ich auch nicht«, schloß Mahmut sich an.
»Nur einer unter uns ... Feige, niederträchtig ... Nur einer unter uns ...«
»Kümmert euch nicht um diese Hunde«, sagte Süleyman. »Um die Polizei zu überzeugen, sind die andern Manns genug.«
»Sogar mehr als genug.«
»Blutrünstiger ...«
»Mörder ...«
»Damals ...«

»Auf Badestränden ...«

»Erzähl schon, Yusuf!«

»Was soll ich schon erzählen, gemeinsam brachten wir Huren an den Mann ...«

»Hör dir das an ...«

»Und jetzt ...«

»Es gab nichts, was Selim und ich nicht ausfraßen. Ich haute meinen Anteil in Beyoğlu auf den Kopf, er sparte seinen.«

Papa Hakki schüttelte seine weißen Haare wie eine Mähne. »Eine Lüge«, sagte er. »Er hat weder mit dir noch mit sonst jemandem Weiber verkauft und wird es auch in Zukunft nicht ... Er ist geizig, ängstlich, ein bißchen verrückt, erschrickt vor seinem eigenen Schatten, hat seine Schrullen, aber er verkuppelt keine Huren, stiehlt nicht, säuft nicht und zockt nicht. Und ich kenne ihn schließlich vierzig kalte Winter, er lügt nicht.«

»Er lügt nicht«, sagte Ibo Efendi.

»Er lügt nicht«, wiederholte Mahmut.

»Nein, er lügt nicht«, bestätigte Süleyman.

»Auch ich kenne ihn vierzig kalte Winter. Und koste es auch seinen Kopf, käme kein falsches Wort über seine Lippen«, sagte Selman, der in der Tür zum Kaffeehaus stand.

»Und er hat Menekşe große Dienste erwiesen«, warf der Wirt Saban ein, »er hatte den Einfall, unsere Boote an die jungen Leute aus Istanbul zu vermieten.«

»Damit sie in den Booten vögeln können«, fiel ihm Süleyman ins Wort, »er hatte diesen Einfall doch nicht zum Segen seines Vaters, dieser Lude ...«

»Hör doch auf, Süleyman«, erboste sich Mahmut, »du gehst zu weit. Richtig ist, daß ...«

Er warf mir einen Blick zu und schwieg.

»Richtig ist«, fuhr Ibo Efendi fort, »daß Fischer Selim Zeynel zur Flucht verhalf, das können wir alle bezeugen, wenn die Polizei kommt.«

In diesem Augenblick erschien in seinem wetterfesten Tuchcaban und den gelben Gummistiefeln Fischer Selim in der Tür. Hoch aufgerichtet stand er da mit seinem gezwirbelten, kräftigen Schnauzbart.

Aufgeregt sprangen einige auf und riefen: »Bitte, Fischer Selim, bitte komm herein!«

Fischer Selim kam herein, setzte sich an den freien Tisch rechts neben der Tür, schlug mit der Faust auf die Tischplatte und fluchte: »Verdammtes Pech. Hätte ich nur noch eine Patrone im Lauf gehabt, wäre mir Zeynel nicht entkommen, verdammt ... Einen Tee!«

Dann schwieg er. Auch die andern schwiegen. Im Kaffeehaus sprach niemand auch nur ein Wort. Der Wirt brachte eilig den dampfenden Tee. In drei Zügen leerte Selim das Glas, legte das Geld auf den Tisch, stand auf, rückte seinen roten Gurt zurecht und ging hinaus. Kaum war er draußen, begannen sie wieder über ihn zu reden.

»Ein Mann wie Zeynel läßt ihn doch nicht davonkommen!«
»Bestimmt wird er Selim töten ...«
»Wenn nicht heute, dann morgen, das ist so sicher ...«
»Wie er Ihsan getötet hat ...«
»Und so wird Zeynel den auch ...«
»Die Haut wird Zeynel ihm abziehen ...«
»Tut man einem Menschen so etwas an?«
»Ihn festhalten, den Revolver aus der Hand nehmen, ihn dorthin werfen ... Und dann ...«
»Ihn mit aller Kraft anspucken ...«
»Ptuuuh, mitten ins Gesicht ...«
»Das läßt doch ein Zeynel nicht auf sich beruhen ...«
»Wird er sich da nicht rächen?«
»Er wird sich rächen«, brüllte Süleyman.
»Zeynel wird sich rächen!«
»Ihr seht doch, wie die Angst Selim schon jetzt umtreibt.«
»Von hier nach dort, wie einen Köter, dem die Pfoten brennen.«
»Zeynel wird ihm das Fell abziehen.«
»Und ob er's ihm abzieht ... Einen Menschen so zu behandeln ...«

»Schließlich hat er Ihsan getötet.«
»Hatte er nicht einen Grund?«
»Vielleicht war da etwas zwischen Ihsan und ihm...«
»Geht ein Mensch denn einen Menschen an, der gerade einen Menschen getötet hat?«
»Unser Prophet gebot uns, auch eine durstige Schlange in Ruhe zu lassen, wenn sie Wasser trinkt.«
»Geht man einen Menschen an, der einen Menschen tötet, mischt man sich da denn ein?«
»Da hast du's, nun wird er dich ...«
»Wenn nicht heute, dann morgen ...«
»Dann morgen ...«

3

Nach solchen Vorfällen meide ich Menekşe mehrere Wochen, manchmal Monate. Auch wenn es mich dorthin zieht, zu meinen Freunden Nuri dem Schiffer und Kazim Ağa, zu Ilya und Meister Leon und Ali dem Tataren. Aber ich bringe es nicht über mich, nach Menekşe ins Kaffeehaus zu gehen und ihnen mit schuldbewußtem Blick in die Augen zu sehen. Denn wenn ich mir auch einrede, so sei die Welt nun einmal, und so seien die Menschen, widerstrebt es mir, mich mit den Worten »Was kann ich daran schon ändern« herauszureden. Ich bring's nicht über mich, denn ich fühle mich irgendwie von irgend etwas beschmutzt, von irgend etwas, was nicht gut ist, was gegen die Freundschaft verstößt. Dann werde ich trübsinnig, kann die Düsternis in mir nicht verscheuchen, kann mich nicht reinwaschen. Was sie Selim dem Fischer antun und ihm dennoch in die Augen schauen, mit ihm Tee trinken, Tavla spielen, ihm antworten, wenn er endlich einmal den Mund auftut und ihnen eine Frage stellt, das will und will mir nicht in den Kopf. Bei Menekşe müßte ich ein Inselchen haben, auf der Insel ein Haus mit zwei winzigen Zimmern und einem Garten, und in dem Garten müßte ich Schößlinge von Olivenbäumen setzen, sie aufziehen, Tag für Tag mit meinen Blicken streichelnd ... Sie sind die bescheidensten unter den Bäumen, wachsen unauffällig, lassen sich kaum anmerken, daß sie größer werden, so nach und nach, jedes Jahr höchstens zwei, drei neue Blattzweige treiben ... Und die Enkelkinder meiner Nachbarn würden eines Tages die Früchte essen, ohne zu wissen, von wem diese Bäume, deren dunkelgrüne, spitze Blätter sich zur Sonne hin öffnen, einst gepflanzt wurden. Ich hätte gern auch noch einen Windhund und ein Fohlen, ein Vollblutfohlen, das ich eigenhändig aufzöge. Und die Türen aller Häuser stünden für jeden offen, für mich wie für jeden anderen auf meiner Insel. Wir würden einträchtig zusammenleben, uns näher sein noch als Geschwister, wir teilten dieselben Ansichten und Gefühle, jeder ginge dem andern zur Hand, empfände die Sorgen seines Nächsten, und seien sie noch so gering, als seine eigenen, wie auch ich die Sorgen der anderen zu meinen eigenen machte ... Von so einer Insel bei Menekşe habe ich schon oft geträumt. Ihre Einwohner würden immer zahlreicher werden, doch niemand kratzte dem andern die Augen aus, kein Fischer nähme Kinder, klein wie Däumlinge, bei eisigem Wind mit hinaus aufs offene Meer und ließe sie mit steifgefrorenen Händen Fische aus klitschnassen, eisigen Netzen fingern und prellte die Kinder nach getaner Arbeit auch noch um ihren Lohn. Sie würden auch nicht beschimpft, schon gar nicht geprügelt, und sie stünden auch nicht mit angstgeweiteten Augen wie Vögel in enger Reihe im bitterkalten Nordwind, dem Karayel, der wie eine Sense über die Küste streicht, und sehnten frierend die Fischerboote herbei, um für ein Kinogeld, eine Tüte Kürbiskerne und eine Mohnbrezel die Ladung zu löschen. Und Mustafa des Lasen Hände, wie Rad und Reifen groß, schwarz und gerillt, hackten nicht Tag und Nacht das Erdreich hinter der Stadtmauer locker, um Petersilie, Rettich, Weißkohl und Salat anzupflanzen, damit er seine neun Kinder mit trocknem Brot satt kriegen konnte. Nein, auf meiner Insel zeigte sogar Mustafa der Lase ein lachendes Gesicht. Mit seinen pechschwarzen Händen kleidete er seine splitternackten neun Kinder und ginge mit ihnen jeden Abend am Kai spazieren. Jeder nähme teil an den Sorgen und Freuden des andern ... Junge Mädchen und junge Burschen würden in die Boote steigen und zu zweit aufs violette Meer hinausfahren, da draußen Fische fangen, sich in der strahlenden Sonne verlieren und sich lieben. Und niemandes empörte Blicke scheuchte sie ... Und Ali des Tataren Sohn segelte nicht aufs offene Meer hinaus und zündete sein Boot nicht an, um sich zu verbrennen, und Bekaroğlu würde die Hatce, Witwe mit elf Kindern, heiraten und glücklich sein wie nie zuvor. Ich sehe die Kinder ihm entgegeneilen, fröhlich wie Vögel, während er sein nach Meer duftendes Netz den Hang hinaufschleppt, und es ihm, diesem gütigsten aller Menschen, vom ausgemergelten Rücken nehmen ... Ja, auf meiner Insel ereignete sich so manches, täten sich viele schöne Dinge ... Die Menschen erträumten sich so vieles ... Und sie schämten sich ihrer Träume nicht. Nie zögen sie in Betracht, daß ihre Träume sich vielleicht nicht verwirklichen würden, nie erlitten sie die Qual, ihre Hoffnungen in ihrem Innern begraben zu müssen ... Und solange ich lebe, wird es diese Insel bei Menekşe geben, werden ich und Mahmut und Ilya und Malermeister Leon ohne Überdruß von unserer Insel träumen. Eines Tages würden wir Ahmet in den Kreis der Insulaner aufnehmen, weil wir gerade einen guten Zug an ihm entdeckt hatten, um am nächsten Tag voller Zorn und für immer Haydar von unserer Insel zu jagen, weil er nächtens im Suff an Zelihas Tür gerüttelt und die ältliche Hure im Ruhestand mit seinen Flüchen aufs tiefste erniedrigt hatte. Wir würden Windhunde besitzen, die schönsten der Welt, langgestreckt mit Wespentaille und langen, schlanken Läufen. Aber wir würden mit ihnen nicht auf die Hasenjagd gehen, denn auf unserer Insel werden Menschen und Hetzhunde, Hetzhunde und Hasen Freunde sein. Aber das schönste ist: Wir werden uns auf unserer Insel mit ganzem Herzen unseren Träumen hingeben und mit ganzer Kraft daran glauben, daß sich unsere Träume eines

Tages erfüllen und die Wirklichkeit wie unsere Träume sein wird. Haben wir heute in Menekşe schon so eine Insel, wo unsere Träume mit der Wirklichkeit ineinander übergehen? Ist denn die Stadt Istanbul nicht zu nah, mit ihrem Krach, ihrem Schmutz, ihrem Drunter und Drüber, ihren Fallen, die sie Tag für Tag neu aufstellt und in denen die Einwohner einander zerreißen, ausbeuten, hassen und töten?

Was ist wirklichkeitsnäher, unser Leben in Menekşe oder die Insel unserer Träume? Und unterstehe sich einer zu meinen, er habe hierauf eine endgültige Antwort und müsse sie uns weismachen! Können wir nicht auch behaupten, daß die Trauminsel bei Menekşe unsere Wirklichkeit ist? Wie denkst du darüber, Fischer Selim? Ob Selim dem Fischer zu Ohren kam, was die Leute im Kaffeehaus über ihn redeten? Und wenn, hatte es ihn so verletzt, war er über die Bosheit der Menschen so erbost, daß er ihnen nie wieder verzeihen würde? Wie würde er sich verhalten, wenn wir uns träfen? Würde er sich zu mir umdrehen und mir mit seinen traurigen, tiefliegenden blauen Augen, wenn auch nicht freundschaftlich, wenigstens einmal ins Gesicht sehen? Ich habe ja nicht alles mitbekommen, was sich da im Kaffeehaus tat, auch nicht alles gehört, was über ihn gesagt wurde. Wer weiß, was sich die Leute in Menekşe von ihm sonst noch so erzählen. Aber ich gebe jedem Brief und Siegel darauf, daß einer aus ihrer Mitte Selim dem Fischer das Gerede im Kaffeehaus brühwarm hinterbringt und sich über dessen vor Wut, Trauer, Ekel und Hilflosigkeit verzerrtes Gesicht vor Freude kugelt. Warum sollten sie auch über Selim den Fischer in seiner Abwesenheit noch so lange herziehen, wenn sie nicht wüßten, daß es ihm zu Ohren kommen würde? Aber hört Selim der Fischer sich auch an, was über ihn geredet wird? Fühlt er sich von den Worten Ibo Efendis, Süleymans und der andern wirklich im Herzen getroffen wie von einer geölten Kugel?

Oder hört er sich nur geduldig an, was über ihn geredet wird, um dann so von oben herab darüber lauthals zu lachen? Oder schmeichelt es ihm sogar, daß sie sich so ausgiebig mit ihm befassen, auch wenn sie ihn beschimpfen und erniedrigen? Ich weiß es nicht, denn Selim der Fischer spricht sehr wenig, und wenn er spricht, dann nicht wie wir. Er spricht nicht, er explodiert und geht mit gesenktem Blick davon, wenn es aus ihm heraus ist. Die Kasper, Schleimer und Witzbolde, die, wie es heißt, einen Toten zum Lachen bringen, sind ihm schnuppe ...

Und sollte ihm gegenüber einer von ihnen die Grenzen überschreiten, schaut er ihn von oben herab nur einmal an, und der Mann erstarrt auf der Stelle, sein Lachen gefriert, und das Wort bleibt ihm in der Kehle stecken. Wer wagt es da noch, ihm ins Gesicht zu sagen, was hinter seinem Rücken über ihn geredet wird? Nur zu erwägen, was Selim täte, wenn doch einer käme und ihm dies Unsägliche ins Gesicht sagte, ist bisher noch niemandem eingefallen. Nicht einmal neugierig war man darauf, was Selim wohl täte, wenn tatsächlich ein Beherzter käme und Selim alles berichtete ...

Ich konnte nicht hinunter nach Menekşe. Während dieser Zeit kam Mahmut einigemal zu mir. Er war wie immer. Sein Gesicht strahlte vor Freude, und er strotzte vor Kraft. Er ging neben mir in die Hocke, erzählte mir mit brüchiger Stimme dies und das, verabschiedete sich und schlug den Weg über den Hang hinunter zu den Bahngleisen ein. Bei seinem letzten Besuch aber fuhr er mich mit scharfer Stimme grußlos an:

»Bist du mir böse, Bruder?«

Ich gab keine Antwort. Es war offensichtlich, daß er sich seit langem vorgenommen hatte, mir diese Frage zu stellen. Er setzte sich neben mich, und als sein Arm den meinen berührte, rückte ich unwillkürlich ein bißchen von ihm ab. Das konnte ihm nicht entgangen sein, denn er sagte überzeugt:

»Ja, du bist mir wirklich böse.«

Ich antwortete wieder nicht, sah ihn nur an und lachte.

»Aber Ilya und der Tatare und Hakki Baba haben auch über ihn geredet«, sagte er.

»Die tun es nicht, Mahmut«, entgegnete ich.

Verstört über meine Antwort, öffnete Mahmut seine Hände,

schloß sie zur Faust, machte Anstalten aufzustehen, blieb dann doch sitzen und brüllte:

»Aber er ist feige.«

»Jedermann ist feige«, antwortete ich, »auch du bist es, und ich bin es auch.«

Immer noch verblüfft, sah er mich mit großen Augen fragend an: »Du auch? Und ich auch?«

Er senkte den Kopf, und während er so verharrte, murmelte er eine Weile: »Du auch und ich auch. Du auch und ich auch ...?«

»Ja, wir alle ...«

Und während er noch immer grübelte, machte ich im Innersten meinem Ärger Luft. Wären die Menschen denn so grausam und sich so feind, wenn sie nicht so große Angst hätten? Grübe der eine auch dann des andern Grube, brächten sie sich auch dann noch um, beuteten einander aus, knechteten und erniedrigten den andern? Vergäßen sie auch dann zu lieben und sich zu lieben? Wären die Hände, die sie reichten, dann immer noch so eisig und ihre Fähigkeit zu denken so erbärmlich? Würden sie auch dann so oft an den Tod denken, ohne sich zu sagen, daß sich für sie dadurch nichts ändert? Wären sie auch dann noch so blind für die Schönheit des Himmels, der Erde, der Gewässer, der Sterne, der Blumen, der hohen Berge und des Lichts? Kann man denn so leben, ohne Liebe, ohne Freunde, ohne das leicht und warm wie ein Vogel schlagende Herz beim Anblick der Geliebten?

Als habe Mahmut meine stumme Klage vernommen, sagte er: »Recht hast du, Bruder, verzeih!« Er sah mir in die Augen, als wolle er noch etwas sagen, gab es dann aber auf.

»Sprich, Mahmut, hab keine Scheu!« bat ich.

Er murmelte etwas, doch ich verstand ihn nicht.

»Nun sag schon, was du denkst, es geht ja nicht um Leben und Tod!«

»Wenn es so ist«, begann er, stockte eine Weile, »wenn es so ist, warum hast du ...«

»Nichts unternommen«, ergänzte ich.

»Ja, man selbst ist wie gelähmt, läßt sich von der Stimmung überwältigen, kann sich nicht losreißen, regt sich auf, kann keinen kühlen Kopf bewahren ...«

»So ist es«, nickte ich.

»Trotzdem, wenigstens ich hätte Selim dem Fischer das nicht antun dürfen.«

»Ja ... Wenigstens du nicht ...«

»Denn mich liebt Selim«, sagte er freudig erregt.

»Und eben deswegen ...«

Er ballte die Fäuste und rief: »Sollen sie von nun an doch einmal versuchen, hinter Selims Rücken über ihn zu reden! Bei Gott, ich nehme das ganze Kaffeehaus auseinander.«

»Halt«, entgegnete ich, »damit wirst du bei ihnen nichts erreichen! Sie haben sich so daran gewöhnt, daß sie ohne Gerede über ihn nicht können.«

Er ließ den Kopf sinken: »Bei seiner Mutter, es stimmt. Ohne ihn, ohne das Gerede hinter Selim des Fischers Rücken können sie gar nicht. Sie müssen über ihn herziehen. Solange ich denken kann, ist das so.«

Er stand auf, sein Gesicht wirkte entspannt und spiegelte die Freude der Genugtuung wider.

»Falls du ihn siehst, grüß mir Selim den Fischer!« sagte ich; er nickte, als er schon den Weg nach Florya eingeschlagen hatte.

Auch ich machte mich bald danach auf, eilte schnurstracks den Hang hinunter, ging unter der Brücke neben dem Bahnhof hindurch und weiter bis an den Strand. Nicht weit vom Bootssteg saß Fischer Selim im dümpelnden Kajütboot und knüpfte an einem Netz. Als er den Kopf hob, kreuzten sich unsere Blicke; verwirrt sah er mich an, faßte sich dann sofort und lächelte.

»Merhaba, Fischer Selim!«

Er winkte mit seiner Riesenhand.

»Eine Zigarette«, rief ich, und sofort legte er sich in die Riemen und lenkte das Boot längsseits zum Anleger. Ich ging über die knarrenden Bohlen zu ihm, reichte ihm eine Zigarette hinüber, er nahm sie und steckte sie an. Gemeinsam rauchten wir, ohne zu reden. Anschließend reichte ich ihm eine zweite Zigarette und zog eine weitere für mich aus der Pakkung. Wir zündeten sie an; er sah gedankenverloren in die Weite, und auch ich ließ meine Gedanken schweifen. Erst nach einer ganzen Weile brach er das Schweigen mit einem einzigen Wort: »Dahinten«, sagte er und zeigte mit der Hand in die Richtung der Unseligen Insel.

»Nicht möglich.«

»Ganz bestimmt.«

»Ist er groß?«

»Ich hab ihn nicht gesehen, man hat's mir erzählt.«

»Es soll doch keine mehr geben ...«

»Einige wenige schon ... Sie irren umher wie benommen.«

»Ein Jammer«, seufzte ich, »welch ein Jammer.«

»Ein Jammer, ja, aber wenn nicht ich, dann ein anderer ...«

»Dann ein anderer«, nickte ich, »nur wenige, wie schade.«

»Er soll riesig sein ...«

»O nein, wenn sie's doch bloß verbieten würden ...«

»Wenn sie's doch bloß verbieten würden ...«

Er nahm noch einen Zug.

»Wer schert sich schon um Verbote ... Mit Dynamit fischen ist in diesen Gewässern auch verboten!«

»Ja, das ist auch verboten«, bestätigte ich.

»Und wer hält sich dran?«

Könnte ich ihm doch antworten, daß sich meine Freunde, die Fischer vom Bosporus, von Bandirma, von Ereğli am Marmarameer, von den Dardanellen und von meinem geliebten Şile am Schwarzen Meer sich daran hielten! Er saß da in seinem Boot und hatte sich wieder in seine Arbeit vertieft, und ich hatte mich hier am Ende des Anlegers auf die Bohlen gehockt und ließ meine Beine überm Wasser baumeln. Wir rauchten noch einen Haufen Zigaretten, ohne ein Wort zu reden. Über uns hinweg brausten in einem fort Flugzeuge, die zur Landung in Yeşilköy ansetzten, vor uns dehnte sich bis an die Küste von Bursa im Sonnenglast der funkelnde Spiegel des

Meeres, und in unseren Nasen spürten wir ganz leicht den Geruch des aufkommenden Südwinds.

»Er kommt nicht«, sagte er, ohne aufzublicken.

»Wer?«

»Der Lodos natürlich«, lächelte er, und seine kräftigen, weißen Zähne blitzten. »Was soll's, dieser Südwind hat nun mal seine Launen, er liebt es, sich zu zieren.«

Dann hob er den Kopf und sah mich an. »Du liebst doch das Meer, willst du morgen nicht mitkommen ... Vielleicht hast du Glück, und wir sehen ihn.«

»Sicher werden wir ihn sehen!« antwortete ich. Und ich freute mich. Wie sollte ich mich da nicht freuen? Es war wohl das erste Mal, daß Fischer Selim jemanden zu sich aufs Boot einlud. Mag sein, daß schon vor mir einige die Ehre hatten, aber der erste – und darauf verwette ich meinen Kopf –, den er ehrlichen Herzens aufforderte mitzufahren, war ich.

»Ich komme bestimmt, und wir werden ihn aufspüren und endlich sehen«, rief ich begeistert.

Meine Aufregung schmeichelte ihm. »Morgen früh, Punkt drei Uhr, hier!«

»Genau hier.«

Er legte sich in die Riemen und entfernte sich. Vor dem Palast des Präsidenten der Republik ließ er die Ruder los. Das Boot dümpelte ganz leicht in der ruhigen See. Fischer Selim saß gebeugt über den Maschen seines Netzes.

4

In jener Nacht konnte ich nicht einschlafen, mein Herz klopfte vor Aufregung. Fischer Selim hatte mich zu einer Bootsfahrt eingeladen! Der Mann, auf den ich schon seit Jahren neugierig war, von dem ich außer einigen Bemerkungen nie ein Wort hörte und von dem ich nicht wußte, ob er nun bescheiden war oder feige, beherzt oder ängstlich, ein Mann der Ehre oder der Niedertracht.

Das Meer hatte sich aufgehellt, ich ging hinaus. Im Garten stand der Judasbaum in voller Blüte und streute seinen rosa Schimmer wie einen Strom von Licht in die Morgendämmerung. Ich ging zum Ufer hinunter, das Meer lag ruhig da, eine laue Morgenbrise fächelte den Geruch des Salzwassers herüber. Fischer Selim war schon am Bootssteg, er saß in seinem Boot, und sein mächtiger Schatten lag langgestreckt auf dem Wasser. Von weitem schon leuchtete seine rote Bauchbinde durch die milchigblaue Morgendämmerung unter verblassenden Sternen. Die Hände auf den Rudern, wartete er auf mich. Er trug ein grünes Käppchen, unter dem die Locken seiner rötlichbraunen Haare hervorquollen. Mit einem freundlichen Lächeln, das von Herzen kam, begrüßte er mich. Stolz lag darin und Freude, ja, sein ganzer Körper schien eine Freude auszuströmen, wie ich sie an dieser Küste noch nie erlebt hatte. Unzählige Lachfältchen umrahmten seine strahlenden Augen. Wenn es Brüderlichkeit, Freundschaft und Liebe geben sollte, hier drückte sie sich aus. Doch plötzlich, als habe er bereut, sich so geöffnet zu haben, faßte er sich wieder. Die Falten seiner Stirn wurden schärfer, das Gesicht straffer, die Bartspitzen bebten, und die Augen blickten ernst. Doch seine Freude und seinen Stolz konnte er nicht verbergen, hartnäckig prägten sie auch weiterhin seine Züge.

Und mit einer Stimme, die trotz allem seine Freude verriet, sagte er: »Spring!«

Und ich sprang. Er legte ab, und nach einigen kurzen Schlägen ließ er die Ruder treiben, hob sie dann, ohne gegen die Bordwand zu stoßen, nacheinander übers Dollbord und legte sie längsseits ins Boot. Dann griff er mit den kräftigen, langen Fingern seiner mächtigen Hand nach der Knotenschnur des Anlassers und setzte mit einem ruckartigen Zug den Motor in Gang. Wir nahmen Kurs auf die Unselige Insel. Selims Motor von dreißig Pferdestärken pflügte eine schäumende Spur in die spiegelglatte See. Noch standen Sterne am Himmel, ihr fahles Licht fiel auf das Meer und die weit vor uns verschwommen im Morgennebel auftauchenden blauen Berge.

Dicht vor der Unseligen Insel stoppten wir. Das Meer lag ruhig da, kein Geräusch kam aus seiner unendlichen Tiefe, kein Plätschern war zu hören, aber gerade darum erschien es mir schwerer, dröhnender als sonst. An so einem Morgen, im fahlen Licht der verblassenden Sterne, wenn sich vom glatten Meeresspiegel sanft der Nebel hebt, spürt der Mensch die unbändige Macht und Größe des Meeres um so mehr. Ich scheute mich, Selim meine Gedanken zu offenbaren. Mir war, als befürchteten wir beide, diese lastende Schwere, diese unendliche Weite, diesen Stillstand zu stören, dies in sich ruhende Meer aufzuschrecken. Regungslos, die Stirn in Falten, suchte Selim mit zusammengekniffenen, falkenscharfen Augen das Meer ab. Hinter uns, im bläulich fahlen Dämmer der Sterne, lag verschwommen im Dunst, die Lichter noch ausgeknipst, das schlafende Istanbul mit seinen nur teilweise sichtbaren, teilweise wie in der Luft hängenden bleiernen Kuppeln, seinen Minaretten und Wohnhäusern. Jeden Augenblick mußte es erwachen, würde sich der Wirrwarr von Bussen, Autos, Pferdegespannen, Dampfern, Bugsierschleppern, Frachtkuttern, hochbepackt ächzenden Lastenträgern, gehetzt drängenden Menschen in überfüllten Straßen, vor Moscheen und Brücken ineinander verkeilen, und verwundert darüber, daß sich die Stadt trotz des erliegenden Verkehrs noch regt und bewegt, werden diese Menschen sich aufs neue in das große Schlachtgewühl stürzen, um an den Ort zu gelangen, den zu erreichen sie sich vorgenommen hatten. Und bald werden die Fischer in den Booten ihre Auslagen herrichten, werden Holzkohlen oder Butangas anzünden, werden in Mehl gewälzte Fische in riesige Pfannen mit siedendem Öl werfen und am Kai übers Dollbord hinweg verkaufen, und der würzige Geruch wird vom Karaköy-Platz bis weit hinauf zum Blumenbasar und bis zu den Verladerampen für Obst und Zitrusfrüchte ziehen. Schichtarbeiter, die früh am Morgen Hunger haben, Herumtreiber, die keine Schlafstelle, aber etwas Geld ergattern konnten, übriggebliebene Nachtschwärmer, junge, übermüdete Huren, die eine Nacht die Bordsteinkanten wetzten, Vagabunden, jugendliche Zigarettenverkäufer und Taschendiebe, Einbrecher, obdachlose Straßenjungen und Stricher, sie alle werden sich vor den am Kai liegenden Booten aufstellen und ein aufgeklapptes halbes Weizenbrot, gefüllt mit einem halben Blaubarsch, einem Viertel Makrele, einer Scheibe Thunfisch und einigen Brassen, in beide Hände nehmen und hineinbeißen, daß ihnen das Bratfett von den Mundwinkeln rinnt. Das dumpfe Grummeln der erwachenden Stadt Istanbul aber wird weit übers Meer bis zu uns herüberhallen, und die bleiernen Kuppeln, die Minarette und die häßlichen, zu diesen Minaretten überhaupt nicht passenden neuen Wohnhäuser werden sich ganz langsam aus dem Nebel schälen und sich ungeschlacht wie ein seltsamer Riese über die das Ufer säumenden steinalten Ringmauern hinweg dem Sonnenlicht entgegenstrecken.

Während meine Gedanken um Istanbul kreisten, spürte ich, daß Selim mich beobachtete, und ich wendete mich ihm zu. Doch da stand er sofort auf, griff nach der Knotenschnur, startete den Motor mit einem Ruck und setzte sich an die Ruderpinne. Wir fuhren um die Unselige Insel herum und nahmen Kurs auf die Große Prinzeninsel. Selims Blicke wanderten immer wieder über das Wasser. Fernab glitt in vollem Lichterglanz ein Passagierschiff vorüber, die Konturen seiner weißen Bordwände verwischten sich in der hellen See, verschwammen in ihrem milchig schimmernden Spiegel. Und ich sah, wie Selim, der bis jetzt gedankenversunken dasaß, als ginge ihn das alles nichts an, mit einem Ausdruck von Zufriedenheit und Stolz in seinem länglichen Gesicht, ganz heimlich den vorüberziehenden Dampfer verfolgte, dessen Heckwelle die ganze Weiße des Meeres hinter sich herzuschleppen schien. Kaum hatte Selim bemerkt, daß ich ihn beobachtete, huschte jenes Lächeln über seine Züge, das die Menschen wohl schon seit den Zeiten der Hominiden nicht unterdrücken können, wenn sie sich freuen. Als sich unsere Blicke trafen, leuchteten seine Augen erneut, wollte er etwas sagen, doch dann gab er es wieder auf. Wir näherten uns der Großen Insel aus Richtung Yalova und umfuhren die Perlmuttinsel. Selim war aufgestanden, beschattete mit seinen großen Händen die Augen und suchte rundherum das Meer ab. Querab, in Höhe Pendik, kreisten einige Möwen; er beobachtete sie eine Weile, und sein Gesicht verfinsterte sich zusehends. Vor der Kanincheninsel stoppten wir, Fischer Selim beugte sich über die Bordwand, schöpfte einigemal schnell hintereinander mit hohlen Händen Seewasser und klatschte es sich ins Gesicht. Danach richtete er sich wieder auf, und während das Wasser von seinem Gesicht auf den verblichenen grünen Pullover tropfte, strählte er nachdenklich seinen Schnauzbart, ließ dann enttäuscht die Arme herabhängen und versank in tiefes Grübeln.

Ich kannte diesen Gesichtsausdruck, diesen Gesichtsausdruck von Menschen, die verzweifelt versuchen, sich an etwas zu erinnern. Plötzlich, ganz unvermittelt, kam es mir über die Lippen: »Dort drüben ...« sagte ich und zeigte auf die Kanincheninsel, »siehst du, dort ...«

Besorgt, seinen Mißmut erregt zu haben, stockte ich.

»Und?« fragte er gedehnt.

Ich blickte ihm ins Gesicht, er schien sich über die Unterbrechung zu freuen.

»Was soll dort sein?«

Nun konnte ich nicht mehr zurück! Und wenn er mir nicht glaubte? Während er auf meine Antwort wartete, überlegte ich kurz und entschied mich, doch lieber zu schweigen.

»Was war dort?« bohrte er nach.

»Na ja, ist schon lange her«, stotterte ich, dann sprudelte es aus mir heraus: »Da waren wir dort fischen ...«

»Soso«, sagte er nur.

»Nun ja ...«

Daß ich ihm etwas hatte erzählen wollen und mich dann eines besseren besonnen, war ihm klargeworden.

»Erzähl's mir doch, ich glaube jemandem, wenn er die Wahrheit sagt!«

»Ich habe dort mit der Flugschnur einen Schwertfisch gefangen«, schoß es aus mir heraus.

»Soso«, sagte er und sah mir mit einem seltsamen Blick in die Augen.

»Wir haben ihn am Ufer gewogen, er brachte vierzehn Kilo auf die Waage.«

»Wie?« fragte er.

»Mit Ingenieur Memet Beys Boot und seiner Angel.«

»Ich glaube dir ja«, lächelte er, »aber wie?«

»Wie? Nun, ich hatte schon um die zwanzig Goldbrassen herausgezogen. Es lief gut. Plötzlich wurde die Schnur ganz schwer, ich zog und zog ...«

An seinem flachen Atem merkte ich, daß er jetzt gespannt zuhörte.

»Ich konnte den Fisch, falls es einer war, nicht heranziehen und rief Memet Bey zu, daß ich die Schnur nicht einholen könne. ›Gib Leine!‹, sagte er, und ich ließ locker. Je mehr ich Leine gab, desto weiter zog der Fisch davon ...«

»So machen sie's immer ...« Und während ich erzählte, leuchteten seine Augen.

»Bald hatte ich keine Schnur mehr nachzulassen. Straff wie die Saiten einer Geige spannte sie sich zum Zerreißen ... Mir wurde angst und bange.«

»Hinterherrudern!«

»Das taten wir. Wir ruderten und ruderten ... Dann muß der Fisch wohl müde geworden sein, denn die Schnur wurde locker, und während ich sie Hand über Hand einholte, kam der Fisch langsam näher. Jedesmal, wenn er wieder abzog, ließ ich locker, und wenn er locker ließ, holte ich wieder ein. Einmal hatte ich ihn so dicht am Boot, daß er auftauchte. Sein Rücken glänzte silbern blau, ein samtenes Blau wie Meer und Himmel, so wie Fensterscheiben leuchten, wenn es Abend wird, ja, so glänzte sein Rücken. Dann tauchte er schnell wieder ab.«

»Und was tatest du?«

»Ich? Ich gab ihm Leine!«

Sein Gesicht verfinsterte sich, gedankenverloren zog er die Stirn in tiefe Falten. In der Ferne krähte ein Hahn mehrmals hintereinander; seiner krächzenden Stimme nach mußte er sehr alt sein. Wenn, dann mußte ich jetzt ohne Umschweife meine Geschichte zu Ende bringen.

»Ich ließ die Schnur immer wieder ablaufen ... Sie haben auf die Uhr gesehen, drei Stunden lang, bei Gott!, hab ich den Fisch gedrillt und dann ins Boot geschwungen ... Doktor Ibo und Beco und Muzaffer ... Und Memet Bey lebt ja auch noch ... Falls du mir nicht glauben solltest ... Vierzehn Kilo. War ein kleiner Schwertfisch, aber immerhin. Sein Rücken war sehr blau ... Doch als er aus dem Wasser heraus war, wurde dieses Blau langsam stumpf und schließlich grau. Und die Angelschnur hatte sich um das Schwert gewickelt.«

»Los, fahren wir!« sagte Fischer Selim. »Seit drei Monaten bin ich hinter ihm her. Ich hab ihn gesehen. Er ist sehr schlau, schnell und wendig und über drei Meter lang ... Dreimal sind wir uns begegnet, jedesmal ist er mir entwischt. Doch ich bin hinter ihm her, werde ihn finden und fangen. Und einmal gefangen ... Das Kilo Schwertfisch bringt jetzt hundertfünfzig Lira ... Geradewegs zum Hilton, und wenn die nicht zu dem Preis kaufen, den ich haben will, bring ich den Fisch zum Sheraton, und wenn nicht dort, dann zum Hotel von Vehbi Bey, es heißt Mit Diwan oder so, Vehbi Bey wird schon kaufen, Vehbi Koc, er soll viel Geld haben. Der reichste Mann der Türkei. Wird der nicht kaufen?«

»Er wird kaufen.«

»Was sind für den schon siebentausendfünfhundert Lira, nicht wahr?« Mit beschwörendem Blick sah er mich an.

»Ja, was sind die schon für ihn«, antwortete ich.

»Ich werde diesen Fisch fangen, und dann ist alles im Lot.«

»Was soll dann im Lot sein, Fischer Selim?«

Er antwortete nicht und lächelte mit blitzenden Zähnen übers ganze Gesicht so kindlich, als habe er ein großes Geheimnis, das er ums Leben nicht preisgeben wolle.

»Ich werde ihn finden ... Es gab Zeiten, weißt du, da wimmelte es bis an den Rand dieses Marmarameers von Schwertfischen, riesengroßen, jeder einzelne an die drei bis vier Meter lang und dreihundert, fünfhundert, sechshundert Kilo schwer. Aber die Fischer und vornehmen Sportangler, die Dynamitfischer und die mit ihren Harpunen haben sie fast ausgerottet.«

Fischer Selim hatte sich in Wut geredet. Und wie es bei diesen wortkargen Menschen so ist: Treffen sie bei günstiger Gelegenheit auf ein geneigtes Ohr, dann gnade Gott ihren Zuhörern ...

»Den Delphinen erging es genauso. Dabei waren sie die Brüder des Menschen und die Freunde und Gefährten der Fischer. Ich hatte vor langer Zeit so einen Freund. Wo ich auch hinausfuhr, ob im Bosporus oder bei Pendik oder Ambarli oder bei den Prinzeninseln, er entdeckte meinen Kahn, als witterte er ihn auf vierzig Meilen, und kam hopsend und singend herbeigeschwommen. Dann tummelte er sich in meiner Nähe und begleitete mich bis zum meinen Fangplätzen. Und ich erkannte ihn an seinen so menschlich blickenden Augen, an seiner Narbe am Rücken und an seiner rechten Brustflosse, deren Spitze fehlte. Wir begrüßten uns wie alte Freunde. Kaum hatte er, aus welcher Entfernung auch immer, meinen Kahn entdeckt und mich gewittert, sprang er verrückt vor Freude einen Meter, manchmal, Gott ist mein Zeuge! zwei Meter hoch. Dann tauchte er wieder ein und war im nächsten Augenblick mit seiner ganzen Familie bei mir, kreiste begeistert um mein Boot, hob hin und wieder den Kopf aus dem Wasser, sah mich an und drehte weiter seine Runden. Nicht ich mit ihm, er war es, der mit mir sprach.«

Ich mußte lächeln, doch er nahm es mir nicht übel. »Ich unterhalte mich auch mit Menschen«, sagte er und lehnte sich selbstgefällig zurück.

Fischer Selims Freundschaft mit den Delphinen währte lang. Sie zählten den verschlossenen Mann zur Familie, hatten ihn als ihresgleichen angenommen, teilten mit ihm Freuden und Ängste. Schon wenn sie ihn sahen, lachten sie ihm zu. Ein Tier, das lacht? Ist Lachen und Weinen nicht nur dem Menschen eigen? Oh, Einfältiger, oh! In Wirklichkeit sind es doch die Menschen, die das Lachen verlernt haben! Und es ist auch der Mensch, der auf dieser Welt keinen Freund, keinen Kameraden mehr hat und der die Wärme einer Hand nicht mehr fühlen, die Schönheit eines liebenden Blickes nicht mehr genießen wird. Hoffnungslos und undankbar ist er geworden. Er ist es, dem die Schönheit der Welt gleichgültig ist, der keine Lebenslust mehr spürt, der den Himmel, unter dem er lebt, die Erde, auf der er wandelt, die fließenden Wasser nicht mehr betrachten kann, der wie ein Blinder durch die prachtvolle Natur tappt. Delphine aber, und die Fische allesamt, und die Vögel, Wölfe, Füchse und sonstigen Tiere bis hin zu Käfern und Insekten, sie genießen unsere Welt in vollen Zügen.

»In unserem Zeitalter ist es das größere Glück, Tier zu sein denn Menschenkind«, seufzte Fischer Selim.

Nicht von der Mutter, nicht vom Vater und nicht von den Brüdern, weder von den Kampfgefährten, mit denen er Schulter an Schulter auf die Feinde geschossen hatte, noch von Fischern, die ihm ihr Leben verdanken, von keinem Menschen, ein einziger ausgenommen, hatte Fischer Selim soviel Liebe erfahren wie von diesem drei Meter langen Delphin. Hatte der mächtige Fisch Selims Boot nur einige Tage nicht auf offener See ausgemacht, wurde er ganz wild und pflügte in diesem großen Marmarameer das Unterste zuoberst, tauchte wie der Blitz in Yalova ein und am Bosporus wieder auf, schnellte vom Bosporus weiter, um in der Bucht von Saros wieder aufzutauchen. Und vor Gram wie verrückt die ganze Familie hinter ihm her. An solchen Tagen schwamm der riesige Delphin dicht an die Boote heran und fragte die Fischer, schwamm dicht an die Schiffe heran und fragte die Matrosen, irrte dicht am Ufer rastlos zwischen Booten und Kähnen umher und fragte überall nach seinem Freund Selim, dem Fischer.

Die Fischer gingen zu Selim und riefen: »Hey, Fischer Selim, deiner war wieder unterwegs und suchte dich in allen Meeren.«

Dann lachte Selim, das Herz geschwellt vor Freude, und sagte sich, daß sich trotz allem noch schöne, hoffnungsfrohe Augenblicke im Leben des Menschen, zumindest in seinem Leben, bewahrt hatten.

Der Delphin wußte, daß Selim nicht hinausfahren konnte, wenn es stürmte. Blies der eisige Poyraz aus dem Norden oder der mächtige Lodos aus dem Süden, zog er in aller Ruhe hinter kleinen Fischen her, von denen er jedesmal eine Menge heruntersdhluckte, wenn er das Maul aufriß. Und Selim wußte, daß der Delphin an solchen Tagen traurig war und Sehnsucht nach ihm hatte. Aber war Selim nicht auch traurig? Auch er brannte darauf, so schnell wie möglich wieder hinauszufahren, und wünschte sich sehnlichst, daß der Sturm abebbte, daß sich Poyraz und Lodos legten. Entdeckte dann der Delphin nach einer längeren Trennung Fischer Selims Boot, kam er schon von weitem, und sei es von der Großen Prinzeninsel, angeschossen, schnellte alle hundert Meter hoch in die Luft, um seine Freude dem Meer und seinen Geschöpfen, den Fischen, Hummern, Krabben, Krebsen, Möwen, Sturmvögeln und Fischreihern mitzuteilen, war im Nu vor Kumkapi, umkreiste das Boot und schaute dabei mit blitzblanken Augen voller Bewunderung zu Fischer Selim empor.

»Sag mir nicht ›ist doch nur ein Tier‹!« fuhr Selim fort. »Ohne zu sprechen, sahen wir uns an und unterhielten uns. Er erzählte, ich hörte zu, ich erzählte, er hörte zu, und so erholten wir uns von unserer Trennung. Er berichtete von seiner Suche nach mir, wie besorgt er um mich gewesen sei, wie er bei jedem Fischer und jedem Matrosen nach mir gefragt habe. Dann regte ich mich über ihn auf, warf ihm vor, daß es ein Fehler sei, so dicht ans Ufer zu schwimmen, und bedeutete ihm eindringlich, daß die Menschen ihm eines Tages Schaden zufügen würden. Und er versprach mir, sich nicht noch einmal so leichtsinnig in Gefahr zu begeben. Aber ich wußte, der Arme würde die Sehnsucht nach seinem Freund nicht lange aushalten. Denn das Volk der Fische ist treuer, herzlicher, liebevoller als die Menschen. Haben sie sich einmal gebunden, lassen sie auf den Tod nicht von einem ab. Daß ich mit ihm wie mit einem guten Menschen sprach, wollte mir keiner glauben. Sie sagten, ich sei verrückt. Dabei sahen die Fischer, wie wir von morgens bis abends, er dort im Meer, ich im Boot, ineinander vertieft waren. ›Was treibt ihr denn da, he?‹ riefen sie anzüglich. Ich gab meistens keine Antwort, überhörte den Spott in ihren Stimmen. Manchmal aber wurde ich wütend und antwortete: ›Seid ihr denn blind? Seht ihr's denn nicht? Wir unterhalten uns.‹ Sie lachten. ›Seht her, Landsleute, seht her, Fischer Selim sitzt da und unterhält sich mit dem Delphin‹, feixten sie von Boot zu Boot; ›mit den Menschen redet er nicht, aber mit den Fischen‹, tratschten sie hinter meinem Rücken. Diese Eselsköpfe ... Aber als dann ...«

Er sprach nicht weiter, ruckte an der Knotenschnur, und der Motor startete auf der Stelle. Wir steuerten nach Westen. Selim stand auf, klemmte sich die Pinne zwischen die Beine, beschattete seine Augen mit beiden Händen und begann, rundum das Meer abzusuchen. Als wir vor der Unseligen Insel waren, ging hinter uns die Sonne auf. Wir sahen sie aufsteigen, rot wie die Scheibe einer Blutorange, sahen, wie sie die Wolken um sich herum in rötlichen Schimmer tauchte und die quellenden Wolkenränder mit flammendem Rot säumte, und wie das Weiß des Meeresspiegels nach und nach in Blau überging. Die langgestreckten Schatten, die auf dem Wasser lagen, wurden dunkler und deutlicher, und je höher die Sonne stieg, desto mehr nahmen sie die Form ihrer Objekte an, wurden die Schatten der Inseln den Inseln, der Schatten des Bootes dem Boot, die Schatten der Menschen den Menschen immer ähnlicher. In der Ferne funkelte das Meer dunkelblau, am Fuße der Insel smaragdgrün, und die Ufer färbten sich grau. Streifen von Blau, Lila, Lindgrün, Aschgrau, Wolkenweiß und Rot streckten sich über das Wasser, und ganz flüchtig fegte ein Strom von Licht drüber hin, unsichtbar fast, kaum zu spüren, blitzschnell wie ein kurzes Traumbild, ein Schatten, eine Idee von Licht.

»Schau, schau!« schrie Fischer Selim, »Hast du gesehen?«

»Ich hab nichts gesehen. Was war's denn?«
»Ein seltsames Licht. Es erscheint immer um diese Zeit. Ein Licht wie ein Nichts ... Dieses Licht, mußt du wissen, kann nur von unsrem Blut wahrgenommen werden ...«
Ich schaute ihn verwundert an.
»Aber es ist wahr«, sagte er, »es geschehen Dinge in dieser Welt, Bewegung, Licht, Nacht, Dunkelheit, Wolken, Farben, die der Mensch mit seinen Augen nicht sieht, nur mit seinem Blut, so flüchtig, wie sie sind. Niemand will mir glauben. Sie hielten mich für verrückt, als ich's erzählte. Also sprach ich nicht mehr mit ihnen.«
»Jetzt weiß ich, was du meinst. Ich hab das Licht gesehen, aber ganz kurz nur.«
»Natürlich hast du es gesehen«, entgegnete er und lachte, daß sich die tiefen Falten über sein kantiges, in der Sonne kupfern leuchtendes Gesicht fächerten. »Ich weiß, daß du's gesehen hast. Heute ein bißchen nur, morgen ein bißchen mehr, und du wirst es noch oft sehen, und in ein, zwei Jahren wirst du vor Freude in dieses Licht hineinfliegen, dich darin auflösen und spüren, wie dabei das Blut in deinen Adern unbändig pocht. Das kann niemand verstehen.«
Er setzte sich mir gegenüber hin; sanft schaukelte die See das Boot.
»Du wirst deiner Umwelt nicht mehr gleichgültig, nicht mehr blind gegenüberstehen, wirst dich mit allem, was du hast, ihr öffnen, mit deinen Adern, deinem Blut, deinen Augen, deinen Ohren, deinen Händen und Füßen, deinem Haar und Bart, deinen Zähnen und Nägeln, deiner Nase und deiner Haut, wirst offen sein für die Welt, offen für Farben und Geruch, Bitternis und Süße, Erde, Meer und Flüsse, Pflanzen und Blumen, Frühling, Winter und alles, was da kreucht und fleucht, wirst in allem leben, als Meer im Meer, als Fisch im Fisch, als Adler im Adler, als Pferd im Pferd, ja, als Wurm bis in die letzte Faser im Wurm, wirst es mit deinen Händen, Füßen, Haaren, mit deiner Haut, deiner Nase, deinen Ohren, mit allen deinen Knochen sehen, riechen, fühlen. – Ich bin

erschöpft«, sagte Fischer Selim schließlich, öffnete und schloß seine Arme, als wolle er das ganze Meer umarmen. »Da siehst du, wie ich zum Schwätzer werde. Begegne ich jemandem nach meinem Geschmack, kennt meine Kinnlade keinen Halt. Ob sie dir in Menekşe glauben, wenn du auf den Koran schwörst, daß du mich als Schwätzer erlebt hast, als einen, der ohne Unterlaß geredet hat?«

»Sie werden es nicht glauben.«

»Ja, sie werden es nicht glauben!« sagte er und sah mich zögernd mit Augen voller Fragen an.

»Nun sag schon«, ermunterte ich ihn, »frag!«

»Du«, begann er, »du schreibst Bücher, nicht wahr?«

»So ist es.«

»Ich hab sie gesehen«, freute er sich. »Die mit den Pferden auf dem Buchdeckel ... Auf einem ein orangefarbenes, auf einem anderen ein blaues Pferd ... Ein Mann mit einem Gewehr reitet sie. Im Galopp mit verhängten Zügeln ...«

»Ja, das sind die Bücher«, sagte ich. »Die hab ich geschrieben.«

Er lächelte verlegen.

»Wie konntest du so viele Wörter finden?«

»Es gibt viele Dinge auf der Welt.«

»Stimmt«, sagte er nachdenklich.

»Sieh dir dieses Meer an, das quirlende Leben darin, sieh dir diesen Himmel an und die Vögel, sieh dir diese dumpf dröhnende Stadt an, sieh dir dich an, sieh dir mich an!«

»Sieh dir mich an«, wiederholte er seufzend. »Auch heute haben wir ihn nicht gefunden.«

»Hoffentlich hat ihn nicht ein anderer gefangen.«

Er wurde bleich, seine Lippen liefen blau an, seine Hände begannen zu zittern, und der große Mann sackte in sich zusammen. Sein Blick schweifte übers Meer und zur Unseligen Insel hinüber.

»Das ist nicht möglich«, sagte er, wieder gefaßt, »Schwertfischjäger gibt es nicht mehr, und es ist gut so ... Denn diesen Fisch muß ich haben. Ja, diesen Fisch muß ich jagen.«

Er stand wieder auf, peilte mit der ausgestreckten Hand, schaute auf die Stadt, auf die Inseln und Klippen und murmelte dabei etwas in sich hinein.

»Stimmt«, sagte er, und während sich seine finstere Miene aufhellte, schwenkte der Bug auf die Küste. Der Motor begann überlaut zu tuckern und so stark den Kahn zu rütteln, daß man meinen konnte, er wolle auseinanderfliegen und auch das Boot in Stücke schlagen. Wir stoppten auf offenem Meer auf der Höhe von Zeytinburnu. In Fischer Selims weichem, neugierigem, kindlich anmutendem Gesicht hatten sich jetzt die harten Züge eines Mannes eingegraben, der seiner täglichen Arbeit nachging. Er stellte den gedrosselten Motor ab, das Boot dümpelte sanft. Selim holte einen Blechkasten aus der Plicht hervor, entnahm ihm einige Angelhaken und befestigte sie an der Leine. Dann beköderte er sie, und während er sie ins Wasser gleiten ließ, sagte er: »Die richtige Wassertiefe mußt du herausfinden!«

»Die finde ich.«

»Rote Meerbarben!«

»Hab ich mir gedacht.«

Überrascht sah er mich an.

»Hasan der Hinkende«, sagte ich.

»Warst du mit ihm fischen?«

»Einige Male.«

»Der beste Meerbarbenfischer der Welt. Da sieht man's, mit ihm sprechen diese roten, großäugigen Schlingel von Meerbarben. Und der fängt sie ohne Rücksicht auf die Tränen in ihren Augen.«

»Und mit dir?«

»Meerbarben? Die grüßen mich nicht einmal. Aber ich fange sie, auch wenn sie mich nicht grüßen, denn ich kenne ihre Schlupfwinkel.«

Während er seine Angelleine ablaufen ließ, beobachtete ich, ganz gespannte Aufmerksamkeit, Schnur und Hände, zählte, wieviel Faden Leine er sinken ließ, und versuchte zu ergründen, ob er die Köder schon auf die richtige Tiefe bringen wollte. Offensichtlich kannte er sich hier gut aus und wußte, wo die Fische standen. Doch er sagte nichts, er wollte mich prüfen.

Gleich nachdem er die Angelschnur ausgelegt hatte, begannen seine langen Arme sie gleichmäßig und schnell wie eine Maschine einzuholen und in der Mitte des Bootes aufzuschießen. Lauernd über die Bordwand gebeugt, ließ er das Wasser nicht aus den Augen, bis der rote Fisch an die Oberfläche kam. Dann griff er etwa zehn Zentimeter über dem Kopf des Fisches nach der Schnur, zog den zappelnden und im Sonnenlicht in herrlichem Rot funkelnden Fisch bis Augenhöhe aus dem Wasser, musterte ihn kurz, packte ihn mit der Linken hinter den Kiemen, hakte ihn los und warf ihn mit geübtem Griff ins Boot, ohne sich um den in der Bilge wie wild um sich schlagenden Fisch zu kümmern. Dann ließ er mit selbstzufriedenem Blick die Angelschnur wieder ins Wasser gleiten.

Jedesmal, wenn ein Fisch anbiß, huschte ein Leuchten über Selims Gesicht, begannen seine Arme wie eine Maschine zu rudern, nahm er mit zwei Fingern den in der Sonne funkelnden Fisch mühelos vom Haken und ließ die Leine wieder zu Wasser.

Bis zum Abend fuhrwerkten seine Arme so weiter, füllte sich das Boot mit roten Meerbarben, während ich in der ganzen Zeit nur drei davon angeln konnte. Es war offensichtlich, daß Fischer Selim eine besonders ergiebige Stelle ausgemacht hatte, von der sonst niemand wußte. Kein Fischer verrät die von ihm entdeckten Fangplätze. Hinzu kommt, daß nur wenige von ihnen der roten Meerbarbe nachstellen. Sie tun es nicht, weil sie wohl schwer zu fangen ist. Denn sie ist ein Bodenfisch, hält sich am Grund zwischen Felsen und Tang auf, und da mußt du schon jede Handbreit Meeresboden kennen, um sie zu ködern.

Wenn auch nicht ganz so gut wie Fischer Hasan der Hinkende, so kannte sich Fischer Selim doch da unten auf dem Meeresgrund ziemlich aus und wußte genau, wo die Barben ihre Schlupfwinkel hatten.

Als der Tag sich neigte, erhob sich der schnauzbärtige Fischer Selim, streckte und reckte sich mit weit geöffneten Armen in seiner ganzen ansehnlichen Größe, beschattete dann mit seinen mächtigen schwieligen Händen die von Falten umrahmten stahlblauen Augen und ließ seinen Blick von Yalova nach Pendik, von Pendik nach Kartal, von Kartal nach Bostanci und Moda und weiter nach Ahirkapi, Zeytinburnu, Menekşe und Ambarli über das ganze Meer schweifen. Eine leichte Abendbrise war aufgekommen und krüllte den glatten Meeresspiegel. Und tief im Westen hockte, nur halb noch, unter aufgetürmten, orange, lila und grün gefärbten Wolken, eine in lieblichem Rosa und weichem Violett schimmernde riesige Sonne.

Versunken in diesen herrlichen Anblick, saßen wir beide eine ganze Weile schweigend nur so da.

»Los, fahren wir!« sagte Selim, als er den Motor anwarf.

»Warte, ich muß noch meine Leine aufrollen.«

»Roll sie auf«, sagte er und stellte den Hebel auf Leerlauf.

Während ich die Angelschnur aufschoß, ging die Sonne unter, und uns umgab ein unglaublich schönes, samtweiches, leuchtendes Blau. Himmel und Meer verflossen ineinander, und der Geruch des Meeres legte sich über das Wasser. Als das Boot Kurs auf Menekşe nahm, tat Fischer Selim einen tiefen Atemzug. Über uns, wie weiße Tupfer im Blau, segelten die Möwen, begleiteten uns zur Küste, wo überall die Lichter aufflammten. Bald war das Ufer von Sarayburnu bis hin nach Ambarli ein einziges leuchtendes Band.

Danach bin ich mit Fischer Selim nicht mehr hinausgefahren, traf ihn aber auch sonst eine ganze Weile nicht. Ich war noch nie bei ihm gewesen, machte mich daher auf die Suche und fand schließlich das von Efeu und wilden Rosen umrankte, kastanienbraune Haus, dessen gesamte Vorderfront von einer Veranda abgegrenzt wurde. Neben der Tür stand eine viereckige Steinplatte mit römischen oder byzantinischen Schriftzeichen und einem Relief mit eigenartigen Blumenmustern. Ich klopfte, doch nichts rührte sich, nur aus dem Nachbarhaus streckte ein schönes junges Mädchen seinen Kopf heraus.

»Suchst du Fischer Selim, mein Bruder? Er ist schon seit langem nicht mehr nach Haus gekommen, weder nachts noch am Tag.«

»Wohin könnte er gegangen sein?«

»Manchmal scheint es ihn zu überkommen«, antwortete sie mit dem weichen Akzent der Umsiedler aus dem Balkan und in einem Ton, als spreche sie von einem seltsamen, liebenswerten Geschöpf. »Dann kommt er hin und wieder auch monatelang nicht nach Haus, fährt kreuz und quer über das Meer. Was wolltest du denn von ihm?«

»Nun, er ist mein Freund, und da ...«

Überrascht sah mich das Mädchen mit großen Augen an und lächelte dann sichtlich erfreut.

»Er hat also auch einen Freund«, murmelte sie, errötete über ihre eigenen Worte und senkte verschämt den Kopf.

»Natürlich hat er einen Freund, sogar einen ...«

»Wie schön, wie schön«, entfuhr es ihr. »Zeynel wolle ihn töten, heißt es, und da sei er aufs Meer hinaus und könne nicht mehr heim.«

»Ihn kann niemand töten«, entgegnete ich selbstsicher. »Er hat kürzlich den Zeynel ...«

»Ich hab's gehört«, fiel sie mir ins Wort. »Gott schütze ihn! Man sagt auch, daß er einem Fisch verfallen sei, doch der Fisch sei ein Wanderer der Meere, und nun folge Selim ihm überallhin.«

»Das soll aber vor langer Zeit gewesen sein, vor fünfzehn, zwanzig Jahren.«

»Mir hat man's jetzt erzählt.« Ihre Miene verfinsterte sich. »Was wollen sie eigentlich von dem Mann?«

»Keine Ahnung«, sagte ich. »Wie heißt du?«

»Nebile.«

»Nun, Nebile, sag Fischer Selim, wenn er nach Haus kommt, daß ich ihn gesucht habe, ja?«

»Wie soll ich, wenn er mit niemandem spricht.«

»Er spricht mit niemandem?«

»Aber er ist ein guter Mensch«, beeilte sich Nebile, »er sieht dir ohne Arg ins Gesicht, schaut dir grade in die Augen.«

»Und mit seinen Augen spricht er, spricht er von schönen Dingen«, fügte ich hinzu.

»Ja, das tut er«, sagte Nebile und strahlte.

Als ich mich wieder auf den Weg machte, legte Nebile eine Schallplatte auf; Ali Riza Binboga sang sein neuestes Lied.

Drei Tage später trafen wir vor den Ferienhäusern in Florya zusammen.

»Oho, Fischer Selim«, rief ich, »du hast dich wohl in Luft aufgelöst. Ich hab dich überall gesucht.«

»Das Mädchen von nebenan hat's mir erzählt, ich danke dir.« Mit einer weit ausholenden Handbewegung zeigte er auf das Meer: »Ich habe ihn nicht gefunden; jede Handbreit Marmarameer habe ich abgesucht, hab die ganze See durchpflügt, nichts, nichts, nichts!«

Den Gedanken, jemand anders könnte ihn gefangen haben, behielt ich lieber für mich und fragte nur: »Wohin könnte er denn sein?«

»Und wenn es Monate, und wenn es Jahre dauert, ich werde ihn aufspüren. Ich muß ihn unbedingt haben, Ağa.«

»Ja, ich weiß,«

»Wo mag er sich nur versteckt haben, dieser Hundesohn, ich habe doch keinen Winkel ausgelassen!«

»Das Meer ist sehr tief«, gab ich zu bedenken.

»Schwertfische legen sich nicht auf den Meeresgrund«, entgegnete er. »Das ist ja das Unglück dieser armen Kerle. Wer sich auch immer während der letzten zwanzig Jahre auf dem Wasser herumtrieb, konnte sie harpunieren. Sich zu verstecken verstehen die Armen nicht ... Nur vor mir verbirgt sich dieser Alte da. Es muß ja einen Grund haben, daß er allein überlebt hat, nicht wahr?«

»Er ist schlau«, meinte ich.

»Ja, schlau«, sagte er. »Wer weiß, wie viele Speere er schon mitgenommen, wie viele Leinen er zerrissen hat.«

»Ist er denn so riesig?«

»Was hast du denn gedacht«, begeisterte sich Fischer Selim, »was hast du denn gedacht! Fange ich ihn jetzt, hat er bestimmt sechshundert bis siebenhundert Kilo Gewicht, und damit kann ich all meine Wünsche erfüllen.«

Was denn seine Wünsche seien, durfte man Fischer Selim nicht fragen! Wir wurden nur Freunde, weil ich ihm niemals Fragen gestellt hatte. Auch jetzt frage ich nur, wenn er es von mir erwartet. Bei ihm bin ich immer auf der Hut. Denn er ist ein empfindlicher Mann, der Fischer Selim, und einer, der leicht übelnimmt.

Wir gingen bis Yeşilköy, ohne zu reden. Wie die meisten Seefahrer machte er kurze, springende Schritte.

»Laß uns zurückgehen«, sagte ich.

»Nehmen wir doch den Zug«, meinte er freudestrahlend und wie ein Lausbub listig blinzelnd.

»Gut, nehmen wir den Zug.«

Stolz wie Kinder auf ihr Spielzeug stiegen wir in den Zug und fuhren Eisenbahn bis Menekşe.

»Ich werde ihn finden.«

»Du wirst ihn finden.«

»Treffen wir uns um drei Uhr, vor dem Ruf zu Morgengebet?«

»Um drei Uhr.«

»Sehr gut.«

Als wir uns trafen, begann die See sich langsam aufzuhellen, schon bald würde das Marmarameer weiß wie eine verschneite Ebene vor uns liegen. Weit draußen stieß ein Schwarm Möwen immer wieder auf das Wasser nieder.

Der Delphin, Freund, Gefährte und Bruder, und dessen Familie hätten Fischer Selim damals reich machen können, reich wie Harun al Raschid, wenn er damals schon so verbittert gewesen wäre.

Aber damals hatte Fischer Selim sich noch nicht von den Menschen abgewandt, war er noch nicht so böse auf sie gewesen. Nun ist er beileibe kein grausamer, rachsüchtiger, böser und haßerfüllter Mann, aber er ist einer, der böse werden kann.

Böse auf Menschen, auf Fische, auf Vögel und Wölfe, Fliegen und Käfer, auf Bäume, Meer und Himmel. So ist nun einmal seine Natur, zum Teufel mit ihr, er kann sie selbst nicht ausstehen, aber was kann er dagegen ausrichten, wenn es ein Teil seines Selbst geworden ist. Fällt Dauerregen vom Himmel, und er kann deswegen nicht hinausfahren, ist er böse auf den Himmel und schaut ihn monatelang nicht an, mögen im Mai am Firmament die Sterne auch noch so funkeln und zu Hunderten, zu Tausenden die Nächte in blaues Licht tauchen. Er kann sogar böse auf das Meer werden, kehrt ihm monatelang den Rücken, schaut es nicht an, schaut es nicht an, auch wenn er, trunken vom Meeresduft, vor Sehnsucht vergeht ... Und dann, irgendwann, siehst du Selim rücklings unterm nächtlichen Himmel nur so daliegen, tief atmend, als wolle er ihn mit den Sternen in sich hineinsaugen, oder verrückt vor Freude in See stechen. Auch der Delphin, ohne Falsch und gutmütig, konnte böse werden. Und wie alle Großherzigen, ob Mensch oder Tier, war auch er überempfindlich. Als stammten Selim und der Delphin von derselben Mutter. Und auch die See, diese riesige See ist von empfindlicher Natur, und einmal gereizt, läßt sie niemanden an Fisch und Krebs und Krabbe auch nur schnuppern. Aber wie alle empfindlichen Naturen ist die See auch gutmütig und trägt den Haß nicht lang in ihrem Herzen, und eines Tages dauern die Menschen sie, sie wird weich und tischt ihnen alle Fische auf, die sie bisher in ihren Schlupfwinkeln verborgen hielt. Hüte dich vor denen, die nicht böse werden! War der Delphin gekränkt, ließ er sich tagelang nicht an Selims Fangplätzen blicken, zog weithin zu den Dardanellen, bis ihn die Sehnsucht übermannte und er schwupp wieder zurückkam und Selims Boot umkreiste.

Hin und wieder ärgerte sich Selim über die Menschen, die Tiere, das Meer, über Istanbul und die ganze Welt, alles hing ihm zum Halse heraus, er geriet beim geringsten Anlaß außer sich vor Wut. An solchen Tagen muß man den Delphin gesehen haben, wie er in Bootsnähe seine Possen riß, nur um Selim umzustimmen und ihn zum Lachen zu bringen. Das Meer, die Wolken, den Himmel, ja die ganze Küste schien er mit seiner guten Laune anzustecken, und er kicherte dabei wie ein Mensch. Grämte sich Selim, schwamm er vor ihm hin und her und grämte sich noch mehr. Kurz und gut, es war schon seltsam, was sich da zwischen dem Delphin und Selim abspielte. Denn der Delphin stöberte für Selim auch Fischgründe auf, die besonders reich waren an Meerbarben, Hummern und Krabben, kam dann zurück zu Selims Boot, setzte sich vor den Bug und führte ihn zu den Fangplätzen, wo Selim ganze Bootsladungen von Meerbarben angelte und auf dem Fischmarkt verkaufte. Die Gesichter der anderen Fischer wurden giftgrün vor Neid, und sie versuchten vergeblich, hinter Selims Geheimnis zu kommen. Und Selim hortete sein Geld. Nicht bei der Bank, nein, woanders eben, würde es horten, bis sein Traum sich erfüllte, und dann wird sich ja zeigen, wer der Geizige, zum Scheißen zu geizige ist, von wegen Fischer Selim, dann wird man den großzügigen Mann schon erleben, den Mann, der mit offenen Händen geben kann, nicht nur sein Geld, sogar sein Herz, wenn's darauf ankommt; ja, sie würden es schon noch erleben! Da war etwas, was Fischer Selim schon seit Jahren geheimhielt, jeder spürte es, doch niemand wußte Näheres. Konnte ein Mann wie Fischer Selim, der die ganze Welt befahren hatte, in der Tat so geizig sein und für einen Kuruş ein Haar vierzigmal spalten? Da gab es in seiner Jugend doch niemanden in ganz Kumkapi, der wie er das Messer so treffsicher werfen, die Lezginka so geschmeidig tanzen, in noch nie gehörten Sprachen so viele Lieder singen konnte, der in einer Nacht den Gewinn eines ganzen Jahres verjubelte, seinen Freunden Raki und Wein wie Wasser spendierte und sich so rührend um die Kranken und Armen kümmerte, nein, den gab es nicht und wird es auch nie mehr geben. Wenn Fischer Selim schlank und hochgewachsen mit dichtem, rötlichem Schnauzbart und seiner breiten, roten Bauchbinde, in der sein tscherkessischer Handschar mit nielloverziertem Heft und sein Nagant mit elfenbeinernem Griff steckten, am Ende der Straße nur auftauchte, stand das ganze Volk von Kumkapi mit seinen Türken, Kurden, Armeniern, Tscherkessen, Georgiern und Zigeunern schon grüßend auf den Beinen.

Doch am Ende verletzten sie ihn, und er wurde so böse auf sie, daß er nie wieder nach Kumkapi kam, und damit war es vorbei mit Kumkapis glanzvollem Ruf. Nach Fischer Selims Zeiten verwaiste Kumkapi, war's dort nie mehr so fröhlich wie früher, dämmerte der Ort wie zur Ader gelassen dahin. Mit Fischer Selims Weggang war Kumkapi eben nicht mehr Kumkapi, bis, ja bis Agop der Blinde dort aufkreuzte. Nach seiner Meinung ist Kumkapi nach Selim auf einem Auge blind. Was hatte dann der einäugige Agop dort noch zu suchen ... Nun, das langweilige Fischlokal in Kumkapi gehört ihm. Und wer dort einkehrt, nur um Fisch zu essen, dem möge der Fraß doch im Halse steckenbleiben! Agop der Blinde ist doch nicht auf die Welt gekommen, nur um diesen Luden Fisch zu braten und Raki zu kredenzen. Was er erwartet, ist Herzenswärme, ist ein gutes Gespräch unter Freunden. Wer das nicht bringt, klemme doch seinen Schwanz zwischen die Beine und verschwinde! Agop der Blinde hat eine Schwäche für Pferderennen, wettet dort seit Jahren, gewinnt und verliert, aber darum geht es nicht, er liebt die Pferde, und mehr noch ein Gespräch über Pferde. Und im Garten der armenischen Kirche von Kumkapi hält er sich dreiundzwanzig reinrassige Kampfhähne aus Denizli. Für so einen Hahn fährt er von den Dardanellen bis nach Adana, Antalya, Marasch oder Sivas, und aus allen Ecken von Anatolien bringen seine Freunde ihm die schönsten und besten Kampfhähne mit. Und was sagt der armenische Pope zu den Hähnen in seinem Garten? Nun, er ist ein gutmütiger Mann, der Pope, und meint, es seien auch Geschöpfe Gottes, was soll er sonst sagen, und was soll er Agop schon vorwerfen, wenn der Vorgarten der Kirche sogar sonntags fast menschenleer ist und nur von einigen alten Frauen und dem verrückten Serkiz aufgesucht wird ... Schließlich hat Agop der armenischen Kirche zu fröhlicher Lebendigkeit verholfen, indem er seine weltmeisterlichen Hähne dort unterbrachte, und der Oberpatriarch der armenischen Kirche sollte ihm dafür einen Orden verleihen.

Seit jenem Tag also hat Fischer Selim keinen Fuß mehr auf Kumkapis Straßen gesetzt, und jedermann im Ort hatte die Hoffnung aufgegeben, ihn dort wiederzusehen. Nicht nur keinen Fuß mehr dorthin gesetzt, auch Kumkapis Fischer hat er keines Grußes mehr gewürdigt. Er ging nach Menekşe, doch die Menschen dort standen denen in Kumkapi in nichts nach. Sie tratschten über ihn, lächelten ihn an, wenn sie vor ihm standen, und zogen hinter seinem Rücken über ihn her. Eine Zeitlang sah Selim großzügig darüber hinweg, doch als auch das nichts fruchtete, umgab er sich mit einer rauhen Schale, igelte sich darin wie in einer Festung ein. Hin und wieder ging er ins Kaffeehaus, beobachtete die Menschen, hörte sich ihre Abenteuer an und dachte darüber nach. Er lachte, verspottete sie, grämte sich über sie und fragte sich, warum sie so geworden waren und warum sie sich dieses irdische Paradies so zur Hölle gemacht hatten ... Der Mensch hat doch ein großes Herz, weit und hell wie die See, wie der Himmel, frisch wie eine knospende Blume, ein Herz, bebend vor Freude und Hoffnung. Warum ist es so dunkel in ihm geworden, hat er die Liebe, die Freude so verkümmern lassen, ist er so vergrämt, so traurig und so einsam?

Warum mögen die Menschen so gern zerstören, vernichten und töten? Der Mensch ist doch friedliebend, ist gütig, ist ein Geschöpf, das von ganzem Herzen lachen, in tiefster Seele leiden, bis ins Knochenmark fühlen und mit allen Fasern lieben kann. Warum also diese Wut, diese Rachsucht, diese Gleichgültigkeit, dieses Töten und Vernichten? Warum reißen sie die Blumen aus? Warum sind so wenige satt und Tausende hungrig, und wie können sie mit vollem Bauch vor den wütenden Augen der Hungernden ruhig schlafen? Warum sind die Satten so töricht?

Warum, zum Beispiel, ist Bestmann Dursun der Lase so geworden? Wer hat ihm dieses Böse eingeimpft? Warum haben er und seinesgleichen die Delphine im Marmarameer nach und nach ausgerottet und damit ihren Broterwerb eigenhändig gefährdet? Wenn scharenweise Delphine, die Gefährten der Vögel und Matrosen, in fröhlichem Spiel übers Wasser sprangen, scheuchten sie auch die Fische aus den Tiefen vor sich her an die Küste, wo die Fischer den reichen Segen des Meeres fingen, und das arme Volk von Istanbul konnte für zehn Kuruş einen Unechten Bonito essen, der heutzutage nicht unter hundert Lira das Paar zu bekommen ist. Wenn in jenen Zeiten die Fischer zurückkamen, wurden abends an den Stränden von Menekşe große Feuer angezündet, und weithin sichtbar wie Sterne leuchteten die Gluthaufen in der Ebene, und das einfache Volk von Florya und Yeşilköy, von Kalitarya und Küçükçekmece strömte mit Brot in den Händen herbei. Und die Fischer warfen je nach Fang und Anzahl der Wartenden zehn oder zwanzig Meereslämmer, wie sie die Bonitos nannten, in hohem Bogen auf den Strand, wo sie von jungen Burschen und Mädchen ausgenommen, im Meer gewaschen, gesalzen und in die Glut gelegt wurden. Waren sie gar, wurde ihr Fleisch in das aufgeklappte Weizenbrot gelegt und zuerst an die Kinder, dann an die Alten verteilt. Damals gab es an diesen Küsten keine bleichen, vom Hunger gezeichneten Gesichter. Und auch die Fische jener Zeit waren fetter und schmackhafter.

Irgend etwas muß sich da im Marmarameer getan haben, seitdem die Delphine ausgerottet worden sind, denn der Segen des Meeres ist ausgeblieben und die wenigen Fische, die noch gefangen werden, schmecken nicht mehr. Damals duftete die ganze Gegend hier nach den an den Stränden auf Holzfeuer gerösteten Fischen, und der Bratenduft vermischte sich mit dem Geruch des Meeres, so daß die Menschen vor Freude und Heißhunger ganz aus dem Häuschen gerieten. Und an lauen Abenden im Frühling aßen die Kinder mit verzückten Augen und von Fett triefenden Mündern und Fingern die knusprigen Fische und wurden satt. Ja, Menekşe war seinerzeit ein einziges Lied der Freude. Erst wenn das Volk an dieser Küste sich satt gegessen hatte, brachten die Fischer ihren Fang zum Fischmarkt nach Istanbul, verkauften ihn und kamen mit einem Armvoll Geld zurück. Aber nach der Sache mit den Delphinen ...

Damals jedenfalls, niemand erinnert sich an das Jahr, das aus der Zeit verdammt sei, brachte der Tran von Delphinen viel Geld ein. Die Ausländer hatten großen Bedarf, und ein Tropfen von dem Öl war so gut wie ein Gramm Gold. Und in jenem Jahr gab es dann im Schwarzen Meer und in der Ägäis keinen Fischer mehr, sie alle fielen ins Marmarameer ein. Sogar aus dem Mittelmeer, aus Antalya und Bodrum kamen sie herbei, und als die Fischer vom Bosporus sich ihnen auch noch anschlossen, nahm das große Jagen und Gemetzel seinen Lauf. Noch heute sollen vom Marmarameer her die Todesschreie der Delphine zu hören sein. Denn sie schrien, die Delphine, wenn sie gefangen, wenn sie harpuniert, geschossen oder von Dynamitpatronen getroffen wurden.

Fahrensmänner wie Hasan der Hinkende, Bestmann Hasan der Kurze aus Rumelikavak, Schiffsführer Sultan, Schiffsführer Temel der Lase, Schiffsführer Rüstem und Selim der Fischer beschworen gleich zu Anfang die Fischer einzuhalten, sagten, daß sie ja eigenhändig das ihnen gewogene Schicksal abwürgten und es im Marmarameer schon bald nicht einmal mehr Fische für Krankenkost geben würde und mit dem Aussterben der Delphine sie alle vor Kummer und Hunger sterben müßten. Aber wer hörte schon auf sie; die Fischer lachten ihnen ins Gesicht. Daraufhin gingen sie zum Präfekten, sagten, so und so sähe es aus, rette, o Präfekt, das Marmarameer, unser Meer und täglich Brot, aus den Händen dieser grausamen Trottel! »Ja, ja«, sagte der Präfekt, ohne den Blick von seinen Akten zu heben, »so ist es also, die machen sich auf, das Marmarameer auszuräumen, ja?« Und hoffnungsfroh sprangen die Männer auf und riefen: »Sie räumen es aus, sie räumen es aus.«

Der Präfekt betrachtete sie mit einem seltsam verträumten

Blick, als ob er Geschöpfe vor sich habe, die aus einer fernen Welt zu ihm gekommen waren, und fügte mit schläfriger Stimme wie ein Traumwandler hinzu: »Die haben sich also vorgenommen, das Marmarameer auszuräumen, wir werden das Erforderliche veranlassen.« Sprach's, musterte sie eingehend vom Scheitel bis zur Sohle und vergrub sich wieder in die Akten auf seinem Schreibtisch. Da standen sie nun in dem riesigen Raum, wo einst Wesire residierten, und warteten geduldig, entlassen zu werden. Doch der Präfekt verlor kein Wort mehr an sie. Zum Glück eilte ein Polizeibeamter der Präfektur herbei und gab ihnen ein Zeichen hinauszugehen.

Sie telegrafierten an den Präsidenten der Republik, an den Premierminister, an die Abgeordneten und wer ihnen sonst noch so einfiel, schrieben »Oooh Präsident, das Marmarameer ist rot vom Blut der Delphine!«

Von niemandem bekamen sie eine Antwort. Als von der Regierung nichts unternommen wurde, fuhren sie wieder hinaus, kreuzten von einem Boot zum andern, beschworen jeden Fischer. Doch wieder hörte niemand auf sie. Überdies wurden sie als verrückte Spinner verlacht, und manch einer beschimpfte sie samt ihren Müttern und Frauen.

Enttäuscht gaben sie auf, nur Fischer Selim nicht. Er nahm sich jeden Fischer vor, flehte und warnte, redete stundenlang auf ihn ein, versuchte ihm klarzumachen, daß das Meer veröden würde.

»Haltet ein, hört auf damit, das Meer ist voller Fische. Tötet doch die Delphine nicht, werft kein Dynamit und erschießt sie nicht, ich bitte euch! Der Delphin ist wie ein Mensch, ja, er ist ein Mensch, und einen Delphin zu töten ist eine größere Sünde als Menschenmord. Vierzig Tage und Nächte hat dieser Fisch unseren Propheten Jonas in seinem Magen getragen und hat ihm kein Härchen gekrümmt. Deswegen heißt der Delphin auch Jonasfisch, weil er ein heiliger Fisch ist und damit ihn niemand jagt und tötet ...«

Und jedesmal schloß Fischer Selim mit den Worten:

»Der Zorn des Meeres wird über uns kommen, der Zorn

des Meeres, nach dem Bösen, das wir ihm angetan haben, wird es uns nicht eine Sprotte mehr schenken ... Der Zorn des Meeres ...«

Und die Fischer nannten ihn seitdem »Selim Zorn des Meeres«.

»Wer, sagst du, ist wiedergekommen?«
»Na, wer schon, Selim Zorn des Meeres.«
»Wer?«
»Der da sagt, das Meer komme über uns.«
»Wer?«
»Der das Meer ausplündert.«
»Wer?«
»Der sein Herz an einen Delphin verloren hat.«
»Wer?«
»Der sich in einen Delphin verliebt, der einen Delphin gefreit hat.«
»Wer?«
»Der sich mit einem Delphin paarte.«
»Wer?«
»Seliiim Zorn des Meeres.«

Die ganze Küste entlang, in jeder Bucht hatte man riesige Kupferkessel aufgestellt, darunter dicke Holzscheite angezündet und damit begonnen, Delphine auszukochen. Aus jeder Bucht des Marmarameeres stiegen fettige Dämpfe zum Himmel und die See stank nach brandigem Tran. Und entlang der Küste begann dieser Geruch Erde, Bäume, Blumen und Menschen zu befallen, in sie einzudringen.

In den Buchten aber wurden weiterhin zu Hunderten aufgereihte Kadaver in Stücke geschnitten, in die Kessel geschichtet, zum Sieden gebracht und das so ausgekochte Öl mit Schöpfkellen in Fässer gefüllt, die dann eins nach dem andern in den Ladeluken der vor Haydarpaşa ankernden fremden Frachter verschwanden. Und ohne Unterlaß brachten dickbäuchige Kähne Nachschub, schleppten vollbeladene, dickbäuchige Kähne Delphine ans Ufer.

Selim hatte sich mittlerweile damit abgefunden, daß seine

Ratschläge, seine wahren Worte und Drohungen nichts brachten, und war wieder seiner Arbeit nachgegangen. Wie sollte er auch seine Delphin-Familie retten, wenn er nichts gegen den Mord an allen Delphinen unternehmen konnte? Er konnte die fünf ja nicht an sein Boot festbinden ... Wenn nicht heute, dann morgen würden sie in diesem riesigen Meer irgendeinem Fischer ins Netz gehen. Tag und Nacht dachte er nach und fand keinen Ausweg für seine Delphine da draußen in der weiten See. Und jeden Morgen fuhr er mit angstbebendem Herzen hinaus, das wiederum vor Freude hüpfte, wenn er von weitem seine herbeieilenden Delphine entdeckte.

Eines Nachts dachte er ernsthaft daran, seine Delphine selbst zu fangen und zu verkaufen, bevor diese niederträchtigen Fischer sie zu Tran siedeten. Bis zum Morgen quälte er sich mit diesem Gedanken herum, doch als er hinausfuhr und seine Familie voller Wiedersehensfreude mit schäumender Spur aus der Gegend der Großen Insel auf sich zuschießen sah, machte er sich bittere Vorwürfe, so einen niederträchtigen Gedanken überhaupt in Erwägung gezogen zu haben. Er verbrachte den ganzen Tag mit Mutter Delphin und erörterte mit ihr bis ins kleinste die ganze Angelegenheit, aber wozu sollte das nützen, wenn das arme Tier früher oder später sowieso einem seiner Mörder begegnen würde? Und als der Abend kam und der Delphin sich davonmachen wollte, gewahrte Selim zwei Tränen in seinen Augen. Selim schwor Stein und Bein, daß der Fisch geweint habe. Und Selim konnte nicht anders, als seinerseits in Tränen auszubrechen, so beweinten sich die beiden wie zwei, die ihr böses Schicksal voraussehen.

Ganz plötzlich, Fischer Selim hatte schon Kurs auf Menekşe genommen, loderte in ihm wie ein Freudenfeuer wieder Hoffnung auf. Er würde alle Buchten abfahren, bei jedem Kutter längsseits gehen und den Leuten einen Delphin mit einem schwarzen, runden Fleck auf dem Rücken und einem Knick in der rechten Flossenspitze beschreiben, der seine Schwanzflosse nicht wie üblich aufstellte, sondern gerade hielt, und von ihnen verlangen, diesen Delphin samt Familie nicht anzurühren. Für das Heil seiner Familie würde er diese gottverdammten, unverbesserlichen, gierigen Hunde anflehen. Schon ihre Gesichter konnte er auf den Tod nicht ausstehen, aber was blieb dem armen Fischer Selim anderes übrig, als zu ertragen, was nicht zu ändern ist.

Er startete in Pendik, fuhr weiter zur Kanincheninsel und all den kleineren Inseln in ihrer Nähe, ließ keine der Buchten außer acht, doch nirgends traf er auf jemanden, der Kessel aufgestellt hatte. Dann nahm er Kurs auf den Golf von Gemlik. Schon von weitem entdeckte er die Rauchfahnen. In jeder Bucht brannten mehrere Feuer und verqualmten den Strand. Kurz vor Mudanya warf er in einer kleinen Bucht Anker und ruderte mit dem Beiboot zu den Fischern am Ufer. Auf den Felsen lagen lang ausgestreckt fünfzehn bis zwanzig Delphine, im Kopf eines jeden mehrere tiefe, schwarze Einschüsse. Als Selim den Schiffer Teslim entdeckte, war er erleichtert, ihn kannte er seit Jahren, und seinerzeit in Kumkapi hatten sie wie Pech und Schwefel zusammengehalten. Aber mit Kumkapi hatte Selim auch ihn hinter sich gelassen und nie wieder aufgesucht. Wie sollte er ihm jetzt von seinen Sorgen erzählen ...

Als Teslim der Schiffer Selim von weitem entdeckte, kam er zum Strand heruntergelaufen.

»Sei willkommen, Fischer Selim, mein Bruder!« rief er und umarmte ihn. Sie gingen zum Feuer, wo Teslim Kaffee aufbrühte, und setzten sich dort auf einen glatten Steinblock. Der Schiffer wunderte sich, daß Selim zu ihm gekommen war. Eher ließe sich Fischer Selim doch totschlagen, als jemanden mit einem Anliegen aufzusuchen. Er reichte ihm eine Zigarette, Fischer Selim nahm sie an. Auch Teslim steckte sich eine Zigarette in seine kantige Bernsteinspitze, bückte sich, nahm einen glühenden Span und brannte sie an. Selim tat es ihm gleich.

»Diese Sache lohnt sich, Fischer Selim«, begann Teslim der Schiffer, »die Delphine sind unsere Rettung. Die ausländischen Dampfer liegen in Istanbul auf der Reede und übernehmen soviel Tran, wie wir herbeischaffen können.«

»Ja, das tun sie«, seufzte Selim.

»Wäre dieses Geschäft mit den Delphinen nicht gekommen, hätten ich und befreundete Schiffsführer unsere Kutter mit Sicherheit noch in diesem Jahr verkauft. Die Fischerei hat uns nicht satt gemacht. Vor einigen Tagen hab ich vierzehn Faß Tran verladen und damit mehr verdient als jemals zuvor mit Fischfang.«

»Ihr habt nicht gut getan!« stieß Selim empört hervor, »nein, ihr habt nicht gut getan. Der Zorn des Meeres wird über uns kommen, die Delphine waren die Schönheit der See, Gott wird uns grollen, die Delphine waren die schönsten unter seinen Geschöpfen, Prophet Mohammed und Prophet Jonas werden uns grollen, die Delphine waren ihre Lieblinge ... Ihr habt nicht gut getan. Die Meere werden veröden, die Welt wird sich gegen uns stellen. Wenn es keine Delphine mehr gibt, werden die Meere sich uns verschließen, wird die See uns eine Mauer der Finsternis sein.«

»Ich weiß«, antwortete Schiffer Teslim, »aber was kann ich dagegen tun. Jage ich sie nicht, jagt sie ein anderer, mache ich den Delphinen nicht den Garaus, macht's ein anderer. Sieh dir doch an, wie sie hinter den armen Tieren her sind ... Seit einem Monat schon färbt das Blut der Delphine das Marmarameer ...«

An der Böschung hinter ihnen lehnten fünf Mausergewehre, und auf der Erde lag haufenweise Munition. Ein Teil der Mannschaft war damit beschäftigt, ein Zelt aufzubauen, die andern zerschnitten mit Schlachtermessern auf den Felsen aufgereihte Delphine und warfen die Stücke in Tausendliterkessel, die über loderndem Feuer hingen. Ein stechender Gestank ausgelassenen Trans hing über der ganzen Bucht.

»Das Marmarameer ist jetzt ein Schlachtfeld«, sagte Schiffer Teslim, ein hochgewachsener, sich leicht gebeugt haltender Mann mit Hakennase, hervortretenden Backenknochen, mit schlaffen Wangen, messerschmalen Lippen und hervorspringendem Adamsapfel.

Doch Fischer Selim schwieg gedankenversunken, und Teslim war nicht entgangen, daß er hin und wieder verstohlen die Gewehre musterte.

»Ich habe eines meiner Boote verkauft, das grüne, so schön wie ein Mädchen, und für das Geld diese Gewehre gekauft. Es war das Beste, was ich tun konnte. Und dann habe ich noch eine Besatzung von Kurden angeheuert, Schützen, die ins Auge des Kranichs treffen ... Schon früh fahren wir aufs Meer hinaus. Haso der Kurde legt nur so an, drückt auf den Abzug, ohne zu zielen ... einen, zwei, drei, vier, fünf ... Fische ...«

Tiefe Falten durchzogen jetzt Schiffsführer Teslims Gesicht, seine Züge verkrampften sich im Kummer, den er zu überspielen suchte, indem er weiterredete: »In zwei Stunden etwa haben wir die drei Kutter dort bis obenhin beladen. Danach heißt es sieden, sieden, Tran verkaufen!« Plötzlich veränderte sich seine Miene, er lachte, daß seine bernsteingelben, schlechten Zähne bloßlagen, und rief: »Wenn es so weitergeht, werden wir alle Hauseigentümer, wir Fischer vom Marmarameer ...«

»Euch Fischern vom Marmarameer ist nicht zu helfen, Gottes heiliger Zorn wird euch treffen«, sagte Fischer Selim mit geballten Fäusten und erhob sich. »Euch sind Glaube, Menschlichkeit und Gottesfurcht abhanden gekommen. In ein, zwei Jahren werdet ihr schon sehen, was die Stunde geschlagen hat, wenn die Delphine nicht mehr da sind ... Denkt ihr denn, daß die anderen Fische im Marmarameer bleiben, wenn ihr die Delphine tötet?«

»Ich weiß, sie werden nicht bleiben, sie werden davonziehen oder nach dem Tod der Delphine auch sterben, ich weiß, ohne Delphine wird das Marmarameer nicht mehr dasselbe sein ...«

Fischer Selim packte Teslim den Schiffsführer am Kragen und schüttelte ihn unter den Augen seiner Mannschaft, die ihre Arbeit unterbrochen hatte und die beiden beobachtete, einigemal hin und her und rief: »Wer meinen Delphin, wer meine fünfköpfige Delphinfamilie tötet, dem mache ich das

Marmarameer und die ganze Welt zur Hölle. Für Blut will ich Blut, für Blut nehme ich Blut.«

»Woher soll ich denn wissen, daß es deine Fische da unten sind?« fragte ihn Teslim der Schiffsführer und sah ihm fest in die Augen. »Los, sag's mir, Fischer Selim, und ich wäre dir dankbar dafür!«

Daran hatte Fischer Selim in seiner Wut und Trauer überhaupt nicht gedacht. Verdutzt überlegte er. Sollte er sagen, der Delphin habe eine Narbe am Rücken, ein großes schwarzes Mal, und halte die Schwanzflosse gestreckt? Aber wie sollte jemand von weitem diese Einzelheiten erkennen, wenn er mit einer Mauser auf einen schwimmenden Delphin anlegt?

»Darauf kann ich keine Rücksicht nehmen«, brüllte Fischer Selim, eilte im Laufschritt den Strand hinunter, sprang ins Beiboot und ruderte zu seinem Kutter.

Wieder an Deck, verharrte er zur Sonne gewandt eine Weile mit zusammengekniffenen Augen, fragte sich, was zu tun sei. Sollte er sich auch eine Mauser besorgen, dazu drei Mann und zwei Kessel und mit der Jagd auf Delphine beginnen? Jagen und sieden und den Tran verkaufen und sich in sechs Monaten, ach was, in drei Monaten schon alle Wünsche erfüllen? Bald würde es sowieso keine Delphine mehr im Marmarameer geben, und wenn er sich auch noch so bemühte, früher oder später würden diese wild gewordenen Bestien auch seine Delphinfamilie töten. War Schiffer Teslim denn jetzt ein schlechter Mensch, ein Ungeheuer gar? Gibt es denn in der Stadt Istanbul einen Menschen, der herzlicher, gutmütiger, freundlicher und freundschaftlicher ist als er? Wenn ein Mensch dazu geschaffen ist, Fischer zu sein, wird er auch seinen Vater töten, wenn der durch die Meere zieht ... Los, Fischer Selim, das ist die Gelegenheit! Sag, Fischer Selim, wird sich in diesem verfluchten Beruf der Fischerei jemals wieder so eine Gelegenheit ergeben? Wenn du diese Gelegenheit wie all die vorigen versäumst, weil du dir befiehlst, Mensch zu sein und Mensch zu bleiben, dann wirst du in diesem Leben das Ziel, das du dir stecktest, schwerlich erreichen, Selim, Selim,

Fischer Selim! Komm, spiel hier nicht das Herz aus Mürbeteig und denk daran, auch du wirst älter, o Selim, o Selim!

Die Mauser kann er von Mustafa »dem Blinden« bekommen ... Neun deutsche Flinten stehen in dessen Hütte, blitzblank wie Jungfern stehen sie da ... Davon wird Mustafa ihm schon eine geben. Und was hat Cemil der Kurde denn sonst zu tun? Er ist Schmied, hartherzig dazu, wenn ich ihm sage, komm her, Cemil, nimm dieses Gewehr und schieß Delphine, wird er da etwa nicht anlegen? Und trifft er etwa nicht beim ersten Schuß eine hochgeworfene Münze? Und Murat der Lase, nennt man ihn nicht auch den Algerier, weil er sogar vor Algeriens Küsten gefischt hat? Und worauf wartet der Büffelhirte Muharrem denn noch, wenn nicht auf die großen Kessel über dem Feuer, in die er mit aufgekrempelten Ärmeln die Delphine mit den menschlichen Augen hineinschneiden kann!

Er warf den Motor an und fuhr aufs offene Meer hinaus, ohne zu überlegen, wohin.

Als er nach Menekşe zurückkam, war er müde, der Kopf schwindelte ihm. Was ist schon dabei, wenn auch er Delphine jagte. All die andern schossen diese schönen Tiere ja nicht zum Vergnügen, nicht wahr? Jedermann, der aufs Meer hinausfuhr, liebte die Delphine, denn sie sind jedermanns Gefährte und jedermanns Augenweide auf endlos verlassener See. Und Fischer und Eigner wissen sehr wohl, daß Delphine die Fische in ihren Gründen aufscheuchen und auf die Küste zu, geradewegs in die Fangnetze der Fischer treiben. Und jeder Fischer weiß auch, daß die See, zu einer öden Wüste verkommen, dem Menschen zürnen wird, weil die Delphine sich davongemacht haben. Und ob sie es alle wissen! Schließlich gibt es kein gerisseneres Volk als das Volk der Fischer.

In jener Nacht konnte er kein Auge zutun, und kaum graute der Morgen, eilte er vor Mustafa des Blinden Haustür. Der hätte vor Überraschung beinahe sein Gaumenzäpfchen verschluckt, als er Selim erblickte. Fischer Selim, ausgerechnet der, im Morgengrauen vor einer Tür stehen, anklopfen und schüchtern wie ein kleiner Junge »Merhaba, Bruder« sagen? Mustafa der Blinde traute seinen Augen nicht.

»Wilkommen, willkommen, du bringst Freude ins Haus, komm und trink meinen bescheidenen Kaffee«, sagte er und rief ins Haus: »Mädchen, bring zwei Stühle und einen Tisch und stell sie unter den Baum und sieh, wer gekommen ist!«

»Wer ist's denn?« ließ sich eine gleichgültige Frauenstimme vernehmen.

»Fischer Selim, Fischer Selim«, antwortete Mustafa der Blinde.

»Fischer Selim?« rief die Frau, kaum daß sie den Namen gehört hatte, und war im nächsten Augenblick herbeigeeilt.

»Jaaa«, lachte Mustafa, und Stolz schwang in seiner Stimme, »wer denn sonst! Fischer Selim hat an unsere Tür geklopft.«

Die Frau lief zurück ins Haus, trug Tisch und Stühle ins Freie, stellte sie unter den Baum, und die Männer setzten sich. Dann hastete sie aufgeregt zurück, um Kaffee zu kochen.

»Jaaa, ja, so ist es«, sagte Mustafa der Blinde.

»Jaaa«, sagte Fischer Selim.

»Jaaa«, wiederholte Mustafa.

Eine ganze Weile wußte keiner von beiden, wie er beginnen solle, und Fischer Selim fühlte sich unbehaglich.

»Auch ich«, brach es dann zornig aus ihm heraus, und er bebte wie gespannter Eisendraht, »auch ich ... Auch ich ... Auch ich, Delphine ...« Seine Stimme versagte.

Beim Wort Delphine hatte Mustafa der Blinde seine Fassung zurückgewonnen.

»Du willst also auch Delphine jagen? Wie schön, wie schön. Sieh, keiner ist an Land geblieben, jeder ist auf Delphinjagd. Sie sagen, jeder Fischer werde reich wie Harun al Raschid. Die Fischzüge im Marmarameer nehmen ja kein Ende.«

»Und ob sie ein Ende nehmen«, schrie Fischer Selim, »sie werden ein solches Ende nehmen, daß für jeden Fischer Harun kein mickriger Lippfisch mehr übrigbleibt und sie alle vor Hunger sterben.«

»Ich wünschte«, fuhr Mustafa der Blinde fort, »ich könnte

mir auch ein Boot nehmen und hinausfahren ...« Während er so weiterredete, drückte Fischer Selim die linke Faust in seine rechte Handfläche und rieb sie, als wolle er sie zermahlen.

»Aber ich war ja noch nie draußen auf dem Meer, habe in meinem ganzen Leben noch nicht einmal beim Fischfang zugeschaut. Du weißt ja, meine deutschen Flinten, da kommt doch gestern einer und kauft sie mir alle ab. Mit Munition. Zehn Jahre lang wollte sie keiner haben, und der zählte mir, ohne viel zu fragen, das Geld auf die Hand. Das Fünffache von dem, was ich verlangt hätte. Ich hatte nichts dagegen, nickte nur. Der Mann trug einen langgezwirbelten, schwarzen Schnauzbart, der in der Sonne grünlich schimmerte. ›Mein Ağa‹, fragte ich, ›was machst du mit soviel Gewehren, da hat doch hoffentlich niemand den Krieg erklärt oder so was?‹ ›Doch, doch‹, lachte der Mann, ›und ob der erklärt wurde ... Der Krieg zwischen den Marmarafischern und den Delphinen ... Und ich ziehe mit dem Boot in die Schlacht. Und mein ganzes Vermögen habe ich in diesen Feldzug gesteckt, habe sogar mein Land verkauft.‹ Hör zu, Fischer Selim, Bruder, wenn du willst, gebe ich dir eine dieser deutschen Flinten, und um die Bezahlung mach dir keine Sorgen, du bist noch nie jemandem etwas schuldig geblieben, keinem Menschen, keinem Vierbeiner und keinem Fisch. Wenn du willst, ich habe noch eine von den deutschen Flinten, nagelneu ... Geld, wer will Geld von dir, Selim, mein Löwe ... Erledige, was du vorhast, und wenn du willst, bringst du sie mir nach getaner Arbeit zurück, mein Leben für dich, Bruder Selim. Wir gehören zu denen, die wissen, wer wer ist. Und hätte ich tausend Gewehre, ich würde sie dir auf dein Boot bringen. Mit einem Menschen wie dir wird doch nicht über Geld gesprochen, Fischer Selim, großer Bruder ...«

Fischer Selims Falten in der zerfurchten Stirn schienen jetzt noch schärfer, seine Augen noch tiefer in den Höhlen zu liegen, und seine Hände zitterten.

»Der Mann sagte ... Mach du dir keine Gedanken über das Geld für die Flinte, Selim, Bruder, mein Leben für dich ...

Der Mann sagte: ›Die Jagd auf den Delphin macht einen in sechs Monaten reich.‹ Der Mann sagte: ›Und wenn es im Marmarameer keine Delphine mehr gibt, wartet auf uns doch noch immer das Schwarze Meer‹, und der Mann sagte: ›Die Welt ist voller Meere, haben wir etwa einen Mangel an Meeren?‹«

Kaffeeduft durchzog die frische Morgenluft, als die Frau mit geröteten Wangen, bernsteinfarben blitzenden Augen und breiten, wiegenden Hüften jetzt auf einem silbernen Tablett die rotgeränderten, henkellosen Täßchen alter Zeiten herausbrachte.

»Bediene dich, bitte, Fischer Selim, mein Ağa, und sei willkommen in unserem Haus«, sagte sie und hielt ihm das Tablett hin. Selim streckte sich vor, nahm mit zitternden Händen einen Kaffee, wobei einige Tropfen in die Untertasse schwappten, führte die Tasse sofort an seine Lippen, leerte sie in einem Zug und erhob sich.

»Alles Gute für euch, alles Gute!« sagte er und ging den Hang hinunter zum Ufer. Er war schweißgebadet und völlig erschöpft, als plötzlich Osman vor ihm auftauchte.

»Osman, Osman«, sagte Selim außer Atem, »morgen früh fahre ich mit der Mauser hinaus, Delphine jagen.«

»Tu es«, antwortete Osman, überglücklich, daß Fischer Selim ihn angesprochen hatte, »fahr hinaus! Da ist kein Fischer mehr an dieser Küste, der nicht reich geworden ist. Egal wer, jeder tötet Delphine. Ohooo, Fischer Selim, großer Bruder, wer soll denn auf Delphinjagd gehen, wenn nicht du!«

»Ich fahre los, gleich jetzt steche ich in See«, schrie Fischer Selim und ging mit gleichem Ungestüm ins Kaffeehaus.

Verwundert starrten sie ihn an, so hatte ihn noch niemand erlebt. »Ich werde hinausfahren und ihnen mit geölten Kugeln schwarze Löcher in die Köpfe schießen ... Wie Babys werden die Fische schreien, werden sie weinen; na und? Sollen sie doch!« rief er, ohne sich zu setzen.

»Daß du bis heute gewartet hast, war ein Fehler«, sagte Süleyman.

»Wie Banken haben die Leute Geld gemacht«, jammerte Zühtü der Einarmige.

»Nur unsere Fischer sitzen hier herum und starren aufs Meer«, meinte der Straßenhändler Rüstem.

»Na hör mal«, erregte sich Hamdi der Lase, »haben wir etwa Mausergewehre, um Delphine zu jagen, Kutter, um sie herzubringen, und Kessel, um sie zu sieden?«

»Fischer Selim soll hinausfahren«, riefen sie.

»Ich werde hinausfahren und sämtliche Delphine Marmaras abknallen«, stieß Selim der Fischer wütend hervor, während er sich auf den Stuhl fallen ließ. Knirschend mahlten seine Zähne. »Das Meer wird voller toter Delphine sein und rot von ihrem Blut. In meinem Kielwasser wird meine Mannschaft in fünf oder zehn oder fünfzehn großen Kuttern die Beute einsammeln, und in der Cinarcik-Bucht von Yalova werden unsere Kessel stehen. Vierzig Kessel, fünfzig Kessel ...«

»Das steht dir wohl an«, sagte der alte Papa Hakki. »Auch ein Pferd, ein Vollblut, und ein Auto würden dir wohl anstehen, Fischer Selim ...«

»Ich gehe«, sagte Fischer Selim wild entschlossen, stand auf und stürzte ins Freie, denn ihm war, als müsse er da drinnen ersticken.

Kaum war er zur Tür hinaus, begannen sie zu feixen: »Geh nur, Nichtsnutz!« hieß es, »denkst du schwachsinniger Lude denn, sie hätten eigens für dich einige Delphine wieder ausgesetzt?«

»Der große Bruder Selim hat zu uns gesprochen«, rief Özkan.

»Wenn ihm das Wasser bis zum Halse steht, spricht er nicht nur, dann zwitschert er wie eine Nachtigall, dieser hochnäsige Klotz. Für wen hältst du dich eigentlich, daß du mit niemandem sprichst? Bist vom Hintern bis zum Scheitel doch auch nur ein Stück Fischer«, zischte Süleyman zwischen den Zähnen.

»Hält sich aber für einen König«, ergänzte Zühtü der Einarmige. »Vor lauter Brumm und Knurr wagt sich niemand in seine Nähe. Spreizt sich, als wolle er sagen: ›Und die kleinen Berge der Schöpfung sind mein Werk.‹«

»Doch wenn er in Druck kommt ...«

»Wenn die Leute das Meer leerräumen ...«

»Und er vor Wut wahnsinnig wird ...«

»Das Volk vom Tranverkauf zum reichen Harun wird ...«

»Und er zu spät zum Zuge kommt ...«

»Er, der sonst auf uns herabsieht ...«

»Der in einem fort: ›Morgen steche ich in See, steche ich in See‹ zwitschert ...«

»Und wenn er dann in Druck kommt ...«

»Dann tut er auch, was er sagt«, warf Özkan ein.

»Und ob er's tut«, echoten mehrere im Chor.

»Und er kennt das Meer, als hätte er die Seekarten selbst gezeichnet ...«

»Kennt es vom Grund bis zum Spiegel wie sein eigenes Haus ...«

»Wie das Innere seiner Hand ...«

»Ach geh doch mit deinem Geschwätz!«

»Ihr werdet's sehen, Selim der Fischer wird so viele fangen, so viele ...«

»Delphine werden nicht gefangen, sie werden geschossen.«

»Wird so viele Delphine schießen ... Faßweise wird er den Tran an die fremden Tanker verkaufen und wird dann hier in Menekşe ein Serail bauen.«

»Ach geh doch, Mensch, woher weißt du das denn?«

»Ich weiß es eben, und Menekşe wird ein Paradies werden.«

Plötzlich klirrte es im Kaffeehaus. Volle, dünnwandige Teegläser flogen in Richtung Özkan, trafen die große Fensterscheibe hinter ihm, die völlig zersplitterte. Özkan, vom Scheitel bis zur Sohle voller Tee, Blutspritzer und Glasscherben, sprang mit so wüsten Flüchen auf, daß zwei Mann den Tobenden nur mit Mühe bändigen und vor die Tür zerren konnten.

»Und ihr wollt Fischer sein?« grölte er wie ein Betrunkener draußen weiter, »ihr blutleeren Penner und Stricher, kommt doch her! Und doch wird Bruder Selim jeden Fisch, und jeden Delphin, der im Marmarameer schwimmt, fangen, ihr neidischen, ihr gemeinen Hunde ihr!«

Kemal der Bomber und Vedat der Aufschneider, die sich bei Özkan eingehängt hatten, hielten ihm den Mund zu, damit der Streit nicht ausuferte. Plötzlich erschien Fischer Selim vor Fevzis Restaurant. »Sei still«, zischten sie Özkan ins Ohr, »sieh, wer da kommt!«

Özkan beruhigte sich, war plötzlich lammfromm und sagte leise: »Laßt meinen Arm los«, was die andern beiden auch sofort taten. Fischer Selim blickte kurz zu Özkan hinüber, ging mit großen Schritten zum Kaffeehaus, stieß im Hineingehen mit beiden Händen die Türflügel zur Seite, verharrte, musterte mit seinen jetzt stahlblau funkelnden Augen alle Anwesenden, die so erstarrten, daß man in der atemlosen Stille die Flügel einer Fliege hätte hören können, machte dann angeekelt kehrt und schlug mit seinen langen, weit ausholenden Beinen den Weg nach Çekmece ein. Den ersten Mann, der ihm entgegenkam, hielt er an.

»Warte mal«, sagte er, und der Mann blieb wie angewurzelt stehen.

»Ich werde morgen aufs Meer hinausfahren«, fuhr Selim fort, und alle Delphine, die es dort noch gibt, töten, auskochen und von ihrem Fett reich werden, einverstanden?«

»Aber ja doch«, beeilte sich der Mann, ihm zuzustimmen, »warum denn nicht? Jetzt tötet doch jeder Delphine.«

»Sie töten sie«, nickte Fischer Selim, gab den Weg frei und ging weiter. Je näher er nach Çekmece kam, desto mehr beschleunigte er seine Schritte. Dort angekommen, ging er geradewegs in den Kebapgrill Çakaloğlus. Dieser junge Mann war vor sechs Monaten von seiner Arbeitsstelle davongejagt worden. Er hatte die neu gegründete Arbeiterbewegung geleitet und war wegen Streikens und Aufwiegelei im Sansaryan Han der Innenbehörde grauenhaft gefoltert worden. Selim fragte sich, warum ihn seine Füße in Çekmece zuallererst in diesen Laden geführt hatten. Wenn er diesen Mann auch schon seit langem kannte, so doch nicht näher, und gesprochen hatten sie noch nie miteinander. Doch der Gewerkschafter begrüßte ihn wie einen alten Freund und bestellte sofort einen Kaffee. Er war über den Fischer bestens im Bilde und wußte, daß es eine besondere Bewandtnis haben mußte, wenn ein Mann wie Selim so außer Atem in seinen Laden hereinregnete.

Kaum saß er an dem Tisch, den ihm der Gewerkschafter gezeigt hatte, ergriff Fischer Selim das Wort.

»Ich hab sie gekauft«, sagte er, »eine deutsche Flinte von Mustafa dem Blinden. Nagelneu, blitzblank und noch nie benutzt.«

»Er hat viele«, meinte der Gewerkschafter. »Die Frachtkutter der Lasen bringen ihm Waffen, und er weiß sich mit der Polizei zu einigen. Laß dich von seiner Blechhütte und seiner Unschuldsmiene und Einfalt nicht täuschen ... Er ist Anführer des größten Schmugglerrings. Er stammt aus Antep, und die Menschen, die er töten ließ oder selbst umbrachte, sind nicht zu zählen. Er war der namhafteste Schmuggler von Antep, Urfa, Mardin und Diyarbakir. Als dann der Bandenkrieg ausbrach und sie sich gegenseitig umbrachten, rettete er seine Haut nach Istanbul. Mustafa der Blinde ist auch nicht sein richtiger Name.«

Während Fischer Selim jetzt in sich gekehrt seine Gedanken schweifen ließ, erzählte der Gewerkschafter ununterbrochen von den Tricks Mustafas des Blinden. In Bälde würde dieser Mann ganz Florya, Menekşe und Yeşilköy gekauft haben. Er besitze jetzt schon sechs Appartements in Istanbul, sagt man, und in Aksaray habe er alle Grundstücke aufgekauft, die noch zu bekommen waren. Jetzt seien die Grundstücke in Yeşilköy auf seiner Liste, und er kaufe ...

»Und ich werde von ihm Flinten kaufen«, brüllte Fischer Selim, der unvermittelt den Kopf gehoben hatte und dem Gewerkschafter gerade in die Augen blickte, »und werde mich auf die Jagd von Delphinen machen. Werde töten und töten und im Marmarameer keinen Delphin leben lassen. Keinen einzigen ... Das Meer wird voller toter Delphine sein und rot von ihrem Blut. Purpurroter Schaum auf dem Marmarameer ... Ich werde sie töten ... Eine Flinte habe ich von Mustafa dem Blinden schon gekauft und fünfzehn werde ich noch dazukaufen, und ich werde sie töten ...«

Er schäumte fast vor Wut, und die Worte zischten wie Pfiffe zwischen seinen schneeweißen Zähnen hervor.

Erst jetzt fiel ihm auf, daß der Gewerkschafter lächelte.

»Ich werde sie töten!«

Und der Gewerkschafter sagte seelenruhig: »Du tötest keine Delphine. Delphine töten ist nicht jedes Menschen Sache ...«

»Ich töte sie, töte sie.«

»Du bist Selim der Fischer«, erwiderte der Gewerkschafter im Brustton der Überzeugung, doch so liebevoll, als wolle er mit seiner Stimme Selim streicheln. »Du bist Selim der Fischer, und du würdest eher dich selbst umbringen, bevor du auch nur einen einzigen Delphin tötest.«

»Mich werde ich auch umbringen ... Zuerst werde ich meine Familie von Delphinen abschießen. Einen Delphin nach dem andern, meine ganze Familie ... Nebeneinander werde ich sie auf den Sandstrand legen ... Werde sie in Stücke schneiden und in die Kessel füllen. Dann kommen alle anderen im Marmarameer dran, alle ... Und dann werde ich mich selbst töten, töten, ja töten.«

»Hör auf!« fuhr ihn jetzt der Gewerkschafter an, »hör auf, Fischer Selim! Was ist denn in dich gefahren?«

Fischer Selim sprang auf, der Kaffee, den der Kellner gebracht hatte, stand noch unberührt da, drehte sich um, eilte im Laufschritt hinaus, lief zum nächsten Kaffeehaus und blieb im Türrahmen, den er mit seiner achtunggebietenden Größe ganz ausfüllte, stehen.

»Ich werde sie töten. Zuerst meine Familie von Delphinen, dann alle Delphine im Marmarameer, dann alle Fische und am Ende mich ...« legte er wieder los. Was er ihnen danach noch sagte, wie sie reagierten und was sie darauf antworteten, weiß Fischer Selim nicht mehr. Wie ein imposantes, lebendes Klagelied ging er umher, daß die Herzen der Menschen schwer wurden, und nachdem er durch sämtliche Kaffeehäuser und Lokale Çekmeces gezogen war, sprang er in ein Taxi und ließ sich nach Cicekpazari, dem Blumenbasar, fahren. Auf dem Markt roch es nach Blumen, abgestandenem Bier, Krabben, Krebsen, Hummern und Fisch. Auf einem Tisch hatte man rote Krabben, junge Langusten und Flußkrebse aufgehäuft, kleine blutrote Hügel im Licht der rötlichen, nackten Glühbirnen. Der Blumenbasar mit seinen Fischen, den vollen Biergläsern auf hochkant gestellten Fässern und den dichtgedrängten Menschen roch auch nach Meer. Links und rechts am Eingang des Marktes drehten die Verkäufer gewickelter Lammdärme über rauchenden Holzkohlebecken ihre Spieße, hackten mit flinken Händen das Geröstete zu Portionen, schichteten diese in aufgeklappte halbe Brote, legten Zwiebeln und Tomaten darüber, bestreuten alles mit Petersilie und reichten es, ohne aufzublicken, den Kunden. Der brandige Fettgeruch der Lammdärme durchzog den ganzen Basar, setzte sich im Bier, in den Fischen, im Schafskäse, in den Blumen fest. In diesen säuerlich herben Geruch von Röstfleisch, Bier, Raki, Blumen und warmem Brot mischte sich noch der Duft gesottener, gelbgebleichter Mandelkerne, die kleine Jungen und nicht viel größere alte Männer auf randvollen runden Blechen feilbietend durch das Gedränge trugen. Fischer Selim tauchte in diesen Wirrwarr und fand sich an einem der hochkant aufgestellten Fässer im Kreise einiger Zecher bei Bier und anschließendem Raki wieder. Ob er diese Männer kannte, ob es seine Freunde waren, konnte er nicht mehr ausmachen, doch sie hörten ihm aufmerksam zu und riefen hin und wieder: »Töte sie, töte sie, laß keinen übrig, werde reich, komm wieder her, und wir begießen uns die Nasen, auf dein Wohl!«

Der drangvolle Basar samt seinen Blumen, den Gerüchen und den nackten Glühbirnen unter sternenlosem Himmel drehte sich, und das Meer, die Fische, das Blut, die träge kriechenden Langusten, die goldglänzenden Lichter, die Autos, das Stimmengewirr, der Rauch gerösteter Lammdärme, die schreienden Verkäufer, hupenden Autos, die Schwankenden, Fluchenden und Kotzenden, die halbnackten Frauen mit aufgerissenen Augen hinter den großen Schaufenstern, Lefters Kneipe, die Auslagen mit riesigen Schwertfischen und Stören, Berge von Salatköpfen, das Restaurant zur Republik und Lambos Taverne, Lambo mit dem lächelnden Gesicht, den freundlichen Augen, lebenserfahren, der einem so behutsam das randvolle Rakiglas reichte, weil es zersplittert wäre, hätte er es härter angefaßt, Lambo, Freund aller Geschöpfe; die aufgehäuften Apfelsinen, Mandarinen und Äpfel, goldgelb, rot und grün am Straßenrand, die glitzernden Fische, Petersiliensträuße, grüne Paprikaschoten, in Schlachterläden an den Beinen kopfunter aufgehängte Fasane, Wachteln, Pirole und Schnepfen, geschächtete Hasen, Truthähne und Hühner, Stände voll Obst und Gemüse, die sich über die Straße hinweg bis zum britischen Generalkonsulat breitmachten, und Berge von Melonen sogar bis zur Tarlabasi-Straße, auf jedem dieser Haufen die gutverteilt zum Kauf anreizenden blutroten Scheiben der Wassermelonen und dunkelgelben Scheiben der Honigmelonen und die ägyptischen Zuckermelonen, von denen der Duft einer einzigen das ganze Viertel Beyoğlu ausfüllen konnte ... Alles drehte sich.

»Ausgeschlossen«, sagte lachend Lambo, »tu's nicht, Fischer Selim, andernfalls würdest du es dir nie verzeihen! Ich kenne dich, mein Freund, und ich weiß, daß du es fertigbrächtest, aber ich weiß auch, daß du dich danach töten würdest ... Und was hast du davon, wenn du reich bist? Du hast doch alles, was du brauchst ...« Auch wenn Fischer Selim dämmerte, daß dieser warmherzige Mann wahre Dinge sagte, wiederholte er doch immer wieder dieselben Worte: »Ich werde sie töten, ich werde alle Delphine töten.«

Schwankend, diesen und jenen rempelnd, zog er durch Beyoğlu und landete schließlich wieder im Blumenbasar. Hier hatte sich mittlerweile das Gewühl gelichtet. In einer Ecke stand ein Mann und spielte Akkordeon. In einer Gaststätte saßen Freunde von Selim, alte Freunde und Fischer wie er.

Kaum hatten sie ihn entdeckt, sprangen sie auf, umarmten ihn und holten ihn an ihren Tisch, und soviel sie ihm auch einschenkten, Fischer Selim sagte nicht nein, Fischer Selim trank. Ohne recht zu wissen, was er da redete, schrie er auch hier: »Ich werde das Marmarameer austrocknen, werde ihm die Schlagader durchschneiden, daß es ausblutet, werde ihm Herz und Lunge herausreißen, werde ihm die Hoden abdrehen, daß kein neues Leben mehr entsteht ... Es soll sich nicht mehr vor uns ausdehnen und nie mehr duften wie bisher!«

Dann schnellte er mit riesigen Sätzen zum Akkordeonspieler, packte ihn am Kragen und zog ihn auf den kleinen Platz zwischen den Lokalen. Der Lase, der dort Krabben, Krebse und Hummer verkaufte, rückte blitzschnell seinen Stand zur Seite, sonst hätte Selim ihn mit einem Stoß umgekippt.

»Laß mich los«, bat der Akkordeonspieler, »laß meinen Kragen los! Du willst doch eine Lezginka, nicht wahr? Ich werde sie dir spielen.« Er freute sich, Fischer Selim wiederzusehen, und war in Spiellaune. »Ich werde dir eine Lezginka hinlegen, daß ganz Beyoğlu samt seinen Menschen, Steinen und Bäumen heute nacht mit dir den Reigen tanzt.«

»Heute nacht will ich niemanden dabeihaben«, brüllte Fischer Selim, »heute nacht sterben die Meere.«

Fischer Selim begann die Lezginka zu tanzen, die Menschen gingen beiseite, der kleine Platz gehörte Selim allein. Je länger er tanzte, desto mehr berauschte er sich, desto leidenschaftlicher wurden seine Bewegungen. Im Nu war der Blumenbasar wieder brechend voll, aber niemand betrat den kleinen Platz in der Mitte. Endlich schlossen sich einige Männer Selim dem Fischer an, doch er bemerkte es nicht einmal. Und nach und nach wiegten sich mit bemessenen Schritten immer mehr Tanzende im Reigen.

Der Platz von Eminönü, Ahirkapi, Kumkapi, Narlikapi, Topkapi, Bakirköy ... Das Meer, die Sterne, der Himmel, Mond, Sonne, Straßen, Bäume, Camlica, die Prinzeninseln, Lichter, Wolken, Kutter und Dampfer, eine laute Stimme, Beyoğlu, Blumenbasar, die Schatten der schlanken Minarette auf dem Wasser, auch die Spiegelbilder von der Süleymaniye-Moschee, von der Neuen Moschee, vom Anleger der Ölfrachter, von Azapkapi, von den Hängen am Goldenen Horn, von Sultan-Ahmed und dem Topkapi-Brunnen. Dunkelviolette Minarette im Meer, bleigraue Kuppeln schwanken im Nebel, Möwen, Sturmvögel, Schwalben und ihre Nester, Straßenlaternen, Stadtstreicher, ihre Schatten gleiten durcheinander über den Wasserspiegel wie Seiltänzer auf einem straff gespannten, ölglatten Seil, dazwischen Lambos beschwörende Stimme: »Tu's nicht, Fischer Selim, tu's nicht!«

Wolken ziehen über die Stadt, weiße Wolken, Möwen hocken auf roten Dachziegeln, in Kiellinie fahren die gelben, blauen, grünen, orangefarbenen und weißen Fischkutter der Lasen nach Azapkapi und zum Fischmarkt, bis ans Oberdeck mit Delphinen randvoll, sogar die aufgehängten Netze prall gefüllt, Vordersteven und Bug bunt bemalt mit Seejungfrauen, riesigen, vielblättrigen Rosen, mit Delphinen, Platanen, Fahnen und dem Propheten Jonas mit wehendem Bart, reitend auf einem Delphin ... Die blitzenden Schuppen der Fische tauchen den Markt in glitzerndes Licht, grün, blau, weiß, rot, in tausenderlei Farben glänzen die Netze, in tausenderlei Farben glänzen die Fische, ein Durcheinander von Lichtern, Brisen, Sternen, Minaretten und dem stinkenden Goldenen Horn ... Sterne fallen ins Goldene Horn, füllen das brackige Wasser mit grünem, rotem, weißem, lila Licht bis obenhin. Und schaut man oben von Tepebasi auf das Goldene Horn hinunter, ist es ein langer, tiefer, dunkler Brunnen, gefüllt mit Sternen und Neonlicht wirr durcheinander ... Der Bora stürmt, die Brücke von Galata, die Moscheen Süleymaniye, Rüstem-Pascha und Kilic-Ali-Pascha schwanken. Das Meer bäumt sich donnernd auf, schwemmt die Landzunge von Sarayburnu und den Topkapi-Palast hinweg, reißt die entwurzelten Platanen im Park von Gülhane mit sich fort, der ganze Park beginnt zu rutschen, mit Bäumen und Blumen, und gellende Schreie Tausender Möwen, die in den Himmel schießen und ins blutgetränkte Meer stürzen, blutrote, blutrote

Möwen, und Delphine, die blutroten Schaum minaretthoch in den Himmel blasen, Schreie der Möwen, Schreie der Delphine, blutrot durcheinander, und das tobende Meer, rollende Wellen färben den Strand mit rotem Blut ... Vom blutroten Himmel regnet purpurrot schäumendes Blut, fallen blutschäumende Delphine ... Blutrot ... Dunkel.

Im Morgengrauen hatte Fischer Selim einen Taschenspiegel in die Aushöhlung der Platane vor Yahyas Lokal oben am Bahnhof geklemmt und rasierte sich im fahlen Licht der verblassenden Sterne. Bald schon würde er hinausfahren und die Familie seiner Delphine, seine Familie, suchen. Und wenn er ihr nie wieder begegnete? Dieser Gedanke machte ihm angst.

Nachdem er sich rasiert hatte, ging er hinunter zur Mole, sprang in seinen Kutter, fuhr den Fluß hinauf bis Çekmece und kaufte fünf Kanister Diesel und elf Brote. Im Boot lagen drei wuchtige Harpunen, Angeln und Netze waren unter der Vorplicht verstaut.

Selim wendete, fuhr aufs Meer hinaus und nahm Kurs auf Silivri. Noch bevor er auf der Höhe von Silivri war, kam ihm ein Boot der Schwarzmeerfischer entgegen, randvoll mit übereinandergeworfenen Delphinen. Das Deck war voller Blut, das immer noch aus den Wunden der Delphine quoll. Demnach war das Boot der Lasen auf eine große Gruppe gestoßen und hatte sie erledigt. Bald schon würde die Mannschaft das Boot in der kleinen Bucht bei Ambarli vertäuen, die Delphine in Stücke schneiden und das Fett aussieden. Fischer Selim mochte zu dem vorbeiziehenden Boot nicht hinüberschauen, und als es gleichauf lag, wandte er den Kopf ab.

Bis zum Abend suchte er Bucht für Bucht ab. Vielleicht waren seine Delphine geflüchtet, hatten in der Tiefe Schutz gesucht, unter einem Felsen, in einer Höhle, und die Lasen hatten im ganzen Marmarameer nicht einen von ihnen abschießen können. Delphine sind ja verständige Tiere, aber konnten sie auch so besonnen handeln? Zumal sie gegen Abend, wenn das Meer ganz ruhig daliegt und die Strahlen der untergehenden Sonne in tausenderlei Farben über das spiegelglatte Wasser gleiten, so gern an die Oberfläche kommen, um zu springen und zu spielen ... Und morgens, beim ersten Tageslicht, tauchen die Delphine auch wieder auf ...

Auf der Höhe von Ereğli wendete er und fuhr zurück. Er war ganz benommen. Längst vergessene Bilder, flüchtige Gedanken schossen ihm wie schemenhafte Erinnerungen durch den Kopf. Grelle Lichter, Dampfer, Minarette, der Brunnen von Azapkapi, ein eigenartig giftiges Grün, safrangelbe Fische, der Blumenbasar, grellrote Langusten, Dämpfe, Gerüche, ein goldener Tag, ein tief unten noch lichtes Meer, so klar, daß alles darin sichtbar wird, Rochen, ausgestreckt auf sandigem Grund, die genoppten Rücken glänzen, werfen Schatten an die Oberfläche, wo sich auch die Umrisse der Barben wie rote Blitze widerspiegeln, in tausendundeiner Farbe funkelnde Drachenköpfe, Schnauzenbrassen, prunklose Bastardmakrelen, wimmelnde Taschenkrebse, braune, langgestreckte Riesenbarsche, grünlich schimmernde Goldbrassen, Makrelen mit herrlich blau leuchtenden Rücken, gefleckte Unechte Bonitos, bläulich blitzende Schwertfische, Wellen und Quallen, rote und weißliche Brassen, Austern und Seeigel, all das spiegelt sich in tausenderlei Farben an der Oberfläche wider, strömt in tausendundeinem Wirbel ineinander, verändert sich in Form und Farbe von einem Augenblick zum andern, von leuchtendem Blau zu leuchtendem Gelb, Grün oder Rot, die funkelnden Blitze am Meeresgrund vervielfältigen sich, strömen herauf, überziehen wie ein Lichtermeer den Himmel, und auf dem Meeresgrund die Häuser schneeweiß, brennen in grellem Licht, Autos, Rücken an Rücken dichtgedrängte Menschen in quietschend einbiegenden gelben und fahlgrünen Straßenbahnen, die Platanen vom Park Gülhane, von Bursa und von Yalova, die Süleymaniye-Moschee, die Haghia Sophia, der Topkapi-Palast, Autobusse, die Tunnelbahn, Mond und Sterne am Nachthimmel, im Stadtteil Beyoğlu der Geruch von Ammoniak und Galle, abgestandenem Bier, säuerlichem Hefeteig und gequollenem Brot, ein Hundekadaver mit gedunsenem Bauch auf blutverschmiertem Asphalt, der Meeresgrund ein riesiger Wald mit orangefarbenen Blättern, riesige Delphine schmiegen ihre weißen Bäuche an die Baumstämme, wiegen sich in einer Flut von Licht ineinander, zu fünft, zu zehnt, zu Hunderten und Tausenden, springen einer nach dem andern ins Licht, mit angelegten Flossen, sprühen blitzende Gischt bis in den Himmel und fallen zurück und zerschmettern in stahlblauer Helle. Wie Regentropfen perlt Blut über das Blau, Tausende, Zehntausende, Millionen Tropfen ... Im kalten Wind fluten ununterbrochen Blutblumen über den blauen Spiegel ... Und aus der Tiefe des Meeres steigt in unendlicher Ferne der Tag empor. Ein Durcheinander von Dampfern, Schwarzmeerkuttern, Barken, Fischerbooten, Segel- und Motoryachten dreht sich unter Schwaden von Rauch in einem riesigen Mahlstrom, Schornsteine, Segel, Masten und Ladebäume verkeilen sich, wirbeln im Kreis ... Es knirscht, bricht, kracht ineinander, das Meer zerfällt wie brechendes, blaues Eis, verdampft, verdorrt zu blauen Steinen, verweht wie blauer Sand, rollt wie blaue Felsbrocken im Orkan, das unendliche Blau verdunstet zu Nebelschwaden unter der aufsteigenden Sonne, reißt in Fetzen, fliegt wie blaue Sandkörner im stürmenden Bora davon ...

Selim hatte auf offener See gestoppt, und das Boot drehte sich wie in einer kreisenden Strömung. Vom Ufer zog mit dem Rauch der Geruch von Tran herüber. Aufgeschreckt von einem Schuß, gefolgt vom erstickenden Schrei eines Kindes, startete Selim unwillkürlich den Motor. Und wieder hallte ein Schuß, und wieder der Schrei eines Kindes. Beim dritten Schuß steuerte Selim in die Richtung, aus der die Schreie kamen. Immer mehr Schüsse krachten, gefolgt vom Aufschrei zu Tode getroffener Kinder. Bald war Selim in einem Mastenwald von Fischerbooten. Hunderte Gewehre feuerten, das Meer war voller Blut. Die angeschossenen Delphine schrien wie Kinder, sprangen meterhoch aus den Wellen, fielen zurück, verschwanden eine Weile und tauchten dann, die schneeweißen Bäuche nach oben, langsam wieder an die Oberfläche, wo sie sanft dümpelnd verbluteten. Andere wiederum tauchten mit einem Aufschrei in die Tiefe, schossen dann wieder herauf und blieben mit blutenden Wunden langgestreckt im Wasser liegen. Manche aber tobten schreiend im Kreis, peitschten das blutige Wasser so lange, bis sie verblutet waren, und, den weißen Bauch emporgestreckt, sich nicht mehr rührten. Und von Beibooten aus landeten die Fischer mit Bootshaken und Tauen die treibenden Delphine, jeder von ihnen zwei, drei, ja vier Meter lang.

Verstört und ratlos blickte Fischer Selim um sich. Einer der Schiffsführer aus Kumkapi hatte ihn entdeckt und konnte sich nicht erklären, warum er wie gelähmt nur so dasaß, als er seinen Namen rief. Fischer Selim kannte die Stimme gut, aber er konnte sich beim besten Willen nicht an diesen Mann mit dem langen, blatternarbigen Gesicht und den graugrünen Augen erinnern. Es mußte jemand sein, mit dem er in jungen Jahren befreundet gewesen war, der zu seiner Clique gehört hatte, aber wer war dieser Mann, der ihm jetzt so freundlich zuwinkte? Und plötzlich erschien hinter dem Narbengesicht schemenhaft eine weiße Haube mit dem Roten Halbmond, strohblonde, lange Haare breiteten sich aus wie ein Schleier, und große, blaue Augen sahen ihn voller Liebe an und hatten sich auch schon wieder verflüchtigt. Fischer Selim starrte regungslos auf die blutigen Leiber, auf das blutrot schäumende Wasser, auf die brüllenden Männer, die mit den tödlich getroffenen, wie Kinder aufschreienden Delphinen rangen, auf das Mündungsfeuer der rauchenden Gewehre, auf das narbige, schmale Gesicht, dahinter wieder Frauenhaar, der Rote Halbmond auf weißer Haube und liebevolle, blaue Augen … Er versuchte hartnäckig, sich an irgend etwas zu erinnern, runzelte die Stirn, verengte die Augenlider zu Schlitzen und musterte das Narbengesicht, das auf dem funkelnden Wasser dahinglitt. Selim wandte den Blick ab, die Besatzungen landeten die Delphine in die Boote, einen, zwei, fünf, zehn … Immer tiefer lagen die Boote im Wasser. Das Narbengesicht hatte die Hände in die Hüften gestemmt, stand breitbeinig da und lächelte Fischer Selim freundschaftlich zu.

Da lachte Selim auch. Im Nu war sein Boot bis an den Rand mit Delphinen beladen, und Selim nahm mit Vollgas Kurs auf Sinanköy. Und in den Kesseln, die er vom Närrischen Nuri gekauft hatte, kochte er in der Bucht von Sinanköy drei Tage und Nächte Delphinfleisch aus, und Nuris Söhne halfen ihm dabei. Bis ins Knochenmark hatte sich der Gestank des Trans festgesetzt, das vergißt Fischer Selim nicht, und er muß immer wieder daran denken. Auch das Narbengesicht hat er nicht vergessen, aber wer dieser Mann war, hat er nie erfahren. In Sinanköy waren Häuser, Bäume, Ufer, Meer und Boote tagelang von übelriechendem Rauch eingehüllt, und dann wurde ein langes Frachtschiff, rostbraun, unter italienischer Flagge, bis an die Luken mit Fässern beladen. Kreischende Ankerwinden ... Und dann, und dann, Fischer Selim ist wie im Fieber, Geld, das in den Händen brennt, Istanbul, der Fischmarkt, Menschen und Fische, die Brücke, das Wasser, Frachtkutter im Goldenen Horn, Möwen umkreisen den Fischmarkt, Bordwand an Bordwand aufgereihte Kähne. Übereinandergetürmte Rochen auf dem Markt, kistenweise Knurrhähne in den Kuttern ... Wie flammende Blitze sausen die roten Knurrhähne durch die Luft und gleiten auf dem grauen, vor Nässe glänzenden Zementboden des Fischmarktes, wo kundige Hände sie auffangen und nach Gewicht sortiert schichten. Fischaugen springen fast aus den Höhlen, Fischhaufen mit Tausenden glotzender Augen. Möwen weben dicht an dicht mit ihren Flügeln einen Schleier, hinter dem die Süleymaniye-Moschee verschwindet, stoßen bei jedem Wurf in wüstem Durcheinander mit schrillen Schreien angriffslustig auf die Kutter herunter, und für Augenblicke nur tauchen die langen Minarette der Süleymaniye wieder auf. Ein gelber Hund, den Kopf zwischen den Pfoten, liegt langgestreckt da und döst. An diesen gelben Hund kann Selim sich am deutlichsten erinnern. Fischer Selims Kopf brennt im Fieber und hinter segelnden, gestreckten Flügeln steigt zwischen den Minaretten der Sultan-Ahmed-Moschee eine blutrote Sonne empor. Auf den Wassern des Goldenen Horns hat sich eine stinkende Schicht aus Staub, Dreck und Öl gebildet. Tote Möwen, Planken, Astwerk, Konservendosen, Tomaten, grüne Paprikaschoten, Maiskolben, Melonenschalen und Fischkadaver wiegen sich in dieser dunklen, träge hin und her schwenkenden brackigen Brühe.

5

Was in jener Nacht geschah, weiß ich nur vom Hörensagen, denn als ich dort ankam, war schon alles vorüber.

Mitternacht war längst vorüber, als Selim im offenen Fenster zwei Augen gewahrte, die ihn spöttisch anstarrten. Gleich darauf flammte Mündungsfeuer auf, rötlicher Schein erhellte das Gesicht im Fenster, der Mund öffnete sich brüllend, und nach sechs Schüssen fiel der Revolver ins Zimmer. Selim hatte das Handgelenk des Mannes gepackt, der sich am Fuße der Hauswand wie eine Schlange aus dem festen Griff zu winden versuchte. Es war Zeynel, der mit weit aufgerissenen Augen schrie und Selim beschimpfte. Wie vor üblem Geruch rümpfte Fischer Selim die Nase und ließ den Arm los.

»Geh, hol dich der Teufel!« sagte er nur, knipste das Licht aus und legte sich ins Bett, als sei nichts gewesen. Zum ersten Mal seit langem dachte er über Zeynel nach, dann war er mit seinen Gedanken wieder beim Schwertfisch, den er schon seit Tagen verfolgte, und eine eigenartige Wehmut befiel ihn.

Zeynel war zehn oder elf Jahre alt gewesen, als er nach Menekşe kam und hier von ansässigen Landsleuten aufgenommen wurde. Irgendwo am Schwarzen Meer – vielleicht auch in den Bergen von Rize, wo genau, haben weder seine Landsleute noch Zeynel jemandem anvertraut –, irgendwo waren eines Nachts Zeynels Mutter, sein Vater, seine Geschwister, seine Onkel, seine Tanten und deren Kinder niedergemacht worden. Sogar sein sechsjähriger Bruder wurde erschossen. Aufrecht, den Rücken an die Wand gepreßt, saß der Kleine über und über mit Blut besudelt im Bett und hielt mit weit aufgerissenen, blicklosen Augen seine zehn Finger, auf die er vor Entsetzen gebissen hatte, noch zwischen den Zähnen. Diesen Anblick des kleinen Bruders hat Zeynel immer vor Augen.

Er selbst hatte nicht die kleinste Schramme davongetragen. Wer weiß, vielleicht war er gerade in der Scheune, als die Täter kamen, vielleicht war er auch mondsüchtig und spazierte in der Teepflanzung oder im Haselnußhain umher, oder er pinkelte gerade an die Platane und war dann auf den Baum geklettert, als die Schüsse fielen. Am nächsten Morgen erst fanden ihn Nachbarn zwischen blutigen Leichen zusammengerollt im Bett, die Arme um die Knie geschlungen und wie Espenlaub zitternd. Vor Angst konnte er tagelang seine Augen nicht öffnen, blieb verkrampft so zusammengerollt liegen. Er aß und trank nicht, und auch die kräftigsten Männer konnten seine verklammerten Kiefer nicht auseinanderdrücken, um ihm etwas Flüssigkeit einzuflößen. Und als der Junge sich nach Tagen endlich entkrampft hatte, schlang er das Essen, das man ihm vorsetzte, wie ein wildes Tier hinunter, mit ängstlichen Augen nach allen Seiten absichernd und immer auf dem Sprung vor tödlicher Gefahr. Bei entfernten Verwandten, die ihn bei sich aufgenommen hatten, hielt er es einen Monat aus, und das nur, weil er sich tagsüber irgendwohin verkriechen konnte und nur nachts zum Vorschein kam, geduckt wie eine Katze, mißtrauisch nach allen Seiten witternd. Ob Vogel, ob Ameise oder das leiseste Geräusch, Zeynel ängstigte sich vor allem. Wenn sich nur ein Zweig regte, ein Blatt bewegte, erschrak er und rannte davon. Eines Tages schließlich, weit draußen vor Trabzons Küste, entdeckten Matrosen ihn im Kielraum ihres Kutters, wo er, den Rücken zwischen zwei Spanten gegen die Bordwand gezwängt, im schwappenden Bilgewasser hockte. Sie fragten ihn, wollten wissen, wer und was er sei, konnten ihm aber kein einziges Wort entlocken. Als sie ihn daraufhin in Trabzon an Land bringen wollten, hatte er sich so fest an den Mast geklammert, daß auch mehrere Männer ihn ums Verrecken nicht losreißen konnten und aufgaben. Zu guter Letzt stellten sie ihm einen Riesenlaib Brot und einen großen Napf Suppe hin. Doch bis sie den Anker gelichtet und Fahrt aufgenommen hatten, ließ Zeynel weder den Mast los, noch sah er sich auch nur ein einziges Mal nach der von Minze duftenden Tarhanasuppe um.

»Nimm endlich den Löffel und schlag dir den Bauch voll!« sagte schließlich der Kapitän. »Siehst du nicht, wie weit wir schon vom Hafen entfernt sind! Deinetwegen werde ich bestimmt nicht noch mal zurückfahren.«

Mit dem Instinkt eines wilden Tieres ahnte Zeynel, daß ihm vom Kapitän keine Gefahr drohte. Langsam ging er zum Napf, und brav darauf bedacht, nicht zu schmatzen, dabei hin und wieder ängstlich um sich blickend, schlang er die Suppe in Windeseile herunter. Und so klammerte er sich in jedem Hafen erneut an den Mast, stieß er Schreie unglaublicher Verzweiflung aus, wenn ihn jemand nur anfaßte, bis sie endlich in Istanbul ankamen, wo er in Menekşe im Hause eines früheren Nachbarn, des Lasen Refik, eine Bleibe fand. Fast ein halbes Jahr lang verkroch er sich dort, und auch danach rannte er sofort wieder ins Haus, wenn ihn draußen jemand angesprochen oder auch nur länger gemustert hatte. Und dieser Junge, der bis zu seinem siebzehnten Lebensjahr keiner Ameise etwas zuleide tun konnte, wurde plötzlich zum Wüterich von Menekşe. Ob Keilerei oder andere Untaten, Zeynel war dabei ... In wenigen Jahren wurde er die Hauptplage von Menekşe, Florya und Yeşilköy, kurzum der ganzen Gegend diesseits von Bakirköy.

Stimmengewirr kam näher, am deutlichsten Zeynels Gezeter. Fischer Selim horchte auf das Trappeln und Schlurfen der Schritte, auf die Wortfetzen, die Stimme Zeynels und das alles übertönende dumpfe Meeresrauschen ... Also ist Südwind aufgekommen, ging es ihm durch den Kopf.

»Laßt mich los«, schrie Zeynel. »Ich werde sein Haus anzünden, werde diese Bombe in sein Haus legen. Und wer seinen Gott liebt, soll mich nicht daran hindern! Diesen Menschen muß die Welt nicht haben. Diesen Hund ...«

Das Getrampel und Gemurmel der Menschenmenge vor Fischer Selims Haus wurde immer lauter. Ein leichter Regen fiel aufs Dach. Die Menschenmenge wurde immer größer, Zeynels Geschrei immer wütender.

»Wirf das Dynamit, Zeynel, du bist sowieso ein toter Mann! Denkst du denn, sie lassen dich nach alldem, was du angestellt hast, am Leben? Wirf das Dynamit, Zeynel, und befreie die Welt und uns von diesem Übel! Wenn du den da vielleicht tötest ... Nun laßt Zeynel doch los!«

Von Mal zu Mal steigerte Zeynel seine Lautstärke. Er hatte sich in Wut geredet und genoß es, Fischer Selim vor einer so großen Menschenmenge zu beschimpfen, sich Mut zu machen und sein Selbstvertrauen zu stärken. Das wußte Selim, deshalb blieb er im Bett liegen und wartete darauf, daß Zeynel sich entferne. Außerdem beschlich ihn Angst, denn dieser verfluchte Bursche tobte immer haltloser. Vielleicht drehte er noch ganz durch und warf das Dynamit, falls er etwas hatte, wirklich ins Haus. Leise stand Selim auf, entzündete die Lampe, zog sich an, griff nach dem Revolver, der auf dem Fußboden lag, öffnete vorsichtig die Tür und trat hinaus. Das Licht vom Bahnhof her beleuchtete den Hof, und auf dem Streifen zwischen Haus und Straße drängten sich dicht an dicht die Menschen, alt und jung, Männer in Unterzeug und Schlafanzug, Frauen und Mädchen in Morgenrock und Nachthemd, Mütter mit Lockenwicklern und Kindern.

Als die Menge Fischer Selim in der Tür erblickte, erstarb jedes Wort auf den Lippen, und wie eine Eule, die ein harter Lichtstrahl trifft, stand Zeynel plötzlich gekrümmt und verängstigt da. Mit dem Revolver in der Rechten ging Selim geradewegs auf ihn zu, und der stand da wie erstarrt, während sein Schatten sich lang wie ein Minarett über die geteerte Straße streckte. Zeynel bewegte sich nicht, bis Fischer Selim bei ihm war, murmelte dann etwas und stand anschließend wieder schweigend da.

Selim ging mit hängenden Armen dicht an ihn heran und sagte so leise, daß es die andern nicht verstehen konnten: »Du

Blödmann, nimm dieses Ding da und verschwinde, die Polizei ist unterwegs, mach dich davon!«

Und wie von der Sehne geschnellt, flitzte Zeynel bei diesen Worten über die Gleise auf den Bahnsteig, rannte die Treppe hinunter und weiter zum Strand. Die Menschenmenge hatte sich derweil nicht von der Stelle gerührt.

»So, und ihr geht jetzt schlafen! Was gibt es denn um Mitternacht in diesem Haus schon zu sehen?« knurrte Selim, ging hinein und warf die Tür hinter sich in Schloß.

Am darauffolgenden Morgen ging ich zum Ufer hinunter. Der Nebel auf dem Wasser war so dicht, daß die Schiffe darin verschwanden, und auch die Prinzeninseln und die Berge der dahinterliegenden Küste waren bis zur Hälfte von weißen Schwaden verhüllt. Die See lag wieder spiegelglatt. Und wo der Nebel sich lichtete, hellte sich das Meer nach und nach auf. Der Duft von Jod breitete sich überall aus. Leicht und lind strich eine Morgenbrise landeinwärts, so zärtlich streichelnd, daß man vor Lust hätte davonfliegen können.

An diesem Meeresufer, umkost von dieser lauen Luft, fühlte man sich wie neugeboren, voller überschäumender Lebensfreude.

Fischer Selim hockte draußen auf den Planken des Anlegers und flickte eines der gestapelten blauen Netze. Er knüpfte die Maschen so geschwind, daß seine Hände kaum zu sehen waren. Ich ging zu ihm und blieb neben ihm stehen. Er war so vertieft in seine Arbeit, daß er nicht aufschaute.

»Merhaba!« sagte ich.

Er hob den Kopf, und seine Augen leuchteten vor Freude.

»Merhaba!« sagte er und lächelte. Er machte eine einladende Handbewegung, und ich hockte mich zu ihm. Eine Weile arbeitete er weiter, wandte sich dann mir zu und fragte: »Wie spät ist es?« und fügte hinzu: »Es muß etwa vier Uhr sein, aber noch hat der eine Hahn nicht gekräht.«

»Er wird gleich krähen«, meinte ich und sah auf die Uhr. »Es ist zehn vor vier.«

»Ich hab mich also nicht geirrt«, sagte er. »Wenn in dieser

Jahreszeit der Schatten des Baumes dort diesen weißen Stein erreicht, ist es vier Uhr.«

»Ich sehe aber keinen Schatten.«

Er zeigte auf den Baum: »Der Schatten von dem Baum dort.«

»Donnerwetter!« wunderte ich mich, denn in diesem Zwielicht konnte ich keinen Schatten ausmachen. Ich sah ihm ins Gesicht, um festzustellen, ob er scherzte, aber er hatte schon seine Netze aufgenommen und brachte sie zum Boot, das vertäut am Anleger dümpelte. Der Nebel über dem Wasser verzog sich zusehends.

Fischer Selim sammelte ein, was noch an Angelhaken, Leinen und Netzstücken auf den Planken lag, drehte sich dann zu mir um und sagte: »So, nun spring! Heute werden wir uns wieder auf die Suche nach diesem Burschen machen. Man weiß ja nie, plötzlich taucht er vor unserer Nase auf, bevor wir noch unsere Landmarke, die Baumgruppe, ausgemacht haben.«

»Wäre schon möglich«, meinte ich.

»Heute«, versicherte er, »werden wir nicht vergebens suchen, wird kein Brennstoff umsonst verpufft.«

»Wir finden ihn bestimmt!« bekräftigte ich.

»Erst müssen wir ihn suchen«, seufzte er. »Kismet! Könnte ich ihn doch endlich einmal aufspüren!«

»Heute sagt mir meine innere Stimme ...«

»Meine auch ...« antwortete er.

Wir fuhren in den Nebel hinein und stoppten erst auf der Höhe der Baumgruppe, unserer Landmarke, zwischen Ambarli und Çekmece, eineinhalb Meilen querab der alten Fischzäune von Menekşe. Das Meer war an diesem Morgen, Gott weiß warum, von einem tiefen Violett, das sich einmal rosafarben aufhellte, gleich darauf in helles Blau überging und sich wieder in ein rötliches Lila verwandelte. Und ein breiter rotlila Streifen zog sich ins offene Meer hinaus.

»Hier werden wir ein Treibnetz für Seebarben auswerfen und wieder einziehen, wenn wir zurückkommen.«

»Einverstanden!«

»Und dann verkaufen wir die Barben auf dem Fischmarkt.«

»Guter Gedanke!«

»Bist du um diese Zeit schon mal auf dem Fischmarkt gewesen?« fragte er, als wir das Netz auslegten.

»Nur einmal; gegen sieben Uhr.«

»Das ist für den Markt nicht die richtige Zeit. Um fünf Uhr mußt du dorthin, wenn du vor lauter Möwen den Anleger kaum finden kannst.«

»Vor lauter Möwen?«

»Sie bedecken in aller Frühe das Goldene Horn wie eine Wolke und stauen sich vor dem Bug der einfahrenden Boote wie eine zurückweichende Wand. Fahr da mal durch, wenn du kannst! Durch diese Wand aus allen Möwen Istanbuls, die sich ins Goldene Horn drängen.«

»Mann, o Mann!«

»Ja, ja«, fuhr er fort. »Und alle Fischer, ob vom Schwarzen Meer, vom Bosporus oder vom Marmarameer, geben ihnen den Anteil der Möwen vom Goldenen Horn ... Den Möwen vom Goldenen Horn nichts vom Fang zuwerfen, diesen Stadtstreichern ihren Anteil vor dem Fischmarkt vorenthalten bringt großes Unglück. Unzählige Erfahrungen bestätigen es. Fischer, die den Möwen ihren Anteil nicht gaben, blieben an jenem Tag auf ihrem Fang sitzen, Fischer, die den Möwen nicht gaben, was ihnen zusteht, hatten danach lange Zeit keinen Fisch im Netz, hatten Motorschaden, Mastbruch, Segelrisse oder leckgeschlagene Boote. Sie kenterten sogar, gingen unter ... Auf dieser Welt mußt du jedem sein Recht geben, dem Fisch im Wasser, dem Vogel am Himmel, der Ameise auf der Erde, und vor allem dem Menschen, ja, vor allem dem Menschen mußt du geben, was sein gutes Recht ist.«

»Vor allem dem Menschen ...«, nickte ich.

»Ich kenne dich gut, ich weiß viel von dir«, sagte er mit breitem Lächeln. »Auch warum du im Gefängnis warst, habe ich erfahren, alle Achtung!« fuhr er mit lauter Stimme fort, während er das letzte Ende des Fangnetzes mit der Boje ins

Wasser gleiten ließ. »Vor allem dem Menschen ...«, wiederholte er. »Denn wer schluckt, was einem anderen zukommt, dem bleibt es früher oder später unweigerlich im Halse stecken. Denk doch an den Zwischenhändler Mazhar Bey den Lasen, diesen Blutsauger aller Fischer. Mit Siebenundzwanzig mußte er diese Welt verlassen ... Ja, vor allem des Menschen Recht ...«

»Wird ihnen in den Kehlen steckenbleiben«, fügte ich hinzu.

»Wann?« fragte er mit hoffnungsvoller Wißbegier in seinen blauen Augen, »wann?«

»Bald«, antwortete ich.

»Bald«, lachte er, »natürlich bald ... Diese Jungen sind feine Kerle. Eines Nachts habe ich den Sohn eines Lasen, du weißt schon, einen von denen, die sie getötet haben, diesen kleinen Blonden, ganz bis nach Sarköy rübergefahren. Sie haben ihn erschossen. Es sind gute Jungs, und sie töten sie einfach.«

»Sie töten sie, dafür werden sie ihren Lohn noch bekommen.«

»Ich verstehe«, sagte er. »Es sind durchweg Kinder armer Leute ... Hätte ich doch auch einen Sohn!« seufzte er, »auch wenn sie ihn töten würden und ich weinend seinen Leichnam vom Leichenschauhaus abholen müßte, gemeinsam mit tausend, fünftausend, ja fünfzigtausend seiner Kameraden an meiner Seite ...«

»Hast du nie Kinder gehabt?« fragte ich ihn.

Seine blauen Augen umflorten sich, er kniff sie zusammen. »Nein, nie«, sagte er, sein Brustkorb hob und senkte sich.

»Und warum?«

»Ich war nie verheiratet«, antwortete er so gepreßt, daß es sich anhörte, als pfiffe er, und im Augenblick wurden seine harten, zornigen Gesichtszüge ganz weich, freundlich, ja, kindlich, leuchteten seine Augen wieder voller Liebe, blickten versonnen ins Weite. Regungslos umspannte seine Hand die Ruderpinne. Der Nebel über dem Wasser hatte sich verzogen, das Meer war spiegelglatt. Unser Boot schwankte sanft, von weitem krähten verspätet einige Hähne. Auf der Höhe der Großen Prinzeninsel glitt über die Toppen geflaggt und in voller Beleuchtung ein Fährschiff vorbei. Als wir bald danach in den heranrollenden Bugwellen zu schlingern begannen, erwachte Fischer Selim aus seinen Träumen, sah mich an, senkte dann seinen Kopf, überlegte, sah mich wieder, jetzt fast flehentlich, an und sagte so verhalten deutlich, als müsse jedes Wort von seinen Lippen hinunter ins Meer gleiten: »Ich werde heiraten.«

Er hatte mit einer so endgültigen Bestimmtheit gesprochen, daß mir ein Schauer über den Rücken lief.

»Los, fahren wir«, sagte er, während er den Motor anließ, »die Netze holen wir auf der Rückfahrt ein. Wenn du Glück hast, hängen viele Barben drin.«

»Kismet ... So Gott will!«

Bis wir auf Höhe von Kumburgaz waren, sprachen wir nicht mehr. Wie ein Greif ließ Fischer Selim seine Augen über das Meer schweifen. Um uns herum sprangen ununterbrochen kleine Jungfische bis zu drei Spannen hoch aus dem Wasser, bevor sie wieder zurückfielen.

»Schau, wie sie fliehen!« sagte Fischer Selim.

»Vor wem?«

»Diese kleinen Springer fliehen vor Großmaul Zahnbrasse, die hinter ihnen her ist. Es geht schließlich um das Leben der armen. Und um der Zahnbrasse zu entkommen, flüchten sie sogar aus dem Wasser und versuchen, in den Himmel zu schwimmen ... Aber Großmaul Zahnbrasse hat Hunger ...«

»Dann soll sie sich totfressen«, sagte ich wütend.

»Soll sie!« bekräftigte Selim mit gleicher Wut.

»Die Natur bietet ihr anstelle dieser kleinen Fische genug anderes.«

»Sie muß nicht einmal danach suchen. Das Meer ist voller Fressen für Großmaul Zahnbrasse. Algen, Kleingetier ... Es reicht, wenn sie ihr riesiges Maul aufperrt und schwimmt.«

»Und dieser blöde Fisch«, sagte ich, »hat nichts Besseres zu tun, als den kleinen Fischen hinterherzujagen.«

»Es geht zu wie bei uns Menschen«, sagte Fischer Selim bitter. »Die Erde ist voller Nahrung: Pflanzen, Blumen, Honigbienen, Vögel, Fische, Früchte, Samen. Wohin du deine Hand ausstreckst, findest du etwas, um satt zu werden. Gott hat uns im Überfluß gegeben, und doch sind so viele hungrig ... Diese Fische, die ich fange ...«

»Diese Fische?« fragte ich.

»Ach, reden wir nicht mehr darüber!« antwortete er.

Wir fuhren weiträumig an Kumburgaz vorbei, querab mußte Silivri liegen, dessen Ufer nur als blauer Strich mit einigen blinkenden Lichtern im Morgennebel zu erkennen war. Fischer Selim drehte ab und hielt auf die Marmara-Insel zu. Plötzlich, aus heiterem Himmel, schaukelte das Boot, ich wurde aus meinen Träumereien gerissen, und dicht vor uns leuchtete der kristallblaue Rücken eines großen Fisches auf und verlosch.

Fischer Selim griff nach seiner Harpune und rief: »Das ist er! Ya Allah!«

Und noch einmal blitzte der Rücken des Fisches. Selim hatte sich zurückgelehnt und hielt die Harpune wurfbereit wiegend in der Hand.

Beim dritten Mal wölbte sich der Rücken des Fisches wie ein stahlblau schimmernder Wellenkamm. Mir schien, als dehne sich Selims Körper blitzschnell mit dem geschleuderten Speer ins angepeilte Ziel. Dann sah ich die Harpune ins Wasser eintauchen; die Leine straffte sich und hing gleich danach wieder schlaff durch.

»O nein«, stöhnte Selim.

»O nein«, rief ich aufgeregt.

»Er ist auf und davon«, sagte der Fischer, »beruhige dich!«

»Aber die Leine war ganz straff; wäre sie es auch, wenn die Harpune ihn nicht getroffen hätte?«

»Sie war ein bißchen in seine Schwanzflosse eingedrungen«, sagte Fischer Selim, »meine Hand hatte gezittert.«

»Er wird an der Wunde doch nicht sterben und im Meer versinken?«

»Der stirbt nicht«, lachte Fischer Selim. »An so einer kleinen Wunde stirbt ein Schwertfisch nicht. Und Wunden, die nicht tödlich sind, heilt das Meer im Nu. Außerdem versinken sterbende Fische nicht im Meer. Ihre Kadaver treiben an die Oberfläche, wo Möwen und gierige Fische sich über sie hermachen.«

»Also, auf ein neues!«

»Auf ein neues!« wiederholte Fischer Selim. »Nun habe ich seine Spur, er entgeht mir nicht. Und ich kenne ihn jetzt, da wird meine Hand nicht noch einmal zittern. Wir werden ihn schon noch landen ...«

»Und im Hilton verkaufen«, warf ich ein. »Ich kenne Hiltons Einkäufer, ein Schulfreund aus meiner Klasse.«

»Auch wenn er nicht dein Freund wäre, würde er mir bezahlen, was ich verlange, denn der da ist einer der letzten, die hier noch schwimmen. In Zukunft sind Schwertfische im Marmarameer Vergangenheit. Auch sie wurden von den Fischern ausgerottet. Mit Schleppnetzen haben sie ihnen den Garaus gemacht, als sie noch Jungfische von höchstens zwei Kilogramm waren, haben sie aufgespießt, mit Dynamit umgebracht, sie getötet, bevor sie noch ihren ersten Laich ablegen konnten. Und, und ... Gott verfluche sie tausendmal, sie haben uns um unser Glück gebracht, um unser täglich Brot!«

Und er spuckte angewidert ins Meer.

»Rüstü«, sagte ich.

»Ich kenne ihn. Der aus Mardin. Ist er dein Klassenfreund?«

»Ja, er«, antwortete ich.

»Ob er will oder nicht, er muß ihn mir abkaufen und mir den Preis bezahlen, den ich verlange. Die Ausländer und auch unsere Beys sind verrückt nach Schwertfisch am Spieß.«

»Schmeckt er so gut?«

»Sehr gut«, antwortete er. »Und wir kriegen ihn!«

Wir kehrten um. Ein Strom flimmernder Blättchen von rosafarbenem, violettem, blauem und grünem Glanz ergoß sich über das Wasser, bevor der Sonnenrand auftauchte und das Meer in berstendes Licht verwandelte, begleitet von einem

Dröhnen, das aus den Tiefen kam, von den Inseln und von überallher herüberhallte. Istanbuls Lichter verlöschten. Die Minarette waren vom Dunst verdeckt, verschwommen zeichneten sich die Kuppeln ab. Der schmale Lichterbogen der Bosporusbrücke verwandelte sich jetzt in eine dünne Linie, grau wie ein Nebelband, das jederzeit zu zerreißen drohte. Von Yakacik wehte der Hauch einer Brise, der Meeresspiegel begann sich leicht zu riffeln, hintereinander sprangen Fische aus dem Wasser und tauchten klatschend wieder ein.

Fischer Selim begann ein fröhliches Lied zu singen, aufreizend und von denen, die einen nicht stillsitzen lassen, und in einer Sprache, die ich noch nie gehört hatte. Dann wurde der Rhythmus ruhiger, der Gesang wurde zur Totenklage, ging über in eine Ballade. Er sang, ich lauschte, bis wir vor den Prinzeninseln waren.

»Lassen wir uns treiben«, sagte Fischer Selim, »und laß uns die Stadt betrachten, ihrem dumpfen Dröhnen lauschen, zuschauen, wie sie aufwacht, zum Leben erwacht wie ein wild gewordenes Ungeheuer.«

Er blickte entspannt und glücklich, die Furchen seiner Stirn, die Falten in seinem Gesicht hatten sich geglättet. Wir lachten uns an, und auch die Meereswelt unter uns erwachte mit den ersten Sonnenstrahlen. In ihrem Licht konnten wir in großer Tiefe noch Felsen, Tang und Fische klar erkennen. Wie ein Regenbogen funkelten Drachenköpfe in allen Farben, eine riesige Zahnbrasse kam an den Felsen geschwommen, verhielt regungslos, stocherte mit der Nase im Tang herum, und während alle anderen Fische davonschossen, schwamm die Brasse mit ihrem mächtigen Maul gemächlich durch die grünschimmernden Gräser.

Ich zeigte auf sie und sagte: »Werfen wir doch eine Angel aus, die Köder sind bereit, müssen nur noch auf den Haken.«

»Ich mag Fischen, die so ahnungslos aus der Deckung kommen und den Köder annehmen, nichts antun«, entgegnete er. »Sieh, wie wohl er sich in der Morgensonne fühlt und seine Umwelt genießt. Gerade so wie wir ... Da störe ich ihn nicht.« Er lachte, war ganz angetan von seinen Worten. »Stell dir vor, wir lassen die Angelschnur hinunter und schauen zu, wie er den beköderten Haken schluckt und, wie aus heiterem Himmel vom Blitz getroffen, voller Todesangst zu zappeln beginnt. Nein, das kann ich nicht ... Ich ...« Er stockte.

»Ja? Du?« bohrte ich.

»Ich kann nicht heiraten«, stieß er hervor, doch gleich darauf, als bereue er seine Worte, sagte er: »Nein, nein, ich werde heiraten. Ich muß unbedingt heiraten.«

Von Yalova zogen Wolken herauf, und auch über dem Schwarzen Meer verdunkelten zusammengeballte Wolken den Himmel, daß man meinen könnte, der Tag neige sich. Und der Horizont im Westen, der eben noch aufleuchtete, als gehe dort eine zweite Sonne auf, verfinsterte sich.

»Bevor wir das Ufer zu fassen bekommen, wird uns der Regen erwischen, machen wir uns also davon!«

»Machen wir uns davon«, nickte ich.

»Hast du Angst vor Regen?«

»Ich liebe ihn.«

»Sei unbesorgt, bis wir bei den Netzen sind, gießt es wie aus Eimern.«

»Soll es doch. Um so besser, da wird unsere Seele durchgespült.«

Seine Augen leuchteten. »Stimmt!« rief er mit kindlicher Freude, »der Regen reinigt auch das Innere des Menschen.«

Das Meer hatte sich verdunkelt, und die Wellen schlugen höher. Ein Sturm schien jeden Augenblick aufzukommen, und wir mußten so schnell wie möglich die Bucht von Menekşe erreichen. Fischer Selim hatte den Bug gegen die vom Land anrollenden Wellen gedreht und ließ den alten Motor mit voller Kraft laufen. Brecher überspülten die Bordwand, am Boden sammelte sich das Wasser. Über uns brodelten die Wolken, die von allen Seiten, vom Schwarzen Meer, von Thrazien, vom Bosporus und vom Uluberg herangestürmt waren. Es wurde immer dunkler. An den Felsen der Prinzeninseln und an der Mole von Kumkapi brachen sich minaretthohe Wellenkämme. Die schwere See trieb uns nach Yeşilköy. Es begann zu regnen, und die Schauer, von Böen in alle Richtungen getrieben, peitschten das aufgewühlte Meer. Aschfarbenes Dämmerlicht breitete sich aus, nur über der Selimiye-Kaserne lag ein leuchtendes Sonnenband, und es schien, als schössen Massen von Wasser in diesen hellen Streifen.

Im Nu waren wir klatschnaß und völlig erschöpft. Von Selims Mütze, seinen buschigen, roten Brauen und seinem kräftigen Schnurrbart rann das Wasser, füllte sogar die tiefen Furchen in seinem Gesicht.

Ganz plötzlich legte sich der Sturm, glätteten sich die Wellen. Ohne den Regen, der das Wasser riffelte, würden sich die schlanken Minarette, die Selimiye-Kaserne, die ganze Stadt und selbst unser Boot darin widerspiegeln.

»Bleiben wir doch ein bißchen hier«, sagte Selim und stoppte den Motor.

Wir warfen den Anker aus. Der Regen ließ nach, bekam einen kristallblauen Glanz und rieselte weich wie Samt.

Vornübergebeugt hing Fischer Selim seinen Gedanken nach. Um uns klarte es auf, das funkelnde Dunkelblau des feinen Regens erhellte sich, und das Aschgrau der brodelnden Wolken am Himmel verwandelte sich in lindes Grün. Irgendwann hob Fischer Selim den Kopf, ließ seine Augen auf mir ruhen, seine Lippen bewegten sich, er murmelte etwas, ich verstand es nicht. Mir war jetzt klargeworden, daß er mir etwas anvertrauen wollte, es aber aus irgendeinem Grund nicht aussprechen konnte. Vielleicht hatte er auch deswegen den Motor mitten im Meer abgestellt und den Anker ausgeworfen. Unsere Augen trafen sich, er lächelte verlegen.

»Siehst du das?« fragte er, knöpfte sein Hemd auf und zeigte mit dem Kopf auf seine linke Schulter, die von einer tiefen Narbe zerfurcht war.

»Ich sehe es.«

»Das war eine Schußwunde. Dumdumgeschoß! Meine linke Schulter hängt ein bißchen, hast du's noch nicht bemerkt?«

»Ist mir noch nicht aufgefallen.«

»Doch, sie hängt. Und woher hab ich die Verletzung?«
»Man redet viel über dich. War's in einer Kneipe in Kumkapi?«
»Nein. Nicht, was du denkst.«
»Bin gespannt«, sagte ich.

Er senkte wieder den Kopf; sein regennasses Gesicht mit dem kräftigen Schnauzbart und den buschigen Augenbrauen war bis zu den Ohren rot angelaufen. Und ohne aufzublicken, als richte er das Wort an die Bilge, an das Meer, an den Regen, begann er wie im Traum leise zu erzählen: »Es war am Berg Ararat, wo es mich erwischte. Die Kurden am Ararat waren in Aufruhr, damals war ich in Erzurum beim Militär.« Er hob den Kopf und sah mich an: »Hast du den Ararat schon mal gesehen?«

»Ich kenne ihn«, antwortete ich, »bin sogar hinaufgestiegen bis zum Gipfel.«

»Bis ganz oben?« fragte er ungläubig.

»Ganz so hoch nicht ... Vor dem Gipfel liegt ein ebenes Gelände, und dort erheben sich drei kleine Hügel. Einer von diesen Hügeln, heißt es, sei der höchste Gipfel des Ararat. Ich kam bis zu der Ebene, konnte aber den Hügel nicht mehr besteigen. Der Hügel soll sechzig Meter hoch sein.«

»Wie mißt man die Höhe der Berge?«

»Mit einem besonderem Gerät. Ich hab's einmal gesehen«, antwortete ich. »Es war also am Berg Ararat ...«

»Ich kämpfte gegen die Kurden. Sind tolle Kerle, die Kurden, und gute Schützen ... Bei Feuergefechten steckte ich meine Soldatenmütze auf einen Stock. Kaum hatte ich sie emporgestreckt, wurde sie mindestens fünfmal getroffen. Unser Kommandant hieß Salih Pascha ... Ein unangenehmer Mann, aber Atatürk soll ihn sehr gemocht haben ... Er rief mich zu sich und sagte: ›Selim, wenn dieser Feldzug zu Ende ist, werde ich pensioniert. Dann komme ich zu dir nach Menekşe und kaufe mir einen Acker.‹ Dann schob er seine Offiziersmütze in die Schräge. Wie General Cemal Gürsel. Alle großspurigen Paschas setzen ihre Mützen so schräg auf. ›Vielleicht kaufe ich mir auch einen Hof in Çekmece, züchte Pferde, pflanze Tomaten, gehe mit dir fischen, und wir rudern zusammen bis zur Großen Prinzeninsel.‹

Wenn ich ihn aufzog, daß er sich vor dem Meer bestimmt fürchte, lachte er und meinte, er habe keine Angst vor dem Meer. Doch daß ihm vor dem Meer graute, konnte ich ihm ansehen. Wenn ein Kurde einen Soldaten tötete, wurde dieser Pascha fuchsteufelswild. Für jeden getöteten Soldaten ließ er ein Kurdendorf abbrennen und alle Männer des Dorfes erschießen. Er konnte nicht begreifen, daß diese Dörfler, die nicht einmal türkisch sprechen konnten, sich gegen unseren Atatürk auflehnten. Er geriet ganz außer sich, brüllte: ›Erschießt jeden Kurden, der euch in die Hände fällt, laßt keine dieser Schlangen am Leben!‹ Wenn die Soldaten auf ihn gehört hätten, gäbe es heute keinen Kurden mehr im Land. Wir ließen nämlich die gefangenen Kurden wieder laufen, schließlich waren wir Glaubensbrüder, nicht wahr? Hätte unser Pascha davon erfahren, weiß Gott, er hätte uns wie Kurden erschießen lassen. Manche von uns wurden dabei reich: ein Menschenleben für ein Goldstück! Denn die Kurden hatten reichlich Gold und viel Geld. Ich habe keinen Kuruş für einen freigelassenen Kurden genommen, aus Menschlichkeit ... Bei uns nimmt man kein Geld für ein geschenktes Leben. Jeder Soldat hatte in seinem Beutel Geldscheine, goldene Halsketten und Armbänder, goldene Halhal und Hirizma ... Halhal sind hübsche Reife, die sich die Frauen der Kurden um die Fesseln legen, Hirizma nennen sie den Ring an ihrem Nasenflügel. Einen Frühling lang durchstreiften wir die Hänge des Ararat, verbrannten und zerstörten, verwandelten die Gegend in einen rauchenden Trümmerhaufen. Wir töteten, verjagten, was uns in die Quere kam. Und abends, nach den Kämpfen, rief Salih Pascha mich und diejenigen Beys der Kurden, die uns geholfen hatten, zu sich ins Zelt, zechte bis in den frühen Morgen, ließ die Beys der Kurden den Reigen tanzen, gab selbst auch Bauchtänze zum besten und ließ die Beys der Kurden hochleben.

Es war an einem Morgen, nachdem der Pascha mir reichlich eingeschenkt hatte. Damals sprach ich überhaupt nicht. Bevor ich dir begegnete, unterhielt ich mich auch nicht mit den andern. Erst als wir uns kennenlernten, wurde ich redselig ...«
»Ich weiß.«
»Ja, du weißt es«, fuhr er hastig fort, als befürchte er, daß ich fortan das Wort ergreifen würde und er wie früher wieder verstummen müßte. »Es war an einem Morgen, wie ich schon sagte, wir rieben von den Kurden auf, was noch übriggeblieben war. In Wellen kamen sie von den Bergen herunter, um sich zu ergeben, und wir töteten die meisten von ihnen, sofern sie kein Gold in den Taschen hatten ... An einem Morgen also lieferten wir uns in einem felsigen Gelände ein Gefecht mit Kurden, etwa fünfzehn Mann, die sich hinter mächtigen Felsblöcken verschanzt hatten. Es wäre für sie ein leichtes gewesen, uns zu töten, denn ihre Deckung war bombensicher, und wir lagen am Hang im freien Gelände. Doch sie verwundeten wohl die Hälfte unserer Abteilung, töteten aber keinen einzigen. Und wenn sie auch auf gut Glück geschossen hätten, wären viele von uns draufgegangen, denn sie waren so zielsichere Schützen, daß sie aus jeder Lage einen Soldaten treffen konnten ... Doch sie verwundeten einen von uns am Fuß, den anderen am Bein, am Arm, an der Schulter oder an der Hand, aber keinen einzigen von uns tödlich. Es wurde Abend, Sturm kam auf, und ich weiß nur noch, daß ich schrie: ›Mich hat's erwischt‹, und daß ich zusammensackte. Nach wieviel Tagen ich die Augen wieder aufschlug, daran kann ich mich nicht mehr erinnern.«

Der immer feiner rieselnde Regen legte sich schließlich ganz, und mit gleißender Helle kam die Sonne hervor. Ein Regenbogen spannte sich über den Himmel, darüber legte sich ein zweiter, ein dritter und ein vierter ... Sie spiegelten sich im Wasser, vereinten sich zu einem riesigen, Himmel und Meer umspannenden Kreis, und wir befanden uns inmitten eines paradiesischen Festes, in einer Flut von wirbelnden Farben und Licht. Ich sah, wie der Regenbogen sich auch in

Selims Gesicht spiegelte. Um uns eine andere Welt, ein Traum, verschieden von all unseren bisherigen Träumen, und federleicht vor Freude schwebten wir im Farbenmeer des Regenbogens, die laue Luft duftete nach Meer, duftete nach Regenbogen, ähnlich dem Geruch weicher, warmer Erde. Eine Honigbiene flog herbei, ließ sich auf einer Planke nieder, streckte die feuchten Flügel, schwang ganz leicht, wie außer Atem, hin und her. Möwen, schneeweiß, zu Hunderten, unbändig kreischend, schossen mit aufgerissenen gelben Schnäbeln und gestreckten spitzen Flügeln immer wieder in das weite Rund des Regenbogens hinein.

»Ich öffnete meine Augen, und was sehe ich? Ich liege in einem frisch bezogenen, weichen Bett, und über mich beugt sich eine Krankenschwester ... Mit klaren, blauen Augen. Groß und blau ... Ja, sehr groß. Die Haut schneeweiß ... eine sehr schöne Schwester, hochgewachsen. Ihre Haare fielen auf ihre Schultern, blond und seidenweich ... Sie hält meine Hand und schaut mir ins Gesicht. Und ihre schönen Augen lachen mich an.

Wohlig warm hält sie meine Hand. Bis zu jenem Tag hatte noch niemand meine Hand so gehalten, so wohlig warm ... Über mich gebeugt, nach Rosen duftend, ein anderer Vergleich fällt mir dazu nicht ein, ja, nach Rosen duftend, und ihr Atem streift mein Gesicht, und in mir regt sich etwas, wohlig warm, wie das Leben, ich lebe, bin neu geboren. Ihre Finger umspannen mein Handgelenk, wohlig warm ... Sie hält meine Hand ... Die Tage vergehen, ich gesunde und bete zu Gott, sie nimmt meine Hand in ihre Hände, jeden Tag drei Stunden lang, ihre Augen blau und groß, wie eine Blume weit geöffnet, ja, Blume ist das richtige Wort, ihr Atem duftet wie Rosen und streift mein Gesicht, und ich flehe zu Gott, mach mich nicht so schnell gesund, lieber Gott! Aber ich komme immer mehr zu Kräften. Wohlig warm sucht sie meine Nähe, ihre blonden Haare berühren mein Gesicht, seidenweich ... ›Wo sind wir hier‹, frage ich, ›im allgemeinen Krankenhaus von Cerrahpaşa‹, antwortet sie, ›was hat ein Soldat in einem

Krankenhaus für Zivilisten zu suchen‹, sage ich, und sie antwortet: ›Du bist nicht mehr Soldat.‹ Und ich höre ihre Stimme, ganz weich, sie berührt mein Herz, diese Stimme, wärmt es, streichelt es, zärtlich und weich ... Ja, berührt mein Herz ist das richtige Wort ...«

Wir glitten mit den Möwen in den Regenbogen und wieder hinaus. Querab zur einen Seite schien die Sonne aufs Meer, dort war es leuchtend hell, die andere Seite blieb dunkel. Vorbeiziehende Schiffe ragten in den Regenbogen hinein, minaretthoch glitten sie wie losgelöst vom Wasser über die Helle und das Dunkel dahin, aschgrau wie die Wolken, hoch oben stieg Rauch aus den Schornsteinen der Dampfer, die mit sanftem Krängen in der Ferne verschwanden. Und wir segelten in den Kreis der Regenbogen, mit den Möwen, den schwebenden Schiffen und den Wolken.

»Der Tag meiner Entlassung rückt näher. Sie setzt sich zu mir ans Bett und schaut mich mit gesenktem Kopf unverwandt an. Und wieder hält sie meine Hand, ich spüre ihre Wärme, sie verbrennt mein Herz, ja, so und nicht anders muß ich es nennen: verbrennt mein Herz. Sie nimmt meine Hand und legt sie auf ihr Herz, und meine Hand, sie brennt auf ihrer brennenden Haut ... Und ihre Haare berühren mein Gesicht, und ich spüre ihren duftenden Atem ... Ich bin wie gelähmt, lieber sterben als sie verlassen ... Und sie ist ganz still und schaut mich an, sitzt nur so da und schaut mich an, leidend wie eine Kranke, ihr Gesicht wird glühend rot, dann wieder leichenblaß. Sie läßt meine Hand nicht los, legt sie immer wieder auf ihr Herz ... Ich habe niemandem davon erzählt, danach kein Wort gesprochen. Wie ein Taubstummer gehe ich durch Kumkapi, durch die Straßen von Istanbul, und sie ist immer bei mir, und ich spüre ihre Wärme, spüre ihre Hand wohlig warm in der meinen. Du wirst geheilt entlassen, freut sich der Arzt, und ich bin wie gelähmt, eeey Efendi! du bist gesund, ruft er, und ich sterbe. Ihre Haare, ihr weißer Kittel, ihre weiße Haube, schneeweiß mit dem roten Halbmond, und die blonden Haare, darin ein Hauch von Medikamenten, und sie hält meine Hand ... Und sie sagt: ›Selim, Selim, Seliim, du hast mir die Liebe ins Herz gebrannt, wohin gehst du und läßt mich hier allein, Seliim!‹ Vielleicht hat sie es gar nicht gerufen, vielleicht auch nicht geweint, vielleicht hab ich es nur so gehört, vielleicht hat sie auch meine Hand nicht ... Nein, nein, nein, sie hat sie gehalten ... Wohlig warm, und ich spüre die Wärme noch in meiner Hand ... Aber wie sollte ich sie nach Kumkapi mitnehmen, ich, der barfüßige Selim, Selim, Seliiim ... Sie gehört in ein Serail, gebettet auf schneeweißes Leinen, goldenen Schmuck am Hals ... Selim, Selim, Seliiim! Ich weiß nicht mehr, wie viele Jahre es schon her ist, aber wo ich auch bin, auf welches Meer ich auch hinausfahre, besonders im Frühling, wenn es wie eine blaue Blume leuchtet, ja, Blume ist das richtige Wort, an solchen Frühlingstagen höre ich sie hinter mir herrufen. Gerade so wie jetzt, in diesem Augenblick, in deiner Gegenwart, zum ersten Mal in Gegenwart eines anderen Menschen höre ich ihre Stimme: ›Selim, Selim, Selim, erblinden sollst du, Seliiim‹ ...«

Nach und nach verblaßte der Regenbogen, und als er sich ganz aufgelöst hatte, wurde es wieder dunkler. Ein lauer, leichter Schauer mit dem Geruch von Erde wischte über das Wasser, danach fielen schwerere Tropfen und schließlich trommelte dichter Regen auf den Meeresspiegel ein, scheuchte die schwimmenden Möwen auf und davon.

Plötzlich veränderte sich Fischer Selims Gesichtsausdruck, und er warf mir einen so feindseligen Blick zu, daß ich erschauerte.

»Nur du weißt davon«, sagte er so scharf, als werfe er mit Messern nach mir. »Auf dieser Welt wissen nur Gott und du und ich davon. Zwanzig Jahre, vierzig Jahre, hundert Jahre habe ich es für mich behalten ... Nur du ...«

Ich wollte noch fragen, ob er das Krankenhaus noch einmal aufgesucht habe, jetzt ließ ich es sein. Doch er mußte meine Neugier gespürt haben.

»Wie konnte ich in meinem Zustand denn durch die Pforte des Krankenhauses, ich, Fischer Selim, Herumtreiber, nach

Fisch stinkender Habenichts, heruntergekommen, verrückt, verwildert und abgerissen wie ich war, ohne ein richtiges Zuhause ... Aber eines Tages, sagte ich mir ...«

Hoffnungslos sah er mich an, zog ein schmutziges Schnupftuch aus der Tasche und trocknete schwer atmend sein Gesicht.

»Ohne ein richtiges Zuhause ...« wiederholte er mit Augen voller Sehnsucht.

»Denkst du jeden Tag an sie, jeden Tag, immerzu, auch in deinen Träumen?«

Er antwortete nicht, seufzte nur, stand auf und zog mit aller Kraft die Anlasserschnur: »Los, laß uns fahren, schwarzbrauner Bruder, ein schönes Wort bei euch in der Çukurova für einen guten Freund: schwarzbrauner Bruder.«

»Warst du auch in der Ebene Çukurova?«

»Auch dort war ich schon. Es hieß, man könne dort tonnenweise Geld verdienen; ich machte mich also auf und kam mit einer mörderischen Malaria im Bauch wieder zurück. Drei Jahre habe ich gezittert wie ein Hund ... Danach gab's wohl keine Arbeit, die ich nicht angenommen habe ... Sogar als Matrose ließ ich mich anheuern und fuhr bis nach Amerika. Ich habe mich überall abgerackert, um Geld zu verdienen ...«

»Und hast du die Hoffnung aufgegeben?«

»Ich und die Hoffnung aufgeben? Aber der abtauchende Schwertfisch da unten wird wohl meine letzte sein.«

»Du wirst ihn kriegen.«

»Ja, ich kriege ihn ... Und dann zum Hilton ... Danach gehe ich mit dir hinauf nach Beyoğlu, und dort kaufen wir einen Anzug, einen sehr schönen ...«

»Ja, einen sehr schönen ...«

»Los!« rief er, »vielleicht sind die Netze voller Meerbarben. Und wenn wir den Schwertfisch gefangen haben, nehmen wir beide in Beyoğlu einen zur Brust.«

»Das machen wir.«

»Seit Jahren habe ich keinen Alkohol mehr getrunken ... Ich weiß gar nicht mehr, wie er schmeckt ...«

»Dem helfen wir ab, wann immer du willst.«
Bis wir bei den Netzen waren, sprachen wir nicht mehr. Hand über Hand holten wir sie ein, prallvoll mit Meerbarben.

6

Drei Tage und drei Nächte kam Fischer Selim aus Beyoğlu nicht heraus, trank, döste ein, und trank weiter, wenn er aufwachte. Dann zog er weiter nach Ahirkapi, machte einen Bogen um Kumkapi und übernachtete mehrere Tage in der Nähe des Leuchtfeuers von Yeşilköy im Kebaplokal Memed des Irren aus Adana. Tagelang pendelte er zwischen Yeşilköy und Florya hin und her, doch nach Menekşe ging er nicht ein einziges Mal. Manchmal hockte er sich unter die mächtige Platane von Florya und starrte zu den Inseln hinüber, als suche er vergeblich nach irgend etwas auf dem Meer. Er sehnte den stürmischen Lodos aus dem Süden herbei oder einen orkanartigen Poyraz aus dem Norden mit schwerer See. Dieses spiegelglatte Wasser jagte ihm Schauer über den Rücken.

Wenn er ihn doch irgendwo da draußen ausmachen könnte und zuschauen, wie er in großen Sprüngen übers Meer auf ihn zuschnellte, er wüßte vor Freude nicht, was er täte. Vielleicht würde er aufs offene Meer hinausfahren, um sein Glück, seine Liebe der ganzen Welt, allen Geschöpfen im Wasser und in der Luft mitzuteilen. Jetzt hockte er hier, hielt mit gesenktem Kopf und hängenden Armen Ausschau nach seinen Delphinen, die Augen vor Sorge und Wut so weit aufgerissen, daß sich die Falten in den Augenwinkeln glätteten, ja sogar die Furchen seiner Stirn verschwanden. Aber wie sollte er aus einer so weiten Entfernung seinen Delphin erkennen? Fischer Selim gab Brief und Siegel darauf, daß er ihn noch aus einer Entfernung von sieben Tagereisen allein an seinem Schatten erkennen würde. Wie er hochschnellte, vor Freude durch das Wasser peitschte, den Schaum schleuderte, einem glänzenden Halbmond gleich über das Wasser sprang, daran erkannte er ihn, wie weit entfernt er auch sein mochte. So harrte Fischer Selim mit klopfendem Herzen aus, ging unruhig am Ufer auf und ab, und seine Wut stieg von Tag zu Tag.

In diesem Zustand konnte er nicht hinausfahren. Und wenn dieser einfältige Delphin an das Boot eines Esels von Fischer herangeschwommen war und eine Kugel eingefangen hatte? Ja, Selim, was dann? Meistens machte sich Fischer Selim über sich und seine Liebe zu den Delphinen selbst lustig. Liebt die Menschen nicht, hat sich um seine eigene Familie, seit er aus dem Haus ist, nicht mehr gekümmert und macht eine Familie von Delphinen zu seiner eigenen! Aber wer sagt denn, daß er seinesgleichen nicht mag? Er liebt sie und würde alles tun für einen freundschaftlichen Händedruck, für einen Blick voller Zuneigung, manchmal auch Liebe, der ihm das Herz dahinschmelzen läßt.

Aber warum müssen Menschen denn so gleichgültig sein, sich gegenseitig für ein paar Kuruş die Augen auskratzen, warum so feige und so hinterhältig? Warum müssen sie nur an sich denken, daß sie manchmal sogar die eigenen Angehörigen, ob Frau, Kinder oder Eltern, vergessen? Muß denn der Mensch nur für sich da sein, gleichgültig gegenüber dem Meer, der Erde, den Wolken, den Fischen, Vögeln, Bienen, Pferden und Menschen, nur in sich gekehrt, dem eigenen Dunkel verhaftet, beide Hände vors Gesicht geschlagen, auch noch den letzten Lichtschimmer abwehrend, sich dem Schmerz des Todes, der Hoffnungslosigkeit und der Angst hingeben? Dabei ist der Mensch doch auch derjenige, der sich bis ins Innerste seines Herzens, bis ins Mark seiner Knochen begeistern kann, hingerissen vom Morgenrot des anbrechenden Tages, von der aufblühenden Blume, der wandernden Wolke, den Augen, dem Gesicht eines liebenden Menschen, der sanften Brise am frühen Morgen, vom aufhellenden Wasserspiegel bei Anbruch des Tages, von dem Geruch des Meeres, der Erde, des Regens, der Wärme einer Hand, einer Umarmung, der Verschmelzung von Mann und Frau im Sinnenrausch, von der Schönheit des Alls und der Sterne, vom Licht, dem weichen Fell eines zutraulichen Tieres, ja, vom Augenblick, da die Welt Besitz nimmt von jeder Faser seines Herzens. Und dieser Menschen sind viele, sehr viele auf dieser Welt, wenn auch nicht in meinen Kreisen. Und sie werden nicht aussterben, die Menschen der Freude, des Stolzes und der Hoffnung. Und mit dieser Hoffnung, dieser Liebe zu seiner Umwelt wurde Fischer Selim der Freund dieser stummen, ihn mit ehrlicher Freude annehmenden Kreatur. Ja, ihrer sind viele, die der Erde, dem Leben, dem anbrechenden Tag, dem funkelnden Wasser, dem aufblühenden Frühling trotz aller Leiden und aller Dunkelheit immer wieder ihr Loblied gesungen haben, und sie tun es, seit es den Menschen gibt. Vielleicht waren das nicht Fischer Selims Gedanken, vielleicht aber konnte er diese Gedanken und Ahnungen nur nicht in Worte umsetzen, aber das Geheimnis seiner Aufnahme in einer Familie von Delphinen konnte er sich sehr gut erklären. Aufs Meer hinauszufahren konnte er nicht, und wenn es so weiterging, würde er auch in Zukunft nicht mehr hinausfahren können, würde er hier am Ufer wie eine leere Hülle schlaflos herumirren und vor Sorge, Angst und Kummer zerspringen.

Seiner Freundschaft und Verbundenheit mit einem Delphin schämte er sich nicht. Warum sollte er? Sollen doch diese finsteren Menschen, die das Singen, Tanzen, Lachen und Weinen vergessen haben, erst einmal wieder wahre Menschen werden, damit Selim auch ihr Freund sein kann. Wer von ihnen hat denn jemals seine Freude über das Wiedersehen mit einem Freund so offenbart wie dieser Delphin, der vor Begeisterung Purzelbäume schlagend über die Wellen auf ihn zuschnellt, kaum daß er sein Boot entdeckt? Doch solche Menschen gibt es auch, Gott sei Dank, die nicht eingezwängt in diesen Wohnhäusern leben, zwischen Asphalt und Zement den giftigen Benzingestank einatmen, die sich nicht ihrer Liebe, ihrer Freundschaft, ihrer rinnenden Tränen schämen, die aus voller Seele lachen oder mitleiden können, die sich auch nicht schämen, jemandem ihr Herz in Liebe zu öffnen und ihrer Begeisterung freien Lauf zu lassen. Auf dieser Welt gibt es viele von ihnen, und wenn wir uns von ihnen entfernt und entfremdet haben, so ist es unsere Schuld ...

Doch eines Morgens, als die See wieder einmal blendend weiß schimmerte und die Wolken sich im fahlen Sternenlicht ballten, nahm Fischer Selim sein Herz in beide Hände und fuhr aufs Meer hinaus. Unablässig den roten Schnauzbart zwirbelnd, auf den Bartspitzen kauend, ließ er sorgenvoll die Augen über das weite Wasser wandern. Zuerst nahm er Kurs auf die Unselige Insel, wo der Delphin ihn am öftesten abfing. Zweimal umrundete er das Eiland, drosselte den Motor und durchkämmte dann weitab die Gegend vor Yalova. Das Meer lag spiegelglatt, nichts regte sich weit und breit. Daraufhin drehte er ab nach Silivri, fuhr von dort zurück nach Menekşe und nahm dann wieder Kurs auf die Inseln. Und plötzlich, wie im Traum, ein Wunder: Von den Prinzeninseln kamen sie heran, vorneweg der große Delphin, gefolgt von den andern, schnellten sie wie funkelnde Bogen durch das Wasser, wirbelten über das Meer wie ein Sturm aus Licht, Freude und herzlicher Freundschaft ...

Danach fuhr Selim täglich ruhigen Herzens zum Fischen, und jeden Tag begrüßte ihn da draußen der Delphin mit unverminderter Freude.

Doch dann kam der stürmische Lodos auf, türmte drei Tage lang minaretthohe Wellen auf, die weit über die Ufermauer von Sarayburnu hinweg ins Land schäumten, und drei Tage lang nagte der Kummer in Fischer Selims Herzen. Am Morgen des vierten Tages wehte kein Lüftchen, war das Meer spiegelglatt und so klar, daß Fisch und Krustentier im Tang zu sehen waren. Knurrhähne mit ihren flammengleichen Brustflossen zogen dicht an der leuchtendblauen Oberfläche in östlicher Richtung davon.

Fischer Selim steuerte das Boot geradewegs vor die Große Prinzeninsel. Doch wie lange er auch wartete, nichts regte sich ... Er fuhr die Unselige Insel ab, die Spitze Insel, die Burgaz-Insel, die Löffelinsel, die Heybeli-Insel ... Nichts.

Er fuhr hinüber nach Yalova ... Wieder nichts. Danach fuhr

er kreuz und quer durchs Marmarameer, suchte und suchte, doch von seinem Delphin keine Spur. Er wurde immer unruhiger, machte nur kurz am Ufer halt, weil Proviant und Treibstoff zur Neige gingen, doch kaum aufgefüllt und getankt, stieß er wieder in See. Nach fünf Tagen gab er sich geschlagen, hatte er die Hoffnung aufgegeben, seinen Delphin noch lebend anzutreffen, und begann nun den Kadaver zu suchen, von Ufer zu Ufer, von Bucht zu Bucht ... Allen Fischern, die seine Fahrt kreuzten, stellte er dieselbe Frage: »Habt ihr einen Delphin gefangen, mit einem Fleck auf dem Rücken und einer gebrochenen Flosse, er ist sehr groß, an die drei Meter lang, und hat eine vierköpfige Familie im Gefolge?« Die Fischer lachten und zogen ihrer Wege, manche gaben barsche oder auch spöttische Antworten. Auf der Höhe von Cinarli sichtete er Schiffer Osman den Stummel, einen Freund aus den Tagen von Kumkapi.

»Schiffer Osman, Schiffer Osman!«

Osman der Stummel schaute herüber, wollte seinen Augen nicht trauen, daß Fischer Selim nach ihm rief. Er stoppte den Motor und ließ das bis an den Rand mit Delphinen gefüllte Boot treiben.

»Bist du's wirklich, Selim, Fischer Selim?« Dabei sah er ihn an, als wolle er sagen, Fischer Selim spricht also auch wieder mit seinesgleichen ...

»Ja, ich bin's, Osman«, antwortete Fischer Selim, legte längsseits an Osmans Boot an und kletterte hinüber. Stumm musterte er sorgfältig den Fang und sagte nach einer Weile: »Nein, meiner ist nicht darunter.« Dann fügte er mit knirschenden Zähnen hinzu: »Wer auch immer ... Ich bringe ihn um.«

Osman reichte ihm eine Zigarette, Selim steckte sie an und nachdem er sie mürrisch und mit hohlen Wangen hastig saugend aufgeraucht hatte, erzählte er Osman von seinen Sorgen, beobachtete ihn dabei mißtrauisch, ob er sich wohl über ihn lustig machen würde. Doch Osman, ein alter Fischer, der viel in der Welt herumgekommen war, konnte Selims

Sorgen und Kummer, wenn auch nicht bis ins letzte, so doch im großen und ganzen nachfühlen und ihm seine Anteilnahme ehrlichen Herzens bekunden. Vielleicht war Osman der Stummel der erste Mensch auf dieser Welt, für den Fischer Selim Dankbarkeit empfand.

»Kennst du Schiffer Dursun den Kahlen?« fragte Osman, »du weißt schon, den Lasen ...«

»Ich kenne ihn«, antwortete Fischer Selim.

»Nun, der plündert mit fünf Booten die Fischgründe, und sein Haufen von Delphinen in der Zargana-Bucht bei Erdek türmt sich so hoch wie der Hügel dort ... Mit elf Kesseln siedet er sie und wird zum Millionär. Weiß Gott, vielleicht ist dein Delphin darunter ... Sieh dort mal nach!«

Osmans Worte, Selims Sprung ins Boot, Motor anlassen und volle Fahrt auf Erdek nehmen waren eins.

Als er in die Zargana Bucht einlief, die aufsteigenden Rauchschwaden wahrnahm und ihm der beißende Gestank gesiedeten Trans in die Nase stieg, verlor er fast die Besinnung, begann am ganzen Körper zu zittern; doch er faßte sich sehr schnell, warf Anker, sprang in sein winziges Beiboot und war im nächsten Augenblick mit schäumender Bugwelle an Land gerudert. Auf dem sandigen und steinigen Strand lagen Delphine, zu großen Haufen aufgeworfen; im Kopf eines jeden klaffte ein schwarzes Loch. Selim verließ das Boot, der Sand knirschte unter seinen Füßen, als er zum größten der Haufen eilte. Die Delphine waren wahllos übereinandergeworfen. Schiffer Dursun der Kahle und seine Mannschaften hatten sich aufgerichtet und beobachteten neugierig den Neuankömmling, der jeden einzelnen Kadaver eingehend musterte. Neun verrußte Kessel dampften über den lodernden Flammen riesiger Scheite, und die Männer blickten immer wieder zu Selim herüber, während sie große Stücke der zerschnittenen Delphine in die brodelnde Brühe warfen. Nachdem Selim sich die Delphine des ersten Haufens einen nach dem anderen angesehen hatte, lief er zum zweiten, den er wiederum, vielleicht eine halbe Stunde lang, sorgfältig prüfte, und eilte dann weiter hinter einen spitzen Felsen, wo die Delphine nebeneinander aufgereiht lagen. Plötzlich begann sein Herz zu rasen, Schwindel ergriff ihn, und ihm wurde schwarz vor Augen.

Zwei Schritte vor ihm lag sein Delphin, das Mal auf seinem Rücken wurde immer dunkler, und die geknickte Flosse schlug hin und her.

Eine Weile stand Fischer Selim schwankend da. »Wer ist der Schiffer Dursun?« stieß er schließlich hervor.

»Ich bin's«, antwortete ein graubärtiger Mann mit einer Hakennase, langem Gänsehals, leichtem Buckel und sich zu Schlitzen verengenden Augen, der auf ihn zukam. »Ich bin Schiffer Dursun, was willst du?«

Er hatte den Satz kaum ausgesprochen, als sich Selim schon auf ihn stürzte und ihn an der Gurgel packte. Die kräftigen Hände des Fischers umspannten wie schreckliche Schraubstöcke Schiffer Dursuns hageren Hals und preßten ihn immer mehr zusammen.

Unter Fischer Selims Gewicht im Sand zappelnd, war Dursun schon kurz vor dem Ersticken, als seine Leute sich auf die beiden warfen, doch es gelang ihnen nicht, Selims Hände auseinanderzubiegen. Dursuns Augen traten aus ihren Höhlen, seine Lippen liefen blau an, und wenn Remzi der Kurde nicht zur Stelle gewesen wäre, hätte Schiffer Dursun der Kahle schon längst das Zeitliche gesegnet. Der Kurde sah mit einem Blick Dursuns ausweglose Lage, packte Selim bei den Hoden und drückte sie zusammen. Jetzt erst lockerte Selim mit schmerzverzerrtem Gesicht seinen Griff. Die Männer brauchten eine ganze Weile, um Selim wegzuzerren und zu beruhigen.

»Ich werde dich töten, Kahler«, sagte Selim mit kalter Stimme, als er sich mit gesenktem Kopf entfernte. »Dich lasse ich in dieser Welt nur noch zwei oder drei Tage leben, warte ab! So wie du meinen Delphin getötet hast, werde ich dir auch sieben Löcher in den kahlen Schädel schießen, warte nur noch ein bißchen ab, niederträchtiger, blutbesudelter Mörder Dursun ... Solange ich noch lebe, werde ich das Blut meines

Delphins nicht ungerächt versickern lassen, Kahler ... Ich fahre nur nach Istanbul und komme bald zurück, halte dich bereit!«

Selim hatte mit so eisiger Bestimmtheit gesprochen, daß der zu Tode erschöpfte Schiffer Dursun erschauerte und kalter Schweiß seinen Körper bedeckte.

»Los, packt eure Sachen«, rief Schiffer Dursun auf wackeligen Knien, nachdem Fischer Selim verschwunden war, »dieser Mann ist wahnsinnig geworden. Er fährt jetzt nach Istanbul, besorgt sich eine Waffe und kommt zurück, um gegen uns zu kämpfen. Töten wir ihn, wandern wir ins Gefängnis, tötet er uns, wandern wir ins Grab. Los, räumt auf und dann ab ins Schwarze Meer! Soll doch das Marmarameer diesen Tollwütigen verschlingen. Gott verfluche den Delphin! Ich habe Frau und Kinder, und bleiben wir hier, wird er nicht eher ruhen, bis er uns gefunden hat ... Wir fliehen nicht vor einem Mann, sondern vor einem Verrückten, und zwar dorthin, wo er uns nicht finden kann, ins Schwarze Meer ... Und sollte er uns dennoch finden, liegt alles in Gottes Hand, entweder er oder wir!«

Sie füllten den Tran aus den Kesseln in Fässer und löschten die Feuer. Dann trugen sie die Delphine, die noch auf dem Strand lagen, in die Laderäume, steuerten bald nach Fischer Selim die Boote ins freie Fahrwasser des Bosporus und nahmen Kurs aufs offene Meer.

Es war gegen Morgen, als Selim an Mustafa des Blinden Tür klopfte, der gar nicht überrascht war, den Fischer zu sehen.

»Warte, ich ziehe etwas über«, sagte er, lief ins Haus und kam nach kurzer Zeit angezogen wieder. »Komm herein, Fischer Selim!« bat er.

»Es ist jetzt nicht die Zeit zu warten«, sagte Fischer Selim mit toter Stimme, »ich brauche sofort eine Flinte und soviel Patronen, wie du mir geben kannst ... Schnell, ich habe keine Zeit zu verlieren!«

»Siehst du, Fischer Selim, habe ich's dir nicht gesagt ... Es ist jetzt nicht die Zeit zu warten ... Alle Welt, alle Fischer von Kumkapi, Samatya, Bandirma und vom Schwarzen Meer sind reich, machen ein Vermögen mit dem Tran von Delphinen ... Es ist jetzt nicht die Zeit zu warten ... Sofort, ich bringe dir sofort die Flinte ... So eine deutsche Flinte, mit der du jeden Delphin mitten ins Auge treffen kannst ...«

»Bring sie!« brüllte Fischer Selim, und seine Stimme zitterte vor Wut.

»Sofort, ich bringe sie sofort ... Ich weiß, du bist in Eile. Die andern Fischer haben das Marmarameer abgeräumt, haben die Delphine mit Stumpf und Stiel ausgerottet, ich weiß, du bist spät dran, mein Selim, du brauchst sehr, sehr viel Patronen.«

»Ja, viel!« schrie Fischer Selim, »soviel du hast ...«

»Ich wußte es, ich hab's gewußt, du bist ein geschickter Mann, ein beherzter Mann, und ich wußte, daß du eines Tages kommen und reich werden wirst ... Alle Delphine, alle, die noch übriggeblieben sind, wirst du mitten ins Auge ... So schnell ist das Meer schließlich nicht leerzufischen, mein Lieber! Mitten ins Auge ...«

»Halt endlich den Mund!«

»Ich komme ja schon, mein Fischer, ich weiß, du bist in Eile. Es geht ja auch nicht an, daß die ganze Welt Delphine abräumt, während du ...«

Kurz darauf kam Mustafa der Blinde mit einem großen Beutel Patronen und einer blitzblanken deutschen Flinte herbeigeeilt.

»Nimm, Bruder«, sagte er, »und das Geld gibst du mir, wann immer es dir beliebt ... Wenn du willst, gebe ich dir noch fünf Flinten oder zehn und kistenweise Patronen.«

»Für meine Zwecke reicht es«, entgegnete Fischer Selim, »und das Geld bekommst du nächste Woche.«

»Gib's mir, wann du willst, wann immer es dir paßt ...« sagte Mustafa der Blinde.

Im Laufschritt eilte Fischer Selim den Abhang hinunter ans Ufer, kaufte in Yeşilköy noch Treibstoff, bevor er aufs offene Meer hinausfuhr. Mit der deutschen Flinte in der Armbeuge nahm er unter einem von Zauberhand gewobenen funkelnden Sternenhimmel Kurs auf die Zargana-Bucht.

In der Bucht war niemand mehr. Die Feuerstellen waren verlöscht, hier und da rauchten noch einige Scheite, und hinterm Felsen lag langgestreckt im Sand nur ein einziger Delphin. Nachdem Fischer Selim den Anker geworfen hatte, watete er durchs seichte Wasser an den Strand und blieb beim Delphin stehen. Der dunkle Fleck auf dem Rücken des Tieres verblaßte immer mehr, Selim verharrte eine Weile, drehte sich dann gedankenverloren um und ging davon. Ein Bienenschwarm, den Selim bei seiner Ankunft verscheucht hatte, kam zurückgeflogen und kreiste wieder mit lautem Gesumm über dem toten Delphin.

Müde und erschöpft ging Selim mit schleppenden Schritten zum Boot, holte seine alte Decke unter der Plicht hervor, wickelte sich ein und fiel in Schlaf, kaum daß er seinen Kopf auf die Planken gelegt hatte.

Die Sonne stand schon ziemlich hoch, als er erwachte. Die Frühlingsluft war lau und roch nach Meer und Erde, ein Geruch, der die Menschen vor Freude beflügelte. Sanfte Wellchen mit schmalen Schaumkämmen brachen sich plätschernd an den Kieseln. Selim hatte sich auf die Seite gerollt und linste aus den Augenwinkeln zum Felsen hinüber, wo noch immer der Schwarm Bienen wie ein großer Ball über dem im Sand ausgestreckten Delphin kreiste.

Selim warf den Motor an und schaute nicht mehr zurück. Das Boot hielt Kurs auf Istanbul.

7

Über den getöteten Delphin und Selim wurden in der Stadt Istanbul viele Dinge erzählt. Diese Geschichte von einem Delphin und einem Fischer wurde überall Tagesgespräch, wurde, tausendfach ausgeschmückt, vom Bosporus nach Pendik, von Pendik nach Karamürsel und zur Insel Marmara, von dort nach Silivri und Tekirdağ, von Fischer zu Fischer, von Boot zu Boot sogar nach Sarköy und Gelibolu weitergetragen, bis auch der letzte Flecken an der Küste des Marmarameers und der Dardanellen davon erfahren hatte.

»Verrückt geworden ist der Unglückliche! Ach, armer Selim, als sein Delphin getötet wurde, ist er durchgedreht.«

»Weh, armer Selim, weh!«

»Ganz allein fuhr er hinaus, und wie ein Wahnsinniger soll er das riesige Marmarameer abgesucht haben ...«

»Soll seinen Fisch gesucht haben, seinen Delphin ...«

»Sein Liebstes ...«

»Gesucht wie ein Wahnsinniger ...«

»Hat sich eben in einen Fisch verliebt.«

»Mit einem Fisch kann man sich nicht umarmen.«

»Ein Delphin hat keine Brüste.«

»Und kalt ist er auch.«

»Und der verliebt sich in einen Delphin.«

»Ein Delphin kann doch nicht sprechen.«

»Kann nicht mit schönen Worten schmeicheln.«

»Hat keine Arme, um dich an seine Brust zu drücken.«

»Und der verliebt sich in einen Fisch.«

»Er hat den Mörder seines Delphins, den kahlköpfigen Schiffer Dursun, unter der Platane auf dem Markt von Erdek gestellt, in den Schwitzkasten genommen und gewürgt, und gewürgt ...«

»Der ganze Markt von Erdek hatte sich zusammengetan und konnte dennoch nicht den kahlköpfigen Schiffer Dursun aus Selims Händen befreien.«

»Und als sie ihn schließlich doch losrissen, war er halb tot.«

»Lag in den letzten Zügen, Dursun der Kahle.«

»Soll er doch krepieren, der Hund!«

»Was hatte er auch mit Selims geliebtem Delphin zu schaffen!«

»Hätte Fischer Selim diesem Hund doch die Kehle durchgeschnitten.«

»Ihm die Augen ausgestochen.«

»Ihm die Haut abgezogen.«

»Es sei auch ein schöner Delphin gewesen, in so einen kann sich der Mensch verlieben.«

»Fischer Selim hatte sich verliebt.«

»Er soll mit ihm gesprochen haben ...«

»Immer wenn der Morgen graute, soll der Delphin gekommen sein.«

»Soll ins Boot gesprungen sein und gleich nach einem Spiegel gegriffen haben.«

»Nun spinne nicht, Bruder, spinn nicht herum, wir sind Brüder im Glauben.«

»Wer spinnt hier, Mann, es gibt dafür Zeugen, sie haben es mit eigenen Augen gesehen.«

»Es gibt Augenzeugen. Selim ist ja nicht so verrückt, daß er sich ohne Grund in irgendeinen Delphin verliebt.«

»Gab es denn früher, in alten Zeiten, die nicht so verderbt waren wie jetzt, im ganzen Marmarameer auch nur einen Fischer, der noch keine Seejungfrau gesehen hatte?«

»Sie sind heute verschwunden.«

»Warum auch nicht!«

»Ja, warum auch nicht. Was sollen die Meerjungfrauen denn bei so verwilderten, unmoralischen und ungläubigen Bastarden wie uns, die betrügen, Unzucht treiben, Matrosen und Schiffsjungen verprügeln, nur aus Spaß Treibnetze voller Fische töten und vergammelt wieder ins Meer schütten?«

»Die lügen und tratschen ...«

»Die ihren Nächsten, ihren Freunden, Eltern und Geschwistern, Gruben graben ...«

»Die sich gegenseitig die Augen ausstechen ...«

»Schwache unterdrücken ...«

»Armen die Haut abziehen ...«

»Die Meere leerfischen ...«

»Was haben Meerjungfrauen in so einem Istanbul verloren. Und unter solchen wie uns ...«

»Wo dem Unterlegenen die Luft abgedrückt wird ...«

»Wo jeder jedermanns Feind ...«

»Wo Selim die Menschen flieht ...«
»Und recht hat, sie zu fliehen.«
»Ihm blieb nur eine Meerjungfrau ...«
»Mann, hau doch ab damit ...«
»Abhaun soll deine Hure von Frau ...«
»Mann, hau doch ab, du Lügner ...«
»Abhaun soll die Bordellwirtin, deine Mutter.«
»Ach, hau doch ab, du Spinner ...«
»Abhaun soll doch dein kuppelnder, gehörnter Vater ...«
»Ach, hau doch ab ...«
»Eine Meerjungfrau gab's also noch im Marmarameer.«
»Und die hat sich an Selim herangemacht.«
»Jeden Morgen vor Sonnenaufgang soll sie die Smaragd-Bucht der Großen Prinzeninsel verlassen und sich in Selims Boot schwingen. Dann soll sie seinen Spiegel nehmen und ihr leuchtendblondes Haar kämmen. Und dann ...«
»Dann soll sie sich in Selims Kajüte rücklings hinlegen und auf Selim warten. Und während sie auf ihn warte, soll sie heiß werden wie Feuer. Wenn Fischer Selim dann kommt, soll er sich zu ihr legen. Und dann vereinigen sie sich. Die Meerjungfrau soll sehr eifersüchtig sein. Wenn Selim eine Menschenfrau auch nur ansehe oder die Hand einer Menschenfrau auch nur berühre, und die Meerjungfrau soll es an Selims Geruch erkennen, würde sie das Meer zu Wogen türmen und Selim das Leben schwermachen.«
»Meerjungfrauen sind sehr, sehr eifersüchtig.«
»Und deswegen soll dieser Fischer Selim mit einem Menschen, der Mensch ist, niemals sprechen.«
»Deswegen soll er die Menschen meiden.«
»Drei Kinder soll er von der Meerjungfrau haben ... Zwei Mädchen und einen Jungen ...«
»Die Mädchen sollen der Mutter ähneln.«
»Selim soll den Jungen genommen und nach Adapazari zu seiner Familie gebracht haben. Dort soll der Junge herangewachsen sein ... Aber er soll sich vom Meeresufer nicht trennen können.«

»Zum jungen Mann herangewachsen ...«
»Und soll am Meeresufer hocken, kein Wasser, kein Brot anrühren und in die Weiten des Schwarzen Meeres starren.«
»Und Schiffer Dursun der Kahle hat das Weite gesucht ... Bis zu den Felsen seiner Heimat Hemsine ...«
»Selim wird ihn töten.«
»Und auch Selims Sohn wird seine Mutter rächen.«
»Einer Meerjungfrau beizuschlafen wird außer diesem wunderlichen Fischer Selim wohl niemandem zuteil.«
»Wer weiß, wie süß der Beischlaf einer Meerjungfrau, einer fischleibigen, mit einem Menschen ist.«
»Spotte nicht, so etwas geschieht nicht zum ersten Mal!«
»Und Selim ist nicht der erste, mein Junge ...«
»Seit den Tagen unseres Altvaters Noah, seit der Sintflut hat es heimliche Beziehungen zwischen Menschen und Fischen gegeben, haben Meerjungfern den stattlichsten Männern die Köpfe verdreht.«
»Und Selim ist der stattlichste Mann dieser Küste.«
»Ach geh doch los, Mann, mir stinkt dieses Gefasel ...«
»Gleich werde ich auf Selim und seine fischleibige Frau ...«
»Du versündigst dich, Mann, spotte nicht!«
»Euch trifft noch der Schlag, Jungs!«
»Auf Erden weiß man schließlich nie, mit wem man es zu tun hat.«
»Fischmädchen, Meerjungfrau, kriegen die auch ihre monatliche Regel?«
»Sie haben Brüste, das ist sicher.«
»Und das da, ist es weit genug?«
»Und auch heiß?«
»Umarmen sie und küssen sie?«
»Und brennen ihre Küsse?«
»Hat Selim ihr ...«
All dies Gerede wurde Selim hinterbracht, mehr oder weniger ausgeschmückt, um ihn noch tiefer zu treffen, zu verletzen. Und diejenigen, die sich bisher an ihn nicht herangewagt hatten, die ihn fürchteten, ihn nicht ausstehen konnten, aber

ihm ihre Meinung nicht ins Gesicht sagen mochten, zogen so über ihn her. Selim stellte sich taub, aber wenn er auch so tat, als höre er nicht hin, konnte er es doch nicht lassen, die Ohren zu spitzen. Schamlos erzählten die Fischer immer wieder jedermann, ob alt, ob jung, ob Frau, Mädchen oder Kind, wie Selim mit der Meerjungfrau schlief, wie er sie dort anfaßte, wie er ihr an die Brüste ging. Wenn es ums Tratschen und Anfeinden geht, sind Fischer nicht zu schlagen, und die von Kumkapi und Menekşe waren damals die schlimmsten.

Nach all diesen Vorfällen wurden weder Fischer Selim noch sein Boot eine ganze Zeitlang von irgend jemandem gesehen, weder in Menekşe, noch in Samatya, noch in Kumkapi, noch in Ahirkapi, weder im Goldenen Horn, noch im Bosporus, noch an irgendeinem Ort in Istanbul. Und da das Volk der Fischer nun niemanden mehr hatte, den es mit ihren Bemerkungen verletzen konnte, hatten die Männer es bald satt, sich gegenseitig tagtäglich Selims Abenteuer mit der Meerjungfrau zu erzählen, und hörten schließlich damit auf.

Als Fischer Selim mit seinem Boot, an dessen Bug jetzt das Bild eines blutroten Delphins prangte, ohne Kumkapi anzulaufen, nach Menekşe zurückkehrte, schien alles vergessen zu sein, Asche sich über die Glut gelegt zu haben.

8

Nachdem er Ihsan getötet hatte, ging Zeynel zum Sirkeci-Bahnhof. Den Revolver in den Gürtel gesteckt, schritt er mit steifen Knien kerzengerade – sogar seinen Gang hatte er verändert – den Bahnsteig auf und ab und hielt Ausschau nach Hüseyin Huri und den Straßenjungen. Hüseyin Huri war jetzt einundzwanzig. Sein Vater war vor Jahren als Arbeiter von Urfa nach Deutschland aufgebrochen, und als die Mutter starb, lag Hüseyin auf der Straße, bis irgendwann eine Bordellwirtin den verwaisten Jungen in ihrem Hause aufnahm. Er wuchs in der Obhut der Huren auf, wurde von ihnen, den kinderlosen

Frauen, die sich nach eigenen Kindern sehnten, bemuttert und verzogen. Hüseyin Huri bekam, was immer er wollte, und so ist es nicht verwunderlich, daß er sich mit neun Jahren schon den Wunsch nach Reisen erfüllte, und, als sei die Welt ein Blumengarten, wie selbstverständlich mit schlenkernden Armen von einem Land ins andere zog und sich nicht scherte um Grenzen, Grenzer, Paß und sonstige Papiere. Und die Abenteuer des neunjährigen Jungen füllten mit Fotos in allen Größen tagelang die Spalten der Frontseiten unserer Massenblätter und Provinzblättchen. Einmal war sein langer, kahlgeschorener Kopf mit den hellwachen schwarzen Augen und den zu einem breiten Lächeln verzogenen wulstigen Lippen auf einer Gangway in Deutschland zwischen eleganten Damen im Pelz und Herren in modischen Mänteln abgebildet, und die Zeitungen rätselten lang und breit, wie es dieser neunjährige Schlingel wohl angestellt haben könnte, unbemerkt ins Flugzeug zu gelangen, ein andermal schickten Presseagenturen weitere Bilder des lächelnden Hüseyin aus London, und die Zeitungen überschlugen sich mit erfundenen Meldungen darüber, wie und auf welchem Wege dieser Wunderknabe nach England gekommen sei. Tausendundeine Erklärung, tausendundeine Mutmaßung und das Foto eines lachenden Jungen über drei, vier Spalten ... Und irgendwann war zu hören, daß Hüseyin Huri als blinder Passagier unterm Schornstein eines Schiffes die nächste Reise erst weit unten in Südafrika abgebrochen hatte, was von offiziellen Stellen des fernen Landes durch verschiedene Bekanntmachungen bestätigt wurde. Die Reichen in Deutschland, in Istanbul und in der Schweiz rissen sich um Hüseyin Huri. Und mit vor Barmherzigkeit, Liebe und Güte überströmenden Herzen nahmen sie diesen lachenden, schwarzäugigen und so berühmten Jungen in ihren Häusern auf, kleideten ihn eleganter als den eigenen Sohn und ließen sich mit ihm an der zärtlichen Hand in den Straßen und Anlagen Münchens oder Berlins ablichten. Besonders auf einem Bild von Hüseyin Huri, aufgenommen in den Schweizer Alpen, sogar in Farbe, konnte man meinen, dieser Knabe sei nicht Huri, sondern der Sohn des Schahs von Persien, so ähnlich waren sie sich mit ihren schwarzen Augen, den langgestreckten Köpfen, den in der Mitte gescheitelten Haaren. Auch ihre Haltung auf den Skiern, die starren Blicke und ihr gehemmter Gesichtsausdruck waren gleich.

Und eines schönen Tages, nachdem er seine Abenteuerlust befriedigt hatte, landete der Weltreisende, mittlerweile zwölf Jahre alt, wieder im Bahnhof Sirkeci. Kein München mehr, kein Bonn, kein Berlin und kein Genf, weder London, Kapstadt, Kairo, noch Beirut, noch Damaskus, kein Stockholm, kein Oslo und kein Madrid. Schluß mit den eleganten väterlichen Herren, den schmuckbehangenen, in kostbaren Pelzen betäubend duftenden mütterlichen Schönen, der zärtlichen Obhut auf weißen Yachten, den Jets und Schiffen, Bussen und Zügen, den Schweizer Seen und italienischen Opern, ja, eines Tages hatten Hüseyin Huris Pflegeeltern ihn in Mailand in die Scala mitgenommen, und zum ersten Mal fühlte sich dieser Junge, den sonst nichts erschüttern konnte, unbehaglich beim Anblick der Pelze und Preziosen und der zu Vogelscheuchen erstarrten Herren, widerten ihn diese Handküsse und diese Wellen von Schwüle, und die schweren, mit übelriechendem Atem vermengten Düfte an, dazu diese brüllenden, eigenartig gekleideten bunten Menschen mit Hörnern und Eselsohren da oben auf der Bühne samt den immerzu tief seufzenden Zuschauern, die sich den Anschein gaben zuzuhören, während sie doch pausenlos miteinander flüsterten; aus war es auch mit Zirkusbesuchen und feinen Restaurants, ja, Hüseyin Huri machte kurzerhand mit all dem Schluß und ging am Sirkeci-Bahnhof vor Anker. Hier mischte er sich unter die obdachlos streunenden Straßenjungen, übernachtete mit ihnen in ausgehöhlten Stadtmauern, abgestellten Waggons oder im Gülhane-Park und verbrachte die Tage mit Zocken, Saufen, Einbruch und Straßenraub. Doch irgendwann kam einem sehr reichen, innerhalb von sechs Jahren zum Eigentümer dreier Fabriken aufgestiegenen Großkopfeten natürlich der Demokratischen Partei zu Ohren, daß Hüseyin Huri sich mit verwahrlosten

Kindern herumtreibe, und da wird doch unser Neureicher, dessen Herz voll Mitleid, Menschlichkeit und Liebe, die Hände nicht in den Schoß legen und so ein berühmtes, gewitztes und dem Sohn des Schahs von Persien so ähnliches Kind diesen streunenden, verdorbenen Jungen von Sirkeci überlassen! Auf der Stelle gab er der Polizei Anweisung, das Kind aufzugreifen und herbeizuschaffen, und innerhalb einer Stunde hatten Streifenpolizisten den Jungen aufgespürt und ihm gebracht. Schon am nächsten Morgen berichteten alle Zeitungen, Hüseyin Huri sei von unserem reichen Fabrikanten Fahrettin Çoksoylu an Kindes statt angenommen, war neben einem hochgewachsenen Mann, dessen pomadiges Haar sogar auf dem Photo glänzte, ein zerlumptes, lachendes Kind, das mit hellwachen schwarzen Augen die Kamera fixierte, zu sehen. Danach prangten in Zeitungen und auf Titelblättern farbenfroher Zeitschriften zahlreiche Photos von Hüseyin Huri mit Fahrettin Çoksoylu, und die Bildunterschriften hoben besonders Hüseyin Huris Berühmtheit und seines neuen Vaters Reichtum hervor. Und auf allen Photos, ob in Abant, auf dem Uluberg, in Izmir oder Adana, war Hüseyin Huri nur noch mit voller Ausrüstung im Skianzug zu sehen. Das letzte Photo war vor einer Berghütte in den Alpen aufgenommen worden, und diesmal war auch Hüseyins neue, blonde Mutter in zünftiger Wintersportkleidung dabei. Im Hintergrund erhob sich ein schneebedeckter, mächtiger Berg ... Auf diesem Bild hielt Hüseyin Huri seinen Kopf gesenkt. Die schwarzen Augen blickten traurig, die volle, vorgeschobene Unterlippe hing herab.

Wohl einen Monat später war Hüseyin Huri wieder voll und ganz in Sirkeci. Es sollte sein letztes Abenteuer werden. In seinem Skianzug trieb er sich eine Zeitlang in Sirkeci, Eminönü und Beyoğlu herum. Ihm war anzusehen, daß er sich in dieser Aufmachung gefiel. Außerdem kannte ihn jeder in diesem Aufzug und sah sich nach ihm um, wenn er so durch Beyoğlu schlenderte. Aus irgendeinem Grund hatte ihm sein neuer Vater außer Skikleidung nichts zum Anziehen gekauft. Weder Unterhosen noch Unterhemden, noch sonst etwas. Er trug das teure Zeug auf nackter Haut, doch immerhin, es hielt warm. Sein Vater aber kümmerte sich überhaupt nicht mehr um ihn, sein zweiter Vater, Fahrettin Çoksoylu. Und nachdem Hüseyin einen Monat lang in dieser Aufmachung herumspaziert war, konnte er das Zeug zu einem guten Preis einem Kaufmann aus Bursa andrehen.

Von da an wurde Sirkeci des Weltenbummlers Hüseyin Huri ständiger Standort, von dem er sich nicht mehr trennte. Seine Bekanntschaft mit Zeynel ist alt. Ein Jahr nach seiner Ankunft in Menekşe hatte Zeynel den Fang von Ali dem Behinderten auf dem Fischmarkt verkauft und war auf seiner Rückfahrt Hüseyin Huri im Bahnhof begegnet. Damals trug Hüseyin Huri noch seinen Skianzug.

Nach dieser Begegnung fuhr Zeynel jedesmal, wenn er sich langweilte, aber mindestens einmal im Monat nach Sirkeci, wo er mit der Zeit fast alle Kinder des Bahnhofs kennenlernte. Er beteiligte sich nicht an ihren Diebeszügen und Einbrüchen. Still und in sich gekehrt beobachtete er ihr Treiben und hörte zu, wenn der gern fabulierende Hüseyin Huri seine Abenteuer zum besten gab. Kinder kamen und gingen, aber Hüseyin Huri trennte sich nicht mehr von Sirkeci. Jede neue Generation von Kindern, die aus Anatolien oder aus den Elendsvierteln von Istanbul daherkam, richtete sich bei Glücksspielen und Einbrüchen, bei Raub und Taschendiebstahl, beim Schmuggel und Verkauf ausländischer Zigaretten nach seinen Anweisungen. Er hatte beste Verbindungen zur Polizei, und bei den Polizisten von Sirkeci war er die Nummer eins. Wer sonst würde sich um ihn scheren, stünde nicht die Polizei hinter ihm ...

Vor kurzem erst hatte er den Zigarettengroßhändler Salman den Lahmen umgebracht und auf die Schienen gelegt, und obwohl alle Kinder von Sirkeci und auch sonst alle anderen es gesehen hatten, wurde ihm von der Polizei kein Haar gekrümmt. Auch wenn Hüseyin Huri am Fuß der Bahnhofsmauer, auf der Seite zum Bosporus, einen Haufen Männer würfeln oder zocken läßt, wird ihm von niemandem auch nur ein Härchen gekrümmt.

Als Hüseyin Huri nicht auftauchte, wurde Zeynel ungeduldig. Er ging bis zum Bahnhofseingang, linste zu den anlegenden Fährdampfern hinüber, machte kehrt, schaute in Richtung Cağaloğlu und wanderte dann mit derselben Unruhe wieder auf und ab. Die Kinder verkauften lauthals geschmuggelte Zigaretten am Eingang ... Marlboro, Kent, Dunhill ... Zeynel Çelik verzehrte sich vor Ungeduld. Als er fünfzehn Jahre alt wurde, hatte er sich den den Nachnamen Çelik gegeben. Den Nachnamen seiner Eltern hatte er vergessen. Vielleicht hat er ihn auch nie gewußt. Wie sie wohl geheißen haben mochten? Aber dieser Nachname Çelik gefiel ihm. Çelik wie Stahl ... Hart ... Ein Mann aus Stahl ... Stahlhart, unzerbrechlich ... Gut so ... Dabei war Zeynel auf dieser Welt der ...

Einige Monate nach seiner Ankunft in Menekşe war er der Mann für alles. Er reinigte die Boote, die im Çekmece-Flüßchen an Land gezogen waren, kümmerte sich um die Netze, die von den Fischern auf dem Anleger zum Trocknen ausgebreitet wurden, bewachte den Fang in den ankernden Booten, half Ilya und Ali dem Tataren und Cano beim Knüpfen ihrer Netze, wickelte das Garn ab, knotete Korken und Plastikbojen an die Leinen, fingerte Fische aus den Maschen, schleppte unermüdlich von morgens bis abends die Netze in die Boote und wieder an Land und war nebenbei noch die rechte Hand Ahmed des Japaners, Zimmermann und Maler, der die Boote in Schuß hielt. So rannte er den ganzen Tag von einer Arbeit zur nächsten, und was man ihm auch auftrug, Zeynel erledigte es irgendwie. Dabei wurde er immer vielseitiger und geschickter. Ob Netze zu flicken, Motoren zu reparieren, Wände zu tünchen oder Wasserhähne zu dichten waren, Zeynel erledigte es, und gab ihm schon jemand etwas Geld dafür, senkte er so verschämt den Kopf, als müsse er in den Erdboden versinken, und murmelte mit leiser Stimme: »War nicht nötig, wozu denn!« und lief davon. Die Menekşeer aber deckten diesen scheuen, wortkargen Jungen, der niemandem etwas abschlagen konnte, mit immer mehr Arbeit ein. Fehlte nur noch, daß sie ihn auch die vollgeschissenen Windeln hätten auswaschen lassen. So manche Winternacht holten sie ihn aus dem Schlaf und schickten ihn nur wegen einer Flasche Wein durch den Schnee nach Çekmece, gegebenenfalls auch nach Yeşilköy oder Bakirköy oder bis nach Istanbul. Sogar die Kiffer gaben ihm ihren Stoff zum Aufbewahren, wenn sie ihn verstecken mußten.

Zeynel sagte zu allem ja und amen. Was man ihm auch auftrug, er nahm es lächelnd an, als gäbe es keinen anderen auf der Welt, der es erledigen könnte. War jemand von der Mannschaft krank oder nicht aufzufinden, Zeynel sprang ein und fuhr mit den Fischern hinaus; und gaben sie ihm schon mal seinen Anteil vom Fang, stand er verwundert und verstört herum und wußte nicht, wohin mit den Fischen. Es hieß, daß er bis in den Morgen hinein im Schlaf wirres Zeug rede und schreie. Und wurde eine der Frauen krank, kochte er, wusch die Wäsche, und auch das Wasser brachte er eimerweise vom Brunnen des Viertels in die Häuser. Trug man ihm mehrere Arbeiten auf, brachte er sie für sich ganz gelassen zuerst in die Reihe, dann legte er los ... In all den Jahren hatte er niemandes Bitte abgeschlagen, doch obwohl er sich um jedermann so bemühte, machten sich hinter seinem Rücken oder sehenden Auges alle über ihn lustig. Seitdem er in Menekşe lebte, war er nur einem einzigen Mann nicht zu Diensten gewesen: Ihsan, dem Freund und Beschützer von Meliha aus Gelibolu, Inhaberin des Kasinos, besser gesagt, des Edelbordells zwischen Çekmece und Menekşe. Ihsan war auch einer der berüchtigtsten Gewaltmenschen Istanbuls, der nie ohne seine beiden im Gürtel steckenden Nagantrevolver ausging, von denen er bei der kleinsten Auseinandersetzung Gebrauch machte. Daß er vier Männer umgebracht und jahrelang im Gefängnis gesessen hatte, wußte hier jeder und nahm sich ihm gegenüber entsprechend in acht. Die Fischer brachten ihm zuerst das Beste vom Fang. Er bezahlte oder ließ es, je nach Laune, bleiben. Er kassierte Schutzgelder von den Strandbädern und Speiselokalen Floryas, den Bordellen von Yeşilyuva und Mimar Sinan, zockte von morgens bis abends in den Kaffeehäusern oder spazierte mit locker umgehängtem Jackett am Ufer entlang, spuckte dabei großspurig immer wieder einmal in hohem Bogen ins Meer. Ihsan war ein Mann mit breiten Schultern und breitflächigem Gesicht und trug einen langgezwirbelten, hellblonden Schnurrbart. Jeden Tag schmückte er sich mit einer anderen, sehr bunten Krawatte, und seine Hosen ließ er sich mit breitem Schlag aus teuersten Stoffen nach Maß anfertigen und messerscharf bügeln.

Eines guten Tages zog er in Menekşe seine Pistole, schoß ohne ersichtlichen Grund drei Männer nieder und ließ sie in ihrem Blut liegen. Wenn sie auch überlebten, die körperlichen Schäden blieben. Ihsan aber kam dafür nicht einen einzigen Tag ins Gefängnis. Wohl eine Woche nach dieser Bluttat rief er Zeynel zu sich, reichte ihm einige Fische hin und sagte: »Da, nimm sie mit nach Haus!« Zeynel aber tat, als höre er nicht. Ihsan übersah es und drängte ihn anzunehmen; doch wie erstarrt stand Zeynel auf dem Anleger am Badestrand und rührte sich nicht. Ihsan schrie und schimpfte, und Zeynel, stocksteif, zuckte mit keiner Wimper. Am Ende spuckte Ihsan aus, brüllte: »Gott verfluche dich, du hergelaufener Bengel!«, drehte ihm den Rücken und gab die Fische einem anderen, der mit einer Miene, als sei es eine große Ehre, von Ihsan Fische zu bekommen, nach Hause eilte. Danach versuchte es Ihsan noch einigemal, Zeynel mit einem Auftrag zu ködern, doch jedesmal erstarrte der Junge vor ihm und rührte sich nicht von der Stelle. Ihsan verblüffte die Haltung des Jungen, denn es war das erste Mal, daß sich ihm in Istanbul jemand zu widersetzen wagte. Was blieb ihm anderes übrig, er mußte sich damit abfinden. Seitdem übersah er ihn, tat so, als gebe es in Menekşe so einen Menschen, so einen jungen Burschen namens Zeynel nicht.

Mit Fischer Selim dagegen verstand sich Zeynel bestens. Wann immer er ihm begegnete, nahm er Haltung an, bekundete er ihm seine Hochachtung. Aber auch Fischer Selim zeigte ganz offen, daß er Zeynel schätzte; er klopfte ihm im Vorbeigehen freundschaftlich auf die Schulter oder warf ihm mit seiner vollen, tiefen Stimme ein freundliches »Merhaba, junger Mann!« zu, und es war seinen Augen anzusehen, wie sehr er ihn mochte. Doch hin und wieder verschwand Zeynel von der Bildfläche und blieb ein oder zwei Monate im Jahr verschollen. Niemand wußte, warum und wohin. Während dieser Zeit ruhten alle Arbeiten in Menekşe. Es wurden keine Boote ausgebessert und gestrichen, keine Bootsmotoren überholt, weder Ruder noch Dollen angefertigt, noch Öfen gereinigt und gesetzt. Alle diese Arbeiten warteten auf Zeynels Rückkehr.

Nie kam ein böses Wort über Zeynels Lippen, noch kam es vor, daß er sich über so viel Arbeit beschwerte. Immer nachdenklich, hielt er den Kopf immer schüchtern gesenkt, war freundlich, geduldig und zäh, zu jeder Arbeit freudig bereit und immer voller Hemmungen ...

Er hatte die Beine in nagelneue Blue jeans gezwängt, die weit geschnittenen Schläge lagen auf seinen gelben Schuhen und fegten beim Gehen den Boden. Er trug ein rotes Hemd und in der Brusttasche seines blauen Jacketts ein ebenso rotes Einstecktuch. Dazu hatte er sich eine tiefblaue Krawatte umgebunden. Die Hose klebte so eng an Hüfte, Beinen und Hintern, daß die Gesäßbacken noch kleiner erschienen. Sein blondes Haar fiel in kleinen Locken über den Nacken bis auf den Jackenkragen, und seinem rötlichen Schnauzbart, dessen Enden herabhingen, war anzusehen, daß es der erste Flaum war.

Während Zeynel auf und ab ging, kaute er ununterbrochen auf seinem Schnurrbart, verharrte hin und wieder, musterte die einfahrenden Züge, die vorbeihastenden und zu den Waggons eilenden Menschen. Die Verkäufer von Zeitungen, von geschmuggelten Zigaretten, von Hackfladen, von Bratfischen, von Frikadellen, von Yoghurtgetränk und von kleinen Gebrauchsgegenständen füllten den Platz von Sirkeci und versuchten mit lauten Rufen ihre Verkaufsstände im Gewühl von Wagen und Taxen zu behaupten.

Zeynel wanderte einige Stunden zwischen den Bahnsteigen, dem Platz von Sirkeci und dem Anleger der Autofähren hin und her und hielt ungeduldig nach Hüseyin Huri Ausschau; der aber ließ sich nicht blicken. Zeynel überlegte eine Weile, schließlich entschloß er sich, auf dem Bahnsteig der Vorortbahnen seine Runden zu drehen. Aber dort nahmen auch die aus Menekşe ihren Zug. Was, wenn die ihn sähen ... »Sollen sie mich doch sehen, was ist schon dabei«, sagte er sich und wanderte den Bahnsteig der Linie Sirkeci–Halkali entlang. So oder so, meinte er, würde er sein Leben im Gefängnis verbringen müssen.

Zeynel Çelik war Istanbul nicht fremd, am besten aber kannte er sich in Menekşe, dem Meer an dessen Küste und in Sirkeci aus. Und wie in Menekşe fühlte er sich auch in Sirkeci zu Haus. Wie laut es in Sirkeci doch war, fiel ihm heute zum ersten Mal auf ... Das Geschrei der Menschen, die sich in die Züge drängten, die Pfiffe der Loks, das betäubende Gehupe der Autos und Sirenengeheul der Schiffe, dazu der Gestank von Urin, der dichte, in einem fort rieselnde Staub, in einem fort beißende Rauch, der Geruch von Zwiebeln und fettem, auf Holzkohle geröstetem Fleisch, die Rufe der Fahrer von Sammeltaxen und der fliegenden Händler, der Verkäufer von geschmuggelten Zigaretten, von Frikadellen, von Zeitungen, das Geschimpfe und Gefluche, die Haufen von Papier, von Fischresten und Apfelsinenschalen, die Träger, die aus bauchigen Kupferkannen auf dem Rücken Wasser und Sauermilch verkaufen, die abgenagten Lammknochen und nach Ammoniak stinkenden Lachen am Fuße der Mauern, die darüber kreisenden Fliegen, die Qualster auf den abgetretenen, schrägen Bürgersteigen, die herumliegenden schmutzigen, ölverschmierten Lappen, die rauchenden Schornsteine, die zischend Dampf ablassenden Loks, die vor dem Bahnhof ausgestellte, aus ich weiß nicht welchem Jahr stammende klitzekleine Lokomotive und das mannshoch aufgehäufte Erdreich der schon seit Monaten ausgehobenen Gräben, das alles erblickte Zeynel wie zum ersten Mal. Warum hatte er es bisher nicht wahrgenommen, war er in diesem Wirrwarr, wie ein Teil von ihm, dahingetaumelt?

Vom Restaurant »Zum Konyaer« weht der Wohlgeruch der Fleischspieße, der duftende Dampf der Speisen und brutzelnder Butter herüber. Nicht ein einziges Mal war Zeynel das Glück zuteil geworden, dort zu essen. So Gott will, wird er einmal dort hineingehen und sich an einem der duftenden Gerichte des Konyaers satt essen, bevor er ins Gefängnis muß. Reicht sein Geld dafür denn aus? Und wenn es ausreichen sollte, könnte er zwischen so vornehmen und gutgekleideten Menschen auch essen, vor lauter Hemmungen überhaupt einen Bissen herunterbringen? Wie wird das Essen denn bestellt, wie werden Löffel, Gabel, Messer gehalten, wird Wasser ins Glas geschenkt und getrunken? Könnte er dem Kellner ein Bakschisch geben, auch wenn er noch so viel Geld in der Tasche hätte, seine Suppe löffeln, ohne sich den Mund zu verbrennen und zu kleckern, und die Rechnung begleichen? Wo bleibt Hüseyin Huri bloß, ob er nicht mehr kommt?

Als der Neun-Uhr-zwanzig-Zug nach Menekşe sich in Bewegung setzte, kam Hüseyin Huri in den Bahnhof, erblickte Zeynel schon von weitem, eilte im Laufschritt herbei, umarmte ihn, ging zur Seite und musterte ihn vom Scheitel bis zur Sohle. Zeynel machte einige Schritte auf ihn zu, senkte den Kopf und sagte schüchtern: »Ich habe ihn getötet«, dabei zeigte er auf den Revolver, der in seinem Gürtel steckte.

»Was hast du, was hast du getan?« fragte Hüseyin Huri aufgeregt, doch keineswegs entsetzt.

Den Kopf hebend, wiederholte Zeynel Çelik jetzt lauter: »Ich habe ihn getötet.«

»Wen?«

»Ihsan«, antwortete Zeynel Çelik schlicht und einfach.

»Melihas Ihsan etwa?«

»So ist es«, sagte Zeynel und senkte ergeben den Kopf.

»Ist er richtig gut tot?«

»Richtig gut«, antwortete Zeynel Çelik schüchtern.
»Und die Polizisten?«
»Keine Ahnung, aber jetzt sind sie bestimmt in Menekşe.«
»Das hast du gut gemacht«, meinte Hüseyin Huri. »Wenn der Mensch schon jemanden tötet, dann einen, der ein Mann ist; nur so macht man sich einen Namen in der Welt.«

Darauf gab Zeynel keine Antwort und senkte den Kopf.
»Hat er geschrien?«
»Ich habe nichts gehört«, antwortete Zeynel nachdenklich und blickte hoch.

»Meiner machte einen Heidenspektakel, als er krepierte, dieser Lude ...« sagte Hüseyin Huri mit Bedauern. »Der hat so gebrüllt, als er das Messer spürte; genau wie ein Ochse hat er gebrüllt.«

»Weiß Gott, Bruder Ihsan wird nicht so gebrüllt haben, vielleicht überhaupt nicht ...« Zeynel versuchte, sich zu erinnern, doch es gelang ihm nicht, und er gab auf.

»Was gedenkst du jetzt zu tun?« fragte Hüseyin Huri. »Wirst du dich stellen?«

»Das werde ich nicht«, entgegnete Zeynel bestimmt. »Ich habe hier draußen noch viel zu erledigen.«

»Dann laß uns von hier verschwinden, damit die Jungen dich nicht sehen.«

»Geh du schon vor«, bat Zeynel, »ich komme in ein, zwei Stunden nach.«

»Aber nicht später als Mitternacht«, legte Hüseyin Huri ihm nahe, »sonst mache ich mir zu viel Sorgen um dich. Mach's gut!«

Die beiden trennten sich. Als Hüseyin Huri hinter dem Gemäuer entlang der Uferstraße von Sarayburnu verschwunden war, machte Zeynel kehrt, ging den Weg zurück und betrat mit zitternden Knien das Feinschmeckerlokal Konya. Doch kaum durch die Tür, hatte er es schon bereut und war gerade im Begriff, wieder hinauszugehen, als der Oberkellner mit höflicher Stimme und leichter Verbeugung »Bitte sehr, mein Bey, was kann ich für Sie tun?« sagte.

Vor Überraschung war Zeynel wie erstarrt.

Ein alter Kellner kam herbeigeeilt und zeigte ihm einen Tisch. Was dann geschah, daran kann Zeynel sich beim besten Willen nicht erinnern. Wie er bestellt hatte, was ihm gebracht wurde, wie und ob er eine Gabel gehalten oder mit einem Löffel gegessen hatte, ob Brot gereicht wurde, ob er bezahlt, dem Kellner ein Bakschisch gegeben hatte, wie er aufgestanden war, ob sie mit ihm gesprochen oder gar kein Geld genommen hatten, an rein gar nichts kann er sich erinnern. Er weiß nur noch, daß er das Lokal verlassen und klitschnaß nach Sirkeci zur Landungsbrücke der Fähren gekommen war. Erst vor Sarayburnu war sein Schweiß ein wenig getrocknet und er wieder zu sich gekommen. Von der Anlegebrücke spuckte er dreimal ins Wasser, ging zurück zum Bahnhof, wo Cafer der Kurde mit einem Beutel voller Glückslose in der einen und Zigarettenstangen in der anderen Hand am Haupteingang stand, stellte sich vor ihm auf und sagte: »Ich habe Ihsan getötet.«

»Wann?«

»Vorhin«, antwortete Zeynel. »Sieben Schuß in den Mund.«

Während sie miteinander sprachen, drängten sich im Handumdrehen die Verkäufer von Zigaretten, Glückslosen und Zeitungen in ihre Nähe, umringten sie Schuhputzer, Straßenjungen, Taxifahrer, vollgekiffte Haschischraucher und Heroinsüchtige.

»Ich habe ihn getötet«, wiederholte Zeynel.

»Warum hast du ihn getötet?«

Diese Frage verblüffte Zeynel, er wand sich, weil er darauf keine Antwort fand.

»Ich habe ihn eben getötet. Es mußte sein, und da habe ich ihn getötet.«

Um ihn herum wimmelte es von Neugierigen, er wurde mit Fragen überschüttet. Und er, die Hand auf dem Revolver, sagte nur: »Ich habe ihn getötet«, als bestünde sein Wortschatz aus diesem einzigen Satz.

»Mitten im Kaffeehaus ... Mit sieben Kugeln ...«

Stirnrunzelnd musterten die Polizisten auf Streife beim Vorbeigehen die Menschenmenge am Portal des alten Bahnhofs. Vom wachsenden Gedränge ganz schwindelig geworden, sagte Zeynel schließlich: »Ich muß weiter, Freunde, ich hab noch viel zu erledigen, und stellen werde ich mich ja nicht ... Lebt wohl, ich muß los, bevor ein Polizist ...«

Seine Füße führten ihn zur Polizeidirektion im alten, schäbigen Sansaryan Han. Vor dem Portal des häßlichen Gebäudes, von dessen Mauern teilweise der Putz abgeblättert war, hielten zwei Polizisten Wache. Zeynels Hand ruhte noch immer auf dem Revolver, sein Jackett war offen, so daß der blanke Griff des Revolvers teilweise ganz deutlich zu sehen war, dazu die ausgebeulten Taschen seiner Blue jeans, vollgestopft mit Patronen. Ohne die Polizisten anzusehen, steuerte er auf die breite, ausgetretene Treppe zu, stieg rücksichtslos rempelnd die von Menschen wimmelnden Stufen bis zum letzten Stockwerk empor, machte kehrt und polterte wieder herunter. Er ging in verschiedene Zimmer hinein und verließ sie wieder, stellte man ihm Fragen, antwortete er nicht, versuchte man ihn aufzuhalten, scherte er sich nicht; die Hand auf dem Revolver, betrat er schweißgebadet die Zimmer, ging wieder hinaus, als suche er etwas oder jemanden. Das Gesicht gestrafft, die Wangen eingefallen, furchterregend, so irrte Zeynel, ein Traumwandler voller Zorn, mit schreckgeweiteten Augen im Polizeipräsidium umher ... Schließlich entwischte er den befremdeten Blicken der Polizisten, tauchte in der brodelnden Menschenmenge unter und fand sich vor der Neuen Moschee in Eminönü wieder ... Wie eine dunkle Wolke flogen die Tauben im Vorhof der Moschee auf und nieder, während ihnen jugendliche Verkäufer von Vogelfutter und betagte Spaziergänger Krumen und Körner zuwarfen. Fliegende Händler mit umgehängten Lautsprechern, Verkäufer von geschmuggelten Zigaretten, Radiogeräten, Fernsehern und Photoapparaten versperrten mit ihren Waren unter dem Torbogen, zwischen den Wagen, die an der Mauer der Moschee parkten, bis hin zur Straße vor der Iş-Bank jeden Durchgang. An der dem überdachten Großmarkt zugewandten Seite der Neuen Moschee versuchte ein Schlangenbeschwörer eine arme, halbtote Schlange im Takt zu bewegen, doch wie sehr er sich auch abmühte, das schläfrige Reptil blieb steif wie ein Tauende. Was blieb dem Mann anderes übrig, als sich das Tier immer wieder um den Hals zu wickeln, während er eine neu auf den Markt gekommene Rasierklinge anpries. Etwas weiter stand ein Magier, der, erfolgsgewohnt durch seine Fähigkeiten, hin und wieder dem Schlangenbeschwörer einen spöttischen Blick zuwarf und dabei aus seinem Hut sehr lebendige Tauben und Kaninchen zauberte, sogar Schlangen, die davonflitzten und im lückenlosen Strom der sich vorbeischiebenden Autos verschwanden. Dieser Mann verkaufte holzgeschnitzte Mörser, alte Grammophone mit Schalltrichtern, Taschenuhren, ziselierte Löffel aus Konya, handgetriebene Kupferwaren aus Erzincan und – wo immer er sie in diesen Mengen auch aufgetrieben haben mochte – sehr alte Glöckchen aus Tokat in allen Größen, die er immer wieder klingen ließ. Weiter rechts von ihm noch ein Artist, der Feuer spie und bis zum Knauf ein langes Schwert durch seinen Rachen gleiten ließ. Er stand an der Treppe zur Fußgängerbrücke nach Eminönü, wo sich zu jeder Tageszeit die Sammeltaxis, Autobusse, Pferdegespanne, Tankwagen und Laster stauten, ineinander verkeilten, in Trauben von Fußgängern steckenblieben, und wenn der Mann kein Feuer spie, sondern schneidend laut seine Stimme erhob, um sich beim Verkauf von Rasiermessern gegen die fluchenden Fahrer, das Gehupe, Geschepper und Dampfsirenengeheul durchzusetzen, würde man ihn bei Gott auch am Taksim-Platz, vielleicht sogar drüben in Moda und Kadiköy hören, wenn er nur aufs Minarett klettern und wie der Gebetsrufer mit einer Hand hinterm Ohr lauthals seine Waren anpreisen dürfte. Außer dem Rasiermesser hielt er auch noch Handtücher, Rasierseife und Pinsel feil und konnte kein Ende finden, die Vorteile des Rasiermessers zu loben und die Gecken, die auf die neumodischen Rasierklingen umstiegen, in Grund und Boden zu verdammen, während er gleichzeitig mehrere aufgeklappte Messer von einer Hand in die andere jonglierte und zwischen seinen Fingern wieder auffing; und die Fahrer, die im Stau steckten, vergaßen ihren Ärger, wenn sie nur zuschauen konnten, wie die Klingen im Sonnenlicht blitzend durch die Luft flogen. Zeynel wanderte wieder schlafwandlerisch einher und sah jedem dieser Marktschreier eine ganze Weile neugierig zu. Hier draußen hatte er sich ein bißchen beruhigt. Er blieb beim Schlangenbeschwörer stehen und beobachtete ihn mitleidig. Dann fiel sein Blick auf einen Käfig abseits beim Blumenmarkt, der vor einem Laden stand und in dem zusammengekauert ein Kaninchen mit roten Augen hockte. Der Anblick gab ihm einen Stich durchs Herz, er schlängelte sich durch den Verkehr zu dem Laden, steckte seinen Finger durch die Gitter und berührte die rosige Nase des Kaninchens, doch das Tier rührte sich nicht.

»Ein Jahr alt«, sagte der Ladeninhaber, »ein sehr schönes Kaninchen. Es eignet sich auch zum Ziehen von Horoskopen. Diese Tiere sind ja Glücksbringer, und auch der Preis ist annehmbar: hundertfünfzig Lira ... Schau dir seine Augen an! Wie Korallen ...«

Zeynel sah dem Mann ins Gesicht und wurde blaß. Seine Knie zitterten, ihm schwindelte. Er machte plötzlich kehrt und lief der Galata-Brücke zu. Im Laufen mußte er an den Adler denken, den er einmal gesehen hatte. Vor der Brücke hielt er an, machte kehrt und kreiste, von Schrecken ergriffen, atemlos umher wie ein Rudel Gazellen, das gerade einem Raubtier entwischen konnte. Er spähte zum Blumenmarkt hinüber, sah aber weder den Mann noch das Kaninchen ... Es war ein riesengroßer Adler mit kupferroten Flügeln von vielleicht zweieinhalb bis drei Metern Spannweite, mit einem scharf gebogenen Schnabel, einem Kopf so prall wie zwei Fäuste, mit weit aufgerissenen, so wild wie verstört funkelnden, kreisrunden Augen und mit Fängen so mächtig wie Pranken. Der Besitzer des Adlers, ein kleiner Mann mit einer hohen Turkmenenkappe, einer abgewetzten Fuchsjacke und weichen, halbschäftigen Tscherkessenstiefeln, trug ein großes Brett mit

Hunderten kleinen Löchern, in denen gedruckte Horoskope steckten, die er von diesem riesigen, kupferroten Greifvogel ziehen ließ. An jedem Markttag erschien der Mann mit seinem Adler auf dem überfüllten Markt von Çekmece und nahm seinen Platz unter der Platane vor dem Eisenwarenladen ein. Er legte das Brett auf den Boden, stellte den Adler, den er sonst auf seiner linken Schulter trug, darauf, nahm sein Megaphon in die Rechte und begann zu rufen: »Herbei, Freunde, herbei, herbei! Dieser rote Adler wurde auf dem legendären Berg Kaf gefangen, wo der sagenhafte Vogel Anka, der in tausend Jahren ein einziges Ei nur legt, diesen Adler ausgebrütet hat ...«

Genau an dieser Stelle spreizte der Greif seine langen, breiten Schwingen, schlug sie dreimal aneinander, daß die Glöckchen an seinen Fängen klingelten ...

»Ja, seht her, Freunde, und dieser zweiundneunzigjährige Adler, Abkomme des sagenhaften Vogels Anka, ist bis nach Mekka und Medina geflogen und hat dort das Grabmal unseres großen Propheten, des heiligen Mohammed, besucht. Alle Abkommen des sagenhaften Greifs Anka pilgern zu unserem heiligen Mohammed und lassen sich auch bei Gefahr für Leib und Leben nicht davon abhalten. Und ein unsterblicher Vogel wie dieser Adler, den ihr hier seht, wird erst nach neunhundertundacht Jahren wieder auf die Welt kommen ... Deswegen, Freunde, müssen wir uns glücklich schätzen, daß wir diesen Adler hier erleben dürfen ...«

Und Aberhunderte Marktbesucher ließen ihre Käufe Käufe sein und strömten herbei, um einen alle tausend Jahre nur einmal schlüpfenden Jungvogel des Greifs Anka zu erleben.

»Diese roten Adler, Abkommen des Greifs Anka, umkreisen sechzehnmal die Erde, nachdem sie aus dem Ei geschlüpft sind. Ihre Horste befinden sich auf den schneebedeckten Altay-Bergen, sogar auf dem firnverkrusteten Himalaya ... Der sagenhafte Vogel Anka legt sein Ei nur auf dem legendären Berg Kaf ... Und brütet sieben Jahre lang, ohne sich zu erheben, zu essen oder zu trinken. Es ist die Allmacht, die ihn nährt, denn schließlich ist er Anka, der legendäre Vogel, ja, Anka, Anka, Anka, der in früheren Zeiten die Könige und Padischahs, die Beys und Schahs und Sultane, Dschingis Khan und Timurlenk und Sultan Süleyman krönte und mit dem Schwert gürtete. Habt ihr nun gut begriffen, wer dieser Adler ist?«

»Wir haben es begriffen«, riefen die Zuschauer begeistert.

»Nun gut, und dieser Jungvogel des Greifs Anka, dieser Adler, der Himmel und Hölle gesehen hat und an dessen Flügelspitzen noch der Duft des Paradieses haftet, kennt die Vergangenheit der Menschen und weiß um ihre Zukunft ... und kann uns sein Wissen sogar in die Hand legen ... Er zeigt euch einen Spiegel, in dem sich eure Vergangenheit und auch eure Zukunft wirklichkeitsgetreu darstellt ... Genau hier, auf diesen Zetteln, die in diesem Brett stecken, steht lang und breit alles über euch geschrieben ... Vielleicht werdet ihr mir antworten, die Lebenswege seien doch festschrieben worden, lange bevor wir auf die Welt kamen ...«

Bei diesen Worten streckte der Adler seinen Kopf zu ihm hoch, gerade so, als lausche er seinen Worten.

»Hört mir zu, Freunde, seht, auch unser edler Adler hört uns zu, ihr habt schon richtig gedacht, als diese Zettel beschrieben und auf den Flügeln dieses Adlers zur Kaaba gebracht und mit dem heiligen Wasser des Zemzembrunnens von Mekka benetzt wurden, wart ihr, meine Freunde, noch nicht auf der Welt ... Aber wisset, daß dieser mächtige, heilige Adler für uns diese Zettel beschreiben ließ, mit seinen Worten, und wie er uns Kunde gibt von denen, die nicht mehr unter uns weilen, lenkt er auch seine Gedanken auf die ganze Menschheit ... Denn in diesen Zeiten sind die Schicksale der Menschen, ihre Vergangenheit und Zukunft gleich. Wir ähneln uns alle, Freunde. Die Reichen sind sich ähnlich und die Armen sind es auch ... Die Adler ähneln sich, und die Tauben ähneln sich auch ... Und hier, meine Freunde, ist eure Vergangenheit und eure Zukunft verborgen. Es heißt, daß es nur dreihundertzweiundsechzig Arten von Vergangenheit und

Zukunft der Menschen gibt. Nun, ich habe hier sieben mal dreihundertzweiundsechzig verschiedene Arten hineingesteckt, auf alle Fälle, denn die Wege der Menschen sind unergründlich, und wir wissen ja so wenig über das menschliche Leben.«

Und bei diesen Worten breitete der Adler seine Flügel aus, spannte sie besonders weit und verhielt so eine Weile.

»Wir fangen an, meine Freunde, es geht sofort los. Es kostet euch zweieinhalb Lira. Was sind schon zweieinhalb Lira, wenn ihr dafür einen Spiegel vorgesetzt bekommt, in dem ihr sehen könnt, was bis zu eurem Tode auf euch zukommen wird und was nicht ... Seht, unser mächtiger, heiliger Adler hat seine Flügel geöffnet und wartet auf euch ...«

Die Zuschauer bildeteten eine Schlange, und jedesmal, wenn jemand zweieinhalb Lira bezahlt hatte, stakste der Adler, der jetzt mit eng angelegten Flügeln ein langgestreckter, eigenartiger, ganz anderer Vogel geworden war, schlenkernd über das Brett, zog mit seinem kräftigen, schwarzen Schnabel einen der Zettel heraus, kam zurück und reichte ihn dem kleinen Mann. Dieser gab ihn sofort an den Käufer weiter und schickte den Adler zur nächsten Ziehung über das Brett. Und so wanderte der arme Vogel bis zum Abend hin und her, ließ irgendwann völlig erschöpft die Flügel schleifen, senkte müde den langen Hals und sträubte sein nasses Gefieder. An manchen Tagen brach er zitternd zusammen, kam nicht mehr auf die Beine und blieb mit hängenden Flügeln, ausgestrecktem Kopf und von der Nickhaut verschleierten, weiß schimmernden Augen auf dem Brett liegen.

Von heillosem Schrecken erfaßt, nahm dann der besorgte Wahrsager den Adler in die Arme, schnallte sich das Brett mit Lederriemen auf den Rücken und machte sich unter den wütenden Blicken, Sticheleien und Beschimpfungen derer, die in der Schlange manchmal fast drei Stunden auf ein Horoskop gewartet hatten, auf und davon.

Der Schicksalsverkünder ließ den Adler nicht nur auf dem Markt von Çekmece arbeiten. Sein Tätigkeitsfeld waren sämtliche großen, von Menschen wimmelnden Marktplätze Istanbuls, ob in Yeşilköy, Hasköy, Balat, Kadiköy, Beşiktaş, Feriköy oder Çağlayan.

Es hieß, daß dieser ärmlich gekleidete, glatthäutige alte Mann im abgewetzten Fuchsmantel am Bosporus ein Haus mit vierzig Zimmern und weitere Wohnhäuser in Beyoğlu, Şişli und Ayazpaşa besitze und außerdem Mitinhaber einer Fabrik und eines Bankhauses sei. Den ganzen Reichtum habe er der Arbeit dieses Adlers zu verdanken.

»Gegönnt sei es diesem Mann ...«

»Er hat's verdient, er hat's verdient ...«

»Unglaublich, was der Adler auch sagt, tritt ein. Er hält den Menschen einen Spiegel ihrer Zukunft vor, in dem sie ihr ganzes Leben und auch ihren Tod voraussehen.«

»Das Geld, das der Mann dafür nimmt, die Wohnhäuser, die er baut, mögen ihm zum Segen gereichen!«

»Steht ihm das denn nicht zu, wenn er sich so um die Menschheit verdient macht?«

»Wer weiß, mit welchen Mühen er diesen einmaligen Adler ...«

»Er soll selbst bis zum Berg Kaf gepilgert sein ...«

»Und sieben Jahre, ganze sieben Jahre neben dem brütenden Vogel Anka gewartet haben ...«

»Zwischen Fels und Geröll ...«

»Völlig erschöpft ...«

»Sieben Jahre in diesen Bergen ausharren sagt sich leicht.«

»Woher sollte der arme Mann auch wissen, wann das Küken schlüpft.«

»Woher wissen, wie lange so ein Vogel brütet ...«

»Woher wissen, wann Anka Eier legt.«

»Genau sieben Jahre soll er gewartet haben.«

»So etwas nennt man Geduld ...«

»Mit Geduld wird auch die saure Traube zuckersüß.«

»Verdient der Derwisch sich das Paradies.«

»So wurde dieser klitzekleine Mann selbst zur Geduld ...«

»Und harrte aus auf dem Gipfel des Berges Kaf ...«

»Harrte aus im eisigen Bora ...«

»Harrte aus, um der Menschheit zu dienen ...«
»Harrte aus, um der Menschheit die Zukunft wahrzusagen ...«
»Harrte aus in Engelsgeduld ...«
»Da sei ihm doch vergönnt Han, Haus, Bank und Banken voller Geld ...
»Und er ist allein, soll niemanden haben auf der Welt ...«
»Solche Menschen sind selten ...«

Das Rasseln und die quietschenden Bremsen eines 1960er Dodge schreckten Zeynel, der mitten auf der Brücke ging, plötzlich auf.

Zur Seite springen und sich an die Brüstung klammern waren eins. Auch wenn der wütende Taxifahrer Mutter und Frau in seine Flüche einbezog, Zeynel hörte nicht einmal hin. Beschämt wegen seiner Tölpelhaftigkeit und den Schreck noch in den Gliedern, stieg er die Seitentreppe der Brücke hinunter. Der frische Duft des Meeres vermischt mit dem brackigen Geruch des Goldenen Horns wehte ihm entgegen. Kinder, Erwachsene und Rentner hatten am unteren Geländer ihre Angeln durch die Gitterstäbe gehängt, starrten versonnen auf das mit Tomaten, Auberginen, Paprikaschoten, Zwiebeln, Gummibällen, Spänen, Ästen, Blättern, Lauch, Papier und Melonenschalen bedeckte Wasser und lauerten mit grausamer Geduld darauf, daß ein geköderter Fisch die Angelschnur spannte. Zeynel kam die Lust an, sich hier unten im Laden von Abidin auch eine Angel zu kaufen, als sein Auge auf einen Jungen fiel, der, tief gekrümmt, mit ganzer Kraft und flinken Händen seine Angel einholte. Je schneller er zog, desto höher wuchs der Haufen der blauen Nylonschnüre neben ihm am Boden. Am Ende kam der Fisch aus dem Wasser geschossen, zappelnd und in der Luft nach rechts und links schleudernd, landete er beim Jungen; der blaue Rücken des Fisches schimmerte in der Sonne. Das Gesicht des kleinen Anglers, seine Augen, ja seine Hände und sein Haarschopf waren eitel Freude. Das Zappeln des Fisches wurde schwächer, bald zitterte er nur noch, das leuchtende Blau seines Rückens verblaßte, wurde stumpf, ging fast in Schwarz über, und auch das Zittern hörte langsam auf, nur leichtes Beben huschte hin und wieder fast unmerklich über seinen Rücken, und der Junge spürte auf einmal das Gewicht des Tieres in seinem Handgelenk. Ganz plötzlich schnellte der Fisch noch einmal, schwang zur Seite, doch dann, wohl völlig erschöpft, rührte er sich nicht mehr, während der Junge noch immer dastand und seine Beute mit breitem Grinsen beobachtete. Auch Zeynel freute sich mit dem Jungen, dessen gute Laune alle Umstehenden angesteckt hatte, beobachtete aber auch nachdenklich, wie die Bewegungen des Fisches immer langsamer wurden und der blaue Glanz seines Rückens stumpf wurde und an Farbe verlor.

Der Junge hatte sich bald wieder gefaßt, schnappte mit geschickten Händen den Fisch und nahm ihn vom Haken. Dabei riß er ihm das Maul so tief ein, daß Blut austrat und ein fadendünnes rotes Rinnsal über den Zeigefinger des Jungen in seine linke Hand sickerte. Zeynel, die Hände in den Taschen vergraben, betrachtete die blutigen Finger des Jungen, und sein Gesicht zuckte, als der Fisch, vom Angelhaken befreit, trotz seiner Verletzung, die er vergessen zu haben schien, im wassergefüllten Behälter zu neuem Leben erwachte. Das war dem Jungen nicht entgangen, und er blickte dankbar zu dem Mann auf, der sich mit ihm so gefreut und bis zuletzt an seinem Glück teilgenommen hatte und jetzt gedankenverloren auf den sehr langsam schwimmenden einsamen Fisch mit dem eingerissenen Maul starrte. Die gemeinsame Freude über seinen errungenen Sieg schien in diesem Augenblick beide zu vereinen.

»Er gehört dir«, sagte der Junge und wandte sich mit liebevoll strahlenden Augen Zeynel zu. »Schätze, ich werde heute noch viele Bonitos fangen, der Anfang war doch schon gut, nicht wahr? Nimm, dieser Fisch soll deiner sein.«

»Gut«, antwortete Zeynel, »aber er soll dort bleiben. Fischer dürfen den ersten Fang niemandem geben, merk es dir gut, sonst verläßt sie das Glück.«

»Wie schade«, bedauerte der Kleine und senkte den Kopf.

»Wer weiß, wie viele von diesen Fischen ich noch bis heute abend fangen werde ... Hättest du diesen da doch mit nach Hause genommen, ihn dir gebraten und schön allein aufgegessen.«

Dankbar legte Zeynel ihm die Hand auf die Schulter, und ein warmes Gefühl von Zuneigung und Vertrauen senkte sich ganz langsam in die Tiefe seines Herzens, bedeckte den lichten Grund wie eine Schicht wunderschöner Kiesel ... Noch nie hatte er in einem Gleichklang beiderseitiger Freude eine so tiefe Zuneigung, ein so starkes, freundschaftliches Gefühl für jemanden empfunden. Mit großen Augen sah er den Kleinen verwundert an. Der Fisch im grünen Plastikbehälter bewegte sich nicht mehr, trieb mit dem Bauch nach oben im Wasser, leblos, in weltentrissener Einsamkeit.

»Ich habe kein Zuhause«, sagte Zeynel traurig, während der Junge die frisch beköderte Angelschnur wieder ins Wasser gleiten ließ, »und habe nie eines gehabt, mein Freund ...«

»Dann komm heute abend zu uns ... Und Mutter schmort dir ein Bonitoragout ... Komm gegen Abend hierher, und wir gehen zusammen nach Haus. Was macht das schon, viele Menschen haben kein Zuhause. Du bist nicht der einzige Mensch ohne Zuhause auf dieser Welt. Und auf dieser Welt, mein Bruder, gibt es niemanden, der so ein Bonitoragout schmort wie meine Mutter. Jaaa, sie soll einen Schmortopf machen, und du wirst dir die Finger danach lecken. Meine Mutter, mußt du wissen, ist Lasin, vom Schwarzen Meer, der Vater hat uns verlassen, ist zu einer anderen Frau. Aber meine Mutter macht ein Bonitoragout ... Tu mir den Gefallen, Bruder, und komm heute abend. Sieh doch, du hast mir Glück gebracht. Ich bin immer hier oder an der Ecke da drüben. Hier und dort habe ich Glück. Komm heute abend, ja, und du wirst sehen, wieviel Bonitos ich noch ...

Einmal in Fahrt, plapperte der Kleine fröhlich weiter: »Was ist schon dabei, wenn du kein Zuhause hast, wir haben eins, und das reicht, nicht wahr, Bruder? Du siehst so aus wie die Menschen in der Heimat meiner Mutter.«

»Ich bin aus Rize«, sagte Zeynel. »Wie heißt du denn?«

»Ich heiße Kemal«, antwortete der Junge. »Dursun Kemal Alceylan.«

»Wie schön«, seufzte Zeynel. »Was für einen schönen Namen sie dir doch gegeben haben. Wer gab ihn dir?«

»Mein Vater«, sagte der Kleine, ohne seine Trauer zu verbergen, während er immer wieder die Angelschnur einzog und auswarf. »Und meine Mutter ist auch aus Rize. Mein Vater hat es ja bereut und ist zurückgekommen, aber Mutter hat ihn nicht wieder ins Haus gelassen. So eine wie meine Mutter, die so ein Bonitoragout schmort, gibt es nicht noch einmal auf dieser Welt.«

»Was du nicht sagst«, nickte Zeynel.

»Ganz bestimmt«, sagte Kemal.

»Weißt du, Dursun Kemal Alceylan, ich habe einen Mann getötet.«

Kemal lächelte ungläubig, musterte Zeynel von oben bis unten und sagte: »Du siehst überhaupt nicht aus wie ein, na ja, wie ein ...« Dabei zeigte er zwei Reihen perlweißer Zähne, lachte wiederum ungläubig und rief: »Du kannst Witze machen, Bruder, wie heißt du eigentlich?«

»Ich habe getötet«, wiederholte Zeynel, »und ich heiße Zeynel ... Man nennt mich den kleinen Zeynel aus Menekşe ...«

Plötzlich blieb der Blick des Jungen auf dem Revolver in Zeynels Gürtel haften, seine Hände begannen zu zittern, und die Schnur, die er gerade auswarf, verhedderte sich. Mit bebenden Lippen fragte er stotternd: »Mit dem da, wirklich? Wann denn, wann hast du ihn denn getötet, heute?«

»Es ist noch nicht lange her«, antwortete Zeynel und senkte den Kopf. »Im Kaffeehaus der Fischer in Menekşe. Ihsan brach zusammen und muß dort immer noch in seinem Blut liegen ... Nachdem ich ihn getötet hatte, bin ich in den Zug gesprungen und hergefahren.«

»Was hat dir der Mann denn getan?« fragte Kemal in kindlicher Unschuld.

Auf diese Frage war Zeynel nicht gefaßt, er wand sich, wußte darauf keine Antwort. Ja wirklich, was hatte Ihsan ihm eigentlich getan?

»Sein Name war Ihsan, ja, Ihsan ... Was er mir getan hat, weiß ich nicht. Mir? Was getan? Mir ... Ich weiß nicht ... Bruder Ihsan ...«

»Ihsan, sagst du?«

»Ja, Ihsan!«

Dursun Kemal Alceylan fragte immer wieder nach dem Namen Ihsan, als habe er den Mann gekannt und sei über seinen plötzlichen Tod verwundert. Dann stotterte er nur noch unverständlich, bis er schließlich verstummte. Mit weit aufgerissenen Augen starrte er Zeynel an, rührte sich nicht, stand da wie eingezwängt zwischen Zeynel und dem Meer. Er wollte noch etwas sagen, brachte aber kein Wort über die geöffneten Lippen, während die Angelschnur unablässig in die Tiefe glitt. Er spitzte den Mund, doch außer einigen unverständlichen Kehllauten brachte er wieder kein Wort hervor. Als er im letzten Augenblick das Ende der abrollenden Schnur zu fassen kriegte, kam er vor Schreck wieder zu sich.

»Und Blut? Hat der Mann sehr geblutet?« fragte er noch ganz benommen, während er die Angelschnur aufschoß.

»Die Wände, der Fußboden waren voller Blut. Sogar die Gesichter der Männer um ihn herum.«

»Lauf weg!« sagte der Junge ganz außer sich. »Lauf weg, Bruder, die Polizei ... Flieh doch ...« Er trat von einem Bein aufs andere, wickelte in Windeseile die Schnur auf die Rolle. »Hau ab ... die Polente ... Überall hier ... Sieh doch, dahinten ... Ihsan ... Ihsan, ja?«

»Ja, Ihsan«, antwortete Zeynel ganz ruhig, in Gedanken noch bei der Frage, was Ihsan ihm denn getan habe. »Ihsan ... Ich weiß überhaupt nicht, warum ... Ich hab ihn eben getötet.«

Wie von selbst spulten die kleinen Hände in Windeseile die Angelschnur auf, und der Junge kam erst wieder zu sich, als der Haken aus dem Wasser schoß und sich in seine Hand bohrte. Er zog ihn sofort wieder heraus, doch die Wunde war tief und blutete stark.

Zeynel wurde ganz blaß.

»Hast du kein Taschentuch?« rief er aufgeregt, »kein Taschentuch, nein?«

Kemal zeigte auf die Gesäßtasche seiner Jeans, Zeynel zog ein weißes, verschmutztes Taschentuch heraus, drückte es auf die Wunde und sagte: »Ball die Faust und drück sie fest zusammen!«

Nachdenklich, die Augen auf dem Wasser, warf Kemal wieder seine Angel aus, und dort, wo das Blei eintauchte, wellte sich das Wasser in kleinen Kreisen, die sich ringförmig ausdehnten bis sie sich bei den Brückenpfeilern verliefen. Erst als Kemal den Haken auf Tiefe gebracht hatte, hob er den Kopf und ließ seine Blicke auf Zeynel ruhen.

»Einfach ...« hub er an.

»Ja, einfach so«, ergänzte Zeynel.

»Mann, bist du kaltblütig, Bruder«, lachte Dursun Kemal. »Kein Mensch macht einen Bogen um dich, man sieht dir überhaupt nicht an, daß du einen Menschen getötet hast, Bruder ...« Und er machte eine Handbewegung, die seinen Zweifel unterstreichen sollte, und fügte hinzu: »Wer einen Menschen getötet hat, steht doch nicht wie du so seelenruhig da!«

»Wie soll er denn dastehen?« fragte Zeynel.

»Er flüchtet.«

»Ich und flüchten? Nein.«

»Kann einer, der einen getötet hat, so kaltblütig wie du hier auf die Brücke kommen und sich mit einem Fischerjungen unterhalten?«

»Kann er«, entgegnete Zeynel.

»Steckte kein Revolver in deinem Gürtel, würde ich es nicht glauben.«

»Weißt du, wer mir diesen Revolver gegeben hat?«

»Wer denn?«

»Ihsan ...«

»Kemal vergaß seine Angst und lachte lauthals: »Das ist ein Witz, Mann!«

»Ja, ein Witz«, lachte auch Zeynel.

Kemals hellwache Augen durchkämmten die ganze Umgebung, musterten die in Scharen vorbeidrängenden Fußgänger, starrten in jeden Winkel der Brücke, fielen fast aus den Höhlen. Doch nichts schien verändert. Wie immer hatten Fischer ihre Boote am Kai vertäut und verkauften die von ihnen gebratenen Makrelen belegt mit Zwiebelringen und leuchtend grüner Petersilie in zwei Brothälften, boten Händler lauthals in Bottichen treibende und von ihnen immer wieder zum Schwimmen aufgescheuchte Fische an, hin und wieder frisches Meerwasser in die Baljen gießend, priesen Obsthändler laut ihre Früchte, Brezelverkäufer ihre Sesambrezel, Buchhändler ihre Bücher, Zeitungsverkäufer ihre Zeitungen an, saßen die gutgelaunten Schuhputzer mit farbverschmierten Händen vor ihren Kisten und klopften einladend mit den Bürsten auf den erhöhten Leisten, waren die schäbig gekleideten Herumtreiber mit pomadeglänzenden Haaren auf der Anlegebrücke der Inselfähren vor Anker gegangen und riefen den aussteigenden reichen Insulanertöchtern mit den spannenlang ausladend gewölbten Hintern gewagte, ja, schlüpfrige Worte zu, klammerte sich ein Betrunkener hin und her wippend ans Brückengeländer und sang sabbernd ein altes Istanbuler Lied, während der Speichel ihm in den strähnigen Bart triefte ... Und wie immer drehte der gutaussehende kurdische Brückenpolizist Necati aus Urfa vom Revier bis zur Asphaltstraße in Karaköy und weiter zum Brückencafé seine Runden.

»Schwer zu glauben, Bruder Zeynel, und einem anderen als dir hätte ich keinen Zipfel davon geglaubt ... Steht einfach so da, als habe er noch nie getötet ...« Kemal ging ganz dicht an Zeynel heran, sah ihm prüfend in die Augen und sagte: »Nein Bruder, du siehst ganz und gar nicht so aus.« Dann wandte er sich ab und ließ seinen Blick wieder über die Brücke schweifen, von einem Ende zum andern, als müßte er jeden Augenblick das Gesuchte entdecken; dann senkte er den Kopf und dachte nach. Als er wieder aufschaute, blickte er in Zeynels Augen. »Nein, Bruder«, stieß er mit beschwörender Stimme hervor, »nichts an dir sieht aus, als habest du einen Menschen getötet.«

»Was sieht denn nicht so aus?«

»Sieh doch, die Brücke, das Gedränge von Menschen, und du ...«

»Du weißt doch, dieser Ihsan ...«

»Ich weiß«, nickte Kemal und sah ihm noch immer in die Augen.

»Fünfzehn Jahre lang habe ich ihn jeden Tag getötet, jeden Tag dreimal ...«

»Ist das wahr?«

»Und heute zuletzt ...«

»Ist Blut geflossen?« fragte Kemal mißtrauisch.

»Und wie! In Strömen. Das ganze Kaffeehaus, die Gäste, auch Fischer Selim, waren voller Blut ...«

»Lauf weg!« schrie Kemal, »lauf weg! Schau, da sind sie!«

»Sei still!« zischte Zeynel, hielt ihm den Mund zu und blickte dabei einem vorbeigehenden Kommissar und zwei Polizisten offen in die Augen. »Du wirst mich doch nicht verraten?«

Kemal riß sich los. »Jetzt ist mir alles klar«, lachte er, »da, nimm die Angel und wirf sie aus, ich komme gleich wieder. Heute beißen die Bonitos ...«

Während Kemal sich an der Neuen Moschee entlang in Richtung Polizeipräsidium entfernte, warf Zeynel mit der geübten Hand des erfahrenen Fischers die Angelschnur aus, ohne auch nur einen Gedanken daran zu verschwenden, daß Kemal ihn ans Messer liefern könnte. Kemal lief unter den Torbogen der Neuen Moschee hindurch bis zum Blumenmarkt. Dort hockten in einem Käfig, der groß wie ein Zimmer war, Falken in allen Größen und Farbtönen, hergebracht vom Istrandschagebirge und den felsigen Bergen in Rize. Kemal zählte sie ab. Das tat er jeden Tag, um festzustellen, wie viele verkauft oder neu hinzugekommen waren. Diesmal zählte er genau sechsunddreißig Falken ... Also fünf mehr als am Vortag. Von dort lief er zum Kaninchen, das ihn mit korallenroten Augen anlächelte. Dieses Kaninchen schäumte fast über vor Freude, lächelte jeden Menschen an. Wer weiß, wie fröhlich es sein würde, wenn es nicht in diesem Käfig steckte. Von den Kaninchen lief er zu den Wachteln, dann weiter zu den klitzekleinen weißen Mäusen, zu den Aquarien mit den kreisenden Fischlein in flammenden Farben, zu den Blumenbeeten und zu den schnäbelnden Wellensittichen, die Kemal besonders komisch fand und vor deren Käfigen er oft stehenblieb, versunken ihr sehr blau, grasgrün und quittengelb glänzendes Gefieder betrachtete oder sich über ihr Geküsse vor Lachen nicht halten konnte. Ein ganz eigenartiger Duft lag über dem Blumenmarkt, ein Duft von bitterer Würze, der am Gaumen brannte, aber so fröhlich stimmte, daß man vor Freude zu fliegen meinte. Doch nicht überall ist dieser Duft, sondern nur, wenn du an der Stelle stehst, wo man mit dem Rücken zum Blumenmarkt das Minarett der Neuen Moschee genau vor Augen hat, und die Luft ganz langsam durch die Nase ziehst, nur dann ...

Kemal kam fast jeden Tag zum Blumenmarkt; er ließ seinen prüfenden Blick in jeden Winkel schweifen und wußte dann, wie viele Blumen, Vögel, Mäuse und Fische in der Zwischenzeit verkauft worden waren. Hatte er das erledigt, ging er durch den Ägyptischen Basar, wo es nach Zimt, Lindenblüten, Salbei, Sumach, Naphtalin, Minze, scharfem, sehr scharfem rotem und schwarzem Pfeffer und nach getrocknetem, knoblauchgewürztem Paprikaschinken roch, machte am rotgeklinkerten Torbogen zur Seeseite halt, verweilte dort eine Weile, betrachtete gedankenversunken die vorbeiströmenden Menschen und die Schatten der Minarette, die sich über sie streckten, ging dann einen der Schatten entlang und setzte seinen Fußballen auf die äußerste Spitze.

Wie eine Katze glitt er auf dem Schatten des Minaretts in den Vorhof der Rüstem-Pascha-Moschee. Hier roch es nach dem Leder der Schuhmacher, nach Ammoniak aus den brennenden Lötlampen der Kesselflicker und nach den Hobelspänen der Kistenmacher. Im schummrigen Halbdunkel der Moschee schimmerten die Kacheln wie ein Meer berauschender Farben, das auch im Dunkel der Nacht zur lichtglitzernden Stadt strömte. Sogar am hellichten Tag hatte Dursun Kemal Alceylan erlebt, daß die bunten Kacheln der Rüstem-Pascha-Moschee sich über den Himmel Istanbuls spannten wie ein Regenbogen in siebentausend Farben ... Nächtens und im Morgengrauen hatte er gesehen, wie sich diese Kacheln lautlos und behutsam wie eine leichte Brise aufmachten und wie ein Sternenregen aus samtblauem Himmel auf das Goldene Horn niedergingen. Wer außer ihm, außer Dursun Kemal Alceylan, wußte denn von dem Wunder dieser Kacheln ... Wer außer ihm war schon so oft hier gewesen, versteckt hinter dem holzgeschnitzten Gitter des Eckfensters, hatte das Zuhause, die Mutter, Essen und Trinken, jaaa, sogar sich selbst vergessen und tagelang, monatelang wie in einer Traumwelt gelebt, versunken im Anblick dieser Kacheln? Wer außer Kemal hat sie im Licht der Sonne, das durchs Fenster fällt, widerscheinen sehen, hat je erlebt wie sie den Nachthimmel von Istanbul in ein Meer von tausendundeiner Farbe tauchten? Und daher wußte auch niemand, daß Kemal in letzter Zeit sich dort nicht mehr so oft und so lange aufhalten mochte. Warum er nicht mehr hinging, ob er sich satt gesehen hatte, auch das wußte niemand, nicht einmal Kemal selbst.

Er warf einen schnellen Blick in die Rüstem-Pascha-Moschee und gewahrte sieben oder acht Kinder und einen sehr alten Mann, die mit Käppchen auf den Köpfen im Schneidersitz vor niedrigen Pulten hockten und mit nickendem Wiegen den Koran lasen. Kemal machte kehrt und ging zum Kai der Ölfrachter, die roten Ziegeldächer zu betrachten, wie sie durch dicht an dicht hockende Möwen weiß wie Milch wurden. Am Rand der Kaimauer verhielt er und schaute hinunter, wo sich die Häuser, die Galata-Brücke, die Moscheen und Minarette im Wasser spiegelten, das unter einer dunklen, schlammigen, olivgrünen Schicht träge dalag und auch nicht die kleinste

Welle schlagen konnte. Er ließ die Augen hinüber nach Karaköy, zum Eingang der Tunnelbahn und weiter über die Meerenge zur Anlegebrücke von Kadiköy und wieder zurück zur Neuen Moschee und zur Moschee Rüstem Pascha schweifen, musterte die in Reihe vertäuten und das halbe Hafenbecken bedeckenden Frachtkähne der Lasen, betrachtete die mit geknicktem Schornstein unter der Brücke hindurchfahrenden Dampfschiffe mit Deckslaqungen aufgetürmter Grünwaren, Apfelsinen, Äpfel, Kohlköpfe und Mandarinen, als suche er etwas für ihn sehr Wichtiges, das er verloren hatte. Und unvermittelt, als habe er es gerade entdeckt, murmelte er freudig vor sich hin: »Nichts hat sich verändert, nichts hat sich verändert, alles ist so, wie es immer war ...« Dann schlug er den Weg zur Anlegebrücke ein, doch nach einigen Schritten blieb er plötzlich wie angewurzelt stehen, denn da vorne, auf der Brücke, standen nebeneinander fünf Polizisten, an ihrer Spitze der Kommissar. Kemal machte kehrt in Richtung Eminönü, doch dort ging noch ein Polizist über den Uferweg am Fischmarkt entlang auf die Brücke zu. Du meine Güte, da stand ja genau vor dem Ägyptischen Basar auch noch ein Gendarm! Und drei Polizisten vor der Gemüsehalle. Ganz durcheinander, wußte Kemal nicht weiter. Wohin er auch schaute, Polizei! Verstört blieb er stehen, fühlte sich allen Blicken splitternackt preisgegeben; Dursun Kemal Alceylan, noch keine zwölf Jahre alt, der jeden Morgen, kaum erwacht, als erstes zum Spiegel rennt und nachsieht ob ihm schon der Schnurrbart wächst. Was für eine Menge Polizei heute in der Gegend, dachte Kemal, als er auch noch einen Polizisten von der Unkapani-Brücke herüberschlendern sah. Und er mittendrin, von Polizei umzingelt. Wie ein Falke spähte er um sich, und seinen Augen entging nicht einmal, wenn einer von ihnen mit den Fingern schnippte. Der Polizist aus Unkapani war herangekommen und ging jetzt am Ägyptischen Basar vorbei bis zur Ecke der Iş-Bank, und als er in die ansteigende Straße nach Mahmutpaşa einbog, blitzte sein fünfzackiger Stern ganz kurz auf. Der Weg über die Unkapani-Brücke war demnach frei, den könnte

Kemal nehmen ... Aber der Polizist hatte bestimmt drei Kollegen am unteren Durchgang der Brücke aufgestellt, und darauf fällt ein Kemal doch nicht rein!

Was nun, er kann auch nicht ewig hier warten ... Und der Polizist da auf der Anlegebrücke, der mit den Stiefeln, spreizt seine Beine, reckt sich dauernd, macht einige Schritte, bleibt stehen, reckt sich, geht weiter, spreizt und reckt sich, und jedesmal, wenn er sich reckt, kratzt er sich den Arsch ... Aber die Brücke verläßt keiner von ihnen! Es muß auch von Kriminalern nur so wimmeln, überlegte Kemal. Ja, was sollte er nun tun, hier eingezwängt zwischen der Rüstem-Pascha-Moschee, dem Goldenen Horn und der Anlegebrücke der Ölfrachter. Das Gehupe in der wie immer verstopften Straße gellte durch ganz Istanbul. Ob er, ohne von den Polizisten gesehen zu werden, den Laden des Färbermeisters Adem erreichen könnte, wenn er sich hinter den steckengebliebenen Autos, den turmhoch mit Gemüsekisten beladenen Lastern, den Tankwagen und den gekrümmt unter Bergen von Kisten stampfenden Lastenträgern, denen die Schweißtropfen von der Nasenspitze auf die schwarzen Schnauzbärte tropften, vorbeischlängelte? Unmöglich, sagte sich Kemal, die schnappen mich sofort, sie stecken ja überall, in Zivil, in Uniform ... wimmeln in der ganzen Gegend ... Seht euch die an, wie sie da stehen und ins Wasser starren! Und der Hauptkommissar spuckt in einem fort über die Kaimauer, der Mann hat bald keinen Speichel mehr im Mund ... Wie von Stromschlägen getroffen, begann Kemal plötzlich zu zittern, denn von Unkapani kamen noch zwei Polizisten daher, redeten mit weit ausholenden Handbewegungen so laut aufeinander ein, als hätten sie ihre Umwelt völlig vergessen. Tsss, mit dieser Nummer läßt sich Kemal doch nicht ködern, ihr Einfaltspinsel, und schon hatte er sich durch eine Lücke, gerade breit genug für ein Kind, hinter die Verschalung an der Brücke gezwängt, von wo aus er durch einen Spalt zwischen den Brettern die Polizisten beobachten konnte. Laute Worte wechselnd, kamen die beiden näher, blieben hin und wieder stehen, schrien sich an, gingen vorbei und verschwanden unter der Galata-Brücke. Kemal atmete auf. Die Polizisten auf der Anlegebrücke standen noch immer da. Der eine, der sich immer wieder den Hintern gekratzt hatte, hörte jetzt damit gar nicht mehr auf, streckte sich auf seinen gestiefelten Beinen und kratzte sich wie besessen. Und der Kommissar spuckte nach wie vor ins Wasser.

Die Polizisten auf der Brücke im Auge behaltend, glitt Kemal durch die Lücke in der Bretterwand wieder auf die Straße und duckte sich hinter einen Lieferwagen mit offener Pritsche. Ach, wenn diese Polizisten doch nur weggingen ... Und als stünden sie Wache, rührten sich die vor der Gemüsehalle auch nicht vom Fleck ... Und da, der Mann mit dem schwarzen Hut, dem dünnen Schnurrbart und Wangen, wie zusammengewachsen so hohl, ist bestimmt ein Kriminaler. Ja, Kemal hat beim Angeln auf der Brücke schon viele Polizisten gesehen ... Wird er da nicht wissen, wer einer ist und wer nicht? Na, und der Dicke da ... Die Dicken sind doch niemals Polizisten, Mann! haderte er mit sich selbst. Aber der da mit den Schlitzaugen, dem geschorenen Kopf und dem Gesicht eines Filmschauspielers, ist das etwa auch keiner? Sieh doch, wie er mit gerunzelten Augenbrauen die Menschen mustert, als wolle er sie umbringen, sie fressen ... Und wer weiß, wenn Kemal sich im nächsten Augenblick nicht in die Blechschmiede gestürzt hätte ...

»Was hast du, Junge, was ist geschehen?« fragte der Klempner verwundert den Jungen, der da wie ein verletzter Vogel in seiner Werkstatt gelandet war.

»Polizei«, keuchte Kemal nur, »Polizei, Onkel.« Sein Atem ging schwer, und sein Herz trommelte gegen seinen Brustkorb, als wolle es ihn sprengen ... »Polizei!«

»Was will die Polizei von dir, mein Junge? Was hast du denn getan ...«

Auf einmal kam Kemal wieder zu sich und schaute dem bärtigen Klempner in die freundlichen, kindlich blickenden Augen.

»Wirklich, was hab ich denn getan?« murmelte Kemal, und

während er sich langsam beruhigte, fragte er sich noch einmal: »Was, ja, was hab ich denn getan?« Plötzlich lächelte er, wischte sich mit der Hand den Schweiß von der Stirn, schlug ihn ab und sagte: »Ich hab ja gar nichts getan ... Gar nichts ... Warum soll ich vor der Polizei ...?«

Über diese Frage dachte er noch nach, als er die Blechschmiede schon verlassen hatte und zur Anlegebrücke eilte. Ein ekelerregender Gestank stieg aus dem Goldenen Horn empor, der gestiefelte Polizist federte und kratzte sich noch immer, der Kommissar spuckte ins Hafenbecken und die anderen Polizisten warfen sich im Spaß die unflätigsten Flüche an den Kopf.

»Ich hab den Polizisten doch gar nichts getan ...«

Bedächtig, ein bißchen auch auf der Hut, näherte er sich mit verhaltenen Schritten den Polizisten. Plötzlich sah er – oder meinte, gesehen zu haben –, daß einer von ihnen ihn gemustert hatte. Der Mann hatte dünne, wie mit dem Messer geschnittene schmale Lippen, darüber einen so schwarzen Schnurrbart, daß Kemal der Mund des Polizisten wie die Öffnung eines dunklen Brunnenschachts erschien. Ihre Augen trafen sich, der Polizist sah ihn, er den Polizisten, unentwegt ... Der Polizist ihn, er den Polizisten ... Der Polizist ihn ... Und Kemal rannte, rannte bis zum Durchgang unter der Unkapani-Brücke, machte kehrt, als er von der Merkez-Bank einen Polizisten kommen sah, nahm kaum wahr, daß er gegen ein Auto, einen im Geschirr gehenden Grauschimmel und einen Lastenträger stieß, stürzte in die Gemüsehalle, hetzte zwischen Haufen von Tomaten, Zwiebeln, Apfelsinen, Radieschen, Porree und Äpfeln hindurch, duckte sich zwischen den am Ufer aufgestapelten Kisten. Wie in einer Falle lief er in den Hallen von einem Ende zum andern, doch wohin er auch kam, tauchte ein Polizist auf ... Schweißgebadet rannte er im Kreis, rempelte diesen und jenen an, wähnte sich in einem flammenden Ring von Polizisten, aus dem es kein Entrinnen mehr gab. Und der Ring wurde immer enger, der Lärm im Marktgedränge immer schrecklicher. Staub und Rauch, Lastenträger, Pferdegespanne, Schiffssirenen, Berge von Gemüse, von leeren und vollen Jutesäcken, und Kemal über alles hinweg ...

»Meister, Meister!«

»Was ist, was ist los, Kemal?«

»Ach, nichts, Meister, ich bin nur so gerannt ...«

»Ich habe auf dich gewartet«, sagte der Meister.

»Da bin ich«, entgegnete Kemal.

Färbermeister Adem war in Istanbul der letzte seiner Zunft. Er war weit über siebzig und ein friedlicher, freundlicher Mann. Sein langer Bart war schneeweiß. Um ihn nicht zu bekleckern, stopfte er die aufgerollte Spitze ins Hemd, bevor er die Druckform wie einen Stempel auf die Farbe und dann auf den Stoff drückte. Er hatte lange, sehr lange Finger, die als nächstes auffielen, nachdem man seinen Bart bewundert hatte. Und als erwachte ein längst verschüttetes Gefühl zu neuem Leben, wurde einem Menschen ganz warm ums Herz, wenn der Meister ihn mit seinen schönen, hellen Augen, die so klar waren wie ein Quell in der Sonne, voller Freude ansah.

»Kemal, mein Kleiner, bedrucke das da!« sagte Meister Adem und reichte ihm ein orangefarbenes Stück Stoff. Dann zeigte er auf die am Fuße der Wand aufgereihten Farbtöpfe und Druckformen und fügte hinzu: »Mach's mit den Formen und Farben, die du magst!«

»Gemacht, Meister.«

Schon seit geraumer Zeit war Kemal Meister Adems Lehrling. Und der Meister war mit seinem Schüler, der Schüler mit seinem Meister zufrieden. Und daß die Kacheln in der Rüstem-Pascha-Moschee wie ein Regenbogen funkeln, hatte ihm der Meister erzählt, und seitdem er sie zum ersten Mal in der Moschee bewußt betrachtet hatte, waren bunte Kacheln Kemals Leidenschaft.

Kemal machte sich an die Arbeit und hatte bald das Stück Tuch mit grüngefärbten fliegenden Kranichen, blauen Lebensbäumen und einem schwarzen Hirsch mittendrin verziert, der das mächtige Geweih reckte.

»Ist es so gut, Meister?«

Der Meister kniff die Augen zusammen, betrachtete den Stoff, seufzte, und während unzählige Lachfältchen sein Gesicht überzogen, sagte er mit freudestrahlenden Augen: »Wie schön, mein Kleiner, Gottes Segen deinen Händen! Bis zum Feierabend ist viel Zeit, wenn du willst, nimm auch von den Modeln dahinten welche und bedrucke damit noch mehr Stoffe ... Was dir nicht alles so einfällt, Meister Kemal, Gottes Segen deinen Händen!« Dann reichte er ihm noch einige Stoffbahnen und fügte hinzu: »Such dir davon einen Stoff aus, der dir gefällt!«

»Gemacht, Meister.«

Diesmal wählte Kemal einen blauen Stoff von vielleicht drei Quadratmetern, breitete ihn auf dem Boden aus und suchte sich in einem Winkel der Werkstatt von den zahlreichen Holzstempeln die schönsten aus.

Auf den Fingerkuppen kauend, starrte Kemal eine Weile auf den Stoff, ging dann zum Topf mit der orangen Farbe, bückte sich, tauchte den Stempel ein und drückte ihn auf das blaue Tuch. Als er den Stempel wieder hob, war auf dem blauen Untergrund eine Gazelle zu sehen, die in langgestreckten Sprüngen über eine endlose Weite zu fliegen schien. Hinter die Gazelle setzte Kemal eine in Schichten geballte, wogende weiße Wolke. Um dieses Muster ins Holz zu schnitzen, hatte der Meister in jungen Jahren drei Monate gebraucht. Ans andere Ende des Tuches setzte Kemal eine rote, magische Blume, wie man sie auf der ganzen Welt noch nie gesehen hatte.

Vielleicht war es diese rote Zauberblume, zu der die Gazelle rannte.

»Nun, Meister Kemal, wenn jemand seine Arbeit auch wie ein Meister beherrscht, läßt man sie dann im Stich und verschwindet für mehrere Tage so geheimnisvoll von der Bildfläche?« fragte der Meister mit einem Anflug von Bitterkeit in der Stimme. »Und ich meinte schon ...«

Während Kemal krampfhaft nach einem Entschuldigungsgrund für sein mehrtägiges Fehlen suchte, arbeitete er zügig weiter.

»Weißt du, meine Mutter ... Sie hat zu mir gesagt ...« stotterte er, doch dann entschloß er sich, nicht weiter zu lügen. »Es wimmelt nur so von Bonitos, das Meer ist bis an den Rand voller Fi ...«

Er wollte Fische sagen, doch plötzlich hielt er inne, legte den blauen Stempel auf das Tuch und war auch schon zur Tür hinaus auf die Straße gestürmt. Rücksichtslos rempelnd bahnte er sich den Weg durch die schimpfende Menge, eilte über die Mahmut-Pascha-Straße an der Neuen Moschee entlang auf die Galata-Brücke, hetzte stolpernd die Treppe zur Anlegestelle der Inselfähren hinunter und wollte seinen Augen nicht trauen: Zeynel lehnte dort am Geländer, starrte aufs Wasser und bewegte hin und wieder die ausgeworfene Angelschnur.

»Zeynel, großer Bruder ...«

Zeynel blickte seelenruhig auf und sagte mit leisem Vorwurf: »Wo bist du denn abgeblieben, Kemal, es ist fast Abend!«

»In der Nachbarschaft, Bruder«, antwortete Kemal und schaute in vier grüne Waschschüsseln, in denen unzählige Bonitos schwammen.

»Hast du die da alle gefangen?« fragte er verwundert.

»Heute sind viele Fische da«, antwortete Zeynel. »Das Meer brodelt nur so. Als ich mich nach Karaköy aufmachte, um die drei Plastikschüsseln zu kaufen, habe ich die Angel hier ans Geländer gebunden, und was meinst du, was bei meiner Rückkehr am Haken hing? Ein schon ziemlich gewachsener Bonito.«

Kemal stieß einen langen Pfiff aus.

»Oha, Bruder Zeynel, du bist vielleicht ein Meisterfischer.«

»Laß das Gerede und verkaufe sie lieber vorne an der Brücke, was sollen wir denn mit so vielen Fischen anfangen?«

Keuchend schleppte Kemal die Schüsseln an die Brückenauffahrt neben der Pier nach Kadiköy und war im Nu mit einem Packen Geldscheine in der Hand wieder zurück.

»Ich hab sie im großen an einen Fischer verscherbelt, Bruder.«

»Dann steck das Geld auch ein!«

Sorgfältig steckte Kemal das Geld in die Innentasche seines Jacketts.

»Bruder ...« begann er und stockte.

»Red schon!« forderte ihn Zeynel rüde auf.

»Laß uns gehen!« bat Kemal beschwörend und faßte ihn bei der Hand. Noch immer blickte er bewundernd zu ihm auf und sagte sich, daß er nie so viele Fische würde fangen können.

»Wohin?«

»Zu uns nach Haus, Mutter wird dir ein Ragout kochen ...«

»Geht das denn?«

»Sieh doch, hier wimmelt es von Polizei, machen wir uns schnell davon!«

»Laß mich noch einen fangen, dann haben wir sieben.«

»Es reicht, sechs Stück sind genug, Bruder, wickle die Schnur auf!« drängte Kemal. »Viel Polizei, und es sieht aus, als kennen sie dich, sieh ... Der Bruder da, und der, und der, alles Polizisten, sie alle ...«

»So, so ...«

»Ich kenne sie alle, ob in Uniform oder in Zivil.«

»Pfeif drauf!« sagte Zeynel Çelik.

»Ich hab Hunger«, jammerte Kemal mit mitleiderregender Stimme und krümmte sich.

Zeynel ruckte an der Angelschnur.

»Ha, er hat angebissen«, jubelte Kemal und stieß einen Freudenschrei aus. »Ich sterbe, ich sterbe vor Hunger, Bruder Zeynel ...«

Ein ziemlich großer Fisch mit blauem Rücken hing an der Angel. Sie wickelten die Schnur auf, schütteten das Wasser aus den Schüsseln, legten sie ineinander und die Fische obendrauf. Dann gingen sie zur Asphaltstraße und warteten auf ein Sammeltaxi.

»Taksim!«

»Şişli ... Osmanbey ... Nişantaş!«

»Feriköy ... Pangalti ... Kurtuluş!«

»Beşiktaş ...«

Endlich! Nachdem sie schon eine halbe Stunde gewartet hatten, sprangen sie in das Sammeltaxi nach Beşiktaş.

Von einem Stau zum andern, währenddessen der Fahrer schnaufend vor Wut eine Zigarette nach der anderen rauchte, kamen sie endlich ans Ziel. Im Laufschritt eilten sie die Serencebey-Stiege hoch zu einem kleinen, verwitterten, windschiefen Holzhaus, an dem einige der rußgeschwärzten Bretter fehlten und aus dessen Fenstern blaue, rote und rosafarbene Geranien hingen.

Die Gasse war so eng, daß sie sich nur hintereinander bewegen konnten, und es schien, als gingen die Fenster und Türen der Häuser ineinander über.

»Mutter! Mutter!« schrie Kemal schon von weitem, und aus einem der Fenster streckte sich eine Frau mit weißem Kopftuch und rief: »Huhuuu!«

»Schau her!« brüllte Kemal, während er im Laufen die Schüsseln mit den Fischen an sich drückte. »Schau, Mutter, schau her!«

Alle Nachbarn waren an die Fenster geeilt.

Wenig später stand auch Zeynel neben Kemal vor der Tür.

»Schau, Mutter, Bruder Zeynel hat mit meiner Angel so viel Fische gefangen, ich natürlich auch, aber Zeynel ist ein Meister, ist so ein Meisterfischer ... Kaum hatte er die Angel ausgeworfen, holte er sie mit Fischen am Haken schon wieder ein ...«

»Ihr seid willkommen, Bruder Zeynel!« begrüßte ihn die Frau, als sei Zeynel ein Verwandter oder alter Bekannter, gab dann die Tür frei und fügte hinzu: »Bitte, Bruder Zeynel, tritt ein!«

»Dem Bruder Zeynel, weißt du, dem Bruder Zeynel wirst du jetzt ein Bonitoragout machen, nicht wahr, ich habe dem Bruder Zeynel gesagt, habe ihm gesagt, daß er alle seine Finger mitessen wird, wenn meine Mutter ihm ein Bonitoragout schmort ... Du wirst meinem Bruder Zeynel ...«

Seit Kemal durch die Tür gekommen war, redete er fieberhaft auf die Mutter ein. Sie nickte nur und sagte: »Natürlich, mach ich's, wie schön!«

Die Frau mit kohlschwarzen Augen, weizenfarbener Haut, großen Brüsten, kräftigen Hüften und Wangengrübchen, die sich beim Sprechen noch vertieften, war von schwindelerregender Schönheit.

Die Nachbarn an den Fenstern hatten diesen blonden Jüngling, der da ins Haus gegangen war, eingehend gemustert und teilten sich mit vertrauten Handbewegungen heimlich mit, was nicht für jedermanns Ohren bestimmt war.

Freudig erregt warf die Frau die Tür vor den Nasen der Nachbarn ins Schloß. Diese Straße war wie ein gemeinsames Haus, mehr noch, wie ein gemeinsames Zimmer, jeder kannte eines jeden Vorleben, wußte, was er tat, was er aß und trank, wie oft er in der Woche und in der Nacht mit seiner Frau schlief, wer zu seiner Geliebten und wer ins Bordell ging, wer sich in Beyoğlu herumtreibend auf den Kuruş genau wieviel verdiente, wer in welcher Spielhölle, bei welchem Schmugglerring arbeitete, wer sich in welcher Fabrik wie ein Trottel seit vierzig Jahren kaputtmachte, welches Mädchen und welche Frau beim Orgasmus spitze Schreie ausstieß und wer dem Mann diesen Gipfel der Lust nur vortäuschte und unter vier Augen hoch und heilig versicherte, ihn noch nie erreicht zu haben, welches Mädchen in Beyoğlu anschaffen ging und dennoch Jungfrau blieb, obwohl sie es mit zahllosen Männern trieb ... Jeder wußte von jedem alles, sogar was dieser selbst vergessen hatte, vergessen wollte, nicht mehr wissen konnte. Und jetzt würde sich genüßlich herumsprechen, wer jener Jüngling sei, der gerade dieses Haus betreten habe, daß er Zeynel heiße, dann und dann aus Rize gekommen, in Menekşe hängengeblieben und ganz ärmlich aufgewachsen sei, daß er am Ende ohne ersichtlichen Grund Ihsan erschossen habe und schließlich an der Brücke auf Kemal getroffen sei. Wie und woher sie im Nu dies alles erfahren, bleibt ein undurchdringliches Geheimnis. In dieser engen, verwinkelten Gasse, unangetastet seit der Zeit der Osmanen, wußte man, was sich in Istanbul so tat, auch in den Häusern der Mächtigen, von Vehbi Koç bis Ezcacibaşi, von Ezcacibaşi bis Erol Simavi.

In dieser Straße, der Geçermiş-Gasse, wird täglich, wird jeden Morgen aus den Linien der offenen Hand Istanbuls jede Entwicklung in allen Einzelheiten herausgelesen. Wenn du Spaß daran hast, halte dich ein, zwei Tage in der Geçermiş-Gasse auf, und ganz Istanbul mit seinen Blechhüttenvierteln, seinen feinen Wohngegenden Şişli und Ayazpaşa, seinen Landhäusern in den Hainen von Arifpaşa, seinen Villen der Reichen auf den Prinzeninseln und in Polonezköy liegt wie ein großes, offenes Buch vor dir; schlag nach und lies darin auch von den Selbstmorden und Gewaltverbrechen, dem Schmuggel und der Hurerei, den Spielhöllen und den Vergnügungsreisen nach London, nach Paris und in die Schweiz ... Die Geçermiş-Gasse ist der Schlüssel zu Istanbul, dieser verzauberten, schmutzigen, betrogenen, tölpischen, beherzten, klugen, feigen, verdorbenen, lebendigen, verkommenen, edlen, enttäuschten, wie neugeborenen, zornigen, zahmen, verrückten, wilden, aus vollem Herzen lachenden, in sich gekehrt weinenden, offenherzigen und verschlossenen Stadt.

In dieser winzigen Gasse mit den vor Jahren sirupfarben angestrichenen Holzhäusern, hinter diesen verwitterten, schwarz angelaufenen und gesplitterten Bretterwänden leben die ineinander verschränkten Menschen vielfach verdichtet Istanbuls Tollheit und Schlamperei, Schmutz, Schlamm und stinkende Fäulnis, Grausamkeit, Kälte und Feindseligkeit, überschäumende Lebenslust und Freude, Herzenswärme und Freundschaft, Schönheit und Liebe, Offenheit, Stolz und Aufsässigkeit. Dieses eigentliche Istanbul lebt sonst nur noch in Kumkapi, in den Seitenstraßen von Beyoğlu und in Elmadağ ... Es lebt noch bei dem alten Färbermeister aus Bursa und bei Meister Kerami, der die schönsten, mit Perlmutter eingelegten Schuhputzkästen baut. Kerami ist geborener Bakirköyaner und hat in seinem Leben Bakirköy nicht ein einziges Mal verlassen, sogar jenseits von Incirli hat ihn bis jetzt noch niemand gesehen. Auch beim Gastwirt Agop dem Blinden in Kumkapi lebt Istanbul überschäumend fort ... Und in den jungen Stromern von Sirkeci, ganz besonders in Hüseyin Huri.

Die Frau war sofort ans Spülbecken geeilt, hatte den Wasserhahn voll aufgedreht und im Handumdrehen die Fische ausgenommen und gewaschen. Jetzt hackte sie mit einem scharfen Messer Zwiebeln und sang zu dem hurtigen Ticktack der Klinge auf dem Brett ein Istanbuler Lied. Sie goß ein wenig Wasser in den aufgesetzten Topf, warf die Zwiebelwürfel hinein, streute schwarzen Pfeffer darüber, drehte die Flamme auf, ließ die Fische ins Wasser gleiten, als es zu sieden begann, würzte dann mit fein gewiegten Kräutern und drehte die Flamme klein. Anschließend breitete sie eine frische, schneeweiße, nach alter Istanbuler Art goldbestickte Damastdecke über den wackligen Tisch, legte Servietten, Gabeln, Löffel und Messer auf, stellte alttürkische Gläser und eine sehr alte goldverzierte Karaffe dazu und schmückte die Tafel mit einer blaßlila blühenden, stark duftenden Istanbul-Nelke in einer reich verzierten gläsernen Vase.

Währenddessen tuschelten Kemal und Zeynel in einem fort miteinander; die Frau beobachtete sie aus den Augenwinkeln, konnte aber kein einziges Wort aufschnappen. Einmal verdunkelten sich ihre Mienen, dann hellten sie sich wieder auf, und als die beiden merkten, daß die Frau sie nicht aus den Augen ließ, brachen sie das Gespräch ab und starrten auf die Wände. Etwa einen Meter über dem gepolsterten Diwan an der Wand gegenüber hingen die Photographien von drei schnurrbärtigen, Fes tragenden und mit großen Augen finster dreinblickenden Offizieren, von denen einer noch einen gestutzten Backenbart trug. Die goldgeränderten, großen Bilderrahmen waren im Laufe der Jahre gedunkelt, und bei dem Mann mit gerunzelten Brauen, der auf der mittleren Photographie abgebildet war, mußte es sich um einen ranghohen Offizier, vielleicht sogar um einen Pascha gehandelt haben. Die Quasten der Fese hingen nach rechts herab, bei allen dreien, wie ausgerichtet ... Die hellen Polster des Diwans waren mit großflächig gestickten grünblättrigen Rosen, dunkelroten, gelben und violetten Veilchen, schwarzäugigen Dichternarzissen und kupferfarbenen Weinblättern verziert. An einer Wand, von der stellenweise der vergilbte Putz abgebröckelt war, hing in verrußtem Rahmen die Ayvazovski-Imitation eines Seestücks. Teppiche aus Buchara bedeckten den Fußboden, abgetreten und löcherig, doch wo der Flor noch erhalten war, leuchteten die Farben so frisch, als sei das Stück gerade geknüpft worden. Die Gardinen vor den Fenstern waren aus Silberbrokat und blitzsauber. Dieser große Raum war Wohnzimmer und Küche zugleich. In einer Ecke stand ein sehr alter Glasschrank, der bis an die Decke ragte. In Rahmen und Wände aus Nußbaumholz, das sich im Laufe der Jahre rötlichbraun verfärbt hatte, waren Rosenmuster, Hirsche mit übergroßen Geweihen und Schwäne geschnitzt. Unter einem alten Arbeitstisch mit einer zersprungenen, schwarz geäderten Marmorplatte reihten sich Plastikschüsseln, Eimer, Kannen und Schüsseln aus getriebenem Kupfer, künstliche Blumen, vor allem Rosen, antike Istanbuler Kerzenleuchter, verzinnte kupferne Backbleche, ein riesiges Holzkohlebecken aus Messing, aber blitzblank, ein großer Kupferkessel mit schwarz angelaufener Innenseite, darin ein knallroter Melonenkürbis, eine rosafarbene Sèvres-Terrine mit einem goldverzierten, rosenbemusterten Deckel, Vasen, darunter eine chinesische mit einem blauen Drachen, kleine, eigenartige Tischchen aus Bronze und ein sehr schöner, silberniellierter Blasebalg mit Griffen aus Elfenbein. Auf dem marmornen Arbeitstisch, der eigentlichen Küche, züngelten die blauen Flammen eines weißen Petroleumkochers, und links neben der Marmorplatte hing an der Wand ein Säbel mit einem angelaufenen versilberten Knauf.

Als die Frau einen Untersatz aus Kütahyaer Keramik mit grüner, blauer und brauner Musterung brachte und mit Bedacht auf den Tisch absetzte, blieben Zeynels Augen auf ihren leicht schwingenden Hüften haften.

»Ich heiße Zühre Paşali«, sagte die Frau.

Wie auf frischer Tat ertappt, murmelte Zeynel verschämt einige unverständliche Worte, faßte sich und antwortete leise: »Ich danke dir, Schwester.«

Während sich die Grübchen in ihren Wangen vertieften, ruhten Zühre Hanums olivenschwarze Augen auf Zeynel wie auf einem fremdartigen Geschöpf. Irgend etwas reizte sie an diesem jungen blonden Mann mit dem sonnengegerbten Gesicht und den aufgesprungenen Lippen, aber was?

Sie drehte sich um, und ihre ausladenden Hüften bebten so aufreizend, als trüge sie keine Unterwäsche. Zeynels Kehle wurde eng. Vom Becken der Frau strömte wie feuchtwarme Schwaden ein schwindelerregender Duft durchs Zimmer, der Zeynel den Verstand raubte. Von einem Augenblick zum andern strammte sich sein Glied im engen Schritt der Hose. Wieder von Duftwellen umgeben, brachte Zühre Hanum den Topf an den Tisch und stellte ihn auf den Untersatz. Zeynels Gesicht war feuerrot angelaufen und schweißnaß. Er wagte nicht aufzublicken und konnte an nichts anderes denken als an sein kerzengerade aufgerichtetes Glied. Und es machte überhaupt keine Anstalten, schlaff zu werden. Und die Frau stand wie splitternackt zwischen den Dämpfen, die vom Topf aufstiegen. Zeynel verspürte in sich ein wildes Aufbäumen, und sein Glied strammte und strammte, wurde härter und härter. Und dieses Etwas, diese Schwaden, dieser Duft im Zimmer wurde stärker und stärker. Auch Zühre Hanum konnte den Blick nicht von ihm wenden, sie starrte wie gebannt auf dieses kerzengerade Ding da zwischen seinen Schenkeln. Und auch ihr lief der Schweiß in Strömen, sie schluckte unentwegt, während die Grübchen in ihren rosig glühenden Wangen immer tiefer wurden.

Zeynel starrte wie im Traum auf seinen Teller mit dem dampfenden Fisch, sieht sich wie ein hungriger Wolf durch die duftenden Schwaden hindurch auf den behaarten Hügel zwischen den Schenkeln der nackten Frau stürzen, ins Freie jagen, und die Frau holt ihn ein, ein Abhang, eine Gartenmauer, ein warmer Duft, blühende Linden, die Frau zerreißt sein Hemd, Kemals große, staunende Augen, die Frau greift nach seinem Glied, läßt es nicht mehr los, sie rollen durch den schlammigen Garten, walzen die Beete nieder, er liegt unter einem dickstämmigen Baum, die Frau läßt sich auf ihn fallen, streift ihm die Hose ab, etwas streicht wohlig über seinen Körper, dann ihr Stöhnen, während er eindringt in diese Wärme, die einen um den Verstand bringt ...

Kemal rannte hinter ihm, trug etwas in der Hand, das er ihm geben wollte, dort die Anlegebrücke von Beşiktaş, grüne Neonlichter, Dunkelheit, Üsküdar, der Anleger von Harem, Kemals heisere Stimme, Zeynel wußte, daß der Junge hinter ihm herlief, ins Neonlicht eintauchte, in rotes, blaues, orange, grünes Neonlicht hinein und wieder heraus, wußte es genau, und sein Glied stand noch immer, kerzengerade, zuckte hin und her, hart und feucht, auch noch auf der Autofähre; er sucht den Schutz der Dunkelheit, verliert Kemal aus dem Blickfeld, der Junge mit den weit aufgerissenen Augen verschwindet, taucht ein in bittergrünes Neonlicht, zeichnet sich darin ab wie ein dunkelgrüner Fleck, der sich ganz langsam auflöst.

Kemals schriller Schrei kam ganz plötzlich, und im selben Augenblick war Zeynel wieder bei Sinnen. Er sprang hinter die Mauer des leeren Wasserbeckens auf dem Höft Sarayburnu, rollte aus und hatte den Revolver auch schon im Anschlag:

»Keine Bewegung, oder ich schieße!«

Wie von selbst schwenkte die Mündung seines Revolvers auf den Lichtmast, neben dem die Polizisten standen, und traf ihn dreimal.

»Werft eure Waffen auf den Boden!«

Und die Polizisten ließen ihre Revolver fallen.

Zeynels Glied war jetzt schlaff, darüber freute er sich.

Plötzlich entdeckte er hinter den Polizisten Hüseyin Huri mit der blanken Waffe in der Hand:

»Und du, das Ding da in deiner Hand, du Hurensohn, du ...«

Auch Hüseyin Huri ließ seinen Revolver fallen.
»Die Hände hoch!«
Sie hoben die Hände.
»Kemal, geh hin, sammle die Revolver ein und bring sie her!«
Und der Junge, der regungslos wie ein dürrer Baum dagestanden hatte, bewegte sich, ging hin, sammelte die Revolver der Polizisten ein und brachte sie Zeynel.
»Und jetzt, Kemal, gehst du hin, durchsuchst ihre Taschen und bringst her, was du an Geld und Patronen findest!«
Und Kemal plünderte mit großer Sorgfalt Hüseyin Huris und der Polizisten Taschen und brachte Zeynel, was ihm in die Hände gefallen war.
»Hüseyin Huri, du Lude, du Lustknabe aus den Lenden einer Hure, wolltest mich also ans Messer liefern. Ich werde dich töten.«
»Töte mich nicht, auch wenn ich's verdient habe. Ich tu's auch nie wieder!«
»Nie wieder?«
»Nie wieder, bei Gott! Meine Augen sollen auslaufen, wenn nicht! Ich schwör's beim Leben meiner Mutter, ja, sogar beim Leben meines Vaters!«
»Dann binde denen da mit ihren Hosengürteln die Hände auf den Rücken!«
»Sofort«, sagte Hüseyin und machte sich an die Arbeit.
»Kemal!«
»Zu Befehl, Bruder Zeynel.«
»Nimm diesen Revolver und geh mit Hüseyin Huri zu unserer Mauernische und bringt mir Stricke her! Laß diesen Hund nicht aus den Augen, und wenn er flieht, schieß ihm eine Kugel ins Gehirn ... Und geh nicht zu dicht an ihn heran, er ist schnell und nimmt dir die Waffe ab ...«
»Das schafft er nicht, Bruder.«
Hüseyin Huri vorweg, Kemal hinterher, verschwanden sie in Richtung Gülhane-Park im Dunkel und waren bald wieder zurück.

»Und jetzt legt ihr die Polizisten auf die Erde und fesselt sie an Händen und Füßen!«

Sie legten die Polizisten hin und fesselten sie.

9

Die See schimmerte noch fahl, als Fischer Selim vor der Unseligen Insel aufkreuzte. Er ankerte das Boot dreihundert Faden westlich vom Ufer und warf die Leine aus. Heute war er müde, reckte sich, streckte die Arme und gähnte, daß die Kiefer schmerzten ... Immer wieder rechnete er die Kosten durch. Die Grundstückspreise stiegen von Tag zu Tag, und wenn er sich nicht beeilte, würde er das Grundstück, das ihm vorschwebte, im Leben nicht bekommen. Und ohne dieses Grundstück würde sich auch sein Herzenswunsch nicht erfüllen und er vor Wut und Gram sterben. Schon bald hatte er Meer, Angel und die übrige Welt vergessen und sich genüßlich seinen Gedanken, seinem alten Traum hingegeben. Beinah jeden Morgen, wenn das Meer so fahl schimmerte, er seine Angel ausgeworfen hatte und auf seinen Fisch wartete, gab er sich der Lust dieses Traumes hin, der ihn mehr als jedes Getränk so berauschte, daß ihn oft nicht einmal ein Fisch scherte, der da unten am Haken zerrte. Ja, er vergaß ihn sogar, bis er irgendwann aus seinem himmlischen Traum erwachte, sich wie neugeboren im schimmernden Spiegel des Meeres, im dunklen Blau wiederfand und den Fisch ganz gemächlich aus dem Wasser zog.

Er befand sich in einem Kindergarten. So einen Kindergarten hatte Fischer Selim noch nie gesehen. Vielleicht ähnelte dieser Garten auch dem Park von Adana. Mitten im Garten plätscherte ein Springbrunnen, in dem eigenartige grüne und rote Fische schwammen. Ein Schwarm Mädchen mit weißen Blusen, weißen Strümpfen, weißen Hauben, alle mit seidenweichem, blondem Haar und großen blauen Augen, und alle hochgewachsen ... Selim ging an ihnen vorbei, sein Nacken schmerzte, ein Steckschuß ... Und er schämte sich, wollte vor Scham im Erdboden versinken.

Langes, lilafarbenes Schilfrohr neigte sich im Wind bis auf die Erde, richtete sich wieder auf oder knickte ein unter dem Gewicht der braunen Kolben auf den Halmen. Dazwischen kniehohe, duftende Blumen, Felder von Narzissen, die sich auch im Winde neigten und sich nach einer Weile wieder aufrichteten. Irgend etwas fällt zwischen die Mädchen, Fischer Selim kann es nicht erkennen, und die Mädchen laufen auseinander. Selim liegt in einem alten, eisernen Bett, die Leintücher duften nach Seife, sein Nacken schmerzt, noch steckt die Kugel, er redet wirr im Fieberwahn, träumt von fernen Bergen, die er noch nie gesehen hat, blaue Berge mit schroffen Felsen und plätschernden Quellen ... Sie waren auf der Flucht, Kanonendonner und Gewehrsalven folgten ihnen ... Und sie kamen durch eine Schlucht, wo viele Tote und Verwundete lagen. Von den Felsen über ihnen wurde auf sie geschossen. In seinen abgewetzten Reitstiefeln sein Vater, blond, mit Adlernase, langem Hals, hervorspringendem Adamsapfel und glänzenden, hell glänzenden grünen Augen, kerzengerade hält er sich auf einem Grauschimmel, den Tscherkessenhandschar im enggeschnallten, silberbeschlagenen Gürtel, das Gewehr in der Hand ... Seine Mutter, eine sehr schöne, schmalhüftige Frau, die niemals lächelte, die Klagelieder sang, denn ihre drei Brüder fanden unterwegs den Tod. Wer war der Tod? Selim konnte sich damals nichts darunter vorstellen. Und sein Vater auf dem Pferd und die Reiter neben ihm schossen in einem fort auf den Feind in der Felswand über dem Flüchtlingsstrom. Hin und wieder stürzte ein Reiter, von Kugeln getroffen, schreiend vom Pferd, dann lösten sich einige Männer aus dem Treck, und war der Reiter tot, betteten sie ihn an den Rand der Schlucht, war er noch am Leben, legten sie ihn über ein Pferd. Der Zug der Flüchtlinge und die Kämpfe in den Felsen nahmen kein Ende. Auch sein Vater stürzte verwundet vom Pferd, und die Mutter half ihm auf die Beine und stützte ihn beim Aufsitzen. Das Blut troff aus seiner Wunde und bald war auch die wunderschöne Mutter in Vaters Blut getaucht. Fischer Selim erlebte diese Kämpfe, hatte die blutüberströmte Mutter so lebendig vor Augen, als sei er selbst dabeigewesen. Sie hatten es ihm so oft beschrieben, daß er jeden Augenblick, jede Einzelheit durchlebte, sogar das Pulver riechen konnte ... Der Vater preßte seine Lippen auf den blutigen Handschar, und sie hielten in einer Ebene, grasgrün so weit das Auge reichte und gesäumt von einem Wald, der wie ein schwarzer Strich überm Horizont lag. Der Vater hatte sich erholt, doch sein Gesicht war bleich. Dem Tod und dem Elend entronnen, tanzten die tscherkessischen Mädchen und Jungen Kasaska zwischen den Zelten ... Pferde wurden zum Dank geopfert ... Der Anführer dieser Menschen, die dem Tod in der Schlucht entkommen konnten, war ein schlanker, hochgewachsener, sehr alter weißbärtiger Mann, der blanke Stiefel trug und den Kopf grübelnd gesenkt hielt, wenn er sehr langsam einen Fuß vor den anderen setzte, der sich aber kerzengerade hielt, wenn er auf seinem Schimmel saß. Fischer Selim erlebte den Tod dieses Mannes stärker noch, als wenn er selbst dabeigewesen wäre. Der Rauch der niedergebrannten Lagerfeuer hüllte die ganze Ebene ein. Sie sahen, wie der alte, weißbärtige Mann über das flache Land zurücklief zu den Bergen. Wer laufen konnte, folgte ihm. Der Mann eilte zum Fluß hinunter, sie hörten einen Schuß, der alte Mann tauchte ins Wasser, und die Strömung trug ihn fort.

In der Ferne waren die mächtigen Berge des Kaukasus zu sehen, schneebedeckt und so gewaltig, als stießen sie gegen den Himmel. Sein Vater hatte sich niedergekniet, mit dem Gesicht zum Kaukasus, in halber Höhe der Gebirgskette hingen weiße Wolken ... Er beugte sich nieder und küßte dreimal die grasbedeckte Erde. Vielleicht werden wir euch nie wiedersehen, ihr Berge, unsere Heimat, sagte er und betete, dem Kaukasus zugewandt, lange Zeit ... Und während des langen Weges hallten ihre Schreie über die Ebene. Viel später, in den Hängen des Taurus, hatte Selim ganz ähnliche Schreie gehört, so langgezogen und messerscharf wie die Schreie im

Kaukasus ... In Klageliedern ohne Ende beweinten die Kriegsflüchtlinge im Taurus ihre Gefallenen, schrien von hier aus ihre Trauer in das so ferne, mächtige Gebirge, in den Kaukasus, ihre heimatliche Erde ... Nach dem Taurus hat Fischer Selim noch viele Berge gesehen, den Ararat, den Süphan, den Nemrut, den Erciyes, den Hasandağ und die Binboğa-Berge, die Berge der Tausend Stiere.

Auf der heißen, bitteren Erde der Çukurova schlugen sie dann ihre Zelte auf, und dort mußten sie die Hälfte ihrer Leidensgenossen begraben. Und dann Uzunyayla, die Hochebene! Schöne Häuser bauten sie sich dort. Und wieder Rassepferde, wieder Tscherkessensättel, wieder Handschars mit silbernielierten Griffen, und Wälder und Hochebenen ... Selim ist in Uzunyayla geboren. Dann starb sein Vater. Flucht. Kumkapi. Fischerei in Kumkapi, danach Militärdienst, noch immer schmerzt die Narbe im Nacken ... Das Krankenhaus Cerrahpaşa. Fischer Selim hatte viele Frauen kennengelernt, in Beyoğlu, Kumkapi, Samatya ... Die griechischen Mädchen in Samatya ... Sie waren ganz hingerissen von seinem hohen Wuchs, seinen blonden Haaren, seinem ins Rötliche hinüberspielenden, nach beiden Seiten herabhängenden Schnurrbart, seinen dunkelblauen, tiefblickenden Augen. Besonders in Selims Augen zu schauen, hüteten sich die Mädchen ... Keine blieb in seinem Gedächtnis haften, nur hin und wieder erinnert er sich an ein schwarzäugiges griechisches Mädchen mit schlankem Hals und von der Sonne gebräunten Beinen. Damals war er noch kein Fischer, der Fischer Selim, sondern einer, der in Istanbul nach den Regeln des Faustrechts lebte und kurz und klein schlug, was ihm zuwider war. Erst nachdem er das schwarzäugige griechische Mädchen kennengelernt hatte, wurde er zum Fischer; der Fischer Selim beschloß, sein Geld mit harter, ehrlicher Arbeit zu verdienen, sich ein Haus zu bauen und dann das Mädchen zu heiraten. Doch als er es eines Tages besuchen wollte, war die Wohnung verlassen. Die Mutter habe sich das Mädchen gegriffen und sei mit ihm Hals über Kopf nach Athen, hieß es in der Nachbarschaft, wo er sich erkundigte. Das konnte Fischer Selim nicht verwinden, und so gekränkt in seinem Stolz, zog er wieder durch die Straßen von Beyoğlu, durch den Blumenbasar, in Groll mit der ganzen Welt, ob Berg, ob Tal, ob Meer, ob Mensch. Die Mutter hatte die Tochter entführt, dessen war er sicher, das Mädchen hätte ihn nie verlassen ... Lange Zeit, vielleicht über Jahre, träumte er, nach Athen zu reisen und das Mädchen zurückzuholen. Doch diesen Traum in die Tat umsetzen wollte ihm nicht gelingen. Dann, ganz unerwartet, wurde er eines Tages eingezogen ... Und dort, inmitten schneebedeckter Berge, mußte er an seine Mutter denken. Bestimmt lebte sie noch. Da waren noch drei Schwestern und zwei Brüder. Sie bewirtschafteten ihre Felder im Hochland Uzunyayla und züchteten Pferde. Und bei Hochzeiten ohne Ende tanzten sie die Lezginka und sangen sehnsuchtsvolle Lieder über den gewaltigen Kaukasus. Er sehnte sich nach seinem Zuhause, nach seiner Mutter, seinen Geschwistern und ihrem in tscherkessisch gehaltenen Geplauder. Und er schwor sich, nach seinem Militärdienst ins Hochland Uzunyayla zurückzukehren.

Im Saal des Krankenhauses Cerrahpaşa öffnete er die Augen. Sein Nacken schmerzte, er stöhnte, und an seinem Bett stand ein blondes Mädchen mit sehr blauen Augen und festen, schwellenden Brüsten, das sich über ihn gebeugt hatte und mit wohlig warmen Händen seine Hände hielt. Ein aufreizender Duft ging von ihr aus, schwindelerregend, der Fischer Selim die Schmerzen vergessen ließ. Und das Mädchen kam mit seinen schwellenden Brüsten immer näher, ihr fraulicher Duft umfing ihn wie im Rausch. Nach drei Tagen hatte sie ihn vom überfüllten Saal in ein Zweibettzimmer verlegen lassen. Von nun an ließ sie ihn nicht mehr allein, hielt sie zärtlich warm seine Hand ... Und ihre blonden Haare mit dem betörenden Duft streichelten sein Gesicht. Sogar jetzt, mitten im Meer, verspürte Selim diesen Duft. Er kennt nicht einmal den Namen des Mädchens, nicht daß er ihn vergessen hat, nein, er hatte nicht daran gedacht, sie zu fragen. Er konnte nicht fragen, hatte wohl Hemmungen, und ihr war es auch nicht eingefallen, ihren Namen zu nennen. Vielleicht hatte sie ihn am ersten Tag auch genannt, und Fischer Selim hatte nicht hingehört oder nicht verstanden. Was soll's, wozu braucht's den Namen, sie ist dort im Krankenhaus Cerrahpaşa, wartet auf Selim und wird bis zum Weltuntergang dort auf ihn warten! Ihre blonden Haare sind verschwitzt, fallen ihr ins erhitzte Gesicht, ihre zärtlich warmen Hände streicheln Selims Haare, während sie ihm sorgfältig einen frischen Verband anlegt. Dann setzt sie sich ihm gegenüber, schaut ihn unentwegt an, liebevoll, die Augen tiefblau, groß und schön, leuchtend wie ein von der Sonne beschienenes Meer aus dem Blau des Himmels ... In Uzunyayla blieb er einen Monat. Die Tscherkessen sangen sehnsuchtsvolle Lieder über den prächtigen, paradiesischen Kaukasus, jede Faser ihres Körpers voller Heimweh. Seine Mutter war noch immer so schön. Seine Brüder und Schwestern waren groß geworden. Auch sie waren schön. Die Sitten und Gebräuche aus dem Kaukasus hatten sich nicht verändert, die Kleidung, ob bei Frauen oder Männern, war dieselbe, auch ihre Häuser, ihr Essen, alles wie damals ... Dieses Volk der Tscherkessen hatte den Kaukasus mit allem Drum und Dran nach Uzunyayla gebracht. Mächtige Adler kreisten über dem Hochland, rote Adler wie im Kaukasus, mit langgestreckten Flügeln, korallenfarbenen Augen und scharfen Schnäbeln ... Und mit rauschenden Flügeln segelten sie am Himmel dahin.

Noch immer redeten die Menschen tagein, tagaus vom Kaukasus, niemand konnte und wollte das Bergland vergessen, und keiner von ihnen hatte sich hier endgültig eingelebt und engere Bindungen zu den Einheimischen geknüpft. Sie saßen wie auf glühenden Kohlen, weil sie der festen Überzeugung waren, bald in den Kaukasus zurückzukehren, zu ihren lilafarbenen Felsen und heimatlichen Wäldern ... Sie lebten inmitten der Ansässigen wie Fremde auf einer Insel.

Das unendlich weite, tiefe Wasser da unten bewegte sich sanft. Selim hatte die Angelschnur vergessen, träumte von einem sonnigen lauen Wintertag. Plötzlich waren sie sich am

Ausgang der Galata-Brücke bei Eminönü gegenübergestanden, hatten sich stumm angesehen, während die Menschen an ihnen vorbeiströmten. In kurzen Abständen heulten die Sirenen der Fähren, riefen lauthals die fliegenden Händler. Kreischend flogen die Möwen über das Goldene Horn, kreisten in Schwärmen über dem Fischmarkt. Wie verzaubert standen sich die beiden gegenüber. Daß sie irgendwann getrennt wurden, sich im Gedränge aus den Augen verloren, hatte Selim gar nicht so richtig mitbekommen. Warum war sie so plötzlich verschwunden, warum hatte er sie nicht festgehalten, sie in die Arme genommen und nach Uzunyayla oder in den gewaltigen Kaukasus entführt, warum, weshalb, wer hatte sie getrennt, wie war sie so schnell verschwunden, wer hatte sie mitgenommen, wie konnte Selim so etwas zulassen? Er hat sie nie wiedergesehen ... Ein Jahr lang, zwei Jahre oder auch drei, stand Selim jeden Nachmittag an der Straße von Aksaray nach Cerrahpaşa und wartete, jeden Tag, jeden Nachmittag, aber sie war nicht einmal vorbeigegangen, und wenn sie vorbeigegangen war, hatte Selim sie jedenfalls nicht gesehen. Warum hatte er nicht morgens auf sie gewartet, mittags oder abends, sondern nur am Nachmittag? Nun, Selim wird sich etwas dabei gedacht haben ... Und an regnerischen Tagen oder wenn es schneite, rührte Selim sich nicht vom Eingang des Krankenhauses. Doch wie sehr er sich auch bemühte, er traf sie nicht wieder. Vielleicht hätte er sie wiedersehen können, wenn er es wirklich gewollt hätte. Vielleicht fürchtete er sich vor einem Wiedersehen. Einerseits sehnte er sich nach ihr, andererseits fragte er sich mit Schrecken, wie er sich denn verhalten solle, wenn sie plötzlich auftauchte, und er begann zu zittern und zu schwitzen. Entdeckte er im Tor zum Krankenhaus nur jemanden mit blonden Haaren unter der Schwesternhaube, wurden ihm schon die Knie weich, machte er sich davon. Und begegnete ihm auch sonst eine blonde Frau, konnte er ihr nicht ins Gesicht blicken, er war wie gelähmt, sein Herz pochte wie wild, und kaum hatte er sich gefaßt, schlug er den kürzesten Weg nach Kumkapı und Menekşe ein, sprang in sein Boot und fuhr mit voller Kraft aufs Meer hinaus, mochten die Wellen sich auch minaretthoch türmen ... Schließlich wagte er sich nicht einmal mehr in die Nähe des Krankenhauses, machte er einen Bogen um diejenigen, die sie kannten, und am Ende mied er sogar das ganze Viertel Aksaray. Führte ihn der Weg dennoch dorthin, zitterte er am ganzen Körper, konnte kaum atmen, verfiel in einen Gemütszustand, der ihm so bitter und schrecklich dünkte wie der Tod, und wieder bei Besinnung, entfernte er sich von dort, so schnell er konnte. Ab jetzt spielte sich alles in seiner Phantasie ab. Das seidene, blonde Haar streichelte ihn jeden Tag und jede Nacht, ob er schlief oder am Ruder stand. Und ihre weichen Hände so warm, so zärtlich warm ... Er hatte sich einem lebenslangen Traum zärtlicher Wärme hingegeben, wartete auf *den* Tag, träumte von *dem* Tag, tagtäglich, allnächtlich ... Das Haus stand am Ufer unter der riesigen Platane, die drei ausgewachsene Männer mit ausgestreckten Händen nicht umfassen konnten. Und es war vom Dach bis zum Fundament aus so lackiertem Holz gezimmert wie der Konak in Çengelköy. Der Garten war groß, die Blumen leuchteten in allen Farben und der grüne Rasen ging über in das Blau des Meeres. Genau so ein Haus mußte es sein, genau so eins ...

»Das schaffe ich nie«, sagte Selim, »und wenn es tausend Jahre dauerte, würdest du auch auf mich warten?«

»Ich werde warten.«

»Dann werden wir am Ufer unter der Platane unser Haus haben. Ich werde das Grundstück mit der Platane kaufen, und koste es eine Million Lira ... Und weigert sich Halim Bey, bringe ich ihn um. Und du wirst als Braut in das schönste Haus Istanbuls einziehen ... Meine Mutter wird aus Uzunyayla kommen und aus Adapazari die Tscherkessen, und es wird eine prächtige tscherkessische Hochzeit werden ... Tscherkessische Trachten, tscherkessische Pferderennen ... Genau so, wie ich es sage, wird es sein ...«

»Und falls nicht, na, wennschon! Lohnt es sich also, dafür so lange zu warten?«

»Es lohnt sich, es lohnt sich; oder willst du nicht so lange warten?«

»Im Augenblick, da ich dich sah, liebte ich dich! Wie du kommen wir vom Kaukasus.«

»Woher, sagst du, woher?«

»Vom Kaukasus mit den mächtigen Felsen, dem weiten Himmel und den vielen Pferden.«

»Dasselbe Blut zog uns zueinander hin.«

Fischer Selim stand auf, und der Großen Insel zugewandt, brüllte er, daß dasselbe Blut sie zueinander hingezogen habe.

Eine leichte Brise bewegte die Schnur. Nach und nach erwachte Selim aus seinem Traum. Er war schweißgebadet, hatte sich mit der goldhaarigen Schönen lange auseinandersetzen müssen … Er zog an der Schnur, sie straffte sich, und er begann sie einzuholen. Der Fisch war schwer und wehrte sich. Ein guter Fischer konnte Gewicht und Größe eines Fisches schätzen, der angebissen hatte. Und ein sehr guter Fischer konnte auf Anhieb erkennen, welchen Fisch er gerade angehauen hatte.

»Komm, Brasse, komm!« sagte Fischer Selim, jetzt hellwach und freudig erregt, »komm her, damit wir sehen, wie schön du bist!«

Kurz darauf peitschte eine ansehnliche Zahnbrasse über das stille Wasser. Fischer Selim nahm den Fisch vom Haken, warf ihn ins Boot, und während er die Schnur wieder ins Meer gleiten ließ, sagte er: »Das Haus werde ich dort unter die Platane setzen«, beugte sich übers Dollbord und wusch sich die Finger im Meer.

Aber auch in seinen Träumen dachte Fischer Selim daran, daß sie heiraten, Kinder bekommen und alt werden würde, ja, daß sie ihn völlig vergessen könnte. Daran dachte er sogar sehr oft. Aber dann sah er sie wieder vor sich, wie sie damals dort bei der Neuen Moschee in Eminönü inmitten der drängenden Menge wie gebannt stehengeblieben war und sich nicht von der Stelle rühren konnte.

»Sie hat geheiratet, hat bestimmt geheiratet«, sagte er und

fühlte sich wie einer schweren Last entledigt, und im Überschwang der Freude, wieder frei zu sein, glaubte er ganz fest an seine Worte.

Zuerst tauchte ihre Hand aus dem Wasser, dann ihr Käppchen mit dem roten Halbmond, und während sich ihre blonden Haare auf dem Wasser wie ein Fächer ausbreiteten, blickten ihre großen, tiefblauen Augen ihn vorwurfsvoll an: »Du bist ein Feigling, dummer Fischer Selim«, schrie sie, »wärst du nicht so feige, hättest du wenigstens einmal deine Mutter, nach der du dich so sehnst, in Uzunyayla aufgesucht ... Wärst du nicht so feige und verrückt, hättest du auch deine Geschwister, die alle geheiratet und Kinder bekommen haben, besucht. Du stirbst vor Sehnsucht nach ihnen, aber vor Angst wagst du deinen Kopf nicht aus deiner rauhen Schale herauszustrecken. Du hast Angst ... Vor Angst wagst du nicht, mich zu sehen, obwohl ich vor deiner Nase lebe. Du stirbst, du krepierst vor Sehnsucht, aber du bist ein Feigling vom Scheitel bis zur Sohle ... Du wirst verrückt aus Angst vor allem und jedem. Vor allen Menschen, sogar vor der aufkommenden Brise und einer sich öffnenden Blume. Was mich betrifft, ich liebe dich, ich liebe dich nun einmal und werde auf dich warten ...«

»Ich habe Angst«, antwortete Fischer Selim. »Du hast recht, Gülizar, ich habe Angst. Aber ich habe kein Dach über dem Kopf, habe keine Decke und kein Kissen. Ich kann dich doch nicht an der Hand nehmen und in ein schäbiges Boot bringen, das nach Fisch und Innereien stinkt und wo das Wasser in der Bilge schwappt ... Wie kann ich dich da berühren, Gülizar, wie deine Haare streicheln?«

Hin und wieder nannte er sie bei ihrem Namen Gülizar, besonders dann, wenn ihm der Lauf ihres Zwiegesprächs behagte ...

Er landete noch einen Fisch, und wieder war es eine Brasse.

Das Meer unter ihm, Millionen Tonnen schwer, bewegte sich sanft, ganz in der Nähe kreisten Möwen. Gutgelaunt ließ er über die andere Bordwand einen Paternoster ins Wasser gleiten, zog kurz darauf ein halbes Dutzend Bastardmakrelen übers Dollbord, hakte sie aus und warf sie den Möwen zu, die kreischend herunterstürzten und die Beute aus dem Meer fischten.

Als es Abend wurde, hob Fischer Selim seinen letzten Fisch ins Boot, nahm ihn vom Haken und warf ihn in die Bilge. Die Brasse zappelte und sprang eine Weile und blieb dann zwischen zwei Spanten regungslos liegen.

Fischer Selim stand auf, und während er die Schnur aufwickelte, suchte er mit den scharfen Augen eines Raubtiers die Meeresoberfläche ab. Aber auch heute hatte sich der Fisch nicht blicken lassen. Wenn er ihn doch nur an der Angel hätte. Denn mit dem Erlös und seinem Gesparten könnte er von diesem Schuft das Grundstück mit der Platane kaufen. Ja, sowie er den Fisch an das Hilton verkauft hat, wird er den Kerl aufsuchen und sagen: »Da, nimm dein Geld und gib mir mein Grundstück.«

Und da soll er nur zu antworten wagen: »Ich verkaufe es nicht.«

»Wie bitte, du verkaufst es nicht?«

»Ich verkaufe es nicht, mein Freund. Ist es nicht mein Grundstück, mein Eigentum?«

»Es ist also dein Grundstück, und du kannst es nicht verkaufen, ja? Ich habe Stroh und Tang und stinkenden Fisch gegessen und mir dies Geld vom Munde abgespart, damit du mir das Grundstück nicht verkaufst, ja? Dann sag mir, wozu ich dieses Geld gespart und mich als Geizhals zum Spott meiner Umwelt gemacht habe?«

»Ich kann es dir nicht verkaufen, mein Freund. Ist es nicht mein Grundstück? Also werde ich ein siebenstöckiges Haus mit achtundzwanzig Wohnungen dort hinsetzen, jede Wohnung für zweieinhalb Millionen verkaufen, reich werden wie Krösus und ganz Istanbul kaufen ...« Das soll er noch einmal wagen zu sagen, nur einmal noch!

»Gibt es denn auf der Welt kein anderes Grundstück? Istanbul ist voller Grundstücke, wieso hast du dein Augenmerk ausgerechnet auf mein Millionen einbringendes Grundstück gerichtet. Ich verkaufe keine Grundstücke, Bruder, ich kaufe welche. Und wenn du mir Millionen bietest, kann ich dir mein Grundstück nicht geben, verlaß dich drauf!«

»So, du kannst es mir nicht geben. Sieh, in meinem Alter sind meine Haare schon ergraut, paßt mein Finger in die Falten meiner Stirn, ist mein Rücken krumm, sehen mein zerfurchtes Gesicht und meine Augenwinkel aus wie Spinnennetze. Warum wohl habe ich das auf mich genommen, wenn du mir das Grundstück nicht geben kannst? Fünfundzwanzig Jahre, genau fünfundzwanzig Jahre habe ich keinen Alkohol getrunken, habe ich Tang gegessen und trocken Brot ins Wasser gebrockt. Ich hatte dieses Grundstück schon ins Auge gefaßt, bevor es dir gehörte. Fünfundzwanzig Jahre habe ich dieses Grundstück und die wachsende Platane mit meinen Augen gestreichelt, ey Veziroğlu! Eey Veziroğlu, sieh mich an! Du hast von Pendik bis Izmit, von den Mauern Topkapis bis nach Tekirdağ Tausende Hektar Grund und Boden. Du hast sieben Wohnblocks mit jeweils sechzig Wohnungen, von denen du Miete kassierst, hast Han und Hotel, Fabriken und, und, und ... Dieses Grundstück aber ist meins, ey Veziroğlu, nenne mir den Preis ... Sieh, Veziroğlu, ich bin nicht mehr der Jüngste, wir beide sind im selben Alter, du hast Söhne, Töchter und Enkel, und alles, was ich habe, ist eine Frau mit flachsblondem Haar, das sie von niemandem streicheln läßt, weil sie mit großen, tiefblauen Augen auf mich wartet, und ich warte auf das Grundstück, auf das ich mein Haus bauen werde. Sieh, Veziroğlu, du hast alles hier auf Erden, hast ein Haus auf der Insel, ein Prachthaus mit Garten, einen Palast, den du bewohnst, Veziroğlu. Aber im Grunde hast du nicht mehr als ich, eher weniger ... Ich bin ein Fischer und kenne das Meer unter mir mit all seinen Mannigfaltigkeiten. Ich kenne tausenderlei Fische und Gewässer samt ihren Eigenarten. Und was weißt du, außer Geld zu zählen, zu überlisten, zu betrügen, zu lügen und dir Grundstücke von armen Leuten auf zehn Jahre für ein Spottgeld an die Hand geben zu lassen?

Hör zu, Veziroğlu, vor fünfundzwanzig Jahren war ich es, der die Olivenbäume auf das Grundstück am Ufer gepflanzt hat, auf mein Grundstück! Woher sollte ich wissen, daß du es kaufen würdest? Bevor er mir nicht das Leben nimmt, kann dort niemand auch nur einen Stein setzen, auch nur einen Pfahl in den Boden rammen, daran solltest du immer denken, hey, Veziroğlu ... Da, nimm hin, ich habe mehr Geld zusammengespart, als du verlangt hattest.« Veziroğlu nahm das Geld, zählte und zählte, kicherte abfällig und fing an zu lachen, lehnte sich in den Sessel zurück, richtete die Augen auf die Decke, lachte und lachte ...

»Mit diesem Geld kannst du nicht nur nicht das Grundstück, mit diesem Geld kannst du nicht einmal fünfzig Quadratmeter davon kaufen ...« Einige Jahre danach hatte er noch mehr Geld zusammen, zumal es in dem Sommer von Bonitos nur so gewimmelt hatte und sie das Paar zu fünfzig Lira verkaufen konnten. Er ging also wieder zu Veziroğlu ... Und Veziroğlu zählte wieder, hob die Augen wieder zur Decke, kicherte wieder und sagte: »Mit diesem Geld kannst du jetzt nicht einmal mehr fünfundzwanzig Quadratmeter von diesem Grundstück kaufen ...« Selim redete lange auf ihn ein, jammerte, schimpfte, schließlich stopfte er das Geld wieder in seinen Beutel und ging voller Zorn davon. Und wieder vergingen einige Jahre, Fischer Selim hatte in der Zwischenzeit viele Fische gefangen, hatte viel Geld gespart und machte sich wieder auf zu Veziroğlu. »Sieh her, sagte er, die Olivenbäume habe ich dort hingepflanzt, und den Platz unter der Platane habe ich für mich ausgemacht. Auf dieses Grundstück gehört ein Haus und in das Haus eine Braut mit seidenweichen, blonden Haaren, an die ich mich verloren habe, und ich werde sie bekommen oder sterben.« Veziroğlu hob wieder den Kopf und starrte an die Decke. »Und mir ist das Grundstück mehr wert als mein Leben, mach, daß du fortkommst, mit deinem Geld kannst du in Zukunft nicht einmal zehn Quadratmeter des Grundstücks kaufen ...« – »Ich werde es bekommen, werde soviel Geld haben, wie du verlangst«, sagte Fischer Selim schäumend vor Wut und ging. So ging es schon seit fünfzehn Jahren, und jedesmal, wenn die Fische in besonders großen Schwärmen die Küsten heimsuchten, suchte er mit gefülltem Geldbeutel in der Hand Veziroğlu auf und würde es bis ans Ende seiner Tage weitertun. Ach, wenn er doch nur diesen Fisch an den Haken bekäme, dann, ja dann würde er Veziroğlu, dieses Ungeheuer, zum letzten Mal aufsuchen, und dann, Veziroğlu, werden wir ja sehen, ob du Manns genug bist, das Grundstück mit der mächtigen Platane nicht herauszurücken ... Große gelbe Rosen würde er in den Garten pflanzen, und Heckenrosen, rosa, gelb und weiß ... Blaue Hortensien würden im Schatten der Felsen wachsen, groß und kräftig ... Und Beete von Klatschmohn am linken Rand ... Und in der kleinen Bucht würden drei Fischerboote ankern, Kajütboote mit Radar ... Er würde viele Fische fangen ... Bei noch so stürmischem Wetter würde er hinausfahren, und bis ihr Selim von der See zurückkehrte, würde sie warten, mit der Hand auf dem Herzen tausend Tode sterben wie die anderen Fischerfrauen ... Ja, wie die anderen Fischerfrauen, und ihre blonden Haare würden im harten Nordwind fliegen, während Selim sein Boot in die aufgewühlte See steuerte ...

»Soll er's doch noch einmal wagen, noch einmal!«

Nachdem er zornentbrannt ins Meer gespuckt hatte, beugte er sich vor, ließ mit hartem Ruck den Motor an, riß das Steuer herum und nahm Kurs auf Menekşe.

Als er in Menekşe anlegte, lag eine mit Lila vermischte rosa Sonne dicht über der Kimm und überzog die nahen Wolken mit ihren leuchtenden Farben. Drei Flugzeuge kamen von Westen, tauchten wie goldene Tropfen in glühendes Rosa, dann wieder in rosiges Violett und zogen einen Schweif aus glitzerndem Goldstaub hinter sich her. Selim ließ sich dieses Spektakel der von Rosa ins Violett übergehenden und wie goldene Tropfen dahingleitenden Flugzeuge nie entgehen und blickte ihnen nach, bis sie im Himmel verschwanden.

Im Kaffeehaus warteten drei Polizisten in Zivil. Das Blut ziehe den an, der es vergieße, hatte Süleyman ihnen gesagt, ein Blutbefleckter könne sich von dem Ort, an dem er einen Menschen getötet habe, niemals trennen und kehre immer wieder dorthin zurück. Daraufhin hatten sich die Polizisten ins Kaffeehaus gesetzt und warteten nun darauf, daß Zeynel zurückkehre, wechselten sich ab, Tag und Nacht. Eigentlich konnte Süleyman ihnen sonst was erzählen, sie warteten auf Zeynel, obwohl sie fest damit rechneten, daß er nicht zurückkommen würde. Alle drei waren vom Lande. Alle drei seien reinen Blutes und edler Rasse, hatte man ihnen weisgemacht und sie eben wegen dieser Eigenschaften in die Polizei übernommen. Und nachdem sie schließlich selbst an ihre ganz besondere Eigenheit glaubten, erklärten sie jeden, der nicht so geartet war wie sie, ob Tscherkesse, Kurde, Lase, gar Jude, Grieche oder Armenier, zum Feind. Und so wetzten sie für Zeynel auch schon die Messer, denn Zeynel war Lase … Bekämen sie ihn nur erst in die Finger, würden sie diesem Lasen schon die Haut abziehen und das Maul mit Blei vollpumpen! Sie sprachen auch nicht mit den Fischern in der Gaststube, betrachteten sie von oben herab, hockten in einer Ecke und tuschelten, wie sie eines Tages die Sozialisten abschlachten und das edle Blut der Türkei reinigen würden. Sie seien schließlich sehr stark. Allein bei der Polizei gebe es zwanzigtausend reinblütige, edelrassige Feinde der Kurden, Lasen, Tscherkessen, Nomaden und Juden, zwanzigtausend jagende Adler. Die minderrassigen Nomaden, Kurden, Tscherkessen, Juden und Einwanderer aus Griechenland seien der Ruin dieses Landes. Der Führer brauche nur den Befehl zu geben … Sie hätten säuberlich Buch geführt, die Führer: Die Grauen Wölfe würden drei Millionen töten, fünf Millionen verbannen und aus Mittelasien die echten Türken, besonders die reinblütigen Kirgisen, unsere Väter, ins Land holen, und die Türkei wäre mit einem Schlage gerettet.

Das alles sagte schäumenden Mundes der sehr blonde und lange Mustafa Çelikdağ mit den messerscharfen Bügelfalten. Bevor er Polizist wurde, war er in Adanas Orangengärten Landarbeiter des Patrioten Türkoğlu gewesen. Seine Hände waren voller vernarbter Wunden, die damals die Dornen ins Fleisch gerissen hatten.

»Drei Millionen, drei Millionen ...«, und während er das sagte, sprangen seine Augen fast aus den Höhlen, seine Schlagader schwoll an, er erstickte beinahe an seiner Begeisterung.

Ali Sarpoğlu dagegen war ein ruhiger, verträglicher Mann. Er sprach nicht viel. Nur einmal bekam er fast einen Tobsuchtsanfall, als er sagte: »Wenn ich diese Linken nur einmal in die Hände bekomme, werde ich tausend, zweitausend, fünftausend, ja, meinetwegen zehntausend von ihnen mit einer stumpfen Säge ganz langsam in Stücke schneiden.« Danach schloß er genüßlich und wie berauscht die Augen und redete nicht mehr. Auch er wartete auf den Lasen Zeynel.

Durmuş Yalinkat stammte aus den wolkenverhangenen Tektek-Bergen Urfas und hatte Jahre hindurch ohne zu mukken mit einem Blechkanister auf den Schultern in einem sechsstündigen Fußmarsch Wasser nach Hause geschleppt. Als seine Mutter starb, harrte der verzweifelte Junge eine Woche lang bei brütender Hitze hinter verschlossenen Türen neben dem aufgedunsenen, stinkenden Leichnam aus. Aufgeschreckt von dem Gestank, zwangen die Nachbarn Durmuş, seine tote Mutter herauszugeben, und begruben sie. Der Verwesungsgeruch hielt sich noch wochenlang im Haus, denn Durmuş war nicht einmal auf den Gedanken gekommen zu lüften, genausowenig, wie er daran dachte, sich eine Arbeit zu suchen. Und so hockte er hungrig und durstig im leeren Haus, bis ihn schließlich der Ağa des Dorfes im landwirtschaftlichen Staatsbetrieb Ceylanpinar als Hirte unterbrachte. Noch als Hirte wurde Durmuş Yalinkat eingezogen und brachte es beim Militär bis zum Unteroffizier, und danach erhöhte ihn sein reines Blut zum Polizisten. Von nun an vermehrte er Tag und Nacht in seinen Gedanken und Träumen die Menschen, die er abschlachten würde. Zuerst den Ağa des Dorfes, der ihm die Stelle als Hirte verschafft hatte. Danach würde er alle Ağas, anschließend die hochnäsigen Traktorfahrer, dann die Meister und Arbeiter des Betriebes töten und hinterher alle Hirten zu

Polizisten machen. Das hatte er auch dem Kunststudenten im Range eines Hauptmanns erzählt, der diesen linken Studenten getötet hatte und gleich nach seiner Verhaftung wieder freigelassen worden war, und der Hauptmann hatte geantwortet, das sei schon in Ordnung, sei angebracht, er solle diese Traktorfahrer und Arbeiter mit dem unreinen Blut ruhig töten, sie seien sowieso Kommunisten allesamt, und von den drei Millionen, die zu töten waren, seien über die Hälfte sowieso Arbeiter. Durmuş Yalinkat haßte auch seinen Nachnamen. Welcher niederträchtige Gemeindevorsteher hatte ihnen diesen Namen angehängt. Was bedeutete Yalinkat? Arm, schäbig, schwach! Aber Arme sind gemein, sie müssen alle geschlachtet werden. Daß die Armen schlecht seien und allesamt Kommunisten, hatte man ihn im Kursus gelehrt. Und er wartete im Rausch der Vorfreude hoffnungsfroh und geduldig auf den Tag, an dem sie drei Millionen abschlachten und die Türkei retten würden. Nach seiner Meinung waren ja auch alle Polizeichefs Kommunisten, aber diese Meinung behielt er lieber für sich.

Sie empfingen Fischer Selim mit finsteren Mienen.

Yalinkat, noch voller Haß gegen seinen Nachnamen: »Bist du Fischer Selim?« Dabei runzelte er die Brauen und blickte Selim in die Augen, ohne mit der Wimper zu zucken. Auch das hatte man ihm im Kursus beigebracht. Er sah Fischer Selim an wie einen der drei Millionen, die zu töten waren. Wer dieser Mann war, darüber hatte er sich überall in Menekşe genauestens erkundigt.

»Der bin ich«, antwortete Fischer Selim, ohne einen von ihnen anzusehen.

»Du wirst morgen zur Wache gehen und deine Aussage machen.«

»In Ordnung«, sagte Fischer Selim.

»Dich will der Kommissar auch haben«, wandte Durmuş Yalinkat sich an mich, »auch du mußt aussagen!«

»In Ordnung«, nickte ich.

Mit wehender weißer Mähne kam hinter uns Hasan Bey ins

Kaffeehaus gestürmt. Die Polizisten vermieden es, ihn anzusehen. Wie sollten sie auch, stand er doch in der vordersten Linie derer, die sie früher oder später blenden und töten würden. Denn dieser Hasan Bey, der seit zwanzig Jahren im Blechhüttenviertel wohnte, war ihr Todfeind. Sein Name war einer der ersten, die ihnen im Kursus genannt wurden, vielleicht sogar der allererste ... Sie waren sehr erstaunt, wollten ihren Augen nicht trauen, als sie den Mann hier in Menekşe entdeckten. Was sie aber am meisten wunderte, war die Tatsache, daß die Fischer Menekşes samt und sonders Hasan Beys erklärte Freunde waren. Wie freimütig sie sich doch mit ihm unterhielten, sich offen und furchtlos zu ihm bekannten! Wie Brüder waren sie in ihrer unverbrüchlichen Freundschaft ...

Aufgeregt zog Polizist Yalinkat sein Notizbuch aus der Tasche und schrieb mit zitternden Händen die Namen aller Fischer auf, die Hasan Bey begrüßten.

»Was tust du da, Durmuş?« fragte ihn Mustafa Çelikdağ, dem es nicht entgangen war.

»Ich werde ihre Namen dem Kommissar melden.«

»Der krümmt denen da kein Haar«, meinte Mustafa Çelikdağ. »Jetzt dämmert's mir, warum dieser Mann jahrelang ungeschoren hier leben konnte. Schreib sie alle auf, alle ... Und unseren Kommissar zuerst!«

»Ich«, ereiferte sich Durmuş Yalinkat, »werde die Liste derer, die sich mit dem Mann da unterhalten, dem Führer geben, damit die dort, die mit dem Mann dort reden, nicht vergessen werden, wenn die Zeit gekommen ist, die drei Millionen zu schlachten. Sind es nicht alles Fischer, und sind die Fischer nicht alle arm, und hat dieser Mann sie nicht über Jahre hinweg vergiftet?«

Mustafa Çelikdağ hüllte sich in Schweigen. Soll Yalinkat doch sorgfältig die Namen dieser elenden Dreckskerle eintragen, dachte er sich. Hätten sie mehr Menschenverstand, wären sie ja keine Fischer! Sollen sie doch auch getötet, das Land von ihnen gesäubert werden. Warum reden sie auch mit diesem Mann ...

»Morgen um zehn Uhr ... Nur ihr beide habt noch nicht ausgesagt!«

»In Ordnung«, antwortete ich.

»In Ordnung«, wiederholte Selim, und wir entfernten uns, ohne einen Tee getrunken zu haben. Vorbei am Palast des Präsidenten gingen wir bis zum Bahnhof von Florya, wo gerade der Zug Sirkeci–Halkali abfuhr, und setzten uns hinter der Brücke auf eine Bank in der öffentlichen Grünanlage.

»Hast du die Augen der Polizisten gesehen?« fragte Fischer Selim.

»Ich habe sie gesehen.«

»Die sind wahnsinnig.«

»Eigenartig«, pflichtete ich ihm bei, »ich hatte denselben Eindruck.«

»Ich habe das schon oft erlebt«, fuhr Fischer Selim fort, »es sind die Augen von Menschen, die nach Blut dürsten. Sie schauen dich an, als würden sie dich töten ... Genau so ... Ich bekam Angst. Besonders um Hasan Bey ...«

»Ich war auch erschrocken.«

»Sie bereiten sich darauf vor, jemanden zu töten, nicht wahr?«

»So ist es«, sagte ich, »und sie haben die Staatsmacht hinter sich.«

»Verdammt«, fluchte Fischer Selim, »ist das wahr?«

»Das ist wahr«, antwortete ich.

»Wie gut, daß ich keine Kinder habe«, sagte Selim, »hätte ich welche, würden jene sie töten.«

»Die würden sie töten«, nickte ich.

Er zählte an seinen Fingern ab, richtete erstaunt seine blauen Augen auf mich und sagte mit bitterem Lächeln: »Seitdem ist viel Zeit vergangen, dabei kommt es mir immer vor, als sei's erst gestern gewesen. Hätte ich also Kinder gehabt, wären sie jetzt schon riesengroß.«

»Die würden deine Kinder töten«, sagte ich.

»Die würden meine Kinder töten.« Dann richtete er seine Augen wieder auf mich und fügte hinzu: »Und dennoch wäre es besser, ich hätte welche, auch wenn sie getötet würden. Das schlimmste ist, ohne Kinder zu sein ... Hätte ich doch welche, auch wenn sie ... Du wirst sehen, sie werden auch Zeynel töten ...«

»Meinst du, sie werden es tun?«

»Sowie sie ihn aufgespürt haben ...« Seine Stimme versagte, und er murmelte zwischen den Zähnen: »Sie werden alle drei ihre Revolver ziehen und zu dritt den armen Bengel erschießen ...«

»Wird Zeynel dich denn nicht umbringen?«

»Mich wird er nicht umbringen.«

»Und letzte Nacht? Kam er da nicht zu dir, um dich zu töten?«

»Gekommen ist er, aber mich töten? Er hätte es ja können, wenn er gewollt hätte.«

»Und warum tat er es nicht?«

»Vor mir hat er doch keine Angst ... Er will mich wohl töten, aber sein Inneres sträubt sich dagegen. Er tötet nur die, vor denen er sich sehr fürchtet.«

»Ich kenne doch Zeynel, der hat vor allem Angst, vor dir, vor mir ...«

»Vor mir fürchtet er sich nicht«, beharrte Fischer Selim. »Hier in Menekşe machte ihm alles angst, nur vor mir fürchtete er sich nicht. Auch Veziroğlu Halim Bey fürchtet sich nicht vor mir, und auch sonst niemand ... Aber in den nächsten Tagen, wenn ich den Fisch gefangen habe, wird er vor mir so eine Angst bekommen ... Ich habe noch nie einen Menschen erlebt, der soviel Angst hatte wie Zeynel. Und Ihsan hatte ihm am meisten Angst eingejagt.«

»Wann und warum soll Ihsan das denn getan haben? Seit Jahren hat er in Menekşe doch niemanden bedroht, nicht einmal die Brauen hochgezogen ...«

»Das hat nichts zu sagen. Bei der Angst weiß man ja nie im voraus, wer oder welcher Anlaß sie bei dem einen und bei dem anderen verursacht.«

»Ihsan wird Zeynel irgend etwas Böses angetan haben.

Vielleicht hat er ihn in seine Schmuggeleien mit hineingezogen, vielleicht haben seine Feinde Zeynel angestiftet, ihn zu töten ...«

»Nichts von alledem! Zeynel ist zu einer gezielten Handlung gar nicht fähig. Vor lauter Angst flüchtet er irgendwohin. Seine Angst steigert sich immer mehr, und wenn der Mensch sie nicht bewältigen kann, kehrt sie sich um in Wut und Gewaltbereitschaft. Und dann ist er bereit zu sterben, zu töten ... Zeynel wird heute abend ins Kaffeehaus kommen.«

»Er ist doch nicht verrückt.«

»Verrückt ja nicht, aber er wird kommen, um zu erfahren, was sich hier tut. Der ist so neugierig darauf, daß er ins Kaffeehaus kommen würde, auch wenn tausend Polizisten auf der Lauer lägen. Er ist jetzt so in Fahrt, daß außer Gewalt ihn nichts aufhalten kann ...«

»Also werden sie ihn heute nacht aufhalten.«

»Wer weiß, vielleicht«, sinnierte Fischer Selim, »wer weiß, vielleicht ... Und wie sich diese Polizisten freuen werden, wenn sie ihn erschießen ... Und wie sie sich freuen werden ... Wer weiß, vielleicht ...«

»Mann!«

»Was soll's!« sagte Fischer Selim. »Laß uns morgen nach der Polizeiwache aufs Meer hinausfahren, vielleicht begegnen wir meinem Freund. Wenn ich den fange ...«

»Und dann zu unserem Rüştü Tan ins Hilton ...«

»Rüştü Tan«, nickte Fischer Selim. »Aus Mardin. Dein Klassenkamerad ... Einkaufsleiter ... Er wird jeden Preis zahlen ... Und dann soll er sich noch einmal weigern, das Grundstück herauszurücken, der Halim Bey Veziroğlu ... Wenn er vor mir dabei nicht aus lauter Angst tot umfällt, will ich nicht der sein, der ich bin.«

»Wenn er nicht tot umfällt«, wiederholte ich und flog vor Freude bei dem Gedanken, daß wir morgen hinausfahren und den riesigen Fisch suchen würden. Und Selim freute sich mit mir.

10

Habt ihr sie richtig gut gefesselt, an Händen und Füßen?«
»Wir haben sie richtig gut gefesselt«, antwortete Hüseyin Huri, seine Stimme zitterte vor Angst.
»Hurensohn! Du wolltest mich also von ihnen schnappen lassen.«
»Werden sie dich früher oder später nicht sowieso schnappen?« entgegnete Hüseyin Huri.
»Werden sie nicht. Sieh doch, wie viele Revolver ich habe. Und bis zur letzten Patrone werde ich gegen die Polizisten kämpfen und erst sterben, wenn ich sie alle getötet habe«, schrie Zeynel, während er auf Hüseyin zuging. Hüseyin wich langsam einige Schritte zurück.
»Lauf nicht weg, du Hund, ich hab einige Fragen an dich!«
»Frag doch«, antwortete Hüseyin Huri.
»Ist es bei uns Brauch, jemanden im eigenen Haus in eine Falle der Polizei laufen zu lassen?«
»Nein«, sagte Hüseyin Huri.
»Wenn es so ist, muß ich dir da nicht dein Leben nehmen?«
»Mußt du nicht ... Ich wollte dich schnappen lassen und so dein Leben retten.«
»Hättest mich ins Gefängnis bringen lassen, ja?«
»So ist es«, antwortete Hüseyin Huri.
»Ist es für einen verwaisten armen Schlucker wie mich nicht besser zu sterben, als ins Gefängnis zu wandern?«
»Ist es nicht«, sagte Hüseyin Huri. »Ich habe so lange gesessen, bin ich etwa daran gestorben?«
»Du bist nicht daran gestorben, aber sie haben dich da drinnen vergewaltigt, gib's zu, haben sie etwa nicht?«
»Du bist schon erwachsen, dich zwingen sie nicht mehr dazu«, antwortete Hüseyin Huri.
»Aber verhungern werde ich.«
»Jemanden, der einen Mann wie Ihsan getötet hat, lassen sie da drinnen nicht verhungern. Und daß du Ihsan getötet hast, hat sich schon in allen Gefängnissen herumgesprochen.«

»Ich gehe nicht ins Gefängnis ... Lieber sterbe ich. Lieber schieße ich mich mit den Lackaffen, die da liegen. Ich mach mich jetzt auf in ihr Hauptquartier Sansaryan Han, lege von den Lackaffen so viele lang, wie dort sind, nehme ihnen alle Waffen ab und verkaufe lauthals den ganzen Haufen in den Straßen von Eminönü.«

»Hör mir zu, Freund«, beschwor ihn Hüseyin Huri mit einschmeichelnder Stimme, »demnächst ist wieder eine Amnestie fällig, und du bist in spätestens zwei Jahren wieder draußen.«

»Versuch nicht, mich zu bequatschen, du Hurensohn! Die Amnestie war erst vor einigen Tagen.«

»Dann kommt eben eine neue«, schrie Hüseyin Huri. »Die finden wieder einen Anlaß. Hast du je gehört, daß ein Mörder länger als fünf Jahre einsitzen mußte? Egal wie, begnadigt wird bestimmt. Komm schon, Zeynel, ergib dich ihnen!«

Dursun Kemal Alceylan zog Zeynel beiseite, stellte sich auf die Zehenspitzen und flüsterte ihm ins Ohr: »Fesseln wir ihn lieber ... Sonst bindet er die Onkel Polizisten los, sowie wir weg sind.«

»Der bindet sie los«, nickte Zeynel, überlegte kurz und brüllte: »Auf den Boden mit dir, los, leg dich hin!«

Hüseyin Huri gehorchte sofort, und Zeynel selbst fesselte ihm sorgfältig Hände und Füße. Dann ging er hin und prüfte die Fesseln der Polizisten. Sie schienen ihm zu locker, er band sie noch einmal, schlug einen Schifferknoten und zog ihn fest. Währenddessen redeten die Polizisten pausenlos auf ihn ein und belegten ihn mit Schimpfworten, die ihn zur Weißglut trieben. Seine Angst wuchs so sehr, daß er fast ausrastete. Auch Hüseyin Huri begann zu schimpfen.

»Wir lassen sie hier liegen!« lachte Zeynel plötzlich belustigt. »Bis morgen früh sind sie erfroren und wir in Ankara!«

»Sind wir bestimmt«, freute sich Dursun Kemal, »leben sollst du, Bruder Zeynel!«

»Steck ihre Revolver in die Halfter und binde sie dir um. Auch ihre Patronentaschen!«

»Sofort«, rief Dursun Kemal und hatte sich im Handumdrehen gegürtet. »Sieh mich an, Bruder, ich sehe aus wie ein Polizist.«

»Wie ein Polizist«, lachte Zeynel.

Dursun Kemal überlegte, wollte Zeynel noch etwas sagen, doch dann biß er sich auf die Lippen und schwieg. Die gefesselten Polizisten verlegten sich jetzt aufs Bitten mit anschließendem Drohen. Und Hüseyin Huri hielt wacker mit, übertrumpfte sie sogar, wenn er drohte.

»Ich werde dich zu Hackfleisch machen«, rief der Kommissar, »du mischblütiger Lase. Bind mich los, und dann werde ich dir zeigen, was es heißt, ein türkischer Polizist zu sein!«

»Bruder Zeynel, bind uns los, wir werden dir doch nichts tun ... Zeynel, Bruder ...«

»Hör zu, Zeynel, wenn du meine Hände losbindest, werde ich dir hier in Istanbul, und nicht nur hier ...«

»Schau mich an, Zeynel, Bruder, wenn du meine Hände losbindest, laß ich dich laufen, wohin du ...«

»Zeynel, Bruder, binde mich los, und auf der Wache wird dir nie wieder auch nur ein Härchen gekrümmt, Mannes Wort, Ehrenwort!«

»Denkst du denn, du kommst ungeschoren davon, du Hurensohn, wenn du Polizisten fesselst?«

»Werde ich dir etwa nicht die Haut abziehen, wenn ich dich in die Hände bekomme?«

»Los, gehen wir!«

»Ich muß dir etwas sagen, Bruder.«

»Dann sag es schnell! Die treiben mich hier noch in den Wahnsinn. Ich werde sie bald alle abknallen, wenn ich noch länger hierbleibe ...« Er ging auf die Polizisten zu und blieb dicht bei ihnen stehen. »Seid still, verdammt!« brüllte er, so laut er konnte. Ganz außer sich vor Wut, begann er zu trampeln. »Treibt mich nicht dazu, meine Hände mit eurem Blut, eurem Blut, eurem Blut zu besudeln ... Haltet euren Mund!« Und als sei er nicht derselbe, der eben noch gebrüllt hatte, sagte er ganz ruhig: »Los, gehen wir!«

»Ich will etwas sagen ...«

»Dann sag's, aber schnell!« befahl Zeynel.

»Darf ich mir von einem der Polizisten die Mütze nehmen?«

»Nimm sie dir, aber beeil dich!«

Dursun Kemal rannte zu den Polizisten, zog ihnen die Mützen vom Kopf und setzte sie eine nach der anderen auf.

»Keine einzige paßt mir«, rief er enttäuscht.

»Los, schnell weg von hier«, sagte Zeynel in Angst. »Ich treibe für dich einen Polizisten mit kleinem Kopf auf, und du nimmst dir seine Mütze ...«

»Und ob ich sie nehme«, freute sich Kemal und kam zurückgelaufen. »Da nimm, einen Revolver und eine Patronentasche für dich.«

»Gut so«, sagte Zeynel, »gut so ...«

Im Laufschritt eilten sie über die Brücke vom Gülhane-Park nach Eminönü zur Neuen Moschee und kauerten sich hinter den ledernen Vorhang, der vor dem Portal hing.

»Verflucht, ausgerechnet mein Freund Hüseyin Huri!« schnaufte Zeynel Çelik. »Aber den Polizisten sind wir entwischt.«

»Und gefesselt haben wir sie auch.«

»War ein verdammt guter Einfall von dir, Hüseyin auch zu fesseln.«

»Er hätte jetzt die Polizisten schon längst losgebunden.«

»Drei Revolver haben wir auch noch erbeutet! Und wohin jetzt?«

»Das mit Ankara war gelogen, nicht wahr?« fragte Dursun Kemal.

»Natürlich gelogen! Soll die Polizei irreführen. Die halten mich für einfältig. Besonders Hüseyin Huri ... Dieser hirnlose Lude. Jetzt werden sie uns in Ankara suchen ...«

»Hohooo!« schrie Dursun Kemal begeistert, »dann sollen sie uns mal schön in Ankara suchen!«

»Die Revolver verstecken wir. Aber wo?«

»Ich weiß, wo«, sagte Dursun Kemal. »Hier in der Moschee hinter der Kanzel. Ein sehr gutes Versteck. Du ziehst einen lockeren Ziegelstein heraus ... Nur ich weiß davon. Ich bin hier drei Jahre zur Koranschule gegangen.«

»Und die Tür?«

»Hier ist ein Loch, da hat der Imam immer heimlich den Schlüssel hineingelegt.«

»Hast du ihn gefunden?«

»Hier ist er«, antwortete Dursun Kemal seelenruhig.

»Toll, Mensch, Kemal ... Wenn wir beide zusammenhalten, können uns die Polizisten der ganzen Welt nicht fangen, so Gott will!«

»So Gott will«, bestätigte Dursun voller Stolz und drehte den Schlüssel, der fast so lang war wie sein Unterarm, bis mit einem Klick die große Tür aufsprang. Scheu um sich blickend, schlichen die beiden zum Fenster dicht hinter der Kanzel, zogen einen Ziegelstein aus der gemauerten Wand, legten die Revolver in die Öffnung und schoben den Ziegel wieder hinein.

»Schnell weg!« flüsterte Dursun Kemal ängstlich, »es könnte jemand hier sein.«

»Komm!« sagte Zeynel und nahm ihn im Dunkel der Moschee bei der Hand. »Ich hab da drinnen ein Geräusch gehört, vielleicht ist da wirklich jemand ...«

Sie gingen zur Tür, öffneten und huschten hinaus. Dursun Kemal steckte den riesigen Schlüssel ins Schloß, und er brauchte beide Hände, um abzuschließen. Dann legte er den Schlüssel wieder an seinen Platz, ging zu Zeynel und flüsterte: »Schnell weg von hier!« Er zitterte.

Sie hoben den schweren Ledervorhang an und liefen ins Freie bis zur seeseitigen Freitreppe der Moschee. Das Meer war ziemlich rauh. Auf dem Platz von Eminönü war keine Menschenseele. Am Imbißstand vor Brücke Zwei brannte noch Licht. Um diese Uhrzeit glich Eminönü einem verlassenen Feldlager. Hunde wühlten in den Müllhaufen, und vom Gülhane-Park kamen, knurrend um sich beißend, in kleinen Rudeln noch mehr herbeigelaufen. Ein Durcheinander von verwilderten Wolfs-, Jagd- und Hirtenhunden, ausgehungerten

Windhunden und entlaufenen Schoßhunden ... Der laue, böige Wind trieb den würgenden Gestank des fauligen Wassers vom Goldenen Horn in Wellen herüber ... Sie waren langsam die Freitreppe hinuntergegangen und befanden sich schon vor der vierten Anlegebrücke, als Dursun Kemal Zeynels Hand packte.

»Da sind sie«, sagte er mit angststickter Stimme. »Sie kommen.«

»Ich sehe niemanden«, beruhigte ihn Zeynel.

»Doch, Bruder, sieh doch!« Und er zeigte auf den Rundbogen der Moschee, dann auf den Eingang des Ägyptischen Marktes: »Und da, Bruder, und da!«

Aus allen Richtungen kamen Polizisten, krabbelten wie Kakerlaken aus allen Ecken und bewegten sich auf den Platz von Eminönü zu. »Schau, Bruder, schau!«

»Ich kann niemanden sehen.«

Dursun Kemal nahm seine Hand und zog ihn ängstlich unter die Galata-Brücke. Unter ihren Karren zusammengerollt, schliefen fliegende Händler, und daneben, dicht aneinandergedrängt, obdachlose Kinder, die Köpfe an die Körper ihrer Nachbarn gebettet. Bis die Nachtwächter sie davonjagten, würden sie in ihren Ecken so weiterschlafen. Zu zweit oder zu dritt tauchten jetzt auch unter der Brücke Polizisten mit gezogener Waffe auf ...

»Schau, Bruder, schau!«

»Sie suchen uns«, flüsterte Zeynel. »Mann, Mann, um Mitternacht so viel Polizei.«

»Sie werden uns töten, Bruder, schau doch, sie haben die Revolver gezogen!« sagte Dursun Kemal, der sich vor Angst krümmte.

»So ist es«, antwortete Zeynel und stürzte zu den Treppen des Anlegers der Inselfähren, hinter ihm flog Dursun Kemal, den er, an der Hand gepackt, mit sich riß. Im Laufschritt kamen sie zur Pier der Kadiköy-Fähren, wo es nach verfaulten Fischen, verglühter Holzkohle und verbranntem Bratfett roch. Die Straßenlaternen leuchteten schwächer als die Lichter der

Schiffe. In Karaköy bogen die beiden in eine Nebenstraße ein, liefen bis zur Necatibey-Straße, kehrten um, weil hier die Polizei schon Posten bezogen hatte, und suchten Schutz im Ömer-Abit-Han; aber hier wimmelte es von Polizisten, als stünde ein Transport von Mannschaften bevor, vielleicht war hier wirklich ihr Sammelplatz. Ein Fischkutter lag am Kai, auf dem dunklen Deck glühte eine Zigarette auf und verlosch. Auch auf dem Kadiköy-Anleger und überall in den Nebenstraßen war Polizei, gellten Trillerpfeifen und Schiffssirenen um die Wette. Autos stauten sich in den Straßen von Karaköy und auf der Galata-Brücke und hupten vereint. Der gebrochene Schatten des alten, gewichtigen Galataturms, rundum unterm Dach in kaltes, giftgrünes Licht getaucht, spiegelte sich verzerrt im Goldenen Horn, vermischte sich mit dem Schein der Neonreklamen der Banken, der auf das übelriechende, dunkle Wasser fiel. Das Goldene Horn, verdrecktes Wasser, auf dem gelbe, rote, lila Lichter tanzten und beim leisesten Wellenschlag ineinanderflossen und wie in einem tiefen, dunklen Brunnen verschwanden, wenn ein Kahn oder Dampfer vorüberglitt, ein tiefer, dunkler Brunnen, umgeben von großen, häßlichen Wohnblocks und rußgeschwärzten Fabriken, aus deren Schloten, Dächern und von Stapeln rostender Kanister verdeckten Mauern Ruß und Rost in die Umgebung dringt, ein Brunnen, in dem sich die Kadaver anhäufen, Kadaver von Pferden, Hunden, Möwen und anderen Vögeln, Wildschweinen und Tausenden Katzen, die hineingeworfen wurden und einen Gestank verbreiteten, der einem fast das Nasenbein brach, weiter unten eine von Würmern durchsetzte Gallertmasse, über die, Spielzeugschiffen gleich, kleine Dampfer glitten, das Goldene Horn, ähnlich einem stinkenden, eigenartigen, mit dem Tode ringenden Wesen aus uralter Zeit, eine Seite noch voller Leben, doch am anderen Rand schon Streifen, die verwesen. Von einem Ende bis zum andern glitten, streckten, wellten sich Lichter über diesen endlosen tiefen Brunnen, und Möwen, deren Stammbaum bis ins alte Byzanz reicht, segelten Flügelspitze an Flügelspitze über den

Spiegel dahin, tauchten im Schein der bunten Neonlichter immer wieder auf und verschwanden im Dunkel der Nacht. Ihre Schreie vermischten sich mit den schrillenden Trillerpfeifen der Polizisten, den heulenden Schiffssirenen und den fauchenden Pfiffen der Lokomotiven. Die beiden schlängelten sich durch die Buden des Fischmarkts von Karaköy, der Platz wimmelte von Katzen, sie spürten die weichen, warmen Felle an ihren Füßen, wenn sie an die über Fischreste gedrängt hockenden Tiere stießen. Bald darauf waren sie am Donnerstagsmarkt, kletterten über verrostete Eisenrohre, erreichten die Azapkapi- Moschee und verkrochen sich, wie betäubt von den schrillenden Trillerpfeifen und gellenden Schreien der Möwen, hinter die Eingangstür. »Die Polizisten, Bruder, die Polizisten!« keuchte Dursun Kemal. »Ich kann keinen sehen«, antwortete Zeynel. »Wieso siehst du sie denn nicht?« Dursuns Stimme überschlug sich pfeifend. »Ich seh sie eben nicht.«

Sie verließen ihr Versteck und schlugen sich wieder ins Dunkel. Dicht über ihren Köpfen flogen Möwen, als sie in einen Kutter sprangen, der am Kai lag. Die Polizisten umringten den Kutter, und flügelschlagend an Dursun Kemals und Zeynels Köpfe stoßend, strichen die Möwen ab. Im Kutter roch es nach Teer. Die beiden hetzten über die bis zur Flußmitte aneinander vertäuten Kutter, sprangen von einem in den anderen, hinter ihnen die Polizisten und in den Ohren das Dröhnen der Stadt ... Plötzlich tauchte im stark nach Teer riechenden Kutter vor ihnen ein großer, stämmiger Mann mit buschigem Bart auf, packte Zeynel am Genick, hob ihn wie einen Hasen in die Luft und warf ihn auf die Planken. »Wohin so spät in der Nacht, ihr Unglücksraben, wovor macht ihr euch denn davon?« rief er.

Dann versanken sie in Schlaf, tauchten ein in buntes Neonlicht, das sie gelb, grün, rot und blau färbte, und auch die Lichter des Feuerwachtturms von Beyazit, der alle Minarette überragt, blinkten gelb, blau, rot, grün und weiß, und dann, am fernen Himmel nur noch ein leuchtendes Blau. Aus Zeynels Mund und Nase sickerte Blut, seine Haare, und auch die

Fäuste, mit denen er wie beim Schattenboxen keilte, waren blutverschmiert. Auf der Straße von der Sägerei zur Zentralbank schleiften Straßenhunde einen Kadaver. Aus dem baufälligen Holzhaus, das sich an die riesige Betonmauer zu lehnen schien, um nicht zu kippen, trat ganz in Schwarz eine Frau mit vollen Brüsten und schmachtenden, großen Augen ins Freie, die feisten, wiegenden Hüften weit nach hinten gestreckt. Mit blutendem Mund ging Zeynel auf sie zu. Von überallher kamen Polizisten und kreisten sie ein.

In Menekşe dämmerte der Morgen über dem Meer, das in duftender Frische wie milchigweiße Seide vor ihnen lag. Özkan erwachte, streckte sich und streckte die Arme, daß das Boot leicht schaukelte, rieb sich die Augen und nahm einen Schluck Wasser aus der Flasche. Unter seinem von Schmutz gewachsten Kopfkissen und auch rundherum lagen Schalen von Apfelsinen und Mandarinen.

»Ich gehe nirgendwohin«, sagte Özkan, »ich kann nicht. Ich misch mich da nicht ein, Herr Polizist ... Ich, ich, ich bin Fischer, mein Herr!«

Özkan roch noch mehr nach Fisch als Fischer Selim. Hände und Füße, Bett und Boot, sogar sein rostiger Bootsmotor stanken danach. Die Fischschuppen überzogen Haare und Brauen, Nachtlager und Zeug. Özkan nahte mit einer Duftwolke von Fisch, die einem schon aus zehn Metern Entfernung in die Nase stieg. Als habe er jahrelang in einem Fischhaufen gelegen ...

»Özkan, Özkan, ich bin's, ich! Und der da ist Dursun Kemal Alceylan, mein Freund. Ich habe elf Polizisten gefangengenommen, habe sie an Händen und Füßen gefesselt. In Sarayburnu ... Hüseyin Huri hat sich wie ein Dreckskerl benommen, eine Gemeinheit ... Wollte mich der Polizei ausliefern, mir eine Falle stellen, da habe ich die Polizisten gefangengenommen.«

»Lauf!« rief Özkan Özkul, »lauf weg von hier, der Strand ist voller Polizisten, die warten auf dich, lauf so schnell du kannst!«

Aufgeregt, die Augen im durchsichtigen Gesicht fast weiß vor Entsetzen, brüllte Özkan seine Warnung über das sich im Dämmerlicht aufhellende Wasser: »Lauf, Zeynel, lauf!«

Fast gleichzeitig krähten alle Hähne, bellten alle Hunde der Umgebung, schrillten die Trillerpfeifen der Polizisten, zischten die Kugeln ... Zeynels Mund füllte sich mit Blut. »Nimm!« rief er, »nimm sie alle, Fischer Selim, sie gehören dir, elf Revolver und elf Patronentaschen bis an den Rand gefüllt!« Fischer Selim wachte auf und nahm ihm den Revolver, nahm ihm alle Revolver ab. Die Luft war voller Rauch, das Meer, Fischer Selims Haus, der Bahnhof von Menekşe, überall roch es nach Pulver, auf der Freitreppe zeichneten sich die Umrisse dreier Polizisten gegen das Zwielicht über dem hellen Meer ab ... »Rette mich, Fischer Selim, du bist meine einzige Hoffnung!« Bei seinen letzten Worten erstarrte Zeynel. Seine Glieder, seine Zunge waren wie gelähmt, knirschend verkeilten sich die Zähne ineinander, sein Körper krümmte sich zu einem versteinerten, blutverschmierten Haufen Elend, sogar seine Augenlider blieben fest geschlossen. Die Polizisten kamen heran, die Revolver im Anschlag. »Da, dahin sind sie gelaufen«, rief Fischer Selim ihnen zu und zeigte auf den windschiefen Bahnhof von Menekşe. Die Polizisten rannten weiter, bildeten auf der Bahnhofstreppe mit gezogenen Revolvern eine Kette ... Auch Dursun Kemal Alceylan war wie erstarrt, wie angekettet an Zeynel, und Dursuns Mutter Zühre Paşali kam herbeigeeilt, verströmte ihren betörenden fraulichen Duft und versuchte, die beiden zu trennen ... Vor der Azapkapi-Moschee, im üblen Gestank des Goldenen Horns, bei dem sich einem der Magen umdrehte, hatte Zühre Paşali ihre großen, schweißfeuchten Brüste schützend über ihn gelegt, und während Zeynel ihren berauschenden bittersauren Geruch durch die Nase sog, spürte er, wie sich seine Verkrampfung nach und nach löste ... Möwen auf den hintereinander bis zur Flußmitte aufgereihten Kuttern, kleine Wohnungen die meisten, und wie in einem Bienenstock wimmelnde Kinder, sie spielen und springen von einem Boot zum andern, das größte ist ihr Fußballplatz. Die beiden hetzen über die Boote, über ihnen die flügelschlagenden Möwen ...

»Halt an!« rief Zeynel, »wir sind am Platz Eminönü.« Sie verharrten, rannten über die Freitreppe der Moschee und sprangen in den Autobus nach Beşiktaş.

»Mutter, Mutter, mein Muttchen, schau, was wir getan haben! Elf Polizisten haben wir die Waffen weggenommen ... Alle fürchten sich vor Bruder Zeynel, alle Polizisten ... Wir waren auch in Menekşe und haben Fischer Selim gesehen.«

»Seid still, ihr Verrückten, daß euch nur nicht die Nachbarn hören! Sie haben schon längst erfahren, wer Bruder Zeynel ist, und dafür gesorgt, daß es im Viertel von Polizei nur so wimmelt, ihr Wahnsinnigen, sie werden euch töten ... Nur gut, daß ihr zu dieser Stunde kommt, vorher war die Straße voller Polizisten. Lauf, Zeynel, lauf, die kommen bald wieder!«

Dieser Geruch von Frau, dicht, sinnbetörend, füllte wie duftender Dampf das Zimmer, das ganze Haus. Mit tiefen Grübchen in den geröteten Wangen redete Zühre Paşali in flehendem Ton pausenlos auf Zeynel ein. Zeynel sah sie nicht, hörte nicht, was sie sagte, hörte gar nichts. Er hatte nur Augen für ihren Brustansatz, und dieser Duft fesselte ihn, schlug ihn immer fester in seinen Bann.

»Dursun, du stellst dich hierher und rührst dich nicht von der Tür!« befahl Zeynel, »rührst dich nicht von der Stelle, und wenn die Polizisten kommen, hustest du, und ich entwische aus dem Fenster ... Bleib hier stehen wie festgeklebt ...«

Der sinnberauschende Geruch der Frau wurde so stark, daß Zeynel wie Espenlaub zu zittern begann. Er griff nach ihrer Hand, weil er fast ohnmächtig wurde, sie brannte in der seinen, er schleppte sich zur Treppe, ihre Hand brannte in der seinen, er schwankte, ließ ihre Hand los, fiel beinah hin, hielt sich am altersschwachen Geländer fest, zog sich auf den Knien rutschend die Treppe hoch. Die Frau kam hinter ihm her, war wie von Sinnen, mit einer unendlichen Lust, die sie so noch nie verspürt hatte. Sie zog ihn aus, und ihre Hand bebte, als habe sie eine Flamme berührt. Zeynel splitternackt, blond, krümmte sich wie ein Bogen, daß seine Rippen hervortraten, sein Penis steil und steif wie ein Knochen vorstehend. Die Frau zog sich nackt aus, riß Zeynel ans Bett, legte sich rücklings hin und zog ihn über sich. Zeynel verhielt, wie gelähmt, unfähig sich zu bewegen, zitterte vor Angst, sich wieder zu verkrampfen. Die Frau drückte ihn an sich. »Nicht so«, wimmerte sie, »dort ist es nicht. Dort nicht! Warte, da ist es, da, da, da ...«

»Oh«, stöhnte Zeynel, als die Frau seinen Penis einführte und umklammerte. Er war wie von Sinnen, wie verloren in ihrem feuchten Leib, ihren Brüsten und ihren gleitenden Bewegungen, und es dauerte eine lange Zeit bis er, den Geruch ihrer vereinten schweißnassen Körper wahrnehmend, wieder zu sich kam ... Trillerpfeifen schrillten, Dursun Kemal hustete viel, und Zühre Paşali zog sich sofort an, es dauerte keine Minute, auch Zeynel war schnell angezogen, dann sprang Zühre Paşali aus dem Fenster hinters Haus, und Zeynel sprang hinterher ... Ohne von der Polizei entdeckt zu werden, suchten sie Hand in Hand das Weite. Wie ein lärmendes Knäuel in der Nacht lag das Viertel hinter ihnen. Polizisten pfiffen, Kinder heulten, Hähne krähten, Hunde bellten, die Alten schimpften, Frauen kreischten, ein fürchterlicher Lärm drang hinunter zum Bosporus. Die beiden sprangen von einer Mauer hinunter in einen Schulhof, der früher einmal ein Garten mit Maulbeerbäumen gewesen war. Zühre Paşali zog Zeynel bei der Hand immer noch hinter sich her. Sie glitten durch einen Torbogen und wurden gleich danach von einem Kugelhagel empfangen. Zühre Paşali riß Zeynel mit sich zu Boden, und die beiden rollten abwärts bis vor die Tür eines Wohnhauses. Zühre Paşali erhob sich, klopfte sich ab, half Zeynel auf die Beine.

»Mach du dich davon und laß mich hier!« sagte Zeynel leise, »sonst werden sie dich töten.« Seine Stimme klang erschöpft und ängstlich.

»Ich werde dich nicht verlassen, niemals! Ist es das erste Mal, daß du ... daß du mit einer Frau geschlafen hast?«

»Das erste Mal«, murmelte Zeynel verschämt, »das erste ...«
»Ich laß dich nicht allein, du bist ja noch ein Kind, ja, ein Kind ... Die Polizisten werden dich töten ...«

Sie gingen hinunter in den Keller des Wohnhauses. Draußen auf dem Pflaster hallten die Stiefel der Polizisten tak, tak, tak, tak, tak ... Hier drinnen saßen sie wie in einem tiefen Brunnen. Es roch nach verschimmeltem Brot, nach Feuchtigkeit und Urin. Aneinandergedrängt horchten sie auf die Schritte. Und wieder verspürte Zeynel den Duft der Frau, der alle anderen Gerüche verdrängte und ihm die Sinne nahm. Wie von selbst glitten seine Hände zwischen die Brüste der Frau, zwischen ihre Schenkel, streichelten ihre Hüften. Plötzlich schnellte sie auf die Beine. »Komm«, flüsterte sie, »komm, komm, wir müssen fort von hier.« Sie hasteten in Freie. Es hatte angefangen zu regnen, und es war stockdunkel; nirgendwo brannten die Straßenlaternen, auch nicht in der Ferne, man konnte die Hand nicht vor den Augen sehen. Jetzt schlief ganz Beşiktaş, nur aus Zühre Paşalis Viertel kam dumpfes Grummeln. Sie eilten einen Abhang hinunter, stolperten über schlammigen Grund, sprangen über eine Mauer, landeten in einem Garten, ihre Füße versanken in der weichen, warmen Erde. Sie durchquerten große Beete mit Weißkohl, Kohlrabi und Salatköpfen und kamen an einen Brunnen, dessen schneeweiße Ummauerung selbst in dieser Dunkelheit zu sehen war. Hier hatte es noch nicht geregnet. Aus einem Winkel des Gartens lösten sich dunkle Schatten, kamen näher, die beiden liefen unter duftenden Granatapfelbäumen weiter und durch eine Pforte ins Freie. Sie waren ganz außer Atem und wurden vom Regen eingeholt, als sie in Schritt fielen. Dann ließen sie den Regen wieder hinter sich und kamen an ein eisernes Tor. »Hier ist es«, flüsterte Zühre. »Wie man hineinkommt, weiß ich nicht.« Zeynel tastete das kalte, nasse Eisen ab; er war völlig durchnäßt und fror. »Warte!« sagte Zühre Paşali, warf sich gegen das Tor, und es gab nach. »Hier ist das Schloß der Linden«, sagte sie. Dann liefen sie weiter bis vor die Tür eines kleinen Hauses, wo es nach Heu roch. Sie öffneten und gingen hinein. Plötzlich warf sich Zeynel in der Dunkelheit auf sie, zog sie aus, und beide ließen sich auf den staubigen Lehmboden fallen. Die Frau lag jetzt unter Zeynel, diesmal kannte er sich aus.

Wann er das Haus verlassen hatte, wo Zühre Paşali abgeblieben, wann und wohin sie gegangen war, der junge Zeynel wußte es nicht; die Hände in den Hosentaschen am prallen Penis, schlenderte er im Morgengrauen durch Beyoğlu, vorbei an Abfalltonnen, Katzen, Hunden, betagten Huren und vor ihren Pferdegespannen dösenden Müllmännern mit mächtigen Schnauzbärten, atmete den warmen, nach Backwerk, heißer Milch und frischem Brot duftenden Dunst ein, der aus den Kellergeschossen der Betriebe waberte, spürte dabei im Innersten ein so unbändiges Glücksgefühl, fühlte sich so leicht und beschwingt, daß er meinte, schwerelos zu sein. Plötzlich war er in einem Strom von Fußgängern, stieß wie ein Träumer an die Vorübergehenden, noch berauscht von der Wärme der Frau, von Zühres Duft, den er an seinem Körper trug ...

Ein Junge kam ihm entgegen. Zeynel hielt ihn für Dursun Kemal Alceylan, ging auf ihn zu, als sich die Augen des Jungen weiteten und er hastig im Gedränge verschwand. Zeynel wunderte sich, ließ verstört die Augen schweifen und fragte sich, was in den Jungen denn gefahren sein mochte, daß er vor Schreck die Augen so weit aufriß und stehenden Fußes in der Menge untertauchte. Er ging weiter Richtung Tunnelplatz und sah dabei den Entgegenkommenden ins Gesicht. Auch sie rissen die Augen auf, wichen seinen Blicken aus und verschwanden. Er ging weiter zum Tor der Tunnelbahn, aus dem verschlafene Menschen strömten, still und stumm ... Es überraschte ihn. Eine so lautlose Menge war ihm noch nie begegnet. Vor dem schwedischen Generalkonsulat schaute er zum Himmel hoch. Er war verhangen, Wolken wirbelten ineinander, zogen zur Selimiye-Kaserne hinüber. Von Benzingeruch geschwängerte, lauwarme Luftströme strichen in Wellen über Zeynels Wangen, kündigten Regen an. Zeynel lehnte sich an die Mauer des Konsulats und klopfte sich den verkrusteten Schlamm von Jackett und Hosenbeinen. Eine Weile lungerte er dort vor dem schwedischen Konsulat, ging dann weiter bis Hachette, musterte im Schaufenster der Buchhandlung seinen langen, schlanken Schatten, der auf die in allen Farben leuchtenden Bücher fiel, und zwirbelte dabei seinen Schnurrbart. Weil er sein Spiegelbild nicht gut erkennen konnte, stellte er sich vor die nächste Auslage mit dunklem Hintergrund. Jetzt sah er sich ganz deutlich und in voller Größe. Sein Schnauzbart sah genauso aus wie der von Fischer Selim, und so groß wie der Fischer war Zeynel allemal. Na ja, vielleicht doch nicht ganz so hochgewachsen wie der Fischer, aber fast ... Als er in Galatasaray anlangte, blieb er wie angewurzelt vor der großen Bank stehen. Wie gebannt starrte er auf das Gebäude, konnte sich von seinem Anblick nicht losreißen. Die Passanten rempelten ihn, traten ihm auf die Füße, schubsten ihn zur Seite, er merkte nichts davon, auch wenn es schmerzte. Es dauerte eine ganze Weile, bis er wieder zu sich kam, zurück zum Tunnel eilte, eine Metallmarke löste und in einen Waggon stieg. Wenig später war er auf dem Donnerstagsmarkt, betrat einen Laden, kaufte dort einen mittelgroßen Plastikbeutel, rollte ihn zusammen und klemmte ihn sich unter den Arm, bevor er den Laden wieder verließ. Dann suchte er auf dem Markt so lange, bis er eine rostige Metallkugel entdeckte, die wie eine Bombe aussah. Er kaufte sie, öffnete den Plastikbeutel, wickelte die Kugel darin ein, verließ den Markt und fuhr mit der Tunnelbahn zurück nach Beyoğlu. Mit leerem Blick bahnte er sich rempelnd einen Weg durch die hastende Menge bis zur großen Bank, wo er wieder wie festgenagelt stehenblieb und wie gebannt auf die Schalter hinter der verglasten Front des Gebäudes starrte. Hineinzugehen wagte er nicht, doch wie von innerem Zwang getrieben, machte er plötzlich kehrt, rannte zur gegenüberliegenden Bank, lief ohne anzuhalten durch die Tür, baute sich vor dem Schalter auf und rief: »Hände hoch, Hände hoch!«, während er gleichzeitig die Metallkugel aus dem Beutel holte und zum

Eingang kegelte. »Das ist eine Bombe«, drohte er, zog seinen Revolver und fügte hinzu: »Keine Bewegung!« Dann öffnete er den Beutel und befahl: »Packt soviel Geld hinein, wie da ist! Wenn in den Kassen auch nur ein Kuruş liegenbleibt, lasse ich die Bombe dort hochgehen. Wenn sie explodiert, legt sie ganz Beyoğlu in Schutt und Asche.«

Bündelweise warfen gleich mehrere Bankangestellte das Geld in den offenen Beutel. Bis schließlich ein langhaariger Kassierer, der quittengelb geworden war, mit erstickter, zitternder Stimme sagte: »Das war's, in der Kasse ist kein Kuruş mehr.«

Auch Zeynel war ganz blaß geworden. Ihm war bestimmt mulmiger zumute als den Angestellten. Hastig warf er den Beutel über seine Schulter und eilte zur Tür. Den Revolver hielt er schußbereit. Jetzt erst gewahrte er die Menschenmenge am Eingang, die immer größer wurde. Verstört fuchtelte er mit der Waffe, und plötzlich löste sich ein Schuß. Entsetzt liefen die Menschen davon, stießen sich um, stolperten übereinander. Es hatte angefangen zu regnen, und im Dämmer der dunklen Wolken rannte Zeynel um sich schießend quer über die Straße nach Galatasaray. Als er die abschüssige Boğazkesen-Straße hinunterhetzte, hefteten sich ein Polizist und zwei Nachtwächter auf seine Fersen. Zeynel drehte sich um, zielte auf ihre Bäuche und schoß. Der Polizist brach zusammen, und die andern ließen sich fallen. Zeynel lief in die nächste enge Gasse hinein und verschwand in einer Tischlerei. In der Werkstatt arbeitete ein etwa sechzehnjähriger Junge, der aus Leibeskräften zu schreien begann, als er Zeynel erblickte. Wie der Blitz stürzte Zeynel sich auf ihn. »Sei still«, drohte er, »sonst verpasse ich dir eine Kugel!« Der Junge verstummte auf der Stelle. »Ich habe eine Bank ausgeraubt und werde dir Geld geben, wenn du ruhig bleibst«, fügte Zeynel hinzu und fesselte die Hände des Jungen mit einem Strick, der auf der Werkbank lag.

»Gibt es hier noch einen zweiten Raum?«

»Ja, dort«, antwortete der Junge gelassen, als handle es sich um ein Spiel, und öffnete eine kleine Tür zu einer Kammer, die bis an die Decke mit Spänen gefüllt war.

»Ich werde dich hier einschließen.«

»Ja, schließ mich ein!« entgegnete der Junge gleichgültig, sogar mit einem Anflug von Abenteuerlust.

»Wo ist der Meister?«

»Mein Meister ist schon gegangen. Er wohnt weit weg. Um diese Zeit kommt niemand mehr hierher.«

»Wie heißt du?«

»Mutlu.«

»Mutlu, ich werde dich jetzt einsperren.«

»Meinetwegen«, sagte er im selben gleichgültigen Ton, aber auch freudig erregt, was er zu verbergen suchte. »Hast du wenigstens bei der Bank viel Geld abgeräumt?« fragte er, als er sich in die Nebenkammer zwängte.

»Sehr viel«, antwortete Zeynel. »So, da hinein mit dir!« Doch kaum hatte er die Tür hinter dem Jungen zugeklappt, riß er sie schon wieder auf. »Ich muß dich ja noch knebeln«, sagte er, »was, wenn du da drinnen schreist, sobald du Schritte hörst oder mitbekommst, daß Polizei in der Nähe ist?«

»Ein Stricher will ich sein, Bruder, wenn ich schreie!« entgegnete Mutlu. »Ich bin ein Mann, Bruder, ich liefere niemanden ans Messer. Und die großen Brüder, die Banken ausrauben, schon gar nicht.«

»Wenn du schreist, bring ich dich um.«

»Dann bring mich um, Bruder«, sagte Mutlu, »ein Kerl von Mann liefert einen Kerl von Mann nicht ans Messer.«

»Er liefert ihn nicht ans Messer«, nickte Zeynel, verschloß hinter dem Jungen die Tür, holte den Geldbeutel, den er am Eingang abgelegt hatte und schob ihn unter die Werkbank. Dann griff er sich eine der Schürzen, die an der Wand hingen, band sie sich um, legte sich ein Brett zurecht, griff sich den größten der aufgereihten Hobel und begann, das Holz zu bearbeiten. Ohne aufzublicken, hobelte er, bis es ganz dunkel wurde und die Straßenlampen aufflammten. Das wohl vier Finger dicke Brett war nach und nach papierdünn geworden, als Zeynel den Hobel beiseite legte, zur kleinen Tür ging, aufschloß und das Licht einschaltete. Lang ausgestreckt lag Mutlu auf den Spänen und schlummerte tief und friedlich. Behutsam ging er zu ihm. Wer weiß, dachte sich Zeynel, wie schwer sie diesen Jungen arbeiten lassen, daß er hier so fest eingeschlafen ist. In der Kammer roch es betäubend nach harzigem Tannenholz. Er kniete sich neben dem Jungen nieder. Wie oft hatte er sich nicht auch so ausgestreckt, halb wahnsinnig vor Erschöpfung, und war auf der Stelle in Schlaf versunken. Er kniete noch immer da und konnte es nicht übers Herz bringen, den Jungen zu wecken. Schließlich erhob er sich, löschte das Licht, schloß die Tür, zog den Beutel unter der Werkbank hervor und hockte sich vor die Türschwelle. Eine unendliche Müdigkeit überkam ihn. Ließe er sich gehen, würde er wie Mutlu einschlafen und drei Tage und Nächte lang nicht aufwachen. Dieser Gedanke erschreckte ihn, er sprang auf die Beine, zog ein Bündel Geldscheine aus dem Beutel, öffnete behutsam die Kammertür und machte Licht. Mutlu lag noch immer auf der rechten Seite und schlief mit leicht geöffneten Lippen. Genüßlich stopfte Zeynel ihm das Bündel Fünfhunderter in die Tasche, löschte das Licht, ließ aber die Tür offenstehen. Eine grobe, blaue Schürze an der Wand stach ihm in die Augen. Er nahm sie vom Haken, wickelte sie um den Beutel, steckte noch einen Spachtel ein und verließ die Werkstatt in der Schürze, die er sich vorhin umgebunden hatte.

Gemächlich schlenderte er durch die engen Gassen hinunter nach Kabataş, als von Galatasaray ein altes, verbeultes Taxi, von dem auch der letzte Lack abgeblättert war, die steile Straße heruntergefahren kam.

»Ab nach Topkapi!« rief er dem Fahrer zu und stoppte den Wagen.

»Nicht unter hundertfünfundzwanzig«, antwortete der Fahrer, ein alter, lebenserfahrener, listiger Fuchs, der wußte, wo's langging.

»Ich habe hundert Lira und keinen Kuruş mehr«, versteifte

sich Zeynel. »Was verdient ein Tischler schon in diesen Tagen, lieber Meister ...«

»Na, dann komm«, sagte der Fahrer großmütig, »die Tischler verdienen ja viel, aber du, Oberhaupt der Tischler, sollst für hundert gefahren werden ...«

»Leben sollst du, Meister!« bedankte sich Zeynel, machte es sich auf dem Beifahrersitz bequem und klemmte den Beutel zwischen sich und die Autotür.

»Du kannst auch als Sammeltaxi weiterfahren, Meister.«

»Gerne doch«, freute sich der Fahrer.

»Leben sollst du, Meister«, wiederholte Zeynel. »Wir wissen um unser Los, und deshalb verstehen wir uns. Leben sollst du, Kraftfahrzeugmeister!«

Als Sammeltaxi fuhren sie bis Pazartekke. Streckenweise mit einem Verkehrspolizisten, zwei Frauen, vier langhaarigen, nach Anisschnaps riechenden jungen Burschen, einem tiefgebeugten Rentner und einem immerfort kerzengerade im Befehlston redenden, altgedienten Offizier. In Pazartekke stieg Zeynel aus, ging in Richtung Stadtmauern bis nach Topkapi weiter. An der Kreuzung Topkapi hatten sich wieder Autos, Lastwagen, Minibusse und Pferdegespanne ineinander verkeilt. Und fast unbemerkt hatte ein feiner, kaum spürbarer Nieselregen eingesetzt. Drei Verkehrspolizisten tobten durch das Knäuel der Fahrzeuge, ohne es entwirren zu können. Zeynel wußte genau, wohin er wollte. Seit Jahren war sein Versteck dort bei dem großen Tor. Rechts vom Portal führte innerhalb des Friedhofs ein schmaler Pfad zu einem riesigen Feigenbaum, der die Pforte zur kleinen, gewölbten Gruft völlig verdeckte. Dieses warme, saubere Versteck kannte niemand. Der Regen wurde stärker, und Zeynel war völlig durchnäßt, als er am Tor ankam. Geschmeidig wie eine Katze kletterte er über die Friedhofsmauer, huschte zum Feigenbaum, dessen dunkle Umrisse mit der Mauer verschmolzen, und verschwand in dem kleinen Gewölbe. In der Gruft roch es nach Staub, modriger Mauer und Moos. Ein bitterer Geschmack brannte in seiner Kehle, er mußte mehrmals husten und erschrak darüber.

Ängstlich hielt er die Luft an, bis der Hustenreiz verschwunden war.

Mit dem Spachtel aus der Tischlerei begann er die weiche Erde am Fuße der Wand aufzugraben. Er grub so schnell, daß ihm der Schweiß in Strömen rann, und hörte erst auf, als er ein armtiefes Loch ausgehoben hatte. Dann öffnete er den Beutel, fingerte drei Bündel Banknoten heraus und steckte sie in die Hintertasche. Anschließend rollte er die Öffnung des Beutels ein, wickelte ihn wieder in die Schürze, band sich die andere Schürze von der Hüfte, packte sie obendrauf, legte alles in das Loch und schaufelte es mit dem Spachtel wieder zu. Zu guter Letzt trampelte er die Erde glatt und rubbelte sie danach mit seinen Händen. Dieses Versteck würde niemand finden. Die Straßenjungen hatten Angst hierherzukommen, und die Erwachsenen hatten diese Gruft längst vergessen. Darauf konnte er sich verlassen. Und wenn einer käme, würde er bestimmt nicht vermuten, daß so tief unter der Erde Geld vergraben sei. Er strich mit der Hand noch mal über die Erde und verließ die Gruft. Es regnete in Strömen. Er ging zum Bahnhof von Samatya und wartete auf den Zug. Von hier würde er nach Kumkapi fahren und sich heute nacht dort ordentlich die Nase begießen, danach Hasan Barut den Humpelnden aufsuchen und ihm dreitausend Lira schenken. Hasan der Humpelnde war der Mensch, der ihn seit dem Tag, an dem er aus seiner Heimat nach Menekşe gekommen war, immer gut behandelte.

11

Nun war er wieder in Menekşe. Das Meer war stürmisch. Häuser, Gassen, ja, die ganze Erde bebte unter der Wucht der anrollenden Brecher, die sich weit draußen bei der Großen Insel auftürmten und mit schaumweißen Kämmen auf Istanbul zurasten. Wie messerscharfe Klingen durchschnitten eisige Hagelschauer das Dunkel. Im Kaffeehaus saßen drei Polizisten beim Kartenspiel und unterhielten sich über ihr Zuhause, über ihren Dienst und ihr Los in der Fremde. Heute war in Menekşe eine ungewöhnliche Unruhe nicht zu übersehen gewesen, wie auch sonst in den letzten Tagen, genauer: seit der Ermordung Ihsans, in Menekşe eine ungewöhnliche Stimmung geherrscht hatte. Jedermann sprach nur über Zeynel Çelik und seine Bande. Und jede Nacht kam Zeynel nach Menekşe, brach irgendeinen Zwist vom Zaun und verschwand.

Allein dreimal hatte Zeynel Çelik das Haus Fischer Selims beschossen, und im Nu hatte sich ganz Menekşe in völligem Dunkel dort eingefunden. Davor hatten die Schießwütigen in der ganzen Gegend bis nach Florya den Strom unterbrochen. Und während draußen ein Höllenlärm tobte, die Kugeln über das Kaffeehaus pfiffen, blieben drinnen die Polizisten beim Licht der vom Wirt eilig herbeigeschafften Kerzen seelenruhig sitzen und spielten weiterhin Karten. Sie waren in der Tat kaltblütige Männer.

Auch gestern abend war es wieder Zeynel Çeliks Bande gewesen, die diesmal Fischer Selims Haus angezündet hatte. Wie Kienholz stand es sofort in Flammen, und der Wind blies die Funken bis zum windschiefen Bahnhof hinüber. Eine Feuersbrunst war's, als sei ein riesiger, alter, hölzerner Konak in Brand geraten. Am Ende wollte niemand glauben, daß Fischer Selims Haus so schnell bis auf die Grundmauern niedergebrannt war. Und damit auch Selim in den Flammen umkomme, hatte die Bande das Feuer an seiner Haustür gelegt. Hätte der Fischer nicht einen so leichten Schlaf gehabt und wäre er nicht so schnell und geschmeidig gewesen, er wäre zusammen mit seinem Haus zu Asche verbrannt. Als das Feuer vor der Tür knisterte, lag Selim angezogen auf seinem Bett, er war mit einer Zeitung in der Hand eingeschlafen. Doch als die Flammen ins Zimmer züngelten und ein heißer Lufthauch über sein Gesicht strich, war er hochgeschreckt und im nächsten Augenblick durch die brennende Tür ins Freie gestürzt.

Als der Morgen kam, waren von Fischer Selims Haus nur noch Trümmer und Asche übriggeblieben. Auch was er seit zwanzig Jahren aus dem Strandgut zusammengesucht und in seinem zweizimmrigen Haus in eine Schublade gestopft hatte, war mit verbrannt. Irgendwann hatte er diese Funde verkaufen und den Erlös seinem Ersparten zuschlagen wollen. Nun war auch das dahin.

Der Verlust seines Hauses bekümmerte Fischer Selim nicht sonderlich, aber ein bißchen wütend auf Zeynel war er schon. Dieser Junge entwickelte sich zu einem echten Rabauken. Mag sein, daß er, nachdem er Ihsan aus Angst getötet hatte, völlig ausgerastet war und jetzt sein Haus angezündet hatte, weil er auch ihn, Fischer Selim, zu fürchten begann. Noch am selben Tag hatte Fischer Selim Kantholz, Faserplatten und was man sonst noch so brauchte, gekauft und mit Mahmut und Özkan angefangen, auf der Brandstätte sein neues Haus zu zimmern. Und das gesamte, ihm feindlich gesinnte Menekşe, ob alt, ob jung, mit Kind und Kegel, half den dreien dabei. Der eine schleppte Wasser herbei, der andere Sand, der nächste Fensterscheiben, Bretter oder Wasserhähne, man schaufelte und hobelte. Hausbau ist eine Gemeinschaftsarbeit, beim Hausbau gibt es keine Feindschaft, da hilft sogar der Feind dem Feinde! Und wenn die Arbeit so voranschritt, würde Selim schon am nächsten Morgen wieder ein Dach über dem Kopf haben. Aber da war noch etwas: So eifrig, wie jeder Menekşeer von Sieben bis Siebzig sich für Selims Haus ins Zeug legte, hatte er es noch bei keinem Bau getan. Doch Selim hatte die Zeit nicht, darüber nachzudenken.

Die Brandstifter aber waren den Steilhang hochgegangen und hatten vom alten Zürgelbaum aus noch wahllos in die Nacht geballert.

Spaltenlang berichteten die Zeitungen über Zeynel Çeliks Untat, aber jede schilderte den Hergang des Mordes verschieden. Auch die veröffentlichten Photos von Ihsan hatten eigenartigerweise keine Ähnlichkeit mit ihm. Auf jedem war ein großer, breitschultriger Mann mit Hakennase, gerunzelten, schwarzen Brauen und drohend rollenden Augen abgebildet, der mit einem Sten-Revolver in der Faust posierte. Auf einem anderen, halbseitigen Bild erhob sich hinter dem Mann sogar ein Berg mit lilafarbenen Felswänden. Eine Zeitung wiederum hatte ein riesengroßes, und wie alle übrigen, farbiges Photo von Zeynel und seiner Bande gebracht und darunter geschrieben: »Sie sehen Zeynel Çelik mit seiner Bande, die er nach seiner Ankunft aus seiner Heimatstadt Erzurum vor drei Jahren gegründet hat.«

Auch über sein Leben wurden in den Zeitungen die verschiedensten Gerüchte verbreitet. Und die Menekşeer glaubten alles, was da berichtet wurde. Wie sollten sie auch nicht, schließlich war Zeynel Çelik schon als erwachsener Mann nach Menekşe gekommen. Und auch im Laufe der zehn oder fünfzehn Jahre, in denen er hier ansässig war, erfuhr niemand weder, was er tat, noch, wohin er ging ... Auch war jeder überzeugt, daß es sich bei den Photographien wirklich um Zeynel Çelik handelte. Kann sich ein Mensch nach so vielen Abenteuern etwa nicht verändern?

An jenem Morgen waren die Menekşeer schon früh auf den Beinen und hatten einige Kinder nach Küçükçekmece geschickt, um Zeitungen zu holen. Sogar Ibo Sakça Efendi hatte viereinhalb Scheine geopfert und auf einen Schlag drei Blätter bestellt. Als die Kinder zurückkamen, liefen die Menekşeer, ob Frau, ob Mann, am Strand, im Kaffeehaus und in den Gassen zusammen und lasen mit lauter Stimme die Zeitungsartikel, in denen genüßlich geschildert wurde, wie Zeynel den Ihsan getötet hatte. Wenn auch jede Zeitung den Tathergang unterschiedlich erzählte, berichteten sie doch einheitlich, daß Zeynel mit seiner neunköpfigen Bande zum Bahnhof gekommen sei und bis zum Morgen das ganze Viertel, sogar das Meer und die Boote auf dem Meer unter Feuer genommen habe. Außerdem schrieben sie auch noch, Zeynel sei mit seiner neunköpfigen, grausamen Bande ins Kaffeehaus von Menekşe eingedrungen, habe den berüchtigtsten Gewaltmenschen Ihsan überwältigt und nach endlos langer Folter mit je drei Schüssen in die Augen getötet; anschließend habe er vor aller Augen des berüchtigten Gewaltmenschen Zunge und Geschlechtsteil abgeschnitten und sei dann seelenruhig wieder aus dem Kaffeehaus hinausgegangen.

Die alarmierte Polizei habe den Ort von der See und vom Land her abgeriegelt und so diesen gefürchteten Gangster in die Zange genommen. Dennoch sei es dem sehr beherzten, flinken, vor nichts und niemandem zurückschreckenden und durch langjährige Erfahrung gewitzten Gangster Zeynel gelungen, diesen Ring zu durchbrechen und zu fliehen. Und die Menekşeer glaubten alles. Glaubten an die Existenz einer Bande, die »ja, so muß es gewesen sein!« bestimmt draussen gewartet hatte, während Zeynel mit der Waffe in der Faust ins Kaffeehaus gestürmt war, um Ihsan zu erschiessen, glaubten an die Echtheit der Photographien, auf denen Zeynel als breitschultriger Mann mit dem Blick eines Henkers dargestellt wurde, aber – wie bedauerlich – daß die Polizei Zeynels Bande vom Meer und vom Land her eingekreist und sich tagelang mit ihr Feuergefechte geliefert habe, nein, das hätten sie leider nicht gesehen. Wie konnten Zeitungen aber etwas, das gar nicht stattgefunden hatte, so schildern, als sei es wirklich vorgefallen?

Die Zeitungen verrieten auch, um wen es sich bei Zeynel in Wirklichkeit handelte, und in Einzelheiten schwelgend, vermochte eine von ihnen sogar über sein früheres Räuberdasein am Ararat zu berichten.

Danach füllte die Gefangennahme der Polizisten und der Raub ihrer Dienstwaffen die Spalten. Die Beamten hätten sich plötzlich in einem Feuerregen befunden, als sie der Bande Zeynel Çeliks nach einem Hinweis in Sarayburnu am Denkmal Atatürks auflauern wollten. Das Denkmal, die Bäume und die Mauer als Deckung nutzend, hätten die Gangster sie mit einem Kugelhagel empfangen. »Ich will euch das Leben nicht nehmen«, habe Zeynel Çelik ihnen schließlich zugerufen, »werde aber euch alle töten, wenn ihr euch nicht ergebt. Werft also eure Waffen fort!«

Und die Polizisten hätten ihre Waffen auf den Boden geworfen. Und weil Zeynel Çelik einen Groll auf sie gehabt habe, habe er sie an Händen und Füßen gefesselt, sie beschimpft und gefoltert. Die Beamten seien an den brüchtigsten Gangster geraten, den die Stadt Istanbul je erlebt habe. Außer den Dienstwaffen habe er ihnen auch noch ihr ganzes Geld abgenommen. Und es sei sehr wahrscheinlich, daß hinter Zeynel Çelik eine noch viel mächtigere Bande stecke …

Nach dem Mord an Ihsan und der darauf folgenden Gefangennahme der Polizisten waren Zeynels Bankraub in der größten Bank Beyoğlus und sein Brandanschlag auf das Haus seines größten Feindes, Selim des Fischers, an der Reihe … Den Zeitungen winkten herrliche Zeiten. Bis zu seiner Verhaftung würden sie überfließen von sagenhaften Abenteuern dieses fürchterlichen Gangsters, und die Stadt Istanbul würde jeden Morgen schon vor Tagesanbruch den Neuausgaben klopfenden Herzens entgegenfiebern.

Und ein Journalist hatte Zeynel angeblich am Vortag in einem Lokal, dessen Name nicht genannt wurde, beim Whisky überrascht und mit ihm ein langes Gespräch geführt. Farbfotos der beiden bedeckten fast die ganze Frontseite der Zeitung, darauf Zeynel als beherzt dreinblickender Kraftmensch mit gezwirbelt herabhängendem Schnauzbart. Er sei in Tunceli geboren, hieß es, sei mit elf Jahren nach Istanbul gekommen, habe sich zuerst einem großen Schmugglerring angeschlossen, sich aber mit zunehmendem Alter gegen den Bandenführer aufgelehnt und ihn schließlich getötet. Den Schmuggel möge er nicht, Polizisten stehe er feindlich gegenüber, fessele sie, wo immer er auf sie treffe, an Händen und Füßen und nehme ihnen sofort die Waffen weg, die er allerdings an die Direktion der Behörde für Innere Sicherheit zurückschicken werde. Dem Zeitungsbericht zufolge war Zeynel um die dreißig, groß, breitschultrig, mit dem Blick eines Adlers und einer ruhigen, kühlen, schnörkellosen Ausdrucksweise. Ihsan habe er erschossen, weil dieser im Verein mit vier anderen Zeynels älteren Bruder getötet habe. Die restlichen vier suche er noch und werde sie einen nach dem andern in Kürze zur Strecke bringen. Was den Bankraub betreffe, so habe die Bande Geld gebraucht. Hätten sie denn hungern sollen? Außerdem sei auf dieser Welt nichts leichter als ein Bankraub. Für seinen sorgenfreien Lebensabend wolle er noch drei Banken überfallen, danach sich nie mehr an fremdem Hab und Gut vergreifen. Wenn man genügend Geld habe, um seinen Lebensunterhalt zu bestreiten, seien Raub und Diebstahl unmoralisch, vertrügen sich nicht mit der Menschenwürde.

Unter den Fußballvereinen halte er es mit Fenerbahçe. Schon seit seiner Zeit in Tunceli sei er leidenschaftlicher Anhänger Fenerbahçes. Seine Lieblingsgerichte seien Broccolisuppe, mit Weizengrütze vermischte Hackbällchen und Kebap, scharf gewürzt und geröstet wie in Antep. Junggeselle sei er zwar noch, werde aber bald ein Mädchen heiraten, Universitätsabsolventin, auf die er seit kurzem ein Auge habe. Das Mädchen sei von Gangstern, besonders von tollkühnen Menschen begeistert. Auch in Zeynel habe es sich auf den ersten Blick verliebt.

Befragt über seine Treffsicherheit, habe Zeynel nur seinen Revolver aus dem Gürtel gezogen und die gegenüberliegende Straßenlaterne aufs Korn genommen, und nachdem er sie mit einem Schuß zertrümmert habe, sei er in seinen Wagen gestiegen und vor den Augen einer riesigen Menschenmenge mit Vollgas davongefahren.

Es dauerte nicht lange, und Zeynels Bande wucherte zu beachtlicher Größe. Die Ereignisse überschlugen sich. Schon innerhalb zweier Tage hatte Zeynel Çeliks Bande in Beyoğlu die zweite, in Şişli die dritte und in Sirkeci die vierte Bank ausgeraubt. Und beim Anleger von Harem wurden unter den Bäumen am Hang drei Leichen von Männern entdeckt, die allesamt mit Genickschüssen getötet und deren Hosen und Unterhosen bis zu den Knien heruntergezogen worden waren. Die dermaßen entblößten Leichen der drei Händler aus Anatolien sollten dieser Untat nur einen irreführenden Anstrich geben. Auch unter der Brücke von Aksaray wurden – diesmal splitternackt – zwei Leichen entdeckt. Wie es hieß, trage all das die Handschrift der Bande Zeynel Çeliks.

Danach beging die Bande jeden Tag irgendwo in Istanbul irgendeinen Mord, überfiel sie irgendeine Bank, steckte sie irgendein Haus, irgendein Schloß in Brand. Und die Gazetten druckten jeden Tag riesengroße Bilder von Zeynel Çelik, im Profil und von vorn, in der Hand eine Maschinenpistole, eine Mauser, eine Flinte, einen Revolver oder ein Schwert ...

Die Polizei stellte Zeynel Çelik in Unkapan im Haus des vorbestraften Triebtäters Rifat Ardiç. Die Beamten hatten das Haus auch zur See hin abgeriegelt. Die Schießerei dauerte bis zum Morgen. Als mit kugelsicheren Westen versehene Polizisten das Haus, aus dem seit geraumer Weile kein Schuß mehr gefallen war, unter Feuerschutz stürmten, fanden sie Rifat Ardiç, die ausgestreckte Hand noch um den Türgriff gekrallt, auf der Schwelle der halboffenen Tür tot in seinem Blute knien. Außer ihm lag weiter drinnen zusammengekrümmt ein bewaffnetes Mädchen, das eine Maschinenpistole fest an seinen Körper gedrückt hielt.

Der Kopf der jungen Frau war zerschmettert, Teile ihres Hirns klebten an der Wand, und das Blut an ihrem zerknitterten Rock war schon so verkrustet, daß der Stoff steif wie Wachstuch geworden war. Sie umschlinge die Maschinenpistole wie einen Geliebten, wird später eine Zeitung dieses Bild betiteln. In einer Ecke zusammengebrochen lag noch ein etwa fünfzehnjähriger, hochgewachsener, braunhäutiger Junge mit lockigem Haar. Von seinen Füßen war das Blut bis an die Türschwelle geflossen und hatte dort kleine Lachen gebildet. Und hinter einer Kommode, wohin sie sich verkrochen hatten, stöhnten zwei Männer. Die Polizisten zogen sie aus ihrem Versteck, aber für sie kam jede Hilfe zu spät. Sie waren offensichtlich dem Kugelhagel der anstürmenden Polizisten zum Opfer gefallen und starben noch auf dem Weg ins Krankenhaus.

Zur Belagerung hatten sich neben den Polizisten auch Reporter eingefunden. Doch wie er es auch angestellt haben mochte, Zeynel Çelik war ihnen wieder entwischt. Waren sie darüber auch enttäuscht, so schossen sie von den andern, die mit den verschiedensten Waffen im Anschlag in ihrem Blute dalagen, aus allen Blickwinkeln um so mehr Fotos.

Zeynel Çelik hatte bei dieser Operation seine besten Leute, darunter seine tollkühnste Schützin, »Fatoş mit der Thomson« genannt, verloren. Daß er bei dieser Schießerei nicht dingfest gemacht werden konnte, war zumindest für die Journalisten von Vorteil. Zeynel hatte den dreifachen Polizeikordon überlistet, indem er von Dach zu Dach springend das Weite gesucht hatte. Daß er sich durch den Dachstuhl einen Fluchtweg bahnen würde, damit hatten die Polizisten nicht gerechnet. In Zukunft werden sie auch die umliegenden Dächer besetzen.

In Istanbul wurde die Polizei mit Anzeigen überschwemmt. Die verehrten Volksgenossen hatten die Ärmel hochgekrempelt und deckten die Ordnungshüter mit Hinweisen ein. Nach ihren Protokollen waren gestern morgen zur selben Zeit in Samatya dreiundzwanzig, in Beyoğlu hundertsiebenunddreißig, in Tarabya neun, in Bebek sechsundneunzig, in Eminönü drei, am Ägyptischen Basar und am Anleger für Früchte einundsiebzig, in der Eyüb-Moschee und Umgebung sechsundvierzig, in Menekşe ein, in Florya drei, in Aksaray siebenundzwanzig Zeynel Çelik gesichtet worden. Und die Anzeigen rissen nicht ab. Und die Polizei tat ihr Bestes, um allen Hinweisen nachzugehen.

Schließlich gelang es den Polizisten, fünf Bandenmitglieder Zeynel Çeliks in Dolapdere ohne den kleinsten Kratzer zu überwältigen. Und wieder war es Zeynel Çelik mit füchsischer Schläue gelungen, den Polizeikordon zu überlisten. Lang und breit berichteten die Verhafteten in den Zeitungen von ihren Abenteuern, schilderten in allen Einzelheiten, wie sie die Banken überfallen hätten und wer, vor allen Dingen: was für ein Mann Zeynel sei. Von dem Geld aus den Banküberfällen jedoch wurde nicht ein Kuruş gefunden. Wie sollte auch, schließlich ließ Zeynel niemanden am Geld auch nur schnuppern, denn er ist ein Ungeheuer, das einzig und allein das Geld liebt! Und er ist ein so großer Zauberer, daß jeder sich ihm bei der ersten Begegnung unterwerfen muß und seinen

Befehlen den Gehorsam gar nicht verweigern kann. Sagte er jemandem: »Nimm diesen Revolver und schieß dir auf der Stelle eine Kugel durch den Kopf!«, würde dieser sich sofort den Lauf in den Mund stecken und abdrücken ...

Auch in diesen Tagen hatten die Polizisten in Kasimpaşa ein Haus umzingelt, mit Dauerfeuer belegt und sechs verwundete Bandenmitglieder Zeynel Çeliks überwältigt, aber der Schaitan Zeynel war wieder entkommen. Und bei einer Razzia in einem Viertel von Ümraniye verhafteten sie weitere fünfzehn Mann. Und fünfzehn von diesen fünfzehn waren Mitglieder von Zeynels Çeliks Bande. Und alle fünfzehn waren geständig. Und jeder Verhaftete betete Zeynel Çelik an, diesen mutigen, nicht zu bändigenden Teufel, der stärker war und stattlicher als ein Meisterringer. Sein geheimnisvoller Blick schlug sein Gegenüber in einen Bann, von dem er sich nicht mehr lösen konnte; und wäre er der Generaldirektor der Sicherheitskräfte oder gar der Innenminister, er mußte sich ihm beugen. Wurde der Ausbrecher Vural Yavuz, der hundertundzwölf Straftaten auf dem Kerbholz hatte und zu sechzig Jahren Gefängnis verurteilt worden war, deswegen etwa nicht zum Bandenmitglied? Am Ende wurde bei Polizei und Presse jeder Urlaub gesperrt, und Istanbuls Journalisten und Polizisten machten sich in voller Kopfzahl hinter Zeynel Çelik her.

Einmal hatten sie ihn in einem Wagen in der Nähe des Karagümrük-Stadions entdeckt und in die Zange genommen. Doch als die Einwohner des Viertels dahinterkamen, umstellten Tausende von ihnen das Auto des Gangsters, noch bevor die Polizisten ihre Waffen in Anschlag bringen konnten. Auto und Gangster verloren sich in der Menschenmenge und tauchten nicht wieder auf, als sich der Auflauf wieder zerstreute. Auch als die Polizisten in jener Nacht bis zum Morgen auf die Einwohner des Viertels einprügelten, fanden sie von Zeynel Çelik nicht den Hauch einer Spur. Als habe sich die Erde gespalten und den Gangster verschluckt.

Die Polizei durchkämmte tagtäglich ein Istanbuler Viertel, durchsuchte stündlich irgendein Haus, tötete jeden Tag einige

Bandenmitglieder Zeynel Çeliks, verhaftete weitere fünf bis zehn, aber Zeynel Çelik selbst zu fassen wollte ihr, aus welchen Gründen auch immer, nicht gelingen. Die Klugheit dieses gefürchteten Gangsters, sein Mut, seine Geschmeidigkeit, sich wie eine Katze jeder Festnahme zu entziehen, ließ die Polizisten schier am Leben verzagen.

Und in den Kaffeehäusern wurde ununterbrochen und ausschließlich von Zeynel Çelik und seiner Bande gesprochen. Besonders in Menekşe wurde pausenlos gesponnen ... Die Lobgesänge über seine Fähigkeiten als Fischer und Schütze nahmen kein Ende. Als einmal Arapoğlus Boot vor der Unseligen Insel kenterte, war er doch die ganze Strecke durchs sturmgepeitschte Meer nach Menekşe zurückgeschwommen! Und er trägt immer zwei Pistolen im Gurt und schießt nach einem kurzen Blick die Spatzen von den Bäumen, einfach so, ohne zu zielen ...

Die Menekşeer, besonders Süleyman, Ramazan, Hüseyin, Ali der Schwarze, Hüsnü der Matrose und Cafer aus Adana, waren in Panik geraten. Keiner von ihnen konnte ruhig schlafen. Denn hier in Menekşe hatte keiner, die Verwandten inbegriffen, diesen Jungen gut behandelt. Im eisigen Winter hatten sie ihn zum Fischen mit hinausgenommen und ihm seinen Anteil vorenthalten, und der Junge Zeynel hatte den Kopf gesenkt und geschwiegen. Jeder hatte ihn für sich arbeiten lassen, hatte ihn bis heute wie einen Knecht benutzt. Jetzt warteten sie mit Schrecken auf Zeynel und seine Bande, die all diese Hütten anzünden und jeden, der ins Freie flüchtete, abknallen würden. Ja, er würde kommen, und zwar sehr bald, der Zeynel Çelik, und er würde den Menekşeern heimzahlen, was sie ihm angetan hatten.

»Natürlich wird er Menekşe niederbrennen ...«

»Natürlich wird er uns alle töten ...«

»Und du, Duran, du Gottloser, hast du diesen vor Bescheidenheit fast stummen Jungen, der von Rizes Bergen hergekommen ist und dessen Landsmann du auch noch sein willst, nicht zum Fischen mitgenommen, um ihn zu schänden? Und hat er dir nicht in Hand und Hüfte gebissen, bis du von ihm lassen mußtest, wie du uns im Kaffeehaus mit geilgeiferndem Mund in allen Einzelheiten erzählt hast? Meinst du denn, daß der Junge dich noch am Leben lassen wird?«

»Und du, Temel, hast du diesen eine Handbreit großen Jungen, dessen Verwandter du auch noch sein willst, nicht auf die schlammige Straße geworfen, als er todkrank war? Wäre er nicht gestorben, wenn Schwester Fatma ihn nicht aufgenommen hätte? Ja, du, Temel der Lase, such du dir den Tod schon aus, den du sterben möchtest!«

»Und du, Süleyman ...«

»Ich habe ihm nichts getan. Ich habe ihm Brot gegeben, als er hungrig war ... Ich ...«

»Vor einigen Jahren, als Schwärme von Blaubarschen durch den Bosporus zogen, genauer: In dem Jahr, als wir eine Schwemme von Blaubarschen hatten, hast du, Süleyman, da beim Fischen in der Kälte, im eisigen Nordwind, mit deinen genagelten Stiefeln nicht auf Zeynels Hand getreten, mit der er sich aufstützte, und ihm dabei die Knochen gebrochen? Nicht Ihsan, dich hätte er töten sollen. Gott segne Schwester Fatma, die den armen Jungen zum Heilpraktiker nach Sinanköy brachte, der die Hand schiente, weil sie sonst verkrüppelt wäre. Denkst du, daß Zeynel Çelik dich jetzt ungeschoren lassen wird?«

»Ich hab's doch nicht absichtlich getan, woher sollte ich denn wissen, daß seine Hand dort lag, ich hab sie nicht gesehen ...«

»Hab ein bißchen Gottesfurcht, Süleyman, ich war doch dabei. Weil er nach deiner Meinung das Netz zu langsam einholte, warst du wütend und hast ihm mit dem Stiefelabsatz auf die Hand getreten ... Der Junge wäre vor Schmerzen beinah über Bord gegangen und ertrunken.«

»Ich habe ihm Geld gegeben.«

»Nicht einen Kuruş hast du ihm gegeben.«

»Ja, und du, Fahri Bey, was wirst du jetzt tun? Warst du es nicht, der Zeynel, weil er dir angeblich die Netze gestohlen hatte, auf die Wache bringen und achtundvierzig Stunden lang verprügeln ließ?«

»Ja, was mache ich jetzt, er wird mich töten, der Zeynel, wird mir die Haut abziehen. Wo soll ich denn hin?«

»Mach dich aus dem Staub, Fahri Bey, fahre in die Schweiz.«

»Ja, ja … Sollte ich mich in die Schweiz aufmachen?«

»Nun, ich habe ihm nie etwas getan … Nie … An einem Feiertag hat er mir einmal gratuliert und die Hand geküßt, und ich habe ihm fünfundzwanzig Kuruş gegeben, ob er sich wohl daran erinnert? Er erinnert sich, erinnert sich bestimmt, Zeynel ist ein kluger Junge, er vergißt nichts, meint ihr nicht auch?«

»Er vergißt es nicht.«

»Es gibt keinen zweiten wie ihn.«

»Ihn hat in diesem Viertel niemand gut behandelt.«

»Armer, großer Zeynel Çelik, inmitten dieser Boote ist er aufgewachsen, in diesen abgetakelten Kuttern hat er Sommer wie Winter gewohnt und gehungert … Während wir es uns in unseren trockenen und warmen Häusern gutgehen ließen, ist er vor Kälte …«

»Als ich eines Morgens ins Kaffeehaus kam, hockte er krumm und steifgefroren vor der Tür. Ich öffnete und machte ihm heißen Tee. Ja, heißen Tee hab ich ihm gemacht. Das wird er mir doch nie vergessen! Zeynel ist klug und zäh. Als ich ihm den Tee brachte, konnte er das Glas nicht halten. Ich setzte es ihm an die Lippen, und er bekam die Zähne nicht auseinander. Schließlich hab ich das Glas abgestellt, den Jungen in den Arm genommen und ordentlich gerieben, so lange, bis er sich entkrampft hatte und ich ihm den Tee einflößen konnte. An dem Tag hat Zeynel sage und schreibe sechsunddreißig Tassen Tee getrunken, und ich habe dafür nicht einen einzigen Kuruş von ihm genommen.«

»Gelogen, gelogen, gelogen! Du gibst nicht einmal deinem Vater einen Tee umsonst, und läge er auf dem Totenbett in den letzten Zügen, du Lügner, du!«

»Deine Sippe lügt, du Hund! Ersticken sollst du an all dem Tee, den du bei mir umsonst gesoffen hast ...«

»Schluß damit, streitet euch nicht! Wenn nicht heute nacht, so kommt Zeynel in der nächsten mit seiner sechsunddreißigköpfigen Bande ... Dann kannst du ihm ja erzählen, mit wieviel Tee du ihn vorm Erfrieren gerettet und ins Leben zurückgerufen hast ...«

»Das werde ich auch!«

»Er wird dies ganze Viertel niederbrennen, das solltet ihr wissen.«

»Das wird er.«

»Und Schwester Fatma ... Die liebt er doch.«

»Er mochte auch Selim den Fischer; hat er dessen Haus etwa nicht angezündet?«

»Selim der Fischer hätte ihm ja nicht ins Gesicht zu spucken brauchen.«

»Man sagt, Zeynel sei mit seiner sechsunddreißigköpfigen Bande ins Polizeipräsidium eingedrungen und habe alle Polizisten in Reih und Glied aufmarschieren lassen. Nie wieder Schmiergelder von den Armen, habe er ihnen befohlen, und sie hätten wie aus einem Munde geschworen, es nie wieder zu tun. Er ließ sie auch schwören, nie wieder auf Blechhüttenviertel zu schießen, sie weder niederzureißen noch ihre Besitzer zu erschießen. Er habe sie noch vieles schwören lassen, auch daß sie nie wieder auf Streikende, die nämlich Brüder der Polizisten seien, schießen würden, und die Polizisten hätten gerufen: ›Auf Streikende, nie wieder!‹ Wenn es so ist, habe er dann eingelenkt, werde ich euch nicht töten, sondern euch euren Frauen und Kindern zurückgeben. Und sie hätten ihm, ihrem Ağa, Gesundheit und ein langes Leben gewünscht. Danach habe er noch hinzugefügt, sie dürften ihn nie mehr verfolgen, zumal es ihnen sowieso nicht gelingen würde, ihn zu fangen. Und sie sollten auf ihn hören, weil er sonst unterm Sansaryan Han vierzig Kilo Dynamit vergraben und sie alle in die Luft sprengen würde, daran sollten sie immer denken. Dann sei er gegangen.«

»Der läßt sich nicht festnehmen!«

»Schon als Junge nicht ...«

»Einmal hatte ich ihn in die Toilette des Strandbads eingeschlossen, und was seh ich: Nach zwei Minuten war er wieder draußen ...«

»Er war eine Plage, ein streitsüchtiger, störrischer Junge. Einmal hatte er mir ein Tablett Fische geklaut, da habe ich ihn gefesselt, Hände und Füße aneinandergebunden. Nein, ich nicht, mein Bestmann Osman hat ihn wie ein Paket verschnürt. Und aus Osmans Knoten hat sich noch niemand befreien können. Ich legte den Jungen ins Boot von Agop aus Kumkapi. Und als ich ins Kaffeehaus zurückkomme, was sehe ich, da war doch der Bengel schon vor mir da. Bravo, Zeynel, konnte ich nur sagen, bravo, Zeynel ...«

»Und täten sich die Polizisten der ganzen Welt zusammen, sie würden ihn nicht fassen. Auf der Flucht ist er einmalig. Ein großes Talent ...«

»Ja, aber was sollen wir jetzt tun?«

»Auf zu Schwester Fatma ... Wenn, dann kann nur Schwester Fatma seine Gewalttätigkeiten verhindern.«

»Als die Polizei ihn einmal erwischt hatte, ich weiß nicht mehr, warum ...«

»Die Polizei hat ihn noch nie erwischt.«

»Sie hat ihn erwischt.«

»Und so oft schon! Du weißt es nur nicht.«

»Erzähl weiter, als sie ihn erwischt hatte ...«

»Als die Polizei ihn erwischt hatte, legte sie seine Hände und Füße in doppeltes Eisen ...«

»Uuund, was geschah dann?«

»Na, was schon, die Polizei warf ihn in den tiefsten Keller vom Sansaryan Han, in den mit der eisernen Tür. Aber sie hatten es schließlich mit Zeynel Çelik zu tun, mit dem Löwen Zeynel Çelik, denn als sie nachschauten, war in der Zelle nichts als gähnende Leere. Die eiserne Tür stand offen, und auf dem Fußboden lag, was von den Handschellen noch übriggeblieben war.«

»Zeynel Çelik kriegen die Polizisten nie zu fassen.«
»Das Geld von den Banküberfällen soll er an jene verteilen, deren Hütten sie beschossen und eingerissen haben.«
»Gott segne den Jungen dafür. Schon als Kind war ihm anzusehen, daß er aus edlem Hause stammt. Mildtätig wie er war, dachte er an sich zuletzt ... Und heute stahlhart. Man muß sich nur die prächtigen Photos in den Zeitungen anschauen, einen Blick hat er, so scharf wie Rasiermesser ...«
»So gutherzig ...«
»Unserem Menekşe tut er nichts an.«
»Der Mensch stößt das Messer nicht in den Tisch, von dem er ißt!«
»So ist es.«
»Ob er es hineinstößt oder nicht, das werdet ihr nicht in dieser Nacht ...«
»Das werdet ihr morgen nacht erleben.«
»Was weißt du schon!«
»Ich weiß es eben ...«
»Und woher weißt du es?«
»Mensch, ihr habt den Jungen doch das Leben zur Hölle gemacht, zur Hölle!«
»Ja, wir haben ihm das Leben zur Hölle gemacht, zur Hölle ...«
»Na und, wenn wir ihm das Leben zur Hölle gemacht haben, so haben wir es ihm ja nicht genommen, nicht wahr?«
»Und jeder Junge, der hier hängenbleibt, macht doch dasselbe durch, nicht wahr?
»Jeder Junge macht dasselbe durch.«
»Na also, wenn nun jeder ein Zeynel gewesen wäre und uns die Dächer angezündet hätte ...«
»Aber sie waren eben nicht Zeynel; der ist aus anderem Holz, der macht seine Drohung wahr ...«
Voller Angst seufzten alle auf einmal: »Der macht seine Drohung wahr.«
Zeynel war zum Spiegel ihrer Sünden geworden. In ihren Köpfen eine Mischung aus allem. Er war Schmuggler, Heili-

ger, wütiger Gangster, war gut, böse, großzügig, grausam, geizig, beherzt und feige.

Aber nicht nur in Menekşe wurde über Zeynel so gesprochen. Auch in Kumkapi oder Çekmece, in den Kneipen unter der Galata-Brücke, in den Kaffeehäusern in Beyoğlu, am Bosporus und am Goldenen Horn sprach man über ihn, gab jedermann je nach Erfindungsgeist und Temperament einen, wenn auch noch so kleinen, ergänzenden Beitrag zu Zeynels Abenteuern und Vergangenheit zum besten.

Die so in den Kaffeehäusern ausufernde Legende Zeynel Çelik erschien tags darauf in den Zeitungen, die wiederum in den Kaffeehäusern mit unzähligen ergänzenden Kommentaren der Zuhörer gelesen, vorgelesen und weitererzählt wurden.

Schon jetzt traten in diesen Kaffeehäusern Erzähler auf, die ausschließlich die Sage Zeynel Çelik darboten. Sie warfen erst einen Blick auf die letzten Zeitungsberichte, einen zweiten auf Zeynels Photo und begannen dann mit großer Begeisterung Zeynel Çeliks Abenteuer des Tages vorzutragen.

Wann, wie und wo aber dieses große, prächtige Abenteuer enden würde, wußte keiner, wollte auch keiner wissen.

12

Als er die Augen aufschlug, blickte er auf eine weiße Wand, deren Putz stellenweise abgeblättert war ... Eine Spinne krabbelte ganz langsam am eigenen, frei pendelnden Faden zu ihrem Netz zurück, das sie in eine Ecke der Zimmerdecke hineingesponnen hatte. Es verwunderte Zeynel, daß die Spinne an ihrem eigenen Faden zu jedem ihrer Ausgangspunkte zurückkehren konnte. Wo er aufgewacht war, wem das Zimmer gehörte, wollte ihm beim besten Willen nicht einfallen. Er ließ seinen Kopf, der leicht schmerzte, ins Kissen zurücksinken. Plötzlich fiel ihm die letzte Nacht wieder ein, wie er in Yanis Kneipe getrunken, dem Kellner hundert Lira Trinkgeld gegeben, seinen Revolver gezogen und herumgeschrien hatte, er sei Zeynel Çelik und man solle sich vor ihm in acht nehmen. Um Schlimmeres zu vermeiden, hatte sich darauf der besonnene Yani mit den Worten »Heute ist ein jeder Zeynel Çelik« bei ihm eingehängt und ihn zum Bahnhof gebracht.

»Ich bin Zeynel, bin Zeynel Çelik, hat jemand etwas dagegen? Ich bin es, der Ihsan getötet, die Bank ausgeraubt und die Polizisten gefesselt hat«, hatte Zeynel geschrien, während Yani ihm den Revolver wieder in den Gurt steckte und beschwichtigend sagte: »Du bist es, mein Sohn, du bist alles, was du sagst, bist der größte Berserker Istanbuls, bist Zeynel und Irfan Vural in einem.«

»Irfan Vural bin ich auch, ja, der bin ich auch ...«

»Und auch Melih Yağiz.«

»Ja, der bin ich auch, Bruder, aber eigentlich bin ich Zeynel Çelik, oder glaubst du mir nicht?«

»Ich glaube dir.«

»Und warum übergibst du mich nicht der Polizei, wenn du mir glaubst?«

»Weil dir die Polizisten, wenn sie dich für Zeynel Çelik halten, sämtliche Knochen brechen werden, mein Löwe.«

Daraufhin hatte Yani ihn auf eine Bank gesetzt und war gegangen. Zeynel war schließlich in den Zug nach Florya gestiegen. Was dann geschah, daran erinnert er sich wie an einen Traum, aber so verschwommen, als blicke er durch trübes Wasser. Er irrt durch einen Wald, versinkt bis zu den Knöcheln im Schlamm, wandert eine Weile ziellos im Schein gelber, grüner, weißer und violetter Neonlichter umher. Wohin er sich auch wendet, blendet ihn dieses grelle Licht, er kann ihm nicht entrinnen, bekommt es mit der Angst, schreit, tobt, kreist kopflos in diesem Ring von Licht, packt Vorübergehende am Kragen und brüllt: »Verdammte Herumtreiber, warum glaubt ihr mir nicht, ich bin Zeynel Çelik, Mann, was gibt es da zu lachen!«

»Merk dir eins, du Aufschneider: Zeynel Çelik ist ein schnauzbärtiger Riese. Wenn du ihn zerteilst, kannst du aus seinen Teilen drei Männer deiner Sorte basteln!«

»Aber ich bin Zeynel Çelik, ich bin es, bin es, bin es«, schreit Zeynel und schlägt mit der Faust gegen seine Brust, »und ich habe Ihsan mitten in Menekşe erschossen.«

»Tssst! Gelogen!«

»Und ich habe die Polizisten …«

»Tssst! Gelogen!«

»Und die Bank habe ich auch … Seht doch her, ist das ein Haufen Geld oder nicht, seht her!«

»Tssst! Gelogen!«

»Ich, ich, ich bin Zeynel Çelik.«

Kaum aus dem Bett, stürzte Zeynel Çelik sich allmorgendlich auf die Zeitungen. Besonders in diesen Tagen konnte er nicht genug davon bekommen. Mit atemloser Spannung las er Zeynel Çeliks Abenteuer, und während er die täglichen Berichte mit Heißhunger verschlang, war ihm, als liefe vor seinen Augen ein Gangsterfilm ab. An seinem Geburtsort hatte er die Schule bis zur dritten Klasse besucht und lesen und schreiben gelernt. Und hier in Menekşe las er jeden, aber auch jeden Tag die Zeitung. Er hatte sogar schon einmal einen Roman gelesen, aber nur einen einzigen. Der hatte ihm sehr gefallen … Und manchmal, wenn sie vom Fischfang zurückkehrten, vergrub er sich in einem Winkel des Kaffeehauses in die ausliegenden Zeitungen und las jede Zeile bis hin zu den Reklamen. Hatte er dann alle Blätter durchgelesen, erhob er sich und ging mit dem Glücksgefühl, etwas Bedeutendes geleistet zu haben, hinaus an den Strand und drehte dort ganz allein seine Runden.

In diesen Tagen aber war seine Gewohnheit, Zeitung zu lesen, zur Sucht geworden. Wie schön wäre es doch, wenn sie anstatt dieses Schnurrbärtigen sein Photo abdruckten und darunter Gangster Zeynel Çelik schreiben würden! Wer wohl jener schnauzbärtige Zeynel Çelik sein mochte? Es gab also noch einmal jemanden, der sich den Namen Çelik, diesen schönen Namen, zugelegt hatte. Und sein Vorname war Zeynel. Und was sollen die Journalisten denn tun, wenn sie kein Photo von ihm, dem echten Zeynel Çelik haben? Sie drucken auf Teufel komm raus das alte Photo mit dem schnurrbärtigen Zeynel.

»Du willst Zeynel Çelik sein? Unmöglich!«

»In diesen Tagen ist jeder Zeynel Çelik, mein Junge. Jeder hält sich für einen Zeynel Çelik. In jedem Stadtviertel gibt es jetzt zehn, fünfzehn, ja, hundert Schreihälse, die behaupten, Zeynel Çelik zu sein.«

»Ich bin es aber, bei Gott, ich bin jener Zeynel Çelik ...«

»Du kannst es nicht sein, mein Kleiner. Er hat ganz allein fünfzehn Polizisten gefesselt, das ist ein ganz anderer Mann als du. Er hat auch ganz allein eine Bank ... Und er hat Zühre Paşali ... Ganz allein ... Vor ihm zittert ganz Istanbul. Du kannst unmöglich Zeynel Çelik sein, mein Kleiner, auf der ganzen Welt kann niemand so mir nichts, dir nichts ein Zeynel Çelik werden. Liest du denn keine Zeitung?«

»Ich bin Zeynel Çelik!«

»Mensch, verschwinde endlich, du gehst mir auf die Nerven, Mann!«

»Sieh her, Onkel, dieses Bild ist gar nicht Zeynel Çeliks Bild ...«

»Mach, daß du fortkommst!«

Das Meer tost. Die Patronen in seiner Tasche, sein Revolver, alles an ihm ist naß wie aus dem Wasser gezogen. Die Polizisten, geführt von Hüseyin Huri, verfolgen ihn. Er steht am Goldenen Horn, umgeben von einem Ring aus gelbem, grünem, rotem und weißem Neonlicht, geblendet von den gleißenden Strahlen, fast blind, und die Polizisten schießen ununterbrochen ins Dunkel hinein, beharken das Ufer. Und Zeynel, außer Atem, kann diesem Ring aus Neonlicht nicht entfliehen. Wie eine hohe Mauer umschließen ihn die Strahlen, und er, ganz von Sinnen, taumelt im Kreis, stößt mit dem Kopf immer wieder gegen diese Wand aus Neonlicht, und er hört Hüseyin Huris Schrei: »Da ist er, da ist er!« Hüseyins Stimme und das Getrappel der Polizeistiefel kommen immer näher, doch Zeynel, eingezwängt im Ring der Neonlichter, dreht und dreht sich im Kreis. Jenseits der Lichtstrahlen hat ihn die Dunkelheit wie eine kugelsichere, finstere Brunnenwand umgeben, dahinter hört er Schüsse und Schritte, hört er Hüseyin Huris Stimme rufen: »Hier ist er, bei Gott, ich habe ihn gesehen, er war es!« Danach Geraschel und Schritte. »Bei Gott, ich habe ihn gesehen, er war es, hinter jenen Lichtern, dort ist er verschwunden. Er ist wie eine Katze ... Und wie eine Möwe kann er tauchen und unter Wasser bleiben, so lange er will. Vielleicht ist er auch hineingesprungen, seht doch, hinter den Lichtstrahlen, das ist Zeynel Çelik, der da hinaufklettert.« Zeynel Çelik klettert an der Lichtwand hoch, fällt herunter und klettert wieder in die Höhe ... Im Vorhof einer Moschee kommt er wieder zu sich. Büsche wilden Jasmins verbreiten einen betörenden Duft. Durchs Dunkel tastend, bricht er einen Zweig ab. Die weißen Blüten darfst du nicht anfassen, berührst du sie nur ganz leicht mit der Hand, werden sie dunkel und welken! Den Revolver in der einen Hand, in der anderen den Jasminzweig, dessen Blüten zu berühren er sich hütet, kauert er sich hinter das Grabmal eines Heiligen, zittert an allen Gliedern, spürt, wie die Angst sich in jeder Faser seines Körpers festsetzt und ihn nach und nach zu lähmen beginnt. Kämen jetzt seine Verfolger durch das Tor, er ließe keinen von ihnen am Leben! Wenn die Angst ihn so schüttelte, schoß er am zielsichersten ... Die Neonlichter waren jetzt in weite Ferne gerückt, aber seine Augen schmerzten noch. Das Licht hatte seine Augen geblendet, und sie wollten sich noch nicht an die Dunkelheit gewöhnen. Und wieder näherten sich Hüseyin Huris Stimme und die hastigen Schritte der Polizisten. Die Schüsse waren verstummt. Pechschwarz und schwer wie Stein senkte sich das Dunkel über ihn. Noch atmete Zeynel schwer, sein rasselnder Atem brach sich an den Mauern der Moschee. Sein Gekeuche, die sich nähernden Schritte und Hüseyin Huris Rufe wurden immer lauter. Mein Atem wird mich verraten, mein Atem ... Verdammter Hüseyin Huri mit deiner verhurten Mutter, wie kannst du so etwas deinem engsten Freund nur antun ... Das wirst du mir büßen!

Die Polizisten und Hüseyin Huri gingen vorbei, hörten Zeynels Keuchen nicht, warfen nicht einmal einen Blick in den Vorhof der Moschee. Als ihre Schritte verhallt waren, brach Zeynel der Schweiß aus, perlte ununterbrochen auf seiner Stirn, auf Hals und Brust, näßte Rücken und Beine, klitschte in kleinen Tröpfchen von seinem Haaransatz auf die Marmorplatte der Grabstätte.

Im Laufschritt eilte er von der Moschee auf die Straße; der Schweiß trocknete im eiskalten Wind, Zeynel fror und hustete. Genau der richtige Zeitpunkt für einen Hustenanfall! Und wieder hörte er Hüseyin Huris Stimme, rannte hinunter nach Ayvansaray, wo die Frachtsegler der Lasen zum Kalfatern vertäut waren. Bei den Schiffen aus dem Schwarzen Meer fühlte er sich plötzlich geborgen und blieb eine Weile bei ihnen stehen. Im Lichtkreis einer Straßenlaterne hockten vornübergebeugt drei Männer. Neugierig ging Zeynel näher, wollte am Jasmin riechen und merkte jetzt erst, daß seine Hand leer war. Enttäuscht schüttelte er sie mit gelockertem Handgelenk und schnupperte dann an seinen Fingern. Sie dufteten nach Jasmin, und er zog den Duft in tiefen Zügen durch die Nase.

Bestimmt hatte er auf der Flucht die Blüten ganz unbewußt zwischen den Fingern zerrieben.

Einer der Männer sprang aus der Hocke plötzlich auf die Beine, drehte sich um, rief: »Wer ist da?« und kam auf ihn zugelaufen.

»Ich bin's, Fischer Zeynel«, antwortete Zeynel, ohne sich zu rühren.

»Ach so, du bist's«, sagte der Mann. »Und wir haben dich für einen Polizisten gehalten.

»Na ja, sie sind hier überall.«

»Wir haben sie gesehen, sie gehören zu uns, es sind Männer unseres Beys.«

Der Mann kam dicht an Zeynel heran und musterte ihn vom Scheitel bis zur Sohle.

»Bist du nicht Zeynel, unser Landsmann?«

»Der bin ich.«

»Suchst du eine Schlafstelle, oder bist du auf der Flucht vor der Polizei?« Der Mann sprach auffälliger noch als Zeynel in breitem Schwarzmeerdialekt. »Los, versteck dich unter Deck und schlaf dich in einer Koje aus ... Hier findet dich auch in zehn Jahren keiner.«

»Aber die Polizisten ...«

»Keine Angst, die tun dir nichts, sie suchen Zeynel Çelik.«

Es roch nach Teer und Harz, vermischt mit dem ekelerregenden, wie vom Gestank Tausender Kadaver geschwängerten Wasser des Goldenen Horns. Lautlos kletterte Zeynel an Bord und zog anschließend die Gangway aufs Deck.

Bei Tagesanbruch weckte ihn Hüseyin Huris Stimme, doch Zeynel blieb in seiner Koje, sank ins Kissen zurück und versuchte weiterzuschlafen ... Einige Hähne krähten, Schiffssirenen heulten, und die dumpfen Hammerschläge auf die Schiffsrümpfe ließen den Kutter, die Luft, ja, das ganze Goldene Horn erzittern: bumbum bummm, bumbum bummm ... Zeynel war völlig erschöpft, und obwohl er schmerzhaft jeden Knochen in seinem kraftlosen Körper spürte, konnte er seine Schlaftrunkenheit nicht abwerfen und schlief trotz der dröhnenden Kalfathämmer, der bellenden Hunde und der lauten Rufe der Schiffszimmerer wieder ein.

Schließlich riß ihn der unerträglich angestiegene Lärm von Ayvansaray aus dem Schlaf. Zuerst wußte er nicht, wo er war, dann fiel ihm die Nacht wieder ein, die blitzenden Neonlichter, die ihn wie Wände eines Brunnens gefangenhielten, das Goldene Horn, bedeckt mit einer dicken, übelriechenden Dreckschicht, die kleine Insel vor Eyüp, darauf eine Hütte, seine Überlegungen, ob er das morastige Wasser bis dorthin durchschwimmen könne oder im Sumpf versinken müsse, Hüseyin Huris Schreie und die Gesichter der Polizisten. Einer von ihnen war schlammbedeckt, sein langes Gesicht war bleich, und die Haare seines Kinnbartes sträubten sich. Auch die anderen Polizisten waren pitschnaß, das Regenwasser tropfte von ihren Pellerinen. Über der Süleymaniye-Moschee zuckte dreimal der Blitz. Einer davon spaltete sich in vier Teile, die sich unheimlich schnell um die Moschee schlangen und verschwanden. Für einen Augenblick nur hob sich die feuchtglänzende Kuppel lichtumflutet in den Himmel, dehnte sich und fiel wieder ins Dunkel zurück.

Ein Hund schnüffelte an seinen Beinen und rannte jaulend davon.

Die Spinne krabbelte den dünnen Faden entlang bis zu ihrem Netz in der Nische und ließ sich in der Mitte ihres Gewebes gemütlich nieder ... Der Putz war stellenweise von der Wand geblättert. Das Bild der Spinne verwischte sich immer mehr, zerfaserte, dehnte sich aus, bedeckte die ganze Nische. Das Pfeifen einer Lok kam an sein Ohr, und hinter der Wand hörte er das Gehuste und den rasselnden Atem von Hasan dem Hinkenden. Als er sich schließlich erinnerte, wo er sich befand, gab er sich im Halbschlaf seinen Gedanken hin.

»Auf die Beine, Hurensohn, auf die Beine, Hüseyin Huri! Mann, an dir ist nichts Menschliches mehr. Verrät ein Mensch denn seinen Freund, dazu noch einen so berühmten Freund, mag der andere Zeynel Çelik auch ein Zeynel Çelik sein, *der* Zeynel Çelik bin ich, und wer weiß denn, daß ich nicht so einen Schnauzbart trage, nur du weißt es, steh auf, verdammter Hund, dein Tod durch meine Hand, so hat es sollen sein, verdammt, wenn deine Polizisten mich verhaften, wirst du sagen, der da ist nicht Zeynel Çelik, ist es so, dann steh auf, öffne deinen Mund, und ich fülle ihn mit Blei, denkst du denn, nur du kannst Menschen töten?«

»Tu's nicht, Zeynel, mein Bruder, es ist nun mal geschehen, ich werde es nie wieder tun. Du bist alle Zeynel Çeliks in einem. Du bist ein Abenteurer. Der Polizist, der dich in Istanbul fangen kann, muß noch von seiner Mutter geboren werden. Bitte, töte mich nicht!«

»Küsse meine Füße, rutsch auf Knien zu mir her und küsse meine Füße! Du hast aber den Tod verdient ... Du hast den Tod, den Tod, du hast den Tod ...«

»Wenn man alle Zeitungen liest und wenn diese Photos des

Schnauzbärtigen nicht wären ... Aber jeder weiß doch, daß du Zeynel Çelik bist. Und was für ein Zeynel Çelik, kann ich nur sagen!«

»Jeder kennt mich also, hat auch jeder Angst vor mir? Die ganze Welt? Die finstere Nacht, der Friedhof, die Stadtmauern, die Nachtwächter, auch mein großer Bruder Ihsan, wenn er noch lebte, und Fischer Selim und die Taxifahrer, und alle, die Revolver tragen, jedermann, der meinen Namen hört ...«

»Sie alle haben Angst vor dir ...«

Er hängte die Gangway über die Bordwand, stieg hinunter und ging zwischen Schiffsrümpfen hindurch, die zum Kalfatern bereitlagen. Manche Schiffswände wurden noch gereinigt, der brandige Geruch abgebrannter Farbe überdeckte sogar den fauligen Gestank des Goldenen Horns, brannte in Zeynels Kehle. Die ölverschmierten Männer mit den Hakennasen und den rußigen Gesichtern bemerkten ihn gar nicht, als er den schlammigen Weg nach Cibali einschlug. In Hasköy nahm er ein Taxi nach Unkapani und stieg dort in ein anderes, das ihn nach Beyoğlu brachte. Ach, jetzt müßte er nur noch einen Schnauzbart haben! Er hatte sich ja einen wachsen lassen, aber viel Haar war noch nicht zu sehen, und wenn, dann würde es auch nicht schwarz sein. Der Schnauzbart des Zeynel Çelik auf den Photos aber schien sehr dunkel zu sein. Kurz entschlossen betrat er das größte Konfektionsgeschäft von Beyoğlu, stand etwas verwirrt, aber bei weitem nicht so verschüchtert wie damals im Restaurant Konyali, mitten im Verkaufsraum, betrachtete die Kleider und Hosen an den Modepuppen und hatte seine Hemmungen fast abgelegt, als er eine Stimme vernahm: »Bitte sehr, Beyefendi, haben Sie einen Wunsch?«

Vor ihm stand ein junger Mann in seinem Alter mit blondem, gezwirbeltem Schnurrbart.

Zeynel lächelte den Jüngling an. Ach, wenn der Junge wüßte, wer er war, würde er dann wohl Angst bekommen? Natürlich würde er. Und Zeynel Çelik? Der vielleicht nicht, aber ich habe Angst, ich sterbe vor Angst ...

Die Modepuppen, die Kunden, die Verkäuferinnen, sie alle schienen sich gegen ihn verschworen zu haben und auf ihn loszugehen. Für ihn gab es kein Entrinnen mehr. Leichtsinnig war er hier hereinspaziert und diesem jungen Mann in die Arme gelaufen.

»Wir haben Anzüge – wie für Sie gemacht, mein Herr, bitte hier entlang, überzeugen Sie sich ...«

Er ging an einen Tisch, griff drei Anzüge auf einmal und legte sie auf den Tresen. Zeynels prüfende Augen wanderten zwischen dem Verkäufer und den Anzügen hin und her.

»Gefallen sie Ihnen?«

Ohne den Blick vom jungen Mann zu wenden, schnalzte Zeynel mit der Zungenspitze, was soviel wie nein bedeutete.

Der Verkäufer breitete ununterbrochen Anzüge vor ihm aus, und jedesmal schnalzte Zeynel ganz kurz, ohne den Verkäufer und den Tresen aus den Augen zu lassen. Dabei wurde ihm immer unbehaglicher. Plötzlich war dem jungen Mann klar, worauf Zeynel hinauswollte: »So einen wie meinen?« fragte er und zeigte auf seinen Anzug. »Genau den gleichen haben wir da ... Und der würde Ihnen stehen. Mal sehen, ob wir gleich groß sind.« Er stellte sich neben Zeynel hin: »Stehen Sie gerade! Ja, gut so, die Schultern zurück. Sieh an, einer wie der andere ... Ich bringe ihn sofort her. Dieselbe Form, dasselbe Muster ...«

Im Laufschritt eilte er nach nebenan und kam im Laufschritt mit dem Anzug zurück.

»Wollen Sie ihn anziehen. Wie angegossen wird er Ihnen passen, Sie sehen ja, wie meiner sitzt.«

Er öffnete eine Tür zu einem winzigen, ringsum mit Spiegeln ausgestatteten Raum, in dem nur eine Person Platz hatte, schob Zeynel hinein, sagte: »Bitte, hier können Sie sich umziehen«, und schloß hinter ihm die Tür. Hier drinnen fühlte Zeynel sich sicherer, er begann sich auszuziehen, doch als er die Schuhe abstreifte, breitete sich ein beißend übler Geruch aus. Ich muß mir noch mehrere Paar Socken kaufen, auch Unterwäsche und Schuhe, ging es ihm durch den Kopf. Den

Jungen da draußen hatte er ins Herz geschlossen, sie waren gleichaltrig und von gleicher Größe, außerdem war der Junge blond und freundlich ... Nach kurzer Zeit öffnete Zeynel die Tür. Er war wieder in die Schuhe geschlüpft und hielt den Kopf gesenkt.

»Wie angegossen«, sagte der blonde Jüngling, zog ihn in den Verkaufsraum und drehte ihn prüfend nach links und nach rechts. »Er sitzt wie angegossen«, wiederholte er, »und er steht Ihnen sehr gut.«

Zeynel hob den Kopf und sah den Verkäufer dankbar an.

»Behalten Sie ihn an, wenn Sie wollen. Ich lasse den anderen Anzug einwickeln.«

»Einverstanden«, antwortete Zeynel mit niedergeschlagenen Augen.

»Sie benötigten auch Schuhe, nicht wahr?«

Zeynel nickte.

»Sehen Sie da drüben das Geschäft Goya? Sie machen die besten Schuhe Istanbuls. Wenn Sie wollen, gehen Sie kurz hinüber und berufen sich dort auf mich. Sagen Sie nur, Kaya habe Sie geschickt, in Ordnung?«

»In Ordnung«, sagte Zeynel und fügte leise hinzu: »Ich danke dir, Bruder ...«

Er bezahlte, nahm an dem Verkaufstresen, wo er vorhin seine Taschen geleert hatte, das Paket mit seinem alten Anzug in Empfang und machte sich zum Schuhgeschäft Goya auf. Von Goya ging er zum Strumpfladen, von dort zum Geschäft für Unterwäsche ...

Bei Goya hatte er sehr schöne dunkelbraune Schuhe gekauft. Auch dort wäre er wegen des Gestanks seiner Füße am liebsten im Erdboden versunken. Auf dem Weg dorthin hatte er an seinen Schweißgeruch gar nicht mehr gedacht, wäre er denn sonst da hineingegangen, ohne vorher seine Füße gewaschen zu haben? Als der Verkäufer: »Zieh die Schuhe aus!« sagte, hatte er sich gewunden und Blut und Wasser geschwitzt. Er zog das erstbeste Paar, das man ihm angepaßt hatte, dann auch nicht mehr aus und kann sich beim besten Willen nicht mehr erinnern, wie er bezahlt und den Laden verlassen hatte. Vor dem Schaufenster eines Spielwarengeschäfts blieb er wie angewurzelt stehen und konnte sich eine ganze Weile nicht satt sehen. Passanten rempelten ihn im Vorbeigehen, er merkte es nicht, stand da wie verzaubert, lächelte mit eigenartig verträumten Augen, murmelte etwas, ging dicht an die Auslage heran, beugte sich vor, betrachtete ein Spielzeug, ging wieder zurück, dann an die Ladentür, schaute in den Laden und schnellte dann ohne Rücksicht auf die Passanten an seinen alten Platz zurück.

Das wiederholte sich eine ganze Weile. Um ihn herum strömten die Menschen, er stieß, wurde gestoßen, manch einer schäumte vor Wut, Zeynel sah und hörte sie nicht ...

Schließlich landete er mit einem Sprung im Spielwarengeschäft und merkte gar nicht, wie erschrocken die Verkäuferinnen waren.

»Das da!« sagte er, zeigte auf die Auslage, überlegte und fügte hinzu: »Und das da, und das da ...«

Eine der jungen Verkäuferinnen überwand ihre Angst, holte die drei Figuren aus dem Schaufenster und stellte sie auf den Tresen.

Einen rosa Elefanten, der mit ausgestreckten Vorderbeinen auf einem bunt bemalten hölzernen Wägelchen saß, einen Affen im Geäst eines Baumes und eine Giraffe mit überlangem Hals und wohl einen halben Meter hohen Beinen.

»Pack alles in Kartons!« befahl er dem Mädchen in rüdem Ton und hielt ihm einen Fünfhunderter hin. Das Mädchen zeigte auf die Kasse, Zeynel ging dorthin, doch als er mit dem Geldschein bezahlte und das Wechselgeld einsteckte, zitterte seine Hand. Inzwischen hatte das Mädchen die Spielsachen in Schachteln verpackt, die Zeynel bereits mit großem Geschick in seine Hände und unter seine Arme nahm. Dann stürzte er sich wieder ins Gewühl und bahnte sich, ohne Rücksicht auf schimpfende Passanten, fluchend und rempelnd einen Weg durch Beyoğlu bis zur Technischen Universität, nahm dort die Treppe, die den Park hinunter nach Dolmabahçe führt, eilte geradewegs ans Wasser, setzte sich auf die unterste Steinstufe der Kaimauer, zog seine Schuhe aus, stellte sie neben sich – auch hier im Freien stanken seine Füsse entsetzlich – und schleuderte seine alten, durchlöcherten Socken mit aller Kraft weit ins Meer und begann seine Füsse im kalten Wasser zu waschen. Dann öffnete er eine der Schachteln, nahm das Seidenpapier heraus, trocknete damit seine Füsse und zog ein Paar der neuen Strümpfe an, die angenehm fabrikneu rochen. Und am Abend würde er ins Hamam gehen und sich ordentlich abseifen lassen! In seinem ganzen Leben war er nur einmal in einem Dampfbad gewesen, einem kleinen, schmutzigen im Stadtviertel ... Diesmal würde er das Hamam von Cağaloğlu aufsuchen. Er stand auf, sein Herz klopfte, er nahm die Stufen, öffnete den Karton mit dem hölzernen Elefanten, schaute scheu um sich, entdeckte keine Menschenseele weit und breit, packte den Elefanten aus, sein Herz pochte noch stärker, seine Hände zitterten, er setzte den Elefanten auf den Gehweg, nahm die Schnur in die Hand und eilte im Laufschritt am schmiedeeisernen Gitter Dolmabahçes entlang bis zur Hofmauer der Moschee. Dort schaute er wieder um sich, und als er weit und breit noch immer keine Menschenseele sah, lief er die Strecke zurück. Und der grosse Elefant holperte im Wägelchen hinter ihm her. Am Gitter angekommen, spähte Zeynel noch einmal nach allen Seiten und rannte zurück, sich hin und wieder nach dem schwankenden Elefanten auf dem ratternden Wägelchen umblickend. Und so lief er vom Dolmabahçe-Serail bis zur Moschee hin und her, ohne fortan daran zu denken, sich nach allen Seiten abzusichern, verharrte hin und wieder, lachte den Elefanten an, packte ihn bei den Stosszähnen, raunte ihm etwas zu, streichelte ihn und zog ihn dann im Laufschritt das schmiedeeiserne Gitter entlang.

Erst als er sich ausgetobt hatte und atemlos innehielt, um Luft zu holen, blickte er auf – und wollte seinen Augen nicht trauen: Auf dem nahen Platz waren die Fussgänger stehengeblieben, hatten die Autofahrer ihre Wagen gebremst, und alle schauten lachend zu ihm herüber. Einen Augenblick nur stand er wie angewurzelt da, ging dann einige Schritte wütend auf die Menge zu, kehrte um, lief zur Treppe, raffte seine Kartons zusammen und rannte über die mit Platanen gesäumte Allee hinterm Serail bis nach Beşiktaş. Am Denkmal des Seefahrers Barbaros spielten Kinder laut lärmend Fußball, er blieb stehen und schaute eine Weile zu. Kleinere Jungen und Mädchen saßen auf der Mauer und verfolgten das Spiel. Zeynel ging mehrmals an den Kindern vorbei, blickte jedem von ihnen ins Gesicht, betrachtete ihre Hände, ihre Kleider und Schuhe, doch keines der Kinder sagte ihm zu. Und die Kinder betrachteten mit großen Augen den Mann, der da vor ihnen mit einem baumelnden Elefanten auf dem Rücken auf und ab ging.

Unentschlossen blieb Zeynel mitten auf dem Platz eine Weile stehen, schlug dann den Weg über den Barbaros-Boulevard hinauf zum Yildiz-Park ein. Überall, auch auf den kleinsten, halbwegs ebenen Flächen spielten schreiende Kinder Fußball. Und schreiend feuerten fünf bis sechs kleinere Zuschauer, überwiegend Mädchen, die Spielenden an. Zeynel musterte jedes der Kinder, die ihm über den Weg liefen, beobachtete bis ins kleinste ihr Verhalten, bis ihm schließlich vor der tief abgewetzten marmornen Türschwelle eines alten, verfallenen Holzhauses, dessen Bretter in all den Jahren schwarz angelaufen, dessen glaslose Fenster mit Plastikfolie bespannt waren, zwei Kinder, ein Junge und ein Mädchen, auffielen. Der Junge war etwa zehn, das Mädchen etwa neun Jahre alt. Der Junge trug eine geflickte, an den Knien abgewetzte Hose, seine Füße steckten in Galoschen. Er hatte widerspenstiges Haar, sein Hals war lang und hager, und seine großen Augen hielt er weit geöffnet. Das Mädchen war bäuerlich gekleidet, seine Haare waren lang und doppelt geflochten, und an den Füßen trug es die gleichen Galoschen wie der Junge. Beim Anblick dieser Kinder ging ein Beben durch Zeynels Körper, sein Herz hüpfte vor Freude. »Sie sind es«, murmelte er, »sie sind es, nach denen ich gesucht habe.« Er blieb vor ihnen stehen. Beider Wimpern waren gebogen und sehr lang, sie hatten beide große Augen, und ihre kastanienbraunen Haare waren gepflegt. Zeynel betrachtete sie voll Liebe, ein bißchen auch mit Bewunderung und Mitleid in einem.

»Kommt her, Kinder«, sagte er so leise und zärtlich, daß er seine eigene Stimme, ja, sich selbst nicht wiedererkannte. Noch nie hatte er sich von seinen Gefühlen so mitreißen lassen.

Die Kinder waren ganz erschrocken. Zeynel lachte, ging einige Schritte auf sie zu, sagte: »Nimm! Das ist ein Spielzeug für dich«, und reichte dem Jungen den Elefanten. Dann nahm er den Affen aus dem Karton und gab ihn dem Mädchen mit den Worten: »Und das ist ein Spielzeug für Mädchen.« Schließlich holte er die Giraffe hervor, stellte sie auf die marmorne Schwelle. »Und das ist für euch beide«, lächelte er. »Einen Tag spielst du damit, einen Tag du. Oder ihr spielt zusammen, wenn ihr wollt.«

Die Kinder hatten kugelrunde Augen bekommen und sprachen kein Wort. Verständnislos starrten sie den Fremden an. Besonders des Mädchens Augen wurden immer größer, blickten ihn mit einer Mischung aus Zweifel, Angst und Freude an, als wüßte die Kleine nicht, ob sie lachen oder vor Seligkeit weinen sollte.

Zeynels Kehle war wie zugeschnürt, fast wäre er in Tränen ausgebrochen, seine Augen wurden feucht.

»Nun spielt schon«, konnte er nur noch sagen und eilte im Laufschritt den Hang hinunter und war bald wieder am Serail von Dolmabahçe. Dort winkte er ein vorbeifahrendes Taxi heran, sagte: »Cağaloğlu« und vergaß auch nicht hinzuzufügen: »Zum historischen Hamam!«

Als er das Dampfbad verließ, fühlte er sich leicht wie ein Vogel. Beim Betreten des Hamam wußte er nicht, wohin mit dem Revolver und den Patronen und hatte beides in seine stinkende, vor Schmutz starrende Unterwäsche gewickelt und neben seine Schuhe gelegt.

Gemächlich überquerte er jetzt die breite Straße. Fahrdamm

und Bürgersteig waren wieder mit Autos vollgestopft, Pferdegespanne, Lastwagen, Busse und Minibusse hatten sich wieder ineinander verkeilt. Sie kamen keinen Schritt voran; hoffnungslos hupten die Autofahrer von Zeit zu Zeit wie auf Befehl und verstummten dann wieder. Zeynel ging an der Haghia Sophia vorbei, rechts die Stadtmauern von Topkapi entlang bis zum Leuchtfeuer von Ahirkapi, überquerte im Laufschritt die Küstenstraße, weil hier die Autos mit hoher Geschwindigkeit fuhren, erreichte das Ufer, stieg die Treppe hinab und setzte sich auf die unterste Stufe. Auf dem gegenüberliegenden Ufer reckten sich die Selimiye-Kaserne und das Haydarpaşa-Gymnasium in den sehr blauen Himmel, wo eine einzige schneeweiße Wolke baumelte. Zeynel wickelte seinen Revolver und die Patronen aus, steckte beides ein, rollte dann seine schmutzige Wäsche wieder zusammen und schleuderte sie mit ekelverzerrtem Gesicht weit ins Meer hinaus. Der Wäscheballen klatschte wie ein Stein aufs Wasser, von dem verschreckt ein Schwarm Möwen aufflog.

Von hier schien die Brücke wie ein schemenhafter Bogen aus dünnen Fäden, den verspielte Hände über den Bosporus gespannt hatten. Unter der Brücke durch näherte sich mit schäumender Bugwelle ein sehr langer, kupferfarbener Frachter und trieb die weißen Fährdampfer und Autofähren in alle Richtungen auseinander, und von Karaköy her tönten endlos die Sirenen.

Plötzlich erstarrte er auf der steinernen Stufe, wurde ihm trocken im Mund. Genau über ihm warfen fünf Polizisten ihre Schatten durch den leicht gekrüllten Meeresspiegel bis auf den Grund des klaren Wassers. Zeynel verkrampfte sich, Beine, Hals und Arme gefroren, er konnte sich nicht rühren. Zu allem Übel hörte er noch eine Stimme, die der Hüseyin Huris ähnlich war. Er versuchte aufzustehen, wollte seine Waffe ziehen, doch er konnte nicht einmal seine Hand bewegen.

Die Männer über ihm unterhielten sich eine Weile, dann entfernten sie sich. Nur einer von ihnen, dessen Stimme wie die von Hüseyin Huri klang, kam immer wieder zurück, murmelte etwas, fluchte, doch schließlich zog auch dieser Mann weiter.

Es dunkelte schon, als Zeynel Çelik sich von seinem Schreck erholt hatte. Er bewegte seine Glieder, stand auf, reckte sich, daß seine Knochen knackten, stieg die Stufen hinauf und war schon bis zum Leuchtfeuer von Ahirkapi marschiert, als ihm aus einem Lokal der Duft auf Holzkohle gegrillter Fische in die Nase stieg und er sofort schrecklichen Hunger verspürte. Er betrat die Gaststube und entdeckte an einem Tisch die fünf Polizisten beim Raki, erschrak, wollte kehrtmachen, doch er hatte keine andere Wahl, er mußte weitergehen, und schließlich: Hatte er denn irgendeine Ähnlichkeit mit dem schnauzbärtigen Zeynel Çelik? Also ging er dicht an den fünf Männern vorbei und nahm drei Tische hinter ihnen Platz. Sie schauten nicht einmal auf, und Zeynel spitzte die Ohren, kaum daß er sich hingesetzt hatte. Die Polizisten sprachen nur von Zeynel Çelik.

»Was darf es sein, Efendi?« fragte neben ihm der Kellner.

»Gegrillter Bonito«, sagte Zeynel mit bebender Stimme.

»Und zu trinken?«

»Bier.« Zeynels Kehle wurde trocken. »Dazu Leber albanisch, Karottensalat, geröstetes Weißbrot und Mineralwasser ...«

All das hatte er in Fevzis Restaurant gesehen und gelernt. Eine Speise, die von vielen Gästen bestellt wurde, fiel ihm noch ein, und er freute sich so darüber, daß er für einen Augenblick die Polizisten völlig vergaß: »Und bring mir einmal Cacik!«

»Zu Diensten!«

Die Spinne in der Nische wurde größer und größer, zog sich dann zu einer Kugel zusammen, kroch von der Mitte ihres Netzes an den Rand und ließ sich von der Zimmerdecke am eigenen Faden gleitend fast einen Meter tiefer frei baumeln. Hinter der Tür rief Hasan der Hinkende mit hüstelnder Stimme und rasselndem Atem: »Zeynel, Zeynel, bist du wach?«

»Ich bin aufgewacht, Onkel, was gibt es?«

»Steh schnell auf und zieh dich an!«

Zeynel sprang sofort auf und schlüpfte in seine Hosen. Als der alte Mann hereinkam, wiederholte er seine Frage: »Was ist denn los, Onkel?«

»Schnell!« antwortete dieser, »Polizisten durchkämmen das Viertel, sie haben es auf dich abgesehen, an ihrer Spitze Hüseyin Huri.«

»So ein Hurensohn!« stieß Zeynel nur aus, zog sich vollständig an, holte seinen Revolver unter dem Kissen hervor und steckte ihn in den Gürtel.

»Und was hast du vor, wenn die Polizisten hierherkommen?« fragte Hasan der Hinkende.

»Mich nicht ergeben, sondern kämpfen.«

»Sie werden dich töten«, sagte Hasan der Hinkende. »Du bist allein, und sie sind fünfundzwanzig. Außerdem tragen sie alle kugelsichere Westen.«

Etwas verloren stand Zeynel mitten im Zimmer, und nicht weit von seinem Kopf entfernt baumelte die Spinne an ihrem hauchdünnen Faden.

»Mach dich davon«, beschwor ihn Hasan der Hinkende, »sie werden bald hier sein, und wenn sie dich hier antreffen, erledigen sie dich, mach dich also davon! Flitz hier durch die Hintertür hinaus, laufe geradewegs zum Bahnhof, misch dich dort unter die Menschen, steig in einen Zug und fahre egal wohin, Hauptsache, du verschwindest von hier auf der Stelle!«

Mit einem Sprung war Zeynel an der Hintertür, öffnete sie vorsichtig und glitt wie eine Katze ins Freie.

13

Früher, als in der Bucht von Menekşe noch Fischzäune standen, wurden gegen Ende des Winters, am Frühlingsanfang und bei Herbstbeginn auf den Stränden Feuer angezündet, und kaum gewahrte ein heimkehrender Fischer querab aufsteigenden Rauch, riß er das Ruder herum, steuerte so dicht er konnte ans Ufer und schleuderte je nach Art und Größe seines Fangs nacheinander bis zu zehn oder zwanzig Fische auf den Strand. Besonders im Frühling, mehr noch, wenn die Bonitos schwärmten und die Boote bis an den Rand mit ihnen gefüllt waren, regnete es Fische auf die Strände von Menekşe. Und die Menschen am Strand, in ihren Händen scharfe Messer, nahmen die Fische an Ort und Stelle aus, wuschen und salzten sie, warfen sie in die Glut der offenen Feuer, und das von den großen Bonitos brutzelnd herabrinnende Fett verströmte einen Duft über die Strände, daß jedermann vor Gier schier aus dem Häuschen geriet. Mit langen, drahtgeflochtenen Zangen drehten Fischer Bonitos über der Glut, rösteten sie gar. Und Kinder und Kranke, Bedürftige und Einsame kamen mit einem Laib Brot unterm Arm herbei, hockten sich auf die an Land gezogenen alten, verrotteten Boote, entgräteten die Fische, legten sie in ganzer Länge in die aufgeschnittenen Brote und begannen mit großen Bissen die köstlichen Happen zu verzehren, während ihnen das saftige Fett von den Mundwinkeln troff.

Im Frühling, wenn die Bonitos schwärmten, stellten die Menschen der Hüttenviertel von Menekşe, Küçükçekmece und Florya kleine Grillherde vor ihre Türen, füllten sie mit brennender Holzkohle, setzten ein altes Ofenrohr darüber und warteten mit dem Rösten, bis sich die Kohle in leuchtende Glut verwandelt hatte. Dann überzog ein rötlicher Schimmer die Hüttenviertel, verbreitete sich der durchdringende Geruch verbrutzelten Fettes über die Hütten. Und an windstillen Tagen lastete er wie dunkler Dunst auf den Dächern. Im ganzen Viertel aber wurde jedermann satt, und die Gesichter der Kinder strahlten. Ganz weit draußen von Yeşilköy bis hin nach Avcilar und Mimar Sinan brannten entlang der Strände die Feuer, aßen sich Arbeiter, Bauern und Reisende rundum satt, feierten die Küstenbewohner nicht zu enden scheinende Fischgelage.

Der Knabe Zeynel kam ohne Brot zu den Feuern. Da war

ja niemand, der es für ihn kaufte, doch der Schiffer Kadir Ağa hielt jedesmal Ausschau nach ihm und holte, kaum daß er den Jungen am Feuer erblickte, aus seinem Boot eilends ein Brot, das er beiseite gelegt hatte, schnitt es mit seinem Messer der Länge nach auf, machte den besten der brutzelnden Fische aus, zog ihn, sowie er durch war, an der Schwanzflosse eigenhändig aus der Glut, schüttelte ihn kurz ab, entgrätete ihn, legte die Stücke aufgereiht in das aufgeklappte Brot und reichte es Zeynel, der es sich schnappte, zu den Strandbaracken rannte, sich dort in eine schattig dunkle Ecke hockte und bedächtig sein Fischbrot zu essen begann. Kadir Ağa beobachtete ihn von weitem und lächelte über seine Freundschaft, die er diesem schüchternen, sich selbst überlassenen Knaben angedeihen ließ, selbstzufrieden in sich hinein. An manchen Tagen aber verdarb Fischer Selim ihm die Freude. Denn der Junge war besonders glücklich, wenn er von Fischer Selim ein Fischbrot bekam. Das wußte Kadir Ağa und war auf Fischer Selim nicht gut zu sprechen.

Kadir Ağa war vor Jahren aus Rumänien hierher nach Menekşe gekommen. Damals war die Gegend noch menschenleer, auf den Hängen wucherte Gestrüpp, darunter dufteten büschelweise wilde Veilchen. Bis zur Bucht erstreckte sich Röhricht auf sumpfigem Gelände, und dort, wo jetzt die Fabrik steht, wäre kein Tiger durchgekommen, so dicht standen die Schilfrohre mit fast armdicken Kolben. Graugänse und Wildenten, langhalsige Silberreiher und unzählige andere Vogelarten nisteten hier. Nach Kadir Ağa ließ sich Kieshändler Sait hier nieder. Und dann gab es irgendwann einen Ansturm auf Menekşe, doch wann genau, weiß Kadir Ağa nicht mehr. Danach kam Hasan der Hinkende und fing hier die schönsten, sechsundzwanzig Zentimeter langen Roten Meerbarben. Genau sechsundzwanzig Zentimeter! Hasan der Hinkende hielt sie nämlich an die Bootswand, in die er das Maß eingeritzt hatte. War der Fisch kleiner als sechsundzwanzig Zentimeter, warf er ihn mit den Worten »du mußt noch ein bißchen wachsen, Kamerad!« zurück ins Meer. Und war die Barbe größer, sagte er: »Die Jüngste bist du auch nicht mehr und mußt noch fleißig laichen, damit uns viele kleine Barben nachwachsen«, und ließ auch sie behutsam wieder ins Wasser gleiten. Hatten sie jedoch das eingeritzte Maß, warf er sie in den Fischbehälter, dessen Wasser er alle Viertelstunde erneuerte, und sah ihnen mit großen Augen zu, wie sie da drinnen schwammen.

Hasan der Hinkende verkaufte auch nicht an jeden, der ihm über den Weg lief, nein, er hatte seine Kunden. Und diese Kunden aus gutem Hause, ob in Florya, Yeşilköy oder Bakirköy, wußten, was ihrem Gaumen guttat. Sie feilschten auch nicht wie die neureichen Grundstücksmillionäre eine halbe Stunde um einen einzigen Fisch. Warum hat Hasan der Hinkende denn die Jagd auf dem Meer aufgegeben, um an Land bei Südwind auf Strandgut zu hoffen? Weil in der Stadt jene Menschen, die Gaumenfreuden, Rotbarben und Hasan den Hinkenden zu schätzen wissen, entweder gestorben sind oder verarmt, weil es keine Menschen mehr gibt in Istanbul, Menschen die Fisch zu essen verstehen!

Seit seiner Ankunft aus Rumänien, das dürfte vierzig oder fünfzig Jahre her sein, hat Kadir Ağa weder das Innere eines Hauses noch eines Zimmers oder Zeltes gesehen. Sommer wie Winter schläft er in seinem Boot. Er war es, der die Fischerei nach Menekşe brachte, ja, Menekşe selbst ist sein Werk. Vielleicht wurde er in einem Boot geboren und wird wohl auch in einem sterben. Und fünfzig Jahre lang, vielleicht auch länger, hat er für die Stadt Istanbul Fische gefangen. Dabei war er nie so wählerisch wie Hasan der Hinkende gewesen, hatte alle Arten von Fisch auf jede erdenkliche Art gefangen und seinen Fang von Yeşilköy bis Kumkapi, von Azapkapi bis Fischmarkt an jeden verkauft. Dann war er jedesmal nach Beyoğlu gezogen, hatte sich in den Kneipen des Blumenbasars mit Kollegen die Nase begossen und anschließend wie immer seine Freundin in einem der öffentlichen Häuser der Abanoz-Straße besucht. Seine größte Freude aber war, bei jedem Stadtbesuch auf die Brüstung der Galata-Brücke zu steigen und, ohne zu wanken oder gar das Gleichgewicht zu verlieren, mit besoffenem Kopf ins Goldene Horn zu pinkeln.

»Die Sonne scheint günstig«, sagte Hasan der Hinkende zu Kadir Ağa, »genau das richtige Wetter zum Fischen.«

»Ich fahre nicht mehr hinaus«, antwortete dieser, »meine Augen sehen nicht mehr so gut.«

»Und meine Ohren hören nicht mehr«, schrie Hasan der Hinkende.

»So ist es, so ist es«, sagte Kadir Ağa.

»Und Fische gibt es auch nicht mehr so richtig im Marmarameer«, meinte Hasan der Hinkende.

»Sie haben sie ausgerottet, sie haben sich am Marmarameer versündigt«, schimpfte Kadir Ağa.

»Sie haben die Delphine getötet, haben sich mit Blut befleckt, und alle Fische machten sich zürnend nach Griechenland und Rußland davon«, ergänzte Hasan der Hinkende, schleuderte noch ein prächtiges Schimpfwort auf die Fischer hinterher und fügte hinzu: »Sie haben die Delphine getötet. Damals war Fischer Selim noch ein Kind, ein Jüngling sozusagen, und er hatte sich geschworen, ich stand neben ihm, nie wieder zum Fischen hinauszufahren. Er hat seinen Schwur nicht gehalten. Und alle Fische im Marmarameer machten sich zürnend davon, zornig auf uns, auf das Meer, auf alles und jeden, machten sie sich davon ...«

»Nun sind sie fort«, schäumte Kadir Ağa, »und es geschieht uns recht, daß sie fort sind.«

»Jetzt verachten sie uns«, sagte Hasan der Hinkende. »Schlimmeres konnte uns nicht widerfahren. Wenn die Fische den Menschen verachten, nimmt es mit ihm ein böses Ende.«

»Sie haben ja nicht unrecht, uns zu verachten. Nun sind sie fort, sollen sie doch, auf Nimmerwiedersehen ...« rief Kadir Ağa.

»Und jung Zeynel?« überlegte Hasan der Hinkende.

»Auch er ist im Recht. Es gibt nichts Schlimmes, was dieses Menekşe ihm nicht angetan hat, schlimmer noch als mit den Fischen sind sie mit ihm umgesprungen. Ich habe ihm immer

Fisch gegeben. Nur Fischer Selim hat sich um ihn gekümmert – und ich, natürlich. Der Junge hatte immer Hunger. Jeder hat ihn um seinen Anteil betrogen, alle haben ihn verprügelt, haben ihn erniedrigt. Nicht einmal im kalten Winter konnte er in irgendeinem Boot unterkriechen, also kam er nachts zu mir, und wir schliefen fast übereinander in meinem kleinen Kahn ...«

»Ich habe ihm aber auch oft Fische geschenkt«, warf Hasan der Hinkende ein.

»Sei ja still und versuche Gott nicht!« schrie da Kadir Ağa. »Du verschenkst keinen abgeschnittenen Fingernagel, geschweige denn Fische ... Du hast deine Roten Meerbarben den Beys von Yeşilköy vorgesetzt und sonst keinem.«

Wenn Hasan der Hinkende die wild am Ende der Schnur zappelnde und ganz kurz nur blutrot funkelnde Barbe aus dem Wasser zog, hielt er sie in die Sonne, betrachtete hingerissen dieses flammende Etwas, murmelte, während er den Fisch vom Haken nahm: »Welcher Hahnrei dich wohl heute abend verspeisen wird, meine Schöne«, seufzte, nahm Maß und warf ihn entweder zurück ins Meer oder in den Fischbehälter. Wenn der Fisch noch zu klein war, blühte Hasans Gesicht vor Freude auf wie eine Blume, und er betupfte ihn mit der Kuppe seines Zeigefingers, bevor er ihn ins Wasser gleiten ließ. Liebend gern würde er sie alle ins Meer werfen. Mochten die reichen Schnösel doch Galläpfel essen, dachte er sich, denn wenn er sich vorstellte, wie sie abends seine Rotbarben als Beigabe mit Raki hinunterspülten, blutete sein Herz.

»Ich«, begann er von neuem, »und du wirst es vergessen haben, ich habe ihm, dem Waisenjungen Zeynel, heimlich sehr viele Rotbarben geschenkt ... Die Zeitungen schreiben schlimme Dinge über ihn.«

Hasan des Hinkenden rundes, zerfurchtes Gesicht verzerrte sich, Mund und Lippen fielen noch mehr ein.

»Sie schreiben schlimme Dinge über ihn«, bestätigte Kadir Ağa. »Er werde kommen, Menekşe anzünden und die Männer einen nach dem andern töten.«

»Soll er doch«, sagte der Hinkende wütend, »soll er sie doch töten!«

»Es gibt auch Unschuldige ...«

»Nicht einen einzigen. Wer hat diesem Jungen denn Gutes getan?«

»Ich«, antwortete Kadir Ağa.

»Wer noch?«

»Fischer Selim.«

»Wer sonst noch?«

»Sonst niemand mehr«, antwortete Kadir Ağa.

»Und jener Aslan, sein Verwandter, hat den Jungen im Winter ausgezogen, ins Wasser gesteckt und mit der Peitsche verprügelt. Ich sah's mit diesen meinen Augen.«

»Und was hat Süleyman getan?«

»Die Finger des Jungen sind heute noch krumm.«

»Und Resul der Kurde?«

»Dabei sollen Kurden doch so mitfühlend sein ...«

»Drei Jahre hat er ihn als Decksjungen arbeiten lassen und ihn dann ohne einen Kuruş zu zahlen davongejagt! Und ihn obendrein noch verprügelt, als der Junge bei Rüstem dem Tscherkessen angeheuert hatte ...«

»Und Ali? Ali der Kahle aus Eskişehir hat dem Jungen so zugesetzt, daß der Arme zitterte und dann erstarrte, wenn er ihn nur erblickte. Ja, Zeynel wird hier alles niederbrennen.«

»Soll er doch alles in Schutt und Asche legen ... Und uns alle, ja uns alle öffentlich auspeitschen.«

»Prügel täten diesem Menekşe gut ... Die Menschen nehmen sich Dinge heraus, sage ich dir ...«

Mit Zeitungen in der Hand kam Fischer Taner ins Kaffeehaus.

»Komm doch mal her, Taner!« rief Kadir Ağa. »Was schreiben sie wieder? Setz dich zu uns und lies mir vor!«

»Ich habe alle Zeitungen ja für dich gekauft, alle.«

»Dann fang schon an und lies«, drängte Hasan der Hinkende, »laß hören, was unser Junge wieder angestellt hat!« Besorgt blickte er sich um, ob einer der Anwesenden das Gesagte mitbekommen hatte, und fügte dann hastig hinzu: »Ich meine den Zeynel, den Gangster Zeynel ...«

Seit Tagen schon lebte Hasan der Hinkende in Angst. Denn daß der Gangster Zeynel bei ihm übernachtet hatte, mußte sich herumgesprochen haben, da war er sicher. So schlau und so heimtückisch wie dieses Fischervolk ist, wußten sie es bestimmt, behielten es aber für sich, und morgen oder übermorgen, wenn Zeynel verhaftet worden ist, werden diese Niederträchtigen zur Polizei schleichen und dort erzählen, was dieser Hasan der Hinkende der Regierung antat, indem er einen Gangster auf der Flucht, einen mit Blut befleckten bei sich versteckte, ja, ja, dieser Hasan der Hinkende war es, und zwar fünf Tage lang ...

»Keine fünf Tage«, murmelte Hasan der Hinkende, »nur einen«, und fügte hinzu: »Einen Tag, einen Tag und ein Nächtlein ... Mann, ich habe keinen Zeynel und keinen Meynel gesehen, ich kenne ihn gar nicht ...«

»Um Himmels willen, Hasan, was redest du da?«

Hasan der Hinkende fing sich und wischte sich die Schweißperlen von der Stirn: »Unwichtig, Taner, mein Junge, lies nur!«

»Hinsichtlich des Gangsters Zeynel wurde Schießbefehl erlassen.«

»So, so«, sagte Kadir Ağa.

»Oh, oh«, seufzte Hasan der Hinkende, »sie werden den Jungen töten ...«

Taner las weiter:

»Als Zeynel Çelik hinter der Cibali-Fabrik in Unkapani bei der Entführung eines Mädchens von Polizisten umzingelt wurde, gelang es ihm, den Ring mit Waffengewalt zu durchbrechen und zu fliehen. Die junge Frau blieb am Tatort zurück. ›Ich wurde von niemandem vergewaltigt‹, behauptet sie, ›der Junge ist mein Landsmann, und wenn ihr nach seinem Namen fragt, er heißt Zeynel; seinen Nachnamen? Den kenne ich nicht. Ja, ja, so ähnlich wie Çelik, ja, Çelik ...‹« Taner schlug die nächste Zeitung auf. »Seht her, hier ist ein Photo von Zeynel Çelik, daneben eine Frau. Die Frau ist sehr schick. Sie soll seine Geliebte sein. Er soll sie schon seit Jahren lieben. Seht ihn euch an, sieht dieser Mann Zeynel überhaupt ähnlich?«

Hasan der Hinkende nahm Taner die Zeitung aus der Hand und schaute sich das Bild eine ganze Weile an: »Allah, Allah!« wunderte er sich und reichte die Zeitung Kadir Ağa, »Allah, Allah ... Nach meiner Ansicht kann sich ein Mensch in zwei Tagen nicht so verändern.«

»Ich kann's nicht erkennen«, sagte Kadir Ağa, »meine Augen sehen nicht so gut.«

Hasan der Hinkende entdeckte Fischer Selim am Ende des Bootsstegs.

»Selim, Selim, komm doch mal her!« rief er und fügte hinzu, als dieser näher kam: »Sieh dir einmal diese Zeitung an, wer ist dieser Mann? Etwa Zeynel? Ein Mensch kann sich doch ...«

Es lag ihm auf der Zunge zu sagen, er habe Zeynel doch noch vor zwei Tagen gesehen, als dieser zu ihm gekommen sei. Der Mann da könne nicht Zeynel sein, der Mann sei ein anderer Zeynel Çelik, doch er hielt sich zurück.

Ohne auf die Zeitung zu blicken, die Taner ihm hinhielt, sagte Selim barsch: »Der ist es nicht«, und entfernte sich wieder.

»Vielleicht ist er es doch«, meinte Hasan der Hinkende.

»Warum sollten die Zeitungen denn von irgendeinem fremden Menschen ein Bild drucken, wenn er es nicht ist«, pflichtete Kadir Ağa ihm bei. »Warum sollten sie es drucken?«

»Bei diesem Photo handelt es sich um einen schnauzbärtigen, breitschultrigen Mann mit glattem Haar und kräftigem Kinn«, warf Taner ein, »er sieht Zeynel überhaupt nicht ähnlich.«

»Wenn er ihm auch nicht ähnlich sieht«, gab Hasan der Hinkende zu bedenken, »so könnte doch sein, daß er sich selbst dieses Aussehen gegeben hat. Wäre das nicht möglich?«

»Das ist nicht möglich«, entgegnete Kadir Ağa.

»Er sieht ihm überhaupt nicht ähnlich«, wiederholte Taner.
»Lies vor, was die Zeitungen sonst noch über Zeynel erzählen!«
»Zeynel Çelik ist gewandt wie ein Tiger und schwer zu packen«, las Taner. »Ihn festzunehmen wird schwer, behauptet der Polizeipräsident.«
»Der Polizeipräfekt sagt also, es sei schwer, ihn festzunehmen?«
»So steht es in der Zeitung.«
»Lies weiter!«
»Aber wenn es auch schwer sein wird, unsere Einsatzkommandos werden ihn bald überwältigen. Unsere Polizei ist Zeynel Çelik auf den Fersen. Wir haben viele Hinweise und werten alle aus.«
»Den kriegen sie nicht«, sagte Hasan der Hinkende.
»Unmöglich, ihn festzunehmen«, bekräftigte Kadir Ağa.
»Lies weiter, Taner, gibt's noch mehr?«
»Da sind noch fünfzehn Zeitungen. Ich habe auch die von gestern und vorgestern gekauft.«
»Dann lies weiter, lies alle vor!«
In Menekşe hatte jeder, ob im Kaffeehaus oder in den Häusern, ob er lesen konnte oder nicht, eine oder mehrere Zeitungen in den Händen. Und wer nicht lesen konnte, betrachtete die in allen Größen abgedruckten Photographien des Mannes mit den Raubvogelaugen und den gerunzelten Augenbrauen, der gar nicht so aussah wie Zeynel.
Und daß der Gangster Zeynel eines Nachts kommen und ganz Menekşe, das ihn in seiner Kindheit so gequält hatte, niederbrennen und alle Einwohner von sieben bis siebzig über die Klinge springen lassen würde, besonders alle Verwandten, die ihm damals die Knochen gebrochen und ihn hungrig auf die Straße gesetzt hatten, machte, von Mund zu Mund verändert und mit tausendundeiner wunderlichen Geschichte ausgeschmückt, die Runde. Diese eigenartigen Geschichten würden von hier nach Istanbul weiterwandern und dort mit der Photographie eines immer wilder dreinblickenden Gang-

sters mit zusehends breiter werdenden Schultern und dichter wucherndem Schnauzbart die Spalten der Zeitungen füllen.

»Lies, Taner, lies vor!«

Streitgespräche, Beschimpfungen, mit Fausthieben endende Reibereien hatten die Menekşeer endgültig entzweit. Jedermann las mit lauter Stimme die Zeitung und zeigte jedem Nachbarn die Photos.

»Lies, Taner, lies vor!«

Und Taner las:

»Die Polizisten stöberten Zeynel Çelik in einem zum Kalfatern auf der Helling liegenden lasischen Kutter auf, wo er und seine Spießgesellen Unterschlupf gefunden hatten, und ließen ihn wieder entwischen. Im Schutz der Dunkelheit beharkten die Gangster mit Maschinenpistolen-Garben die Polizei und flüchteten in einem schnellen Boot, das am Goldenen Horn für sie bereitgelegen hatte. Auch den auf der Galata-Brücke postierten Polizisten gelang es nicht, das sehr schnelle Boot zu stoppen. Bevor sie die Brücke sperren konnten, war es schon längst in der Weite des Marmarameeres verschwunden. Das verlassene Fluchtboot wurde später von Nachtwächtern am Ufer von Kalamiş gefunden. Der Boden des Bootes war mit Schalen von Pistazien bedeckt. Die Gangster müssen auf der Flucht Unmengen von Pistazien verzehrt haben.«

»Mehr, Taner, mehr!«

»Der jüngste Mord des Gangsters Zeynel Çelik: Nachdem der rücksichtslose Gangster Zeynel Çelik den gewalttätigen Ihsan aus Menekşe im Kaffeehaus getötet hatte, verübte er jetzt seinen siebten Mord. Die beiden neuen Mordopfer, ein millionenschweres Ehepaar, wurden mit einem langen Tau aneinander gefesselt in ihrer dreiundfünfzig Millionen teuren Villa in Bebek mit Genickschüssen aufgefunden. Wie festgestellt wurde, drang der blutrünstige, grausame Mörder Zeynel Çelik mit seinen Männern gestern nacht gegen ein Uhr in die Villa ein, überraschte den Geschäftsmann und Millionär Başarir und seine Ehefrau, und nachdem er sich eineinhalb Millionen Lira Bargeld und Schmuck im Wert von viereinhalb Millionen Lira hatte aushändigen lassen, fesselte er das Ehepaar aneinander und tötete es mit jeweils drei Schüssen ins Genick. Als morgens die Bediensteten die Villa betraten, entdeckten sie die Toten in einem Meer von Blut.«

»Das war nicht gut getan, so eine Sünde, das hätte Zeynel nicht tun dürfen, das war Mordlust«, bedauerte Hasan der Hinkende. »Schade, schade ... Und wie reich sie waren.«

»Und wie jung sie auf den Bildern aussehen«, ergänzte Taner.

»Demnach haben sie den Reichtum von ihren Vätern und Großvätern geerbt«, seufzte Hasan voller Mitleid.

»Ach, Milchlämmer, ach! Möge deine Hand brechen, Zeynel!« rief Kadir Ağa und schwieg entsetzt aus Angst, es könne Zeynel zu Ohren kommen. »Vielleicht hatte er einen Grund«, fuhr er hastig fort, »wer weiß, was sie ihm angetan haben, nicht wahr? Warum sollte Zeynel denn für nichts und wieder nichts von Menekşe nach Bebek fahren und diesen Mann, der noch so jung war, umbringen. Die Millionen hat ihm sein Großvater hinterlassen.«

»Nein, nein«, widersprach Taner, »sein Vermögen hat er in den letzten zehn Jahren ganz allein gemacht, so steht's in der Zeitung.«

»Hmmm«, überlegte Hasan der Hinkende, »dann steckt etwas dahinter.«

»Dann steckt etwas dahinter«, nickte Kadir Ağa.

»Was soll schon dahinterstecken, Onkel«, meinte Taner, »die meisten Istanbuler Reichen sind so jung. In dieser Stadt gibt es wohl tausend Milliardäre wie diesen Mann, den Zeynel getötet hat ... Und die meisten haben ihr Vermögen durch dunkle Geschäfte ergattert. Was sind da schon zehn Millionen!«

»Viel Geld«, entgegnete Hasan der Hinkende. »Damit kann er ganz Menekşe kaufen.

»Viel Geld«, echote Kadir Ağa.

»Hört euch an, was unser Zeynel sonst noch auf dem Kerbholz hat«, fuhr Taner fort. »Die Zeitungen sind voll von seinen Streichen. Er ist der Schrecken Istanbuls, und die Polizisten führt er an der Nase herum.«

»Das hätte niemand von ihm gedacht.«

»So klein und schwach wie er war, und mager wie ein hungriger Windhund.«

»Gestern nacht ...«

»Liest du das?«

»Ja, in der letzten Zeitung, heute erschienen ...«

»Was steht da?« Kadir Ağa streckte seinen Hals.

»Gestern nacht stellten Polizisten zwischen den Luxusappartements und Villen im Hain von Arifpaşa Zeynel Çelik und seine Bande. Die bewaffnete Auseinandersetzung dauerte bei Redaktionsschluß noch an. Im Schutz der Mauer einer Villa feuern die Gangster mit Maschinenpistolen auf die Polizisten. Wie wir von verantwortlicher Seite erfahren, wird die Zeynel-Çelik-Bande tot oder lebend der Polizei in die Hände fallen ...«

»Was noch?«

»Das ist alles«, antwortete Taner.

»Wird man sie kriegen?«

»Natürlich wird man sie kriegen«, sagte Kadir Ağa. »Wer kommt schon gegen so viele Polizisten und Soldaten an! Ich hab's beim Militär erlebt, nichts ist stärker als der Staat ... Schade um Zeynel ...«

»Schade um ihn«, bedauerte Hasan der Hinkende und senkte traurig den Kopf.

Nur Taner grinste breit: »Ich kenne Zeynel gut, Onkel, wir sind hier zusammen aufgewachsen, den kriegt niemand zu fassen. Der wird zum gleitenden Fisch, zur fliegenden Möwe. Morgen wird in den Zeitungen stehen, daß Zeynel den Ring durchbrochen hat und geflüchtet ist ...«

»Inschallah«, sagte Kadir Ağa, »das walte Gott! Ich habe ihm viele Fische gegeben.«

»Und ich habe ihn ...« Hasan der Hinkende biß sich auf die Lippen, beinah wäre ihm entschlüpft, daß er Zeynel gestern nacht bei sich aufgenommen hatte. Wenn sie wüßten, daß er es war, der Zeynel gestern nacht vor der Polizei ... Zeynel mit einem Revolver, sage ich dir, riesengroß! Hasan der Hinkende bekam einen Hustenanfall, der nicht aufhören wollte.

Im Kaffeehaus war der Teufel los, endloses Geschrei und Geschimpfe, man fluchte und man puffte sich, und manche gerieten ernsthaft aneinander.

Fischer Süleyman eilte im Laufschritt nach Hause.

»Pack die Sachen, Frau, wir verschwinden!« rief er. »Dieses Ungeheuer dreht durch, es will Menekşe anzünden, in den Zeitungen stehen schlimme Dinge. Er soll töten, wer ihm über den Weg läuft. Gestern nacht hat er in Bebek einen Millionär und dessen Frau geschnetzelt. Wer einen unschuldigen Milliardär zerstückelt, läßt mich schon gar nicht am Leben, der macht Gehacktes aus mir. Wär ich diesem Hund nur nicht auf die Hand getreten! Ich hab's ja nicht absichtlich getan ...«

»Streite es doch nicht ab!« empörte sich die Frau, »du hast es absichtlich getan. Du bist mir in eisiger Kälte auch schon auf die Finger getreten, als ich die Fische aus dem Netz klaubte. Nun sieh zu, wie du deine teure Haut vor ihm in Sicherheit bringst!«

»Und niemandem, niemandem etwas sagen! Mach dich und die Kinder fertig, ich werde heimlich ein Auto ... Wenn er es erfährt, stellt er sich uns in den Weg! Und in der Gegend von Ambarli halte ich einen Autobus an ... Los, beeile dich!«

Er eilte wieder hinaus und kam nach einigen Minuten schon in einem Chevrolet, Modell fünfziger Jahre, zurück.

»Bist du soweit?«

Mit den beiden Kindern an der Hand trat die Frau vors Haus. Sie stiegen in den Wagen, und Süleyman lachte.

»Fahr los!« rief er dem Fahrer zu. »Nach Ambarli. Jetzt sollen sich doch die Menekşeer und dieser ehrlose Fischer Selim den Kopf darüber zerbrechen, in wieviel Teile Zeynel sie zerlegen wird. Spuckt ein Mensch, der Mensch ist, denn einem Menschen, einem Zeynel, mitten ins Gesicht? Und tötet dieser Mensch ihn deswegen etwa nicht? Jetzt soll Selim endlich bekommen, was er verdient! Und Schande über Zeynel, wenn er Selim nicht genauso zurichtet wie den Milliardär in Bebek.«

An Florya vorbei fuhr der Wagen über Şenlikköy auf die Londoner Autostraße. Sie kamen schnell voran, doch erst hinter der Galata-Brücke atmete Fischer Süleyman beruhigt auf.

An diesem Morgen herrschte strahlend schöner Sonnenschein, das Meer duftete, die sonnendurchflutete laue Luft war klar und rein.

»Letzte Nacht hat Zeynel Menekşe verschont«, sagte Hatçe. Sie hatte ein längliches Gesicht, einer ihrer Schneidezähne fehlte, und ihre Haare fielen in zwei Zöpfen auf die schlaffen Brüste. Wollknäuel auf ihrem Schoß, strickte sie Fischer Kemal einen Pullover. Über die grüne Pluderhose hatte sie einen kurzen, blumengemusterten Rock aus bedruckter Baumwolle gezogen. Auch ihr orange Kopftuch schmückten großflächige, lila Blumenmuster. Sie war Fischer Kemals Frau.

»Übermorgen nacht wird er es überfallen.«

»Woher weißt du's?«

»Ich weiß es eben ...«

»Zeynel soll gesagt haben ...«

»Ja, so steht's in der Zeitung: Solange Menekşe noch steht, werde ich nicht rasten noch ruh'n ...«

»Zeynel soll gesagt haben: Bevor ich dieses Menekşe nicht niedergebrannt und seine Einwohner mit Kind und Kegel an die Wand gestellt habe, werde ich mich der Polizei nicht stellen. So steht es in den Zeitungen.«

»Also diesen Zeynel, den haben gestern nacht die Polizisten gestellt. Und er hat sie so splitternackt, wie ihre Mütter sie geboren haben, ausgezogen ...«

»Ja, so steht's in den Zeitungen.«

»Dann hat er sie mit einem Hanfseil aneinandergefesselt, in einen lasischen Kutter gesteckt und ins Marmarameer treiben lassen ...«

»Erst nach drei Tagen wurden sie hungrig, nackt und halb von Sinnen von der Polizei mitten im Meer gefunden ...«

»Ja, so steht's in den Zeitungen.«

»Zeynel hat die Polizei wissen lassen: Verfolgt mich nicht, sonst rotte ich euch aus.«

»Da sollen jetzt viele zu ihm gestoßen sein.«

»Und alles gute Schützen ...«

Sie hatten sich unter den Weiden versammelt, wo die Netze hingen, Frauen, Männer, Kind und Kegel, und jeder gab zum besten, was ihm so einfiel.

»Süleyman ist geflüchtet.«

»Was blieb ihm anderes übrig, es geht schließlich um sein Leben! Ganz Istanbul hat von Zeynel keine Nachsicht zu erwarten.«

»Zeynel der Fischer.«

»Auch Fischer Selim soll sich davongemacht haben.«

»Ein Fischer Selim macht sich nicht davon!«

»Sieh doch hin, da steht er auf dem Bootssteg und schaut aufs Meer hinaus.«

»Soll er nur schauen und sein blaues Wunder erleben! Morgen noch nicht, aber übermorgen nacht ...«

»Spuckt denn ein Mensch, der Mensch ist, vor aller Welt Zeynel ins Gesicht?«

»Das hast du nun davon, Fischer Selim!«

»Flieh doch, wenn du noch kannst!«

»Zeynel soll heute in der Früh hier gewesen sein.«

»Ich hab davon gehört. Hurşit will ihn gesehen haben.«

»Einmal ging Zeynel an unserer Tür vorbei. Er kam vom Fischen, war völlig durchnäßt, und seine Haare sträubten sich wie das Fell eines Kätzchens. ›Was ist denn mit dir, mein kleiner Zeynel‹, sagte ich, ›du bist ja ganz durchgefroren ...‹ Und dann schenkte ich ihm eine Blätterteigpastete – mit Spinat gefüllt!«

»Unser Haus wird Zeynel nicht anzünden. Den Pullover, den er noch heute trägt, habe ich ihm gestrickt. Da zündet er doch niemals unser Haus an.«

»Zeynel soll sich am Bosporus eine Villa gekauft haben ...«
»Ach, geh doch los, was soll Zeynel mit einer Strandvilla?«
»Zeynel soll sich verlobt haben. Mit der Tochter des Millionärs Osman Tuzlu ...«
»Zeynel soll mit einem Automobil spazierenfahren, einem dunkelblauen, so groß wie ein Autobus.«
»Zeynel soll töten, wer sich ihm in den Weg stellt.«
»Wer ihn nur schief anschaut ...«
»Die Polizisten sollen vor ihm strammstehen.«
»Zeynel soll ein so guter Schütze geworden sein; sie werfen eine Münze in die Luft, und er trifft sie, bevor sie auf die Erde fällt.«
»Zeynel – wer hätte das gedacht!«
»Der Mensch kann ja nicht wissen, daß aus so einem Tölpel so ein Zeynel entsteht. Hätte ich ihn denn zwölf Monate im Jahr nur in Booten hausen lassen, hungrig und halbnackt, wenn ich gewußt hätte, daß aus ihm noch einmal so ein Mordskerl wird?«
»Der arme Zeynel, und seine Gesichtszüge so weich ...«
»Du brauchtest ihm nur zu sagen: ›Schnapp mir die Schlange mit der bloßen Hand‹, und schon ging er hin und brachte sie dir.«
»›Hol mir den Hai vom Grund des Meeres‹, und er holte ihn dir.«
»›Geh und fange mir den Löwen!‹, und er fing ihn dir.«
»Er war beherzt, war ein guter Junge.«
»Süleyman ist auf und davon.«
»Er wußte, warum ...«
»Auch Fischer Selim soll seine Siebensachen zusammengesucht haben und auf dem Sprung sein.«
»Die Polizisten werden Zeynel töten.«
»Und er hat niemanden, der um ihn weinen wird.«
»Sie werden Zeynel töten.«
»Der Recken Mütter weinen früh.«
»Er soll die Banken schon um zweieinhalb Millionen erleichtert haben und raubt sie noch laufend aus.«

»Was hat Zeynel nur mit dem vielen Geld gemacht?«
»Na, was wohl! Er soll es im Blechhüttenviertel von Ümraniye verteilt haben. Nehmt, es gehört euch, soll er gesagt haben. Was er auch immer geraubt hat, gab er den Armen.«
»Hat denn die Regierung davon nichts erfahren?«
»Von wem denn?«
»Denkst du, die Einwohner vom Blechhüttenviertel werden hingehen und rufen: ›He da, Regierung, Zeynel hat uns Geld geschenkt?‹«
»Zeynel will Kadir Ağa auch einen Fischkutter kaufen, einen mit Radar ...«
»Mit Radar?«
»Ein Radar sieht die Fische auf dem Meeresgrund.«
»Und Kadir Ağa wird sie alle fangen.«
»Kadir Ağa und Hasan der Hinkende springen jetzt schon in die Luft vor Freude.«
»Und Schwester Fatma will er ein ganzes Stockwerk kaufen.«
Ganz sachte setzte der Regen ein. Die schweren Tropfen platschten auf die Erde und das sich riffelnde Wasser. Bald fielen heftige Böen ein, bogen das Geäst der Weiden so tief hinunter, als wollten sie die gertigen Zweige brechen, und rissen Blätter mit sich aufs Meer hinaus. Überstürzt flüchteten die Frauen in die Häuser.

Ich suchte Fischer Selim auf. Er freute sich, als er mich sah, und zeigte auf den einzigen Stuhl mit den gestapelten Zeitungen in einer Zimmerecke.
»Was sagst du dazu«, sagte er, »sie werden den armen Zeynel töten.«
»Sie werden ihn töten.«
»Und das soll alles Zeynel getan haben?« fragte er erstaunt.
»Alle Gangster Istanbuls haben sich plötzlich in Zeynel verwandelt.«
Selim lachte: »Aus Anatolien müssen welche dazugekommen sein«, meinte er, ›Istanbuls Gangster allein schaffen das nicht.«

»So wird es sein.«

»Morgen früh stechen wir beide in See. Punkt drei Uhr. Wir werden wieder unseren großen Fisch jagen. Beim letzten Mal hätten wir ihn beinahe ...«

»Geht's wirklich los?«

»In die Umgebung der Insel Marmara.«

»Eines Tages wirst du ihn bestimmt ...«

»Ist es dir auch aufgefallen, Menekşe ist in heller Aufregung?«

»Und Süleyman ist geflohen, schon gehört?«

»Seit drei Nächten findet niemand Schlaf.«

»Ich weiß«, nickte ich.

»Sie werden zur Polizei gehen, das ganze Viertel mit Kind und Kegel macht sich schon zurecht. Sie sind überzeugt, daß Zeynel Menekşe niederbrennen und sie alle erschießen wird.«

Wir verließen Selims Haus, das noch nach frischem Fichtenholz duftete, gingen unter der Bahnunterführung hindurch bis zum Gasthaus »Zur Möwe«, als wir vor dem nahen Kaffeehaus eine Ansammlung aufgeregter Menschen erblickten, alt und jung, Frauen und Kinder, alle aufgeputzt, als ging's zur Hochzeit oder einem anderen Fest.

»Auf zur Polizei«, sagte ich.

»Auf zur Polizei«, sagte Fischer Selim. »Sie haben viel zu tun, die Menekşeer. Das ganze Jahr werden sie sich mit Zeynel befassen, werden sich ununterbrochen Geschichten über ihn erzählen.«

»Auch ganz Istanbul wird von ihm erzählen«, sagte ich.

Er nickte: »Und ganz Istanbul auch ...«

14

Mit Selim traf ich mich immer gegen drei Uhr am Bootssteg. Er saß in seinem Boot, flickte sein Netz und wartete schon auf mich.

»Spring!« rief er dann mit freudiger Stimme, kaum daß er

mich erblickte, und ich ging bis ans Ende des schwankenden Stegs und sprang über den anliegenden Bug ins Boot, während Selim schon das Steuer herumwarf, seewärts, zur Unseligen Insel. Zuerst machten wir uns auf die Suche nach unserem großen Fisch, fuhren dann an eine der Bojen und warfen unsere Angeln in die flüsternde, grünschimmernde, geheimnisvolle Tiefe.

Fischer Selims Zeug und Haare waren immer voller Fischschuppen. Wenn er das Kaffeehaus betrat, breitete sich zuerst der Duft des Meeres aus und dann der durchdringende Geruch von Fisch. In Istanbul, ob in Kumkapi oder im Blumenbasar von Beyoğlu, duftete Fischer Selim immer nach Meer, roch er immer nach Fisch. Das geflügelte Wort: Wohin der Seefahrer auch gehen mag, bringt er den Geruch des Meeres mit sich, stammt von ihm.

»Und die Schuppen der Fische«, fügte ich hinzu.

»So ist es«, lachte Fischer Selim, »und die Schuppen der Fische.«

Er hatte auf der Großen Insel bei einem tscherkessischen Fuhrunternehmer als Kutscher angefangen, hatte sich um die Pferde gekümmert und die eleganten Damen im Zweispänner spazierengefahren. »Nächsten Winter kehre ich heim, was soll Mutter jetzt allein und ohne mich anfangen«, hatte er oft gesagt, war dann, als der Winter kam, aber geblieben. Vielleicht wollte er auch gar nicht zurück. Wie alt er damals war, weiß er nicht mehr. Auch wann und warum er von zu Hause fortgelaufen war, hat Fischer Selim immer für sich behalten. Wäre ich in ihn gedrungen, hätte er es mir vielleicht erzählt. Im folgenden Sommer, nachdem er sich mit dem Tscherkessen überworfen hatte, war er auf der Insel Burgaz bei einem griechischen Gemüsehändler untergekommen, hatte monatelang kistenweise Tomaten, Auberginen, Pfirsiche, Weintrauben und Feigen geschleppt. Im Winter, nahm er sich vor, wird er bestimmt heimfahren, nach Uzunyayla, und sich um seine Mutter kümmern. Doch als der Winter kam, konnte er wieder nicht fort, weil er auf einem Fischkutter angeheuert hatte. Aber nächsten Winter, das stand fest, würde er mit viel Erspartem nach Hause fahren, nach Uzunyayla, zur Mutter und zu den Brüdern, von denen er auch nicht wußte, wie es ihnen ergangen war und nach denen er sich so sehnte. Doch der Winter verging, ohne daß er sich aufmachte. Er hatte seinen Beruf liebgewonnen, war auch in Beyoğlu gewesen, hatte im Blumenbasar seinen ersten Raki genossen und zum ersten Mal den Duft einer Frau in sich hineingesogen. Sein Meister, Fischer Hristo, war ein lebensfroher Mensch und Genießer, der sein ganzes Geld in Beyoğlu, im Blumenbasar und für seine Geliebte Despina ausgab. Fischer Selim mochte seinen Meister Hristo sehr.

Drei Jahre lang fischten Selim und Meister Hristo gemeinsam, sie mochten sich, waren Tag und Nacht zusammen, aßen und tranken am selben Tisch. Nach vier Jahren, das stand für Fischer Selim endgültig fest, würde er nach Uzunyayla zu seiner Mutter fahren – und fuhr wieder nicht.

Eines Tages war Hristo sternhagelvoll und haderte mit sich selbst. Es kam oft vor, daß Hristo sich betrank, mit sich haderte und sich die schlimmsten Schimpfwörter an den Kopf warf. An diesem Tag stürmte ein eisiger Nordwind, das Meer tobte, die Gischt der Brecher sprühte bis hoch an die Mauern der Strandhäuser. Und in der kleinen Bucht machte Hristo die Leinen los, sprang in sein Boot und nahm Kurs auf Yalova. Selim hatte ihn nicht einholen können, brüllte noch hinter ihm her, konnte ihn aber nicht bewegen umzukehren. Er rannte sogar bis zum Hals ins Wasser, aber Hristo schaute sich nicht mehr um. Nach drei oder vier Tagen fanden Fischer vor Yalova das gestrandete Boot. Von Hristo hat man nie wieder gehört, noch hat man seinen Leichnam gefunden. Fischer Selim mochte danach nicht mehr auf der Insel Burgaz bleiben. Weil Hristo niemanden hatte, erbte Selim sein Boot, was ihn ein bißchen tröstete, denn es war ein starkes Boot mit einem besonderen Motor, einem Volvo Penta. Fischer Selim suchte sich einen neuen Liegeplatz in Kumkapi. So ein schönes Boot hatte dort keiner der Fischer, und Selim, der mit fünf Mann

Besatzung zum Fischen fuhr, nahm sich wieder fest vor, im Frühling seine Mutter in Uzunyayla zu besuchen. Der Frühling kam, Selim fing viele Fische, verdiente viel Geld und war viel in Beyoğlu im Blumenbasar. In Kumkapi, in Beyoğlu, im Blumenbasar rühmte man seinen Mut, sein gutes Aussehen, die Art, wie er die Lezginka tanzte, den Revolver zog und das Messer warf, sein herzhaftes Lachen, seine Herzenswärme, seine Zuverlässigkeit und Freundschaft. Diesmal schwor er, wenn er in diesem Jahr nicht in Uzunyayla seine Mutter besuchte ... Und wurde in dem Jahr Soldat, kam mit seiner Einheit zum Ararat, kämpfte dort, befreundete sich mit einem General, wurde verwundet, ins Krankenhaus Cerrahpaşa eingewiesen, lernte das blonde Mädchen, die wunderschöne Krankenschwester kennen, wurde als geheilt entlassen und konnte das schöne Mädchen nicht vergessen. Bei Wind und Wetter stand er vor dem Portal und wagte nicht, ein einziges Wort an sie zu richten. Dabei hatte sie ihm versprochen, bis an ihr Lebensende auf ihn warten zu wollen. Danach blieb er ihr fern, vergaß Mutter und Brüder, Raki und Glücksspiel, Beyoğlu und Uzunyayla. Und wenn er auch hin und wieder an die Mutter und Uzunyayla dachte, so bedauerte er doch nicht mehr, wenn er seinen Vorsatz hinzufahren nicht in die Tat umsetzen konnte. Jetzt warf er sich im Frühling, Sommer, Herbst und Winter in Schale und verbrachte seine Tage am Portal des Krankenhauses, brachte es aber nicht über sich, hineinzugehen und nach dem Mädchen zu fragen oder zu suchen. Eines Tages, davon war er überzeugt, wird er mit ihr vereint sein, und zwar an dem Tag, an dem der zur schönen Geliebten passende Bau fertiggestellt ist, wird er ins Krankenhaus stürmen, sie umfassen und heimbringen, wird er sie im Standesamt von Beyoğlu in einem Meer von Blumen, in dem die Braut fast verschwindet, heiraten. Jahr für Jahr war er zum Fischen hinausgefahren, hatte sich jeden Kuruş vom Munde abgespart und für dieses Haus zurückgelegt. Und er spart auch jetzt immer weiter. Er mag auch nicht mehr am Krankenhaus vorbeigehen, und wenn einige Zeit verstrichen ist, wird die

Geliebte in seiner Phantasie, in seinen Träumen noch viel lebendiger. Und hatte er besonders viele Fische gefangen und verkauft, machte er sich landfein, sowie das Geld versteckt war, und ging auf die Suche nach einem geeigneten Grundstück. Das erste entdeckte er in Maden auf der Großen Insel. Niemand wußte, wem es gehörte, und er bepflanzte es mit sieben Kiefern. Die Kiefern wuchsen heran, doch irgendwann gefiel Selim das Grundstück nicht mehr, und er fand eines auf der Insel Burgaz. Auch hier setzte er einige Schößlinge, doch nach einigen Jahren gefiel ihm dieser Platz auch nicht mehr. Nein, das Grundstück mußte ganz nach seinem Herzen sein und zur Schönheit des Mädchens mit den blonden Haaren passen. Wenn nicht jetzt, würde er eben nächstes Frühjahr bauen. Dann entdeckte er ein Grundstück am Ufer von Florya, pflanzte drei Platanen, und als einige Jahre vergangen waren, wollte er diesen Bauplatz auch nicht mehr haben. Danach pflanzte er drei Linden in Yeşilköy. Und während dieser ganzen Zeit gab er kein Geld aus, legte er jeden Kuruş ins Geheimfach. Von den Menschen hatte er sich zurückgezogen. Für ihn gab es nur noch das blonde Mädchen, die Delphinfamilie da draußen im Meer und Bauland, auf das er Bäume pflanzte, wenn es ihm gefiel. Bis er eines Tages beim Fischen auf dem Bosporus sein Grundstück entdeckte. Er ging hin, holte sieben Olivenbäumchen von der Baumschule in Beykoz und pflanzte sie neben die Platanen, die dort bereits wuchsen. Dieses Grundstück würde er kaufen, ein anderes kam nicht mehr in Frage. Es gehörte einem betagten Finanzbeamten im Ruhestand. Dessen Vater, ein Pascha, hatte ihm noch einundzwanzig solcher Grundstücke hinterlassen, aber für Fischer Selim kam nur dieses in Frage. Hier mußte ein Garten her, der blonden Schönheit angemessen, mit Bäumen, die in den Himmel ragen und die Bläue des Meeres widerspiegeln.

Mit der Bepflanzung, meinte Fischer Selim, habe er das Grundstück erworben. Daher hielt er es nicht für nötig, dem weißhaarigen Pensionär mit dem langen, dürren Hals ein Handgeld zu zahlen. Schließlich konnte das Grundstück ja nicht verschwinden. Und auch den alten Mann sah er jedesmal, wenn er nach Çengelköy ging, im Kaffeehaus unter der Platane gedankenversunken seine Wasserpfeife rauchen. Und Tag für Tag vermehrte sich das für Grundstück und Hausbau wohlverwahrte Geld, standen Maurer und Zimmermann bereit. Im Laufe der Jahre hatte er mit jedem Handwerksmeister wohl zehnmal alle Einzelheiten besprochen. Ausgerechnet Fischer Selim, der niemandem übermäßigen Respekt zollte, sprang sofort auf die Beine, wenn der Tischler, der Maurer oder Klempner das Kaffeehaus betraten, bot ihnen seinen Stuhl an und holte ihnen persönlich den Tee aus der Küche.

»Wann fangen wir mit dem Hausbau an, Selim, hast du denn das Grundstück noch nicht gekauft?« fragte Tischlermeister Haydar jedesmal, wenn er an Selims Tür vorbeiging, und jedesmal antwortete Selim aufgeregt: »Bald, Meister, bald, bist du im Augenblick frei?«

»Auch wenn ich's nicht bin, mein Fischer, für dich immer.«

»Danke, Meister, danke!« rief dann Fischer Selim und wechselte das Thema.

Daß Selim eines Tages auf jenes Grundstück einen Palast von Haus bauen lassen wird, davon waren alle Meister und Gesellen, waren alle Fischer, war ganz Menekşe überzeugt, und jedermann wartete auf diesen glücklichen Tag ...

Genauso wollte Fischer Selim damals für sein griechisches Gespons ein Haus bauen und danach die Geliebte heiraten. Auch damals sollte es seiner schönen Griechin angemessen sein, ein Haus mit Garten und großen Bäumen. Jede Nacht beschrieb er ihr den Bau, jeden Tag sah er sich Grundstücke an. Bis das Mädchen eines Nachts aus dem Bett sprang und rief: »*Vré*, du redest viel und tust gar nichts. Vré, du baust Luftschlösser.«

Darüber hatte sich Selim sehr geärgert, hatte die Tür zugeknallt und war gegangen. Sein griechisches Mädchen, sein Gespons, sah er nicht wieder, die Mutter hatte es nach Athen gebracht. Dabei hatte Selim sich doch fest vorgenommen, das Grundstück zu kaufen und darauf bald ein Haus zu bauen, ein rosafarbenes Haus wie einen Palast, mit Bäumen im Garten, die in den Himmel ragen ...

Jedesmal wenn Selim daran dachte, wurde sein Herz schwer. Wenn die andere dort im Krankenhaus, des langen Wartens müde, auch sagte: »Zum Teufel mit deinem Grundstück und deinem Haus, Selim, die Jahre sind vergangen, ich bin eine alte Frau geworden, und die Platanen, die du gepflanzt hast, reichen in den Himmel.« Und wenn sie sich dann auch davonmachte? »Die nicht«, tröstete er sich dann, »dafür liebt sie mich zu sehr ... Dieses Jahr, dieses Jahr werde ich bauen, im Frühling, einen Palast, hab nur ein bißchen noch Geduld, meine Rose! Sieh doch, Meister Haydar beginnt sofort, sowie ich nach ihm rufe ... Und auch der Maurermeister Leon, es gibt keinen besseren in ganz Istanbul ... Und Glasermeister Cemal aus Sivas? – ›Wenn du willst, Fischer Selim, bau ich dir den ganzen Palast aus Kristall‹, sagt er. Maurer, Maler und Zimmerer, sie warten nur darauf, daß ich ›legt los!‹ sage. Ein Wink von mir, und sie ziehen in drei Monaten einen Palast hoch. Nur noch ein bißchen Geld, nicht viel, und mein Versteck quillt über ...«

Und dann, eines Tages, hörte es Fischer Selim, und kaum daß er es hörte, war er auch schon in Çengelköy: Der Grundeigentümer, jener weißhaarige Herr, war gestorben, und alle seine Ländereien hatte Halim Bey Veziroğlu gekauft. Was nun, Fischer Selim?

Er suchte Halim Bey Veziroğlu auf und sagte: »Dieses Grundstück mit den Platanen ist meins. Sieh, ich habe dort auch sieben Olivenbäume hingepflanzt.«

Verwundert rief Halim Bey Veziroğlu nach einigen Unterlagen, blätterte darin, erkundigte sich, prüfte und sagte dann zu dem noch immer vor ihm stehenden Fischer Selim: »An der bezeichneten Stelle gehört Ihnen kein Grundstück. Und das von Ihnen angegebene Stück Land gehört uns, da besteht kein Zweifel. Könnten Sie sich nicht irren?«

»Ich irre mich nicht«, antwortete Fischer Selim. »Das Grundstück gehört mir, und ich habe dort auch sieben Olivenbäume gepflanzt, Sie können sich selbst überzeugen, wie schön sie gewachsen sind.«

»Ein Grundstück geht doch nicht auf Sie über, wenn Sie darauf Bäume pflanzen. Haben Sie denn einen Grundbrief oder wenigstens fünf Para für das Grundstück gezahlt?«

»Ich wollte dort ein Landhaus bauen.«

»Ein Landhaus?« Halim Bey Veziroğlu horchte auf. »Ein Landhaus? Bitte, nehmen Sie doch Platz.«

Fischer Selim setzte sich auf die Kante des angebotenen Ledersessels.

»Was sind Sie von Beruf, mein Herr?«

»Ich bin Fischer.«

»Eigner eines Fischkutters also.«

»Ich bin Fischer.«

»Wo?«

»In Menekşe.«

»Sollte da wirklich kein Irrtum vorliegen, mein Herr?«

»Kein Irrtum, ich war im Begriff, das Grundstück von dem alten Mann zu kaufen, doch leider starb er. Jetzt werde ich mein Landhaus nicht mehr bauen können. Ich habe das Stück Land liebgewonnen, hatte jahrelang nach so einem Grundstück gesucht. Es paßte so zu ihr …« Fischer Selim seufzte tief.

»Ach so, ich verstehe, doch keine Sorge, mein Herr«, sagte Halim Bey Veziroğlu, »da können wir Ihnen entgegenkommen, denn schließlich haben wir das Grundstück erworben, um es weiterzuverkaufen. Zigarette?«

Halim Bey klappte sein reichverziertes goldenes Zigarettenetui auf, verlegen bediente sich Fischer Selim. Anschließend gab Halim Bey ihm Feuer. Auch das Feuerzeug war aus purem Gold.

»Machen Sie sich also keine Sorgen, Verehrtester, kommen Sie, wann Sie wollen, und das Grundstück gehört Ihnen.«

Voller Freude erhob sich Selim und ging.

Sanft dünte das Meer unter uns. Wir lagen wohl bei einer von Selims fischreichsten Markierungen, denn kaum tauchten die

Blinker ein, spannten sich die Angelschnüre, wir zogen begeistert die Fische herauf. Stellenweise ging das Blau des Meeres in Violett oder Grün über. Die Schatten der dahinsegelnden weißen Wolken huschten über den Wasserspiegel nach Norden, nach Istanbul. Fischer Selim versank in Gedanken, seine Nasenlöcher weiteten sich wie die Nüstern eines verschnaufenden Pferdes.

»Diesen Frühling ...« sagte er und richtete seine stahlblauen Augen auf mich.

»Was soll diesen Frühling sein?« fragte ich zerstreut.

»Ich werde das Grundstück kaufen, und wenn er sich weigert, werde ich ihn töten ...«

»Wenn du ihn tötest, bekommst du das Grundstück auch nicht.«

Diesmal zeigte Fischer Selim offen, daß er sich über mich ärgerte.

»Ich weiß selbst, daß ich das Grundstück nie bekommen werde, wenn ich ihn töte. Doch wenn Halim Bey Veziroğlu weiß, wenn er damit rechnet, daß ich ihn, falls er sich weigert, töten werde, wird er verkaufen.«

»Ja, dann wird er verkaufen«, nickte ich.

»Doch er ist ein abgefeimter Bursche«, sagte er kopfschüttelnd, während er die Angelschnur auswarf.

»Wie meinst du das?«

»Er ist sicher, daß ich keinen Menschen töten kann.«

»Er ist sich dessen sicher.«

»Auch wenn ich so tue, als könnte ich es?«

»Auch dann.«

»Was kann ich dagegen tun?«

»Gar nichts.«

»Am Ende wird mir also nichts anderes übrigbleiben, als diesen Mann zu töten.«

»Gott bewahre dich, und der Wind verwehe deine Worte! Wir werden dir ein schöneres Grundstück in einer noch schöneren Gegend finden! Hauptsache, wir haben genügend Geld. Wäre es nicht besser, wir fänden eins hier in Menekşe?«

Mit hoffnungsfrohen Augen sah er mich an: »Mit Blick aufs Meer und Platanen im Garten. Ich werde Oliven pflanzen.«
»Es gibt auch welche mit Olivenbäumen.«
»Du meinst das Land von Zeki Bey«, freute er sich.
»Das meine ich. Einen Teil davon.«
»Wo die Platanen stehen.«
»Zeki Bey verkauft es bestimmt.«
Hand über Hand holte er die Leine ein, am Haken zappelte eine riesige, in der Sonne rötlich funkelnde Goldbrasse.
»Hol deine Angel ein!«
»Warte doch, Selim, bis noch einer anbeißt …«
»Bis einer anbeißt«, sagte er, geduldete sich eine Weile, doch dann konnte er nicht anders und warf seine Angelschnur wieder aus.
Die Sonne, jetzt tief über der Kimm, hatte sich violett gefärbt, eine leuchtende, rosig violette Scheibe, verwandelte sie das Meer, den Himmel, die ganze Welt in rosig violettes Licht, in welches hin und wieder Flugzeuge eintauchten und wie goldene Tropfen, wie Sternschnuppen mit einem langen, rosa funkelnden Schweif dahinglitten.
Wir holten unsere Leinen ein und starteten das Boot.
»Machst du mit?« fragte Fischer Selim lachend.
»Ich mache mit«, antwortete ich, »wobei?«
»Noch bevor du kamst, hatte ich heute morgen das Treibnetz ausgelegt. Vielleicht ist es schon voller Meerbarben. Machst du mit, es einzuholen?«
»Ich mache mit.«
Wir hatten die Stelle bald erreicht und begannen zu zweit, das Netz heraufzuziehen.
»Dreihundert Faden«, sagte er.
»Sehr viel«, meinte ich.
»Weniger sollte das Netz eines Fischers nicht haben.«
»Nein, das sollte es nicht.«
Je weiter wir das Kiemennetz herauszogen, desto mehr Fische sahen wir in den Maschen. Sie zappelten, sprangen, fielen ins Meer zurück.

»Wie gut, daß wir es jetzt einholen, Fische sollten nicht im Netz sterben.«

»Sie fallen ins Wasser.«

»Macht nichts, was hängenbleibt, reicht.«

Wir zogen das triefende Netz an Bord. Es glänzte in der Sonne und war voller Fische.

»Fahren wir! Die Fische klauben wir am Ufer aus dem Netz.«

Der Bug des Bootes schwenkte auf Menekşe.

Nachdenklich hielt Fischer Selim eine Weile den Kopf gesenkt und starrte auf die schwimmenden Goldbrassen im Fischbehälter. Über uns segelten mit gestreckten Flügeln die Möwen. Sie hatten ihren Flug der Geschwindigkeit des Bootes angepaßt und begleiteten uns zur Küste. Ein weißer Passagierdampfer, in seiner ganzen Länge hell erleuchtet, glitt wie ein Strom von Licht in Richtung Dardanellen.

»Diesen Frühling und nicht später muß ich das Haus bauen. Dorthin, unter die Platanen. Und weiß muß es sein, und so erleuchtet«, sagte Selim und zeigte auf den Dampfer. »Am ersten Tag«, fügte er zögernd hinzu, »am ersten Tag ... Genau so ...«

Welchen ersten Tag er meinte, fragte ich nicht.

»Und älter werde ich auch. Wenn ich auch noch diesen Frühling verstreichen lasse ... Ein Jahr, zwei Jahre, meinetwegen ... Eine Frau kann doch nicht ewig ...« Er stutzte, fuhr dann fort: »Auch wenn sie noch so liebt ... Fünf Jahre sind das höchste, sechs Jahre schon zuviel ... In diesem Frühjahr ...«

»Und jetzt schon ...«

»Jetzt schon das Grundstück ... Zuerst mit dir zu Halim Bey Veziroğlu und dann zu Zeki Bey ...«

»In Ordnung«, sagte ich.

Es ging mir immer durch den Kopf, doch ich mochte ihn nicht fragen, ob dies Hristos Kutter sei, so nagelneu und blitzblank, mit einem Motor wie ein Uhrwerk. »Es ist sein Boot«, würde Fischer Selim wohl mit Stolz in der Stimme antworten. »Es ist seins, aber ich habe es jahrelang für ihn gepflegt, zu treuen Händen, wie meinen Augapfel. Wenn er vielleicht eines guten Tages kommen wird und mich nach seinem Boot fragt ... ›Da ist es, dein Boot, ich habe es wie meinen Augapfel gehütet.‹«

Warum verkaufte er es nicht und baute sich für das Geld sein heißersehntes Haus? Wenn er diesen Fischkutter jetzt verkaufte, könnte er sogar Zeki Beys und Veziroğlus Grundstück bezahlen und mit seinem Ersparten noch seinen Herzenswunsch erfüllen. Aber das konnte Fischer Selim nicht, nein, er würde sich nie an Anvertrautem vergreifen, zu welchem Preis auch immer.

Und über Jahre schon wartet Fischer Selim auf Hristo, denn Hristo ist nicht tot, da ist Selim ganz sicher, der ist in Athen und wird eines Tages Sehnsucht haben nach Istanbul und zurückkommen. Fischer Selim weiß außerdem, daß diese oströmischen Griechen ohne Istanbul gar nicht können, und wenn es gar nicht anders geht, eines Tages nur herkommen, um hier zu sterben. Vielleicht wird auch Hristo eines Tages zum Sterben hierherkommen. »Nimm Hristo, nimm dein Boot, ich hab's wie meinen Augapfel gehütet, nimm ... Viele Fische habe ich mit diesem Kahn gefangen, erlasse mir in Gottes Namen meine Schulden, Hristaki!«

»Viele Fische in diesem Jahr.«

»Sehr viele.«

»Und wenn der Frühling kommt ...«

Wir steuerten Menekşe an, vertäuten das Boot unter der Strandbrücke an der Mündung des Flusses Küçükçekmece und begannen, die Fische aus dem Netz zu klauben.

In Menekşe und in Istanbul hatten auch heute die Berichte über Zeynel die Menschen in Atem gehalten. Doch Fischer Selim und ich hatten ihn den ganzen Tag über nicht einmal erwähnt. Vielleicht war er uns auch gar nicht eingefallen, der Zeynel ...

15

Hüseyin Huri, dieser niederträchtige Bastard ohne Sinn für wahre Freundschaft, führte wie ein Jagdhund den Suchtrupp an. Und einen Revolver im Gurt, eine Polizeimütze auf dem Kopf, schnüffelte er wie ein richtiger Jagdhund an Mauern, Bäumen, Büschen und Röhricht, unter Brücken und Torbögen, in Schiffsrümpfen und Waggons, in Schloßruinen, verfallenen Häusern und Autowracks, in verlassenen Moscheen und vergessenen byzantinischen Kirchen, hinter den Säulen unterirdischer Zisternen, im Gehölz jungfräulicher Haine am Bosporus und in Schornsteinnähe vertäuter Fähren, kurzum überall, wo die streunenden Kinder Unterschlupf fanden. Und fast überall legten sich Posten auf die Lauer, denn Hüseyin Huri wußte genau, wo Zeynel aufkreuzen konnte. Auch das Haus von Hasan dem Hinkenden hatte er ihnen gezeigt. Hätte Hasan der Hinkende nicht so geistesgegenwärtig gehandelt, wäre Zeynel an jenem Morgen verhaftet worden. Dieser undankbare, hinterhältige Hund Hüseyin Huri ... Dieser Jagdhund der Polizei ... Zeynel bereute, ihn nicht getötet zu haben; hatte ihn auch noch Freund genannt, diesen Verräter ...

Zeynel Çelik kaufte sich jeden Morgen die Zeitungen und las voller Spannung Zeile für Zeile Zeynel Çeliks Abenteuer, bewunderte auf dem Photo jenen breitschultrigen, gut aussehenden Mann mit der Hakennase, den großen bernsteinfarbenen Augen, den wulstigen Lippen und dem gewellten Haar, vergaß dabei völlig, daß er selbst ja Zeynel Çelik war ... Fiel es ihm dann aber wieder ein, sträubten sich ihm die Haare bei dem Gedanken, daß er der Gangster war, der Ihsan getötet und all diese Untaten begangen hatte, und er saß dann eine ganze Weile da wie gelähmt ... Hatte denn Zeynel Çelik das Ehepaar in Bebek getötet, war Zeynel Çelik denn Anführer einer Bande von einundzwanzig Mann, ausgerüstet mit automatischen Waffen, war er es denn, der vor der Anlegebrücke von Harem sage und schreibe vier Stunden gegen die Polizei gekämpft und ihre Sperre durchbrochen hatte, als Einheiten der Armee in Anmarsch waren, hatten er und seine Bande denn in Çemberlitaş vier Mädchen vergewaltigt, lebte in Beşiktaş wirklich eine Geliebte von ihm, war es wirklich er selbst, der all diese Dinge tat?

Angeblich hatte Zeynel Çelik nämlich in Beşiktaş eine sehr schöne Geliebte von nobler Herkunft, die Tochter eines Paschas. Und Zeynel Çelik sei sehr verliebt in seine Geliebte namens Zühre Paşali. Ihr eigener Sohn soll es der Polizei berichtet haben. Zeynel liebe sie so sehr, daß er sich, koste es, was es wolle, noch vor seiner Flucht nach Deutschland, Italien oder Bulgarien von ihr verabschieden werde … Er habe auch noch eine Geliebte in Aksaray und eine in Menekşe. Die Polizei bewache alle drei Viertel, besonders das Haus Zühre Paşalis, Tag und Nacht. Man wisse noch von anderen Adressen und Dingen, Zeynel Çelik betreffend, wolle aber vorerst keine näheren Angaben machen. Hüseyin Huri, ein alter Freund des Gangsters, und Durmuş Ali Alkaplan, der Sohn einer der Geliebten Zeynels, sowie die verhafteten Kumpane Zeynel Çeliks hätten der Polizei umfangreiche Angaben über ihn gemacht und ihr zahlreiche Fingerzeige gegeben. Zeynel Çelik ist also schon in der Zange der Polizei, und dieser blutsaufende Gangster wird ihr nicht entkommen. Zeynel Çelik, mit seinen Beziehungen zu Schmugglern von Waffen, Haschisch, Heroin, Zigaretten und Alkohol, seinen Verbindungen nach Deutschland, Griechenland und Bulgarien, wird trotz alledem sehr bald schon der Polizei tot oder lebendig in die Hände fallen.

Wer war dieser Zeynel Çelik? Etwa er selbst? Wer war dann der Mann auf der Photographie? Sollte es jetzt in Istanbul zwei Zeynel Çelik geben, der eine der mit dem Bart, der andere Zeynel der Menekşeer? Aber was ist mit der Geliebten in Beşiktaş, das stimmte ja, und der Bankraub stimmte ebenso wie die gefesselten Polizisten und die Sache mit Hüseyin Huri und Durmuş, der allerdings nicht Alkaplan hieß. Das mit Bruder Ihsan stimmte auch, nicht aber der Mord in Bebek, den hat der andere, der schnauzbärtige Zeynel Çelik verübt. Und auch das Gefecht vor der Anlegebrücke in Harem haben sich dieser Schnauzbärtige und seine Bande mit der Polizei geliefert. Und die Polizisten, die Zeynel Çelik bei einer Auseinandersetzung in Ayvansaray verwundet haben soll? In Ayvansaray hatten die Polizisten ihn zwischen den zum Kalfatern auf die Helge gezogenen Kutter der Lasen gejagt, im Dunkel der Nacht, und wie ein Jagdhund an ihrer Spitze Hüseyin Huri ... Sie schossen Löcher in die Dunkelheit, und Zeynel hatte sich zwischen den Booten nur versteckt und sich nicht gerührt. Bis in den Morgen hatten sie herumgeschrien und auf das Echo ihrer eigenen Stimmen gefeuert. Und während sie den andern Zeynel jagten, hatte er selbst seelenruhig sein Versteck verlassen, war in das Holzlager hinter der Zigaretenfabrik von Cibali gelaufen und bis ganz oben auf die gestapelten Balken geklettert, und hier würde ihn nicht nur Hüseyin Huri, der kannte diesen Platz nicht, hier würde ihn die gesamte, versammelte Istanbuler Polizei nicht finden, denn nur das Mädchen Mido kannte dieses Versteck, und Mido war es auch, die ihm diesen Platz einmal mitten in der Nacht gezeigt hatte. Bis in den Abend hinein hatte er ungestört geschlafen, umgeben vom Duft der Tannen, Zedern und Buchen, wie auf einer Hochebene. Und als er bei Anbruch der Dunkelheit erwachte, war er geschmeidig wie eine Katze den Stapel hinuntergeglitten und hatte erst im Innereiengrill von Laleli wieder haltgemacht. Und was ist mit den Händlern aus Erzurum, die in der Ladenstraße von Unkapani ausgeraubt und getötet wurden? Das war auch des andern Zeynels Werk ... Er selbst tat überhaupt nichts, schlenderte nur so herum, während der andere Zeynel Çelik ununterbrochen für ihn tätig war, tötete, raubte, vergewaltigte, seine Geliebten besuchte und Istanbul das Fürchten lehrte.

Als er plötzlich in einer sehr bunten Zeitung die Schlagzeile »Das Versteck der zweieinhalb Millionen entdeckt« las, sprang er ohne weiterzulesen auf, eilte zu einem Taxi und rief: »Schnell, Bruder, schnell nach Yedikule zum Busbahnhof!«

Zum Glück war die Fahrbahn frei. Vorm Busbahnhof ließ er sich absetzen und ging dann, die Hände in den Hosentaschen, pfeifend zu den Bahnsteigen. Überall und in allen Farben standen die Busse, die Bahnsteige quollen über von Dörflern, Städtern und Soldaten, bunte Leuchtreklamen flimmerten und verlöschten in einem fort über den Schaltern der Reisebüros. Der ganze Platz war in erschreckend kaltes Neonlicht getaucht, hallte wider vom Dröhnen der Motoren, dem Stimmengewirr der Reisenden, den lauten Rufen der Straßenverkäufer. Sechs Polizisten standen etwas abseits, er musterte sie aus den Augenwinkeln, einer der Männer schien ihn zu beobachten. Ob er ihn erkannt hatte? Aber woher denn, schließlich trug er ja keinen Schnauzbart wie Zeynel ... Und die Schuhe, der Anzug, der Schal, das Hemd, das Einstecktuch, alles grundverschieden ... Jeden Tag wechselte er die Strümpfe und warf die alten ins Meer ... Wenn er auch noch einen Schlafplatz fände, sich in ein Hotel einmieten könnte, nein, in ein Hotel niemals, die Hotels sind Polizistennester, sind ihre Partner, ließe er sich nur bei einem Hotelier blicken, packte der ihn sofort beim Kragen. Zeynel war ja nicht von gestern, hatte all diese Schliche im Bahnhofsviertel von Sirkeci gelernt. Am wenigsten fällt man Polizisten auf, wenn man sich unter sie mischt. Wäre dieser Lude Hüseyin Huri nicht gewesen, würde er jetzt in der Kantine des Polizeipräsidiums den Laufburschen machen zum Beispiel. Eigentlich ist es besser so, daß dieser Zeynel Çelik aufgekreuzt ist, nun denkt keiner mehr an ihn, an Zeynel aus Menekşe. Und die ganze Polizei ist hinter dem anderen her, und ganz Menekşe scheißt jetzt vor Angst in die Hosen. Besonders dieser Süleyman, und Adem, und Resul der Kurde vom Ararat, der ihn Tag und Nacht beschimpfte, dieser Geizkragen, der keinem seiner Männer bezahlte, was sie verdienten. Resul der Kurde war eigentlich nicht feige, aber wer würde vor diesem Zeynel Çelik denn keine Angst haben! Und Halil der Araber, Mann, o Mann, der sucht jetzt ein Loch, in dem er sich verkriechen kann, und krepiert vor Angst.

Unter der Hand beobachtete einer der Polizisten ihn noch immer. Und Zeynel tat gleichgültig, ging gedankenversunken pfeifend auf sie zu, bog keinen Meter entfernt von ihnen ab zum Reisebüro für die Autobusse nach Edirne, marschierte danach mit den Händen in den Hosentaschen vor der Nase der Polizisten zum Ausgang des Bahnhofs und rannte, kaum daß er durch das Tor war, rechts um die Ecke davon. Er kam bis zum Friedhof vor dem größten Tor der Stadtmauern, welches sie das Goldene Tor nennen. Von dort bis hierher erstreckten sich die Grabsteine, große, kleine, manche geneigt, gekippt, mit und ohne Inschrift ... Grabsteine überall ... Plötzlich entdeckte er die Polizisten, sie standen versteckt hinter einem Pferdewagen am Stadttor. Wieder mit den Händen in den Taschen, schlenderte er pfeifend geradewegs zum Ufer hinunter und weiter auf das Werksgelände der Eisenbahn, ging von dort zur Anlage der Teppichreinigung, dann die Stadtmauern entlang bis zu den alten Verliesen in Yedikule, machte beim Tor zu den Verliesen eilig kehrt und kam außer Atem wieder an die Friedhofsmauer. Die Polizisten hatten sich nicht von der Stelle gerührt. Und da drinnen, unter dem vom Feigenbaum verdeckten Mauerbogen, schien sich auch etwas zu bewegen, das sehr nach Uniformen aussah, denn ihm war, als blitze ein metallener Knopf kurz auf.

»O Gott«, stöhnte er, »oh, mein Gott, das Geld ist hin.« Das Versteck unter dem Gewölbe kannte niemand außer Hüseyin Huri. Und Hüseyin Huri, der den Polizisten jedes Versteck verraten hatte, wird dieses geheimste bestimmt nicht vergessen haben, und die Polizei ist ja nicht so dumm, hier keine Posten aufzustellen!

Oh, oh, was hatte ihn nur geritten, sein ganzes Geld in dieses Loch zu stopfen. Hüseyin Huri, listig wie ein Dschinn, findet sogar heraus, wo der Teufel schläft. Wird er da nicht gemeinsam mit der Polizei jeden Winkel, der in Frage kommt, durchstöbern? Wo sollte der Gangster Zeynel denn die zweieinhalb Millionen sonst verstecken, wenn nicht in einem dieser heimlichen Winkel, wird er sich gedacht haben, schließlich hatte Zeynel ja keine Schließfächer in der Bank. Sie hatten einmal einen Revolver geklaut und genau dort vergraben, wo jetzt das Geld versteckt war. Nach einem Monat hatten sie den Revolver verscherbelt. Wird Hüseyin Huri, der sogar wußte, wo der Teufel schläft, jetzt etwa nicht auch so schlau sein und gerade in diesem Versteck nach dem Geld suchen?

Bitter enttäuscht mit sich hadernd ging er wieder zum Ufer hinunter. Dummkopf, Esel von einem Lasen, schimpfte er, kann ein Mensch denn so verrückt sein und sein Geld in einem Versteck vergraben, das Hüseyin Huri kennt? Geht man da nicht zu Hasan dem Hinkenden und bittet ihn, es zu verwahren? Aber Hasan der Hinkende wäre beim Anblick von so viel Geld bestimmt ganz verstört gewesen, und wenn er noch erfahren hätte, daß es aus einem Bankraub stammte, vor Schreck außer sich geraten, seine dicken Lippen hätten gezittert, stumm vor Entsetzen wäre er ratlos im Kreis gesprungen, hätte den Beutel mit dem Geld fallen lassen, als brenne er ihm in den Händen, wäre kopflos hinausgelaufen und hätte es der Polizei gemeldet oder gar Schlimmeres angestellt ... Und Selim? Ja, Fischer Selim hätte das Geld genommen und sich dann draufgesetzt, denn er betet es an ... Aber immer noch besser er als die Polizisten und dieser Dreckskerl Hüseyin Huri ... Auch wenn er ihm ins Gesicht gespuckt hatte, schließlich hätte er ihn ja auch festhalten und der Polizei übergeben können, hat er aber nicht, ein Kerl von Mann eben, soll er es haben ... Ob er von dem Geld wohl sofort Land kaufen und Bäume pflanzen wird? Er hat ja schon viel Geld gemacht, hat auch den Griechen Hristo getötet und sich auf dessen Geld und Boot gesetzt. Gibt es denn in Menekşe, in Kumkapi, in Istanbul auch nur einen Fischer, der das nicht weiß? Der bringt für Geld auch seine Mutter und seinen Vater um, der liebt ja nur brachliegende Grundstücke und auf brachliegenden Grundstücken Bäume zu pflanzen. Etwas anderes kümmert ihn nicht. Er und Recep der Albaner sind es, die Menschen töten und ihr Geld einstecken. Hat Recep der

Albaner etwa nicht drei Menschen getötet und drei mit Radar bestückte Fischkutter gekauft und fünf Wohnhäuser gebaut?

Zeynel hat ja auch eine Bank ausgeraubt, aber wer wußte denn, daß er es war? War es nicht jener Zeynel, der die Bank ausgeraubt und der auch Bruder Ihsan getötet hatte? Und wenn sie den Zeynel schnappen oder erschießen, kommt es ihm doch nur zugute, daß dieser tolle Kerl auch Zeynel heißt, hieße er nicht Zeynel, sähe es für Zeynel ja böse aus ... Und Menekşe, wird es, vorausgesetzt, sie schnappen ihn, etwa hingehen und rufen: Nicht jener, sondern unser Zeynel war's, der den Ihsan getötet und die Bank ausgeraubt hat? Wird es nicht, vor lauter Angst! Ist jener Zeynel auch ein Recke, so hat er, Zeynel, im Kaffeehaus vor den Augen eines ganzen Stadtviertels schließlich Ihsan getötet, da soll einer, wenn er Mut hat, doch mal hingehen und sagen, daß es dieser Zeynel war und nicht jener! Das wagt keiner. Und was macht Zeynel dann mit seinen zwei Millionen, nein, nein, mit seinen zweieinhalb Millionen? Er kauft sich drei, was heißt hier drei, kauft sich fünf, kauft sich sieben Schiffskutter mit Radar, genau wie Eigner Jirayir in Kumkapi, und heuert ganz Menekşe an, und wer nicht kommt, der soll's doch bleiben lassen ... Und Hüseyin Huri? Wie angewurzelt blieb er am Ufer stehen. Sollte das Geld nicht mehr im Versteck sein, wäre das erste, was er zu tun hatte, ihn zu töten, seinen Bauch zu durchlöchern. Er hatte Ihsan getötet, und es war ihm ein leichtes gewesen. Der hatte nur »oh, Mutter«, gesagt, war vom Stuhl gekippt und gestorben, und sein Blut war träge über den Fußboden des Kaffeehauses gesickert und hatte in der flachen Erdmulde eine Lache gebildet, nein, nein, nicht in der Erdmulde, über dem Riß im Beton ... Den Hüseyin aber wird er so töten, wie man richtig tötet, wird seinen Bauch durchlöchern und seine Kehle durchschneiden. Und sollte sein Geld nicht mehr dort sein, dann eben noch eine Bank! Wird denn nicht jeden Tag eine Bank ausgeraubt? Plötzlich erschauerte er; wagte er sich überhaupt noch einmal auch nur in die Nähe einer Bamk? Beim Gedanken daran starb er ja schon tausend Tode. Und noch einmal einen Menschen töten konnte Zeynel schon gar nicht. Nur mit Hüseyin Huri ist es etwas anderes, aber vielleicht könnte er den auch nicht töten. Und wenn das Geld nicht mehr da ist ... Er machte kehrt, bahnte sich im Laufschritt einen Weg durch das Gedränge, schlängelte sich an Autos und Lastwagen vorbei, blieb am Friedhof vor der Stadtmauer stehen und blickte spähend zum Großen Goldenen Tor hinüber. Der Pferdekarren stand noch da, aber die Polizisten waren verschwunden. Leicht wie ein Vogel hechtete er über die Friedhofsmauer, spürte den stechenden Schmerz bis ins Knochenmark, als er über einen Grabstein stolperte, und hatte auch schon den vom Feigenbaum verdeckten Eingang zum Gewölbe gefunden. Doch plötzlich schreckte er zurück, zückte instinktiv blitzschnell seinen Revolver und zischte: »Werft eure Waffen weg und ergebt euch, sonst knallt's!«

»Wir ergeben uns, Bruder Zeynel«, riefen drei Stimmen auf einmal vom äußersten Winkel des Gewölbes.

»Mensch, wer seid ihr?«

»Hast du mich nicht erkannt, Bruder Zeynel?«

Mit der Linken zog Zeynel die kleine Taschenlampe, die er sich noch heute morgen gekauft hatte, aus der Tasche und leuchtete in die Ecke, woher die Stimmen kamen. Eng aneinandergerückt hockten dort drei kleine Jungen und schauten ihn mit blinzelnden Augen ängstlich an. Plötzlich freute sich Zeynel.

»Und ich hab euch für Polizisten gehalten!«

Leichenblaß stand der größte von ihnen auf.

»Weißt du, warum wir hierhergekommen sind?«

»Nein. Warum?«

Jetzt standen auch die anderen Jungen auf und kamen zu Zeynel.

»Hüseyin Huri hat dich bei der Polizei verpfiffen.«

»Jetzt kennt die Polizei jeden deiner ...«

»Ja, jeden deiner Plätze ...«

»Hüseyin Huri hat der Polizei alle Plätze, wo wir schlafen, verraten.«

»Auch den in Harem?«

»Auch den ...«

»Und er hat die meisten Kinder losgeschickt, dich zu suchen. Laß dich von keinem sehen.«

»Und die Polizei hat allen Kindern Geld und Bonbons gegeben.«

»Und die Polizisten vom Bahnhof verprügeln nachts niemanden mehr.«

»Und wer sagt, wo dein Versteck ist, bekommt von der Polizei tausend Lira ... Und wer dich festnehmen läßt, dem werden sie einen Anzug und Schuhe kaufen ...«

»Und was tut ihr?«

»Und wir ...« stotterte Rifat.

»Und wir ...« sagte Ali.

»Und wir ...« wiederholte Celal.

»Und ihr seid gekommen, um mich ans Messer zu liefern!«

Die Jungen schwiegen betreten.

»Wer von euch hätte die tausend Lira bekommen?«

»Ich«, antwortete Rifat.

»Und was hättest du damit angefangen?«

»Ich hab 'ne Oma, die ist krank. Liegt im Bett. Sie hat kein Geld für den Doktor und für Medikamente, ich hätte es ihr gegeben. Die Nachbarn machen ihr zu essen ... Und ich ... Vielleicht wird sie dann gesund, nicht wahr, Bruder Zeynel?«

»Vielleicht«, seufzte Zeynel. »Und was soll ich jetzt mit euch machen?«

»Tu uns gar nichts, Bruder«, schmeichelte sich Rifat bukkelnd wie ein Katzenjunges an. Alles an ihm stank nach Urin. »Wir haben dir doch gar nichts getan ...«

»Wo sind die Polizisten?«

»Am Tor da vorne, hier unterm Feigenbaum und in dem Grabmal da vorne, das wie ein Haus aussieht, haben sie gewartet und sind dann gegangen.«

»Wie viele waren es?«

»Am Tor vier, hier unterm Feigenbaum zwei und in dem Totenhaus dort waren sie zu sieben ...«

»Und euch ...?«

»Uns haben sie Geld gegeben ...«

»Und was soll ich jetzt mit euch machen; lasse ich euch hier, seid ihr doch bei der Polizei, sowie ich fort bin ...«

»Nein, Bruder, bei Gott, nein ...«

»Nein, Bruder, meine Augen sollen auslaufen, wenn ...«

»Nein, Bruder, wir verpfeifen dich doch nicht bei der Polizei, du bist doch unser großer Bruder Zeynel Çelik.«

»Ich werde euch nachher in das Grabmal bringen und fesseln. Ihr bekommt von mir viel Geld, das Fünffache von dem, was euch die Polizisten geben, einverstanden?«

»Einverstanden«, riefen sie fröhlich.

»Und ich habe euch gefangengenommen, verstanden!«

»Verstanden, Bruder.«

»Darum muß ich euch auch knebeln, habt ihr Taschentücher?«

»Nur zu, Bruder, Taschentücher haben wir ...«

»Und wie kommt ihr wieder frei? Habt ihr denn Schnüre?«

Sie zeigten auf ihre Hosenbünde, um die sie Stricke geschlungen hatten.

»So, jetzt raus mit euch! Weglaufen gibt's nicht. Wer abhaut, den erschieße ich.«

»Na hör mal, Bruder, du hast uns gefangengenommen, gibst uns auch noch Geld, warum sollten wir weglaufen?«

»Und wer bindet euch los, wenn ich weg bin? In der Kälte hier erfriert ihr ja. Und schreien könnt ihr mit den Knebeln auch nicht.«

»Feßle uns nur, den Rest erledigen wir«, sagte Rifat.

»Wie denn?«

»Die Polizisten kommen gleich wieder ...« entfuhr es Rifat.

»Warum habt ihr mir das denn nicht gesagt, ihr Dreckskerle, ihr, ihr Hurensöhne, ihr, ich werde euch doch gleich ...«

Zeynel drehte plötzlich durch vor Wut. Er trat auf die Kinder ein und schlug ihnen mit dem Revolver die Gesichter blutig.

»Rifat!«

»Befiehl, Bruder Zeynel!«

»Raus mit ihnen, und mit den Stricken ihrer Hosen fesselst du die Dreckskerle an Händen und Füßen!«

»Wird gemacht, Bruder!« antwortete Rifat und zog mit den beiden los.

Am Grabmal angekommen, schnitt Rifat im Schein von Zeynels Taschenlampe mit seinem Klappmesser die Hosenstricke der blutverschmierten Kinder durch und fesselte damit beider Hände und Füße.

»Und jetzt knebelst du sie!«

»Sofort, Bruder!« sagte Rifat und knebelte die beiden mit ihren Taschentüchern.

»Und das hier ist das Totenhaus, wo die Polizisten sich versteckt hatten?« fragte Zeynel.

»Das ist es«, antwortete Rifat.

»Und wann wollten sie wiederkommen?«

»Jetzt gleich.«

»Dann muß ich dich auch fesseln.«

Im nächsten Augenblick hatte Zeynel auch Rifats Hände und Füße zusammengebunden, ihm den Knebel in den Mund geschoben und ihn mit den andern beiden in die Gruft geschleppt. Dann überlegte er und zog ein Bündel Banknoten aus seiner Gesäßtasche. Es waren lauter Fünfhunderter. Er hielt das Bündel hoch, zupfte mehrere Scheine auf einmal heraus und legte sie in eine dunkle Nische.

»Tausend Lira für deine Oma«, sagte er zu Rifat, »den Rest teilt ihr euch. Zeigt es nicht der Polizei, die nehmen es euch weg. Bleibt gesund!«

Er lachte und ging zurück zum Gewölbe. Er wußte, das Geld war noch da, denn er hatte vorhin mit dem Fuß die Stelle abgetastet, wo der Beutel vergraben war. Wären sonst die Bengel so billig davongekommen? Vielleicht hätte er ihnen sogar eine Kugel durch den Kopf geschossen. Er begann sofort zu graben, und als seine Hand an das Sackleinen stieß, pochte sein Herz bis zum Hals. Er schulterte den Beutel, lief über die Gräber zur Friedhofsmauer, nahm sie wie ein Windhund im

Sprung und war kurz darauf auf der Hauptstraße. Plötzlich verhielt er den Schritt. Hier durfte er nicht laufen. Gemächlich ging er weiter, gab sich ruhig und entspannt, hielt den Kopf im Nacken und pfiff ein Lied. Ganz in Gedanken blieb er erst am Kai unter einer Ramme stehen, die wie ein sagenhafter Riese in den Himmel ragte. Die Gewalt der Ramme gab ihm ein wenig Sicherheit, er fühlte sich wie im Innern eines metallenen Berges. Im Schutz der Eisenträger setzte er sich auf die Steintreppe, die zum Wasser hinunterführte, und dachte nach. Was tun mit dem ganzen Geld, und vor allem: wohin damit?

Bis Mitternacht rührte er sich nicht von der Stelle, hatte weder Augen für den Giganten von Dampfhammer über seinem Kopf, noch für die vor ihm hell erleuchtet dahingleitenden Dampfer, und er sah auch nicht die vorbeiströmenden Autos, deren gleißende Scheinwerferstrahlen sich durch die Nacht tasteten. Verhaltenes Tuscheln und Stöhnen riß ihn aus seinen Gedanken. Hinter ihm stand eng umschlungen ein Pärchen, wiegte und küßte sich. Seine Hand schoß zum Beutel. Das Geld lag noch da. Aber er mußte hoch, denn eine bleierne Müdigkeit übermannte ihn fast. Schwankend erhob er sich, klemmte den Beutel unter seinen Arm, ging auf die Hauptstraße zurück und hielt ein Taxi an.

»Unkapani«, rief er.

Wohin auch sonst! Er war auf dem Weg zum Holzlager, ein anderes Versteck fiel ihm nicht mehr ein.

Ein leichter Regen hatte eingesetzt, die Autos begannen sich zu stauen, und bald waren die Straßen völlig verstopft. Die Polizisten trillerten schrill, die Autofahrer hupten, die Menschen schrien, aber nichts ging mehr. Als dann in der ganzen Stadt auch die Lichter ausgingen, war das Durcheinander nicht mehr zu überbieten. Die Fahrer hupten so wütend, daß sogar der lärmgewohnte Zeynel erschrak. Und auch sein Taxifahrer hupte, was das Zeug hielt.

Die Lichter flammten wieder auf, als sie gerade bei der Unkapani Brücke anlangten. Jetzt ließen alle Fahrer in unbändiger Freude die Hupen heulen. Vor der Zentralbank ließ er sich absetzen, ging zu Fuß weiter bis zum Holzlager hinter der Zigarettenfabrik Cibali und wollte gerade durchs Fenster einsteigen, als sich eine Hand in seinen Kragen krallte. Blitzschnell versuchte er, sie abzuschütteln, er riß und zerrte, doch die starke Hand ließ nicht locker, und plötzlich, er wußte selbst nicht wie, hielt er den Beutel mit der Linken fest, lösten sich die Schüsse, kaum daß im Schein der Straßenlaterne der Revolver in seiner Rechten schimmerte. Sich geschmeidig aus dem Griff des hinter ihm brüllend zurückbleibenden Mannes winden und die andere Straßenseite zu fassen kriegen war eins. Aber auch das lang anhaltende, schrille Trillern und das Pfeifen der Kugeln waren eins. Genau in diesem Augenblick gingen die Lichter wieder aus, alles versank in undurchdringliches Dunkel. Der Regen war stärker geworden, Zeynel ging an Mustafa des Lahmen Lokal vorbei und schlug hinter der großen Platane den Weg zum Garten des Popen ein. Gefährlich wäre es hier auch, denn gingen die Lichter wieder an, fänden ihn die Polizisten so schnell, als hätten sie ihn hier eigenhändig versteckt. Er selbst würde ja entkommen, egal, wie, aber dieser riesige Beutel war ein Klotz an seinem Bein. Mit Mido war er einmal im Garten des Popen gewesen, es ist schon eine Weile her, einen ganzen Tag hatten sie sich hier aufgehalten, bis in den Abend hinein, aber einen sicheren Platz, wo er das Geld verstecken konnte, kannte er hier nicht. Wenn doch nur Mido bei ihm wäre, dieses Mädchen, mutig wie ein Mann! Im Dunkel tappten immer wieder Schritte, hörte er Schüsse, Stimmengewirr und Trillerpfeifen. Die Geräusche kamen näher, entfernten sich, und Zeynel rannte ziellos weiter, stieß an Baumstämme und Gemäuer, stürzte über Schlingpflanzen, fror in Schweiß gebadet und pitschnaß vom Regen, rannte um sein Leben, den Beutel unter die Jacke geklemmt, damit er trocken bleibt.

Daß die Lichter wieder angegangen waren, sah er am Schein der Straßenlaternen, der durch die Mauerritzen fiel, und an den Kronen der alten Bäume, die wie im Morgengrauen schimmerten. Während der ganzen Zeit hatte er beim

Laufen mit Schrecken an den alten Brunnen gedacht, den sie damals gesehen, richtiger, den Mido ihm, für alle Fälle!, gezeigt hatte. Ein ausgetrockneter Brunnen, breit wie eine Zisterne ... Plötzlich hüpfte sein Herz vor Freude, ja, noch in dieser Nacht mußte er Mido aufsuchen, aber wie? Nach Sirkeci konnte er nicht, und die Straßenkinder konnte er auch nicht fragen, sie würden ihn ans Messer liefern. Ohrenbetäubend schrillten jetzt überall Trillerpfeifen. Er selbst mußte Mido in Dolapdere aufstöbern! Dort kannte ihn niemand. Dolapdere, Zuflucht der Waisen und Entwurzelten ... Mido stammte aus Dolapdere.

Sich durchs Dunkel tastend, fand er den Brunnen erst, nachdem er hin und wieder unter seinem Jackett die Taschenlampe angeknipst hatte. Nein, das war gar kein Brunnen, das war eine riesige Zisterne. Sie war nicht tief, und er sprang hinein. Unter den Ausbuchtungen in der Mauer suchte er sich die tiefste aus. Der Regen strömte, und überall schrillten die Trillerpfeifen der Polizei. Die brennende Lampe zwischen den Zähnen, stopfte er den Beutel in die Höhlung und schichtete Steine davor, die er aus dem knöcheltiefen Wasser aufklaubte. Dann knipste er die Lampe aus. Sich über den Rand der Zisterne zu schwingen war ihm ein leichtes, und kurz darauf schon lief er durch das offenstehende Gartentor auf die Straße bis zum Bozdoğan-Aquädukt, nahm dann den Haşim-Işcan-Fußgängertunnel und verhielt erst bei der Imbißhalle in Aksaray. Er war wie gerädert, als er beim Verkäufer drei Hackfladen bestellte und ihm mit zitternden Händen einen nassen Schein aus seinem regennassen Geldbündel reichte. Unter einem Schutzdach ganz in der Nähe röstete ein Mann mit tief hängendem Schnauzbart Maiskolben über einem Holzkohlebecken. Wie Goldbrassen glänzte die Glut. Genüßlich kauend ging Zeynel dicht an das wärmende Feuer, hatte im Nu die Fladen verzehrt und wischte sich mit dem Einwickelpapier die Lippen.

»Mach mir einen schönen Maiskolben zurecht!« sagte er zu dem Schnauzbärtigen.

»Sofort«, antwortete der Mann und legte einen großen, ausgereiften Maiskolben auf die Glut. »Du bist aber naß geworden, Bruder, wo kommst du her?«

Zeynel zuckte zusammen, überlegte und ärgerte sich über seine Schreckhaftigkeit, dann faßte er sich und antwortete großspurig: »Von Beyoğlu. Es regnet ja ziemlich, und ich habe lange auf ein Sammeltaxi gewartet ...«

»Bei Regenwetter bekommt man keinen Wagen«, belehrte ihn der Schnauzbärtige nachsichtig, »da wird man schon naß. Aus welcher Gegend kommst du?«

»Aus Rize.«

»Unverkennbar«, sagte der Mann.

»Woran hast du es denn erkannt?« fragte Zeynel verärgert.

»Na, woran wohl? An deiner Sprache – und an deiner Nase.«

Unwillkürlich griff sich Zeynel an seine kräftige Nase, und nun lachten beide.

»Was bist du von Beruf?«

»Ich bin Fischer«, antwortete Zeynel. »Was für ein Regen! Wie heißt du eigentlich?«

»Abuzer.« Der Maisverkäufer sprach mit unverkennbar kurdischem Tonfall.

»Malatya«, sagte Zeynel.

»Den Nagel auf den Kopf getroffen«, lachte Abuzer.

Zeynel musterte den Mann vom Scheitel bis zur Sohle und versuchte, sich ein genaues Bild von ihm zu machen. Wenn er doch nur herausfinden könnte, ob der Mann ihn ans Messer lieferte, wenn er ihn bäte, ihn für eine Nacht aufzunehmen, egal, was es koste ... Sieh dir doch seine Augen an, überlegte er, der Mann ist wieselflink, weiß sofort, worum es geht, und wäre im nächsten Augenblick bei der Polizei ... Und die würde dann dafür Sorge tragen, daß er hier bis in alle Ewigkeit seinen Mais verkaufen kann ... Das läßt ein Abuzer sich doch nicht entgehen, bei solch einmaliger Gelegenheit springt ein Abuzer doch in die Luft vor Glück. Je länger Zeynel ihn reden ließ, desto weniger traute er ihm, fragte sich sogar, ob der Mann vielleicht zur Polizei gehöre. Wie damals jener Maisverkäufer in Menekşe, der seine Ware vom Anhänger seines Fahrrads verkaufte. Auch so stattlich wie der da, nur blond, aber gesprochen hatte er genauso.

Ohne sich zu verabschieden, machte er sich im Laufschritt davon, lief bis ans Ufer von Yenikapi und setzte sich auf die Kieselsteine. Das Meer war unruhig. Drüben auf den Inseln brannten schon die Lichter, spiegelten sich im Wasser wider. Den Gedanken, dorthin zu fahren, verwarf er; auf den Inseln säße er in der Falle. Sein Bein schmerzte noch immer, er betastete die Stelle, die Hose war dort zerrissen. Auch seine Füße taten weh. Plötzlich fiel ihm das Geld wieder ein. Und wenn die Polizisten es entdeckt hatten? Er sprang auf die Beine, lief zum Aksaray-Boulevard, machte einen Umweg über Topkapi, um nicht vom Maisverkäufer gesehen zu werden. Der Aksaray-Platz war fast menschenleer, nur einige Händler, die auf Wagen oder Tabletts Apfelsinen, Äpfel, Bananen und Honigmelonen feilboten, standen noch da, und die Fischverkäufer und Kebapgriller. Der alte Tatare mit dem Straßenkarren fachte das Feuer in seinem Grill gerade an, so daß man meinen konnte, die Rauchschwaden über seinem Ofenrohr entwichen dem Schlot einer Fabrik. Vor dem Wagen eines Çöp-Kebap-Verkäufers, der die kleinen Fleischstücke gerade auf die dünnen Holzspieße steckte, blieb Zeynel stehen. Auf dem verglasten Kasten, der auf ein Gestell mit vier Speichenrädern geschraubt war, stand in großen Lettern »Zur nahrhaften Wüstengazelle«. Das Becken im Kasten war bis zum Rand mit glühender Holzkohle gefüllt, über dem breiten Rost hing eine breite Abzugshaube mit einem lang aufragenden Ofenrohr.

»Sechzehn Spieße!« sagte Zeynel.

»Sechzehn Spieße«, freute sich der Verkäufer.

Er war ein sehr alter Mann mit gestutztem, weißem Bart, langem, gelblichem Gesicht, sehr vielen Falten unter den Augen und einer Messernarbe auf der Stirn. Die breiten, etwas gekrümmten Schultern verliehen ihm die Haltung eines Buckligen. Und nicht anders als der Maisverkäufer flößte auch er Zeynel wenig Vertrauen ein. Fliegenden Händlern, die nachts durch die Straßen zogen, hatte er sowieso nie getraut. Der Mann salzte und pfefferte die Çöp-Kebap-Spieße, legte sie auf den Rost und fächerte die Glut mit einem Bogen Pappe, auf dem ein splitternacktes Mädchen abgebildet war. Der Geruch von verbranntem Fett, Salz und Paprika verbreitete sich im Nu über den ganzen Platz, und unter dem Licht der Neonlampen verfärbten sich Glut und der aufsteigender Rauch in ein eigenartiges Grün.

Mit geschickten Händen brach der Mann der Länge nach ein Brot auf und legte das Fleisch der sechzehn Spieße, ein Stück Tomate und eine Handvoll Petersilie in die aufgeklappten Brothälften.

»Bitte sehr, Efendi!«

Geschmeichelt, freute sich Zeynel sehr über das Wort Efendi.

Während Zeynel heißhungrig kauend durch den Regen weiterlief, hatte er immer wieder vor Augen, wie Polizisten, angeführt von Hüseyin Huri oder Mido, das Geld aus seinem Versteck holten. Bei diesem Gedanken wurde er immer wütender und schneller und merkte dabei gar nicht, daß er auch immer größere Happen abbiß. Der letzte war vom Regen schon ganz aufgeweicht, aber Zeynel stopfte ihn auch noch in den Mund. Er war ganz außer Atem. Jetzt fehlten nur noch einige Schluck klares Trinkwasser! Als nächstes müßte er sich gründlich abtrocknen, und morgen schon wird er hinauf nach Beyoğlu gehen und sich in dem großen Geschäft einen noch schöneren Anzug kaufen. Nein, nein, nicht in dem Laden. Müßten die sich denn nicht fragen, wie man einen Anzug in drei Tagen so zerschleißen konnte? Er wird in das gegenüberliegende Geschäft gehen. Und die Schuhe kauft er in Beyazit. Wenn's ihm paßt, sogar hundert Paar, Tonnen von Geld ... Sein Atem stockte, als ihm das Geld einfiel. »Mido, verdammte Hure, was hast du mir da eingebrockt«, fluchte er, als er zur Gartenmauer rannte. Doch diesmal schaffte er den Sprung nicht, seine Hände rutschten von der regennassen Mauerkrone, er versuchte es noch einigemal vergebens, nahm den Weg zur Gartenpforte, kam an einer Kirche vorbei, kletterte gegen Bäche von Regenwasser einen Abhang hoch, entdeckte eine wohl zehn Meter lange Bresche in der Mauer, stieg über Steintrümmer in den Garten, sah in der Richtung, wo er die Zisterne vermutete, einige Schatten sich bewegen, machte auf dem Absatz kehrt, rannte zurück und stürzte mehr, als er lief, den Abhang wieder hinunter. Über ihm wurden einige Fenster geöffnet und gleich wieder geschlossen, er hörte Türen schlagen und Stimmengewirr, hinter einem Kleinbus kamen drei Gestalten hervor und ihm entgegen, er hetzte unter einem berankten Vordach zwischen den fast übereinandergetürmten Holzhäusern hindurch, hinter deren Fenster kein Licht brannte, vorbei an fahl leuchtenden Straßenlaternen, von denen das Regenwasser tropfte; mitten auf der Straße stand im spärlichen Licht einer Lampe ein Mann mit gezogenem Revolver, hatte eine Frau an den Haaren gepackt, trat auf sie ein, beschimpfte sie unflätig, stieß sie vorwärts, doch die Frau stemmte sich mit vorgestreckten Beinen gegen ihn, rückte keinen Schritt. Als Zeynel an ihnen vorbeihastete, gewahrte er die blutverschmierten Hände der Frau, schlug mit letzter Kraft einen Haken und verschnaufte erst vor dem Amtssitz des Patriarchen. Am Tor standen zwei Nachtwächter, die, mißtrauisch geworden, jetzt in seine Richtung schlenderten. Er rannte auf sie zu, blieb wie ein verzweifeltes, erschöpftes, durchnäßtes Etwas vor ihnen stehen und schrie: »Er bringt sie um, der Mann da unten bringt meine Schwester um«, griff dabei nach dem Arm des einen, als müsse er gleich in Ohnmacht fallen. Die Nachtwächter ließen ihn stehen und liefen hinunter zur Straße, während Zeynel in der gegenüberliegenden schmalen Gasse verschwand. Bald darauf war er wieder vor der Gartenmauer des Popen und ging im dunklen Schatten eines Baumes in Deckung. Nicht weit von ihm blitzte unter einer Straßenlaterne der Blechstern eines Polizisten auf, und Zeynel preßte sich an den Baumstamm. Von da unten hörte er drei Schüsse und einen langen Schrei, dann versank der Lärm im Dunkel der regenfeuchten Häuser.

Zeynel richtete sich auf und gewahrte auch schon die dunklen Umrisse vieler Menschen, die mit tappenden und schlurfenden Schritten dicht an ihm vorbeizogen. Er drehte sich um und schlich in entgegengesetzter Richtung an der Mauer entlang, wagte nicht zurückzublicken. Links vor ihm tauchte der gelbe Schein einer Leuchtreklame den ausgehöhlten Stamm einer Platane, den man mit Zement gefüllt hatte, in gelbes Licht. Die Neonröhren waren wohl drei Meter lang, und das Licht fiel jetzt auch auf Zeynel. Schon wieder hallten Stimmen und Schritte genagelter Schuhe in Zeynels Ohren, er konnte dem gelben Licht nicht entkommen, lief um die mächtige Platane herum, auf seinen Fersen die immer länger werdenden Schatten mit ihm kreisender Männer. Ein zweiter langer Schrei gellte herauf, und im selben Augenblick war Zeynel über die regennasse Mauer hinweg, ließ die riesigen Umrisse der Männer, die brüllend durch den nächtlichen Regen im gelben Neonlicht um die Platane kreisten, hinter sich. Er stolperte durch Gestrüpp, stieß gegen Baumstämme und stürzte schließlich längelang über eine Steinplatte; Blut lief ihm aus Mund und Nase, vor seinen Augen flimmerte und blitzte es, und völlig erschöpft blieb er liegen. Schatten beugten sich über ihn, und wieder kam von der Straße da unten ein langer Schrei ... Die Trillerpfeifen der Nachtwächter schrillten in einem fort. Langsam kam Zeynel wieder zu sich, stützte sich auf die vom Regen schlüpfrige Steinplatte. Die Männer hatten ihn eingekreist, und er rannte durch den Garten und fand die Zisterne nicht. Von der Mauer sprang er in den gelben Kreis des Neonlichts und versteckte sich unter der Platane. Die Männer verfolgten ihn. Plötzlich gingen in der Stadt wieder alle Lichter aus, Zeynel rannte an der Mauer entlang, näherte sich der Zisterne, sprang – und stand bis zum Hals im Wasser, fast wäre er ertrunken.

Die Morgensonne schien auf den Platz vor dem überdachten Ägyptischen Markt in Eminönü. Still, mit aufgeplusterten Federn, hockten dichtgedrängt die Tauben auf der Freitreppe zur Neuen Moschee und ließen ihr regenschweres Gefieder von den Sonnenstrahlen trocknen. Zeynel mußte an einen gelblichen Bienenschwarm auf einer vielleicht fünf Handbreit großen Wabe denken. Er weiß nicht mehr, wo es war, vielleicht in seinem Dorf, vielleicht in Menekşe, vielleicht aber auch in Çanakkale, als er mit Schiffer Nuri zum Fischen in den Dardanellen war. Damals hatte es auch so geregnet, und die Bienen auf der Wabe hatten es sich wie die Tauben dort in der wohligen Sonnenwärme bequem gemacht, um zu trocknen. Die Schatten der Minarette dehnten sich bis zum Gemüsemarkt und zur Rüstem-Pascha-Moschee. Zeynel kam um vor Durst, aber er war zu erschöpft, um aufzustehen. Die Knie schmerzten entsetzlich, und seine Fußsohlen brannten wie Feuer. Doch der Durst quälte ihn, er stand auf, ging mit schwankenden Beinen auf der Stufe der Freitreppe entlang bis zur Seeseite der Moschee und dann weiter über die Fußgängerbrücke zur Imbißhalle auf dem Anleger Nummer vier, bestellte sich dort eine Brause und stürzte das eiskalte Getränk in einem Zug hinunter. Um ihn herum brüllten überall die Zigarettenschmuggler, von denen er die meisten kannte. Sie gehörten zu den Straßenkindern von Sirkeci. Er bestellte noch ein Mineralwasser und trank es auch in einem Zug. Doch je mehr er trank, desto durstiger wurde er. Aber er mußte fort von hier, bevor ihn einer der Jungen entdeckte. Er verlangte noch ein Glas Wasser, trank es langsam und nach allen Seiten spähend leer, tauchte dann im Gewühl einer Wartehalle unter und verließ sie durch den Ausgang am anderen Ende. Zwei kleine Losverkäufer hatten sich an seine Fersen geheftet, Zeynel mischte sich unter die dahinströmenden Fußgänger, hielt an der Straße einen Wagen an und sagte: »Nach Beyoğlu!«

Es war noch früh am Morgen und die Fahrbahn nicht verstopft. Das Taxi brachte ihn nach Galatasaray. Vor dem Spielwarenladen stieg er aus und mischte sich wieder ins

Gedränge. Im Strom der Menschen fühlte er sich geborgen und faßte sich wieder. Als erstes betrat er ein Schuhgeschäft und suchte sich ein Paar hochhackige Schuhe mit dicker Sohle aus, von denen er schon jahrelang geträumt hatte. Ganz stolz, sich für diese braunroten Schuhe entschieden zu haben, zog er sie nicht mehr aus, zahlte und ließ sich die alten, schlammverkrusteten einpacken. Wenn auch mittlerweile trocken, war auch sein Zeug schlammbedeckt. Als nächstes suchte er den Luxusladen für Konfektionskleidung auf der gegenüberliegenden Straßenseite auf. Hier fühlte er sich sicher, stieg in den Fahrstuhl und fuhr ins Obergeschoß für Männerbekleidung. Ein sehr schönes Mädchen nahm sich seiner an, fragte nach seinen Wünschen, ohne auch nur einen Blick auf sein verschmutztes Zeug zu werfen. Und wieder suchte er sich einen Anzug aus, von dem er schon lange geträumt hatte. Im Umkleideraum zog er sich vor dem Spiegel um und steckte seinen Revolver, den er zuvor in die alte Jacke eingewickelt hatte, unter seine Achselhöhle. Bruder Ihsan hatte seinen Revolver auch immer unter der Achselhöhle getragen!

»Ich möchte auch noch einen Überzieher kaufen«, sagte er zu dem Mädchen, während er den Inhalt der Taschen seines alten Anzugs einsteckte. Die Verkäuferin führte ihn in die Abteilung für Mäntel, winkte ein anderes Mädchen herbei und sagte: »Würdest du dich bitte um den Beyefendi kümmern!« Auch diese Verkäuferin war sehr schön, sagte: »Bitte schön, mein Herr«, und ging mit ihm eine Reihe Regenmäntel entlang. »Einen von denen da!« sagte Zeynel. »Der paßt«, meinte er beim dritten, und das Mädchen freute sich, daß es sich nicht weiter bemühen mußte. Daß sich die Verkäuferin, die keine Miene verzog, freute, erkannte er an ihren Händen. »Wenn ein Mensch sich freut, lachen zuerst seine Hände«, hatte Hasan der Hinkende oft gesagt; die Hände des Mädchens tanzten vor Freude.

»Ich muß noch Hemd und Strümpfe kaufen.«

»Ein Stockwerk tiefer«, sagte das Mädchen und zeigte Zeynel die Treppe.

Er kaufte drei Hemden und zwei Paar Strümpfe, zahlte unten an der Kasse, klemmte sich das Paket mit dem alten Zeug unter den Arm und verließ das Geschäft. Die hochhackigen Schuhe waren ihm noch ungewohnt, er schwankte beim Gehen und hatte, auch als er sich unter die Passanten mischte, das Gefühl, als blicke jedermann hinter ihm her. An der Kreuzung Galatasaray bog er ab, ließ das Paket vorsichtig fallen, blickte besorgt, ob es jemand gesehen hatte, um sich und ging dann beruhigt weiter bis zum britischen Generalkonsulat. Dort überquerte er die Straße, stieg vor dem Portal des Generalkonsulats in ein Taxi und sagte: »Cibali!« Am Holzlager hinter der Zigarettenfabrik ließ er sich absetzen. Es roch abwechselnd nach Tabak, nach Holz und dem Brackwasser des Goldenen Horns. Er ging die Umgebung ab, wo er auf den Mann geschossen hatte. Blut war nirgends zu sehen. Demnach muß ich ihn verfehlt haben, dachte er sich und ging gemächlich die Straßen entlang, durch die er gestern nacht so gerannt war. Auch wenn es in ihm noch so nagte, jetzt, bei Tageslicht, zügelte er seine Schritte. Und wenn das Geld nicht mehr dort war? Und wenn Mido davon Wind bekommen hatte? Die brauchte nur Geld zu wittern, dann findet sie's und schnappt es sich, koste es, was es wolle, sogar unter den Augen von tausend Polizisten ...

Sie könnte sich auch an Hüseyin Huri gehängt und mit ihm gemeinsam das Geld geholt haben ...

Während er den Hang hinaufstieg, redete er sich immer mehr in Wut: »Dich, Hüseyin, und dich, Mädchen Mido, werde ich töten, ja, euch beide ... Nicht so einfach mit dem Revolver, wartet's nur ab, ich werde euch die Kehlen durchschneiden.« Er war in Schweiß gebadet, etwas in ihm sträubte sich, die Zisterne aufzusuchen. Und wenn das Geld nicht mehr da war, Zeynel, was dann? Dann würde er eben sterben!

Oben angelangt, ging er bis zum rostigen Gittertor, öffnete es einen Spalt und spähte in den Garten. Vor der Zisterne spielten Kinder lauthals schreiend Fußball. Über die Kinder freute er sich, sie waren eine Art Wächter, und ihre Gegenwart bedeutete, daß weder Polizisten noch Mido und Hüseyin in der Nähe waren. Und wenn sie vor den spielenden Kindern hier gewesen waren, fragte er sich ... Nun, besser schreiende Kinder als Menschenleere! Sich nach allen Seiten umblickend, näherte er sich vorsichtig der Zisterne, als er dort oben auf der Mauer Mido eng umarmt mit einem langhaarigen Jungen erblickte. Wie vom Blitz getroffen, verhielt er den Schritt und kehrte um, ohne lange zu überlegen. Ob Mido das Versteck wohl gefunden und Zeynels Scheinchen diesem knutschenden Gecken geschenkt hatte? Na, dann würden sie schon sehen, wer der echte Zeynel war, ob der mit dem Schnauzbart oder dieser hier, spätestens, wenn dieser Zeynel hier Hackfleisch aus ihnen machte, wüßten sie es!

Als er den Abhang hinunterging, zitterten ihm die Knie, er schäumte vor Wut. Vielleicht warteten Mido und der Geck nur darauf, daß die Kinder den Garten verließen. Dann werden die beiden hinspazieren, das Geld dieses Tölpels Zeynel einsacken und wie der große Vehbi Koç erst einmal schmatz, schmatz so richtig essen gehen ... Vor Wut war Zeynel wie gelähmt. Sollte er umkehren und die beiden alle machen? Getan wie gedacht, lief er den Hang hinauf, gelangte an das Tor und ging wachsam wie vorhin in den Garten. Die Kinder spielten noch immer lauthals schreiend Fußball, und Mido und ihr langhaariger Liebster waren noch immer ineinander vertieft ... Zeynel ließ den Griff seines Revolvers unter der Achselhöhle, den er schon seit geraumer Weile umklammert hielt, wieder los. Bruder Ihsan war schließlich der größte Gangster Istanbuls gewesen und hatte seinen Revolver immer schußbereit unter der Achselhöhle getragen. Aber Mido war völlig ahnungslos. Sie war erst vierzehn Jahre alt, und es gab wohl keinen in Sirkeci, dem sie nicht den Kopf verdreht hatte. Sie schlief mit jedem und wollte von keinem etwas dafür haben. Sie hätte auch mit Zeynel geschlafen, denn als sie sich im vorigen Jahr kennenlernten, hatte sie ihn zum Lieben hierhergebracht. Sie waren in die Zisterne geklettert, aber Zeynel war so verschreckt gewesen und so gelähmt, daß er sie daraufhin vor Wut hätte umbringen können. Und jetzt liebt sie den Jungen dort, und wenn die Kinder nachher verschwunden sind, wird sie mit ihm in die Zisterne klettern, wird sich splitternackt ausziehen, sich auf den Rücken legen und ihre Schenkel öffnen.

Er kehrte wieder um, ging nachdenklich den Abhang hinunter und blieb an der Straße stehen. Wie blankgeputzt glänzte das abgetretene weiße Kopfsteinpflaster in der vollen Sonne.

Zeynel überlegte eine Weile. Er hätte sich in Beyoğlu gern einen großen, bunten Geldbeutel gekauft, doch er schaffte es einfach nicht, die Gegend hier zu verlassen. Voller Unruhe rannte er den Abhang wieder hoch, doch als er sah, daß die Kinder Fußball spielten und Mido und der Langhaarige sich wie vorhin schmachtend anhimmelten, beruhigte er sich und ging langsam den Abhang wieder hinunter. Doch lange hielt er es da unten nicht aus, rannte wieder den Abhang hoch, schaute in den Garten, beruhigte sich, weil alles beim alten geblieben war, und kehrte müde und zerknirscht wieder um.

Es wurde Abend. Schatten umfingen Straßen und Häuser, verdunkelten jeden Winkel, nur die Spitzen der Minarette waren noch im Licht. Ein grauer Nebel sank langsam auf das Goldene Horn nieder.

»Mido hat das Geld nicht gefunden«, sagte er sich. »Sie hat nicht einmal danach gesucht. Der langhaarige Junge und sie haben jetzt mit dem Feuer in ihrem Weißnichtwo genug zu tun. Laß es erst einmal dunkel werden!«

Er schlug den Weg nach Unkapani ein und hielt kurz darauf ein Taxi an. »Nach Beyoğlu, Bruder!« sagte er zu dem Fahrer, »und mach dir keine Sorgen, ich bezahle die Fuhre voll.«

Die Autos fuhren wieder Stoßstange an Stoßstange. Als sie, begleitet von Gebrüll, Gehupe und Gepfeife, schließlich in Şişhane ankamen, berührte die leuchtend violett untergehende Sonne gerade die Kimm. Auch das Goldene Horn leuchtete violett durch den Nebel. Rote, grüne, gelbe und weiße Neonlichter spiegelten sich in der stinkenden Schlammschicht auf dem Wasser des Hafenbeckens wider und dehnten sich in langen, gefächerten Strahlen übers Meer. Von hier sah das Goldene Horn aus wie ein von Licht durchfluteter Brunnen, ein grüner, roter, gelber, violetter Brunnen tief unten in einer nebligen Schlucht.

Am Blumenbasar stieg er aus und kaufte drei gestreifte, aus starkem Nylon geflochtene Einkaufstaschen. Aus unerklärlichem Grund versetzte ihn der Kauf in gute Laune. Auf der Straße am Park des britischen Generalkonsulats nahm er sich ein Taxi, ließ sich in Cibali am Fuß des Hügels absetzen und rannte den Abhang hoch. Die Nacht brach an, als er den Garten betrat, der jetzt verlassen dalag. Mit klopfendem Herzen rannte Zeynel zur Zisterne, sprang hinein und räumte die Steine aus dem Mauerloch – der Geldsack lag dahinter, unberührt. Außer sich vor Freude, zog er ihn mit zitternden Händen heraus. Welch ein Berg von Geld! Zeynel setzte sich auf einen Stein und begann die Scheine bündelweise in eine der Taschen umzupacken. Als diese voll war, nahm er die nächste, und als diese nicht reichte, die übernächste ... Die dritte Tasche wurde nicht ganz voll. Fünf oder sechs Bündel Geldscheine stopfte er sich in die Taschen. Nun mußte er das Geld nur noch abdecken. Der Zeitungskiosk unter der Platane wird noch offen sein, dachte er sich und machte sich auf den Weg. Am Kiosk griff er sich eine Zeitung, legte das Geld auf den Tresen, ging weiter bis zur Fabrik und deckte im Schutz der Mauer die Geldscheine mit Zeitungspapier sorgfältig ab. Nicht einmal der Teufel würde auf den Gedanken kommen, daß in diesen Taschen so viel Geld ist, frohlockte er, und Sirkeci wird mich nie mehr sehen, nie mehr! Dann schlug er die Straße nach Unkapani ein und nahm sich unterwegs ein Taxi. Wieder waren die Straßen verstopft, fuhren die Wagen Stoßstange an Stoßstange. Dunkler Nebel verfinsterte die Nacht. »Nach Kumkapi!« sagte er zum Fahrer. Er freute sich und wollte Hasan den Hinkenden aufsuchen. Warum gerade ihn, wußte er nicht, es war ihm einfach so eingefallen. Unter dem Bozdoğan-Aquädukt blieb der Wagen lange Zeit im Stau stecken.

Zeynel fiel in Halbschlaf. Wirre Traumbilder huschten vorbei. Hüseyin Huri, Polizisten, Mido, ihr langhaariger Geliebter, mit dem sie sich küßte, Fischer Selim, der blutüberströmte Wasserbüffel, der Straßenverkäufer mit den Horoskopen und dem Adler, Ihsan ... Zeynels Dorf bei Rize im dichten Nebel ... Segelschiffe, gekielholte Frachtkähne der Lasen, der Geruch von Kiefernholz und Teer ...

»Wir sind in Kumkapi«, sagte der Fahrer, Zeynel schreckte hoch, zahlte und stieg aus. Vorbei an den Fischlokalen, bog er in Hasan des Hinkenden Straße ein. Zwei Polizisten kamen ihm entgegen, ohne sich etwas anmerken zu lassen, ging er an ihnen vorbei und weiter bis ans Ende der Straße, nahm den Weg zum Bahnhof, rannte, ohne sich um die Flüche der Fahrer, das Quietschen der Bremsen und das Gehupe zu kümmern, über die Fahrbahn ans Meerufer. Das Trillern der Pfeifen und der Straßenlärm am Bahnhof drangen bis hierher und vermischten sich mit dem Rauschen der Wellen. Weit draußen flimmerten die Lichter der Inseln durch den Nebel, sogar die Laterne des nahen Leuchtturms strahlte fahl wie Kerzenlicht.

Zeynel freute sich, als er ein Taxi entdeckte. »Nach Beşiktaş!« rief er dem Fahrer zu und ließ sich bis zur Serencebey-Stiege fahren, wo Dursun Kemal wohnte. Er hatte noch keine zwei Schritte getan, als jemand seinen Arm anstieß. Mit einem Satz war er an der Hauswand, zog schon beim Umdrehen seinen Revolver und schaute in die Augen Dursun Kemals.

»Ich bin's, Bruder«, sagte dieser bedrückt mit tonloser Stimme. »Sie haben das ganze Viertel eingekreist. Seit jenem Tag halte ich nach dir Ausschau. Komm in diese Seitenstraße, da ist kein einziger von ihnen!«

Dursun Kemal ging voran, Zeynel folgte ihm dichtauf; sie bogen in die enge Seitengasse ein.

»Was ist mit dir?« fragte Zeynel, »was ist hast du?«

»Mein Vater hat meine Mutter umgebracht«, antwortete Dursun Kemal, doch dann konnte er nicht weitersprechen und fing an zu weinen.

Zeynel lief immer schneller die dunkle Gasse hinunter, und Dursun Kemal, der sich wieder gefangen hatte, versuchte Schritt zu halten. Einer hinter dem andern eilten sie durch dunkle und hell erleuchtete Straßen, über Alleen und Plätze, sprangen über Gräben und Hecken, machten vor einem Garten mit alten Bäumen halt und hörten Stimmen. Sie bogen nach Norden ab in einen Hain, doch am andern Ende des Wäldchens standen sie plötzlich im Scheinwerferlicht, kehrten um, liefen durch eine Senke, als Zeynel über eine Brombeerranke stolperte und lang hinschlug. Feuchter Wiesengeruch stieg ihm in die Nase, und er spürte seinen Herzschlag in allen seinen Gliedern hinauf bis zum Hals.

»Laß uns hierbleiben«, keuchte Dursun Kemal, »hier ist niemand, die reinste Einöde ...«

Zeynel rappelte sich auf. Sein Atem ging so schnell, daß er nicht sprechen konnte. Dann wurden seine Knie weich, und er sackte zusammen. Und wieder roch es nach feuchtem Gras.

»Einöde«, wiederholte Dursun Kemal, auch er ganz außer Atem. »Hier ist niemand, es ist wie in den Bergen ...«

Zeynel faßte sich endlich ein Herz zu fragen: »Warum hat dein Vater deine Mutter getötet?«

»Er hat sie getötet«, antwortete der Junge abgehackt und schnaufend, »er hat meine Mutter mit einundzwanzig Messerstichen getötet.«

»Warum hat er sie denn getötet?« Zeynel hatte sich langsam wieder gefangen.

»Er hat sie getötet«, wiederholte Dursun Kemal. »Mein Vater wollte meine Mutter sowieso schon seit langem töten. Die Leute vom Viertel hatten ihm erzählt, daß du in unserem Hause warst ... Haben ihm auch erzählt, du seist Zeynel Çelik. Und da hat mein Vater meine Mutter getötet.«

»Wo ist dein Vater?«

»Er sitzt zu Haus und weint. Er weint und meint, du hättest meine Mutter getötet. Und die Polizisten lauern in unserem Haus auf dich, liegen im ganzen Viertel im Hinterhalt. Sie wollen dich schnappen und töten. Ich hab's mit meinen eigenen Ohren gehört. Wenn sie dich sehen, werden sie dich nicht auffordern, dich zu ergeben, sondern sofort auf dich schießen. Und dein Freund, dieser Spinner, ist auch ins Viertel gekommen, wie heißt er noch, dieser Schwarzäugige mit den dichten Augenbrauen?«

»Hüseyin Huri.«

»Genau der. Die Polizisten haben mich auch vernommen. Sie fragten nach dir, woher wir uns kennen, und ich antwortete: vom Fischen auf der Brücke. Geh also nicht zur Brücke, dort lauern die Zivilfahnder auf dich. Auf der Brücke gehört jeder zur Polizei. Auch in Sirkeci warten sie auf dich, im Bahnhof und überall. Sowie sie dich entdeckt haben, werden sie dich erschießen. Die Polizisten haben Angst vor dir.«

Der Junge fand kein Ende, und Zeynel hörte gar nicht mehr hin. Schwindel erfaßte ihn, und in seinen Ohren rauschte es. Er hielt die Einkaufstaschen ganz fest, und der Junge redete in einem fort … Vor Zeynels Augen ein Zimmer voller Blut, und ein riesiger Handschar stach knirschend immer wieder zu. Über Spiegel rann Blut zu Boden, klatschend stieß der Handschar ins Auge, die Schreie der Frau gellten bis in den Himmel.

»Zeynel Çelik hat meine Frau getötet«, hatte der Mann mit dem langen blonden Schnurrbart geschrien und war mit weit geöffneten Armen auf die Straße gerannt. Der Schnurrbärtige war Dursun Kemals Vater. Bald hatte sich das ganze Viertel vor dem Haus versammelt, und der Leichnam der Mutter war noch warm, als die Polizei kam. Der Vater weinte, die Frauen des Viertels weinten, und auch Dursun Kemal Alceylan weinte. Und jedermann verfluchte Zeynel Çelik. Das gesamte Viertel und auch die Polizisten wußten, daß an diesem Abend Zeynel Çelik gar nicht gekommen war. Aber jeder erzählte jedem, daß Zeynel Çelik die Frau getötet habe.

»Mein Vater hatte mich heimlich ins Hinterzimmer gezogen und mir den blutigen Handschar an die Kehle gesetzt. ›Nun sag schon‹, befahl er mir, ›du hast doch gesehen, daß Zeynel Çelik deine Mutter getötet hat, nicht wahr? Oder hast du's nicht gesehen? Wenn du's nicht gesehen hast, töte ich dich auch.‹ – ›Ich hab's gesehen‹, log ich. Die Polizisten verhörten das ganze Viertel, und jeder sagte ihnen, du habest meine Mutter getötet, getötet mit dem blutigen Handschar, und auch ich sagte, ich habe gesehen, daß du meine Mutter ... Ich hatte Angst, mein Vater würde mich sonst töten –, und daß du den blutigen Handschar in den Eimer geworfen hast.«

Zeynel sprang auf die Beine und rannte wie ein Wahnsinniger davon, und der Junge folgte ihm. »Komm nicht hinter mir her!« brüllte Zeynel im Laufen, »sie werden dich auch noch töten, ich bitte dich, bleib stehen!« Der Junge aber scherte sich nicht, blieb Zeynel auf den Fersen und rannte mit ihm gemeinsam durch die Nacht.

Als sie plötzlich in den Lichtkreis einer Straßenlaterne liefen, blieben sie wie geblendet stehen. Zeynel drehte sich um und sah Dursun Kemal in die weit aufgerissenen Augen.

»Komm nicht hinter mir her«, keuchte er, »sie werden dich ... Zusammen mit mir werden sie dich auch töten!«

»Ich habe Angst«, winselte der Junge und senkte den Kopf. »Mein Vater wird mich nicht am Leben lassen ...«

»Wenn du mit mir kommst, töten sie dich mit mir zusammen. Denn mich töten sie bestimmt.« Zeynel zog drei Bündel Geldscheine aus seiner Tasche und drückte sie dem Jungen in die Hand. »Da, nimm, es ist viel Geld ... Damit kannst du fahren, wohin du willst, nimm, es ist viel Geld.«

Das gelbliche Licht fiel auf eine Mauer und das Geäst einer Platane, die über die Mauerkrone ragte, und spiegelte sich auf den abgewetzten weißen Pflastersteinen wider. Zeynel begann wie ein Läufer im Lichtkegel der Laterne zu kreisen, während Dursun Kemal die Scheine hochhielt. »Mann, o Mann! Alles Fünfhunderter!«

»Viel Geld ... Wenn du willst, gebe ich dir noch mehr.«

Zeynel stieß seine Faust mehrmals in die Luft und rannte den Abhang hinunter. Dursun Kemal stopfte das Geld in seine Innentasche, knöpfte das Jackett zu und folgte Zeynel auf den Fersen.

»Läufst du mir doch wieder nach«, schrie Zeynel, der plötzlich kehrtgemacht hatte, mit weinerlicher Stimme. »Ich schwöre beim Allmächtigen, daß sie mich töten werden, und dich gleich mit ... Nun geh doch endlich zurück, du tausendfache Plage Gottes!«

Wie angewurzelt war Dursun Kemal etwa fünf Schritte hinter Zeynel auch stehengeblieben.

»Tu mir den Gefallen und geh endlich! Wenn die Polizisten uns beide zusammen entdecken, wissen sie gleich, daß ich der gesuchte Zeynel bin. Bitte, lauf mir nicht mehr hinterher!«

Dann drehte er sich wieder um und rannte weiter. Dursun Kemal verharrte noch eine Weile, doch dann rannte er leise wimmernd auch ins Dunkel hinein, um Zeynel einzuholen. Es war stockfinster, als sie über ein Feld durch Reihen von Weißkohl bis zu einem langgestreckten Gewächshaus rannten, in dem ein Ofen brannte und Nelken in verschiedenen Farben blühten. Zeynel lief um das Gewächshaus herum, stieß am Ende gegen einen Holzzaun, der mit Getöse umkippte. Dursun Kemal rannte hinter Zeynel durch die Bresche und erkannte im selben Augenblick, daß sie im Yildiz-Park waren.

»Halt an, Bruder Zeynel, halt an, Polizei, Polizei!« rief er leise hinter Zeynel her.

Doch Zeynel hörte ihn nicht, rannte über eine kleine hölzerne Brücke, dann über eine nächste, bergauf, bergab, wie in einem riesigen Irrgarten.

»Polizei, Polizei ... Sie sind alle hier ... Istanbuls gesamte Polizei ist hier!«

»Wo?« fragte Zeynel, der plötzlich stehengeblieben war, »wo?«

»Da unten«, flüsterte Dursun Kemal, »in dem Gebäude dort schlafen tausend, zweitausend, dreitausend Polizisten.«

»Dreitausend?«

»Und mehr!«

Zeynel lief bis zum Tor des Parks, es war verschlossen. Plötzlich hörten sie irgendwo Lärm und rannten wieder hinauf ins Dunkel. Sie waren so ausgepumpt, als sie oben am Kamm anlangten, daß sie sich kaum auf den Beinen halten konnten. Nach Luft ringend, standen sie sich eine Weile gegenüber, Zeynel wollte etwas sagen, brachte aber kein Wort über die Lippen. Von jenseits der Mauer schimmerte fahles Licht durchs Geäst der Bäume, Zeynel öffnete erneut den Mund, doch dann schloß er ihn wieder und ließ sich langsam auf den Boden gleiten. Auch Dursun Kemal hockte sich nieder, wo er gerade gestanden hatte.

Wann sie sich aufgerafft und schließlich die von Platanen gesäumte Allee Ortaköys erreicht hatten, wissen sie nicht mehr.

Die Anlegebrücke von Beşiktaş im Sprühregen und der Dampfer ist hell erleuchtet und Zeynel ist an Bord und aller Augen sind auf ihn gerichtet das Grün Gelb Violett der Neonlichter flimmert wellt sich wie das Meer ein Lichtball zerfasert ein Frachter gleitet durch den Bosporus der dunkle Schatten der Bosporusbrücke fällt auf die Positionslampen Girlanden von bunten Lichtern der Häuser tanzen auf dem Wasser die Ufer entlang der Bug teilt die dunklen Wellen des Bosporus wie ein Strom von Helle gleitet der Dampfer über das Wasser mit großen Augen sehen alle herüber die beiden laufen durch einen Lichtkreis ins Dunkel und ducken sich auf dem Vorschiff unter den Scheinwerfer dessen fächernder Strahl die Finsternis durchschneidet drohend kommen die Passagiere auf sie zu komm nicht näher lauf weg und wie ein Meißel bohrt sich der Strahl in die Dunkelheit beleuchtet einen Schleier von Regen und die Gischt spritzt bis zur Brücke der Bug taucht in die See und richtet sich wieder auf grün leuchtet der Tang im Schein des Lichts und da ist Hüseyin Huri sie huschen vom Bug bis zum Heck und wieder zurück Licht strahlt vom Schiff bunt und gestreift drei Taschen fest umklammert mit der Linken läßt er sie nicht los hinter dem Regenschleier haben sie ein Netz gespannt weit weg zwischen drei riesigen Platanen ein riesiger blauer Mond das Netz brachten sie aus Rize der Dampfer schlingert das Wasser wird hell dunkel sind die Häuser am Bosporus Lichterketten die Villen an beiden Ufern über den Hügeln gelblicher Regenschleier der Bug ragt aus den Wellen sie halten zu aufs Schwarze Meer haben das Netz gespannt darunter drei Schiffslaternen gestellt ihr Dorf am Waldrand liegt unterm windbewegten Regenschleier und ganz in der Nähe brüllt das Schwarze Meer tosen die Brecher gegen das Kliff und Hunderte Wachteln fallen erschöpft und halbtot ins Netz fallen aber auch völlig entkräftet ins Meer fallen ins Licht und die Küstenbewohner sammeln körbeweise die fetten nassen Wachteln die mit regenschweren Flügeln übers wildbewegte Meer geflogen und mit letzter Kraft ins Licht niedergegangen sind und wie Sterne am Himmel brennen überall die Feuer breitet sich der Duft gerösteter Wachteln aus ein gelbes Auto kommt warte hier Kemal die erschöpften Wachteln gehen bei einer Handvoll Laternen nieder schlaf nicht Kemal bist du denn verrückt gib Gas Chauffeur Bey ich zahle die volle Fuhre Tausende Scheinwerfer Tausende Autos ineinander Trillerpfeifen die Lichter der Stadt sind ausgegangen überall Dunkelheit stockdunkel das Meer riesengroß Hüseyin Huris dunkle Augen und die blitzenden Augen der Polizisten bleib dort stehen wenn du weiter hinter mir herläufst lege ich dich um bleib stehen warum sagst du nichts denkst du denn sie töten dich nicht wenn ich dabei bin im Gegenteil da töten sie dich bestimmt bist du denn verrückt mein Gott wohin ich auch gehe überall Polizisten Hüseyin Huri steht dort allein der Dampfer gleitet wie ein Licht durch die Nacht der Scheinwerfer strahlt durch den tiefdunklen Regenschleier Wachteln gehen am Ufer nieder regnen auf den hell erleuchteten Dampfer lauf Dursun Kemal sie werden dich töten die Fähre durchschneidet die Dunkelheit und legt in Kadiköy an sind denn alle im Schiff Polizisten woher willst du das wissen wie sollen wir denn auf das Minarett klettern weißt du denn nicht wo der Schlüssel ist und hör auf mich zu verfolgen komm duck dich neben mich das hier ist ein gutes Versteck fahr mich nach Osmanbey ich bezahle die volle Fuhre aber nicht dort entlang wir nehmen die Londoner Schnellstraße.

Sie haben die Leiche unter dem Laster hervorgezogen der

auf den Wagen gekippt war der aussah wie eine Schildkröte der Dampfer stoppt am Anleger von Eminönü der menschenleer unter einem Regenschleier daliegt ich sterbe vor Hunger wo kann man noch etwas essen in Çemberlitaş ist es finster wie bei einer Verdunkelung nur ein einziger Dampfer in vollem Lichterglanz legt ab und fährt hinüber nach Kadiköy und in Sirkeci Hunderte Scheinwerfer der Autos im Regen funkelnde Augen zu Hunderttausenden durchbohren die Nacht die Dunkelheit den Regen die schmalen übereinandergetürmten Wohnhäuser Istanbuls ein schmutziger Regen geht nieder Tausende nasse blitzende schneeweiße Autolampen durchschneiden den Regen wenn doch das Licht immer abgeschaltet bliebe sogar das Licht der Stadt scheint zu stinken die Polizisten sind nicht zu sehen die fingerdicke Dreckschicht auf dem Goldenen Horn stinkt nach Kloake Hüseyin und der Bahnhof von Sirkeci stinken nach Urin die Straßenkinder schlafen unter den Eisenbahnwagen verkaufen amerikanische Zigaretten sammeln die Kippen auf rauchen Kippen im Strahl des Scheinwerfers schäumt die Bugwelle leuchtendweiß aus dem Dunkel.

Plötzlich gingen die Lichter an und rissen den Regenschleier auf, der rauschend zerfaserte.

»Nicht weiter, Dursun Kemal«, rief Zeynel und zog seinen Revolver, »was macht's denn aus, wenn ich dich auch noch töte, nachdem ich deine Mutter schon umgebracht und ihr die Augen ausgestochen habe! Mensch, mußt du wie ein Klotz an mir hängen, ich hab dir doch so viel Geld gegeben!«

Er schritt wieder aus, und Dursun Kemal blieb vor der Anlegebrücke stehen. Zeynel verschwand im Dunkel des Durchgangs unter der Brücke. Dursun Kemal war allein auf der Welt, in Todesangst, die ihm die Kehle zuschnürte. Doch plötzlich rannte er mit einem Aufschrei in Zeynels Richtung, brüllte heulend: »Bruder Zeynel, Bruder Zeynel«, sah ihn am Früchtekai ein Taxi anhalten und konnte sich im letzten Augenblick noch zu ihm ins Auto schwingen. »Zum Bozdoğan-Aquädukt!« sagte Zeynel zum Fahrer, stieg dort aus, ohne sich um Dursun Kemal zu kümmern, und schlug den steilen Pfad zum Garten des Popen ein. Die halb verfallenen Häuser stanken nach Moder und Abwässern. Als er vor der Zisterne war, leuchtete eine starke Taschenlampe auf, ein Schuß krachte, ein zweiter, und danach ganze Salven. Im selben Augenblick gingen in der Stadt die Lichter aus, alles versank im Dunkel, die Riesenstadt starb für eine Weile, sie war plötzlich totenstill. Zeynel und hinter ihm Dursun rannten und stürzten über das weiße Geröll des Abhangs zu Tal. Mit der Sirene einer Fähre setzte der dröhnende Lärm der Stadt wieder ein. Autos mit aufgeblendeten Scheinwerfern kamen auf sie zugerast, die beiden standen voll im Licht, und die Autos krachten ineinander und ein Lastzug stürzte über die Böschung. Die Toten auf dem Asphalt wurden mit Zeitungen zugedeckt, ein einzelner Fuß in einem schmutzigen Strumpf ragte darunter hervor. Und in Kumkapi wieder Polizisten mit der Waffe im Anschlag. Der Duft von gegrillten Köfte. »Ich sterbe vor Hunger«, sagte Dursun Kemal. »Stirb doch, stirb«, schimpfte Zeynel, »du Klotz an meinem Bein, sie werden dich töten, werden dich töten wie deine Mutter. Komm nicht, komm nicht hinter mir her.«

»Schau, da ist er, Hüseyin Huri, töte ihn.«

Unterm Leuchtfeuer von Ahirkapi krachten drei Revolverschüsse gleichzeitig. Sie flüchteten hinauf nach Topkapi, und niemand folgte ihnen. Nur die Stimme Hüseyin Huris drang vom Ufer zu ihnen herauf.

»Komm, Bruder Zeynel, verstecken wir uns hier!«

Sie huschten durch die offene Tür in das alte Holzhaus, ein Hund jaulte auf und rannte kläffend ins Freie. Das Haus war menschenleer, und sie hockten sich in einen Winkel.

»Das hier ist ein gutes Versteck«, sagte Zeynel.

Sie sprachen eine Zeitlang nicht. Das Haus lehnte mit der Rückseite an der Ringmauer des Topkapi-Serails. Und nicht weit von ihnen streckten sich die Mauern der Haghia Sophia, von denen der Stadtlärm wie von den Felswänden eines Berges widerhallte.

»Hier finden sie uns auch«, rief Zeynel und stürzte hinaus. Er rannte bis zur Sultan-Ahmed-Moschee, blieb eine Weile unschlüssig stehen, ging dann in die Parkanlage und hockte sich auf das Geländer vor dem Obelisken. Nicht weit von ihm hockte sich Dursun Kemal auf das Geländer der Parkanlage, doch kaum hatte er es sich bequem gemacht, sah er Zeynel wie von der Sehne geschnellt aufspringen und hinter die Sultan-Ahmed-Moschee laufen.

Sie stiegen in ein Taxi, ließen sich auf einem von Bäumen umsäumten Platz absetzen, nahmen dort ein anderes Taxi, das sie eine steile Straße hinauffuhr, wechselten immer wieder die Wagen, gingen einen sandigen Weg entlang und landeten schließlich auf einer berghohen Müllkippe. Fast blind von den Scheinwerfern Hunderter Autos, fast taub von hundertfachem Gehupe gerieten sie in einen Schwarm Möwen, der kreischend aufflog, liefen weiter und machten um jeden Lichtschein einen großen Bogen.

»Bleib, wo du bist, ich bring dich um, wenn du mir folgst!«
»Ich habe Angst.«

Auf den gestapelten Balken im Holzlager legten sie sich schlafen. Als sie erwachten, stieß Zeynel mit dem Kopf so hart gegen das Wellblechdach, daß es eine ganze Weile noch sirrte. Im ersten Augenblick wußte er gar nicht, wo er war. Die fest umklammerten Griffe der Einkaufstaschen hatte er auch im Schlaf nicht losgelassen. Zuerst wunderte er sich, als er Dursun Kemal neben sich gewahrte, dann, nach einer Weile, sagte er: »Hör auf, mir zu folgen und rette deine Haut, wir sind eingekreist.« Dann stützte er den Kopf in die Hände und murmelte in Gedanken versunken: »Komm nicht mehr mit, hau ab, sie werden mich und dich töten ... Lauf! Bring du dich in Sicherheit ...«

16

Noch bevor sich das Meer aufhellte, stach Fischer Selim in See. Eine leichte Morgenbrise wehte so sanft, daß man vor Freude ganz außer sich geraten konnte, und Fischer Selim spürte, wie sein Herz höher schlug. Wie immer hatten sich seine alten Freunde, die Möwen, an sein Boot gehängt und segelten mit gestreckten Flügeln über ihm. Das Meer bewegte sich ganz sacht mit einem sehr leisen Rauschen, das Fischer Selim, gewöhnt an das gleichmäßige Tuckern des Motors, überhörte.

Erst wenn er die Spitze der Unseligen Insel erreicht hatte, würde der Morgen grauen und das Meer, wie unter einem Regen von Licht, schneeweiß aufleuchten. So weiß wurde das Meer nicht vor jeder Morgendämmerung, aber heute bestimmt! Fischer Selim hatte da seine Erfahrung, erkannte es an den gegenüberliegenden Bergen, an den Wolken, am Morgendunst über Istanbul, an den Lichtern, an der Dünung und der Farbe des Wassers, am Himmel und den Sternen, die sich im Meer widerspiegelten.

Bald würde Istanbul mit dem üblichen Tohuwabohu erwachen. Fischer Selim saß am Ruder und betrachtete die querabliegende Stadt, die von Zeit zu Zeit mit ihren Kuppeln, Hügeln, Wohnhäusern, Neonlichtern und Uferstraßen im Dämmerlicht hinter einer grauen Nebelwand auftauchte, um gleich wieder zu verschwinden. Die Minarette schienen manchmal so nah, daß er meinte, sie greifen zu können, bis sie dann in einen Dunstschleier tauchten und sich in der Ferne verflüchtigten. In einem fort gingen in der Stadt die Lichter an und aus, flammten erneut auf und verloschen.

Vor der Unseligen Insel hellte das Meer auf, bewegte und riffelte sich nicht, dehnte sich spiegelglatt in fleckenlosem Weiß, so weit das Auge reichte. In solchen Augenblicken verharrte Fischer Selim reglos, betrachtete in völligem Einklang so lange das Meer, die Berge, die Nacht und das Himmelszelt, bis die ersten Strahlen der Sonne hinter Üsküdar und der Selimiye-Kaserne aufleuchteten und das Meer sich blau färbte ...

Zuerst strich das Licht über die blanken bronzenen Halbmonde auf den Minaretten, fiel auf die spitzen Dächer darunter, die nach und nach fast unmerklich zu schimmern begannen. Danach färbte sich der Himmel im Osten violett, ging über in Rosa, wurde taghell, und ganz plötzlich schossen die Sonnenstrahlen hervor, spiegelten sich grell in den bleiernen Kuppeln und Fensterscheiben der Häuser, tauchten ganz Istanbul in flammende Helle.

Ans Ruder gelehnt, hatte Fischer Selim seine Blicke aufs Meer gerichtet, das sein Boot leicht hob und senkte. Vom offenen Meer aus pflegte er das Morgenrot, das Erwachen der Stadt, ihren Lärm, ihr Licht und ihre Schatten wahrzunehmen, und während Istanbul mit seinen schlanken Minaretten sich verschlafen reckend aufwachte, legte er seine Köder und Haken zurecht, und als das Meer sich von Weiß in Violett und schließlich in leuchtendes Blau verfärbte, warf er seine erste Angel aus und begann auf sein erstes Opfer zu lauern, das den scharfen, gekrümmten, mitleidlosen Stahl schlucken würde.

Wie eine leichte Brise wischte ein blaurosa Licht über den Meeresspiegel und verschwand. Heute flammten die Lichter nicht plötzlich über Istanbul auf, heute fluteten sie gemächlich vom Bosporus, vom Leanderturm, von der Landspitze Moda und von Fenerbahçe herüber, breiteten sich wie eine leuchtende Schicht übers Meer aus, schossen blitzschnell unter Fischer Selim hindurch, stießen sich am Boot, daß es leicht dümpelte, und zogen in Richtung Silivri und Tekirdağ weiter.

Fischer Selim sprach in einer der ältesten kaukasischen Sprachen ein von Adlern, Felsen, Reitern und Licht handelndes Gebet, das ihm seine Großmutter gelehrt, dessen Sinn er aber nie so ganz begriffen hatte. Er betete es auch nicht immer, sondern nur, wenn er in Bedrängnis geriet, wenn er einen besonderen Wunsch hatte oder auf dem Weg zu Halim Bey Veziroğlu war. Und heute betete er besonders inbrünstig, als er seinen besten Köder mit dem lieblichsten Duft auf seinen stärksten Angelhaken steckte.

Als atme es in ruhigen Zügen, hob sich das Meer ganz sacht aus großer Tiefe und sank ebenso sacht wieder zurück. So weit die Lichtstrahlen fächerten, ging das tiefe Blau nach und nach in ein sattes Grün über, gleich einem flimmernden, wellenden Feld junger Saaten im Frühlingswind. ›In all den Jahren, da ich Fischer bin, habe ich das Meer nur selten so erlebt‹, wunderte sich Fischer Selim. Ein kristallenes Meer, das in gleißender Sonne glitzert wie funkelnde Splitter, die sich nahtlos mit der flimmernden Luft vereinen und sich im Himmelszelt widerspiegeln … Sogar die Felsen der Unseligen Insel versanken in grünflimmerndem Glast, der auch Fischer Selims Gesicht und Hände, den Haken, die Angelleine und die Minarette von Istanbul überzog, ja, die Stadt mit ihren Moscheen und Lichtern wie ein grünschimmerndes Traumbild hinter einem gleitenden Dunstschleier aufleuchten ließ.

Nachdem Fischer Selim sein Gebet gesagt hatte, warf er die Angelleine aus, die langsam durch seine Finger in die grünschimmernde Tiefe glitt. An diesen beköderten Haken biß bestimmt kein kleiner Fisch an, nicht einmal ein mittelgroßer, und wenn, so schluckte er ihn nicht. Nein, heute wartete Selim auf die großen, auf seinen größten Fisch, denn heute stimmten Wetter und Wasser, heute war das Wetter, war die See, war der Tag der großen Fische, war das Meer ein sonnendurchflutetes, ergiebiges Feld, das sich im Hauch der Brise sanft wellte.

Und den gierigen, unersättlichen Halim Bey Veziroğlu soll reichlich schwarze Erde sättigen! Dieses gelbe Gesicht, diese toten Augen mit Pupillen so trüb wie die eines verendeten Schafes, versprechen nichts Gutes. Sie sind das Zeichen eines unheilbaren Leidens.

Wie von selbst bewegten seine Finger ganz locker die Leine hin und her. Wenn er ihn doch heute anhakte … Beim letzten Mal hatte der Fisch den zu kleinen beköderten Haken an einer zu schwachen Leine mit einem Ruck abgerissen und mitgenommen. Doch heute gab es keinen einzigen Fisch im ganzen Marmarameer, der diese Leine durchreißen könnte. Das Geld hatte er wenigstens beisammen, auch wenn sein Haus abgebrannt war ... Vielleicht war es sogar besser so ... Und wenn er diesen Fisch gefangen hatte, mußte Halim Bey Veziroğlu endlich begreifen ... Halim Bey Veziroğlu, dem der Tod schon seinen Stempel auf die Stirn gedrückt hat, hält ja die Welt zum Narren mit seiner langen, bleichen Totenhand, seinen schlotternden Hosen, seinen lila Lippen und auch lila angelaufenen, behaarten Ohren, seiner Halbglatze, die er mit einigen quergekämmten Strähnen zu verdecken sucht, seinen zitternden Händen und den schläfrigen, lebensmüde blickenden Augen, die aber beim Wort Grundstück aufleuchten und so lebendig werden, als gehörten sie nicht dem eben noch mit toten Schafsaugen dreinschauenden Mann. Vielleicht ist es sein eigenes Verwirrspiel. Denn jedesmal, wenn Selim ihn aufsucht, nimmt er das Geld in Empfang, zählt es, dreht und wendet es, mustert die Scheine, seufzt tief und tiefer und stöhnt: »Oh, oh, Selim Bey, die Grundstückspreise sind wieder enorm gestiegen, und Ihr Geld reicht wieder nicht. Ich bin tiefbetrübt, Selim Bey. Schade, aber wie kann ich Ihnen für dies bißchen Geld mein Grundstück geben, von dem jede Handbreit ein Goldstück wert ist? Laß uns noch ein bißchen abwarten, Selim Bey! Ich verstehe Sie ja, Selim Bey, und ob ich Sie verstehe. Wenn Sie wollen, können Sie ja die Bäume wieder ausgraben, schade um Ihre Mühe, gerade wegen der Bäume bin ich sehr traurig. Wie schön sie doch gewachsen sind, gestern war ich dort und habe sie mir angeschaut, so grün, ein Born des Lebens, mein Herr. Bäume pflanzen ist eine segensreiche Tat, besonders wenn es sich um Olivenbäume handelt. Sie sind langlebig, und ihre Früchte gehören zu den Himmelsfrüchten. Wieviel Arbeit steckt in ihrer Pflege, wer weiß, wie Sie sich plagen mußten. Ich hab's gehört, mein Herr, als ich letztens noch ein Grundstück kaufte, auch dort sollen Sie seinerzeit Bäume gesetzt haben. Ja, ich habe von Ihrer Liebe zu Bäumen gehört. Sehr segensreich. Einen Baum pflegen ist wie Kinder großziehen.

Laß uns also noch warten, Selim Bey. Ich sage Ihnen ja nicht, daß ich Ihnen das Grundstück nicht verkaufen werde, wie könnte ich, auch wenn ich eigentlich Grundstücke nur kaufe, nicht verkaufe ... Würde man doch ganz Istanbul in Grundstücke verwandeln und mir verkaufen, denn ich liebe den Grundstückskauf, Selim Bey. Die schönsten Grundstücke Istanbuls gehören mir. Ein jedes mit schönem, altem Baumbestand. Haben Sie die alle gepflanzt, Selim Bey? Ja, ja, mein Anliegen ist der Erwerb der schönsten Grundstücke, und Ihres, die Grundstücke mit Bäumen zu bepflanzen, nicht wahr, Selim Bey? Ich weiß, ich weiß, Sie fischen auch, ebenfalls ein schöner Beruf, fürs leibliche Wohl der Menschen zu sorgen. Warten wir's ab, Selim Bey, verkaufen Sie noch ein bißchen mehr Fisch, das Grundstück läuft Ihnen ja nicht davon, und machen Sie sich keine Sorgen, ich verkaufe meine Grundstücke ja niemandem, ich kaufe sie ja auch nicht, um sie zu verkaufen ... Jeder Mensch hat einen Liebeswahn, hat eine Leidenschaft, und meine Leidenschaft sind Grundstücke ... Schade mein Herr, wie schade!«

Eine leichte Brise kräuselte den grün schimmernden Meeresspiegel, der jetzt zu funkeln begann. Die Sonnenstrahlen drangen tief ins Wasser ein, entfachten da unten von Dunkelgrün bis Blendendweiß einen Wirrwarr funkelnden Lichts, und so weit die Sonnenstrahlen reichten, konnte Fischer Selim beobachten, wie seine helle, starke Leine hinunter ins Halbdunkel lief.

Im Krankenhaus ... sie drückt ihre heißen, mit dünnem, blondem Flaum bedeckten vollen Brüste an sein Gesicht. Jedesmal, wenn Fischer Selim daran denkt, ist er vor Wollust wieder wie von Sinnen. Besonders auf offener See, wenn sie so spiegelglatt daliegt und seine Angel tief unten den größten Fisch anködert, schweifen seine Gedanken ab, versetzen ihn in die Wärme dieses verlorenen Paradieses. Aberhundertmal hat er sich schon von der Erinnerung an diesen Augenblick voller Trunkenheit, Wärme, Lust und Schönheit so hinreißen lassen. Den höchsten Genuß in seinem Leben verspürt er, wenn er sich seinen Träumen von dieser Frau mit den blonden Haaren, den großen blauen Augen und dem herrlichen Duft hingibt. Und seine größten Qualen durchleidet er, wenn dieser Zauber bricht, der Traum verschwindet. Doch je mehr Zeit verstrich, je weiter sich der Traum entfernte, desto schöner wurde er. Wie ein ruhender Wein, dessen Trübstoffe sich nach und nach abgesetzt haben, wie ein davongleitender Nebel, der in der Ferne erst zu schimmern beginnt. Manchmal aber konnte er sich, vielleicht einen Monat lang oder auch zwei, nicht in diesen Traum vom seidenweichen blonden Haar, den blauen Augen, dem betörenden Duft und der Wärme der Brüste, die sein Gesicht berührten, hineinversetzen. Dann geriet er außer sich vor Wut. Denn schließlich war jemand, der einmal in so einen Traum abgeglitten war, der glücklichste Mensch ein Leben lang. Trunken wie er ist, sieht er das Licht nicht, nicht das Blau, nicht das Meer, riecht er die Fische nicht, nicht die Sonne, nein, er geht in all dem auf mit seinem ganzen Sein, wird selbst Sonne, anstatt sie zu fühlen, und einmal diesem Rausch hingegeben, entrinnt er ihm nie mehr. Er ist ein verhexter, ein verzauberter Mensch. Ja, auch Fischer Selim ist ein verzauberter Mensch, der immer wieder in die Wirklichkeit zurückkehrt, sich aber baldigst von ihr abwendet, um in seinem Traum Zuflucht zu nehmen …

»Selim, Selim, hat sie dich denn um ein Haus gebeten, um ein Haus im Schatten der Platane in jenem Garten? Vielleicht wäre sie auch mit einer Hütte, ja, mit einem kleinen Zimmer zufrieden gewesen.«

Seit Jahren denkt Selim darüber nach. Wie oft hatte er sich selbst belogen, wenn er zum Portal des Krankenhauses von Cerrahpaşa gegangen war und dort gewartet hatte. Denn wenn in Gruppen die Krankenschwestern mit ihren weißen Käppis erschienen, war er die Straße so schnell hinuntergerannt, als säße ihm ein Raubtier im Nacken, hatte sich dann am Platz von Aksaray ein Taxi genommen, sich auf schnellstem Wege nach Menekşe fahren lassen und war erst draußen auf dem Meer wieder zu sich gekommen. Und danach ging er hin und bepflanzte die brachliegenden Grundstücke von irgendwelchen Leuten mit Bäumen!

Ohne sich etwas vorzumachen, hat Selim oft darüber nachgedacht, und dennoch kann er es nicht über sich bringen, auf die Wollust seines paradiesischen Traums zu verzichten. Er ist in einem sauberen, nach Seife duftenden Bett, neben ihm sitzt splitternackt eine Frau mit weißen, strammen Brüsten und breiten Hüften. Selim hat seine Hände auf ihren Bauch gelegt, und sie fährt ihm mit gespreizten Fingern durchs Haar ... Die Frau beugt sich mit ihrem ganzen Körper über ihn, und die Wärme und der Duft ihrer Haut umfangen ihn, umfangen ihn ... Und Selim ist ganz von Sinnen. Deswegen fährt Selim zum Fischen allein hinaus, redet er mit niemandem, will er nicht, daß irgendwer seinen Traum, seinen himmlischen Traum zerstört. Und Selim wird das Haus dort hinbauen lassen, in Çengelköy unter die Platane. Und wenn nicht das Grundstück von Veziroğlu, wird er das von Zeki Bey kaufen ... Er wird das Haus bauen lassen und wenigstens mit ihrem warmen Wohlgeruch füllen.

Selim träumte schon wieder. Irgendwann schlich Zeynel sich in seinen Tagtraum, kam auf Zehenspitzen ins Krankenzimmer und blieb zwischen Selim und dem Duft der Frau stehen. Stimmte, was die Zeitungen berichteten? Hatte Zeynel wirklich die Bank ausgeraubt, so viel Geld erbeutet, so viele Menschen getötet, ganz Istanbul aufgescheucht und alle Welt zum Zittern gebracht? Sollten sie ihn nicht eher mit jemandem verwechselt haben? Das Bild in der Zeitung hat gar keine Ähnlichkeit mit Zeynel ... Hatte er sich überhaupt schon einmal photographieren lassen? Kurz darauf verließ Zeynel das Krankenzimmer wieder auf Zehenspitzen. Und kaum daß er gegangen war, fingen die Möwen über der Unseligen Insel auf einmal wie wild an zu kreischen und durcheinanderzuwirbeln. Fischer Selim hob den Kopf und beobachtete sie. Es wurden immer mehr Möwen, die mit anschwellendem Gekreisch diesseits der dem Eiland vorgelagerten Felsen wie ein kreisendes Knäuel durcheinanderflogen.

»Da ist irgend etwas«, murmelte er, »irgendwas Außergewöhnliches. Es sieht so aus, als jagten große Fische einen Schwarm kleiner ...« Er hatte den Satz noch nicht beendet, als Tausende silbriger Funken übers Wasser flitzten. Die Fische schossen aus dem Wasser, verschwanden, sprangen etwas weiter sprühenden Funken gleich wieder in die Luft, fielen zurück, um kurz darauf wie Myriaden von Lichtsplittern über dem grünen Spiegel erneut aufzuleuchten und zu verlöschen.

»Warten wir's ab«, sagte Fischer Selim, »irgend etwas tut sich da.«

Und er ließ die in langen Sprüngen fliehenden Fische nicht aus den Augen. Er war jetzt hellwach. Denn so klein waren die davonstiebenden Fische nicht, manche schnellten bis zu einen Meter hoch, bevor sie mit dem Kopf voran wieder zurückfielen. Das Gekreisch der Flügel an Flügel segelnden Möwen hatte nicht nachgelassen, und noch immer wirbelten sie über den Felsen vor der Insel wie ein wirres Knäuel durcheinander.

Ganz plötzlich brach das Geschrei der Möwen ab, und Selim sah, wie sie auseinanderflogen, hinunterstießen und dicht über der Wasseroberfläche zu kreisen begannen. Die Farbe des Meeres, das sich unter ihm leicht hob und senkte, wechselte jetzt von Grün zu Grau, ging dann in Blau über, und auch das Leuchten in der Tiefe wurde dunkler, bis es ganz verschwand. Wie gewohnt, zupfte Selim behutsam die Leine und wartete darauf, daß er den großen Fisch anhakte. Jetzt, am frühen Vormittag, lag das Meer in tiefem Blau, und die Möwen flogen immer noch sehr tief, aber in einer langen Kette, die sich von der Unseligen Insel bis zur Kimm erstreckte.

»Etwas Außergewöhnliches bahnt sich heute an«, sagte Fischer Selim wie im Gespräch mit den Möwen, »etwas wirklich Außergewöhnliches ...«, und kam dann wieder ins Träumen, was ein Fischer nie tun sollte, schon gar nicht, wenn er die Leine ausgeworfen hat.

Im Sonnenglast so hoch aufragend, daß sie übers Meer zu schweben schienen, glitten querab lange, weiße Schiffe in

Richtung Istanbul oder mit Kurs auf die Dardanellen vorbei. So sah es immer aus bei diesem Wetter, wenn sich das Tageslicht im aufsteigenden Dunst brach, der über dem Meer lag. Als lägen die Schiffe gar nicht im Wasser, sondern schwebten in Dunstschleiern darüber hinweg. Vielleicht ein Zeichen, daß der Wind drehte und der Lodos aufkam, vielleicht ...

Auf einmal, bevor er noch die plötzlich ruckende Leine laufen lassen konnte, riß es ihm den Arm seitwärts, das Boot schlingerte, das Meer hob sich, die Möwen schnellten hoch, und Selim wäre beinah über Bord gekippt. Im Nu hatten sich die Möwen über der Spitze der Unseligen Insel versammelt und dort mit grellen Schreien übereinander zu kreisen begonnen. Die Leine wurde straff, das Boot legte sich auf die Seite, Selims Oberkörper hing schräg über dem Wasser und kam erst wieder in die Senkrechte, als er die Leine laufen ließ. Und während sie durch seine Finger sauste, murmelte er: »Das ist kein Fisch, das ist ein Ungeheuer ...«

Was tun, wenn die Leine abgerollt war? Er mußte sich sofort entscheiden. Sollte er den Motor anwerfen und dem Fisch folgen oder das Boot vom Fisch ziehen lassen? Die Schnur war aus starkem Nylon, der angehakte Fisch konnte sie weder durchbeißen noch zerreißen, und hatte er den Haken erst einmal hinuntergeschlungen, mochte er dieses große Boot doch so weit mitziehen, wie er konnte, irgendwann würde er müde werden und an die Oberfläche kommen. Selim warf den Motor nicht an und schlug das Ende der Schnur um den Ringbolzen aus Messing am Bug des Bootes, das sofort Fahrt aufnahm. Die Möwen von der Unseligen Insel schossen wie wild auf das Boot herunter und segelten Flügel an Flügel mit grellem Gekreisch über Fischer Selim hinweg.

Mal schneller, mal langsamer wurde das Boot vom davonziehenden Fisch mitgeschleppt. Und mit gellenden Schreien flogen die Möwen zwischen dem Fisch und dem Boot hin und her. Nach einer Weile beobachtete Selim, daß die Schnur locker wurde, sich im Wasser schlängelte, und er begann sie einzuholen. Doch mit jedem Zug wuchs seine Enttäuschung, und er fragte sich, ob es dem Fisch doch gelungen war, die Schnur durchzubeißen ... Dann, ganz plötzlich, als treibe der Fisch sein Spielchen mit ihm, spürte Selim, wie die Schnur sich spannte, ihm aus der Hand glitt, er verlor das Gleichgewicht und landete lang ausgestreckt auf dem Vorschiff. Noch bevor er wieder auf die Beine kam, tauchte der Bug mehrmals ins Wasser ein, das in kleinen Brechern über Selim hinwegschwappte. Der Fisch zog die Leine mit aller Kraft in die Tiefe.

Selim war völlig hilflos und betrachtete entgeistert und untätig wie ein Zuschauer, was da vor sich ging, während der Bug des Bootes immer wieder im Wasser verschwand und wieder auftauchte. Doch bald darauf hörte das Schaukeln auf, und Selim sah, daß die Leine locker wurde, doch diesmal war er auf der Hut, als er sie einholte und sorgfältig aufzuschießen begann. Plötzlich lief sie wieder aus, und dann zog der Fisch das Boot in gleichmäßiger Geschwindigkeit hinter sich her, schwamm aber diesmal immer schneller auf die Unselige Insel zu. Dieser Fisch, einer der letzten seiner Art in diesen Gewässern, war größer als der, hinter dem Selim seit Tagen her war und den er schon seit Monaten, vielleicht schon seit Jahren, verfolgte, obwohl er nicht einmal zu glauben wagte, ihn jemals an die Angel zu bekommen ... Und jetzt hatte er einen angehakt, der noch viel größer war, der bestimmt mehr als dreihundert, vielleicht sogar über fünfhundert Kilo auf die Waage brachte. Und es war ein Schwertfisch. Im Marmarameer gab es keinen größeren als ihn, weder unter den Thunfischen noch den Haien ... Haie traf man hier sowieso selten an. Es lebe der Schwertfisch! freute sich Selim. Und der Schwertfisch schwamm mit dem Boot im Schlepp noch immer auf die Unselige Insel zu. Der verdammte Kerl peilt die vorgelagerten Felsen an, ob ich nicht doch den Motor anwerfe? fragte sich Selim. Denn wenn er das Boot zwischen die Felsen schleppt ... So ein Schlauberger ... Mann, du entkommst mir nicht, zieh das Boot doch, wohin du willst, meinetwegen auch in die Felsen ... du Schlaufuchs du!

Und wenn er das Boot wirklich gegen die Felsen setzt? fragte sich Fischer Selim und gab sich auch gleich die Antwort: »Soll er doch! Auch dann entkommt er mir nicht. Trotzdem sollte ich den Motor anwerfen und in den Leerlauf schalten, auf alle Fälle, denn dieser Fisch ist größer, als ich dachte, und könnte das Boot wirklich an die Felsen schmettern ... Dieser Schlauberger!«

Doch als der Fisch näher an die Klippen herangekommen war, wendete er, machte einen Halbbogen um die Südspitze der Insel und begann, sie in ihrer ganzen Länge zu umkreisen, wobei er immer schneller wurde. Er hat die Leine nicht zerreißen können und wird sie auch nicht mehr zerreißen, und bald müde werden wird er auch, brüllte Selim in sich hinein, nein, die zerreißt er nicht!

Aber es war auch die Angst, die ihn in sich hineinbrüllen ließ, denn die Leine gab einen singenden Ton von sich und wurde so straff, daß sie zu zerreißen drohte. Und Selim hatte nichts mehr, um dem Zug nachzugeben, es war zum Verzweifeln ...

Doch dann gibt er sich einen Stoß und überlegt, ob er dem Fisch etwas Leine abgewinnen kann, wenn er ihn kräftig anhaut. Aber die durchs Wasser zischende Schnur schneidet in seine Hände und gibt keinen Zentimeter nach.

Mir bleibt nichts anderes übrig, als den Motor anzuwerfen, sagt sich Selim. Was aber, wenn der Fisch dann Spielraum bekommt und abtaucht? Der Gedanke jagt ihm Angst ein, und seine Hände beben wie die gestraffte Schnur ... Das Boot ist zu groß, beruhigt er sich, das zieht kein Fisch unter Wasser, wie stark er auch sein mag

Aber so ganz kann er diese schwarzen Gedanken doch nicht verscheuchen; man weiß nie, wie stark diese Fische sind, grübelt er. Da siehst du einen klitzekleinen an der Angel zappeln, und plötzlich zerreißt er sie mit einem Ruck, der dir schier den Arm ausrenkt, und verschwindet in den Wellen ... Oder er schaukelt ein großes Boot und peitscht das Wasser, daß dir Hören und Sehen vergeht ... Nein, wie stark ein

Fisch ist, kann keiner wissen ... Und während er noch das Für und Wider abwägt, läßt er schon den Motor an und steuert das Boot in die Richtung des wandernden Fisches, der keine Leine abgibt, sondern schneller wird und unverändert in derselben Tiefe weiterschwimmt. Das Meer, tiefblau und ohne den kleinsten Wirbel spiegelglatt, dehnt sich flimmernd im Sonnenlicht und bewegt sich, wie aus der Tiefe angehoben, mit leisem, dumpfem Dröhnen. Wären da oben nicht die Möwen, die zwischen dem Fisch und dem Boot mit aufgeregten Schreien durcheinanderfliegen, könnte man meinen, daß da nichts Außergewöhnliches vor sich gehe. Der Fisch schwimmt noch immer so schnell er kann vorweg und zieht das mit halber Kraft folgende Boot hinter sich her. Und Selim, die Augen auf die straff gespannte Leine gerichtet, beginnt gedankenversunken zu träumen.

Wer weiß, wie groß dieser Fisch ist, rätselte Fischer Selim. Da fährt ein großes Boot mit halber Kraft hinter ihm her, und er zieht es noch immer so schnell, daß die Leine unter Spannung bleibt. Vielleicht ist es gar kein Fisch, denn von dieser Stärke hat es im Marmarameer noch nie welche gegeben. Aber was ist es dann, das ein so großes Boot hinter sich herziehen kann? Nun, was immer es auch sein mag, es ist ein mächtiges, mutiges Etwas. Die Schnur straffte sich immer mehr, und Selim gab ein bißchen mehr Gas, aber je schneller das Boot wurde, desto schneller wurde auch der Fisch. Und wenn die Leine etwas nachgab, dann nur so lange, wie der Fisch nach beiden Seiten kurvte.

Nicht weit voraus wurde das Meer violett, dahinter zeichnete sich wie ein heller Streifen die Strömung ab. Der Fisch durchschwamm das violette Dunkel, hielt mit Kurs auf die östlich liegende Große Insel auf die Strömung zu und wurde noch schneller. Die stille Freude in Selim brach jetzt in Jubel aus. Vor ihm durchschnitt ein magisches Wesen, ein Wunder, die See. Und es wurde nicht müde. Ging es so weiter, zögen sie heute nacht noch durchs Meer ... Oder noch drei Tage und Nächte ... Müßte dann aber der Koloß da unten nicht endlich müde werden und in seiner ganzen Größe an die stählern funkelnde Meeresoberfläche kommen?

Plötzlich mußte der Fisch angehalten haben, denn die Leine hing schlaff im Wasser, und das Boot driftete mit der Strömung nach Norden. Selim nahm die Pinne in die Hand. Der Fisch scherte nach rechts aus, die Leine straffte sich, gab aber gleich wieder nach, und Selim stellte den Motor ab, um sie nicht unter den Kiel zu bekommen. Dann zog sie wieder an, wurde hart, der Steven tauchte tief ein und hob sich wieder aus dem Wasser. Der Fisch war aus der Strömung heraus und schwamm geradeaus weiter. Selims gute Laune kehrte zurück. Er zog an der Leine, zog und zog, aber der Fisch hielt dagegen. Und plötzlich mußte er wohl versucht haben, den Haken abzuschütteln, denn er zog Selim zum Steven hinunter, und hätte der kräftige Fischer sich nicht sofort dagegen gestemmt, wäre er längelang auf den Planken gelandet. Seine Handflächen brannten, als die Leine bis zum Ende auslief und den Ringbolzen fast aus der Verankerung riß. Selim stürzte zum Motor, warf ihn an und folgte dem Fisch mit halber Kraft. Die Leine war noch immer straff, aber der Ringbolzen knirschte nicht mehr. Selim hatte sich wieder gefaßt, übermütig vor Freude gingen ihm Sätze wie »Halt aus, halt aus, mein Löwe« durch den Kopf, aber ihr Sinn wurde ihm selbst nicht ganz klar. Das Boot fuhr jetzt um die Perlmutt-Insel herum und kreuzte kurz vor dem heranschäumenden Bug die Route eines Linienschiffes. In großer Höhe segelten vom Norden weiße Wolken übers Meer herüber, blähten sich und glänzten im Sonnenlicht ...

Der Fisch nahm wieder Kurs auf die Klippen der Unseligen Insel. Und aufgeregt kreischend, kreiste der wachsende Schwarm Möwen zwischen ihm und dem Boot. Der Fisch schwamm stetig, doch als er die Spitze der Unseligen Insel erreicht hatte, wendete er, und Selim warf das Steuer herum.

Jetzt bewegten sie sich auf Yalova zu. Vor ihnen zeichnete sich ein heller Fleck auf dem Wasser ab, der die einfallenden Sonnenstrahlen zurückwarf und wie ein die Augen blendender

Lichtbrunnen übers ganze Meer verteilte. Selim fühlte sich leicht wie ein Vogel. Die See roch nach Sonne, und wenn auch seine Hände schmerzten, fühlte er sich körperlich quicklebendig. Männer wie Halim Bey Veziroğlu, fiel ihm plötzlich ein, hängen sehr am süßen Leben, vielleicht überläßt er ihm das Grundstück aus Angst, deswegen umgebracht zu werden, sogar umsonst … Beim nächsten Mal muß er ihm also Angst einjagen. Aber damit die Drohung wirkt, muß er fest daran glauben, ihn wirklich töten zu können. Wer nicht glaubt, überzeugt nicht! Die Leine lockerte sich, der Fisch schien in die Tiefe zu ziehen, die Leine neigte sich immer mehr, verlor sich unter dem Boot, straffte sich, aber der Stoß, der das Boot schaukeln ließ, war viel schwächer; der Fisch war also erschöpft, Selim spürte schmerzliches Mitleid, seine Augen wurden feucht. Vielleicht würde der Fisch bald völlig erschöpft heraufkommen und mit dem Bauch nach oben, weiß wie Schnee, ausgestreckt im Wasser liegen. Selim war aber auch neugierig auf diesen riesengroßen Fisch oder dies eigenartige Geschöpf.

Doch dann schnellte der Fisch wieder vor, nicht mehr so tief, denn ein großer Teil der Leine schwang aus dem Wasser, während der Fisch ruckte und zerrte, und jedesmal, wenn die Leine straffte, sprühten Wassertropfen hoch. Der Bug durchschnitt weißglänzendes Wasser, tauchte dann ein in rosa schimmerndes, mit Grün vermischtes Violett und schließlich in helles Blau. Nicht weit vor ihnen schäumte das Meer, der Fisch hielt darauf zu, zog dort das Boot so heftig nach unten, daß es schaukelte, dann tauchte er ab, kam wieder hoch, wurde langsamer, schneller … Selim verfolgte gespannt jede seiner Bewegungen, war freudig erregt oder betrübt, und er verstand sich selbst nicht mehr, denn war der Fisch erschöpft, litt er mit ihm, wurde er wieder schnell, freute er sich.

Und wieder zog der Fisch wie wild durchs Wasser. Wie sehr Selim auch Gas gab, der Fisch ließ nicht locker, die Leine blieb straff. So hatte Selim noch nie einen Fisch gedrillt, so etwas hatte er noch nie erlebt. Gewiß, er hatte schon oft vier bis fünf Stunden, sogar sieben Stunden gebraucht, um einen Fisch zu zermürben und zu landen, aber einen, der ein so großes Boot wie eine Nußschale hinter sich her zog, hatte er weder gefangen noch erlebt. Und wenn dieser Fisch drei Tage und Nächte lang im Marmarameer mit ihm so umherzieht, oder der Sprit zur Neige geht und der Fisch mit einem mächtigen Ruck die Leine zerreißt und verschwindet? Was aber, wenn er ihn bezwingt ... Bei diesem Gedanken zitterte er vor Freude, einer Freude mit einem Anflug von Trauer.

Die Möwen am Himmel gerieten immer mehr außer sich, schwärmten immer dichter aneinandergedrängt vom Fisch zum Boot und wieder zurück. Ihre Schreie klangen noch schriller, fast wie angstvolles Kreischen im Orkan ... Und je wilder sie wurden, desto schneller zog der Fisch davon, während die Schatten der weißen Wolken übers Wasser glitten, das in einem fort die Farbe wechselte.

Selims Gedanken wanderten achteraus nach Istanbul, zu den im Dunst liegenden Minaretten, zu Veziroğlu, zu den gepflanzten Bäumen, zum Kaukasus, zum blonden Haar und den duftenden Brüsten im Krankenhaus von Cerrahpaşa. Es schien, als habe er den Fisch, der da vorne durchs Wasser zog, völlig vergessen, als hielten die Hände des erfahrenen Fischers aus reiner Gewohnheit das mit halber Kraft folgende Boot auf Kurs.

Das Ächzen des Ringbolzens riß ihn auf der Höhe der Unseligen Insel aus seinen Träumen. Die Leine war zum Zerreißen gespannt, der Fisch zerrte mit aller Macht und begann, die Insel zu umkreisen.

»Kein Fisch, und sei er noch so stark, kann diese fingerdicke Nylonschnur zerreißen, noch diesen großen Haken abwerfen«, bedauerte er. »Schade, wie schade, daß er sie nicht zerreißen kann!«

Der Fisch schien aufzugeben, denn er wurde jetzt immer langsamer, und Selim konnte immer mehr Leine einholen. Und während er sie auf dem Deck aufschoß, murmelte er rhythmisch wie in einer Totenklage: »Komm, komm, komm, mein Kleiner, komm, komm, komm, du leckeres Lamm der Meere; für deine Größe hast du dich ja schnell ergeben, vielleicht bist du ja nur ein klitzekleiner Fisch, komm, aber schnell ...«

Das letzte Wort war ihm noch nicht von den Lippen, als die aufgeschossene Leine in die Tiefe sauste, sich straffte, Wassertropfen sprühte, und wieder begannen Fisch und Boot die Insel zu umkreisen, wobei der Fisch in die offene See abdriftete, und dann, als habe ihn etwas erschreckt, in die Nähe der Insel zurückkehrte.

Wie in rauher See rollte und stampfte das Boot, schäumte ringsum das Wasser, doch den Fisch konnte Selim nicht ausmachen.

Je höher sich das Wasser in der Nähe des Bootes wölbte, desto aufgeregter schossen die Möwen durcheinander, und während sich ihre ohrenbetäubenden Schreie unerträglich steigerten, nahm das Boot plötzlich Fahrt auf, straffte sich die Leine aufs äußerste, begann zu zittern und zu sprühen, und dann hob sich ein riesengroßer Fisch aus dem Wasser, spannte sich im Sprung wie ein Bogen, während sein Rücken im Sonnenlicht tiefblau aufleuchtete, tauchte schimmernd wieder ein und verschwand. Wie verzaubert saß Selim da, und während er den funkelnden Glanz noch vor Augen hatte, brach der Fisch schon wieder aus dem Wasser, färbte Selim, das Boot, das Meer, die ganze Welt in tiefes Blau, bog sich im Sprung und versank. Doch als der riesige blaue Bogen zum dritten Mal über den Fluten aufleuchtete, stand Selim mit seinem scharfen Messer in der Faust schon bereit und hatte im selben Augenblick, da der Fisch ins aufschäumende Meer eintauchte, die Leine mit einem mächtigen Hieb durchschnitten. Mit hängenden Armen starrte Selim dem im wirbelnden Schaum verschwundenen Fisch hinterher.

Erst nach einer ganzen Weile erwachte der Fischer aus seinen Gedanken voller metallen schimmernder, tiefblauer Traumbilder, und als er sich wieder gefaßt hatte, schien ihm, als funkelte das sonnendurchflutete Meer plötzlich viel heller, und eine freudige Erregung, die immer stärker wurde, ließ sein Herz höher schlagen.

Entspannt und innerlich frei hockte er sich an die Pinne und nahm Kurs auf Istanbul. Und während das Boot sich langsam Menekşe näherte, überlegte er mit einer inneren Ruhe, wie er sie noch nie in seinem Leben genossen hatte, was wohl geschähe, wenn der Fisch den Haken nicht abwerfen konnte.

»Der Haken wird ihn nicht töten«, murmelte er, und die Gewißheit stimmte ihn froh, »wo er auch stecken mag, wird er nach und nach von einer Schicht eingekapselt. So einem großen Fisch kann dieser Haken nicht gefährlich werden. Und was die Leine betrifft, in wenigen Tagen schon wird er einen Weg gefunden haben, sie durchzutrennen ...«

Und das weiß doch jeder gestandene Fischer aus jahrelanger Erfahrung!

17

Im Dunst und Dunkel der alten, schwerfälligen, nach Teer und Moder riechenden Lasenkutter, die Bordwand an Bordwand vom Gemüsemarkt gegenüber der Azapkapi-Moschee bis in die Flußmitte des Goldenen Horns vertäut lagen, hatten sie dicht aneinandergedrängt geschlafen, bis die Sirenen der Dampfer sie im Morgengrauen weckten. In diesen alten Kähnen wohnten Junggesellen, Wanderarbeiter und Arbeitslose einträchtig beisammen. Sie achteten einander, zollten besonders den Frauen den schuldigen Respekt. Die Rauschgiftsüchtigen, die Schwarzhändler von Zigaretten, die Taschendiebe und Straßenräuber auf den Kais hatten hier keinen Zugang. Wer hier Zuflucht gefunden hatte, war so lauter wie das Goldene Horn schmutzig.

Im nächtlichen Dunkel waren sie hier gelandet, hatten sich unter das Vordeck des verlassenen Kutters verkrochen und waren völlig erschöpft und dicht aneinandergerückt eingeschlafen. Mit Istanbul erwachte auch das verdreckte, schreckliche Goldene Horn, dieser unter Abfällen und dem Gewicht der Kadaver von Katzen, Hunden, Ratten und Möwen erstarrte Fluß, der keine Wellen schlägt, in dessem Schlamm sich fahl das Licht der Sonne, der Neonröhren und Scheinwerfer spiegelt, auf dem sich Astwerk, Obstschalen und am Gemüsemarkt eingekippte Unmengen vergammelter Tomaten, Auberginen, Apfelsinen, Melonen, vermischt mit Industrieabwässern und Fetten, zu einer zähen, stinkenden Schicht verklebt haben, einer Schicht über einem Sumpf, so übelriechend wie kein zweiter auf dieser Welt. Träge und mißmutig erwachten auch die Brücken von Galata und Unkapani mit ihren Kraftfahrzeugen, die bald ineinander verkeilt für Stunden die Fahrbahnen verstopfen und mit dem Gestank verbrannten Benzins verpesten würden. Kaum sichtbar hinter Nebelbänken quälten sich Jollen und Motorboote von einem Ufer zum andern durchs morastige Wasser, knickten bei der Durchfahrt unter den Brücken kleine Dampfschiffe ihre bunten Masten ein, und vor der Werft von Kasimpaşa reihten sich Bordwand an Bordwand die Küstenmotorschiffe schon bis zur Flußmitte. Eine Welt von Eisen ist hier das Goldene Horn, das sich rostrot färbt. Und zwischen aufgetürmten Rostbergen blitzen in einem fort die blendenden blauen Flammen der Schweißgeräte auf, durchschneiden wie messerscharfe Lichtbündel von einem Ende zum andern die Stadt, das Licht, die Dampfer, den Krach und den Regen. Alle Möwen aus der Umgebung bedecken mit ihrem Weiß die Azapkapi-Moschee und die Dachziegel der umliegenden Häuser und dösen bewegungslos dem aufhellenden Morgen entgegen. Und mit dem ersten Kutter, der sich dem Anleger des Fischmarkts nähert, werden sie kreischend aufwachen, werden Flügel an Flügel über dem Goldenen Horn, über der Moschee und den einfahrenden Booten kreisen und blitzschnell auf die von den Fischern ins Wasser geworfenen Fische hinunterstoßen.

Und auf den Hügeln über dem Goldenen Horn erwachte die Stadt mit ihren Schluchten, ihren Abwässern, ihren schlammigen Pfützen, ihren Abfallhaufen aus faulem Obst, Plastiksäcken, durchlöcherten Schuhen, blutigen Knochen, mit ihrer klebrigen, giftigen, tödlichen Luft. Bald werden auch die Leuchtreklamen über dem Goldenen Horn verlöschen, und das Hafenbecken wird sich mit seinem Dunst, seinem würgenden Gestank, dem Rauch seiner Schlote, den verbrannten Ölen, dem im Sonnenlicht aufgehenden Blitzen der Schweissgeräte in sich selbst zurückziehen. Und aus ihren Schornsteinen werden die Liniendampfer in Karaköy schwarze Schwaden speien, die sich rußig auf die Stadt und das Meer legen.

Zeynel und Dursun Kemal hatten so fest geschlafen, daß sie sich noch ganz abwesend anstarrten. Völlig durcheinander hockten sie Seite an Seite in einem nach Teer stinkenden, im Morast des Goldenen Horns ankernden Kutter und hatten Hunger ...

Und in der Stadt Istanbul wurde getötet und geraubt, kratzte man sich die Augen aus, strömte der Regen, staute sich der Verkehr, hastete eine hoffnungslose, gierige Meute Mensch über diesen entsetzlichen Haufen von Rost, Müll und Kloake, machte sich mit gellenden Schreien wie gefräßige Möwen darüber her. Halbnackte Streuner, Maronenverkäufer, fliegende Händler, minderjährige Schmuggler, Mord, Totschlag und Vergewaltigung, Luxuswagen, Luxusläden, zu Puppen geschminkte, aufgeputzte Frauen, drei Millionen teure Autos, Mietwohnungen zu sechzigtausend im Monat, Eigentumswohnungen für sieben Millionen, aus Japan importierter Gartenschmuck, den in Japan geschulte Gärtner pflegen, Luxusvillen, Luxusjachten, Spielkasinos, Schwarzmarkt für Zigaretten, Whisky und elektronische Geräte, Menschen, die Blut wie Wasser vergießen und Geld vergeuden, andere, die vor Hunger Hand an sich legen, dreitausend Huren, Scharen von Strichern, Beamte, die vor jedem Nicken die Hand aufmachen, an jeder Straßenecke Polizisten, die sich Edelbordelle halten, wie Killerbanden Menschen töten, Mörder laufenlassen und Opfer zu Tätern erklären, deren Schußwaffen locker sitzen und die mit Knüppeln blindlings dreinschlagen – das alles tobt durcheinander – Edelschmuck und Pelze, Hunger und Dreck, Nachtklubs und Kloaken, Gefeilsche um nacktes Menschenfleisch ... Verkommen, das Goldene Horn mit seinen Menschen, seinem Hunger, seinen Werkstätten, seiner Nacktheit seit den Zeiten von Byzanz, verkommen, Beyoğlu und Galata, mit seinen Händlern, dem Turm von Galata, dem Handel, den glitzernden osmanischen Goldmünzen, verkommen, diese von alters her mittelalterlich gebliebene und bis zu ihrem endgültigen Zerfall so bleibende Stadt mit den ausgeraubten Opfern in den Spielhöllen von Beyoğlu, mit Horden von Menschen, die, in Wellen vom Hunger hergetrieben, im Schlamm leben, bei kärglichem Licht und einer Kanne Wasser vom nahen Straßenbrunnen, in Hütten aus Sperrholz, Kisten und Kanistern, in einer Nacht zusammengezimmert, in Zeytinburnu oder auf Gültepe, Fikirtepe, Kuştepe und all den andern Hügeln rings um Istanbul, Elendsviertel voller Gewalt, Eifersucht, Mord und Totschlag ... Sie verkommt, diese Stadt mit ihren stolzen Minaretten, ihren prächtigen Kuppeln und ihren Bauten, verkommt zum Wirrwarr, abstoßend und maßlos; alles, was schön, dem Menschen angemessen, wurde längst zerstört, sogar die letzten Bäume sind gefällt, und Istanbul, die alte Stadt, stirbt stinkend einen schnellen Tod ... Eine Stadt, an deren Herzen abertausend Würmer nagen, eine Stadt, in der Wasser, Erde, Menschen, Stein und Eisen faulen, eine Müllhalde, wimmelnd von Millionen Maden, empfangsbereit für Seuchen, Pest und Tod ...

Zeynel stand auf, reckte und streckte sich, nahm seine Beutel in die Hand und hechtete, ohne Dursun Kemal noch eines Blickes zu würdigen, aufs Deck, sprang von dort auf den längsseits vertäuten nächsten Frachtensegler, wo eine Frau gerade Kleinholz anzündete, das sie in einem Blechkanister aufgeschichtet hatte. Er verharrte kurz, zog den brandigen Holzgeruch genüßlich durch die Nase, bevor er sich über den Kai, der an den Hallen vorbeiführt, davonmachte. Bei der Neuen Moschee angelangt, stieg er die Freitreppe hoch, ging in den Vorhof, hockte sich vor den Brunnen für rituelle

Waschungen, drehte einen der Hähne auf, und als ein kräftiger Wasserstrahl sprudelte, legte er die Plastikbeutel auf den Sims, wusch sich so gründlich Hände, Gesicht und Haare, daß das Wasser auf seinen neuen Anzug spritzte, dann erhob er sich, reckte und streckte sich noch einmal, drehte sich um und stand Auge in Auge Dursun Kemal gegenüber, sprach mit ihm aber wieder kein Wort. Auch Dursun Kemal beugte sich nieder, wusch sich am sprudelnden Wasserhahn genau wie Zeynel Hände, Gesicht und Haare, und als er aufstand, war auch sein Zeug vom Wasser durchnäßt.

Straßenverkäufer in Galoschen und schlotterndem Zeug, die Gesichter hager und bleich, junge Burschen mit schulterlangen Haaren in hochhackigen Schuhen mit dicken Sohlen, die ihre Hintern in engen Bluejeans wie Schwarzamerikaner kreisen ließen, halb ländlich, halb städtisch gekleidete Männer mit bäuerlich buschigen Schnauzbärten, Frauen in blumigen Kleidern, Mädchen mit knallbunten Hosen unter den Röcken und Scharen von Kindern füllten nach und nach den Platz von Eminönü, die Straßen und Gassen rund um die Neue Moschee und den Ägyptischen Markt, den Platz vor der Iş-Bank und die breite Straße nach Mahmutpaşa.

Fliegende Händler, die in ihren auf Fahrradrädern montierten, rauchenden Kästen Köfte brieten und ihre Kunden mit Duftschwaden von Gebratenem anlockten, Verkäufer von Blätterteigpasteten, die in schmutzigen Schürzen ihre hinter Glas ausgebreitete Ware anboten, Ayranverkäufer, die das wasserverdünnte, leicht gesalzene Getränk laut schreiend in Bottichen verrührten, und die ebenso lauten Verkäufer dünner, mit Rösthack belegter Fladen hatten ihre Stammplätze bereits eingenommen.

Billige Schuhe und Hosen, Plastikbecher, Emailkrüge, Blechkanister, Aluminiumtöpfe, Glaswaren, Karaffen, Hemden, gebrauchte Jacken, Reisigbesen, Unterzeug, Pullover, künstliche Blumen, Käfige mit Geflügel, Körbe mit Eiern, Wagen mit Melonen, Kleinlaster mit Zitronen und Apfelsinen, Stände mit Petersilie, Tomaten und roter Bete, Kelims, Teppiche, Lämmer, Schafe und was man sich sonst noch vorstellen kann, lag ausgebreitet oder ausgeschüttet auf der Erde, auf Pferdewagen, Verkaufsständen und Ladepritschen, schwappte über, wohin man schaute ...

Am frühen Vormittag gab es auf dem zur Seeseite liegenden Platz vor der Moschee und auf der Straße zum Ägyptischen Markt kein Durchkommen mehr. Die Stände, Karren und Kleinlaster verschwanden fast im Gedränge Abertausender Fußgänger. Mit Megaphonen vor den Münden standen die Verkäufer auf ihren Tischen, Pritschen und den Stufen der Freitreppe vor der Moschee und priesen schreiend ihre Waren an. Die meisten Marktschreier waren Frauen und Kinder. Ein schmächtiger, etwa zehnjähriger Junge mit hervorstehenden Augen hatte sich auf einen breiten Verkaufstisch gestellt, redete, daß ihm die Halsadern schwollen, in einem fort unverständlich daher, während sein Vater ausschließlich grüne Pullover aus Wolle, Orlon und Nylon an den Mann brachte. Mit wiegenden Hüften stand eine blonde Frau auf der Treppe, wackelte mit ihren riesigen Brüsten, als singe sie auf einer Freilichtbühne, und pries eine neue Strumpfhose an, wobei sie ihren fülligen rechten Schenkel bis zum Höschen immer wieder entblößte, um eines der Strumpfbeine anschaulich überzustreifen. Junge Burschen mit langen schmuddeligen Haaren, die Schuhe und Aufschläge ihrer Blue jeans voller Schlamm, drängten sich in Reihen aufeinandergestützt um sie und schauten zu. Ihre Gesichter waren schmal und fahl.

Auf der obersten Stufe der Freitreppe versuchte ein alter Mann mit einem Netz in der Hand irgendwelche mit rotem Packpapier umwickelten Dinge, die niemand erkennen konnte, zu verkaufen. Er ging dabei unentwegt von einem Ende der Stufe zum andern und murmelte: »Komm, komm, komm, mein Freund!« Perlen von Schweiß bedeckten seine Stirn.

Die Kleider dieser Menschen waren abgetragen und ihre Körper kümmerlich gewachsen. Sie hatten hagere, bleiche Gesichter, stumpfe Augen voll zorniger Gier, ihre Haare waren verschmutzt und ihre Hände ohne Leben. Eine elende Art von

Mensch wimmelte auf dem Platz, trat sich im Dreck und Schlamm auf die Füsse, rempelte sich zähneknirschend, beschimpfte sich, eilte hin und her, fluchte, schrie und feilschte. Ein verkümmerter Haufe Mensch, der von hier bis zu den Kais wogte, von wo aus Boote und die Linienschiffe der Stadt, schwappende Müllhaufen durchschneidend, zum Marmarameer und in den Bosporus fuhren ...

Schlangenbeschwörer, Zauberkünstler, Schwertschlucker, Feuerspeier führten an erhöhten Stellen ihre Fertigkeiten vor, und am Fusse der Mauer des Ägyptischen Marktes hatten sich die Verkäufer von Glücksbriefchen neben ihren kleinen Käfigen aufgestellt, aus denen Tauben, Kaninchen und sogar ein Kolkrabe schlüpften, mit ihren Zähnen oder Schnäbeln eines der vor ihnen aufgereihten Briefchen zogen und in die erste ausgestreckte Hand legten. Der glückliche Gewinner öffnete das Briefchen, las es und ging lächelnd davon.

Zeynel war jetzt mitten im Gedränge und Dursun Kemal dicht hinter ihm ... Dem Menschenstrom ausgeliefert, liessen sie sich treiben, wohin er sie trug. Mal wurden sie vor die Iş-Bank, mal nach Mahmutpaşa geschoben, von dort zu den Gemüseläden im Ägyptischen Markt, weiter zur Galata-Brücke und dann zum Früchtekai. Zeynel und Dursun Kemal hielten sich immer in der Mitte der wogenden Menge, und wenn diese sich stellenweise auch nur ein bisschen lichtete, suchten sie sofort wieder ihre Mitte, das Auge des Wirbels. Denn ausserhalb des dichten Durcheinanders fühlten sie sich schutzlos, verwaist, ja, splitternackt und gerieten ganz ausser sich vor Angst. Immerhin hatten sie in diesem Gewühl daran gedacht, an einem Stand zwei riesige Blätterteigpasteten zu kaufen, die sie gierig verschlangen und jeden Bissen mit einem kräftigen Schluck Fruchtsaft vom Karren eines fliegenden Händlers hinunterspülten.

In östlicher Richtung, über der Haghia Sophia, kreiste ein Adler. Mit weit gereckten Schwingen flog er von einer Wolke hinein in die nächste, glitt über die Bosporusbrücke, war im nächsten Augenblick über dem Leanderturm, über Fenerbahçe und dem Leuchtturm von Ahirkapi, segelte von dort wieder zur Haghia Sophia, wo er zwischen den Minaretten mit seinen im Sonnenlicht rotglänzenden Flügeln die Brust dem sanften Nordwind entgegenstreckte. Wie im Trichter einer Windhose wirbelten die Möwen über den Fangschiffen im Goldenen Horn, stießen auf die vielen Fische herab, die am Kai des Fischmarktes beim Löschen der Ladung ins Wasser purzelten.

Auch auf dem Wochenmarkt von Küçükçekmece herrschte tausendundeinfüßiges Getrappel. Der Wahrsager mit dem Adler hatte sein türengroßes Brett auf die Erde gelegt und die Kerben mit roten, gelben, violetten und blauen Horoskopen gespickt. Sein großer Adler mit dem kupferfarben glänzenden Gefieder, den gekrümmten, messerscharfen Krallen, den gelben Augenringen und dem gebogenen Schnabel hatte die Flügel eng angelegt, den Kopf gereckt und tappte mit großen Schritten über die gefalteten Briefchen hin und her. Ab und zu blieb er stehen und blickte mit seinen scharfen Augen hart und unerbittlich um sich.

Verzückt, wie von einem Rausch erfaßt, mit einnehmender, lauter Stimme, mit Händen, Füßen, Mund und Nase, ja, mit seinem ganzen Körper erzählte der Mann Geschichten und Legenden vom Stammbaum seines Adlers, von seiner Zauberkraft und seherischen Fähigkeit.

»Dieser Adler«, rief er, »dieser Adler ist ein Junges gewesen, das einmal in tausend Jahren aus einem Ei des sagenhaften Greifs Anka schlüpft, und zwar aus einem auf dem Zauberberg Kaf gelegtem Ei. Und seit Jahren schon hat dieser Adler Abertausenden, ja Millionen Menschen die Horoskope gezogen, hat sich bei keinem geirrt und jedermanns Zukunft vor dessen staunenden Augen enthüllt. Los, Leute, laßt euch ein Horoskop ziehen, wer zu spät kommt, den überrascht die Nacht!«

Der winzige Mann schien zu wachsen, je länger er sprach; seine krummen Beine streckten sich, sein kleines, behaartes Gesicht mit den fast dreieckigen, sich zu Schlitzen verengenden Augen und den hervorstehenden, mit einer Narbe verunzierten Backenknochen, schien schöner zu werden, und auch daß sein Kopf auf zu kurzem Hals fast zwischen den Schultern saß, fiel gar nicht mehr auf.

Der Adler beugte sich und zog mit seinem furchterregenden Schnabel für alt und jung, Mann und Frau, Kind und Kegel in geduldiger Menschenschlange Horoskope aus den Schlitzen, richtete ab und zu seine scharfen Augen mit den gelblich-violetten Ringen auf die Wartenden und tappte dann, wie in einem uralten Tanz der Adler sich wiegend und hin und wieder flügelschlagend, von einem Ende des Bretts zum andern. Das würde so weitergehen, bis der Tag sich neigte, die schlapp weghängenden Schwingen übers Brett schleiften oder der große Vogel stolperte, stürzte und nicht mehr aufstehen konnte.

Und die ihr Horoskop in Händen hatten, schlugen lesend und immer wieder sich lächelnd umdrehend den Heimweg ein, legten sich abends frohgestimmt und mit der beruhigenden Überzeugung, auf eine neue, lichte Welt zuzusteuern, ins Bett, gedachten dankbar des Adlers und versanken, wenn auch nur für eine Nacht, im Paradies ihrer Träume. Der Adler hatte es geweissagt, es wird sich alles zum Guten wenden, und sie werden ihren Lebensabend, allseits geehrt, in Würde, Glück und Schönheit verbringen.

Wenn der Abend kam, die Marktbesucher sich zerstreut hatten, legte der schlitzäugige Losverkäufer seinen völlig erschöpften Adler aufs Pflaster, schulterte das Brett, an dem zwei Tragriemen befestigt waren, bückte sich, nahm den zahmen Adler in den Arm, den Geldbeutel in die Hand und machte sich über die Brücke von Küçükçekmece zur Londoner Schnellstraße auf den Weg. Am Rande der asphaltierten Fahrbahn blieb er stehen, blinzelte mit seinen klizekleinen, schmalen Augen, überlegte und bog dann entweder nach Istanbul links ab oder nach rechts in Richtung Avcilar.

Ein leichter Regen nieselte. Die Sonne war noch nicht untergegangen, hockte am Horizont in Pappelhöhe purpurrot über dem Meer, darin sich spiegelnd wie ein genaues Abbild ihrer selbst. Wolken in sattem Violett ballten sich mit aufgeblähten Rändern auf der goldenen Linie der Kimm. Der Losverkäufer, den Adler im Arm, war auf dem Weg nach Avcilar. Zeynel, wie alt er damals war, weiß er nicht mehr, hatte es besonders der Adler angetan, und neugierig verfolgte er die beiden auf Schritt und Tritt. Für ihn war der riesige Adler Sinnbild der Sicherheit und Zuflucht geworden. Von weitem beobachtete er den Losverkäufer, wohin dieser auch ging. Hatte er aber zweieinhalb Lira, war seine größte Freude, sich von dem Adler ein Los mit Horoskop ziehen zu lassen.

Der See von Küçükçekmece lag schon hinter ihnen, als der kleine schlitzäugige Mann mit seinem Adler oben an der Straße nach Avcilar in einen Pfad abbog, über den felsigen Abhang zum Strand hinunterging, den Adler absetzte, das Brett an einen Felsen lehnte, den Geldbeutel dranhängte, einen größeren Beutel von seiner rechten Schulter nahm, die Verschnürung öffnete und eine Taube herauszog. Zeynel hatte sich oben am Kliff in den Schatten eines Baumes gesetzt und beobachtete ihn. Die Taube war weiß, und sie war tot. Im Stehen begann der Mann die Taube zu rupfen, und der Adler, plötzlich quicklebendig, strich wie eine Katze um die Beine seines Herrn, schlug mit den Schwingen und ließ die Taube nicht aus den Augen. Dann warf der Losverkäufer den gerupften Vogel auf die Kiesel, und der Adler taperte mit halbgespreizten Flügeln zu seinem Fressen. In diesem Augenblick bog ein Mann um den Felsen am Ende des Abhangs und ging mit ausholenden Schritten auf den Losverkäufer zu, der sich niedergehockt hatte und rasch zusammengeklaubtes Reisig anzündete. Doch als der Mann bei ihm war, sprang er sofort auf die Beine. Zeynel hatte den Mann erkannt, es war Ihsan. Die Männer sprachen laut und lange miteinander, stritten und beschimpften sich. Worum es ging, konnte Zeynel da oben nicht verstehen, er hörte nur, daß harte Worte zwischen den beiden fielen. Dann wurden sie handgreiflich, doch der winzige Losverkäufer stand dem kraftstrotzenden Ihsan in nichts nach, gewann sogar die Oberhand, je länger die Keilerei dauerte. Ihsan lag mehrmals am Boden, stand wieder auf, während der flinke und gelenkige Losverkäufer ihn umkreiste, auf ihn mit Fäusten und Steinen so hart einprügelte, daß Ihsan einmal laut aufschreien mußte. Auch der Adler beteiligte sich an dem Kampf, er hüpfte flügelschlagend um die beiden herum, allerdings in gebührendem Abstand. Wie gelähmt saß Zeynel zusammengekauert da, zitterte vor Angst, ihn fror, und seine Zähne schlugen aufeinander. Plötzlich sah er in Ihsans Faust ein langes Messer glitzern, ganz kurz nur aufblitzen und verlöschen. Ihsans Arm schnellte vor, hob sich, senkte sich, und der Losverkäufer schrie jedesmal so laut auf, wie man es von so einem schmächtigen Menschen nicht erwartet hätte; dann brach er zusammen. Und Ihsan, gebeugt über den am Boden Liegenden, stach noch immer auf ihn ein. Die sinkende Sonne stand jetzt auf der Kimm und überzog den westlichen Himmel, die Wolken und das Meer mit violettem und rosafarbenem Licht. Als Ihsan sich endlich aufrichtete, taumelte er. Schwankend ging er zum Brett, hakte den Geldbeutel von der Kante, kam zum Toten zurück, legte ihn auf den Rücken, durchsuchte seine Taschen und stopfte das Geplünderte auch in den Beutel. Der Adler stand jetzt ganz ruhig bei den Füßen des Toten. Ihsan ging hin und versetzte ihm einen Fußtritt. Mit einem langen Schrei flog der Adler bis zum Wasser, kam zurück und landete wieder bei den Füßen des Toten. Nach einer Weile tappte er einigemal um den Toten herum, öffnete dann die Flügel, flog auf und weit in den Himmel hinein, schoß plötzlich im Sturzflug herab und begann mit reglos gestreckten Schwingen über dem Toten zu kreisen.

Im Morgengrauen des folgenden Tages entdeckten Fischer den Toten am Strand. Der Adler kreiste mit gespreizten Flügeln am Himmel, und oben am Hang kauerte Zeynel völlig verkrampft im Schatten des Baumes. Die Fischer halfen ihm auf die Beine und nahmen ihn mit nach Menekşe.

Eine Ambulanz kam, lud den Losverkäufer auf und brachte ihn in die Leichenhalle neben dem Gülhane-Park. Und über dem Wagen kreisend, flog der Adler mit. Als Zeynel sich in Menekşe wieder gefaßt hatte, hörte er die Leute nur darüber reden. In Pappelhöhe sei der Adler über der Ambulanz geflogen, und als der Tote ins Leichenschauhaus getragen wurde, habe sich der Vogel in die Platane vor dem Eingang gesetzt. Da sich kein Angehöriger des Losverkäufers meldete, habe der Tote eine ganze Weile im Kühlfach gelegen, und der Adler habe Tag für Tag über der Leichenhalle, der Haghia Sophia, dem Gülhane-Park, dem Topkapi-Serail seine Kreise gezogen, sei ab und zu hinuntergestoßen zwischen die Tauben vor der Neuen Moschee, habe sich eine geschnappt, sei für eine Weile verschwunden, aber spätestens nach einer Stunde wieder am Himmel über der Haghia Sophia aufgetaucht und hocke täglich ein- oder zweimal in besagter Platane. Schließlich habe die Stadtverwaltung den Losverkäufer begraben lassen. Als der Tote aus dem Leichenschauhaus abgeholt wurde, sei auch der Adler für einige Tage verschwunden, dann aber zum Gülhane-Park, zur großen Platane und zum Himmel über der Haghia Sophia zurückgekehrt.

Nachdem Zeynel sich wieder ganz erholt hatte, war er lange Zeit täglich zum Gülhane Park gewandert, hatte den Adler am Himmel aber nicht ein einziges Mal entdecken können. Vielleicht flog er dort nur des Nachts ... Auch daß der Adler Tauben schlug, hatte er gehört. Also legte er sich vor der Neuen Moschee tagelang auf die Lauer, aber kein Adler kam, um sich eine Taube zu holen. Er versucht sein Jagdglück woanders, sagte sich Zeynel, Tauben gibt es ja nicht nur hier, die größten von ihnen sind sowieso in Rumelihisar, eine jede so groß wie eine Ente. Wohin soll er sonst, der arme Kerl, nachdem sein Freund tot ist, er ist ja nur ein Vogel und kann den Mörder seines Freundes ja nicht töten, weiß ja nicht einmal, wo er sich aufhält ... Ach, wenn Zeynel den Adler doch nur einfangen könnte ... Und daß Ihsan den Losverkäufer getötet hatte, wagte Zeynel auch niemandem zu sagen.

Als hätte sie eine Windhose erfaßt, wirbelten die Möwen über der Azapkapi-Moschee umeinander, gingen aufs Wasser nieder und flogen wieder auf.

Wie eine kuschelige Schlafdecke hatte die Menge die beiden eingehüllt. Sie waren satt, hatten sich aber an einem Pritschenwagen jeder eine von den hoch aufgehäuften frischen Gurken gekauft, die sie schälten und vor jedem Biß in Salz stippten. Das Gedränge wuchs, und das Gefeilsche wurde immer lauter. Ganz Istanbul und alle Hüttenbewohner von Kazlıçeşme, Zeytinburnu und Taşlıtarla schienen hergeströmt zu sein. Doch je dichter das Gedränge wurde, desto sicherer fühlte sich Zeynel, und um so mehr freute er sich. Als aber am Kiosk neben dem alten Brunnen sein Auge auf die Zeitungen fiel, verflog seine Freude. Er kaufte sich das sehr farbige Nachrichtenblatt, schlug es auf, und seine Nackenhaare sträubten sich. Entsetzt bahnte er sich einen Weg durch die Menge, hetzte die Freitreppe zur Neuen Moschee hoch und setzte sich auf die oberste Stufe. Dann scheuchte er Dursun Kemal, der plötzlich neben ihm stand, ans andere Ende der Treppe, legte die Geldbeutel beiseite und starrte mit zitternden Händen in die aufgeschlagene Zeitung, wo über die volle Breite einer bunten Seite Zühre Paşalı splitternackt auf einer Liege abgebildet war. Alles an der Frau war zu sehen, ihre großen Brüste, die Haare ihrer Achselhöhlen, ihre Scham ... Das weiße Leintuch, die Hälfte ihres Bauches und eine Seite ihres Gesichts waren blutverschmiert. Ja, es war Zühre Paşalı, und ihre schönen, großen Augen standen offen. Zeynel konnte sich an die Liege, die mit Spitzen verzierten Bettücher, die Kissenumrandung mit den gehäkelten rosa Heckenrosen sehr gut erinnern. Und darunter, wieder über die volle Breite der Seite, stand in daumengroßen roten Lettern: Der jüngste Mord des blutrünstigen Gangsters Zeynel Çelik. Darunter etwas kleiner, diesmal in Blau: Die Polizei ist alarmiert, für Zeynel Çelik wurde Schießbefehl gegeben. Beim letzten Wort war das Blut aus Zeynels Gesicht gewichen, er konnte nicht mehr weiterlesen, die Zeitung entglitt seinen Händen und rutschte die Stufen hinunter in die Menschenmenge. Dursun Kemal rannte sofort hinterher, und erst als er sie aufhob, hatte sich Zeynel wieder gefaßt und brüllte barsch:

»Loslassen! Laß die Zeitung liegen!«

Auf der Stelle ließ Dursun Kemal die Zeitung fallen.

Es wäre schrecklich für ihn, seine Mutter so splitternackt zu sehen, dachte Zeynel. Plötzlich fühlte er sich verlassen, allein und nackt den Blicken der Passanten ausgesetzt. Mit einem Satz mischte er sich unter sie und fühlte sich sofort warm eingehüllt wie in einem weichen Mantel, den man sich über die Schultern geworfen hat. Aber seine Angst und Verwirrung hielt auch hier an, und wie vor den Kopf gestoßen, bahnte er sich einen Weg durchs Gedränge.

»Geh zur Ecke der Moschee«, sagte er keuchend zu Dursun Kemal, der ihm gefolgt war, »und sieh nach, ob die Polizisten und Hüseyin Huri mich suchen oder auf mich lauern. Aber beeil dich! Ich werde dort am Brunnen auf dich warten.«

Dursun Kemal war schon durch den Vorhof der Moschee gespurtet, als er fünf Polizisten wahrnahm; doch bevor sie ihn bemerkten, flitzte er durch den Torbogen, setzte sich, verdeckt von den Fußgängern, auf die unterste Stufe der Freitreppe und blieb dort eine Weile hocken. Erst als er sah, daß sich die Polizisten zum Früchtekai hin entfernten, stand er auf und folgte ihnen vosichtig. Sie hatten ihm die Rücken zugekehrt und liefen in Richtung Unkapani. Am Früchtekai standen noch immer dieselben Polizisten auf der hölzernen Anlegebrücke, der eine kratzte sich noch immer den Hintern, und der andere spuckte noch immer ins Wasser. Unter der Fußgängerbrücke Unkapani trennten sich zwei Polizisten von den andern und eilten zu ihm herüber. Dursun Kemal drehte sich um und blickte in zwei pechschwarze Augen unter buschigen Brauen. Hüseyin Huri stand da und verzog die wulstigen Lippen zu einem spöttischen, verächtlichen Grinsen. Dursun Kemal lief zum Haupttor des Ägyptischen Marktes, auch dort blickten die glühenden, pechschwarzen Augen Hüseyin Huris spöttisch und verächtlich auf ihn herab. Dursun Kemal war verwirrt; wohin er sich auch wandte, tauchte Hüseyin Huri auf, liefen Polizisten. Hüseyin Huri erwischte ihn am Früchtekai, alle Polizisten spuckten ins Wasser, auch Hüseyin Huri, der ihn dabei festhielt und schrie: »Deine Mutter hast du getötet, ja, du«, und auf die Polizisten zeigte. »Zühre Paşali hat weder Zeynel noch dein Vater getötet, sondern du, als du sie beim Huren überraschtest, ja, du!« Er befreite sich aus Hüseyin Huris Griff, rannte über die Straße, lief den Hang zur Süleymaniye-Moschee hoch und bog ab in die engen, matschigen, stinkenden Gassen, wo Kinder im Schlamm spielten. Doch auch hier an jeder Ecke Polizei und Hüseyin Huri. Er machte einen Bogen und schlug den Weg zum Überdachten Großmarkt und nach Mahmutpaşa ein. In Mahmutpaşa waren Tausende auf den Beinen. Überall Menschen, Krimskrams, Kleider, bunte Plastikteller, Glaswaren, Aluminiumgeschirr, hunderterlei Schuhe auf den Gehwegen aneinandergereiht ... Dursun Kemal verschwand im Gedränge.

Zeynel Çelik hatte sich auf den Stein am Brunnen gesetzt und las Zeitung. Er hatte alle greifbaren Blätter gekauft und zu den gestreiften, prallgefüllten Geldbeuteln neben sich gelegt. Sie alle hatten den Schießbefehl in ihrer Balkenüberschrift. Wo immer Zeynel sich auch blicken ließe, würde man ohne Vorwarnung auf ihn schießen. Jedesmal, wenn Zeynel das Wort Schießbefehl las, lief es ihm kalt den Rücken herunter. In einer Zeitung stand, daß die Polizei auf Zeynels Spur gestoßen und dem Gangster auf den Fersen sei. Mit der blanken Waffe in der Hand habe er sich drei Nächte im Viertel der von ihm getöteten Geliebten Zühre Paşali herumgetrieben, mit ihm Zühre Paşalis elfjähriger Sohn. Alle Nachbarn in der Straße seien Zeuge. Der Mörder müsse etwas gesucht haben. Eine andere Zeitung brachte seitenlang die Geschichte seiner Beziehung zu Zühre Paşali. Die erste Seite zierten Photos von ihr in allen Größen. Dann waren da noch Hochzeitsbilder der Eheleute, auf denen Dursun Kemal Alceylans Vater mit gestrecktem Hals und wie irr aufgerissenen Augen so angstvoll dreinschaute, als wolle er vor der pummeligen Braut in Weiß an seinem Arm davonlaufen ... Dieser Mann tötet, durchfuhr es Zeynel bei seinem Anblick. Das Farbphoto des schnauzbärtigen Zeynel Çelik prangte in allen Zeitungen. Auf einem Bild hielt er einen langläufigen Revolver in der gestreckten Hand, als ziele er irgendwohin. Er trug Reithosen und blankgeputzte Langschäfter, hatte sich eine breite Bauchbinde um die Hüfte geschlungen, dazu Ziertuch und rote Krawatte ... Dieser Mann sah überhaupt nicht so aus wie der andere schnauzbärtige Zeynel. Und auch die Liebesgeschichte zwischen Zühre Paşali und Zeynel war hier so herzzerreißend erzählt, daß einem die Tränen kamen. Die andere Zeitung hatte keinen Farbdruck, Schrift und Bild waren blaß, auf einem Photo standen Wegelagerer vor einem mächtigen Felsen, und ein Pfeil zeigte auf Zeynel mit einem Mausergewehr in der Hand und gekreuzten Patronengurten über der Brust. Auf diesem Bild wiederum trug er keinen Schnauzbart, außerdem schielte er ein bißchen. Diese Zeitung schilderte lang und breit seine Kindheit auf dem Dorf, wie er zum Jüngling heranwuchs und den Mörder seines Vaters tötete, wie er das schönste Mädchen der ganzen Gegend bei der Hand nahm und in die Berge entführte, wie die beiden gegen die Gendarmen kämpften und wie Zeynel, nachdem sein Mädchen im Kampf gefallen war, in die Stadt hinunterging, dort Zühre Paşali kennenlernte, sie ihrem Ehemann abspenstig machte, und wie sich unter ihrer Anleitung dieser Bergräuber schließlich zum gefährlichsten Straßengangster der Stadt entwickelte. Auch hier stand, daß dieser gewalttätige Gangster sich seit drei Tagen im Viertel herumtreibe und die ganze Straße unter Beschuß nehme, um in das Haus zu gelangen, wo seine Beute versteckt sei.

Die Polizei ist auf Zeynel Çeliks Spur ... Die Schlinge zieht sich zusammen, bald wird die Polizei die Leiche des Gangsters ... Die Polizei hat eine Nachrichtensperre verhängt ... Zeynel Çelik wurde gestern nacht in Beyoğlu entdeckt, zog sofort seinen Revolver und entkam ... Zeynel Çelik hat einen Taxifahrer verwundet ... Hat sich einer siebzehnjährigen Schönen aus Nişantaş, die er entführen wollte, in den Weg gestellt. Das Mädchen fiel in Ohnmacht, als es Zeynel Çelik erkannte; er flüchtete beim Erscheinen der Polizei ... Die Einwohner Menekşes in Angst, wer dem Gangster in dessen Kindheit Böses tat, verläßt das Stadtviertel ... Sie wollen erst zurückkehren, wenn der Gangster zur Strecke gebracht worden ist. Als Zeynel diese Zeilen las, mußte er lächeln. »Dieses Pack«, murmelte er, »diese Feiglinge!«

Die Polizei hatte noch drei Mitglieder von Zeynel Çeliks Bande verhaftet. Einer von ihnen, Unhold Şahin von Üsküdar, berichtete über Zeynel Çelik, wie blutrünstig und unbeschreiblich tollkühn er sei, daß er Istanbul bis in die finstersten Winkel wie seine Westentasche kenne, in jedem Viertel eine Geliebte habe, von niemandem überwältigt werden könne, niemals sein Ziel verfehle, ein ausgesprochener Polizistenfeind sei, wegen seiner warmherzigen, bezaubernden Art in jedem Haus Zuflucht finde, jedoch, in Wut geraten, weder Vater noch Mutter verschone, vor seiner Flucht nach Istanbul sogar die eigene Schwester samt ihrem Geliebten getötet habe, daß auch Zühre Paşali eine nahe Verwandte, wohl seine Kusine, sei und daß dieser so freundlich scheinende Mann sich in jedes Mädchen, das ihm über den Weg laufe, verliebe ... Und daß die Polizei, dieser Schwäche Rechnung tragend, junge Mädchen als Lockvögel einsetzen werde.

Auch Zeynel bewunderte diesen Zeynel Çelik. Mit seinem langen Schnauzbart, seinen Falkenaugen war er eine eindrucksvolle Erscheinung, dieser Zeynel Çelik, und Zeynel bedauerte sehr, daß sie ihn erschießen würden. Gedankenversunken malte er sich dessen Tod aus, wie eine Abteilung Polizisten ihn durchlöcherte, der riesige Mann brüllend und blutüberströmt zusammensackte und wie eine gefällte Platane ausgestreckt auf dem Rasen des Gülhane-Parks lag. Warum sie Zeynel Çelik immer im Gülhane-Park stellten, konnte sich Zeynel nicht erklären, aber er nahm sich fest vor, in Zukunft dieses Gelände zu meiden. Plötzlich begann er zu zittern: Und wenn sie ihn, Zeynel, mit dem schnauzbärtigen Zeynel Çelik verwechselten, in den Gülhane-Park trieben und dort durchlöcherten? Er sprang auf, griff nach den Geldbeuteln und mischte sich unter die Fußgänger. Von würgender Angst gepackt, eilte er zum Brunnen zurück. Etwas Schreckliches tat sich irgendwo, bestimmt hatten sie ihn schon eingekreist, und mit hervorquellenden Augen, die Hand am Revolver unter dem Jackett, ging er unruhig vor dem Brunnen hin und her und rechnete jeden Moment mit einem Kugelhagel von allen Seiten. In diesem Augenblick kam Dursun Kemal Alceylan außer Atem angerannt. »Hüseyin Huri«, keuchte er, »die Polizei ... sie sind überall, haben alles abgeriegelt... mit gezogenen Revolvern ...«

Zeynel preschte davon, hinter ihm Dursun Kemal, und so rannten sie unter den Torbogen hindurch. »Bleib stehen!« brüllte Dursun Kemal plötzlich und klammerte sich an Zeynels Arm. »Sieh doch, dort sind sie, Hüseyin Huri und die Polizisten.« Sie liefen zurück bis zur Sümerbank, als Dursun Kemal sich wieder an Zeynels Arm hängte und vor Angst bebend: »Sieh doch, da sind sie!« schrie. Sie bogen zur Hauptpost ab und bahnten sich einen Weg durch die Ansammlung von Straßenhändlern, die dicht an dicht Radios, Kassettenrekorder, Poster, Postkarten, Briefpapier, Schreibwaren, Schuhe, Handstöcke, Plastikblumen, Apfelsinen, Bananen und Plunder feilboten. Und wieder zeigte Dursun Kemal auf Hüseyin Huri und die Polizisten, die an der Straßenecke lauerten. Sie machten kehrt, rannten am Postamt vorbei zur Polizeidirektion und standen einem bedrohlichen Aufgebot von Polizisten gegenüber. Dursun Kemal konnte unter ihnen Hüseyin Huri nicht entdecken. Daraufhin bahnten sie sich einen Weg durch die wartenden Polizisten, gingen weiter zur Pier von Eminönü und machten wieder kehrt, als sie auf der Anlegebrücke Polizisten sahen.

Der Ring wurde immer enger, wohin sie sich auch wendeten, stießen sie auf Polizeibeamte. Sie saßen in der Falle, konnten die Umzingelung nicht durchbrechen und liefen im Kreis. Und die Menschenmenge lichtete sich immer mehr. Sie traten auf der Stelle, die Polizisten kamen immer näher, und die Marktbesucher, die fliegenden Händler, die Akrobaten, Hexenmeister und Ausrufer machten sich nach und nach auf den Heimweg. Und die beiden blieben zurück, entblößt, wehrlos, wußten keinen Rat, hielten, in banger Erwartung, von Kugeln durchlöchert zu werden, die Hände abwehrend hoch und die Köpfe tief zwischen den Schultern. Am Ende zeigte Dursun Kemal Zeynel die Bresche im Lattenzaun, durch die er schon einmal entwischt war. Geduckt schlüpften sie auf die andere Seite und standen auf einem verlassenen, verschlammten Platz. Sie umrundeten ihn bis zur gegenüberliegenden Seite, liefen hinterm Ägyptischen Markt entlang und hinauf zum alten Han, wo Dursun Kemal arbeitete, huschten durchs Tor und setzten sich im Dämmerlicht des Treppenhauses auf die unterste Stufe. Weil Sonntag war, arbeitete niemand in den Betrieben, nur der betagte Pförtner fegte mit einem langen Besen die Fliesen und kam dabei immer näher.

»Hab keine Angst, Bruder Zeynel«, sagte Dursun Kemal, »der alte Mann ist Halo Misto, und einen besseren Menschen als ihn gibt es nicht auf der Welt. Wenn er uns entdeckt, macht er uns sofort einen Tee ... Er kocht jedem Tee, und wer kein Geld hat, bekommt ihn umsonst.«

Erst als Halo Misto dicht bei ihnen war und die buschigen, grauen Brauen hob, die seine Augen fast verdeckten, sah er die beiden, und als sein abwägender Blick Dursun Kemal erkannte, hellte sich seine Miene auf, bekam aber gleich danach einen mitleidigen Ausdruck.

»Nanu, Dursun, mein Sohn«, sagte er, »ich habe dich in den letzten Tagen ja gar nicht gesehen. O Gott, o Gott, herzliches Beileid, sie haben also deine Mutter getötet, o Gott, o Gott, es geht doch nichts über eine Mutter, und kein Tod schmerzt so sehr wie ihr Tod, es ist, als sterbe man mit ihr ... Wartet, ich mache euch einen Tee.«

Zeynel schaute diesem Jungen, dessen Mutter getötet wurde und der sich, auch auf die Gefahr hin, mit ihm erschossen zu werden, in seiner Not an ihn klammerte, voller Liebe in die Augen, beugte sich zu ihm hinüber und strich ihm mit scheuer Zärtlichkeit übers Haar. Dursun Kemals Augen blickten überrascht und füllten sich plötzlich mit Tränen, dann rückte er dicht an Zeynel heran, umarmte ihn und drückte ihn einen Augenblick ganz fest an sich.

18

Fischer Selim wälzte sich auf seinem Nachtlager, das eiserne Bettgestell ächzte bei jeder Umdrehung. Von weitem war das leise Rauschen des Meeres zu hören, das nächtliche Zirpen und Summen der Insekten und hin und wieder das dumpfe Dröhnen der in Yeşilköy landenden Fluzeuge. Der letzte Zug zwischen Halkali und Sirkeci war schon längst durchgefahren. Die Leere in Selim wuchs stetig. In der Dunkelheit da draußen bellten die Hunde.

»Ich werde ihn töten, es geht nicht anders, diesmal werde ich ihn töten«, wiederholte Fischer Selim in einem fort, als wolle er sich selbst davon überzeugen, sich selbst dazu überreden, Halim Bey Veziroğlu zu töten. Dieser Mann war schlecht, grausam, blutrünstig und verlogen, war der Kopf aller Diebe und Schmuggler und ein widerwärtiger Ichmensch, von dem niemand Gutes zu erwarten hatte.

Jahrelang hatte er in Istanbul den Schmuggel von Haschisch, Opium und Heroin gelenkt, hatte die verschiedensten Transportwege und Absatzgebiete für das Rauschgift ausfindig gemacht. Ein rücksichtsloser Mann, den keines Menschen Leid anrührte, der seine Finger überall im Spiel hatte und sogar Vater und Bruder vernichten würde, wenn sie sich ihm in den Weg stellten. Er hatte viele Familien zerstört, viele Herdfeuer zum Erlöschen gebracht, viele Kinder zu Waisen gemacht. Den großspurigen Namen Veziroğlu hatte er sich selbst zugelegt, in seiner Ahnenreihe gab es weder Großwesire noch ähnliches. Niemand wußte, woher er gekommen war, und woher er stammte, war auch an seiner Aussprache nicht zu erkennen. Manch einer weiß noch, daß er in Istanbul eine Bande gegründet, in Spielhöllen als Leibwächter gearbeitet und sogar dort noch Schutzgelder eingetrieben hatte. Anschließend bekam er als Strafgefangener in verschiedenen Gefängnissen den letzten Schliff und heiratete nach seiner Entlassung die Tochter Hayri Gülistans, des größten Heroinherstellers von Istanbul. Und als habe Gott ihm die Zügel schießen lassen, war er danach nicht mehr aufzuhalten. Selbst parteilos, spendete er allen politischen Parteien Millionenbeträge. Und welche danach auch ans Ruder kam, erinnerte sich dankbar seiner guten Taten. Dreißig Jahre lang verbreitete der Name Halim Bey Veziroğlu Angst und Schrecken in Istanbul. Er hat viel Geld gemacht und viel Geld verloren. Es kam der Tag, da er seine mit Schmuggelgut im Wert von Millionen beladenen Frachtschiffe oder Lastwagen versenken oder in die Luft jagen mußte, und es kam der Tag, an dem er für den Preis eines Gebrauchtwagens einen gestrandeten und bis an die Luken mit Schmuggelware beladenen panamesischen Riesenfrachter kaufte. Vom Marmarameer bis zum Schwarzen Meer spannte er ein Stahlnetz aus Polizisten, Gendarmen und Gangstern. Und die Schiffe, vollgestopft mit Waffen, Whisky, amerikanischen Zigaretten und elektronischen Geräten, löschten unbehelligt im Dunkel der Nacht ihre Ladung. Es ist zur Hälfte Halim Bey Veziroğlus Verdienst, wenn neuerdings jedermann im Lande einen Revolver im Gürtel trägt. Und die Türkische Republik hat es Halim Bey Veziroğlu zu verdanken, daß die Dörfer und Wohnhäuser mit automatischen Handfeuerwaffen und Maschinengewehren gespickt sind. Ohne den Bey in der Mitte nimmt Halim Bey Veziroğlu seinen Namen nicht in den Mund und läßt ihn sich auch nicht von anderen nehmen. Dies ist nur eines seiner ehernen Gesetze, die zu befolgen sind. Halim Bey Veziroğlu ist so geizig, daß er, falls nötig, für einen Kuruş sein Leben aufs Spiel setzen könnte. Aber hin und wieder gibt er das Geld mit vollen Händen aus. Besonders bei Gästen kennt seine Großzügigkeit keine Grenzen und hat fast krankhafte Ausmaße angenommen. Was er wann und wo unternimmt, weiß ganz Istanbul in allen Einzelheiten. Doch dieses Wissen hat sein Ansehen in der Stadt nur noch gesteigert. Er ist gern gesehener Gast in den Salons der Millionäre, wo ihm besonders die Damen zu Füßen liegen und wo täglich in Verbindung mit irgendeinem Klatsch in der Gesellschaft auch sein Name fällt.

»Ich werde ihn töten!«

Halim Bey Veziroğlus hervorragendste Eigenschaften waren seine Fähigkeit, die richtigen Männer zu finden und an sich zu binden, am Gewinn alle Helfer gleichmäßig zu beteiligen, hochgestellte Personen, mit denen er zu tun hat, wie seinen Augapfel zu hüten und weder Namen noch Beziehungen preiszugeben. Bis heute hat noch niemand erfahren, wer Halim Bey Veziroğlus Helfershelfer waren und sind.

Halim Bey Veziroğlu besitzt die verschiedensten Fabriken, hat in Adana einen, in Izmir zwei landwirtschaftliche Betriebe, ist Inhaber von Schiffen und zahlreichen Beteiligungen. Dem Schmuggel und anderen dunklen Machenschaften hat er schon längst den Rücken gekehrt, es geschah ganz plötzlich, von einem Tag auf den anderen. Wenn auch niemand sonst dieserart Geschäftsbeziehungen von heute auf morgen abbrechen kann, ein Halim Bey Veziroğlu konnte es. Aber vielleicht ging es gar nicht so abrupt vonstatten, wie wir annehmen, vielleicht wurde über einen längeren Zeitraum eine dunkle Beziehung nach der anderen gekappt, bis Halim Bey Veziroğlu plötzlich feststellte, daß er keine mehr hatte.

In den folgenden Jahren bis heute hat er sich auf den Kauf von Grundstücken verlegt. Es ist sein Hobby, sein größtes Anliegen; Grundstücken gilt seine Liebe, sie sind seine Leidenschaft. Sowie ihm ein Grundstück ins Auge sticht oder ein Angebot zu Ohren kommt, hält er schon den Daumen drauf.

»Man muß diesen Mann töten, muß unsere schöne Welt von diesem Schmutz säubern.«

Und dann hat er noch eine große Schwäche für junge Mädchen, der Halim Bey Veziroğlu. Jahr für Jahr entjungfert er mehrere, die nicht älter als neunzehn und nicht jünger als achtzehn Jahre alt sein dürfen. Sie sind auf diesem Erdenrund sein einziges Vergnügen, das er sich in seiner Umtriebigkeit zwischendurch gönnt. Will man das so einem Menschen etwa nicht erlauben? Die Stadt Istanbul ist voll von Mädchen, die bereit sind, einem Halim Bey Veziroğlu ihre Jungfräulichkeit zu schenken. Und im Gegenzug ist Halim Bey Veziroğlu in diesen Dingen der großzügigste Mensch der Welt.

Mindestens einmal im Monat fährt Halim Bey Veziroğlu mit seinem Auto oder Boot beide Küstenstreifen des Bosporus ab, und gefällt ihm eine Strandvilla oder ein Ufergrundstück, kauft er, egal, was es kostet und wie überhöht der genannte Preis auch sein mag. Wird aber kein Preis genannt, na ja, dann haben eben die Waffen das letzte Wort. Nur einmal, als er sich in die Platanen verliebt hatte, die am Bosporus im Vorhof einer kleinen Moschee standen, war es seinen Männern nach monatelangem Bitten gelungen, ihn von seiner Liebe zum Vorhof einer Moschee abzubringen. Andernfalls hätte er ohne Rücksicht auf Gott und Heiligtum den Vorhof gekauft, sogar die ganze Moschee, wenn nötig; bezahlte er denn nicht mit seinem guten Geld? Sollen sie mit dem Geld ihre Moschee doch auf den Hügel von Kandilli setzen, da kommt sie auch viel mehr zur Geltung!

Und so sicherte sich Halim Bey Veziroğlu die schönsten Grundstücke am Bosporus, auf den Prinzeninseln, in Pendik und weiter weg in Yakacik, Yalova, Kumburgaz und Tekirdağ. Auch am Mittelmeer von Antalya bis Marmaris und Bodrum, am Schwarzen Meer von Şile bis Akçakoca und Amasra gab es keine Gegend, wo er keine Grundstücke eingeheimst hatte. Hatte er für Fünfzigtausend gekauft, so kletterte der Preis nach drei Jahren auf zehn, in manchen Gegenden sogar auf dreißig bis vierzig Millionen.

Und Halim Bey verkaufte einen kleinen Teil seiner alten Grundstücke, kaufte dafür billigere ein, die nach einigen Jahren wiederum ums Tausendfache in ihrem Wert gestiegen waren.

»Ich werde ihn töten, töten, töten. Die ganze Welt hat er gekauft. Meinetwegen kann er auf seinen Grundstücken große Städte bauen, aber das eine gehört mir. Vor Jahren habe ich dort Bäume gepflanzt, wo war er denn, als ich mich dort abrackerte? Wenn er mir mein Grundstück nicht gibt, werde ich ihn töten. Auf das Grundstück werde ich ein Haus bauen, sie hat es von mir gewollt, dort in Çengelköy, hat sie sogar gesagt, unter der Platane, und sie wartet darauf. Wenn Halim

Bey Veziroğlu mir das Grundstück nicht gibt, werde ich ihn töten. Es reicht, ich werde alt, die Zeit rinnt ... Ja, ich werde alt. Und sie auch ... Sie auch? Nein, sie ist dieselbe geblieben, Frauen altern nicht, halten sich wie frische Blumen, bleiben jung wie das Meer, denn auch das Meer altert nicht, auch nicht der Himmel, die Wolken, die Sterne, nur Männer werden alt und sterben. Ich werde ihn töten, morgen, übermorgen, wenn er mir das Grundstück nicht gibt, werde Halim Bey Veziroğlu mitten in die Stirn schießen ... Wenn schon ein klitzekleiner Junge wie Zeynel einen Riesen von Mann umlegen kann, werde ich wohl mit einem Halim Bey Veziroğlu fertig werden, und sei er auch das Oberhaupt aller Gangster, und tanzte auch die ganze Regierung und die gesamte Polizei nach seiner Pfeife. Ich werde ihn zerhacken, ich habe nichts zu verlieren außer meinem Leben, und das soll mein Einsatz für das Grundstück sein; wenn Halim Bey Veziroğlu sich weigert, mir das Grundstück zu geben, muß er wissen, was er tut, denn ich nehme ihm dann sein niederträchtiges Stück Leben.«

Mit zusammengebissenen Zähnen warf er sich dreimal ruckartig von einer Seite auf die andere.

»Was soll das«, sagte er sich, vielleicht sogar laut, »was treibt dieser Mann denn mit mir?« Seine Gelenke knackten, und seine Zähne knirschten. »Jedes Jahr gehe ich mit einem Sack Geld zu ihm, ›Ohooo, ist das alles, was du mir da bringst, verehrter Fischer Selim? Damit kannst du nicht das Grundstück, kannst du nicht einmal drei Quadratmeter des Grundstücks kaufen. Ich sag ja nicht, daß ich es dir nicht verkaufe, aber dieses Geld reicht nicht. Im vorigen Jahr? Ja, im vorigen Jahr hätte es gereicht, lieber Bruder, aber leider ist Grund und Boden in einem Jahr um das Achtundzwanzigfache gestiegen, ja, lieber Bruder, wie kann ich dir dann das Grundstück zu diesem Preis überlassen, ich bin betrübt, Fischer Selim Bey, mein Guter, wie schade ... Aber dein Geld ist so wenig, daß ich nicht verkaufen kann‹ ... Verdammt, es reicht ...«

Dieses lange gelbe Gesicht, abstoßend, schwammig und

schlaff, auf das der Tod schon seinen Stempel gedrückt hat. Auch seine Augen so tot wie die eines geschächteten, ausgebluteten Schafes.

»Es reicht! Ich werde dich töten, werde Istanbul von deiner Gewaltherrschaft befreien, werde Rache nehmen für die, deren Herdfeuer du ausgelöscht hast, werde dich töten, töten, töten ...«

Die Haine am Bosporus, die Buchten, die Brunnen, die mächtigen Platanen, alles hat er sich genommen, der Halim Bey Veziroğlu ... Er wird die Bäume fällen, die Buchten begradigen, die Haine roden, Quellen, Brunnen und Tränken versiegen lassen, wird wie der Hauch des Todes, wie eine Feuersbrunst in Istanbul noch schlimmer wüten als bisher. An die Ufer, in die Buchten und Haine des so schönen Bosporus wird er Häuserblocks setzen mit hundert, zweihundert Wohnungen ... Und dann verkaufen, verkaufen ... Der Müll aus den Häusern wird den Bosporus bedecken, und eines Tages wird die Meerenge zu einem stinkenden Morast wie das Goldene Horn ...

Er hat viele Männer, er wird gut bewacht, der Halim Bey Veziroğlu. Sonst hätten sie ihn schon umgebracht, die er hinter Gitter gebracht, deren Heim und Herd er zerstört, deren junge Mädchen er geschändet hatte ... Niemand kann Halim Bey Veziroğlu etwas antun, kein gewöhnlicher Sterblicher kann ihm auch nur ein Härchen krümmen. Wie eine mächtige Spinne hat er sein Netz gespannt, in das derjenige schon gefallen ist, bevor er seinen feindseligen Gedanken auch nur ausgesprochen hat, und ohne daß die große Spinne ihn anrührt, zappelt er sich dort vor ihren Augen zu Tode.

An Halim Bey Veziroğlu heranzukommen ist ein leichtes, und diesen Hund zu erschießen auch; aber wie davonkommen, nachdem man ihn erschossen hat? Nun, vielleicht findet sich ein Fluchtweg. Vorausgesetzt, du nimmst dein Herz in die Hand, bist mit dir im reinen und hast dich selbst überzeugt, daß du ihn töten mußt und daß du, solange er lebt, nicht weiterleben kannst. Sag dir immer wieder: Solange er lebt, bin ich tot. Halte dich daran, nimm deinen Revolver, stelle dich ihm, und alles weitere wird sich finden ...

Als der Morgen graute, stand Fischer Selim auf, zog sich an, nahm die Seifendose und ging hinunter zum Straßenbrunnen. Er streckte seinen Kopf unter den sprudelnden Wasserstrahl, seifte ihn ein und wusch sich Gesicht, Ohren, Hals und Hände. Das triefende Wasser abschüttelnd, lief er zu seiner Hütte zurück, trocknete sich ab, zog die Jacke an und kämmte Schnauzbart und Haar vor dem stellenweise blinden Spiegel. Dann machte er sich auf den Weg zum Kaffeehaus am Strand hinter der Bahnunterführung. In der Gaststube saßen einige Männer müde beim Tee. Selim kaufte sich bei Tahsin, dem Krämer, ofenfrisches Brot und ein Stück Käse, setzte sich draußen an einen Tisch, bestellte sich einen Tee und begann zu frühstücken. Lodos, der Südwind, wehte sanft, und die Berge von Bursa am gegenüberliegenden Ufer waren klar zu erkennen, schienen zum Greifen nah.

Fischer Selim spähte ungeduldig die Straße hinunter, er wartete auf Mahmut. Und wenn er heute nicht kam? Er platzte vor Ungeduld. Und im Innern wiederholte er, vielleicht zum hundertsten Mal: »Ich werde ihn töten, ich muß ihn töten, er soll mir mein Grundstück geben. Gesegnet ist die Hand, die diesen blutrünstigen Mörder tötet. Dieses Ungeheuer, das armen Mädchen Geld gibt und sie schändet ... Ich muß, ich werde ihn töten. Wer ihn tötet, kommt geradewegs in den Himmel ...«

Er steigerte sich in einen Wutausbruch hinein, sein rechtes Bein zitterte krampfhaft, seine Hand flog nur so zwischen Tischplatte und Mund hin und her. Im Nu hatte er sein Frühstück hinuntergeschlungen, bestellte sich noch einen Tee, trank ihn in einem Zug, verlangte nach dem nächsten, den der Wirt ihm eilends brachte. Immer wieder füllte der Mann ein Glas, und Selim stürzte eins nach dem andern herunter. Plötzlich faßte er sich, stand auf, legte das Geld auf den Tisch und begann, zwischen Kaffeehaus und dem Strandlokal »Zur Möwe« mit großen Schritten hin und her zu wandern, wobei er die Straße nicht aus den Augen ließ. Je länger Mahmut auf sich warten ließ, desto wütender wurde Fischer Selim, und je wütender er wurde, desto weiter holte er aus. Autos und Laster fuhren an ihm vorbei, Hundemeuten verbellten ihn, kreischende Möwen segelten über ihn hinweg, Fischer Selim sah und hörte nichts, marschierte dort wie von Sinnen nur hin und her. Bis er aus dem Kaffeehaus Mahmuts breites Lachen vernahm. Im selben Augenblick verharrte er mit einem Ruck, machte kehrt und eilte im Laufschritt in die Gaststube. Mahmut hatte gerade sein Glas an den Mund gesetzt, als Selim ihn schon am Arm packte und hochzog. Der heiße Tee schwappte über und lief über Mahmuts Hand.

»Steh auf«, zischte Selim ihm ins Ohr, »steh auf, ich muß mit dir reden. Los, los, los ...« Dabei zitterte er am ganzen Körper. Angesteckt von Fischer Selims Erregung, sprang Mahmut sofort auf die Beine. Die Arme eingehängt, gingen die beiden in Richtung Florya, vorbei an der Residenz des Präsidenten und weiter bis hinter die Badehäuser der Gemeinde an der Schnellstraße von Yeşilköy. Sie waren ganz außer Atem.

»Halt an, Mahmut«, sagte Fischer Selim, »ich muß einige vertrauliche Worte an dich richten!« Er sprach so geschwollen, weil er meinte, damit eine größere Wirkung zu erzielen. »Vertrauliche Worte, weil ich in den nächsten Tagen zu Halim Bey Veziroğlu gehen und ihm sagen werde: ›Hier, nimm das Geld und gib mir mein Grundstück.‹ Und wenn er sich weigert, werde ich meinen Revolver ziehen und ihn peng, peng, peng, töten.«

Während er sprach, verzerrte sich sein Mund, seine Augen traten aus den Höhlen, er zitterte am ganzen Körper. Dann stand er da, wartete auf die Wirkung seiner Worte und zuckte wütend zusammen, als Mahmut in lautes Gelächter ausbrach:

»Du kannst keinen Menschen umbringen, mein Recke, mein Freund, mein lieber Fischer Selim, du kannst nicht einmal eine Ameise töten.«

»Ich kann«, brüllte Fischer Selim aus vollem Hals, »ich kann und werde ihn töten.«

Er rannte auf und ab, umkreiste Mahmut, zappelte und wütete, fuchtelte mit den Armen, schrie mit hervorquellenden Augen, gestrecktem Hals und gesträubten Nackenhaaren, zwirbelte immerfort die Spitzen seines Schnauzbarts und wollte mit allen Mitteln Mahmut glauben machen, daß er Halim Bey Veziroğlu töten werde, während Mahmut mit gelassenem Lächeln nichts anderes als »Du kannst keinen Menschen töten« wiederholte, bis Fischer Selim ihn schließlich am Arm packte, schüttelte und Stein und Bein schwor, es doch zu können. Aber Mahmut, auch davon unbeeindruckt, sagte wieder ganz ruhig: »Du und töten? Keinen Menschen, nicht einmal eine Ameise.«

»Ich? Ich soll keinen Menschen umbringen können?« tobte Fischer Selim ganz außer sich.

Doch als er merkte, daß er Mahmut nicht überzeugen konnte, verlegte er sich darauf, ihn zu erniedrigen und zu beschimpfen. Als auch das nichts fruchtete, ging er auf ihn los, holte mit seiner riesigen Fischerpranke aus, und wäre der gewandte junge Mahmut nicht rechtzeitig ausgewichen, hätte er den Boden geküßt. Mit einem Satz war Mahmut aus seiner Reichweite, rannte über die Geleise und rief von der Anhöhe jenseits des Bahndamms dem mit hängenden Armen auf der Asphaltstraße zurückgebliebenen Selim mit gekränkter Stimme zu:

»Was geht's mich an, was geht's mich an, geh doch hin und töte Halim Bey Veziroğlu! Töte ihn doch, wenn du kannst!«

Fischer Selim schaute nicht mehr zu ihm hinüber. Erschöpft kehrte er Mahmut den Rücken und ging mit hängenden Schultern schweren Schrittes in Richtung Yeşilköy davon. Er schien nicht einmal das riesengroße Flugzeug zu hören, das in geringer Höhe über ihn hinwegdonnerte.

Danach dachte Fischer Selim sich Tag und Nacht die unglaublichsten Geschichten über Halim Bey Veziroğlu aus, legte sich die waghalsigsten Mordpläne zurecht, und nachdem er es sich so lange eingeredet hatte, bis er selbst fest daran glaubte, Veziroğlu töten zu können, machte er sich auf, fand schließlich Mahmut, legte ihm schüchtern die Hand auf den Arm, sah ihm fest in die Augen und sagte:

»Hör mir gut zu, Mahmut, ich werde ihn töten!«

Gefaßt hielt Mahmut seinem Blick stand, sagte ganz ruhig: »Fischer Selim, du kannst keinen Menschen töten«, und lachte.

Und wieder wurde Selim fuchsteufelswild, versuchte, Mahmut von neuem zu überzeugen und mit unzähligen Argumenten auszutricksen, beschwor ihn und beteuerte, und redete sich dabei so in Wut, daß er wieder auf ihn losging, Mahmut aber auch diesmal mit Mühe und Not entwischen konnte und ihm aus sicherer Entfernung zubrüllte:

»Du kannst nicht einmal einer Ameise etwas zuleide tun, Fischer Selim!«

Und nachdem Fischer Selim sich abgeregt hatte, zog er wieder den Kopf ein und schlich erschöpft und kleinlaut mit weichen Knien davon.

Selim fand keinen Schlaf und keine Ruhe. Er legte sich ins Bett und blieb wach, fuhr zum Fischen hinaus und kehrte auf halbem Wege um, fuhr in die Stadt, zog durch Beyoğlu, hielt es nirgendwo länger aus.

War es nicht Halim Bey Veziroğlu, der dieses stattliche, schöne, blutjunge Mädchen, das ihn anzeigen wollte, erwürgt und wie einen Hundekadaver ins Meer geworfen hatte? Der den Schmuggler Ibrahim, weil der sich für die schmutzigen Geschäfte nicht mehr hergeben wollte, in Beyoğlu niederschießen ließ und danach veranlaßte, daß der Polizeidirektor, der die Untersuchung dieses Mordes, dessen Spuren zu Veziroğlu führten, anordnete, kurz vor der Aufklärung nach Ostanatolien versetzt und anschließend für immer vom Dienst suspendiert wurde? Gab es denn jemanden in Beyoğlu, ja in ganz Istanbul, der davon nicht wußte?

Als die Wellblechhütten auf jene Äcker gesetzt wurden, gehörten sie Veziroğlu Halim Bey noch gar nicht ... Er hatte das riesige Gelände für einen Pappenstiel gekauft und dann die Räumkommandos mit ihren Bulldozern losgeschickt. Als die Bewohner sich wehrten, ließ er die Dächer über ihren Köpfen einreißen. Dabei kamen viele Menschen, Alte und Kinder, unter den Trümmern ums Leben ... Andere legten sich vor die Bulldozer, und als die Fahrer anhielten, bekamen sie von Polizisten den Befehl, über die Menschen hinwegzufahren ... Danach gingen Tausende empörter Hüttenbewohner auf die Raupenfahrzeuge los, woraufhin Panzerwagen auffuhren und mit Schnellfeuerwaffen und Maschinengewehren in die marschierende Menge schossen. Das Hüttenviertel wurde zum Schlachtfeld. Viele Menschen starben, und Halim Bey Veziroğlu wurde Eigentümer des endlosen Baugeländes. Abgeschirmt von Stacheldraht, liegt es jetzt völlig verlassen da und wartet darauf, mit riesigen Wohnblocks bebaut zu werden. Die Davongejagten aber haben sich in die Stadtviertel von Istanbul aufgemacht und zimmern dort ihre Hütten, die wieder von Bulldozern und Panzern zermalmt werden. Die einen lassen sich vom Bauen, die andern vom Abreißen nicht abbringen.

Vom Scheitel bis zur Sohle steht Halim Bey Veziroğlu in der Blutschuld der Armen. Und so wie er auch alle, die keine Menschen getötet und keine Wellblechhütten niedergewalzt haben ...

»Ich muß ihn töten, und ich werde ihn töten, soll er es nur wagen und mir das Grunstück nicht geben, soll er's nur ...«

»Du, einen Menschen töten? Mit deinem weichen Herzen kannst du nicht einmal einer Fliege etwas zuleide tun.«

»Ich werde ihn töten.« Selim knirschte mit den Zähnen, und seine Augen traten aus den Höhlen. Er war mit Mahmut schon wieder aneinandergeraten, und wieder hörte der lautstarke Streit erst auf, als Fischer Selim mit hängenden Schultern den Weg nach Yeşilköy einschlug.

Dursun den Kahlen hatte Fischer Selim bis jetzt noch nicht aufstöbern können. Fiele dieser blutrünstige Räuber, dieser Mörder der Meere, der ihm seine Delphine getötet, ihnen pechschwarze Löcher in die Köpfe geschossen hatte, ihm in die Hände, würde er ihm heute noch den Mund mit Blei füllen. Und wer hatte die italienischen Frachtschiffe herlotsen und im Bosporus und auf der Reede vor Haydarpaşa ankern lassen? Wer denn sonst, wenn nicht, wie Fischer Selim viel später erfuhr, einer von Halim Bey Veziroğlus Partnern, dieser Riese, der nicht mit dem Mund, sondern mit dem Bauch lachte ... Und waren es nicht dieselben, die Schiffer Dursun dem Kahlen die Boote und die Mausergewehre besorgten und, nicht zu vergessen, die kurdischen Schützen, die bekanntlich das Auge des fliegenden Kranichs treffen?

Ein Teil der Untaten, die in Istanbul und der restlichen Türkei zu wuchern scheinen, werden von ihnen gelenkt. Hebt man den Schleier des Verbrechens, kommen sie wie der Skorpion unterm Stein hinter den Massenmorden an Delphinen, dem Abriß von Armenvierteln und dem Rauschgifthandel zum Vorschein. Und wie Kabel, die vom Werk mit Strom versorgt werden, hält Halim Bey Veziroğlu die Fäden in seiner Hand. Die Halim Bey Veziroğlus sind unauflösbar auch miteinander verbunden, wie mit einem stählernen Netz, das sie über ihr Land und den ganzen Erdball geknüpft haben.

Nach jedem Kopfschuß sprangen Delphine heulend wie Kleinkinder in die Höhe, krümmten sich in der Luft und fielen in hohem Bogen in die aufspritzenden, sich blutrot verfärbenden blauen Fluten zurück, wo sie dann, die schneeweißen Bäuche nach oben, leblos im blutigen Wasser trieben.

Hunderte Delphine waren auf der Flucht, und kaum hob einer den Kopf aus dem Wasser, bekam er von seinen Verfolgern die Kugel verpaßt. Das Marmarameer und das Schwarze Meer hallten wider von kindlichen Aufschreien, färbte sich rot vom vergossenen Blut der Delphine... Und früher? Man brauchte nur hinauszufahren, um zu sehen, wie sie sich nah der Boote, Dampfer und Kriegsschiffe in einem Freudentanz tummelten und ihre leuchtend blauen Rücken im Licht der Sonne blitzten. In übermütiger Spielfreude schwammen sie mit den Schiffen um die Wette, begleitet von Hunderten weißer Möwen, die Fügel an Flügel mit fröhlichem Gekreisch über sie hinwegflogen.

Er hat des Meeres Lebensader durchschnitten, hat es ausbluten lassen, dieser Halim Bey Veziroğlu.

Fischer Selims in all den Jahren aufgestaute Wut kam wieder zum Ausbruch, setzte sich wie Gift in seinem Herzen fest. Nachdem er über Monate, ja, Jahre immer wieder gegrübelt und geforscht hatte, war er auf die Quelle allen Übels gestoßen. Und er würde Halim Bey Veziroğlu töten, jemanden töten, der ihm jahrelang geschadet, ihn über Jahre seines Lebensglücks beraubt hatte. Und er wußte auch schon, wie er es anstellen würde. Er würde ihn töten und nach Uzunyayla fliehen. Zu seiner so alt gewordenen Mutter. Bei seiner Ankunft würden die Burschen und Mädchen die Lezginka tanzen, würden ihn mit Akkordeonmusik und tscherkessischen Liedern empfangen. In tscherkessischen Dörfern und Städtchen, ob im Kaukasus oder anderswo, wurden angesehene Gäste schon weit vor den Toren mit Tänzen und Liedern begrüßt. Und im Dorf wurde zu Ehren des Gastes ein großes Festessen veranstaltet. Dasselbe würden sie auch für Fischer Selim tun. Die Jungen würden ihn gar nicht wiedererkennen. Uzunyayla ist flaches Land, so weit das Auge reicht, schön wie ein spiegelglattes, grasgrünes, zum Horizont in Azurblau übergehendes Meer, darüber, wie verloren am Himmelsgewölbe, die Sonne. Klares Quellwasser mit Schwärmen rotgefleckter Fische funkelt in der Ebene. Und von den schneebedeckten Tausend-Stiere-Bergen in der Ferne weht in sanften Brisen der Geruch von Kiefernharz, Thymian, Poleiminze und der blühenden Ebereschen herüber, deren Zweige sich unter dem Gewicht ihrer Doldenrispen und der darauf hockenden Bienenschwärme biegen. Die Menschen von Uzunyayla, ob Tscherkesse, Kurde, Avschare oder Turkmene, lieferten einen, der bei ihnen Schutz suchte, niemals aus, und sei ihm ein ganzes Heer auf den Fersen. Wie gut, daß die Dinge so ihren Lauf nahmen, andernfalls wäre Selim doch bis an sein Lebensende nicht mehr ins Dorf zurückgekehrt. Man hätte ihn nach seinem Tod ohne Klagelied und Totenfeier wie einen Hundekadaver wer weiß wo verscharrt, und keine der langgezogenen Totenklagen der Kaukasier, der Uzunyaylakurden und Avscharen würde aufsteigen und bis zu den Tausend-Stiere-

Bergen gehört werden. Wie ein Sturmwind huschten die Bilder vor seinen Augen vorüber: Halim Bey Veziroğlu, blutbesudelt, gibt Polizisten, Soldaten und allen andern den Befehl, die Hüttenbewohner zu töten ... Bulldozer, Tanks und Panzerwagen rollen auf die Wellblechhütten, walzen schreiende Menschen nieder, das blaue Meer färbt sich blutrot, in Blut getauchte Delphine krümmen sich, ihre blauen Rücken funkeln in der Sonne, bevor sie im blutig aufspritzenden Wasser verschwinden, Platanen, Häuser, dichte Strähnen blonder Haare, in saftigen Wiesen schimmerndes Quellwasser voller Forellen, mit hochgestreckten Schweifen von den Tausend-Stiere-Bergen ins Grün der Hochebene Uzunyayla herabgleitende halbwilde Pferde, Meereswellen, Fangnetze, verlassene Sonnen, das Marmarameer, im Morgengrauen aufschimmernde Fluten und eine sanfte Brise ... All das wirbelt durcheinander in wirren Traumbildern voller Wut.

Im Laufschritt hielt er Ausschau nach Mahmut und entdeckte ihn unter der Platane beim öffentlichen Badestrand.

»Ich werde ihn töten«, rief er freudig erregt, »den Halim Bey Veziroğlu, das Maß seiner Untaten ist übervoll.«

Mahmut rührte sich nicht vom Fleck, blickte ihn mit weit aufgerissenen Augen an, verstört, dann sagte er mit bebenden Lippen in flehendem Ton:

»Tu's nicht Selim, beflecke deine Hände nicht mit Blut ...«

Dann hakte er sich bei ihm unter und schlug mit ihm den Weg nach Yeşilköy ein, und während sie im Schatten der Bäume, die den Bürgersteig säumen, dahinwanderten, gab er sich jede erdenkliche Mühe, ihn zu überreden, Halim Salim Bey nicht umzubringen. Doch Fischer Selim wiederholte nur, was er sich in den Kopf gesetzt hatte, sagte: »Ich werde ihn töten, wenn er mir mein Grundstück nicht gibt«, und sonst nichts.

»Sie hängen dich.«

»Um so besser, dann hab ich meine Ruh'.«

»Oder du verkümmerst im Gefängnis, das ist tausendmal schlimmer als der Tod.«

»Irgendwann gibt's eine Amnestie.«
»Fürs erste ist keine vorgesehen.«
»Und wenn schon! Ich werde ihn töten und nach Uzunyayla verschwinden. Von dort ab nach Rußland, in die Kaukasusberge, der Heimat meiner Väter.«
»Halim Bey Veziroğlus Männer lassen dich keinen Schritt tun. Auch wenn es dir gelingt und du weglaufen kannst, aus Istanbul kommst du nicht heraus. Sie werden dich töten.«
»Und ich vorher Halim Bey Veziroğlu.«
Mahmut redete sich den Mund fransig, um Selim von seinem Vorhaben abzubringen, doch je mehr er auf ihn einredete, desto stärker wurde in diesem der Wunsch, Halim Bey Veziroğlu zu töten. Als Mahmut am Ende feststellte, daß alles nichts fruchtete, rief er:
»Hol dich der Teufel, du wirst schon sehen, was dich erwartet«, sprach's, machte abrupt kehrt und ging Richtung Menekşe davon, ohne sich noch einmal umzublicken.

Und Fischer Selim hielt auf der Asphaltstraße ein Taxi an, ließ sich bis nach Yeşilköy fahren und stieg vor der griechischen Kirche aus. Mustafa der Blinde hatte sich hier ein Landhaus gekauft. Fischer Selim kannte es, er hatte dem früheren Eigentümer, Nuri Pascha, einem alten General des osmanischen Heeres, sehr oft Fische ins Haus gebracht. Nuri Pascha war ein großzügiger Mann gewesen, der das Geld mit vollen Händen ausgab. Und dessen Sohn Hüsam Bey, ein Spieler, hatte Mustafa dem Blinden das Anwesen verkauft.

Das Landhaus stand in einem großen Garten mit mächtigen Platanen, weit gefächerten Pinien und hohen Zedern. Gitter und Eisentor waren grün gestrichen wie die Einfriedung des Grabmals eines Heiligen. »So lebst du also, Blinder Mustafa«, lächelte Fischer Selim in sich hinein, denn dieser Mann war eine andere Art von Halim Bey Veziroğlu. Er hatte genau wie jener Waffen, Haschisch und Heroin geschmuggelt, war dann dazu übergegangen, Grundstücke zu kaufen und zu verkaufen, hatte danach Wohn- und Geschäftshäuser bauen lassen und schließlich Fabriken und Hotels eröffnet oder sich an diesen

Unternehmen beteiligt. Jeder seiner Söhne leitete eine Fabrik und sein jüngster jenes namhafte Hotel. Es war für den Schmuggel besonders von Whisky und Zigaretten geeignet, weil es am Meeresufer lag ... Als Fischer Selim zögerlich die Hand nach der Klingel ausstreckte, las er die Inschrift »Warnung vor dem Hund!« und mußte wieder in sich hineinlächeln. Er läutete, und in weißem Jackett kam ein hochgewachsener Diener mit einer vernarbten Orientbeule auf seiner Wange herbeigeeilt.

»Was wünschst du, Ağa?«

»Ist das hier Mustafas Landhaus?« fragte Fischer Selim verlegen.

»Mustafa Beys«, antwortete der Diener gedehnt.

»Ich bin Fischer Selim und will ihn sprechen!«

»Worum geht es?«

Fischer Selim überlegte eine Weile und sagte dann:

»Ich bin ein alter Freund von Mustafa Bey.«

»Warte hier!«

»Ich kenne ihn von früher ... Sag ihm ›Fischer Selim‹.«

»Ja, ja«, nickte der hochgewachsene Diener, ging ins Landhaus und kam sofort wieder heraus. »Komm«, rief er und machte eine einladende Handbewegung.

Als es Selim nicht gelingen wollte, die Tür aufzudrücken, lief der Diener herbei und öffnete.

Selim blieb zaghaft am Eingang stehen, trat sich an der Fußmatte umständlich die Schuhe ab, zog seine Mütze vom Kopf und nahm eine respektvolle Haltung an.

»Was stehst du da, Fischer, geh hinein!« sagte der Diener.

Verschüchtert machte Fischer Selim einige Schritte und sah Mustafa in einem Morgenmantel aus Goldbrokat die gegenüberliegende Treppe herunterkommen. Seine Haare waren ganz weiß geworden, seine Augen schielten noch mehr als früher und das linke lag noch tiefer in der Augenhöhle. Seine Stirn war zerfurchter, die Haut im braunen Gesicht noch faltiger, und die wulstige Unterlippe hing wie die eines Pferdes noch tiefer herab als damals. Während er die Stufen hinunterstieg, musterte er verwundert Fischer Selim, der noch immer an der Türschwelle stand. Dann ging er zu ihm, und erst als er dicht bei ihm war, umarmte er ihn plötzlich und jubelte:

»Mensch, Fischer Selim, bist du's wirklich? Komm herein, komm nach oben ... Daß diese Augen dich vor meinem Tod noch sehen ... Komm in mein Zimmer und sei willkommen, du bringst Freude ins Haus!«

Er hielt ihn noch immer umarmt und rief hinauf:

»Schau her, Hanum, wer zu uns gekommen ist, na, wer wohl?«

»Wer denn?« ließ sich die Hanum hören.

»Komm und sieh!«

Ganz überrascht rief die im Laufschritt herbeieilende Hanum schon auf der Treppe:

»Ayyy, ay, ay, Fischer Selim Bey, Selim, Selim, Fischer Selim Bey...« Sie nahm seine Hand, drückte sie und sagte: »Willkommen, Efendi. Wie können wir Sie und unsere Nachbarschaft jemals vergessen, Mustafa Bey und ich! Mustafa Bey denkt jeden Tag an Sie, fragt sich, wo unser guter Nachbar Fischer Selim Bey wohl abgeblieben ist, ja, so fragt er, morgens und abends ...«

Und während Fischer Selim, untergehakt von Mustafa Bey, die Treppe hinaufstieg, lief die Hanum in die Küche.

»Da muß ich doch unserem Fischer Selim Bey einen Kaffee kochen, wie in alten Zeiten mit eigener Hand ... Mit meiner eigenen, eigenen Hand ...«

Die Frau war sehr dick geworden, hatte ihre damalige Schönheit eingebüßt, aber nichts von ihrer Herzenswärme.

Das Zimmer war groß wie ein Saal, von Wand zu Wand bedeckten Seidenteppiche mit blauen Blumenmustern den ganzen Fußboden. Die mit golddurchwirktem grünem Samt bezogenen Sessel waren mit Vogelfedern so weich gepolstert, daß man bis zur Hüfte darin einsank. Auf goldverzierten kleinen und größeren Tischchen und Konsolen funkelten kristallene Aschenbecher, Armleuchter, Zuckerdosen und Nippes aller Art, in einem Schrank aus Rosenholz, verziert mit großen, geschnitzten Rosen, lagen goldene, von besten Goldschmiedemeistern ziselierte Untersätze für Tassen und Gläser ... Und unter der riesigen Decke blitzte aus Hunderten Kristallkugeln ein mächtiger Kronleuchter.

Mustafa Bey zeigte auf den prächtigsten der Sessel:

»Setzt dich!« sagte er, »das ist mein Sessel, und bisher durfte noch niemand darin sitzen. Die Vogelfedern in der Polsterung kommen aus Japan, die Rahmen sind aus indischem Rosenholz und der Samt kommt aus dem weiten China. Mach dir's bequem, lieber Fischer Selim, sitz du nur bequem!«

Doch Fischer Selim saß überhaupt nicht bequem. Die Mütze in den Händen, die Hände auf den Knien, hockte er angespannt auf der Sesselkante, hatte die Augen auf Mustafa Bey gerichtet und sagte sich mit einem bitteren Lächeln auf den Lippen: Mann, du bist letztlich kein anderer als mein alter Mustafa der Blinde, und wenn du Herr so eines Palastes geworden bist, so durch Betrug und Schmuggel, und je länger er so dachte, desto mehr wuchs in ihm die Spannung, preßte er die Knie aneinander.

»Sitz doch bequem!« bat Mustafa Bey mit väterlicher Milde, »nicht so verkrampft, du bist zu Hause im Hause deines alten Freundes Mustafa des Blinden, des Waffenschmugglers und elenden Blinden Mustafas«, und er grinste bei den letzten Worten übers ganze Gesicht. Dann stand er auf, drückte Fischer Selim von der Kante in den Sessel hinein und sagte: »So ist's gut, ganz bequem.«

Erst dann nahm er Platz und begann, von sich, von seinen Söhnen, von früheren Tagen zu erzählen, wie er arm, halb verhungert und mit fünf Kugeln im Körper, die er an der Grenze eingefangen hatte, aus seiner Heimat nach Istanbul gekommen sei, wie er dieses herrschaftliche Haus vom Sohn jenes spielsüchtigen Paschas zum Spottpreis von einigen Millionen gekauft habe ...

»Weißt du noch, mein Fischer, mein Ağa, wie du uns beim Bau unserer Wellblechhütte geholfen hast, kannst du dich daran erinnern? Wir hatten kein Wasser, du gabst uns welches, wir hatten kein Brot, du gabst uns zu essen, fingst für uns die schönsten Fische. Eingegangen wären wir in jenem Winter ohne dich. Auch damals warst du immer so schweigsam. Weißt du noch, als die Polizisten kamen, um unsere Hütte einzureißen? Du hast sie nur einmal stirnrunzelnd angeschaut, da machten sie auf der Stelle kehrt und suchten das Weite. Auch unser Sohn, ein schönerer Junge wurde in meiner Heimat nicht geboren, der oft erzählt, daß du dich nur mit Kindern fröhlich unterhieltest, er ist ein wichtiger Mann geworden, die Nummer eins unter den Istanbuler Industriellen, spricht immer von dir, wenn er uns besucht, rühmt sich seiner Freundschaft mit dir, seinem Onkel Fischer Selim, der auf die ganze Welt gepfiffen und sich stundenlang mit ihm unterhalten habe. ›Wenn ich ihn doch einmal träfe und ihm die Hand küssen könnte!‹ sagt er, ›aber jetzt bin ich auch erwachsen, und da wird Onkel Selim auch mit mir nicht mehr so lange reden.‹ Weißt du noch, Fischer Selim, weißt du noch, als die Delphine gemordet wurden, gab ich dir eine deutsche Flinte, so blitzblank wie ein Mädchen, und ich habe von dir kein Geld verlangt dafür, weißt du's noch, Bruder, weißt du's noch?«

Wie geschrumpft hockte Fischer Selim zusammengesunken im tiefen Sessel, schien weit weg, vielleicht jenseits der Meere, und lächelte entrückt. Die Frau kam mit drei goldgeränderten Tassen, die auf einem silbernen Tablett dampften, herein, und der würzige Duft frischen Kaffees durchzog das ganze Haus.

»Willkommen, Fischer Selim Bey ... Welch ein Glück für uns, daß Sie uns nicht vergessen haben.«

Sie hielt ihm das Tablett hin, und Selim, der sich plötzlich ganz entspannt vorstreckte, nahm eine Tasse, führte sie an die Lippen und nahm bedächtig einen kleinen Schluck. Nachdem die Frau auch ihrem Mann eine Tasse Kaffee gereicht hatte, stellte sie das Tablett auf den Tisch, nahm ihren Kaffee, setzte sich den Männern gegenüber in einen tiefen Sessel, nippte hin und wieder mit leicht geöffneten Lippen mehr atmend als saugend an der Tasse und fing ihrerseits an zu erzählen. Was sie zu sagen hatte, glich aufs Wort den Erzählungen ihres Mannes.

Die Frau hatte noch nicht ausgesprochen, da ergriff Mustafa schon wieder das Wort, und kaum war er zu Ende, fing sie von neuem an. Und sich abwechselnd das Wort von der Zunge nehmend, erzählten sie von sich, von der Istanbuler Gesellschaft und wie sehr sie doch dieser schleimigen Kürbisköpfe, dieser Nichtsnutze, dieser aufdringlichen, unwissenden, vom echten Leben abgehobenen Menschen überdrüssig seien; berichteten von Pferderennen, von Besuchen namhafter Dichter in ihrem Hause und von deren Trunksucht; brüsteten sich mit dem Fernsehen, mit Filmstars und Millionären unter ihren Gästen, die, unverständlich, nicht einmal ihre Unterhosen zubinden konnten, aber Vermögen über Vermögen anhäuften, und sprachen schließlich von Dingen, die Fischer Selim fremd waren, von denen er keine Ahnung hatte. Warum Fischer Selim sie aufgesucht hatte, scherte sie nicht, und wenn er ein- oder zweimal einen Anlauf nahm, aufzustehen, rief Mustafa Bey vorwurfsvoll:

»Ich bitte dich, Fischer Selim, mein Ağa, du bist doch gerade erst gekommen ...«

Seine Frau pflichtete ihm mit schmollender Miene bei und rief: »Wie lange sind Sie denn erst hier, verehrter Fischer Selim Bey, sind wir uns denn fremd? Lassen Sie unsere Kinder nur einmal erfahren, daß Sie uns besucht haben, und sie werden ganz außer sich sein vor Freude und Neid ... Wir langweilen uns sehr in diesem großen Haus, Efendi, wir sterben fast vor Langeweile. Mustafa und ich sehnen uns mit Tränen nach unserer Hütte in Menekşe. In diesen Hallen sterben wir vor Einsamkeit. Die Kinder sind Fabrikanten geworden, die armen haben nicht einmal Zeit, sich den Kopf zu kratzen, geschweige denn, uns zu besuchen. ›Ach, könnten wir doch wieder so leben wie damals in der Hütte!‹ sagt Mustafa ... Bleiben Sie noch ein bißchen«, bat die Frau in flehentlichem Ton, »Mustafa Bey würde sich so freuen, wenn Sie noch bleiben, Efendi.« Sie stand auf, sammelte die Tassen ein und ging, wie ein junges Mädchen die Hüften schwingend, wieder in die Küche, um Kaffee zu kochen.

Mustafa Bey war sehr dick geworden, und sein Mund stand ziemlich schief.

»Auch die Verwandten in der Heimat besuchen uns nicht mehr«, beklagte er sich. »Wir haben sie verärgert. Sie sind sehr böse, unsere Verwandten, und nachtragend ... Was haben wir ihnen denn getan ... Ich habe denen, die herkamen, Gutes getan, soviel ich konnte, habe ihnen gegeben, was sie benötigten. Habe für sie sogar Ärzte angerufen. Trotzdem haben sie ihre Besuche eingestellt. Als wir noch in Menekşe wohnten, platzte unsere Hütte vor Besuchern aus allen Nähten.« So haderte Mustafa in einem fort mit seinen Verwandten und Bekannten, seinen Landsleuten und Nachbarn.

»Die Welt hat sich verändert, lieber Bruder und Fischer Selim Bey. In diesen Zeiten ist der Mensch ein anderer geworden. Das eine Auge stützt das andere nicht. Mensch und Umwelt ändern sich ununterbrochen so schnell, daß du, was gestern war, heute überhaupt nicht wiedererkennst. Ich erkenne meine Söhne, meine Tochter, meine Enkel nicht wieder, mein eigen Fleisch und Blut. Alles entgleitet mir, entfremdet sich mir von Tag zu Tag ein bißchen mehr. Ich kann mich nur wundern und stehe wie gelähmt da in dieser großen, weiten Welt. Wie anders waren doch jene Tage an der syrischen Grenze, als ich im Kugelhagel über Minenfelder Opium schmuggelte, und dann die Tage voller Entbehrungen damals in Menekşe! Meine Söhne ... Fremd, weit weg, anders, in der vornehmen Gesellschaft ... Und mir feindlich gesinnt. Daß meine Frau es nur nicht hört: Sie würden mir die Augen auskratzen, wenn sie könnten, würden mich töten ...«

Und wie vieler Menschen Blut hatte Mustafa der Blinde vergossen, wie viele Herde für immer gelöscht, wie viele Heime vernichtet, um seine Söhne so weit zu bringen ... Das gab er ja nicht so offen zu, doch es war aus jedem seiner Sätze herauszuhören.

Am Ende seufzte er tief und sagte mit bitterer Miene:

»Ich habe niemanden, Fischer Selim, mein Bey und Bruder. Ich bin so einsam wie ein Wiedehopf, so verlassen wie ein Stein im Brunnen. So und nicht anders, mein verehrter, lieber Freund Fischer Selim Bey. Lieber sterben als so einsam, ohne Aufgabe, ohne Ast und Wurzel, wie in einem unwegsamen Wald – doch nicht einmal den gibt es hier –, wie ein Stein im tiefen Brunnen leben. Was nützen dir dann alle Güter dieser Welt ... Ach, lieber Tod, ach...«

Die Frau brachte frischen Kaffee und sah sofort Mustafa Beys weinerliche Miene und Fischer Selims Betroffenheit.

»Schon wieder?« rief sie vorwurfsvoll. »Dir braucht nur jemand zuzuhören, und schon stimmst du dein altes Klagelied an. Sogar ein Vogel läßt sein Junges eines Tages davonfliegen und sieht es nicht wieder. Auch die Vögel haben weder Heimat noch Verwandte ...«

»Ich bin aber kein Vogel, Hanum, ich bin ein Mensch«, jammerte Mustafa Bey. »Ein Vogel ist anders als ein Mensch, ein Mensch anders als ein Vogel ...«

Fast wäre er in Tränen ausgebrochen. Hastig nahm er seinen Kaffee und schlürfte ihn in schnellen Schlückchen. Um die Stimmung aufzulockern, ergriff die Frau das Wort, erzählte von Istanbul, von ihren Möbeln, von befreundeten Schauspielern, vom Meer, von den Yachten ihrer Söhne, von ihren so teuren Autos und kam doch am Ende auch auf die Einsamkeit zu sprechen, auf die Feindseligkeit ihrer Söhne und der restlichen Welt. Dazu rollten ihr noch zwei Tränen über die Wangen und blieben am Kinn hängen.

»Mustafa Bey und ich, wir fragen uns fast täglich, ob wir nicht besser täten, Istanbul, dieses Haus mit allem, was dazugehört, und die Kinder zu verlassen und so, wie wir gekommen sind, ins Dorf zurückzukehren.«

»Zurück in die Hitze«, zeterte Mustafa Bey.

»An Hitze stirbt der Mensch nicht«, antwortete die Frau.

»Das ist wahr. Meine Oma ist an die hundert Jahre alt und pflegt noch ihre Milchzähne! Sie ist kräftiger als alle meine Söhne zusammen.«

Fischer Selim hatte seinen Kaffee getrunken und wollte gerade aufstehen, als Mustafa Bey wie über einen plötzlichen Einfall stutzte.

»Bist du wegen eines Anliegens gekommen?« fragte er verlegen.

Gereizt stand Fischer Selim auf, machte einige Schritte zur Treppe, als Mustafa Bey ihn schon am Arm gepackt hatte.

»Ich laß dich nicht gehen«, rief er, »bevor du mir nicht sagst, was dich hierherführte, lasse ich dich nicht aus dem Haus. Du bist der einzige Freund, den ich auf dieser Welt noch habe. Was immer auch diesem Mustafa zustoßen sollte, er wird nie vergessen, was du für ihn getan hast. Nun sag schon!«

Er schaute Fischer Selim offen ins Gesicht, und seine Augen starrten störrisch wie früher, wobei das halbgeschlossene mehr zu funkeln schien als das gesunde.

Fischer Selim wand sich, mochte nichts sagen, doch plötzlich, als sei es ihm gerade eingefallen, stieß er mit trockenem Mund hervor:

»Einen ... einen ... einen Revolver!«

Vielleicht war ihm der Revolver, nur um etwas zu sagen, wirklich eben erst eingefallen.

Mustafa lachte laut und herzlich.

»Diese Geschäfte mache ich schon seit langem nicht mehr. Hätte ich bloß nicht damit aufgehört, wäre ich doch dabei in einem Feuergefecht getötet worden, anstatt mich als alter Mann vor diesen Hunden zum Narren zu machen und sogar von meinen Söhnen erniedrigen zu lassen ... Damit habe ich nichts mehr zu tun, aber ich habe noch meinen Nagant, und den gebe ich dir. Den Revolver habe ich aus meiner Heimat mitgebracht und hüte ihn wie meinen Augapfel. Ich öle ihn jede Woche und pflege ihn wie eine Geliebte. Und du sollst ihn haben ... Hanum, bring mir meinen Revolver!«

Die Frau hatte sich schon erhoben und war ins Nebenzimmer geeilt.

Sie kam mit einem Patronengurt und dem Revolver, der

in einem sehr schönen, nagelneuen Halfter steckte, zurück, reichte beides Mustafa Bey, der es Fischer Selim sofort anlegte.

»Wie schön, wie schön«, sagte er, hängte sich bei Fischer Selim ein und führte ihn die Treppe hinunter. Seit Selim im Hause war, roch es nach Fisch und Meer. Und genüßlich hatte Mustafa Bey insgeheim diesen mit menschlichem Körpergeruch vermischten Duft in sich hineingesogen.

Fischer Selim rauschte es in den Ohren und ihm schwindelte, als er eigenartig gerührt das große Haus verließ. Er wußte gar nicht mehr, wie er heimgekommen war, warf sich, ohne vorher zu essen oder zu trinken, aufs Bett und schlief ein.

Kaum hatte sich am nächsten Morgen das Meer aufgehellt, stand er auf und ging zum Anleger hinunter. Er wusch das Boot, reinigte den Motor und flickte Netze, bis die Sonne aufging. Er freute sich, war außer sich vor Glück und betrachtete immer wieder den Revolver an seiner Hüfte. Eine Welle schaukelte das Boot, als er gerade aufstand, doch mit der lässigen Bewegung des erfahrenen Seefahrers hielt er sich im Gleichgewicht und sprang geschmeidig wie ein Jüngling auf die Planken des Anlegers. Noch im Sprung fielen ihm Zeynel und die Zeitungsberichte ein, und er schüttelte den Kopf wie immer, wenn er daran dachte. Er schlug den Weg zum Bahnhof ein und nahm kurz darauf den Vorortszug nach Istanbul.

Vor der Tür zu Halim Bey Veziroğlus Büro standen groß und stämmig drei bewaffnete Männer. Sie kannten Fischer Selim seit langem und ließen ihn ohne Zögern durch. Halim Bey saß tiefgebeugt an seinem Schreibtisch und arbeitete. Er hob langsam den Kopf, und als sich ihre Blicke trafen, weiteten sich seine Augen vor Schreck, wurde sein Gesicht plötzlich aschfahl; die Hände auf die Tischplatte stützend, stemmte er sich schwerfällig hoch und sagte mit angstbebender Stimme:

»Bitte sehr, Fischer Selim Bey, mein Freund«, und versuchte, dabei zu lächeln, doch es wollte ihm nicht gelingen. »Bitte, Efendi, bleiben Sie doch nicht stehen, ich bitte Sie, mein Freund.«

Plötzlich glimmte Wut in seinen Augen, er blickte hilfesuchend um sich, dann wieder auf den stehenden Selim, und seine Wut verflog auf der Stelle. Wie gelähmt stand er wieder mit angstgeweiteten Augen da.

»Ich kann es mir denken«, sagte er, nachdem er sich endlich wieder gefaßt hatte, »Sie sind jetzt mit dem Geld gleichauf, nicht wahr? Und wenn es nicht ganz reicht, gebe ich Ihnen das Grundstück für den Geldbetrag, den Sie zur Verfügung haben. Verzeih mir, mein Freund, ich war wohl ein bißchen anstrengend. Das Grundstück ist deins, du hast dort sieben Olivenbäume hingepflanzt. Jede Handvoll Erde, jeder Stein, jeder Baum auf diesem Grundstück ist Gold. Es soll dir Glück bringen. Laß schöne Häuser darauf bauen. Einem anderen als dir, und wäre es mein eigener Bruder, hätte ich keine Handbreit von dem Grundstück gegeben. Doch da du dies Stück Land so liebgewonnen hast ... Hast du das Geld dabei?«

»Nein!«

»Dann bringen Sie's eben morgen. Wieviel es auch sei, Sie bekommen eine grundbuchliche Urkunde. Denn, Efendi, die Bodenpreise steigen von Tag zu Tag. Was heute hundert Lira kostet, klettert in einem Jahr auf zehntausend und im nächsten auf fünfundzwanzigtausend... Wenn es so weitergeht, habe ich mir gedacht, bekommen Sie es in alle Ewigkeit nicht, und ich habe mir überlegt, da ich so viele Grundstücke habe, soll dieses doch Fischer Selim Bey gehören, zu dem Preis, den er bezahlen kann. Es soll Ihnen Glück bringen, viel Glück bringen, Efendi! Und daß Sie in dem Haus, das Sie bauen werden, glücklich und in Freuden leben, Selim Bey, mein brüderlicher Fischer ...«

Mit hochrotem Kopf war Fischer Selim in einem Sessel zusammengesunken, blinzelte verblüfft, zog ruckend an seinen Fingern, hörte kaum, was der pausenlos redende Halim Bey Veziroğlu sonst noch sagte, während dicke Schweißtropfen auf seiner Stirn perlten.Erst nach einer ganzen Weile stemmte sich Fischer Selim aus seinem Sessel. Schwankend machte er einige Schritte auf Halim Bey Veziroğlus Schreibtisch zu und sagte mit erstickter Stimme und bebenden Lippen: »Ich danke dir, mein Bey, wie kann ich das jemals wieder gutmachen?«

Hatte er Halim Beys Hand gedrückt, hatte dieser noch etwas gesagt oder sich in Schweigen gehüllt, nichts davon war Fischer Selim gegenwärtig, als er schwankend das Büro verließ.

Er eilte geradewegs zu Mahmut.

»Hast du ihn erschossen?« fragte Mahmut erschrocken, als er Fischer Selims Gesicht sah.

»Nein.«

»Was ist denn geschehen?«

»Nichts ist geschehen. Veziroğlu hat mir das Grundstück gegeben.«

»Ist doch wunderbar.«

»Aber ich will es doch gar nicht mehr haben. Was soll ich denn mit einem Grundstück in Çengelköy? Ich kann mich doch von hier gar nicht trennen … Hier ist meine Heimat, mein Heim, mein Meer. Ich werde Zeki Beys Grundstück kaufen. Außerdem sind die Platanen auf Zeki Beys Grundstück viel größer … Und das ganze Marmarameer liegt mir dort zu Füßen. Aber was soll ich nun Halim Bey Veziroğlu sagen?«

Mahmut lachte erleichtert auf.

»Hast du ihm das Geld gegeben?«

»Nein, noch nicht.«

»Du gehst einfach nicht mehr hin, und die Sache ist erledigt.«

»Wird Halim Bey Veziroğlu denn nicht auf mich warten?«

»Das wird er mit dem größten Vergnügen nicht.«

19

Der Lodos stürmte mit voller Wucht, trieb riesige Wellen heran, die sich, zu minaretthohen Schaumkronen aufgeworfen, an den Klippen, den Strandhäusern und Uferstraßen brachen und bis hinein in die Wohnviertel die meernahen Gassen überspülten. Dazu fiel ein leichter, unsteter Regen, der die bleiernen Kuppeln der Stadt zum Glänzen brachte. Der Lodos hatte die See so aufgewühlt, daß kein Schiff, ob klein oder groß, hinausgefahren war, und auch die städtischen Fähren im Schutz der Meerenge stampften schwer, bevor sie das andere Ufer erreichten.

Seit der ersten Blässe des aufsteigenden Morgens hatte sich der Lodos nach und nach gelegt, und bald hörte auch der Regen auf. Ein fleckenloser, strahlender Himmel tat sich auf, die Minarette und bleiernen Kuppeln, reingewaschen, blitzten in der Sonne.

Zeynel und Dursun waren völlig erschöpft. Zu guter Letzt hatten sie sich auf ein Schiff geschlichen, das im Hafenbecken ankerte, und sich dicht am warmen Schornstein, wo sie nach jedem Regenschauer wieder trocken wurden, schlafen gelegt. Schon seit je waren auf den Decks diese kuscheligen Winkel nah der wärmespendenden Schlote die beliebtesten Schlafplätze der Straßenkinder von Sirkeci. Zum einen konnten die Nachtwächter sie dort nicht so leicht aufgreifen, zum andern hatten die Matrosen Verständnis für die Kinder und jagten sie zumindest vor Mitternacht nicht von Bord, schon gar nicht ins Wasser. Auf einem Schiff zu schlafen war für sie seltenes Glück. So auch für Zeynel und Dursun Kemal, die trotz der Regenschauer in der Wärme der Schornsteine schlafen konnten. Im ersten Jahr nach seiner Ankunft in Sirkeci hatte sich Zeynel mit einigen Straßenjungen auch einmal unter dem Schornstein eines ankernden Schiffes gemütlich schlafen gelegt, als sich das Schiff mit einer gewaltigen Explosion aufbäumte und turmhohe Stichflammen aus dem Laderaum in den Himmel schossen. Menschen schrien, rannten kopflos zwischen wild gewordenen Ochsen, Kühen, Stieren, Wasserbüffeln und Pferden übers Deck, und, hochgeschreckt, war bald ganz Istanbul in wildem Tohuwabohu auf den Beinen. Zeynel und die anderen waren eine Zeitlang wie vom Feuersturm herumgewirbelt zwischen laut jammernden Menschen, brüllenden Ochsen, wiehernden Pferden, schreienden Eseln und krähenden Hähnen umhergeirrt.

Heute morgen fühlte Zeynel sich besser, und er konnte einige klare Gedanken fassen. Er hatte von Hüseyin Huri geträumt, der mit einem Revolver in der Hand vor den Polizisten herlief und mit ihnen in einem fort auf Menschen schoß, die Zeynel ähnlich sahen. Und jedesmal, wenn er sich mit der eiskalt gewordenen regennassen Seite in den wärmenden Schornstein drehte, schreckte er schreiend aus einem geträumten Kugelhagel hoch, schlief wieder ein, träumte wirr, bis er aus dem Alptraum krachender Salven, splitternder Scheiben und zu Tausenden jämmerlich krähend verbrennender Hähne wieder hochgeschreckt wurde. Kaum wieder eingeschlafen, sah er Möwen in den Flammen, die über dem Bosporus hochschossen; mit feuerroten Flügeln stiegen sie funkelnd in den Himmel und regneten schreiend auf den Leanderturm nieder.

Zeynel reckte sich, rieb sich mit den Fäusten die Augen. Er war in einem Zustand seliger Schlaftrunkenheit. Doch plötzlich sprang er auf und rannte zum Fallreep. Wie leichtsinnig sie doch gewesen waren! In diesen Schiffen, die längere Strecken fuhren, wimmelte es doch von Polizisten. Wann und wie waren sie denn hierhergekommen?

Ganz dunkel erinnert er sich an mehrere Polizisten und Hüseyin Huri, sie kamen mit Revolvern in den Händen von allen Seiten. Wie sie da durchgekommen waren, weiß er nicht mehr. Eine Zeitlang hatte er auch Dursun Kemal aus den Augen verloren, aber wie der Junge ihn gefunden hatte, wie sie an Bord gekommen waren, will ihm nicht einfallen.

Er weiß noch, daß sie sich am warmen Schornstein zusammengerollt hatten, daß Regen fiel und er wirre Träume hatte. Wie Hasan der Hinkende vor dem Leuchtturm von Ahirkapi bis zu den Hüften ins Wasser gestiegen war und eine rote Meerbarbe, so groß wie er selbst, gefangen hatte, wie der zappelnde Fisch mit ihm im Schlepp weit hinaus aufs Marmarameer geschwommen war, wie die Möwen brannten, und wie scheppernd überall Polizisten rannten ... Und wie er in undurchdringlichem Dunkel blind umhergeirrt war, im Kugelhagel winziger Projektile, die wie flammende Sandkörner auf ihn herabregneten.

Er stieg das Fallreep hinunter und lief zum schmiedeeisernen Tor an der Straßenseite, wo der Brunnen von Tophane liegt. Es war noch sehr früh, die Straßen menschenleer. Auch oben von der Reling hatte er weit und breit niemanden gesehen. Wenn er jetzt ein Taxi fände und sich zu Hasan dem Hinkenden fahren ließe, wäre er in Sicherheit. Die Beutel hielt er fest in der Hand. Er hatte sie in der ganzen Zeit nicht losgelassen, nicht einmal im Schlaf, wenn sie ihm als Kopfkissen dienten. In letzter Zeit kaufte er sich auch keine Zeitungen mehr. Obwohl er so neugierig war, hatte er Angst davor, sie zu lesen, meinte, sie brächten ihm Unglück, wenn er sie nur in die Hand nähme. Er drehte sich um und gewahrte Dursun Kemal, der ihm aus einiger Entfernung mit leuchtenden Augen voller Bewunderung und Liebe zulächelte ... Und auch Zeynel wurde ganz warm ums Herz. Doch plötzlich verwandelte sich seine Freude in Mitleid: »Armer Dursun Kemal, kleiner Bruder«, murmelte er voller Zuneigung, »wer weiß, wie schwer ihm ums Herz ist, weil sein Vater seine Mutter getötet hat, mit sechzig Messerstichen, blindlings, auch in ihre Brüste und sogar dorthin ...«

Er ging zu ihm, strich ihm behutsam übers Haar, legte dann seinen linken Arm um seine Schultern, zog ihn an sich, wiegte ihn ganz leicht, schluckte, und seine Augen wurden feucht. Im selben Augenblick sah er seinen eigenen Leichnam vor seinem geistigen Auge von Kugeln durchlöchert in seinem Blute liegen, schaute ganz benommen vor Entsetzen um sich, entdeckte vor dem Brunnen von Tophane ein Taxi, ließ Dursun stehen und rannte los.

»Bist du frei?« rief er schon von weitem.

»Ich bin frei«, antwortete der Fahrer.

»Bring uns nach Kumkapi, nein, nein, nach Ahirkapi ...«

Wenn der Fahrer die beiden durchnäßten Jugendlichen auch verwundert musterte, so doch ohne Argwohn. Sie sind nicht von hier, die armen Kerle, dachte er sich und fuhr los.

In Ahirkapi verließen sie das Taxi, gingen ans Ufer, setzten sich auf einen Felsblock und schauten aufs Meer hinaus.

»Es ist noch sehr früh«, meinte Zeynel, »und der Regen hat auch aufgehört. Wenn gleich die Sonne aufgeht, trocknet sie uns.«

»Ich bin nicht so naß geworden«, sagte Dursun Kemal. »Da lag ein Stück Segeltuch, ich habe es mir über den Kopf gezogen. Ich habe geschlafen wie ein Stein.«

»Ich auch«, nickte Zeynel.

»Kommt Hasan der Hinkende denn?« fragte Dursun Kemal.

»Der kommt«, antwortete Zeynel mit Zuversicht. »Er hat's gesagt. Seit sechzig Jahren kommt er nach jedem steifen Südwest hierher und durchkämmt das Ufer bis nach Menekşe. Sogar in seinem Alter hat er die Augen eines Falken. Er sieht durch ein Nadelöhr die ganze Welt. Warte ab, er ist bald da.«

Hasan der Hinkende, Hidayet der Strohblonde, Cemal von Topkapi und Hüsnü von Kasimpaşa sind seit Jahren Strandläufer. Jedesmal, nachdem der Lodos das Marmarameer aufgewühlt, das Unterste zuoberst gekehrt und Sand und Tang, Kiesel und Stein vom Grund des Meeres an den Strand geschleudert hat, beginnt für die sogenannten Lodosläufer die fette Zeit. Schon wenn der Morgen graut, wird das Wasser hell und klarsichtig bis auf den Grund. Denn jeder Lichteinfall bricht sich jetzt im Wasser in ein ausfächerndes Bündel von Strahlen, das den Falkenaugen der Strandgutsammler die Suche nach Brauchbarem sehr erleichtert.

Lodoslaufen ist in Istanbul ein uralter Beruf, ein ehrbarer Broterwerb, der sich vom alten Byzanz bis heute erhalten hat. Und wenn Hasan der Hinkende auch ein echter Fischer ist und ein meisterlicher obendrein, hängt doch sein Herz am Lodoslaufen. Er ist als Lodosläufer geboren und wird als Lodosläufer sterben. Und an Tagen wie heute sind die Lodosläufer besonders gut gelaunt. Noch bevor das Meer sich aufhellt, springen sie aus den Betten, verrichten ihr Gebet und machen sich auf den Weg. Sie sind voll freudiger Zuversicht, waren es ja schon, als der Sturm aufkam. Denn was hatte ihnen dieses

Meer nach jedem Lodos nicht schon alles beschert ... Den sogenannten Löffelschnitzer-Diamanten, den berühmten Kaşikçi, von dem es so groß, so rein und in tausend Farben funkelnd keinen zweiten gibt auf dieser Welt. Und diesen Edelstein hatte kein anderer als ein Istanbuler Lodosläufer am Fuße der Stadtmauern zwischen den Kieseln im morgenhellen Meer entdeckt und gegen einen holzgeschnitzten Löffel eingetauscht. Warum auch nicht gegen einen hölzernen Löffel, denn schließlich zählt für einen Lodosläufer, daß er so einen Stein gefunden hat... Und seit jenem Tag halten alle Istanbuler Lodosläufer voller Hoffnung Ausschau nach einem ebenso großen, wenn nicht noch größeren Diamanten, und werden ihn bestimmt auch finden... Denn das Meer ist endlos, ist reich, ist großzügig und voller Segen. Und wenn der Morgen graut, krempeln die Istanbuler Lodosläufer ihre Hosen hoch bis zu den Waden und waten barfuß ins helle, schneidende, eiskalte Wasser, und ihren Falkenaugen entgeht auch nicht der kleinste Glitzer am Meeresboden.

Byzantinische, osmanische und russische Goldmünzen, ganze Goldbarren, Smaragde, Rubine, Brillanten und Perlen haben die Lodosläufer an diesen Ufern schon gefunden... Sie finden Armbänder, Halsketten, Gürtel und Ringe ... Finden die ausgefallensten Schmuckstücke, Geldsorten und sonstigen Dinge.

Und sie gehen auch mit der Zeit! Das eiskalte Meer quält sie nicht mehr, schneidet ihnen nicht mehr wie Rasiermesser in die Waden. Sie tragen jetzt schenkelhohe Gummistiefel, die keine Kälte durchlassen. Nur Hasan der Hinkende hat sich an dieses Teufelswerk aus Gummi nicht gewöhnen können. Die Hosen hochgekrempelt bis zu den Knien, steigt er nach wie vor mit nackten Füßen in die Fluten ... Jedermann weiß, warum er dieses schöne Haus kaufen konnte. Hasan der Hinkende macht ja auch kein Hehl daraus und erzählt stolzgeschwellt jedem, der ihm über den Weg läuft, wie er zu einem so schönen Haus gekommen ist.

»Das Meer war sehr hell, die Sonne war kurz davor aufzugehen. Und kurz bevor die Sonne aufgeht, schickt sie alles Licht, was sie hat, zum Meeresgrund, und dort unten ist es dann tausendmal heller als hier oben. Die Strahlen brechen sich im Wasser und werden von den blanken Kieselsteinen zurückgeworfen. Und in diesem Meer von Licht erscheint alles grösser: Kiesel, Gold, Diamanten, Fische, Sand, Perlen, Rubine, Goldbrassen ... Einmal sah ich hundertfünfzig Meter vor mir in elf Fuss Tiefe etwas Feuerrotes blinken. Grosser Gott, sagte ich mir, grosser Gott im Himmel, was kann denn in aller Herrgottsfrühe unterm Wasser wie glühendes Eisen aufleuchten und bis zu mir herüberblinken ... Mit grossen Schritten lief ich hin, hechtete und schwamm, griff danach, holte es heraus und, gepriesen seist du, lieber Gott, flog vor Freude: Es war ein daumengrosser Rubin! Damals lebte Meister Hayk noch, ein gradliniger, ehrlicher Mann, Antiquitätenhändler im Überdachten Grossmarkt und Vertrauensmann aller Lodosläufer. Barfuss, wie ich war, rannte ich mit aufgekrempelten Hosen zu ihm, in meinen vorgestreckten Händen wie ein Stück glühender Kohle den Rubin. Komm, Hasan, komm her zu mir, sagte er, der Stein ist ein Vermögen, sprach's, öffnete seine Kasse und zählte mir Geld in die Hand, zählte und zählte und hörte gar nicht auf. Geh, sagte er, geh hin und kauf dir von dem Geld zuerst ein Haus! Der Mensch muss ein Dach über seinem Kopf haben. Und ich habe auf ihn gehört und mir dieses Haus gekauft. Gott segne es tausendmal, dieses fruchtbare und so freigebige Meer ...«

Hasan der Hinkende hatte auch viel Gold, viele goldene Ringe und viele Perlen gefunden. Und auch einige wertvolle antike Statuen. Leider war Meister Hayk inzwischen gestorben, und die Halsabschneider vom Überdachten Grossmarkt kauften Hasan dem Hinkenden die Funde zu einem Bruchteil ihres Wertes ab. Doch noch mit diesem Spottgeld konnte er in Kumkapi und Beyoğlu sein Leben jahrelang in vollen Zügen geniessen.

Auch Zeynel hatte eine Zeitlang mit dem Beruf des Lodosläufers geliebäugelt, war früh aufgestanden und bis zu den

Hüften im Wasser das Ufer entlanggestakt, aber sein schwächlicher Körper hielt es in der schneidenden Kälte des Meeres nicht lange aus. Einmal hatten sie ihn blaugefroren und halb ohnmächtig aus dem Wasser gefischt, und erst nachdem er fünfzehn Tage lang mit dem Tod gerungen hatte, konnte er ihm mit Müh und Not entkommen. Eben in der Zeit hatte er Hasan den Hinkenden kennengelernt und von ihm gelernt, was es heißt, sich zu gedulden, sich bis zum bitteren Ende in Geduld zu fassen und die Hoffnung niemals aufzugeben. Noch bevor sich das Meer vorm ersten Morgenschimmer nach jedem Lodos aufhellte, lief Hasan der Hinkende, freudestrahlend und hoffnungsfroh wie ein blühender Baum im Frühling und ohne das eine Bein schleifen zu lassen, zum Meer hinunter, im festen Glauben, daß es ihm einen grellroten Rubin, dreimal größer als den Kaşikçi-Diamanten, bescheren werde, stieg, bis ins Knochenmark bebend vor Stolz, ins Wasser und suchte am hellen Grund nach dem Edelstein, der gleich einem Stück von der Sonne den Grund des Meeres in Licht erstickt, suchte nach dem Rubin, der das Meer in kristallene, feuerrot strahlende Helle verwandelt. Seit Hasan der Hinkende denken kann, war für ihn nach jedem abgeflauten Lodos das Meer eine endlose Weite von Hoffnung und Freude gewesen. Auch wenn er nichts gefunden hatte, kehrte er am Abend auf kältesteifen Beinen, blaugefroren und mit leeren Händen, aber freudestrahlend und guten Mutes wie immer, in Yanakis Kneipe ein. Kehrte ein mit den Worten: »Los, laßt uns noch einen heben! Zu Ehren des verstorbenen Meisters Hayk! Noch einen auf alle Roten Meerbarben, Goldstücke, Diamanten und Rubine in der See!« Und er schloß mit den Worten: »Zu Ehren der Meere und der Stadt Istanbul ... Laßt uns noch einen heben!«

Sie mußten nicht lange auf Hasan den Hinkenden warten. Schon bald kam er gemächlich über die steinerne Treppe am Leuchtturm von Ahirkapi zum Strand herunter, zog Schuhe und Hose aus, knotete die Hosenbeine zusammen, steckte in jedes Hosenbein einen Schuh und hängte sich die Hose so um den Hals, daß die Hosenbeine mit den Schuhen den Rücken herunterbaumelten. Dann nahm er seinen langen, glattgeschälten Stab in die Hand und machte sich gegen Osten auf den Weg. Zeynel und Dursun Kemal erhoben sich und folgten ihm das Ufer entlang über Felsbrocken, Kiesel und Sand.

Gedankenversunken, doch ohne den Blick vom Meer zu wenden, schritt Hasan der Hinkende aus, suchte mit seinen Augen und Ohren, Händen und Füßen, mit Haut und Haar den Meeresboden ab. Er genoß dieses Suchen, genoß die Schönheit des nebelverhangenen Meeres im Morgengrauen und das aus der Tiefe der See quellende Licht wie in einem Rausch, er schritt aus und spürte die Kälte an seinen Beinen nicht.

So kamen sie über Kumkapi hinaus, und immer wieder blieb Hasan der Hinkende stehen, bückte sich mit leuchtenden Augen, holte irgend etwas aus dem Wasser und betrachtete es begeistert eine ganze Weile.

Im Bosporus war ein sehr großer Tanker in Brand geraten. Draußen vor Anadolukavak. Er hatte Rohöl geladen. Plötzlich seien Flammen hochgeschossen, hieß es, die Mannschaft habe sich durch einen Sprung ins Wasser retten können, doch fünf Mann, die den Sprung nicht geschafft hätten, seien zu Asche verbrannt. Im Nu hatte sich der Tanker in einen flammenden Berg verwandelt, der die Villen und Wohnhäuser an beiden Ufern des Bosporus, die Bäume, die an den Bäumen hängenden Netze, die vor Anker liegenden Schiffe, die Landungsbrücken und die dickbauchigen Lastenkutter der Lasen in rotes Licht tauchte und die Umgebung taghell erleuchtete. Der Bosporus glich einem dahingleitenden Flammenmeer. Hin und wieder lösten sich minaretthohe Flammen vom steuerlos treibenden Tanker, die, in Flammenfetzen zerfallend, in den nächtlichen Himmel stiegen, während sich das brennende Schiff, von der Strömung erfaßt, wie in einem riesigen Strudel langsam um seine eigene Mitte drehte.

Ganz Istanbul war in Angst: Die Wasser des Bosporus flossen in Flammen, und ein riesiger, feuerspeiender Berg trieb mitten in der Nacht auf die Stadt zu. Die Villen und Häuser am Wasser wurden geräumt, und das Volk von Istanbul strömte an den Bosporus, auf Anlegebrücken und Plätze und beobachtete mit Schrecken den nahenden Flammenberg und fragte sich, an welchem Ufer dieser mit Erdöl gefüllte Flammenberg wohl stranden, explodieren und in einem Erdbeben ganz Istanbul mitsamt seinen Häusern, Villen, Hotels und Gewässern verbrennen werde. Der Tanker glitt gemächlich bis Çubuklu, wo dicht am Ufer Tausende Tonnen Rohöl in riesigen Tanks lagerten. Wenn er hier auflief und das Feuer auf den Ölhafen übersprang, dann, ja dann würde die Welt aus den Fugen geraten und die gesamte asiatische Küste Istanbuls in Flammen aufgehen. Jedermann hielt den Atem an. Der Tanker kam immer näher, doch kurz vor der Bucht von Çubuklu trieb ihn die Gegenströmung ab in Richtung Yeniköy. Nach Yeniköy mit seinen mächtigen Platanen und seinen Sommerhäusern, die so schön sind wie zierliche Serails! Finge eines von ihnen Feuer, würde im Nu ganz Yeniköy lichterloh brennen. Vor Iskenders Eisladen herrschte Jahrmarkttreiben. Jeder beobachtete mit Schrecken, ein bißchen auch mit einem Rest diebischer Freude, wie sich der Tanker in einem Strom von Flammen näherte und der Himmel sich feuerrot färbte. Eine flammende Welle klatschte ans Ufer, roter Feuerschein und riesige Schatten füllten die Straßen, Gassen und Plätze, ein Durcheinander von Umrissen riesiger Menschen, riesiger Bäume, riesiger Schiffe von einem Ende der Stadt zum andern ...

Querab von Yeniköy blieb der flammende Berg, von dem sich jetzt ganze Bündel lohender Säulen lösten, mitten in der Meerenge liegen, und auf den schnell dahinströmenden dunklen Wassern des Bosporus flossen rote Flammen zum Marmarameer.

Ganz Istanbul war auf den Beinen. Wie zu einem einmaligen Vergnügen waren Autos, Busse und Lastwagen mit vollbesetzten Pritschen zum Bosporus gejagt. Auf allen Uferstraßen und Anlegebrücken herrschte undurchdringliches Gedränge.

Die Nachricht, im Bosporus stehe ein Tanker in Flammen, brenne sogar das Wasser, war auch nach Menekşe gedrungen, und tags darauf mieteten die Menekşeer Lastkraftwagen und waren abends am Brandort. Es war Hasan der Hinkende, der Zeynel auf die Pritsche geholfen und seine Hand bis zum Halt in Beşiktaş nicht losgelassen hatte. Wie in einem unendlichen Reigen hatten sich bis zum Leanderturm riesige Schatten von Menschen, Hunden und Schiffen auf dem brennenden Wasser umeinandergedreht und sich im Verein mit den Flammen des brennenden Tankers gedehnt und verbeugt. Zeynel, Hasan des Hinkenden warme Hand festhaltend, hatte zusammengekauert auf der Pritsche zwischen den Beinen der dichtgedrängten Menschen gehockt, während die Flammen des feuerspeienden Berges über den Bosporus leckten. Zeynel hatte nicht mehr gewagt, sich aufzurichten und einen Blick auf den brennenden Tanker zu werfen, aber er hatte ihn sich in seinen Vorstellungen nach Belieben ausgemalt. Flammenfetzen gleich riesigen Vögeln übers Wasser und in den Himmel schleudernd, trieb der Tanker langsam ins Marmarameer ab, verwandelte die Nacht zum Tage, bis er sich auf hoher See so schnell wie ein Kreisel und fast unsichtbar fürs Auge zu drehen begann, sich wie eine Feuersäule in den Himmel bohrte und verglühte. Das war aber nicht nur Zeynels Traumbild. Daß sich das Flammenschiff in den Himmel gebohrt hatte und dann verschwunden war, hatten außer Zeynel auch Hasan der Hinkende und die anderen Fischer berichtet. Und außer Zeynel hatten es auch alle Einwohner Menekşes gesehen.

Die Hand auf der Hüfte, verhielt Hasan der Hinkende plötzlich. Der Meeresspiegel schimmerte jetzt so weiß, als sei er mit Schnee bedeckt. Auch die Möwen über Hasan verhielten, schwebten genau über ihm, reckten mit weit gestreckten Flügeln ihre Brust in den sanften Aufwind und rückten nicht eine Spanne vor, noch zurück. Hasan der Hinkende stand da und starrte ins Wasser. Auch Zeynel und Dursun Kemal waren stehengeblieben und beobachteten ihn. Im nächsten Augenblick sprang Hasan der Hinkende, tauchte mit all seinen Kleidern, kam gleich wieder hoch, sah sich nach allen Seiten um, schaute dann in seine Hand, öffnete seinen Beutel und ließ etwas hineingleiten. Dann nahm er die Hose von seinen Schultern, wrang sie aus, zog das Hemd aus, wrang es auch, überlegte kurz, ob er es wieder anziehen solle, zog dann auch das Unterhemd aus, überlegte wieder, legte dann alle Kleidungsstücke über seinen linken Arm, stieg, nackt wie er war, aus dem Wasser und ging in Richtung Yedikule weiter.

Hin und wieder öffnete er den Beutel, nahm irgend etwas in die Hand, betrachtete es mit breitem Lächeln, legte es zurück, verschnürte den Beutel mit Bedacht und ging weiter.

Dursun Kemal ergriff behutsam Zeynels Arm.

»Schau, Bruder!« flüsterte er und zeigte auf zwei blaue Mannschaftswagen, die auf der gegenüberliegenden Seite der Schnellstraße standen.

»Runter mit dir«, befahl Zeynel, »hock dich hin!« Und auch er kauerte sich zwischen die Felsblöcke. Und während sie in einer Mulde zwischen den Felsblöcken verschwanden, glitt Hasan der Hinkende am Ufer entlang langsam davon.

In der Ferne, nah bei der Großen Insel, sahen sie ein Licht aufblitzen. Es blitzte auf und erlosch gleich wieder, und Zeynel erschauerte.

Auf dem Schiff im Hafen waren viele Menschen verbrannt. Ein Mann hatte seinen Kopf durchs Bullauge gezwängt und war so steckengeblieben, mit weit aufgerissenen Augen und verzerrtem Mund. Als Zeynel den eingezwängten Kopf entdeckt hatte, war er entsetzt und hilflos nur hin und her gerannt und schließlich zusammengebrochen.

Zeynel und die Jungen hatten sich unter dem Schornstein des Dampfers noch nicht einquartiert, als das Feuer ausbrach. Es war gar nicht leicht gewesen, an Bord zu gelangen. Zuerst hatten sie zwischen den großen Kisten im Schutz der Kräne gewartet, mit denen an doppelten Gurten hängende Ochsen, Wasserbüffel, Pferde, Esel, Kühe und Stiere von Deck und Laderaum gehievt wurden. Hunderte Hennen gackerten in riesigen Käfigen, und zwischen den Kisten versuchten Hirten eine Herde von Schafen und Ziegen zusammenzuhalten, die sie gleich nach dem Anlegen des Schiffes von Bord getrieben hatten. Schließlich konnten sich die Kinder hinter dem Rücken eines alten Mannes, der ein großes Heft in der Hand hielt, unbeobachtet übers Fallreep an Bord und geradewegs unter den Schornstein schleichen. Es war für sie immer ein echtes Abenteuer, eine Nacht am Schornstein eines Schiffes zu schlafen. Und außerdem war es so warm wie in einem Federbett. Und morgen würden sie den anderen Straßenkindern lang und breit und in allen Farben von ihrem Nachtlager erzählen.

Sie hatten es sich am Schornstein bequem gemacht und unterhielten sich, als die Stichflamme mit einem Knall in den Himmel schoß. Im Nu leckten Flammen übers ganze Schiff, war im Hafen die Hölle los. An Bord schrien Menschen, brüllten Ochsen, Kühe, Stiere, Wasserbüffel und Esel auf einmal los, die Sirenen aller Schiffe im Hafen heulten, kaum daß die Flamme emporgeschossen war. Zeynel vorweg, hinter ihm die andern Kinder und ein kleiner Hund, rannten sie kopflos auf dem Oberdeck zwischen den Flammen umher, und keinem fiel ein, über Bord zu springen. Schließlich gelangten sie ans Fallreep, nur der kleine Hund blieb jaulend und zappelnd in den Flammen zurück. Erschrocken von Feuer und Lärm, gingen etwa hundert Wasserbüffel, dreißig bis vierzig Rinder und hundertfünfzig Pferde und Esel, die bereits auf dem Kai waren, durch, trampelten sich gegenseitig nieder, rasten aus dem Hafen in die Stadt und verschwanden im Dunkel der Nacht. Wild gewordene Büffel stürmten auf die Menschen in den Straßen los, hatten es besonders auf Schaufensterpuppen abgesehen. Klirrend gingen Fensterscheiben von Geschäften und Banken zu Bruch, die verletzten Büffel, noch wilder geworden, nahmen jeden Lichtschein, jeden Umriß, jede Auslage und jede Glastür auf die Hörner. Es klirrte in der ganzen Stadt. In Beyoğlus Hauptstraße rannten Menschen, Büffel, Rinder und Pferde in Todesangst durcheinander, aber es dauerte nicht lange, und ganz Beyoğlu gehörte den Pferden und Rindern allein. Bis die Polizisten, Nachtwächter und

Soldaten zur Stelle waren. Schüsse krachten wie im Krieg, und wie von einem Trommelfeuer hallte das Echo der Schüsse in der ganzen Stadt wider. Mit einem letzten wehklagenden Wiehern brachen die Pferde zusammen, Büffel und Stiere knickten brüllend ein, verströmten ihr Blut von den zersplitterten Scheiben in die Auslagen der Banken und Geschäfte. Als sich bei Tagesanbruch die Menschen auf die Straße wagten, sahen sie abgeschossene Ochsen, Büffel und Pferde aufgereiht in Beyoğlu in ihrem Blute liegen, das vom Tunnelplatz zur Yüksekkaldirim und nach Şişhane geflossen war. Beyoğlu sah aus wie ein Stadtteil nach einem Luftangriff, und Zeynel hockte starr vor Entsetzen zwischen zwei toten Büffeln, als man ihn endlich entdeckte.

Im Schlachthof von Küçükçekmece, er befindet sich am Ufer unterhalb der Brücke, hatten sie einen sehr großen und schönen Wasserbüffel gestürzt, um ihn zu schächten. Doch als der Schlachter den Schnitt schon bis zur Gurgel geführt hatte, war der Stier plötzlich mit einer ungeheuren Kraft aufgesprungen, hatte die Fesseln an seinen Beinen zerrissen, den Schlachter und seine Gehilfen abgeschüttelt und war in Richtung Menekşe davongerannt, während das Blut aus seiner Kehle strömte. Er konnte den Kopf nicht gerade halten, weil der Hals durch den tiefen Schnitt zur anderen, unverletzten Seite abgeknickt war. Dennoch galoppierte er schnell wie ein Pferd, so daß sein Blut wie funkelndes Flugwasser sprühte. Die Männer vorm Kaffeehaus von Menekşe sprangen von ihren Stühlen und stoben vor diesem blutüberströmt herandonnernden Ungetüm wie Haselhühnerküken auseinander. Mehrere Autos und zwei Laster stellten sich dem Wasserbüffel in den Weg; immer noch Blut verspritzend, drehte sich der Büffel auf dem Platz vor dem Badestrand einigemal um sich selbst, rannte ins Wasser und schwamm, eine Blutspur hinter sich herziehend, davon. Kurz darauf kamen die Schlachter mit Messern in den Fäusten angerannt, sprangen in ein Motorboot, holten den Büffel ein, schlangen ihm einen Strick um die Hörner und kamen mit dem Tier im Schlepptau ans Ufer zurück. Doch kaum hatte der Büffel Grund unter den Hufen, entkam er seinen Henkern erneut, stürmte auf den Platz und fing dort wieder an, sich um seine eigene Mitte zu drehen. Und dann war Ihsan gekommen, hatte seinen Revolver, der in der Sonne aufblitzte, gezogen und dem Büffel aus nächster Nähe dreimal in die Stirn geschossen. Das Tier war auf der Stelle zusammengebrochen. Als dann Ihsan den Revolver mit rauchender Mündung in seinen Gurt steckte, hallte ein Aufschrei von der kleinen Brücke, die zum Strand führt, herüber, und man konnte sehen, wie Zeynel am Geländer einknickte und wie erstarrt hocken blieb. Sie gaben sich alle erdenkliche Mühe, rieben ihn mit Salben ein, ließen ihn heilsame Dämpfe einatmen, aber noch bis zur Stunde des Abendgebetes war es ihnen nicht gelungen, seine Glieder zu entkrampfen.

Die Strahlen der aufgehenden Sonne fielen aufs Wasser, Ringe von Licht glitten hintereinander ans Ufer, brachen sich vor den Wellen am felsigen Strand. Die langen Schatten der Möwen, die über Hasan dem Hinkenden mit gestreckten Flügeln segelten, und die der dahinziehenden kleinen weißen Wolken huschten über die hell beschienenen Kiesel im Wasser. Und Hasan der Hinkende watete unbeirrt durchs seichte Wasser; seine Füße schienen riesengroß und wie gebrochen vor ihm wegzuwandern. Für einen Augenblick verhielt er, blickte am Ufer entlang, ohne auch diesmal Zeynel und Dursun Kemal bei den Felsen zu entdecken, machte noch einige Schritte, bog ab ans Ufer, stieg aus dem Wasser, setzte sich auf einen abgeflachten Felsblock, zog seine Schuhe aus der Hose heraus, legte sie mitsamt seinem Hemd und Unterhemd auf einen Stein, öffnete seinen Beutel und begann mit breitem Lächeln seine Funde aus dem Meer zu betrachten. Er zitterte leicht. Zeynel und Dursun Kemal gingen zu ihm und setzten sich ihm gegenüber hin. Hasan des Hinkenden Brusthaare waren schneeweiß, seine Arme spindeldürr und seine Rippen stachen hervor. Er atmete schwer und röchelte, wenn er tief Luft holte und ausstieß. Mitleid ergriff Zeynel. Er hüstelte. Gleich danach hüstelte auch Dursun Kemal, und dann hüstelten alle beide. Schließlich hob Hasan der Hinkende den Kopf und fragte, ohne überrascht zu sein:

»Nanu, Zeynel, mein Kleiner, bist du's?«

»Ich bin's, Onkel Hasan«, antwortete Zeynel.

»Oh, oh«, seufzte Hasan der Hinkende, »die Polizei sucht dich überall. Wie gut, daß du nicht zu mir gekommen bist, seit jenem Tag ist das Haus eingekreist, da kommt nicht einmal ein Vogel durch. Auch in Kumkapi verhaften sie jeden, der ihnen über den Weg läuft und den sie für Zeynel halten.«

»Sie werden mich töten, Onkel Hasan, und wie sie mich töten werden«, jammerte Zeynel. »Hundert Kugeln werden sie mir in den Kopf schießen. Sie werden nur auf meinen Kopf zielen und ihn in Stücke schießen.«

»Ja, ja, sie werden dich töten«, sagte Hasan der Hinkende nachdenklich.

Zeynel sprang auf und umklammerte Hasan des Hinkenden Hand.

»Laß nicht zu, daß sie mich töten, Onkel Hasan, bitte!«

»Oh, mein armer Kleiner, was kann Onkel Hasan schon dagegen tun...« entgegnete seufzend Hasan der Hinkende.

Doch mit zitternder Stimme flehte Zeynel immer wieder:

»Laß mich nicht von der Polizei töten, liefer mich ihnen nicht aus!«

Und während Zeynel in einem fort wiederholte, Hasan der Hinkende möge etwas unternehmen, saß dieser mit finsterem Gesicht und gesenktem Blick gedankenverloren da. Vielleicht hörte er auch gar nicht mehr, was Zeynel sagte.

Doch nach einer ganzen Weile hob Hasan der Hinkende den Kopf, sah Zeynel in die Augen, und es schien, als habe sich seine Miene aufgehellt.

»Zeynel«, sagte er mit einem flüchtigen Lächeln, »hör auf mich und geh heute nacht zu Fischer Selim; wenn dich einer retten kann, dann er!«

»Der bringt mich zur Polizei, der tötet mich«, jammerte Zeynel unverändert.

»Hör zu, mein Kleiner«, sagte Hasan der Hinkende mit

zärtlich weicher Stimme, »hör mir gut zu: Geh du heute nacht, ohne daß dich jemand sieht, denn die Polizei hat auch Menekşe umstellt, wie ich hörte, hättest du doch bloß nicht so eine Scheiße gebaut und diesen Mann getötet, nun, was geschehen ist, läßt sich nicht ändern, geh du also zu Fischer Selim und sage ihm, Onkel Hasan habe dich geschickt. Er soll dich auf sein Boot bringen. Drüben auf Limnos wohnt unser Freund Vasili, er stammt aus Samatya, ein braver Junge, ist von hier auf die Insel geflüchtet. Zu dem soll er dich bringen. Und grüße Fischer Selim von mir ... Wenn er nein sagt, komm wieder hierher, zu mir, in zwei Tagen werde ich hier auf dich warten, wenn Fischer Selim nein sagt ...«

»Der sagt nein, sagt bestimmt nein und übergibt mich der Polizei. Der tötet mich sogar. Er hat einen Revolver ... Den drückt er mir zwischen die Augen ... Drückt hundertmal ab und bricht mir das Genick, wenn er mich in die Hände kriegt.«

»Halt den Mund!« schrie Hasan der Hinkende wütend und bestimmt. »Der tötet niemanden. Sag ihm nur: Vasili ... Wie oft sind wir zum Fischen nach Limnos gefahren, da gab es Rotbrassen, jede drei Okka schwer ... Und rot. Ganz rot ... Geh du zu Selim, er soll dich zu Vasili bringen. Sag Fischer Selim doch, Onkel Hasan habe dir gesagt, daß man dich töten wolle. Er soll dich in Sicherheit bringen. Und vergiß nicht: Vasili, Fischer Vasili aus Samatya. Unser Freund, der mehr ist als unser Bruder.«

»Sie werden mich töten, rette du mich, auch Fischer Selim wird mich ...«

»Schweig, du Hund, du!« brüllte Hasan der Hinkende, »wie redest du denn über Fischer Selim? Kein böses Wort mehr, du Hund!«

20

Alle Autos Istanbuls haben ihre Scheinwerfer eingeschaltet, eng aneinander einen weiten Ring gebildet, und im grellen Licht gehen die Polizisten mit entsicherten Pistolen in den Händen im Schutz ihrer Panzerwagen gegen Zeynel und Dursun Kemal vor, langsam, entschlossen, voller Grimm. Und von der Wasserseite haben auch die städtischen Fährdampfer ihre Scheinwerfer auf Zeynel und Kemal gerichtet. Schiffssirenen und Autohupen heulen ununterbrochen ... Zeynel ist von Polizisten umstellt ... Der Kreis wird immer enger. Aber Zeynel jammert nicht, hat nur Mitleid mit Dursun Kemal, der, ein Kind noch, mit ihm sterben wird, sich an ihn klammert und, koste es auch sein Leben, nicht von ihm läßt. Neonlicht, rotes, gelbes, grünes, fällt auf den Platz, blendet Zeynel, der die Hände vors Gesicht schlägt. Wohin er auch rennt, überall Polizisten und Autos. Er stößt gegen eine dichte Wand von Licht. Er rennt wie von Sinnen, ohne zu wissen, wohin, überall Licht, mit heraushängender Zunge sucht er einen dunklen Winkel, er rennt und rennt, wirbelt in einer Flut von Licht ... Er sucht das Gedränge, um unter den Massen Zuflucht zu finden, das grelle Licht brennt in seinen Augen, blendet sie. Wie ein Blinder taumelt er mit vorgestreckten Armen in diesem Kessel, dreht sich um sich selbst, wirbelt im Kreis, bricht mitten auf dem Platz zusammen, plötzlich gehen die Lichter aus, liegt alles in undurchdringlicher Finsternis. Keine Straßenlaternen, kein Licht in den Häusern, keine Scheinwerfer, Istanbul ist dunkel.

»Komm«, sagt Zeynel, »komm, Dursun, wir schlängeln uns da durch und retten unsere Haut!«

Sie schleichen sich vom Platz, gehen zum Früchtekai und weiter zum Gemüsemarkt. Weißkohlblätter, Porreestangen, Blumenkohlstrünke und Apfelsinenschalen auf der Erde, Haufen von verfaulten Apfelsinen und Mandarinen auf Fahrbahn und Bürgersteig, zu Festungswällen gestapelte Obstkisten am Ufer des Goldenen Horns, Geschäfte, Läden, alte Laufgewichtswaagen, Lastenträger mit geschulterten Tragsätteln, Berge von Kohlköpfen, Apfelsinen, Mandarinen, Birnen, Äpfeln und Bananen, Stapel von leeren und vollen Kisten ... Randvolle Hallen und der schlammige Spiegel des Goldenen Horns bis ans andere Ufer voll fauligem Gemüse und verfaulten Obstresten. Aufblendende Scheinwerfer von Autos und Schiffen, Lichtstrahlen bis in den Himmel, Schiffssirenen, ein Berg von Äpfeln, mit verdreckten Halstüchern klettern Lastenträger bis zum Gipfel und kippen die vollen Kiepen vornüber leer. Äpfel kugeln den Hang herunter, rollen über den Boden. Es duftet nach Äpfeln, nach taufrischem Sellerie, nach Myrtenzweigen und ihren bitteren Früchten ...

Im Licht einer Glühbirne schlief Dursun Kemal mit geöffneten Lippen den ruhigen Schlaf des arglosen Kindes.

Zeynel stand auf und suchte mit wachen Augen die Gegend ab. Die Lastenträger hatten sich hingehockt und waren, mit den Rücken an ihre Tragsättel gelehnt, eingeschlafen. Bemüht, ihnen nicht auf die Füße zu treten, ging Zeynel an ihnen vorbei. Scharfer Schweißgeruch stieg ihm in die Nase. Noch immer troff den Männern, die täglich einige Tonnen Lasten schleppen, der Schweiß. Auf dem Goldenen Horn glitt ein Boot flußaufwärts durch die Dunkelheit, das Klatschen der eintauchenden Riemenblätter war bis hierher zu hören.

Dursun Kemal blähte jedesmal, wenn er ausatmete, die rechte Wange. Zeynel kniete sich neben ihm nieder und betrachtete ihn. Ganz flüchtig kam ihm der Gedanke, daß dieser Junge in dieser Welt der einzige war, den er mochte, und ein warmes, herzliches Gefühl, das mehr war als freundschaftliche Zuneigung, mehr als Liebe und Zärtlichkeit, umfing ihn weich wie Samt. Dursun Kemals schmales, trauriges Gesicht schien in diesem fahlen Licht noch schmaler, noch länger ... Außer Zeynel hatte er niemanden mehr, an den er sich klammern konnte, und Zeynel hatte keinen anderen außer ihm. Seit Tagen floh er mit Zeynel vor dem Tod und wurde fast wahnsinnig, wenn er Polizisten sah. Vielleicht waren dies nicht wortwörtlich Zeynels Gedanken, als er Dursun Kemals schönes, sonnengebräuntes, sogar im Schlaf angsterfülltes Gesicht betrachtete, vielleicht war er sich dieser tiefen, warmen, so köstlich empfundenen Liebe gar nicht bewußt, aber er spürte sie.

Bebend streckte er seine Hand aus, streichelte scheu Dursuns Kopf und murmelte:

»Deine Mutter hat dein Vater schon getötet ... Und dich wird er auch töten, wenn du zu ihm gehst, aber ich weiß, du gehst nicht. Dein Vater ist ein Ungeheuer, ein wild gewordenes Tier.«

Er hatte das ganzseitige Bild der splitternackten Zühre in dieser sehr bunten Zeitung wieder vor Augen. Die zerschnittenen Brüste schwammen im Blut. Die ausladenden Hüften waren immer noch schön. Ihr Bauch, ihre Brust von Stichen durchlöchert. Das Blut hatte das Leintuch rot gefärbt und war auf dem Fußboden zu Lachen geronnen. Wieder stieg ihm dieser durchdringende, berauschende Frauengeruch in die Nase und ihm war ganz eigenartig zumute.

Zeynel seufzte und streichelte noch einmal behutsam Dursuns Haar. Er mußte weiter, aber was würde dann aus diesem Jungen werden?

Er öffnete einen der Beutel, zog einige Bündel Banknoten heraus und stopfte sie in Dursun Kemals Hosentaschen. Er ist ein kluges Kind, sagte er sich, beugte sich zu ihm nieder, küßte ihm Haare, Augen und Wangen, ergriff seine warme Hand, drückte sie und erhob sich schweren Herzens. Sein Schatten fiel auf den schlafenden Jungen. Mit Tränen in den Augen drehte Zeynel sich um und ging am Ufer entlang zum Früchtekai, doch plötzlich blieb er wie angewurzelt stehen, wollte weitergehen und schaffte nicht einen einzigen Schritt. Wie konnte er Dursun dort nur liegenlassen und sich davonstehlen? Aber würde Fischer Selim nicht sagen: »Als reichtest du mir nicht, bringst du mir auch noch diesen Bastard ins Haus, mach, daß du fortkommst!« Und wie soll sich Dursun denn in diesem fremden Land zurechtfinden? Aber ihn einfach so zurückzulassen konnte Zeynel auch nicht über sich bringen.

Denn als er hier stehengeblieben war, mußte er mit Schrecken feststellen, daß er ohne den Jungen gar nicht mehr konnte, und der Junge seinerseits käme ohne ihn auch nicht weiter. Sie stützten einander, verließen sich aufeinander. Im Laufschritt eilte er zurück, Dursun lag da wie vorhin und schlief. Er beugte zu ihm hinunter, sagte: »Dursun Kemal«, und richtete sich plötzlich ernüchtert wieder auf. Nein, gemeinsam mit diesem Jungen würde Fischer Selim ihn nirgends hinbringen! Er machte kehrt, lief wieder zum Früchtekai, machte dort halt und blieb regungslos wie ein Stein am Ufer des Goldenen Horns stehen. Er konnte weder vor noch zurück. Angst kroch in ihm hoch, umspülte ihn wie Flutwellen. Sein Schatten fiel auf das dunkle Wasser des Goldenen Horns. Möwen flogen am Nachthimmel. Zeynel Çelik rührte sich nicht von der Stelle, stand da wie festgenagelt. Hinter den Möwen, die zum Wasser hinunterstießen und aufflogen, gewahrte er die Schatten dreier Männer, die näher kamen, wie mit dem Vogelschwarm verhaftet herumwirbelten, sich darin verloren, wieder zum Vorschein kamen, zu laufen begannen, wieder verhielten, wuchsen und schrumpften, sich duckend und streckend durch den dichten Schwarm kämpften. Sie blieben bei Zeynel stehen und nahmen ihn in ihre Mitte. Auch Autos, Menschen und Schwärme von Möwen umringten ihn plötzlich so eng, daß er keine Luft bekam. Und dann zogen sie ab, die Männer, die Möwen und Autos, zogen ab und verschwanden. Nur das Flügelrauschen der Möwen am Nachthimmel war noch zu hören. Dann kamen die Schatten der Möwen und Männer wieder zurück, umkreisten ihn erstickend eng, und eine Wand grellen Lichts baute sich um ihn auf und erdrückte ihn fast. Und so ging es hin und her, regneten immer wieder die Schatten der Möwen auf Zeynel herab, in immer kürzeren Abständen, in denen Zeynel zu entwischen versuchte; schließlich wirbelte er nur noch im Kreis, versuchte, nach links und rechts auszubrechen, den Ring der Männer und Möwen zu sprengen, während von der Galata-Brücke das Heulen einer Schiffssirene endlos lang herüberhallte.

»Der da, der da ist Zeynel Çelik«, rief es vom Schiff herunter, danach hörte er das Klatschen von Möwenflügeln, und dann schrie die ganze Menschenmenge: »Haltet ihn, das ist er, der Zeynel Çelik, der Gangster, Mörder, Blutsauger und Bankräuber, der blutrünstige Zeynel Çelik!«

Mit einem Satz durchbrach Zeynel die Wand von Möwen und Menschenschatten, rannte nach rechts davon und verschnaufte erst wieder auf der Brücke von Unkapani. Auf der gegenüberliegenden Straßenseite stand ein Taxi, er lief hinüber und weckte den Fahrer, der am Steuer saß und schlief.

»Fahr los, fahr nach Menekşe!«

Der Fahrer startete den Wagen. Als sie losfuhren, blickte Zeynel zurück und sah über dem Goldenen Horn Hunderte Möwen pfeilschnell ins Neonlicht hineinfliegen, hell aufleuchten, bevor sie wieder im Dunkel verschwanden, und die Schatten der drei Männer kamen über den Asphalt gehuscht, dehnten sich, zogen sich zusammen, duckten und streckten sich, begleitet von schrillem Gepfeife.

Bei der Brücke in der Nähe des Bahnhofs ließ er halten, verließ das Taxi und ging, vorbei am Sitz des Präfekten, zur Asphaltstraße, die nach Menekşe führte. Er fror ein bißchen. Von der See her drang das harte Klopfgeräusch eines Motors an sein Ohr, so deutlich, als stampfte der Kutter neben ihm durchs Wasser. Trotz der Dunkelheit hatte Zeynel Selims Haus bald gefunden. Doch als er durch den kleinen Garten ging, bekam er es wieder mit der Angst, wolte auf der Stelle umkehren, brachte es dann doch nicht über sich, ging an die Tür, versuchte vergebens zu läuten, schlich mit der Geschmeidigkeit einer Katze ums Haus und blieb dann ratlos im Garten stehen. Vorm nahen Bahnhof flogen mit lautem Flügelschlag Möwen durchs Lampenlicht. Er zuckte zusammen, war auf der Hut. Und sowie Fischer Selim die Tür öffnete ... Zeynel wußte nicht, wie er sich verhalten sollte, er würde entweder davonrennen oder sich ihm zu Füßen werfen. Eine ganze Weile blieb er so stehen, horchte auf das nächtliche Summen und Zirpen, hörte das dumpfe Tuckern der vorbeiziehenden Kutter. Die Möwen flogen ins Licht hinein und wieder hinaus, und nacheinander schwebten Flugzeuge mit strahlenden Scheinwerfern im Tiefflug dicht über das hell aufleuchtende Meer und landeteten donnernd in Yeşilköy. Er schlief fast im Stehen, wirre Wachträume ließen ihn nicht los. Und alle Autos Istanbuls haben ihr Fernlicht auf ihn gerichtet, kommen immer näher, vor ihnen Polizisten mit gezogenen Pistolen ... Möwen durchfliegen die bunten Lichtkegel der Neonröhren, riesige Schatten von Männern mit Maschinenpistolen nähern sich, allen voran Hüseyin Huri und Dursun Kemal, wachsen pappelhoch, drängen ihn an eine Mauer, werfen mit eingefetteten Lassos nach ihm, die Schlingen zischen wie Peitschen durch die Luft. Pfeifende Züge, heulende Schiffe, röhrende Flugzeuge, wild gewordene Wasserbüffel, blutüberströmt, die mit riesigen Hörnern die Auslagen aller Geschäfte in Beyoğlu zertrümmern, alles stürmt auf ihn ein. Auf dem Taksimplatz haben Polizisten die rasenden Büffel zusammengetrieben und schießen sie ab. Ganz Istanbul hallt wider vom nächtlichen Geklirr berstender Fensterscheiben. Splitternde Scherben regnen ununterbrochen auf den Taksimplatz, wo Polizisten auf Büffel schiessen, die brennend durch züngelnde Flammen flüchten.

Er setzte sich neben einem Beet voller Wunderblumen auf die Türschwelle, lehnte sich zurück und war auch schon fest eingeschlafen.

Als die Tür geöffnet wurde, kippte er zur Seite, richtete sich gleich wieder auf, lehnte den Hinterkopf an die Hauswand und schlief wieder ein. Fischer Selim eilte zurück und machte Licht. Vornübergesunken hockte Zeynel mit dem Rücken zur Wand, hatte das Kinn auf die Brust gesenkt und schlief. Und neben ihm drei vollgestopfte, große Beutel. Fischer Selim blieb bei ihm stehen und überlegte, was er tun solle. Eigentlich gar nichts. Ihn der Polizei ausliefern konnte er nicht, und verstecken konnte er ihn auch nicht ... Kämen die Menekşeer dahinter, daß er Zeynel Zuflucht gewährte, sie streuten seine Asche in den Wind! Er löschte sofort das Licht, beugte sich über Zeynel und sagte leise: »Zeynel, mein Junge Zeynel.«

Doch außer einem seufzenden »Mhhh« war von Zeynel nichts zu hören.

»Zeynel, Zeynel ...«

Plötzlich fiel ihm ein, daß Zeynel ihm das Haus angezündet hatte, er gab ihm einen Fußtritt und zischte: »Steh auf, du Hundesohn, hoch mit dir!«

Mit Mühe zog Zeynel sich an der Hauswand hoch, doch dann sackte er wie leblos wieder zusammen.

Und plötzlich hatte Selim Mitleid mit ihm, bereute, den schlafenden kleinen Kerl getreten zu haben, und kniete sich neben ihn. Was aber, wenn ihn schon ein Nachbar hier gesehen hatte, sofort zur Polizei gelaufen war, die Polizisten sich schon auf den Weg gemacht hatten, ihn hier entdeckten und gleich umbrachten, denn ihn zu verhaften, käme weder der Polizei noch der Presse zupaß, und auch wenn er sich stellte, würden sie ihn in der Präfektur töten, seinen Leichnam irgendwo im Gelände ablegen und behaupten, sie hätten ihn nach stundenlangem Schußwechsel zur Strecke gebracht. Und noch vor Morgengrauen würden die Journalisten zur Stelle sein und die Legende des einsamen Gangsters schreiben, der nach stundenlangem Kampf gegen eine Übermacht von Polizisten sein Leben aushaucht.

»Zeynel, Zeynel«, flüsterte er und schüttelte ihn. »Hör zu, mein Kleiner, die Polizisten sind im Anmarsch. Es sind viele, sehr viele, nun wach schon auf, mein Kleiner! Bist du noch bei Trost? Hoch mit dir!«

Zeynel schlug die Augen auf und schaute um sich.

»Die Polizei?«

»Ja, die Polizei«, antwortet Fischer Selim und schüttelte ihn kräftig. »Sie kommen und werden dich töten.«

»Sie – werden mich – töten ...« murmelte Zeynel und war schon wieder weggedämmert.

»Mein Gott!« stöhnte Fischer Selim. »Zeynel, mein Junge, das Kaffeehaus ist voller Polizisten. Was hast du in dieser

Gegend zu suchen? Die erschießen dich auf der Stelle, wach auf und komm!«

Er begann wieder, ihn zu schütteln, mochte ihn aber nicht zu hart anfassen. Der arme Junge tat ihm leid. Und der soll all diese Morde begangen und Banken ausgeraubt haben? Fischer Selim wollte es nicht glauben. Und wäre er damals nicht dabeigewesen, als Zeynel Ihsan niederschoß, hätte er auch das nicht geglaubt.

Und wieder bekam er es mit der Angst bei dem Gedanken, der Junge könnte in seinem Haus getötet werden. Noch jahrelang würde das ganze Viertel genüßlich behaupten, es sei doch dieser niederträchtige Fischer Selim gewesen, nicht wahr, der den armen Zeynel, einen Däumling im Kindesalter, an die Polizei verpfiffen habe. Schon die Vorstellung erschreckte ihn.

»Steh endlich auf!«

Er zog ihn hoch und stellte ihn auf die Beine.

»Steh auf, mein Kleiner, die Polizei ... Sie ist überall, hoch mit dir!«

»Polizei?« fragte Zeynel nur, bückte sich, schnappte sich die Beutel, rannte hinunter zum Bahnhof, blieb unter der Straßenlampe stehen, sah zum Eingang hinüber, schloß blinzelnd die Augen, als wolle er feststellen, wo er sich befand, rannte sofort wieder zurück, stürzte durch die offene Tür ins Haus, war mit einem Satz wieder draußen, als irgend etwas laut schepperte, umkreiste mehrmals Fischer Selim, lief ins Haus zurück, und Fischer Selim, der ihm gefolgt war, hielt die Tür zu und sagte:

»Bleib stehen, Zeynel!«

»Sie töten mich, sie töten mich, die Polizisten haben mich umstellt und wollen mich töten«, rief Zeynel und versuchte, durch die Tür zu entwischen.

Doch Fischer Selim hatte ihn an der Schulter gepackt und hielt ihn mit seinen starken Armen fest.

»Sei still«, flüsterte er, »sie werden dich hören!«

»Die Polizisten«, wiederholte Zeynel nur.

Ohne Zeynels Schulter loszulassen, schaltete Fischer Selim mit der freien Hand das Licht ein. Zeynels Augen stierten aus ihren Höhlen, sein Haar hing wirr ins angespannte Gesicht und seine Lippen waren blau angelaufen.

Fischer Selim mußte lächeln. Um ihn zu beruhigen, sagte er mit weicher Stimme:

»Setz dich erst einmal hin, Zeynel, du bist ja gerade erst aufgewacht. Ich werde dir einen Tee machen.«

Zeynels Kiefer mahlten, seine hervorstehenden Augen rollten ... Er war noch immer auf dem Sprung.

»Beruhige dich, mein Kleiner, fürs erste ist weit und breit kein Polizist in Sicht.«

Nachdem Fischer Selim eine ganze Weile beruhigend auf Zeynel eingeredet hatte, brachte er ihn dazu, sich an den Tisch zu setzen. Dann zündete er den Gaskocher an und brühte Zeynel einen Kamillentee. Mit angstgeweiteten Augen trank Zeynel seinen Tee, blickte dabei immer wieder besorgt zur Tür, beruhigte sich aber nach und nach, und nachdem er noch einige Gläser geleert hatte, drehte er sich auch nicht mehr ängstlich um.

Darauf bedacht, ihn nicht zu erschrecken, fragte Fischer Selim mit ruhigem Lächeln:

»Nun, Zeynel Çelik, sag schon, was gibt's?«

Wie von der Sehne geschnellt sprang Zeynel auf und ergriff Fischer Selims Hand.

»Rette mich, sie wollen mich töten!« flehte er. »Istanbul ist voller Polizisten, und alle wollen mich töten. Rette mich!«

Hatte er die eine Hand geküßt, ließ er sie los und küßte die andere.

»Onkel Hasan hat gesagt: ›Der einzige, der dich aus Istanbul retten kann, ist Fischer Selim‹, hat er gesagt. ›Er soll dich‹, hat er gesagt, ›zu Vasili bringen, zu Vasili aus Samatya ...‹ Und schau, ich hab viel Geld, drei Beutel voll Geld ... Das ist viel. Sie wollen mich töten ... Schießbefehl ... Wohin du schaust, Polizei ... Und alle ... Onkel Hasan ... Vasili ...«

»Halt an«, sagte Fischer Selim, »halt an, mein Kleiner. Hasan der Hinkende ist genau so verrückt wie du. Wer weiß, ob Vasili noch lebt. Ich habe ihn seit Jahren, wohl seit fünfzehn

Jahren nicht mehr gesehen ... Wer weiß, vielleicht ist er schon gestorben.«

»Er lebt«, schrie Zeynel. »Und es ist viel Geld ...«

»Nein, es geht nicht«, sagte Fischer Selim. »Ich kann dich nicht auf eine griechische Insel bringen. Schon in den Dardanellen würden sie uns stellen. Nein, ich kann dich nicht hinbringen.«

»Dann fahren wir eben nachts.«

»Nachts ist es noch gefährlicher.«

»Vasili ...«

So ging es hin und her, Fischer Selim wurde wütend, schimpfte, redete mit Engelszungen, beschwor ihn aufzugeben, der Motor sei zu alt, das Boot nicht seetüchtig für eine Sturmfahrt in der Ägäis, außerdem würde man sie in Griechenland ins Gefängnis stecken, und viele Feinde habe er dort auch ... Sein Gegenüber aber hörte gar nicht zu, leierte immer nur: »Rette mich, sie werden mich töten, sie werden mich töten, rette mich!«

Als Fischer Selim sah, daß nichts fruchtete und der Morgen graute, sprang er auf die Beine.

»So, Zeynel«, sagte er, »es reicht. Ich fahre hinaus, und dich kann ich nirgendhin bringen ... Deinetwegen ist die Polizei auch hinter mir her.«

Er nahm Zeynel bei der Hand, drängte ihn zur Tür hinaus und schloß hinter sich ab.

»Und bleib nicht hier. Menekşe wimmelt von Polizisten. Wohin du auch gehst: Polizei. Mein Haus beobachten sie besonders scharf. Und komm nie wieder hierher nach Menekşe!«

Er ließ ihn stehen, ging eiligen Schrittes zum Bahnhof hinunter, bog hinter der Brücke zum Anleger ab, sprang in sein Boot, warf die Leinen los, schaltete den Motor ein, schob den Hebel auf volle Kraft, steuerte auf die offene See und drosselte den Motor erst vor der Unseligen Insel. Wie von einem Ungeheuer in Angst versetzt, war er vor Zeynel geflohen. Der arme Kerl ist in Gefahr, sagte er sich. Sie werden ihn töten, haben es in diesem Augenblick vielleicht schon getan. Und die prall gefüllten Beutel, die er fest an sich drückte und nicht loslassen wollte, sie müssen voller Geld gewesen sein. Und Fischer Selim versuchte, nicht mehr an Zeynel zu denken.

Die Felsen der Unseligen Insel leuchteten heute dunkelviolett in der Sonne. Dicht am Strand schimmerten die weißen Kiesel, glitzerten kleine Fische im sonnengesprenkelten seichten Wasser.

Fischer Selim hatte die Angelschnur ausgeworfen, aber nach Fischfang war ihm heute überhaupt nicht zumute. Er zog sie wieder ein und behielt den Blinker nachdenklich in der Hand. Er wollte es sich nicht eingestehen, aber ein Gedanke kam ihm immer wieder so verführerisch, daß ihm vor Glück schwindelte, wenn er sich ihm hingab. Was hatte er hier, mitten auf dem Meer, nicht schon versucht, ihn zu verscheuchen. Ein noch hell erleuchteter weißer Passagierdampfer glitt durch die milchig weiße See vorüber, schwebte durchs Morgenrot wie eine riesige Möwe … Rosarote Wolken wanderten über die Insel, ihre dem Morgenlicht zugewandte Seite leuchtete silbern, die andere in fahlem Blau.

Er angelte noch einige Fische, doch sie gefielen ihm nicht, und er warf sie den Möwen hin. Jedesmal, wenn er einen Fisch hochwarf, flog ein Schwarm Möwen wie eine riesige Kugel hinter der Beute her. Das Spiel machte ihm Spaß, und er angelte weiter. Und jeden Fisch, ob klein oder groß, warf er den Möwen zu. Manche von ihnen kamen blitzschnell aus dem Schwarm hervorgeschossen, schnappten ihn noch in der Luft und flogen mit dem zappelnden Fisch im Schnabel pfeilschnell zur Insel Burgaz, zur Großen Insel oder zur Insel Heybeli davon. Sie jagten nach jedem Fisch, und erwischte eine von ihnen ihn in der Luft oder im Wasser, machte sie sich davon, gelang es ihr aber nicht, balgte sich die ganze Meute wie ein Knäuel schlagender Flügel und hackender Schnäbel dicht über dem eintauchenden Fisch.

Immer mehr Möwen tummelten sich über dem Boot, den Fischgeruch witternd, kamen sie von Zeytinburnu, von den

Inseln und von Yalova herüber. Fischer Selim warf den Makrelenpaternoster immer wieder aus, hatte manchmal bis zu acht Bastardmakrelen an den Haken, warf die ausgehakten Fische mit aller Kraft in die Höhe und stand dann auf, um den Möwen zuzusehen, die sich mit schlagenden Flügeln für einen einzigen Fisch fast die Augen aushackten.

Bis Sonnenuntergang trieb Fischer Selim mit seinem Boot inmitten dieses Wirrwarrs von Möwen. Er konnte die so nahe Unselige Insel hinter einer Wand von Möwen schon nicht mehr sehen. Das Meer, die Insel, der Himmel wimmelten von Möwen, die Nacht war erfüllt vom Klatschen ihrer Flügel.

Als in der Stadt und auf den Inseln die Lichter aufflammten, warf Fischer Selim den Motor an, stieß mit dem Boot durch diese Wand flügelschlagender Möwen und nahm Kurs auf Istanbul.

Er wollte nicht zurück. Und während er dem gleichmäßigen Klopfen des Motors lauschte, spürte er ein bitteres Gefühl da drinnen, überkam ihn eine dunkle Vorahnung. Er mußte ja nicht nach Menekşe, überlegte er, konnte doch überallhin ... Aber etwas ließ ihm keine Ruhe: Und wenn sie Zeynel gefangen hatten, gar getötet, den armen Kerl, den – und jetzt mußte er lächeln – Gangster Zeynel Çelik?

Gegen Mitternacht lief sein Boot in die Mündung des Flüßchens Menekşe ein. Im Kaffeehaus brannte noch Licht, doch der Ort war still und der Platz menschenleer. Demnach hatte sich heute nichts Besonderes ereignet. Fischer Selim vertäute das Boot, sprang an Land und ging geradewegs ins Kaffeehaus. Die Gaststube war gut besucht, an einem Ecktisch saßen drei Polizisten und spielten Karten. Er ließ seinen Blick durch den Raum wandern, die Stimmung war wie immer, und plötzlich machte seine Neugier einer unbändigen Freude Platz. Er machte sofort kehrt, nahm den Pfad, der zu seinem Haus führte, überquerte im Laufschritt den Bahndamm und lief in seinen kleinen Garten. Die Bäume waren nur zur Hälfte verkohlt, an den vom Feuer verschonten Zweigen grünte das Laub. Fischer Selim verschnaufte unter dem ersten Baum am

Eingang, und im nächsten Augenblick schlug seine Freude um in helle Wut, als er die Umrisse Zeynels erkannte, der zusammengekauert auf der Türschwelle hockte.

»Bist du immer noch hier, weg mit dir, weg, und treibe mich nicht zum Äußersten! Geh, oder ich melde es der Polizei!« Mit einigen Schritten war er bei ihm, beugte sich über ihn, und seine Stimme schlug über, als er schrie: »Verschwinde ... Erst mein Haus anzünden ... Dann mich töten wollen ... Geeeh! Oder ich laufe zur Polizei ...«

»Dann werden sie mich sofort umbringen«, wimmerte Zeynel.

»Ja, das werden sie: dich töten ... Steh also auf und verschwinde auf der Stelle!«

»Ich kann nirgendwohin«, murmelte Zeynel. »Überall ist die Polizei hinter mir her. Ganz Istanbul besteht nur aus Polizisten ... Vasili.«

»Vasili, Vasili«, brüllte Fischer Selim und ging mit fuchtelnden Armen kopfschüttelnd davon. Er schlug den Weg zum Bahnhof ein, kam wieder zurück, baute sich vor Zeynel auf und schimpfte: »Und sag deinem ans Bein geschissenen Hasan Altinbüken dem Hinkenden, Vasili sei tot, sei gestorben! Ich habe jeden gefragt, ja, er ist tot, hast du das verstanden! Vasili aus Samatya ist auf jener griechischen Insel, auf Limnos, gestorben ...«

Zeynel sagte keinen Ton.

Blut und Wasser schwitzend wanderte Fischer Selim bis zum Morgengrauen wie ein Weberschiffchen zwischen dem Bahnhof und seiner Hütte hin und her, flehte Zeynel an, drohte mit der Polizei, zog seinen Revolver, drückte den Lauf an Zeynels Stirn, doch Zeynel sagte kein Wort, machte keinerlei Anstalten, hockte auf der Türschwelle zusammengesunken und wie zu Stein erstarrt nur so da.

Je heller es wurde, desto mehr wuchs Fischer Selims Angst, daß jemand Zeynel entdecken und die Polizei benachrichtigen könnte. Jeder hier würde es tun, sogar die Kinder.

Ratlos und außer sich vor Wut und Angst wanderte Selim

auf und ab. Schließlich sagte er verbittert: »Ich geh zur Polizei. Du kannst tun und lassen, was du willst, aber die Polizei wird bald hier sein.«

»Geh zur Polizei«, antwortete Zeynel leise und fügte mit überraschender Kaltblütigkeit hinzu: »Von dir war auch nichts anderes zu erwarten.«

»Ja, ich gehe«, wiederholte Selim, »ich gehe auf und davon, sieh zu, wie du weiterkommst.«

Er fühlte sich elend, als er zum Anleger hinunterging. Sein ganzer Körper schmerzte. Er stieg ins Boot, fuhr zum Auftanken nach Yeşilköy und nahm dann Kurs auf den Bosporus. Er wollte nach Rumelikavak, Schiffer Hasan den Kurzen, seinen alten Freund, besuchen und einige Tage bei ihm bleiben. Er hatte richtig Sehnsucht nach ihm, aber auch nach den mächtigen Platanen von Rumelikavak, in deren Schatten die Muschelverkäufer sich beim Aufbrechen der Schalen die flinken Finger blutig rissen.

Hasan der Kurze empfing ihn noch herzlicher als sonst, war vor Freude ganz außer sich, bewirtete ihn mit Raki, Fisch und Gerichten vom Schwarzen Meer und bemühte sich um ihn wie ein Kind, dem gerade ein Herzenswunsch erfüllt worden war. Dennoch gelang es ihm nicht, Fischer Selim aufzuheitern. Kaum erwacht, stürzte Selim sich jeden Morgen mit finsterer Miene und flackerndem Blick auf die Zeitungen, und erst wenn er eine Weile gelesen hatte, beruhigte er sich, seine Gesichtszüge hellten sich auf, nach einer Weile legte er die Zeitungen beiseite, erhob sich und ging, in Selbstgespräche vertieft, unter der Platane auf und ab.

Am vierten Abend packte ihn die Unruhe, er zitterte plötzlich an allen Gliedern so vor Aufregung, daß er sich nicht einmal die Zeit nahm, von Schiffer Hasan Abschied zu nehmen, sich in sein Boot schwang und Kurs auf Menekşe nahm.

Als er unter der Bahnhofsbrücke den Weg zu seiner Hütte einschlug, schien ihm vor Unruhe das Herz fast zu zerspringen. Ohne zu verschnaufen, hetzte er den Pfad hinauf. Es dämmerte, das Meer hellte sich auf und überzog die Umgebung mit fahlem Schimmer. Als Selim auf der Türschwelle die Umrisse Zeynels erkannte, der dort noch immer reglos wie ein zusammengeschnürtes Bündel kauerte, erfüllte ihn helle Freude, spürte er, wie sein Herz vor Erleichterung hüpfte.

»Zeynel!« Seine Stimme klang weich und zärtlich. »Ich bin's, dein Onkel Fischer Selim.« Mit zitternden Händen steckte er den Schlüssel ins Schloß und öffnete. »Rein mit dir! Wir fahren zu Vasili, auf die Insel Limnos, nach Griechenland ...«

21

Dursun Kemal Alceylan schrak aus dem Schlaf hoch, sprang auf die Beine, rieb sich mit mit den Fäusten schlaftrunken die Augen, rannte ans Ufer, knöpfte den Hosenschlitz auf und strullte sehr lange genüßlich ins Wasser. Doch als er die Hose wieder zuknöpfte, verhedderten sich seine Finger, und plötzlich schrie er auf: »Zeynel, Bruder Zeynel!«

Dann hetzte er zurück, rannte zwischen Haufen von Äpfeln, Apfelsinen, Mandarinen, Kohlköpfen, roter Bete, Petersilie und Porree umher, stieß gegen Menschen, kippte gestapelte Kisten und rief immer wieder enttäuscht: »Bruder Zeynel! Bruder Zeynel, wo bist du, wo bist du hin?«

Wie von Sinnen lief er kreuz und quer durch die Gemüsehalle. Als noch immer keine Antwort kam, ließ er hoffnungslos seine Arme sinken und blieb mitten in der Halle regungslos stehen. Sein Kopf war leer, er konnte keinen Gedanken fassen. Gekrümmt unter dem Gewicht mannshoch gestapelter Kisten, bahnten sich mit lauten Warnrufen Lastträger mit langen schwarzen Schnauzbärten, schmalen braunen Gesichtern, geschwollenen Halsschlagadern, vorgestrecktem Hals und hervorquellenden Augen einen Weg durch die Menge. Dursun Kemal rührte sich nicht, sah den Vorbeigehenden ins Gesicht, als suche er dort eine Antwort.

Als ein hochgewachsener Mann mit faltigem Hals, zerknitterter Hose, gestreiftem Hemd und langem Mantel an ihm vorbeiging, stellte er sich ihm in den Weg. Der Mann erschrak zuerst, dann lächelte er und fragte:

»Wolltest du etwas, mein Kleiner?«

»Hast du Bruder Zeynel gesehen? Eben war er noch hier, Bruder Zeynel ... Als ich schlief ... Er hat drei Beutel in der Hand«, sprudelte es aus Dursun Kemal heraus.

Verwundert, lächelte der Mann erneut, beugte sich zu dem Jungen herab und antwortete:

»So einen Mann kenne ich nicht.«

Dursun Kemal lief zum nächsten:

»Ist Bruder Zeynel hier vorbeigekommen? Er trägt drei Beutel in der Hand ...«

»Den habe ich nicht gesehen«, entgegnete dieser im breiten Tonfall der Lasen. »Ich kenne ihn gar nicht.«

Er fragte einen Ladenbesitzer, eine Frau, einen Beamten der Stadtverwaltung, ein schönes Mädchen, einige Lastträger:

»Bruder Zeynel, Bruder Zeynel, als ich schlief ... Drei Beutel in der Hand ... Drei große, volle Beutel ... Ist er hier vorbeigekommen?«

Das Gedränge in der Halle wurde immer dichter, und Dursun fragte jeden, der ein freundliches Gesicht hatte, nach Zeynel. Bis zum Mittag hatte er wohl jeden angehalten, von dem er eine Antwort erhoffte. Aber niemand hatte Zeynel gesehen und konnte ihm sagen, wo er abgeblieben war. Enttäuscht stand er wieder da. Brodelnder Lärm herrschte in der mehrere Hangars großen, überdachten Halle. Man handelte, feilschte, verhandelte, schimpfte, jammerte, lachte, umarmte sich, schüttelte sich die Hände, schüttete Obst zu Haufen, rannte, zählte ... Es war ein ständiges Kommen und Gehen, die ganze Halle schien in Bewegung. Und mittendrin stand der Junge, wollte nicht glauben, daß Zeynel ohne ihn davongegangen war, hielt sehnsüchtig nach ihm Ausschau und hoffte mit klopfendem Herzen, daß er jeden Augenblick hinter einem der Vorbeigehenden auftauchen würde.

Dünn, hohlwangig, die wuchernden Bartstoppeln leicht ergraut, die Schnurrbartspitzen gelb vom Nikotin, das Jackett zerrissen, die gestreiften Hosen wie Ofenrohre, die traurigen, dreieckförmigen Augen weinerlich, pechschwarz und so winzig, daß kein Augenweiß zu sehen war ... Er hatte sich mit dem Rücken an einen Stapel Kisten gelehnt, starrte gedankenversunken in das von Abfällen verdeckte Wasser des Goldenen Horns und sog verdrossen am Rest seiner Zigarette, so daß die eingefallenen Wangen noch hohler erschienen, als sie schon waren.

Dursun Kemal lief zu ihm und ging vor ihm in die Hocke.

»Kennst du meinen großen Bruder Zeynel?« fragte er den Mann.

»Gestern nacht haben wir hier geschlafen. Er würde mich nicht allein zurücklassen und weglaufen. Was ist mit ihm, wo ist er hin, ich suche ihn schon seit heute morgen. Er hat drei Beutel in der Hand, prallvoll und so groß wie Säcke. Hast du ihn irgendwo gesehen? War nachts Polizei hier? Ich habe nichts gehört. Ob sie auf ihn geschossen haben? Bruder Zeynel würde mich sonst nicht allein lassen und weglaufen. Ob sie ihn getötet haben? Ich hab überall nachgeschaut, auch auf den Asphalt, aber ich habe nirgends eine Blutspur gesehen. Bist du *hier* Lastträger, haben sie ihn heute nacht hier gefangen und ihm Handschellen angelegt, hatte Hüseyin Huri die Polizisten angeführt, wer kann mir sagen, ob sie ihn getötet haben, hast du nicht gesehen, daß sie ihn verhaftet haben, oder weißt du, wer es gesehen hat, Onkel?«

Der Mann sah ihn an, machte noch einen Zug und fragte neugierig:

»Wer ist dieser Zeynel?«

Dursun Kemal stutzte. Verstört blickte er auf das Goldene Horn und die kreisenden Möwen.

»Wer Bruder Zeynel ist, fragst du? Er ist Fischer. Weder auf dieser Brücke, noch auf der anderen gibt es einen, der besser ist als er ... In drei Stunden hat er, hat Bruder Zeynel dreißig Bonitos aus dem Wasser gezogen, bei der andern, bei der Galata-Brücke.«

»Ohooo«, staunte der Lastträger, »dann muss er ein sehr guter Fischer sein, der Zeynel.«

»Keiner ist besser als er«, begeisterte sich Dursun Kemal. »Du kennst ihn und hast ihn gesehen, nicht wahr?«

»Ich habe ihn nicht gesehen«, antwortete der Lastträger.

»Gestern haben wir dort ... Da drüben ... Zwischen den leeren Kisten geschlafen ... Auf Wachstuch ... Er wird doch kommen, nicht wahr?«

»Er kommt bestimmt«, antwortete der Lastträger.

Dursun strahlte.

»Ja, er kommt bestimmt«, rief er, stand auf und machte sich wieder auf die Suche. Er schlängelte sich durchs Gedränge, prüfte die Gesichter der Menschen, bis ihn ein abgebrühter Losverkäufer mit schmal rasiertem Schnurrbart den Weg verstellte und ihm eine Ohrfeige gab.

»Du arbeitest mit mir!«

»Ich hab zu tun, Onkel.«

»Was hast du schon zu tun, du Hund!«

Der Losverkäufer zog ihn am Ohr.

»Ich kann dir das Ohr abreissen oder dich satt machen. Du wirst dort am Tor Schmiere stehen und mich warnen, wenn Polizei kommt! Dafür gebe ich dir fünfzehn Lira.«

»Ich habe zu tun, Onkel.«

»Was hast du Bastard denn zu tun?«

»Ich suche meinen Bruder Zeynel.«

»Ich werde gleich dich und die Mutter deines Bruders Zeynel ...«

Der Losverkäufer holte noch einmal aus, doch Dursun Kemal duckte sich und lief davon.

»Wenn mein Bruder Zeynel gleich kommt, wirst du was erleben!« rief er von weitem. »Er füllt dir den Bauch mit Blei. Weisst du Klotz denn, wer mein Bruder Zeynel ist? Zeynel Çelik, der Gangster.«

Der Losverkäufer stutzte, stand nachdenklich da, und Dursun Kemal bereute tausendmal, ihm den Namen Zeynel Çelik genannt zu haben. Er rannte hinaus und war auch schon zwischen den blauen, roten, orangefarbenen, grünen oder mit bunten Blumen bemalten Pritschen der Lastwagen verschwunden, die auf schlammigen Rädern kreuz und quer vor der Halle, auf dem Bürgersteig oder auf der Fahrbahn beladen und entladen wurden.

Mann, hat der Losverkäufer einen Schrecken gekriegt, als er den Namen Zeynel Çelik hörte ... Während Dursun Kemal durch die Reihen der wartenden Lastwagen zum Ägyptischen Markt rannte, spürte er, wenn auch nur für kurze Zeit, wie sein altes Selbstvertrauen zurückkehrte. Nein, den Gangster Zeynel Çelik konnte keiner töten. Ist er nicht schlau wie ein Fuchs? Steht das etwa nicht in der Zeitung? Gleitet er den Polizisten nicht jedesmal glatt wie ein Fisch aus den Händen, wenn es hart auf hart geht? Schlüpft er nicht immer wieder blitzschnell durch Ketten ganzer Regimenter? Nein, den schafft keiner! Sprang er nicht so schnell von Dach zu Dach, daß ihn kein Scharfschütze treffen konnte, und führte er nicht die besten Schützen der Polizei an der Nase herum?

Überzeugt, Bruder Zeynel müsse jeden Augenblick auftauchen, sah er sich im Laufen die Passanten genau an, wühlte sich in Eminönü suchend durchs Gedränge, machte einen Abstecher zum Blumenmarkt, und erst als er die Schnauze eines Kaninchens kraulte, fiel ihm auf, daß seine Hosentasche so prall war. Er steckte seine Hand in die vollgestopfte Tasche, befühlte die weichen Papierscheine, zog ein Bündel hervor und ließ es sofort wieder verschwinden. Durch den Überdachten Basar rannte er nach Mahmutpaşa, hastete in den Han, wo die Werkstatt seines Meisters lag. Dort kannte er einen leeren Raum. Vorsichtig öffnete er die Tür, huschte hinein und setzte sich auf einen Stuhl. Durch ein schmales Fenster fiel fahles Licht in den Raum, er rückte den Stuhl ans Fenster, zog die Bündel aus seiner Tasche, erschrak, ging zur Tür, schloß sie, atmete beruhigt auf und machte sich ans Zählen. Welch riesige Menge, schoß es ihm durch den Kopf. Was konnte man sich davon nicht alles kaufen. Dazu hatte er noch das Geld, das Zeynel ihm schon vorher gegeben hatte. Er trug es auf der Brust ... Dursun rollte die Scheine zusammen, wickelte sie in Zeitungspapier, das auf dem Boden lag, steckte sich das Bündel unters Hemd und ging hinaus. Auf dem Markt von Mahmutpaşa stapelten sich so nach und nach die Waren, wurden Stände aufgebaut, das Verkaufsgut aber auch auf den Bürgersteigen, in den Toren der Hans und längs der Fahrbahnen ausgebreitet.

Dursun Kemal hatte schon ziemliche Sehnsucht nach seinem Meister, seiner warmen Stimme, seinen weichen, liebevollen, friedlichen Augen, seinen schönen, geschickten Händen, seinem schneeweiß schimmernden Bart. Ob der Meister wohl in der Zeitung gelesen hatte, daß die Mutter getötet worden war? Doch wie konnte er nach all den Vorfällen noch zu ihm gehen und ihm ins Gesicht sehen, dabei wünschte er es so sehr, wollte er Meister Adem selbst erzählen, daß der Vater die Mutter getötet hatte, sogar vor seinen Augen ... Wie hatte er geschrien, als der Vater den Handschar zog und die Klinge immer wieder in die Mutter eindrang, und wie sein Vater mit dem blutigen Messer auch auf ihn losging, um auch ihn zu töten. Und Dursun Kemal war davongerannt. Sein Vater hatte ihn bis zum Yildiz-Park verfolgt. Aber Dursun Kemal konnte im Dunkel der Nacht zwischen den Bäumen verschwinden.

Viele Polizisten waren im Haus, und langgestreckt lag die Mutter in ihrem Blut. »Hast du Zeynel ins Haus gebracht?« hatte ihn der Kommissar gefragt, und Dursun Kemal hatte voller Angst geantwortet: »Ja, ich habe ihn hergebracht.« Und die Nachbarn hatten es bezeugt, hatten gerufen: »Ja, diesen Gangster hat der Junge ins Haus gebracht, hat ihn hergebracht und seine Rose von Mutter von ihm umbringen lassen.« Alle hatten dasselbe gesagt, und alle hatten gesehen, wie Zeynel Dursun Kemals Mutter erstach, hatten es mit eigenen Augen gesehen.

Und Dursun Kemal hatte dem Kommissar geantwortet: »Kommissar Efendi«, hatte er geantwortet, »nicht Zeynel hat meine Mutter getötet, sondern mein Vater, und ich hab's mit eigenen Augen gesehen. Er wollte mich auch töten, aber ich bin weggerannt, bin über die Mauer vom Yildiz-Park gesprungen und habe mich dort versteckt. Zeynel hat meine Mutter nicht getötet, warum sollte er?« Daraufhin hatte der Kommissar ihm mit seinem ganzen Gewicht so eine Ohrfeige verpaßt, daß Dursun Kemal kopfüber zu Boden ging und aus Mund und Nase blutete, als er wieder auf die Beine kam. Danach hatten sich die Augenzeugen, Männer wie Frauen, auf ihn gestürzt, hatten »Drecksjunge, Lügner, Mörder«, geschrien, ihn blutig geschlagen, und sie hätten ihn getötet, wenn die Polizei nicht dazwischen gegangen wäre. Noch als er davonlief, hatten sie hinter ihm hergeschrien: »Drecksjunge, Schandfleck, Kuppler der eigenen Mutter!«

Wer würde ihm schon glauben, wenn er jetzt zur Polizeipräfektur ginge und sagte, sein Vater habe die Mutter getötet? Niemand! Und die Polizisten würden ihn auch noch halb totschlagen. Sie alle, Polizisten und Nachbarn, wollten aus irgendeinem Grund, daß nicht sein Vater, sondern Zeynel der Mörder der Mutter war. Aber Zeynel hatte sie nicht getötet, das hat er doch mit eigenen Augen gesehen. Während er im Gedränge immer wieder darüber nachdachte, war er plötzlich wieder an derselben Stelle in der Gemüsehalle, wo sie sich schlafengelegt hatten. Wie immer schleppten Lastträger mit vorgestreckten Hälsen im Gänsemarsch Stapel voller Obstkisten. Die langen braunen und schwarzen Schnauzbärte der Männer waren schweißnaß, ihre Stirnen vor Anstrengung tief gefurcht und ihre Halsadern daumendick angeschwollen. Dursun Kemal schaute ihnen zu, wie sie ihre Lasten in Richtung Unkapani-Brücke zum Kai trugen und dort aufeinanderstellten. Hatten sie die Kisten abgestellt, nahmen sie meistens ihre roten Halstücher und wischten sich den Schweiß vom Gesicht. Dann hockten sie sich am Fuß der Mauer nieder, holten ihre Tabakdosen hervor, drehten sich eine Zigarette und pafften mit tiefen Zügen. Dursun Kemal war besonders der eine mit dem langen Schnurrbart, den wulstigen Lippen, dem fahlen, schmalen Gesicht und den braunen, in die Stirn hängenden Haaren aufgefallen, der ganz am Ende der Reihe hockte und mit der Tabakdose in der Hand gedankenverloren übers Wasser schaute. Als er sein Feuerzeug hervorzog, um seine Zigarette anzuzünden, ging Dursun Kemal zögernd zu ihm, fragte schüchtern: »Onkel, hast du heute Bruder Zeynel hier gesehen?« blickte ihm dabei in die Augen und wartete auf Antwort. Das Feuerzeug in der einen, die Zigarette in der anderen Hand, überlegte der Mann einen Augenblick, schüttelte dann verneinend den Kopf und fragte seinerseits:

»Welchen Zeynel?«

»Bruder Zeynel, den Fischer, weißt du, gestern nacht ...« antwortete Dursun Kemal hastig.

Nachdem der Lastträger wieder überlegt hatte, sagte er:

»Den kenne ich nicht, habe ihn auch nicht gesehen.«

Dann zündete er sich die Zigarette an, wandte sich den übrigen, am Fuße der Mauer rauchenden Lastträgern zu und rief:

»Hat jemand von euch Zeynel gesehen, den Fischer Zeynel?«

Auch sie überlegten eine Weile, bevor sie verneinten.

Mit schleppenden Schritten ging Dursun Kemal zu der Stelle, wo sie gestern nacht geschlafen hatten. Die alten Zeitungen und die Wachstücher lagen noch immer so da. In der Halle herrschte schon wieder ohrenbetäubender Lärm, ihm wurde ganz schwindelig, er stürzte ins Freie und lenkte seine Schritte gedankenverloren zum Früchtekai. Als er aufblickte, entdeckte er auf der Pier die Polizisten vom letzten Mal: wieder kratzte sich der eine den Hintern, spuckte der andere ins Wasser, redeten die beiden andern mit Händen und Füßen aufeinander ein. Dursun stockte einen Augenblick, gab sich dann einen Ruck, ging auf die Polizisten zu und blieb vor ihnen stehen.

»Onkel Polizisten, habt ihr Bruder Zeynel gesehen?« fragte er mit zitternder Stimme und fügte schnell hinzu: »Bruder Zeynel, den Fischer ... Ihr wißt ja, meine Mutter, die hat nicht Bruder Zeynel, die hat mein Vater getötet.«

Bevor die Polizisten noch auf seine Worte eingehen konnten, hatte er sich schon zur Galata-Brücke davongemacht und war im Gedränge verschwunden.

Dursun ging von einem Liniendampfer zum andern, beobachtete die Motorfähren, streifte durch den Bahnhof Sirkeci, machte einen Bogen, als er dort Hüseyin Huri entdeckte, der mit einigen Jungen lauthals um Geld würfelte. Er kaufte sich einen Sesamkringel und wanderte durch die Straßen mit dem Hochgefühl, etwas gerade Verlorenes im nächsten Augenblick wiederzufinden, mit der Vorfreude, Bruder Zeynel im Gedränge auftauchen zu sehen.

Er betrat einen Laden, wo Mopeds und Fahrräder verkauft wurden, und blieb bewundernd bei einem Rennrad stehen. Bruder Oktay, der Sohn des Bankdirektors in Beşiktaş, hatte so eins, flog davon, wenn er in die Pedale trat, war schnell wie der Wind. Bruder Oktay würde bestimmt bald Balkanchampion werden. Die Mädchen waren verrückt nach ihm in seinem Trikot. Dursun Kemal streichelte den Lenker und fragte den Verkäufer, der näher kam:

»Was kostet dieses Rad?«

»Es ist sehr teuer, das kannst du nicht kaufen«, antwortete der Verkäufer und schaute ihn mißtrauisch an.

»Ich habe viel Geld«, entfuhr es Dursun Kemal.

»Von wem?« fragte der Verkäufer mit gekünstelter Freundlichkeit.

Dursun Kemal stutzte, spürte die Gefahr und sagte lachend:

»Von wem wohl? Von meinem Vater, natürlich. Mein Vater ist Seemann.«

Immer noch mißtrauisch, nannte der Verkäufer den Preis.

»Gut«, sagte Dursun Kemal und untersuchte das Fahrrad vom Sattel bis zum Pedal. »Sehr schön«, meinte er dann. »Ich gehe nach Haus und hol das Geld. Können Sie's nicht ein bißchen billiger verkaufen?«

»Wir können einen kleinen Nachlaß gewähren«, antwortete der Verkäufer und lächelte verstohlen.

Als Dursun Kemal den Laden verließ, spürte er eine Leere in seinem Inneren. Er wußte nicht, wohin er noch gehen, wo er Zeynel noch suchen sollte. Sein Unbehagen wurde immer größer. Die Gesichter der Menschen musternd, ging er viermal über die Galata-Brücke hin und her, streifte mehrmals durch die Gemüsehalle, vorbei an den Lastträgern und dem Schlafplatz von letzter Nacht, doch Zeynel war nirgends zu sehen.

Wo konnte er hingegangen sein? Er würde ihn niemals allein zurücklassen, würde ihn überallhin mitnehmen, da war Dursun Kemal sicher, aber siehe da, er war verschwunden. In den letzten Tagen war er ja ganz eigenartig gewesen, wie weggetreten ... Vielleicht mußte er zum Pissen ans Ufer, hatte dort gepißt und war in Gedanken weitergegangen, weil er Dursun Kemal einfach vergessen hatte. Und vielleicht suchte er ihn jetzt auch überall, suchte ihn auf der Anlegebrücke in Harem, in der Zigarettenfabrik, auf dem Gelände des Sägewerks, auf den Helgen, wo die Frachtkutter der Lasen kalfatert wurden, bei den Stadtmauern, auf dem Markt in Topkapi, dem größten Istanbuls, suchte, die Beutel fest umklammert, im Gedränge nach Dursun Kemal Alceylan, weil er meinte, ihn hier aus den Augen verloren zu haben, musterte auch jedes Gesicht, voller Unruhe, die Augen geweitet wie ein Buchfink im Fangnetz.

Erst als Dursun auf einen Kutter geklettert und sich aufs Vordeck gehockt hatte, merkte er, daß er hungrig war. Er kletterte wieder hinunter, lief zu einem Marktschreier, der von einem Pferdekarren Bananen verkaufte.

»Ein Kilo!« sagte er, bezahlte mit einem Fünfzigliraschein, lief zurück an seinen alten Platz, pellte die Bananen, und während er sie mit Heißhunger verzehrte, ließ er die Beine über die Bordwand baumeln. Seine Angst hatte sich in Bitterkeit verwandelt, sie grub sich ihm schmerzlich ins Herz, und er wollte weder an die Mutter noch an seinen Vater, schon gar nicht an Zeynel denken. Aber wenn Zeynel jetzt, in diesem Augenblick, seinen Kopf dort aus dem Niedergang streckte, würde er vor Freude den Verstand verlieren. Er sprang auf die Beine, öffnete mit fliegenden Händen die Ladeluke und streckte seinen Kopf durch die Öffnung. Da drinnen war es dunkel, es roch nach Teer, Kiefernholz und fauligem Bilgewasser.

»Zeynel, Bruder Zeynel, ich bin Dursun Kemal, bist du da unten?«

Er rief noch einigemal in das Dunkel des Laderaums und wartete vergeblich auf Antwort. Enttäuscht stand er auf und versank in tiefe Hoffnungslosigkeit. Auf dem Früchtekai gegenüber kratzte sich der eine Polizist noch immer den Hintern, spuckte der andere noch immer ins Wasser und redeten die andern beiden noch immer aufeinander ein.

Dursun Kemal machte sich auf zu dem Laden hinterm Ägyptischen Markt, wo sackweise Murmeln verkauft wurden, die in allen Farben und Größen in einer riesigen Auslage aufgehäuft waren. Auch in der Mitte des Ladens waren Murmeln zu einem Haufen aufgeschüttet, höher als er selbst. Wenn die Sonne auf die Murmeln in der Vitrine fiel, tanzten unzählige Farben wie ein Regenbogen auf der gegenüberliegenden Mauer und spiegelten sich in ihrer ganzen Buntheit sogar in den Gesichtern der Passanten wider.

»Ich möchte hundertundfünfzig Murmeln haben!« sagte Dursun Kemal mit wichtiger Miene zum Verkäufer. »Von denen, von denen und zehn Murmeln auch von denen da.« Und während er auf die verschiedenen Farben zeigte, zählte der Verkäufer jedesmal drei Murmeln ab und warf sie in einen Plastikbeutel. Dursun Kemal zahlte, verließ gelassen pfeifend den Laden und tauchte im Fußgängerstrom auf dem Ägyptischen Markt unter. In einem Laden kaufte er sich luftgetrocknetes Rindfleisch, vom Bretzelverkäufer am Ausgang Sesamkringel und hockte sich damit auf die Freitreppe zur Neuen Moschee. Und während er aß, brach er Bröckchen von seinem Kringel und fütterte damit die Tauben. Er konnte sich jetzt ja jeden Wunsch erfüllen! Schon immer wollte er ein Rad wie das von Onkel Oktay haben, jetzt konnte er es kaufen. Und sein Leibgericht: Pastirma und Sesamkringel? Jetzt saß er hier und aß sich daran satt und gab sogar den Tauben etwas ab. Und Murmeln hatte er in allen Farben und soviel er wollte. Doch plötzlich kroch gallenbitter der Schmerz in ihm hoch: Er hatte den verstümmelten Körper der Mutter vor Augen, hörte ihren gellenden Schrei, sah seinen Vater mit dem Handschar auf sie einstechen ... Und der Happen blieb ihm im Halse stecken. Und dann fiel ihm Bruder Zeynel wieder ein. Wo war er nur abgeblieben, nachdem er ihn hier so allein hatte sitzenlassen? Er legte den Sesamkringel und das Wickelpapier mit dem Pastirma auf die Treppe; und schlüge man ihn tot, er brächte jetzt keinen Bissen mehr herunter. Hastig stand er auf, wanderte mit hängenden Armen auf und ab, biß die Zähne zusammen, um nicht aufzuschreien, um sich nicht heulend auf den Boden zu werfen, reckte sich, und während der Schmerz in ihm wühlte, hob er den Rest des Sesamkringels auf, zerbröckelte ihn und streute die Krumen auf die Stufen. In diesem Augenblick kam ein hochgewachsener, drahtiger Losverkäufer in schwarzem Hemd vorbei, der die pickenden Tauben mit Fußtritten scheuchte. Mit einem Satz hatte sich Dursun Kemal auf ihn gestürzt und ihm die Hände um den Hals gelegt. Wie heftig der kräftige Losverkäufer sich auch wand, es gelang ihm nicht, sie abzuschütteln. Erst als er mit hervorquellenden Augen hilfesuchend die Arme ausstreckte, stürzten einige beherzte Männer herbei und befreiten seinen Hals aus Dursuns Klammergriff.

»Ich hab ihm doch gar nichts getan, gar nichts getan«, wiederholte benommen und verstört der Losverkäufer immer wieder, während er seine verstreut herumliegenden amerikanischen Zigarettenpäckchen aufsammelte.

Vier, fünf Männer konnten den tobenden Jungen nur mit Mühe festhalten. Sie hoben ihn so hoch, daß seine Füße den Boden nicht mehr berührten, und setzten ihn erst ab, als er nicht mehr um sich trat.

Keuchend setzte sich Dursun Kemal wieder auf die Stufen. Ein Teil seiner Murmeln war die Treppe hinuntergekullert, und der Junge mit den Sesamkringeln hatte sie in seine Schürze gesammelt. Jetzt stand er unten an der Treppe und wartete. Dursun ging zu ihm.

»Nimm, Bruder«, sagte der Kringelverkäufer. »Mensch, bist du ein Kerl! Hättest beinahe den ausgewachsenen Mann alle gemacht, wenn die andern nicht herbeigelaufen wären. Hier, nimm, ich hab sie alle aufgesammelt!«
Gemeinsam füllten sie die Murmeln in den Plastikbeutel.
»Mann o Mann!« Der Kringelverkäufer konnte sich gar nicht beruhigen und schaute Dursun Kemal bewundernd an. »Ein riesengroßer Mann! Sammelt seine Zigaretten ein und haut ab, ohne sich noch mal umzuschauen.«
Mit liebevollem Lächeln blickte Dursun Kemal zu dem Jungen hoch:
»Er hat die Tauben getreten, was haben ihm die armen Vögel denn getan, nicht wahr?«
»Ich hab's gesehen, habe den Stromer beobachtet«, antwortete der Kringelverkäufer.
»Und ich fütterte sie gerade mit Kringeln.«
»Ich hab's gesehen«, sagte der Kringelverkäufer wieder, streckte seine Hand aus und strich Dursun Kemal über die wirren Haare.
Dursun Kemal ging dicht an ihn heran, machte ihm ein Zeichen, daß er ihm etwas ins Ohr sagen wolle, und der Kringelverkäufer beugte sich zu ihm herab.
»Hast du hier in der Gegend Bruder Zeynel gesehen?«
Der Kringelverkäufer richtete sich auf, sah ihn verwundert an und fragte:
»Wer ist dieser Bruder Zeynel?«
Dursun Kemal zog ihn an den Schultern zu sich herab und flüsterte ihm ins Ohr:
»Zeynel Çelik, Bruder Zeynel Çelik, der Gangster. Er hat meine Mutter nicht getötet, meine Mutter hat mein Vater getötet. Ich gehöre zu Zeynel Çeliks Bande.«
»Ist das wahr?«
»Natürlich ist das wahr«, antwortete Dursun Kemal. »Und ich habe auch zwei Revolver.«
Der Kringelverkäufer fing an zu lachen. Verwundert sah Dursun Kemal ihn an. Der andere aber hörte gar nicht auf zu

lachen, streichelte ihm die Haare und lachte. Dann ließ er Dursun Kemal stehen, ging wieder zu seinem aufgebockten Tablett und rief weiterhin:

»Frische Sesamkringel, verbrennen euch die Finger, so knusperfrisch, Sesamkringel aus der Backstube von Hasan Pascha, ja, Hasan Pascha!«

Dursun Kemal stampfte wütend mit dem Fuß auf und schrie:

»Blödmann, du wirst schon bald meine Revolver sehen. Alle beide ... Sogar Dienstwaffen von Polizisten ... Du blöder Kringelverkäufer!«

Er lief über die Fußgängerbrücke von Eminönü zum Goldenen Horn. Die Galata-Brücke war wieder verstopft, die Autos hupten alle gleichzeitig. Und aus der Gegend der Bosporusbrücke hallte langgezogen eine Schiffssirene. Dursun Kemal wühlte sich durchs Gedränge und stieg die Treppe hinunter zu den Läden unter der Brücke, wo, ans Geländer gelehnt, Angler jeden Alters ihre Angelleinen ausgeworfen hatten. Daneben in allen Farben wassergefüllte Plastikschüsseln, in denen sich die gefangenen Fische tummelten. In zwei längsseits zur Brücke liegenden Ruderbooten brieten zwei Angler Fische in rauchigem Fett und verkauften sie mit lauten Rufen. Fischer hatten ihren Fang entlang der Brücke in Wasserbehältern ausgestellt und füllten, auf Wunsch der Kunden, die Fische lebend in Plastikbeutel. Die Angler zogen ununterbrochen Fische aus dem Wasser, und die Kinder, die keine Angel hatten, schauten ihnen mit bewundernden Blicken seufzend zu. Neben jedem Angler standen mehrere Zuschauer, die das Wasser nicht aus den Augen ließen und sich über jeden angehakten Fisch so freuten, als hätten sie ihn selbst gefangen.

Dursun Kemal legte den Beutel mit den Murmeln ab und kaufte sich nach langem Suchen einen Angelhaken und eine lange, blaue Nylonschnur, die um ein großes Stück Kork gewickelt war. Noch im Laden befestigte er den Haken ans Vorfach und das Vorfach an die Schnur. Dann kaufte er noch eine Dose Köder, ging ans Geländer, beköderte den Angelhaken und warf ihn aus. Schon nach kurzer Zeit ruckte die Schnur, hob Dursun Kemal einen ziemlich großen, zappelnden Fisch aus dem Wasser, griff ihn mit der Linken, und während er ihn mit der Rechten aushakte, fiel sein Blick auf einen kleinen Jungen, dessen Augen vor Freude strahlten.

»Soll ich eine Plastikschüssel holen, Bruder?« fragte der Kleine hilfsbereit.

»Halt lieber die Angelschnur fest, und wenn einer anbeißt, zieh!«

Mit dem blutenden Fisch in der Hand ging er unter die Brücke und kam bald mit einem rosafarbenen Behälter zurück, warf den blutenden Fisch hinein und sagte:

»Gib mir die Leine und bring mir in einem der Eimer dort Wasser!«

Der Kleine tauchte den grünen Plastikeimer an einem Strick ins Wasser, ließ ihn vollaufen, zog ihn herauf und leerte ihn in den Behälter. Der Fisch schlug kurz um sich und schwamm dann friedlich im Kreis.

Der kleine Junge stand da, und seine strahlenden grünen Augen wanderten voller Bewunderung zwischen Dursun Kemal und dem schwimmenden Fisch hin und her.

Dursun Kemal hatte die Leine schon wieder ausgeworfen. Es dauerte nicht lange, und er ruckte seinen rechten Arm in die Höhe und begann anschließend, die Leine hastig einzuziehen.

»Diesmal ist er sehr, sehr groß«, rief er und lachte. Auch der Kleine lachte und zeigte dabei zwei Reihen blendend weißer Zähne. Und was sich da heftig peitschend aus dem Wasser hob, war wirklich groß, war ein Unechter Bonito mit blauem Rücken. Dursun Kemal nahm auch ihn vom Haken und warf ihn mit blutverschmierter Hand in den Behälter. Es dauerte eine Weile, bis der Fisch wieder zu sich kam und zu schwimmen begann.

»Bring frisches Wasser«, sagte Dursun Kemal zu dem Jungen.

Der Kleine ließ den Eimer sofort ins Wasser, schwenkte ihn bis er vollgelaufen war, zog ihn hoch und wechselte das Wasser im Plastikbehälter. Die Fische bekamen einen rosa Schimmer und schwammen jetzt viel lebendiger.

Der Junge hatte lockiges, wie mit Henna gefärbtes rotes Haar. Das Gesicht, besonders die Nase, war voller Sommersprossen. Die abgewetzte, verblichene Hose reichte ihm bis zu den Knien. Er trug ein blaues Hemd und einen breiten Gürtel mit glänzendem Koppelschloß aus Bronze ... Seine Füße waren nackt und verdreckt. Doch er schäumte über vor Freude, Mund, Nase, Hände, Füße, Haare und Augen, alles an ihm schien in einem fort zu lachen. Jetzt kam er dicht an Dursun Kemal heran und sagte:

»Mann, Bruder, du bist ja ein ganz toller Fischer. Hier gibt es keinen, der wie du hintereinander so viele Fische fängt.«

Er rückte jetzt so nahe, daß sich ihre Arme berührten.

»Wenn ich doch auch so gut fischen könnte«, fuhr er fort, »eine Angel hätte und sie wie du ins Wasser werfen und Fische herausziehen könnte, auswerfen und hochziehen ...«

Dursun Kemal wandte sich ihm zu, nahm die Leine in die Linke, streckte seine Rechte aus und strich wie ein Erwachsener dem Jungen übers Haar:

»Wie heißt du denn?« fragte er ihn voller Zuneigung.

»Ahmet ist mein Name, Bruder«, antwortete der Knabe.

»Und meiner ist Dursun Kemal.«

»Wie schön«, sagte der Kleine und leckte sich die Lippen.

Wie ein kleiner Hund, der schwanzwedelnd die Nähe eines Menschen sucht, kam Dursun Kemal der Kleine vor. Ahmet konnte nicht stillstehen, lief strahlend um ihn herum, und seine Freude war so ansteckend, daß Dursun Kemal sich immer besser fühlte, ohne zu wissen, warum.

»Hast du Eltern?« fragte er den Kleinen mehr aus innerem Antrieb als aus Überlegung.

»Nein«, antwortete Ahmet und rieb sich die Nase.

»Was ist mit ihnen?«

»Niiichts«, sagte der Kleine.

»Was heißt: nichts?«

»Ach, was soll's, Bruder«, antwortete Ahmet unbehaglich und rieb sich diesmal den Nacken. »Sie sind weggegangen.«

»Oha, sie sind also abgehauen ...«

»Ja, sie sind weggegangen«, sagte Ahmet und begann jetzt überstürzt zu erzählen, zeigte dabei lächelnd seine weißen Zähne, als handle es sich um die Geschichte eines anderen. »Mein Vater trank sehr viel, kam immer nur jammernd nach Hause geschwankt. Und dann verprügelte er meine Mutter. Und wir haben doch einen Nachbarn, den Tuncer, der hat sich in meine Mutter verliebt. Und mein Vater hat meine Mutter noch mehr geprügelt und hat auch geweint, jaaa ... Meine Mutter und Bruder Tuncer sind zusammen auf und davon. Meine Mutter hatte mich geküßt und gesagt, hab keine Angst, hatte sie gesagt, Tuncer wird kommen und dich auch entführen. Und mein Vater hat getrunken und geweint, hat einen Revolver gekauft und ein großes, aber ein sehr großes Messer und ist losgegangen, um Bruder Tuncer und meine Mutter zu töten. Und ich habe zu Hause gewartet und gewartet. Tante Zehra hat mir Brot gegeben, und ich habe das Brot gegessen und habe auf Bruder Tuncer gewartet. Und Bruder Tuncer ist nicht gekommen und mein Vater auch nicht, und Tante Zehra hat mir überhaupt kein Brot mehr gegeben, hau ab, hat sie gesagt, ich kriege meine eigenen Kinder nicht satt, hat sie gesagt. Und nun bin ich hier.«

»Und wo schläfst du?«

»In den Waggons im Bahnhof.«

»Guter Platz«, sagte Dursun Kemal, und zog wieder einen Fisch aus dem Wasser.

Ahmet machte einen Luftsprung vor Freude und klatschte in die Hände.

»Großer Bruder«, bat er, »laß mich ihn aushaken, sei so gut!«

»Nimm ihn«, nickte Dursun Kemal.

Gekonnt nahm Ahmet den Fisch vom Haken und schaute Dursun Kemal erwartungsvoll an.

»Gut gemacht«, sagte Dursun Kemal und ließ die Angelschnur wieder ins Wasser gleiten.

»Ich warte hier auf Bruder Tuncer. Wenn mein Vater ihn nicht getötet hat, kommt er bestimmt. Die Fischer-Onkels geben mir Fische und Brot. Die Fische verkaufe ich. Manchmal esse ich auch Suppe, und die Suppe, weißt du …«, dabei zeigte er auf die Garküche unter der Brücke, »die gibt mir der Onkel Hadschi da, noch ganz warm. Bruder Tuncer wird doch kommen, nicht?«

Er beugte sich herüber und schaute mit beschwörendem Blick schräg zu Dursun Kemal hoch.

»Er wird kommen«, antwortete Dursun zuversichtlich mit fester Stimme.

»Ich bin auch sicher«, sagte Ahmet. »Sonst …«

Die Brücke bebte unter der Wucht der Autos, der Busse und Lastwagen, die über sie hinwegdonnerten. Das nahe Kaffeehaus unter den Eisenstreben hatte sich nach und nach mit vorwiegend älteren, dickbauchigen und gelbgesichtigen Rentnern gefüllt, die, den Kopf im Nacken, mit schläfrigen Augen gedankenversunken ihre Wasserpfeifen schmauchten. Pechschwarze Rauchfahnen aus ihren Schloten schleudernd, legten Fährdampfer an, spuckten Massen von Menschen auf die Pier und legten wieder ab, wenn sie eine andere drängende Menschenmenge aufgenommen hatten.

Während der Junge Ahmet bei jedem Fisch, der am Haken zappelte, jauchzend vor Freude um Dursun herumtanzte, verdunkelte sich dessen Miene immer mehr, und der Kleine, der sich darauf keinen Reim machen konnte, versuchte mit allen Mitteln, ihn zum Lachen zu bringen. Doch Dursun Kemal hatte weder Augen für ihn, noch für die Fische an der Angel.

Leichter Nebel senkte sich über das Goldene Horn, über Karaköy und den Bosporus. Immer mehr Menschen bevölkerten die Brücke, drängten die beiden ans Geländer. Der Behälter war randvoll mit Fischen gefüllt. Kemal kümmerte sich nicht mehr um die Leine, er hatte seine Augen auf die Treppe gerichtet und versuchte, sich jedes Passanten Gesicht einzuprägen.

»Er wird nicht kommen«, stöhnte er nach einer Weile und ballte die Fäuste.

Seine Gesicht hatte sich verzerrt, seine Lippen bebten, der Kork mit der Angelschnur entglitt seinen Händen und rollte unter die Füße der Passanten.

»Die Schnur, die Angelschnur rollt weg, Bruder!« schrie Ahmet, stürzte sich ins Gedränge, brachte sie zurück und hielt sie Dursun Kemal hin.

»Behalte sie, sie gehört dir!« sagte Dursun Kemal, und dann brach es aus ihm heraus: »Weißt du, mein Vater hat meine Mutter getötet. Vor meinen Augen hat er mit dem Messer auf sie eingestochen, und sie hat ihn angefleht, hat ihm die Füße geküßt. Du hast es bestimmt in der Zeitung gelesen. Wie ein Wahnsinniger hat mein Vater ihren Körper durchlöchert. Sie hat geschrien, ist bei jedem Messerstich gestorben. Das Blut spritzte ... Das Zimmer, die Wände, überall Blut. Wenn mein Vater zustieß, rannte meine Mutter von einer Wand zur anderen. Die Wände wurden Blut, das Sofa, das Bett, alles Blut. Ich bin weggelaufen, denn mein Vater wollte mich auch töten. Dann hat mein Vater die Polizei geholt, hat geweint und hat ihnen gesagt, Gangster Zeynel Çelik habe seine Frau getötet. Doch Zeynel Çelik hat es gar nicht getan ... Du glaubst doch nicht, daß Zeynel Çelik meine Mutter getötet hat, nicht wahr, Ahmet?«

»Ich glaube es nicht.«

»Siehst du, und Bruder Zeynel hat mich hier stehenlassen und ist fort. Er wollte mich abholen und ist nicht gekommen.«

»Er kommt noch«, sagte Ahmet.

»Der kommt nicht, der wird nicht wiederkommen«, sagte Dursun Kemal, brach in Tränen aus, drückte seine Stirn an das kalte Eisen des Geländers und schluchzte: »Ach Mutter, Mutter, es tut so weh da drinnen.« Und Ahmet, der gerade einen Fisch am Haken hatte, vergaß vor lauter Mitgefühl, die Leine einzuholen und weinte auch.

So standen die beiden Kinder, die Köpfe auf das Brückengeländer gepreßt, weinend da, scherten sich um die vorüberhastenden Fußgänger genausowenig, wie sie von ihnen wahrgenommen wurden.

Zuerst hob Dursun Kemal den Kopf, dann blickte Ahmet hoch, sie sahen sich in die rotgeweinten, verquollenen Augen und fielen sich plötzlich in die Arme. Dursun Kemal drückte Ahmet so zärtlich an seine Brust, als wolle er ihn in Schlaf wiegen.

»Schluß damit«, sagte Dursun Kemal, »hör auf zu weinen, Ahmet!«

»In Ordnung, Bruder, ich weine nicht mehr«, antwortete Ahmet und lachte mit Tränen in den Augen, lachte aus vollem Herzen und weinte.

»Nimm hin, die Angel gehört dir!«

»Wirklich?«

»Hier, diese Murmeln gebe ich dir auch.«

Ahmet sah ihn an wie einen Zauberer aus dem Märchen.

»Ich habe auch noch viel Geld.«

Dursun Kemal griff in seine Hosentasche, holte ein Bündel Geldscheine hervor und zog mehrere Hunderter, Fünfziger und Zehner aus dem Packen.

»Nimm«, sagte er, »es sind deine!«

Ahmet stand wie versteinert, wurde leichenblaß, schluckte, starrte diesen Wundertäter unverwandt an, versuchte etwas zu sagen, brachte aber kein Wort über die Lippen.

»Zieh!« schrie Dursun Kemal, »schnell, die Leine saust weg!«

Ahmet grapschte nach der Angelschnur und begann sie einzuholen, so schnell er konnte. Ein großer Fisch wirbelte aus dem Wasser. Ahmet hob ihn herüber, nahm ihn vom Haken und warf ihn in den Behälter. Plötzlich, im Augenblick, als sich ihre Blicke trafen, fingen die beiden Jungen an zu lachen. Und die vorbeiströmenden Menschen wurden Zeuge, wie zwei Kinder einander Auge in Auge gegenüberstanden und aus überschäumender Freude eine lange Zeit lauthals lachten.

22

Bis Tagesanbruch hatte Zeynel seine Augen nicht zugetan, hatte die ganze Nacht an Vasili, an die Fahrt in fremde Länder, an Griechenland und Deutschland denken müssen. Ab jetzt war die Welt für ihn nur noch ein dunkler, unwegsamer Wald. Aber er hatte ja viel Geld, und er würde nach Deutschland fahren, sich dort eine Arbeit suchen, heiraten und Kinder haben. Und bei der nächsten Amnestie würde er in die Türkei zurückkehren, sich ein Boot mit Radar kaufen, einen großen, breitbordigen, orangefarben und blau gestrichenen Fischkutter und dann mit achtzehn Mann Besatzung zum Fischen fahren. Und die Männer würden ihn Zeynel Rais nennen, würden aufstehen und ihm Ehrerbietung erweisen, wo immer sie ihn auch träfen. Er war gerettet, mußte jetzt nicht mehr sterben. In Kürze würden sie aufbrechen. War schon ein toller Mann, dieser Fischer Selim, beherzt, großzügig und stark. Man konnte ihm vertrauen. Er war zwar ein geiziger, geldgieriger, aber ein guter Mann. Um sein Boot in die Hände zu bekommen, hatte er seinen engsten Freund Hristo auf offener See umgebracht. Gibt es in Menekşe und Kumkapi denn einen, der davon nicht wußte? Sie wissen es alle, wagen nur nicht, es Fischer Selim ins Gesicht zu sagen. Außer Schwester Fatma haben in diesem Dorf alle Angst vor ihm. Auch Hasan der Hinkende hat eine große Achtung vor Fischer Selim, und er vertraut ihm. In seiner Jugend soll Fischer Selim eine richtige Rakete gewesen sein. Erst durch eine unglückliche Liebe, sagt man, sei er so still, so starr geworden. In Mondnächten soll er am Ufer sitzen und auf die Geliebte warten. Fischer hätten ihn oftmals von dieser Frau faseln hören; er sei dann so abwesend, sagen sie, daß man ihn abstechen könnte, ohne daß er's merkte. Die Frau, auf die er warte, soll blond sein. Auf sie warte er, ihretwegen gebe er kein Geld aus, für sie spare er schon seit Jahr und Tag. Dann sei er noch in eine Meerjungfrau verliebt gewesen, und als die Fischer sie getötet hätten, habe Fischer Selim den Verstand verloren und sich jahrelang in

Menekşe, in Kumkapi und Istanbul nicht sehen lassen. Wohin er gegangen sei, habe niemand gewußt. Schließlich habe er den Mörder seiner Meerjungfrau aufgespürt, habe ihm die Haut abgezogen, die Augen ausgestochen und ihn in Stücke geschnitten. Die Meerjungfrau soll ihm sieben Kinder geboren haben, drei Jungen und vier Mädchen. Fischer Selim habe die Jungen nach Adapazari gebracht oder nach Uzunyayla zu seiner Mutter und zu seinen Brüdern, denn jedesmal, wenn den Kindern der Geruch des Meeres in die Nase gestiegen sei, hätten sie sich aufgemacht und seien ins Wasser geglitten. Sie stammten schließlich von einer Meerjungfrau ab. Und in Uzunyayla soll es nur Felsen und Steppe geben, kenne man vom Meer nicht einmal den Namen. Die Mädchen aber, Meerjungfrauen wie die Mutter, seien mit ihren langen, blonden, wie die Sonne funkelnden Haaren ins Meer gestiegen und in den Wellen verschwunden.

Zeynel hatte an diese Geschichte noch nie so recht geglaubt, aber daß es Meerjungfrauen gab, wußte er aus seiner Kindheit in dem von Felsen und Wald umgebenen Dorf am Schwarzen Meer, und auch daß sie sich in Menschen verliebten, hatte man ihm erzählt. Und von der Liebe zwischen Fischer Selim und der Meerjungfrau wußte hier jedermann, erzählten sogar die Kinder. Ja, Hasan der Hinkende, Nuri Rais, Fischer Cano, Ilya Rais und Ali der Lange hatten sie sogar beobachtet, als sie sich liebten. Und ganz Kumkapi hatte es auch gesehen. Übrigens hatte auch jeder gesehen, wie Fischer Selim draußen vor der Flachen Insel dem laut schreienden Fischer Hristo mit einer Eisenstange den Schädel eingeschlagen habe. Selim habe ihn erschlagen, habe ihm mit lachendem Gesicht einen großen Stein um den Hals gebunden, ihn in einen Sack gesteckt und mit den Worten: »Ein Ungläubiger weniger auf dieser Welt, leb wohl, mein Freund Hristo, du hast lange genug gelebt und mit den braunbeinigen griechischen Mädchen geschmust, ab mit dir!« auf den Grund des Meeres geschickt.

Ob Fischer Selim wohl Dursun Kemal angeheuert hätte,

wenn er ihn mitgenommen hätte? Und würde er ihm dann auch seinen Anteil am Fang geben? Oder würde Fischer Selim ihn auch hungern lassen, vielleich sogar in einem Wutanfall mit einer Eisenstange erschlagen? Was der Junge jetzt wohl treibt, so ganz allein mitten in der großen Stadt, den schrecklichen Mord an seiner Mutter noch immer vor Augen? Würde Hüseyin Huri ihn der Polizei ausliefern, wenn er ihn entdeckte? Hatte Dursun Kemal auch an die Revolver gedacht, die noch immer im Versteck in der Neuen Moschee lagen? Wie ihm wohl zumute gewesen war, als er aufwachte und seinen großen Bruder Zeynel nicht mehr sah? Ob er wütend war? Oder suchte er ihn jetzt überall in der Stadt? Rannte gerade zwischen wild gewordenen Wasserbüffeln unter einem Hagel splitternder Schaufensterscheiben durch den brennenden Hafen. Mann, haben die Hände der Kassiererin gezittert, als sie das Geld in die Beutel füllte! Und hinterher fiel sie auch noch in Ohnmacht. Und die Polizisten hatten ganz schön Angst bekommen. Er hätte sie bis auf die Unterhosen ausziehen und durch Beyoğlus Geschäftsstraßen treiben können, wenn er nur gewollt hätte. Nackte Polizisten, Büffel, wiehernde Pferde, klirrend in die Flammen splitternde Vitrinen ... Im Spiegel der brechenden Scheiben galoppierende Pferde, brüllende Ochsen, pfeifende nackte Polizisten ... Polizisten, die ängstlich die Schuldigen laufen lassen und Unschuldige zusammentreiben, Flammen, pechschwarze Büffel, rotbraune Stiere, wiehernd steigende Pferde, splitternackte Polizisten mit Schlagstöcken und Revolvern in den Händen versinken in herabregnenden Flammen und Scherben, Feuerlöschboote, die im gurgelnden Wasser verschwinden ... Über dem brennenden Schiff im Bosporus fliegt ein Adler, gleitet mit gereckten Schwingen vom Schiff zur Haghia Sophia, taucht in eine Riesenflamme und schießt wie der Blitz wieder heraus, läßt sich von einem Flammenwirbel treiben, seine Flügel fächern sich im Nordwind, Ihsan hat seinen Handschar gezogen, stößt immer wieder zu, Blut schießt, Blut, Blut Blut ... Ob Fischer Selim auch mich tötet, wie er Hristo getötet hat ... Nein, wird er nicht, ich habe ja kein nagelneues Boot, auf das er ein Auge geworfen hat ... Doch, er tötet, tötet jeden ...

Er sprang aus dem Bett und ging hinaus in den kleinen Garten. Er barst vor Freude. Am Anleger bewegte sich sanft der Umriß von Fischer Selims dümpelndem Boot. Der Fischer hatte gestern reichlich Treibstoff gebunkert. Er hatte den Tank vollgefüllt und noch sechs randvolle Kanister Benzin in der Kajüte verstaut ... Es ging also los! Er war gerettet und fühlte sich so beschwingt, als könne er in der leichten Brise davonfliegen, vor dem Tod, dem Blut, dem Ekel, dem Wahnsinn, der Scham. Was für ein Mann mochte dieser Vasili wohl sein, und wie weit war es eigentlich bis zur Insel Limnos?

Er ging ins Haus zurück, kam wieder heraus, hatte nichts anderes im Kopf als den Wunsch, mit dem dort dümpelnden Boot in See zu stechen, und er sang und pfiff vor sich hin, obwohl befürchteten mußte, Fischer Selim damit zu wecken.

Als die erste Maschine dröhnend zur Landung auf den Flugplatz Yeşilköy ansetzte, war seine Geduld erschöpft, seine Freude geriet in Widerstreit mit aufsteigender Angst. Und wenn jetzt noch die Polizei käme oder sie nachher auf See einholte und einbrächte ... Auf dem dunklen Weg sah er mehrere Gestalten im Laufschritt herbeieilen und flüchtete ins Haus. »Ach, Fischer Selim«, murmelte er, »das habe ich dir zu verdanken«, und rüttelte ihn wach: »Fischer, Fischer, Onkel Selim, der Morgen graut, und sie sind da.«

Fischer Selim hob langsam den Kopf.

»Wer?« fragte er.

»Polizisten«, antwortete Zeynel leise.

Mit einem Satz war Fischer Selim an der Tür und machte gleich wieder kehrt.

»Da ist niemand außer den Fischern, die hinausfahren«, beruhigte er Zeynel, machte Licht, zeigte auf einen großen Koffer, den er am Vortag in Beyoğlu gekauft hatte und sagte: »Los, machen wir uns auch fertig, bring mir den Koffer her!«

Zeynel holte den Koffer, der neben der Tür stand, und stellte ihn vor Fischer Selim hin. Fischer Selim öffnete ihn.

»Zuerst das Geld. Es wird dir in der Fremde sehr nützlich sein. Bring die Beutel her!«

Zeynel zog die Beutel unter dem Bett hervor, und Fischer Selim verstaute die Geldbündel sorgfältig in das untere Fach des nagelneuen, hellbraunen Koffers.

»Ist es wirklich soviel, wie die Zeitungen schreiben?« fragte er Zeynel.

»Ich weiß nicht. Aber es ist viel.«

Zeynel stand verwundert da, schaute zu, wie Fischer Selim das Geld aneinanderreihte, und er schien mit verschämter Miene gedankenversunken zu überlegen. Erst als Fischer Selim den dritten Beutel öffnen wollte, griff Zeynel zu.

»Onkel Selim«, bat er mit flehentlichem Blick, »Onkel Selim ...«

Er stockte, sein Gesicht wurde flammend rot und seine bebende Stimme versagte vor Scham. »Onkel Selim«, begann er von neuem, »das Geld dort reicht für mich. Ich werde ja auch in Deutschland arbeiten, das Geld in dem Beutel soll bei dir bleiben ...«

Selim wollte das Geld nicht haben, doch Zeynel bestand darauf, und so ging es zwischen ihnen eine Weile hin und her.

»Wenn du es nicht annimmst, Onkel Selim«, sagte schließlich Zeynel, »fahre ich auch nicht auf Vasilis Insel, dann werden die Polizisten mich hier erwischen und zusammenschießen.«

»Und ich kann es nicht annehmen, weil ich dich nicht für Geld hinüberbringe«, entgegnete Selim. »Nimm dieses Geld und gib es Vasili, er soll dich dafür nach Deutschland schleusen ... Soll dir einen Paß besorgen ... Du wirst viel Geld brauchen.«

»Aber hier werde ich's auch brauchen, wenn ich aus Deutschland zurückkomme ... Nach einer Amnestie ...«

»Die Zeit vergeht, es wird bald hell!«

Sie stritten sich noch eine ganze Weile. Als Fischer Selim merkte, daß all sein Reden nichts half, sagte er: »Nun gut, dann werde ich dieses Geld hier verstecken«, nahm den Beutel und eilte hinaus. Es verging eine halbe Stunde, bis er wieder zurückkam. Währenddessen war Zeynel vor Aufregung und Angst fast in Ohnmacht gefallen, war immer wieder hinausgelaufen und hatte mit seinen Augen den Weg, das Ufer und den unbeleuchteten Bahnhof abgesucht.

Der Fischer deckte das untere Fach ab und legte in das obere Unterwäsche, Zeug, Schuhe, Strümpfe, drei Krawatten und was er sonst noch außer dem Koffer für Zeynel gekauft hatte. Dann klappte er ihn zu, schloß ihn ab und sagte: »Los geht's!«

Der Morgen graute, die aufhellende See lag spiegelglatt. Allein oder zu zweit fuhren Fischer mit ihren Booten aufs Meer hinaus.

Selim warf den Motor an und nahm Kurs auf Silivri.

»Soll ich mich auf die Kielplanke legen?« fragte Zeynel.

»Nein«, antwortete Fischer Selim, »nicht hinlegen!«

»Und wenn ich gesehen werde?«

»Werden sie keinen Verdacht schöpfen. Du bist mein Schiffsjunge, setz dich also hinter mir neben der Pinne bequem hin und hab keine Angst!« beruhigte ihn Selim.

»Ich hab keine Angst«, sagte Zeynel, und seine Zähne schlugen aufeinander. »Dreh du nur auf, damit wir von hier schnell verschwinden. Vielleicht sind die Polizisten schon hinter uns her ... Sie haben schnellere Boote als unseres, nicht wahr?«

»Sehr schnelle Boote«, antwortete Fischer Selim.

»Ob sie uns einholen?«

»Sie werden uns nicht finden.«

»Gib du trotzdem Gas ...«

Fischer Selim schob den Hebel auf volle Kraft, während Zeynel sich zähneklappernd ans Dollbord klammerte.

Hinter Büyükçekmece ging die Sonne auf. Fischer Selim nahm Gas weg und das Boot glitt mit üblicher Geschwindigkeit durch die unbewegte See. Als sein Blick auf Zeynel fiel, spürte er Mitleid für den Jungen, der leichenblaß geworden, ja, grün angelaufen war und dessen Augen fast aus den Höhlen sprangen. Er tat so, als habe er es gar nicht bemerkt und sagte:

»Ich mache jetzt Feuer und koche meinem Zeynel einen Tee, und dann werden wir gemeinsam erst einmal schön frühstücken. In einigen Tagen sind wir in den Dardanellen. Wir werden immer dicht unter Land fahren. Auch nachts ... Und dann werde ich dich bei Vasili abliefern ...«

Er drosselte den Motor noch ein bißchen, legte einige Holzstücke auf ein dünnes Blech, zündete sie an, füllte aus einem Plastikkanister Wasser in eine Teekanne mit weit geschwungenem Henkel und setzte sie aufs Feuer. Als das Wasser kochte, streute er mit seinen langen Fingern einige gut bemessene Prisen Tee hinein. Bald begann es nach würzigem Tee zu duften. Fischer Selim stoppte den Motor, das Boot glitt noch eine Weile schaukelnd weiter und blieb dann stehen. Als am gegenüberliegenden Ufer Hunde bellten und nacheinander Hähne krähten, fühlte sich Zeynel wieder besser.

»Wir sind gerettet«, sagte er leise.

»So ist es«, bestätigte Selim und sah ihn liebevoll an. Er öffnete die Kajütenklappe, holte eine rosenbemusterte Kunststoffdecke hervor, breitete sie auf der hinteren Plicht aus, brachte Brot, Käse und Oliven, füllte den Tee in zwei rosafarbene Henkelbecher, sagte: »Laß uns essen«, brach ein großes Stück Brot ab, steckte es sich in den Mund und schlürfte genüßlich einen Schluck Tee hinterher. Dann warf er noch zwei Stücken Zucker in den Tee, weil er ihn nicht süß genug fand.

»Möchtest du auch noch«, fragte Fischer Selim.

»Ja, ich möchte ...«

Nachdem sie gefrühstückt hatten, warf Fischer Selim den Motor wieder an, schaltete auf volle Kraft, und jetzt schnitt der Bug in schneller Fahrt durch die ruhige See. Über ihnen kreisten mit gestreckten Flügeln Möwen, sie waren ihnen von Menekşe bis hierher gefolgt. Querab kamen nacheinander drei große Passagierdampfer auf. Alle Decks waren noch erleuchtet, und als Zeynel auf einem der Dampfer eine Reihe Polizisten gewahrte, pochte sein Herz bis zum Hals. Das Schiff kam gerade auf sie zu, zog nach kurzer Zeit in hoher Fahrt an ihnen vorbei, und das Boot schlingerte eine Weile in schäumendem Kielwasser.

Fischer Selim hatte sich ans Steuer gelehnt, stand regungslos da, hob nur hin und wieder den Kopf und schaute den segelnden Möwen nach. Ab und zu trafen Selim und Zeynel auf Fischerboote mit ausgelegten Treibnetzen an den Langleinen.

Blaue Wasser rauschten vorbei, ihr Spiegel veränderte immerfort die Farbe, blau, orange, grün, rot, flammendes Durcheinander, Polizisten, im Schuppen roch es nach Harz, von weiter her kam der Geruch von Tabak, vom Goldenen Horn, von Tang und Schlamm. Schrill pfeifende, umherrennende Polizisten. Ihsans Kopf lag in einer Mulde des Zementfußbodens, Süleyman starrte mit offenem Mund, Remzi und Özcan beschimpften jemanden in der Dunkelheit. Ihr Motor sprang nicht an, ohne Licht und klitschnaß trieben sie steifgefroren in schwerer See, und die Nacht war so finster, daß sie die Brecher vor ihren Augen nicht sehen konnten. Die Wellen warfen sich immer höher auf, schleuderten das Boot wie eine Nußschale hin und her, aneinandergedrängt hatten sich die Männer ans Dollbord geklammert und wußten nicht mehr, wo Osten war noch Westen. Kein einziges Licht schimmerte durch das Dunkel. Zeynel hatte schreckliche Angst. Sie sanken. Die Wellen hoben das Boot, dann sackte es wieder weg, nahm schwere Brecher über, und sie standen bis zu den Knien im Wasser. Zeynel betete in einem fort das *Elham*, den Anfang der Fatiha-Sura, die ihm sein Vater beigebracht und zu beten nahegelegt hatte, wenn er in Not geriete.

Ans Dollbord geklammert, betete er es jetzt wieder. Das Blut war aus seinem Gesicht gewichen, er hatte den Hals vorgestreckt und bewegte murmelnd die Lippen. Dabei fragte er sich, warum dieser geizige Fischer Selim das Geld nicht angenommen hatte. Er hat's abgelehnt, weil er mich nach Einbruch der Dunkelheit töten und alles behalten will! Wie er Hristo für einen Kahn getötet hatte und Artin den Einäugigen aus Kumkapi wegen fünf Goldstücken. Und den Toten hatte er dann mit einem Stein beschwert und im Meer versenkt.

Und hatte er Schiffer Dursun den Kahlen nicht auch getötet, ihm etwa kein großes schwarzes Loch in den Kopf geschossen, und war Schiffer Dursun der Kahle, als er getroffen wurde, nicht mit einem Riesensatz hochgesprungen und brüllend wie ein Ochse ins Meer gefallen, das sich rot färbte von seinem Blut, und hatte Fischer Selim den Toten nicht aus dem Wasser gefischt, ihm einen Marmorblock von dreißig Kilo um den Hals gebunden und ihn auf den Grund des Meeres geschickt? Es ist gelogen, wenn sie sagen, Fischer Selim habe Dursun den Kahlen aus Rache wegen der Meerjungfrau getötet. Fischer Selim hat Dursun den Kahlen des Geldes wegen umgebracht. Denn Schiffer Dursun der Kahle hatte einen Koffer voll Geld, und der geizige, schlaue Fischer Selim hatte ihn deswegen auf hoher See in die Enge getrieben und den Kopf so zerschossen, daß die Fetzen verstreut im Meer lagen und von den Fischen verschlungen wurden. Ja, ja, in jenen Zeiten flüchteten Menschen mit Koffern voll Geld vom jenseitigen Ufer übers Schwarze Meer nach Istanbul. Und Fischer Selim soll die Flüchtlinge an Bord geholt und ihnen gesagt haben, er bringe sie zu Vasili. Dann sei er mit ihnen hinausgefahren und habe ihnen auf hoher See so große Löcher in den Kopf geschossen, daß sie brüllend ins Meer gestürzt seien, aber niemand ihre Schreie gehört habe. Und Fischer Selim habe sie mit Steinen beschwert im Schwarzen Meer versenkt, habe die Koffer voller Geld an sich genommen, sei dann wieder nach Odessa zurückgefahren, um die nächsten Flüchtlinge zu holen und abzuknallen, jaaa, in regnerischen, stockdunklen Nächten, wenn die durchnäßten Wachteln mit regenschweren Flügeln an den Küsten erschöpft vom Himmel fallen …

»Hast du eine Mauser hier, Meister?«

»Was für eine Mauser, Zeynel?«

»Du weißt doch … Schiffer Dursun der Kahle …«

»Die habe ich verkauft … Schon vor langer Zeit, Zeynel.«

Zeynel war erleichtert. Aber Vasili … Dieser Vasili …

»Was für ein Mann ist Vasili, Onkel Selim?«

»Vasili? Vasili ist ein guter Mann. Er stammt aus Samatya.

In diesem Istanbul waren Hasan der Hinkende und Vasili die besten Meerbarbenfischer. Wir waren ein Herz und eine Seele. Nach jedem Fang begossen wir uns bei Yanaki die Nasen. Wenn er in Stimmung gekommen war, griff er zur Busuki und spielte die alten anatolischen Weisen, die er von seinem Großvater gelernt hatte ... Er war ein toller Kerl. Er verliebte sich in die Tochter eines angesehenen Griechen, aber der sagte, er gebe seine Tochter keinem Karaman-Griechen, diesen anatolischen Zigeunern ... Sagt man so etwas denn einem Vasili? Einem Burschen wie eine Stahlklinge? Eines Nachts zündete er das Haus des reichen Griechen an; da hast du's, und nun weißt du, was ein anatolischer Zigeuner ist, sozusagen ... Er hätte ihn abgeknallt mit Kind und Kegel, wenn wir nicht dazwischengegangen wären, ihn festgehalten hätten, denn Vasili würde eher sterben, als seine Freunde enttäuschen, also tat er, worum wir ihn baten, ließ den Mann leben, krümmte dessen Familie kein Haar, nahm nur die Tochter bei der Hand und brachte sie in Hasan des Hinkenden Haus. In jener Nacht stiegen das Mädchen, Vasili, Hasan der Hinkende und ich in mein Boot und stachen in See. Mein Boot war damals noch nagelneu, Hristo war noch nicht verschollen, und wir landeten nach drei oder auch vier Tagen auf der griechischen Insel Limnos, dort hat Vasili Verwandte, sie empfingen uns mit Honig und Pasteten und geharztem Raki, Mann, Mann, das waren Tage ... Und seitdem springen wir jedesmal, wenn's brenzlig für uns wird, in die Boote, und ab geht's zu Vasili! Er ist sehr reich geworden. Ein Zweig seiner Verwandten auf der Insel stammt aus Anatolien, sie sprechen alle türkisch. Er hat sechs Kutter mit Radaranlage, ein Haus wie ein Schloß und neun Kinder. Vasili ist der Padischah von Limnos, und auf den Inseln läßt sich's gut leben. Und was wäre aus ihm geworden, wenn er hiergeblieben wäre? Ein barfüßiger Gammelfischer wie wir ... Und zu diesem Vasili werde ich dich jetzt bringen. Vielleicht nimmt er dich in seine Mannschaft. Außerdem hast du viel Geld, mehr als eine Million, vielleicht kannst du dir ein Boot kaufen, wenn du ein Zehntel anzahlst, und wirst Fischer. Auf der Insel leben viele Türken, treibe dich nicht herum und heirate. Wer weiß, vielleicht besuchen wir dich einmal, Hasan der Hinkende und ich. Vielleicht hast du dann schon Kinder... Deine Frau wird uns bewirten. Die meisten Menschen auf der Insel kommen aus Anatolien, und ob sie Moslems sind, ob Christen, gastfreundlich sind sie alle. Und haben sie einen Bissen Brot, dann geben sie ihn dir ... Und wenn du willst, kannst du auch nach Deutschland fahren. Sei vorsichtig, wenn du dort dein Geld wechselst! Freunde dich mit türkischen Arbeitern an, sie kaufen türkisches Geld und schicken es nach Hause. Tausche bei ihnen dein türkisches Geld in Mark um ... Weil du hier niemanden hast, bringst du dein Geld zur Bank ...«

Einmal aufgetaut, sprudelten die Worte aus Fischer Selim nur so heraus, er redete und redete. Und während er so redete, wuchs Zeynels Mißtrauen, es wurde stärker und stärker, und schlug schließlich um in Angst.

Warum redet er so viel? Eher haben die beiden gemeinsam Vasili überwältigt, haben ihn aufs offene Meer hinausgefahren, hat Hasan der Hinkende ihn festgehalten und Fischer Selim ihm eine Kugel in den Kopf gejagt, ist Vasili hochgeschnellt, ins Wasser gestürzt, und aus einem großen, dunklen Loch in seiner Stirn ist Blut ins Meer geschäumt; dann haben sie den Toten aus dem Wasser gezogen, das Mädchen hat sich über ihn geworfen, hat sich überall mit Blut besudelt. Mit Mühe haben der Hinkende und Selim das Mädchen von der Leiche weggerissen, haben dem Toten einen dreißig Kilo schweren Marmorstein um den Hals gebunden und ihn damit auf den Grund des Meeres geschickt. Dann haben sie sich das Mädchen vorgenommen, und das Mädchen hat sie angefleht. Das Mädchen war sehr schön, sah genau so aus wie Zühre Paşali, seine großen Brüste waren so warm, die beiden konnten nicht widerstehen, haben das Mädchen splitternackt ausgezogen und sich nacheinander an ihm vergangen. Hasan der Hinkende hat gar nicht hingeschaut, als Selim auf dem Mädchen lag und ihm in die Brüste gebissen hat. Als es dann Nacht wurde, hat

Fischer Selim dem Mädchen eine Kugel in den Kopf geschossen, die Kugel hat ein großes, dunkles Loch in den Kopf des Mädchens gerissen, Blut ist herausgeströmt, ist ins blutig aufschäumende Meer geflossen. Sie haben das Mädchen aus dem Meer gezogen, ihm einen dreißig Kilo schweren Marmorstein um den Hals gebunden und auf den Meeresgrund geschickt. Als der Morgen anbrach, haben Fischer Selim und Hasan der Hinkende sich nicht in die Augen sehen können, weil sie sich voreinander über das, was geschehen war, schämten. Noch Jahre danach haben sie sich gemieden. Erst vor zwei, drei Jahren brachte Ilya sie im Kaffeehaus von Menekşe wieder zusammen, und auf sein Drängen gaben sie sich die Hand. Vergangen und vergessen, haben sie gesagt, haben sich umarmt und sich den Bruderkuß gegeben. Warum sollten sie das sagen, wenn sie Vasili nicht getötet haben? Dann hat Fischer Selim Hasan den Hinkenden aufgesucht und ihm aufgetragen: »Schick diesen Zeynel, der in deinem Hause ist, zu mir und sage ihm: ›Fischer Selim wird dich retten.‹ Ich werde mit ihm hinausfahren, werde ihm mit meinen Revolver ein kugelrundes Loch in seinen Schädel schießen, er wird ins Meer stürzen, das Blut wird strömen, ich werde ihm einen dreißig Kilo schweren Marmorstein um den Hals binden, ihn auf den Grund des Meeres schicken, und wir werden uns sein Geld teilen. Gut, nicht wahr, sehr gut ... Der überschlägt sich sowieso, um mit mir mitzukommen, ihm geht die Muffe, wenn er die Polizei nur sieht.«

Das Kreischen der Möwen und ihr Flügelschlag übertönten das gleichmäßige Tuckern des Motors. Zeynel rückte zum Bug und schaute Fischer Selim in die Augen. Die Augen schauten versonnen ins Leere. Zeynels Blicke wanderten die Spanten entlang bis zur Plicht und wieder zurück: »Nein, nichts«, freute er sich, da war nirgends ein Marmorblock noch ein anderer Stein zu sehen. »Er bringt mich geradewegs zu Vasili!« Und dennoch versuchte er sich hartnäckig einzureden: ›Sie haben Vasili getötet und dann die Tochter des vornehmen Griechen vergewaltigt. Das weiß in Kumkapi doch jeder.‹

»Wonach suchst du da, Zeynel?« fragte Fischer Selim mit weicher, freundlicher Stimme.

»Nichts, ich sehe mir nur das Boot an«, antwortet Zeynel heiser.

»Ein schönes Boot«, sagte Fischer Selim, »heutzutage können sie solche Boote nicht einmal mehr in Ayvansaray bauen. In all den Jahren hatte ich noch keinen Tropfen Leckwasser. Ein Boot, steinhart!«

Es ist Hristos Boot, dachte Zeynel. Dann fiel ihm ein, daß er ja noch einen Revolver hatte. Damit kann ich ihn erschießen, kann ich ihn erschießen, bevor er schießt.

»Du hast doch einen Revolver, nicht wahr, Onkel Selim, einen riesigen Revolver ... Damit kannst du doch jeden erschießen, nicht wahr?«

»Ich hatte einen Revolver, aber ich habe ihn vor einigen Tagen seinem Besitzer Mustafa dem Blinden zurückgebracht«, antwortete Fischer Selim. »Wozu brauche ich einen Revolver, ich habe meine Hände.«

Er streckte seine mächtigen Hände vor, und Zeynel schauderte. Wenn er mich mit diesen Händen packt, zerquetscht er mich, dachte er. Ein Riesenkerl! Die Hand um meine Kehle legen und nur einmal zudrücken ... Schiffer Dursun den Kahlen hatte er auch an der Kehle gepackt, das hat jeder gesehen. Er hat gedrückt und gedrückt bis die Augen aus den Höhlen quollen, Dursuns Gesicht blau anlief und ihm die dunkelblaue Zunge eine Handbreit aus dem Munde hing. Und nicht anders hat er auch Vasili getötet.

»Was für ein Mann war Vasili, war er auch so groß und stark wie du, Onkel Selim?«

»Er war riesengroß, hatte Arme, na, doppelt so dick wie meine, und Hände wie Schaufeln. Er ließ nie den Motor laufen, er ruderte und war schneller als wir. Als das Haus brannte, hatte er den vornehmen Griechen an der Kehle gepackt, und ich war halbtot, als ich seine Hände endlich auseinandergebogen hatte. Vasili ist ein braver Mensch, ein guter Junge, ein Freund, ein Bruder ... Ach ja, unser Vasili!«

Also gab es Vasili noch, hatte er ihn nicht getötet. Wie sollte er auch so einen riesengroßen Mann umbringen, nicht wahr?

»Hatte Vasili auch einen Revolver?«

»Und ob er einen hatte. Der Bursche war ein Draufgänger. Er trug zwei Revolver. Ich mag Revolver nicht und trage keinen.«

Vasili war sogar bewaffnet gewesen, um so besser ... Eine Welle der Freude durchströmte Zeynel, und er lachte in sich hinein.

Es war schon spät am Tag, der Motor tuckerte gleichmäßig wie ein Uhrwerk, und wie schon seit ihrer Abfahrt aus Menekşe, kreisten die Möwen über ihnen, glitten die Schatten ostwärts wandernder Wolken über den Meeresspiegel.

Fischer Selim drosselte den Motor.

»Ich habe Hunger bekommen, mein kleiner Zeynel«, rief er, »laß uns essen, die Mittagszeit ist längst vorbei!«

Er öffnete die Kajütklappe, holte wieder die rosengemusterte Plastikdecke hervor, breitete sie auf dem Achterdeck aus, tischte Halwa, Käse und Oliven auf, goß aus dem Kanister Wasser in die Henkeltassen und rief:

»Bediene dich, mein Ağa, mein kleiner Zeynel! Habe ich einen Schrecken bekommen, als es hieß, die Polizisten hätten dich erschossen. Hier auf dem Marmarameer droht keine Gefahr, und wenn wir erst einmal die Dardanellen hinter uns haben ... Ach was, kleiner Zeynel, wer kennt dich schon in Çanakkale!« Er lachte. »In den Zeitungen haben sie anstatt deines das Bild eines anderen abgedruckt. Einen mit Schnurrbart ... Bitte, greif zu!«

Sie aßen. Als Fischer Selim in Zeynels Augen sah, erschrak er so, daß seine Hände zitterten:

»Was ist mit dir, Zeynel? Hab keine Angst, wir werden auch glatt durch die Dardanellen kommen, überlaß das ruhig mir! Dir wird nichts geschehen, Gott bewahre, und ich werde dich heil und gesund bei Vasili abliefern ... Und hättest du eine Milliarde, würde es Vasili nicht kratzen, er ist ein großherziger Mann. Für ihn bedeutet deine Million nicht mehr als das Zigarettenpapier, in das er seinen Tabak dreht. Du hast deine Haut gerettet.«

Zeynel starrte ihn an, ließ ihn nicht aus den Augen, aß andererseits unwillkürlich weiter, während ihm die verrücktesten Gedanken durch den Kopf schossen.

Und ich wollte ihn töten, dachte er, und ich habe sein Haus angezündet. Bei der erstbesten Gelegenheit hatte ich ihn töten wollen ... Und das weiß Fischer Selim doch ganz genau, dieser Fuchs! Und gemeinsam mit Hasan dem Hinkenden hat er mir diese Falle gestellt, und ich bin blind hineingelaufen. Puh, ich Eselskopf... Ich armer Irrer.

Zeynel hatte ganz in Gedanken bis auf den letzten Bissen alles aufgegessen und einen Becher Wasser nach dem anderen geleert.

Übers Dollbord gebeugt, schüttelte Fischer Selim die Plastikdecke aus, faltete sie zusammen und verstaute sie hinter der Kajütklappe. Zeynel war immer noch abwesend, überlegte, wie er sich aus dieser Falle retten konnte. Er musterte Fischer Selim, seinen riesigen Körper, und je länger er seine mächtigen Hände betrachtete, desto mehr wuchs seine Furcht, desto tiefer versank er in ein Dunkel von Angst und Schrecken.

Fischer Selim war wieder ans Ruder gegangen und hatte auf volle Kraft geschaltet. Über ihnen schwebten die Möwen auf und nieder, querab zogen Frachtdampfer vorbei, nahmen Kurs auf die Dardanellen oder auf Istanbul.

Selim drehte sich lachend um und erschrak, als er Zeynels Augen sah.

»Was ist mit dir los, Zeynel?« schrie er ihn an.

Zeynel stand auf, griff hastig nach seinem Koffer und warf ihn Selim vor die Füße:

»Nimm, es gehört alles dir«, rief er. »Nur töte mich nicht, erwürge mich nicht, mach mit mir nicht dasselbe wie mit Vasili, mit Dursun Rais und mit Hristo. Töte mich nicht! Töte mich nicht ...«

Er hatte seinen Arm ergriffen und zitterte wie Espenlaub.

Selim drosselte den Motor, und als die Klopfgeräusche leiser wurden, begann er, auf Zeynel einzureden, versuchte, ihn zu beruhigen. Aus welchem Grunde sollte er ihn denn töten wollen? Aus Angst um sein eigenes Leben? Dann hätte er ihn ja schon in jener Nacht töten können, als Zeynel Selims Haus angezündet hatte, oder später, als Zeynel zu ihm gekommen war. Außerdem hätte er Zeynel, nachdem dieser Ihsan erschossen habe, damals schon überwältigen und der Polizei ausliefern können, wenn er nur gewollt hätte! Zugegeben, daß Zeynel ihm das Haus angezündet hatte, wog schwer, aber ihn deswegen töten? Ganz abgesehen davon, daß er damals für Zeynel sogar Verständnis gehabt habe. Und so versuchte Selim bis in den Nachmittag hinein, bei langsamer Fahrt, Zeynel zu überzeugen, daß er nicht vorhatte, ihn zu töten.

»Du weißt doch, ich mag dich. Nur deswegen hab ich diese lange Fahrt mit all ihren Gefahren auf mich genommen und bringe dich weit weit weg auf die griechischen Inseln.«

Dieser geschickten Beweisführung hatte Zeynel nichts entgegenzusetzen.

»Du bringst mich also nicht fort, um mich zu töten, ja?«

»Bist du verrückt geworden? Warum sollte ich dich denn töten, mein kleiner Zeynel?«

Zeynel strahlte vor Freude, brach in schallendes Gelächter aus und sprang aufs Achterdeck.

»Hurra!« brüllte er, »ich bin der Polizei entwischt und bleibe am Leben. Gib Gas, Onkel Selim, gib Gas ... Ich werde dir aus Deutschland einen Mercedes mitbringen, gib Gas, damit wir ganz schnell die Dardanellen hinter uns bringen ...«

Dann sang er ein rhythmisches Istanbuler Lied, als er damit durch war, begann er einen Tanz der Lasen zu singen und zu guter Letzt noch einen Çorumer Reigen. Was hat dieser Hundsfott doch für eine schöne Stimme, dachte Fischer Selim, aber er ist wahnsinnig vor Angst gewesen, und ich muß mich heute nacht vor ihm in acht nehmen, er könnte entweder ins Wasser springen oder versuchen, mich umzubringen. Und bei diesen Gedanken bekam Fischer Selim es auch mit der Angst.

Wie viele Lieder Zeynel doch kannte ...

Plötzlich hörte Zeynel auf zu singen, und seine Augen blieben an Fischer Selims Händen haften. Sie hielten Vasilis Kehle umklammert, Hasan der Hinkende und Selim hatten sich über Vasili gebeugt und warfen ihn über Bord. Und einen Koffer Geld hatten sie ihm auch abgenommen, und auch die Tochter des Griechen ... Und mit Worten wie eben hatten sie Vasili übertölpelt!

Die Stille hielt an, wurde bedrohlich, konnte Zeynels Zwangsvorstellungen nur noch verstärken, Selim mußte ihn ablenken.

»Zeynel«, begann er.

Geschreckt schnellte Zeynel hoch. Fischer Selim lachte ihn an und fragte:

»Wie war das eigentlich in Beşiktaş, hast du die Frau umgebracht?«

Zeynel, bis zum äußersten erregt, nahm die Gelegenheit wahr:

»Ich war's, ich habe sie getötet«, platzte es aus ihm heraus, und wie gehetzt fuhr er fort: »Sie war meine Geliebte. Ich hab sie in das leere Schloß im Yildiz Park gebracht. Wir sind immer dorthin gegangen. Und eines Tages war da ein anderer ... Ich, habe ich ihr gesagt, ich bin Zeynel Çelik und werde es dir schon zeigen! Zuerst hab ich ihre Brüste zerschnitten ...«

Und dann wiederholte er Wort für Wort, was die Zeitungen berichtet hatten.

Mit offenem Mund hörte Fischer Selim zu, verwundert, verstört, und je länger er zuhörte, desto mehr graute ihm vor Zeynel. Wenn er doch nur seinen Revolver in die Hände bekäme. Aber ihm die Waffe einfach so wegnehmen, würde den Burschen noch rasender machen!

»Und der Mord in Bebek?«

»Ich hatte sie verfolgt. Kannte sie aus Florya. Sie waren sehr reich. Ich habe vor ihrer Villa auf sie gewartet. Als sie in ihrem Wagen vorfuhren, bin ich hingelaufen, hab die Tür aufgemacht, hab Haltung angenommen. Der Mann hat mir zwanzig Lira gegeben, hat freundlich lächelnd »merhaba« gesagt, sie sind zur Villa gegangen, und ich bin ihnen gefolgt. Sie sind hineingegangen, ich hinterher. Dann habe ich sofort die Tür hinter mir zugemacht, meinen Revolver gezogen, und da hat er sich schon auf mich geworfen und mir den Revolver aus der Hand geschlagen. Ich packte ihn mit beiden Händen an der Kehle und drückte zu ... Die Frau rannte hin und her, schlug sich wie verrückt auf die Knie. Und ich habe ihm die Kehle zugedrückt, habe gedrückt und gedrückt, der Mann war doppelt so groß wie du, hatte Hände, daneben sind deine Kinderspielzeuge, und dann spürte ich, wie der Mann abschlaffte, er war tot, und ich hob meinen Revolver auf ...«

Je länger er erzählte, desto mehr erregte er sich, und je mehr er sich erregte, desto stärker übertrieb er, bauschte er die Zeitungsberichte auf.

»Und die Polizisten?«

Zeynel schwirrte der Kopf. Er redete ununterbrochen. Immer wieder erwürgte er den Mann mit den großen Händen, umspannten seine Finger die Hälse von Männern, die riesige Hände hatten und schon abkratzten, bevor er richtig zudrückte!

»Meine Hände sind wie Schraubstöcke, wie Schraubstöcke, ja, wie Schraubstöcke«, rief er, spreizte die Finger und streckte sie Selim jedesmal entgegen.

»Und die Bank?«

»Die Bank? Da war ein Wachmann in der Bank, das Doppelte von dir, und neben seinen Händen nehmen sich deine wie Kinderhände aus.«

Er hörte selbst nicht mehr, was er sagte, redete nur noch von Männern mit riesigen Händen. Ihsan stach auf den Mann ein, Hasan der Hinkende schnitt mit blutigen Händen Fischbäuche auf, in Zeynels Kopf drehte sich alles, seine Zunge klebte am Gaumen, doch er dachte nicht daran zu trinken. Schäumende Bugwellen, Möwen, weiße Passagierdampfer, Frachtschiffe, das Ladegeschirr gleich hohen gelben Bäumen, zogen an ihnen vorbei. Die Nacht ist dunkel, in den Bergen werfen sie Dynamit und Bomben, das Sperrfeuer hallt von den Hängen wider, rotgeflügelte Adler fliegen am nächtlichen Himmel. Es regnet, und fette Wachteln mit schreckgeweiteten Augen fallen ins Dunkel. Sein Vater, seine Mutter in Lachen von Blut, die Hälse durchgeschnitten, auch seine Geschwister blutüberströmt. Das Wasser fließt blau und blutschäumend rot.

Und Vasili fleht, töte mich nicht, Selim, töte mich nicht.

»Ich habe das Geld bei den Stadtmauern versteckt, in dem kleinen Gewölbe im Friedhof ... Ein Mann, so groß wie du, doppelt so groß ... Ich ging ihm an die Kehle ... Was hast du bei meinem Geld zu suchen ... Seine Hände, riesig ...«

Ausgestreckte, riesige Hände, Wasser, Möwen, Stadtmauern, Polizisten, Flammen, Wasserbüffel, Adler, im Bullauge steckt ein Kopf mit hervorquellenden Augen, der Körper des Mannes ist im Schiff verbrannt, klirrende Glasscheiben, der Taksim-Platz, schießende Polizisten, Tiere mit eigenartigen Hälsen und riesigen Händen, die brüllend auf den Asphalt stürzen ...

»Der Mann hatte mich an der Kehle gepackt, und ich hab meinen Revolver ...«

Doch Fischer Selim war auf der Hut, hatte sich blitzschnell umgedreht und war mit einem Satz auf den Planken neben dem Motor gelandet. Der Schuß ging ins Leere, Fischer Selim streckte sich, packte von unten Zeynels Handgelenke, kam auf die Beine und nahm ihm ohne Mühe den Revolver aus der umgebogenen Hand.

»Puh«, lachte er, »dummer Junge, hättest mich beinah erschossen.«

Der Tag ging zur Neige. Fischer Selim steckte den Revolver ein, gab Gas, und das Boot nahm Fahrt auf. Er war wütend geworden, versuchte es aber zu verbergen.

Zeynel hatte sich neben die Pinne gesetzt und hockte ganz ruhig da. Fetzen von Erinnerungen, Bruchstücke überspannter Vorstellungen schossen ihm durch den Kopf. Da drinnen tat sich etwas, was er sich nicht erklären konnte, etwas, auf das er wartete. Er hatte den Blick auf die untergehende Sonne gerichtet. Noch war sie blutrot, bald würde sie in ein rötliches Blau übergehen, und die Flugzeuge würden funkelnd wie Goldtropfen mit schimmerndem Schweif durch die Wolken gleiten. Aber Zeynel sah nichts, hörte nichts, saß nur angespannt da und wartete.

Die Sonne mußte jeden Augenblick untergehen, war zur Hälfte schon hinter der Kimm versunken, zur Hälfte noch von einer lilafarbenen Wolke verdeckt. Finstere Schatten dehnten sich über das dunkelnde Wasser ...

Ganz plötzlich stürzte sich Zeynel auf Selim und umklammerte mit beiden Händen seinen Hals, Selim drehte die Ruderpinne auf hart steuerbord, und das Boot begann, sehr eng im Kreis zu laufen. Kreischend hob und senkte sich der Möwenschwarm über ihnen, und Selim, völlig hilflos nach Luft ringend, hatte Zeynels Arme gepackt und versuchte vergebens, ihn abzuschütteln, sich aus seinem Würgegriff zu befreien. Er warf sich hin und her, stieß Zeynel mit letzter Kraft von einem Dollbord gegen das andere, wobei das Boot schlingernd überholte und fast kenterte. Fischer Selim kämpfte um sein Leben, und er war kurz vor dem Ersticken, als auch er Zeynels Hals zwischen seine Hände bekam.

Je fester Fischer Selims furchterregende Hände Zeynels Hals umklammerten, desto schwächer wurde dessen Würgegriff. Fischer Selim wehrte sich verzweifelt, drückte mit aller Kraft, aber Zeynel hielt dagegen. So kämpften sie eine lange Zeit, doch dann lockerten sich Zeynels würgenden Hände, er sackte zusammen, Fischer Selim ließ seinen Hals los, und Zeynels lebloser Körper fiel der Länge nach auf die Planken. Unfähig, sich zu rühren, stand Fischer Selim mit hängenden Armen eine Weile im kreisenden Boot. Dann, nachdem er sich ein bißchen erholt hatte, bückte er sich und griff nach Zeynels Handgelenk. Zeynels Körper wurde schon kalt. Selim streckte seine Hand aus und schloß dem Jungen die Augen.

Die Sonne war untergegangen, sie hatte über der Kimm einen mit Lila vermischten rötlichen Glanz hinterlassen. Auch das Meer leuchtete in pupurnem Violett.

23

Fischer Selim verließ sein Haus fast gar nicht mehr. Einmal wurde er in der Nähe des Bahnhofs gesehen, doch war er sofort wieder in seine Hütte zurückgeeilt, als Mahmut auftauchte. Wann und wo er sich etwas zu essen holte, wußte auch niemand. Vielleicht schlich er sich nachts oder in der Dämmerung wie eine Katze aus Menekşe davon nach Yeşilköy und Istanbul und kaufte dort ein. Wirr durcheinander lagen die Netze, Angeln und Bojen in seinem unter der Strandbrücke vertäuten Boot, und niemand konnte sich erinnern, Fischer Selims Bootsdeck schon einmal so unaufgeräumt gesehen zu haben. Möwen und Spatzen machten sich über herumliegende Speisereste her – ein unmöglicher Zustand!

Die Tage vergingen, Fischer Selim war nirgends zu sehen. Es fragte aber auch niemand nach ihm, und niemand schien sich um ihn zu sorgen. Es war, als habe man ihn vergessen.

Um so mehr freuten sich alle, als er eines Tages mit gesenktem Kopf am Kaffeehaus vorbei geradewegs zu seinem Boot ging, das Deck klarmachte und die Netze zu flicken begann. Allerdings – und auch das entging niemandem – schaute er, während er aufräumte und seine Netze flickte, kein einziges Mal auf. Den Kopf weiterhin gesenkt, die Augen traurig, das finstere Gesicht zerfurchter als sonst, saß er betreten da und arbeitete bis zum Abend. Als es dunkel wurde, ging er wieder, den Kopf gesenkt, als müsse er vor Scham im Erdboden versinken, in seine Hütte zurück.

Hin und wieder wanderte er ganz allein durch die Gassen von Florya, streifte auf dem Campingplatz für Angehörige des Roten Halbmonds durch die Reihen der windschiefen, buntbemalten, aus Brettern, Holzfaserplatten, Kisten und Sperrholz gezimmerten Hütten, immer mit niedergeschlagenen Augen auf der Flucht vor Passanten, Bekannten und sogar Kindern.

In jener Zeit bin ich Fischer Selim auch einige Male begegnet. Wenn er mich erblickte, blieb er auf der Stelle erschreckt stehen, verharrte mit gesenktem Kopf einen Augenblick, machte kehrt und ging ausholend in entgegengesetzter Richtung davon. Einmal verweilte er noch an der Straßenecke vor der öffentlichen Badeanstalt und sah zu mir zurück, bevor er verschwand. Ein andermal liefen wir uns in Beyoğlu über den Weg, doch er tauchte im Gedränge unter, kaum daß er meiner gewahr wurde. Ich tat jedesmal so, als hätte ich ihn nicht gesehen. Zweimal überraschte ich ihn, als er nach Mitternacht an unserem Haus vorbeiging, stehenblieb und zu meinem Fenster emporsah. Er stand auf der gegenüberliegenden Straßenseite und musterte mit einem eigenartigen Ausdruck in seinen Augen mein Fenster.

Verschämt, verschreckt, wie die Augen eines verängstigten Kindes blickten Fischer Selims Augen. Er hatte abgenommen, sein langer Hals war noch länger, noch faltiger geworden, der einst so buschige Schnauzbart hing schlaff und die Augen hatten ihren Glanz verloren. Er lief nur noch mit einem Bart von mehreren Tagen herum; so hatte man Fischer Selim noch nie gesehen. Neuerdings trug er ein rotes Halstuch, das er nie abnahm.

Er schämte sich, hatte Angst; nicht nur davor, Menschen zu berühren, nein, er schreckte vor jedem Wesen, ob Käfer, Vogel, Schlange oder Baum, ja vor sich selbst zurück. So hatte Fischer Selim seit jenem Tag nicht einmal mehr in den Spiegel sehen können, er, der sich doch sonst so gern beschaute und als das liebste, prächtigste, vertrauteste Gesicht immer das eigene empfunden hatte. Er war überzeugt gewesen, daß Gott so ein angenehmes, schönes Gesicht kein zweites Mal geschaffen hatte und daß die Menschen ihn nur deswegen anfeindeten. Weswegen sollten sie ihn denn sonst beneiden und meiden, wenn nicht wegen seiner stattlichen Erscheinung! Aber jetzt wollte er sein Gesicht nicht mehr sehen. Und seine Hände schon gar nicht. So tat er alles, um bei der Arbeit, besonders beim Flicken der Netze, den Blick auf seine Hände zu vermeiden. Und wenn er sie ganz in Gedanken doch einmal betrachtete, wurde ihm plötzlich ganz heiß vor Schrekken. Seit jenem Tag versuchte er, seine Hände auch vor den

Blicken anderer zu verbergen. Könnte er doch fort von hier, fort von den Menschen, fliehen aus dieser Welt, sich befreien aus diesem Leid, diesem Wahnsinn, sich reinwaschen von dieser Scham und alles vergessen ... Vergessen, nein, vergessen war nicht möglich, aber weiterleben ohne zu vergessen auch nicht. Immerzu, jeden Morgen, jeden Abend, jeden Augenblick daran denken und vor Scham in den Boden versinken ... Dazu dieses dumpfe Ekelgefühl, das sich bei ihm eingenistet hatte. Als er Zeynel würgte, war Blut auf Selims Hand getropft. Nur vom Anblick dieser warmen Flüssigkeit war ihm speiübel geworden. Und jedesmal, wenn er daran dachte, drehte sich ihm der Magen, würgte er, war er kurz vorm Kotzen.

Mit sich selbst war er fortwährend im Streitgespräch, und ihm war, als höre jedermann dieser Auseinandersetzung zu. Es mußte doch jeder zugeschaut haben, als er Zeynel erwürgte, aber niemand sagte es ihm ins Gesicht. Sie lachten sich ins Fäustchen! Würden sie ihn denn sonst so hämisch anblicken? Jeder zog doch über ihn her, behauptete bestimmt, er habe für ein paar Kuruş den armen Zeynel ermordet. Und mit ihnen im Chor verunglimpfte Fischer Selim sich selbst.

Eines Morgens erwachte er mit unbändiger Freude, hätte im Überschwang davonfliegen können. Alles erschien ihm im Lot, und er rannte zu seinem Boot, das ihm so zuwider geworden war. Heute erschien es ihm wie am ersten Tag, so frisch war die Farbe, so schimmernd die Netze, so leuchtend der silbergrün gestrichene Motor. Er kam zum Kaffeehaus, und alle schauten ihn freundschaftlich an, mit Gesichtern voller Freude und Stolz, denn alle genossen noch das Glücksgefühl, mit randvollem Kahn von einem unglaublich guten Fischfang zurückgekehrt zu sein. Am liebsten wäre Fischer Selim hingegangen, hätte jeden von ihnen in die Arme geschlossen, den schweißigen Geruch eingeatmet und sie auf beide Wangen geküßt. Aber was würden sie sagen, wenn er diesem unbändigen Wunsch nachgäbe? Verdutzt würden sie dasitzen, weil sie so eine Nähe, so eine Herzenswärme von ihm nie und nimmer erwartet hätten. Er verspürte den Drang, radzuschlagen, zu spielen, sich in Beyoğlu bis zum Gehtnichtmehr zu betrinken, aufs Meer hinauszufahren und den Motor auf äusserste Kraft zu schalten oder vierundzwanzig Stunden lang auf dem kleinen Rund vor der Kneipe die Lezginka zu tanzen ... Mit weitgeöffneten, leuchtenden Augen ging er von einem zum andern, sah jedem lächelnd ins Gesicht, musterte ihn mit neugierigem Blick, und seine Freude wurde immer grösser ...

Er verliess das Kaffeehaus, ging zu seinem Boot, prüfte die Netze, fegte das Deck, ging an Land, sah einen kleinen Jungen, hob ihn hoch, schwenkte ihn über seinem Kopf, setzte den Kleinen wieder ab, lachte ihn an, zog Münzen aus seiner Hosentasche und steckte sie ihm zu. Ein Verhalten, das die Menekşeer von ihm gar nicht gewohnt waren. Aber sie wunderten sich nicht. Und Fischer Selim wanderte mit einem langen Tscherkessenlied auf den Lippen nach Florya. Bis zum Badestrand hinunter war seine Stimme zu hören.

Dann machte er sich auf nach Beyoğlu, und er sah jedem Entgegenkommenden offen in die Augen, als er über den Blumenbasar und durch die Strassen wanderte. Er hatte wohl daran gedacht, ein bisschen zu trinken, befürchtete aber, damit den Zauber dieser Stimmung zu brechen, und so tat er alles, was in seiner Macht stand, damit dieser Bann von Freude, Hoffnung und Liebe in ihm auch anhielt, versuchte alles zu vermeiden, was er gewöhnlich zu tun pflegte und fühlte sich wie neugeboren. An Zeynel dachte er nicht einen einzigen Augenblick.

Trunken vor Freude zog Fischer Selim durch Istanbul, diesen Wirbel von Sonne, Meer und Menschen, von Gesichtern und Augen im Gedränge, von hell erleuchteten Bosporusdampfern, von Möwen, von Schaufensterpuppen, Spielzeugen und Kristallgläsern hinter blitzendem Glas und von jahrhundertealten, in Licht gebadeten Platanen; er lachte, tanzte die Lezginka, sang und schlängelte sich leichtfüssig durch die tausendfach aufblenden Scheinwerferreihen der Autos ...

Niemand war mehr auf den Strassen. Auf dem Taksim-Platz

lag der Müll kniehoch, und Hunderte Katzen, gelb, orange, schwarz, weiß oder getigert, balgten sich um jeden Bissen, waren die einzigen Lebewesen im Rund, die um ihr Leben kämpften. Und Fischer Selim stand noch da, im spärlichen Licht, das durch die Fenster der großen Hotels auf den grünen Rasen sickerte. Nach und nach verflog seine Freude, schrumpfte wie ein rosa Luftballon nach einem Stich mit einer Nadel. Und als wohne er einem Todeskampf bei, sah Selim verzweifelt diesen Zauber schwinden, es war ihm, als sei es sein eigenes Leben, das ihm durch die Finger rann, und voller Entsetzen begann er durch die Gegend zu laufen, als wolle er einholen und festhalten, was sich da fortstahl. Sein Herz hämmerte, er sprang in ein Taxi, wollte einen Arzt aufsuchen, oder einen Freund, oder wen auch immer, bevor auch die letzten Spuren seiner Freude da drinnen verschwunden waren ... Seit Jahren war er nicht mehr Taxi gefahren, und das allein reichte schon, das Erlöschen seiner Freude zu verzögern, bis er sich auch ans Taxi gewöhnt hatte ...

»Nach Menekşe!« sagte er zum Fahrer.

Als er zu Hause ankam, war er völlig erschöpft. Und wieder quälte ihn diese grauenhafte Scham. Denn als er den Fahrer bezahlte, hatte er wieder auf seine Hände geschaut. Er hatte sogar das Spiegelbild seines Gesichts betrachtet, als er durch Beyoğlu wanderte, ein freudestrahlendes, wie eine Blume aufblühendes Gesicht; schamlos, widerlich ... Er warf sich auf sein Bett, jede Einzelheit lebte vor seinen Augen wieder auf, er hörte jedes Wort so deutlich, als würde es in diesem Augenblick gesprochen.

Du hast ihn getötet, du hast ihn ermordet, schrie eine innere Stimme, du hättest ihn nicht töten müssen, wenn du nur gewollt hättest. Du hast ihn wegen seines Geldes getötet. Du hast einen Menschen getötet, der bei dir Zuflucht suchte. Du hast dem Jungen angst gemacht, und du wußtest, wie er in seiner Angst handeln würde, und hast ihn getötet ...

Aber es ist nicht meine Schuld, ich habe ihn nicht töten wollen, schrie es dann wieder in ihm. Ich habe ihn nicht ermordet ... Und wenn ich ihn getötet habe, na und? Eine Mikrobe weniger auf dieser Welt. Er hat schließlich Ihsan, die Leute in Bebek, die Frau in Beşiktaş und den Studenten in Unkapani, und wer weiß wen noch getötet; und wer weiß, wen er noch alles getötet hätte.

An diese Rechtfertigung klammerte er sich wie an einen rettenden Zweig, und indem er Zeynel die schrecklichsten Morde in Istanbul anlastete, redete er sich noch ein, daß Zeynel, wenn er am Leben geblieben wäre, auch Vasili, dessen Frau und Töchter getötet hätte. Und wäre er nach Deutschland gefahren, hätte er dort die türkischen Arbeiter getötet und ihre Frauen und Töchter vergewaltigt. Schließlich soll er ja ein Wahnsinniger, ein Schlächter, ein Ungeheuer gewesen sein!

Dabei hatte Fischer Selim nie daran geglaubt, daß Zeynel außer Ihsan noch einen einzigen Menschen getötet hatte. Jetzt aber nahm er jeden Zeitungsbericht, ja jedes Gerücht über des Verstorbenen Untaten für bare Münze, dieser war für ihn ein Kranker, ein Vampir gewesen. Doch überzeugt davon war er immer nur kurze Zeit, dann versank er vor Scham wieder in dumpfes Grübeln, mochte seine Hände nicht sehen.

Er konnte nicht einschlafen und wanderte unruhig in seinem kleinen Garten umher, schaute vor Scham nicht einmal auf das mondbeschienene Meer und die in vollem Lichterglanz vorbeiziehenden Schiffe. Nicht, weil er getötet hatte, schämte er sich. Unzählige Menschen taten es, und in Kriegen töteten Millionen Menschen Millionen, ohne mit der Wimper zu zucken. Und auch Fischer Selim könnte jetzt, ohne mit der Wimper zu zucken, einen Haufen Menschen umbringen, hätte zum Beispiel auch Ihsan töten und, ohne daß es ihn rührte, an dessen Grab noch Raki trinken und die Lezginka tanzen können.

Doch diesen Jungen, der verwaist und verzweifelt zu dir gekommen war, vor Angst wie Espenlaub zitternd bei dir die letzte Zuflucht auf dieser Welt erhofft und dir sein Leben anvertraut hatte ... Welch unverzeihliche Schande ... Und nichts konnte ihn von dieser Selbstverachtung abhalten, auch nicht Zeynels Grausamkeit, die Anzahl der von ihm gemordeten Opfer, sein Blutdurst, die Anzahl der Menschen, die er noch getötet hätte ... Nichts von alledem ...

Als der Tag anbrach, eilte er ins Haus, knotete sich das rote Tuch um den Hals, ganz unwillkürlich, als müsse er die blauen Flecken vor der aufgehenden Sonne verbergen. Dann steckte er die Hände in die Taschen, ging wieder in den Garten und blieb dort wie zu Stein erstarrt eine Weile stehen.

Auch die folgenden Tage konnte er nicht schlafen, mochte sich abends nicht ins Bett legen, schämte sich vor der Ameise auf der Erde, dem Fisch im Wasser, dem Vogel am Himmel und den gleitenden Sternen am Firmament. Er ging nicht unter Menschen, behielt die Hände in den Hosentaschen, band sein Halstuch nicht los, kümmerte sich nicht um sein im Flüßchen unter der Brücke vertäutes Boot; krümmte sich, vielleicht sogar mit geschlossenen Augen, vor Scham, machte weite Umwege über die Felder, um ja niemandem zu begegnen; kaufte nur bei dem sehbehinderten Krämer in Yeşilköy ein, der, wie er glaubte, die Kunden nur als Schatten wahrnehmen konnte, und aß vor strafender Selbstverachtung nur soviel, daß er nicht verhungerte: ein bißchen Brot, ein bißchen Käse, ein paar Oliven ... Das Geld von Zeynel rührte er nicht an.

Dann, ganz plötzlich, als sei der frohe Mensch in ihm nicht Fischer Selim, als sei er, alles abschüttelnd, aus tiefem Schlaf erwacht, machte er sich freudestrahlend und lachend wie ein Kind auf, mischte sich voller Wärme und freundschaftlicher Zuneigung unter die Menschen in Menekşe und Beyoğlu, hatte alles andere vergessen.

An manchen Tagen verachtete er sich so sehr, daß er es selbst nicht ertragen konnte, sich stöhnend zwischen den Beeten im Garten krümmte, sich in den Arm biß, sich Bart und Haare raufte. Und dann kamen wieder Tage, an denen er, ganz außer sich vor Freude, zu Gott betete, daß dieser Zustand anhielte, und er auch sonst alles Erdenkliche unternahm, damit diese Freude andauerte; bis er dann doch wieder in eine bodenlose Leere fiel.

An so einem Morgen, an dem die Welt von allem Übel gereinigt im schönsten Licht funkelte, machte Fischer Selim sich auf und eilte zu Meister Leon:

»Meister Leon, Meister Leon, halte dich bereit, wir beginnen mit dem Hausbau!« rief er. »Los, los, wach auf, Meister Leon, mein Freund, damit wir mein Haus fertig haben, bevor drei Monate ins Land gehen.«

Angesteckt von Fischer Selims Freude, sprang Meister Leon aus dem Bett:

»Beruhige dich, Fischer Selim«, antwortete er, »was ist denn in aller Frühe in dich gefahren?«

Dann ging er hinaus zur Wasserleitung im Schatten eines Baumes, wusch sich seifenschäumend Gesicht, Kopf, Hals und Nacken, trocknete sich sorgfältig ab, ging mit den Worten »Beruhige dich erst einmal« zu Fischer Selim, der dastand wie ein ungeduldig scharrendes, auf der Kandare kauendes Pferd, und reichte ihm die Hand.

»Mann, warum diese Aufregung am frühen Morgen?«

»Wir werden mit dem Bau meines Hauses beginnen, gleich morgen ... Ich bin auf dem Weg zu Zeki Bey und werde das Grundstück kaufen, das Grundstück mit der großen Platane.«

»Sehr gut«, rief Meister Leon freudig erregt. »Ich bin bereit und lasse alles liegen und stehen, wenn du mich rufst. Versprochen! Und was ich verspreche, halte ich, Fischer Selim.«

»Morgen früh, vor Sonnenaufgang«, sagte Fischer Selim und umarmte ihn.

»Vor Sonnenaufgang«, bestätigte Meister Leon.

Er flog zum Tischler und klingelte an der Tür. Der Meister war schon auf den Beinen und trank seinen Tee. In fliegender Hast erzählte Selim ihm, was anlag, und seine Freude sprang auch auf den Tischler über.

In einem Rutsch suchte Fischer Selim auch die anderen Handwerker auf, fegte wie ein Sturm der Freude, der sie alle mitriß, durch ihre Werkstätten.

»Morgen früh, vor Sonnenaufgang!«

»Vor Sonnenaufgang!« riefen sie hinter ihm her.

Dann eilte er geradewegs zu Zeki Bey. Zeki Bey hatte sich seinerzeit in ein Mädchen aus der Gegend verliebt und ihm dieses Grundstück gekauft. Er wollte ihr ein schönes Haus darauf bauen lassen. Als dann das Mädchen zu Fischer Cemal flüchtete, wurde nichts aus dem Liebesnest; Wildpflanzen, Brombeeren und Dornengestüpp wucherten auf dem Brachland. Das Grundstück erstreckte sich über einen langen, leicht geneigten Hang bis zum Bahndamm, und zum Meer waren es keine hundert Faden weit. Den Garten säumten große Zürgelbäume, deren dicke Stämme stellenweise ausgehöhlt waren und von denen niemand wußte, wer sie wann gepflanzt hatte. Mitten im Garten standen drei im Dreieck gepflanzte Platanen, deren Äste ineinanderwuchsen und voller Vogelnester waren. Gleich vor den Stämmen erhoben sich wenige Handbreit hoch die Teile einer Grundmauer. Auf dieses Grundstück hatte Fischer Selim selbst weder Baum noch Rosenstrauch gepflanzt, doch war jetzt nicht der Zeitpunkt, darüber zu jammern.

Zeki Bey war zu Hause, ein Mann mit dichtem, krausem, schlohweißem Haar und vom Zigarettenrauch gelb verfärbtem Schnauzbart.

»Wer bist du?« fragte er ruhig und gesetzt.

Fischer Selim stellte sich vor.

»Ja, ich kenne dich gut, Fischer Selim«, erinnerte sich Zeki Bey.

»Ich dachte, Bey, du hättest mich vergessen.«

»Wie könnte ich, Fischer Selim«, entgegnete Zeki Bey, »wer dich einmal kennengelernt hat, vergißt dich ein ganzes Leben lang nicht, auch wenn du nicht viel redest und dich von den Menschen fernhältst ...«

Stolzgeschwellt und glücklich erzählte Fischer Selim ihm in kurzen Zügen sein Anliegen. Zeki Bey hörte zuerst seufzend zu, doch je länger Selim sprach, desto mehr hellte sich seine Miene auf, begeisterte sich dieser Mann, der sich all die Jahre nicht mehr gefreut, nicht mehr gelacht noch geliebt hatte, für Selims Vorhaben.

»Laß dich nicht aufhalten, Fischer Selim, das Grundstück gehört dir ... Mir hat es kein Glück gebracht, Gott gebe, daß du damit glücklich wirst. Der Handel gilt, mach mit dem Grundstück, was du willst ...«

Fischer Selim zog ein großes Bündel Geldscheine unter seinem Hemd hervor:

»Nimm es, Bey!«

»So viele Umstände«, sagte Zeki Bey, als er das Geld entgegennahm. «Die Grundbucheintragung bekommst du in einigen Tagen; durch meinen Anwalt ...«

»Das ist in Ordnung, Bey, ist in Ordnung ...« sagte Fischer Selim, seine Hände zitterten, und seine Stimme überschlug sich, als er hinzufügte: «Morgen früh, vor Sonnenaufgang, vor Sonnenaufgang ...«

»Inschallah, inschallah, und mögest du glücklich werden in deinem Haus!« anwortete Zeki Bey, und seine Augen wurden feucht.

»Morgen früh, vor Sonnenaufgang, vor Sonnenaufgang«, wiederholte Fischer Selim auf dem Weg zum Grundstück in einem fort.

Er ging in den Garten, setzte sich mit dem Gesicht zum Meer unter eine der mächtigen Platanen und lehnte sich zurück. Die Große und die Unselige Insel, die Inseln Burgaz, Heybeli und Kinali waren so deutlich zu sehen, als lägen sie in Reichweite vor ihm. Und mit einem lauen Lüftchen wehte der Geruch des Meeres herüber.

Früh am Morgen fand ihn Meister Leon, er hatte noch immer den Rücken an die Platane gelehnt und schlief. Kaum aufgewacht, sprang er auf die Beine. Bis mittag fanden sich die Bauarbeiter aus Kars, Van und Erzincan, die armenischen Meister aus den Vierteln Kurtuluş und Kumkapi, die moslemischen aus Fatih, die lasischen Tischlergesellen und alle Lehrlinge auf dem Grundstück ein. Es wurde sofort ausgeschachtet. Seit Jahren wußten ja fast alle Meister und Bauarbeiter in allen

Einzelheiten auswendig, wo Schlafzimmer, Stube, Küche, Herd und Balkon hinkommen sollten, nur geglaubt hatte niemand, daß Selim das Haus jemals bauen würde. Auch daß es genau so werden sollte wie jenes von Selman Bey in Yeşilköy wußte jeder. Selman Bey, der sich in eine Frau verliebt hatte, aber zu arm war, sie zu heiraten, und der eines Tages spurlos verschwunden war und mit der Zeit von allen vergessen wurde. Doch nach Jahr und Tag kehrte Selman Bey unter den staunenden Augen der Yeşilköyer mit Auto, Chauffeur und Dienstboten zurück und kaufte das Grundstück, auf dem heute sein Haus steht. Mitten auf dem Gelände standen drei Pappeln. Selman Bey ließ sie stehen und baute sein Haus daneben. Der einstöckige Bau war nach einigen Monaten unter Dach und Fach. Jeder war der Meinung, er habe das Haus für seine alte Liebe gebaut und würde sie nun heiraten. Denn sie war eine sehr schöne Frau, hatte jahrelang auf Selman Bey gewartet, ohne auch nur die Hand eines anderen Mannes zu berühren. Doch als das Haus bezugsfertig war, feierte Selman Bey im Hilton mit einem achtzehnjährigen, dunklen Mädchen, das schön war wie eine Gazelle, eine märchenhafte Hochzeit. Und seine schöne Geliebte, die jahrelang auf ihn gewartet hatte, ist seitdem verschwunden und nie wieder aufgetaucht.

Die Laster karrten ununterbrochen Sand, Kies, Zement, Armierungseisen und Balken heran ... Fischer Selim rann das Geld wie Wasser durch die Finger, er tobte auf der Baustelle herum, bedeckt von Staub und Zement wie alle anderen Arbeiter auch.

In fünfeinhalb Monaten stand das Haus in Farbe und Lack, war samt Garten mit frisch gepflanzten Bäumen und Blumen fix und fertig. Und als der letzte Hammerschlag getan, rief Fischer Selim die Arbeiter und Meister und alle Menekşeer, von sieben bis siebzig, zum großen Festessen.

Schon früh am nächsten Morgen waren Selim und die anderen Fischer hinaus aufs Meer gefahren und mit randvollen Behältern fangfrischem Fisch zurückgekehrt.

Am Strand, in Höhe der alten Reuse, zündeten sie auf den Kieseln ein großes Feuer an, das zu einem Gluthaufen heruntergebrannt. Ein langer Tisch und unzählige Stühle wurden aufgestellt ... Jedermann hatte Teller und Besteck, so mancher auch Stuhl und Tisch mitgebracht. Eine Wagenladung Brot wurde auf den langen Tisch verteilt ... Auf der einen Seite des riesigen Gluthaufens wurden Fische, auf der anderen Seite Lamm und anderes Fleisch geröstet. Getrunken wurde purpurroter Wein. Das Festmahl dauerte bis spät in die Nacht, und nachdem die Gäste gutgelaunt nach Menekşe in ihre Häuser zurückgekehrt waren, wurde von nichts anderem mehr gesprochen als von Fischer Selims Serail.

Jetzt, wo er alles unter Dach und Fach hatte, schien Fischer Selim erschöpft. Mit hängenden Armen ging er im Haus von Zimmer zu Zimmer, von dort in den Garten, setzte sich mit dem Rücken zum Stamm der nächsten Platane, ließ die Augen auf dem Haus ruhen, stand wieder auf, ging um das Haus herum, dann wieder hinein, berührte dies und das, strich mit der Hand über Fensterglas und Türen, Kaminsims und Furnier, mal freudig erregt, mal niedergeschlagen, dann wieder begeistert und hoffnungsfroh, und immer mit einem leichten Lächeln auf den Lippen. Dies Wandern und Streicheln der Wände und Mauern dauerte gewöhnlich bis Mitternacht, bis ihn die Müdigkeit übermannte und er mit hängenden Schultern zurück in seine Hütte ging und sich schlafen legte. Am nächsten Morgen aber lief er schon sehr früh voller Wiedersehensfreude zu seinem Haus, schloß mit geübtem Griff die Tür auf und begann erneut, mit streichelnden Augen und Händen durch die Zimmer zu wandern. Dann setzte er sich wieder unter die Platane, ließ die Augen über sein Serail wandern und konnte sich nicht satt daran sehen.

»Er ist verliebt, hat sich in seinen alten Tagen in sein Haus verliebt, der Halunke«, sagten die Menekşeer.

»Trinkt nicht, ißt nicht, starrt es an von morgens bis abends.«

»So, wie er sich damals in den Delphin verliebte ...«

»Verliebt er sich diesmal in sein Haus.«
»Hoho, Fischer Selim, hoho ...«
»Bei ihm sitzt eine Schraube locker ...«
»Und woher hat er so viel Geld?«
»Er hat jahrelang nichts gegessen, nichts getrunken.«
»Wenn er wenigstens ein Nächtlein nur drin schlafen würde ...«
»Bevor Zeynel Çelik es niederbrennt ...«
»Zeynel Çelik läßt ihn doch nicht ungeschoren!«
»Zeynel Çelik wird ihn verbrennen und das Haus dazu.«
»Man hat ihn gestern noch gesehen, den Zeynel Çelik ...«
»Gestern noch in Menekşe ...«
»In einem der Häuser bei der Reuse ...«
»Es sollen fünfzehn Mann gewesen sein.«
»Sogar mit Handgranaten.«
»Sogar mit Maschinenpistolen.«
»Mann, o Mann, wird er es schön anstecken, so nagelneu ...«
»Der Zeynel Çelik, das nagelneue Haus ...«
»Der läßt es doch nicht stehen!«
»Warum ohrfeigt er auch den großen Gangster Zeynel Çelik ...«
»Haut einem Mann, vor dem ganz Istanbul zittert, eine runter!«
»Das läßt ein Zeynel Çelik doch nicht auf sich sitzen!«
»Nein, das läßt er nicht ...«

Und all das kam auch Fischer Selim lückenlos zu Ohren. Doch ihn kümmerte das Gerede seiner Umwelt schon längst nicht mehr, er hatte nur noch Augen für sein Haus. Er saß unter der Platane, bis ihn der Rücken schmerzte, dann stand er auf, nahm Hacke, Spaten oder Gartenschere in die Hand und fing an zu graben, zu pflanzen oder zu schneiden. In kurzer Zeit stand der Garten voller Rosen aus der Baumschule des Italieners vor den Stadtmauern, auch Heckenrosen, gelbe, rosafarbene und rote, dazu Astern, Vergißmeinnicht, Klatschmohn, lila Veilchen und flammend roter Salbei. Ein blühender

Paradiesgarten war auf den Hängen von Menekşe entstanden, schimmernd im Widerschein des hellen Meeres. Auch die Bäume, geschnitten und gepflegt, bekamen gesunde Triebe, und die alten Aprikosen- und Kirschbäume entlang der Gartenmauer würden im Frühjahr wieder in voller Blüte stehen, umschwirrt von gelben und rötlich-violetten Bienen, deren Gesumm man bis hinunter zur Asphaltstraße hörte.

Jetzt wanderte Fischer Selim, erschöpft und glücklich nach getaner Arbeit, oft auf den nächsten Hügel, und betrachtete von dort aus selbstvergessen Haus und Garten.

Bis ihn eines Tages der Gedanke an die leerstehenden Zimmer aufschreckte und er meinte, daß sich erst mit dem Kauf und der Aufstellung von Möbeln ein märchenhafter Zauber verwirklichen würde.

Er fuhr in die Stadt, zog von einem Möbelhändler zum andern, doch nichts gefiel ihm. Nachdem er so einige Male hin- und hergefahren war, entschied er sich schließlich für Sessel mit golddurchwirktem, lila Samtüberzug, einen Glasschrank fürs Wohnzimmer, eine Einrichtung fürs Schlafzimmer mit Toilettentisch und Wandspiegel, dazu Kronleuchter, Stühle, mit Perlmutt eingelegte Tischchen und ließ alles sofort anliefern. Als alle Möbel an ihrem Platz standen, fiel Fischer Selim auf, daß die Zimmer der Wohnung Mustafa des Blinden doch sehr ähnlich waren, »sollen sie«, sagte er sich, »Mustafa der Blinde ist ein braver Mann.«

Die Menekşeer kamen in Strömen, um das Haus, den Garten, die Möbel und den Kronleuchter zu bewundern. Fischer Selim öffnete jedem die Tür, verbeugte sich bescheiden, bat ihn herein, führte ihn stumm lächelnd von den Sesseln zum nußhölzernen Doppelbett mit rosa Seidendecke und zu dem gleichfalls nußhölzernen Toilettentisch mit den vielen kristallenen Duftfläschchen, die nur noch auf die dazugehörige Frau zu warten schienen.

Das Haus war gebaut, der Garten bestellt, die Wohnung eingerichtet und Fischer Selim des dauernden Betrachtens müde. Er hatte gemeint, daß jetzt das erwartete Wunder geschehen müsse, war tagelang von seiner Hütte zum Haus, vom Haus zu seiner Hütte gewandert, hatte sehnsüchtig aufs Meer geschaut, war bei jedem Zug, der in den Bahnhof einlief, aufgesprungen, war in freudiger Erwartung umhergelaufen, während ihn kalte Schauer überliefen ... Jedes Auto, das auf der Asphaltstraße hielt, jeder weiße Dampfer, der vorüberzog, hatte ihn hochgeschreckt.

Tag für Tag, morgens und abends, wartete er mit jeder Faser, saß er zu Stein erstarrt vor der mit Kletterrosen umrankten Gartenpforte und wartete, ohne genau zu wissen, worauf.

Dann mied er das Haus, hielt sich nur noch am Meeresufer auf, wanderte zwischen Florya und Yeşilköy hin und her, ließ das Meer nicht aus den Augen, spürte sein Herz bis zum Halse schlagen, wenn ein Liniendampfer vorüberzog ... Bis er auch vom Strand genug hatte. Er ging wieder zum Haus zurück, schaute in den Garten, eilte zum Bahnhof, saß dort stundenlang, machte sich auf zum Strand ... Er sprach mit niemandem, drehte nur noch seine Runden.

Bis er sich eines Tages völlig leer fühlte, keinen Halt mehr spürte, die Welt für ihn stockfinster wurde, sein Körper und sein Inneres wie taub. Verwirrt lief er unter die Flußbrücke zu seinem Boot, machte die Leinen los, warf den Motor an und fuhr hinaus auf die offene See. Der Himmel bezog sich immer mehr, von Norden und Osten kamen dunkle Wolken drohend heran, türmten sich, schoben sich ineinander, dann zuckten hintereinander Blitze herab ins Meer.

Als von der Spitze der Unseligen Insel ein Schuß herüberhallte, maßen die Fischer dem keine Bedeutung bei. Erst als sie viel später hinausfuhren und Fischer Selims Boot entdeckten, das dreihundert Faden westlich der Insel steuerlos im Wasser trieb, wurden sie stutzig und hielten besorgt darauf zu. Fischer Selim lag rücklings im Boot, seine blutverschmierte Hand hing übers Dollbord. Die Kugel war in die Brust eingedrungen, hatte den Muskel durchschlagen und war am Nacken etwas unterhalb der alten Wunde wieder ausgetreten. Sie fühlten seinen Puls, Fischer Selim lebte noch, und sie brachten ihn in schneller Fahrt nach Menekşe. Dort legten sie ihn in ein Auto und brachten ihn im Krankenhaus von Cerrahpaşa unter, wo der Schwiegersohn der Özkans, Emin Efendi, als Hilfspfleger tätig war.

24

Dursun Kemal fuhr mit Ahmet nach Beyoğlu, sie gingen von einem Geschäft ins andere und kauften sich Schuhe, Zeug, Unterwäsche, Hemden und sogar Überzieher. Sie hatten ja so viel Geld ... Woher, das hatte Dursun Kemal ganz vorsichtig Ahmet ins Ohr geflüstert. Und wenn sie es ausgegeben hatten, würde Bruder Zeynel ihnen noch mehr geben. Wenn Dursun Kemal ihn auch aus den Augen verloren hatte, würde er schon sehr bald eine Spur von ihm entdecken, denn er kannte ja jeden seiner Schlupfwinkel. Sie hatten auch für jeden ein Rennrad gekauft, zu günstigem Preis vom armenischen Fahrradhändler an der steilen Yüksekkaldirim ... Und eines Nachts hatte Dursun Kemal voller Angst und geduckt wie ein schleichender Marder Ahmet mit nach Hause genommen. Wie gut, daß der Vater nicht da war. Jetzt wohnten sie dort. Sie kamen nach Mitternacht, wenn die Straßen menschenleer waren und alles schlief, und verließen das Haus vor Morgengrauen. Natürlich wußte das ganze Viertel davon, manchmal ließ jemand auch Essen auf dem kleinen Marmortisch vor der Haustür liegen. Daß seit jenem Tag sein Vater nicht mehr nach Haus gekommen war, erfuhr Dursun Kemal vom stinkbesoffenen Hüsam dem Zigeuner, der ihn eines Nachts auf der Straße abgefangen und vollgequatscht hatte. Und daß nicht Zeynel, sondern Dursuns Vater die Mutter getötet habe, wisse das ganze Viertel auch. Sie wüßten es und handelten dennoch wie Gottlose, seien verfault, verkommen und unmenschlich! Logen im Angesicht Gottes, nur weil sie neidisch und eifersüchtig auf Zühre, die Tochter des Paschas, gewesen seien, als diese noch gelebt habe. Neidisch auf ihre Schönheit, ihre prallen Brüste, ihre geschmeidigen Hüften, auf das Photo von ihrem Vater, dem Pascha, das an der Wand hing, und auf den behauenen Marmortisch vor der Haustür. Und daß Zühre Hanums Vater auch keiner dieser nachgemachten Paschas gewesen sei, sondern ein echter mit je einem Kilo Lametta auf den Schultern ... So redete Hüsam der Zigeuner mit großen Gesten und schwerer Schlagseite unter der Straßenlaterne, raufte sich die Haare, und die beiden konnten ihm nur mit Mühe entwischen und im Haus verschwinden.

Wenn sie im Haus waren, verriegelten sie sorgfältig die Tür. Sollte Dursuns Vater nach Hause kommen, hatten sie genügend Zeit, durch das Rückfenster in den Garten zu flüchten und von dort: ab in den Yildiz-Park! Nicht Dursuns Vater, nicht einmal ein Vogel hätte sie einholen können. Sogar ihre Räder hatten sie an der Mauer hinterm Haus unter den Brombeeren versteckt. Und lägen sie dort vierzig Tage, würde sie niemand sehen, niemand klauen.

Eines Nachts hatten sie aus dem Versteck in der Neuen Moschee auch die Revolver und Patronengurte geholt. Dursun Kemal hatte die Gurte geleert, weggeworfen und die Patronen wie Kichererbsen in seine Hosentaschen gesteckt. Und Ahmet tat es ihm gleich ...

Denn der große Bruder Zeynel hatte es auch so gemacht. Ihre Überzieher waren weit und fast knöchellang, und so konnte niemandem auffallen, daß sie unter den Achselhöhlen die mit großer Mühe festgeschnallten Revolver trugen. Schließlich waren es riesige Dienstrevolver, sie waren schwer und störten, aber dennoch, es gefiel ihnen, bewaffnet zu sein. Und jeden Tag kauften sie sich Zeitungen und verfolgten Zeynel Çeliks Abenteuer wie einen Krimi. Ahmet tat sich schwer mit Lesen, er mußte die Wörter buchstabieren, deswegen las Dursun ihm die Berichte über Zeynel Çelik von Anfang bis Ende vor. Ahmet besah sich nur die verschiedenen Photos, auf denen der schnauzbärtige Zeynel Çelik mit der Waffe in der Faust ihn so wild anstarrte, als wolle er ihn auffressen. Eigentlich hatte Ahmet Angst vor ihm, doch das behielt er für sich, versuchte nur mit vielen schlauen Tricks, Dursun Kemal, ohne daß dieser es merkte, davon abzubringen, Zeynel Çelik zu suchen. Aber dieser Dursun Kemal war ja ein richtiger Dickschädel und hatte sich nun einmal in den Kopf gesetzt, Zeynel Çelik zu finden! Und jeden Tag – Istanbul der Kessel, wir die Kelle! – zogen sie mit dem Rad, und wenn es zu weit war, mit Autobus, Sammeltaxi, Vorortszug und Liniendampfer durch die Gegend und suchten ihren Bruder Zeynel. Dursun Kemal gab die Hoffnung nicht auf, eines Tages würde er Zeynel Çelik finden, nachdem die Polizei ihn nicht überwältigt, nicht getötet hatte.

Sie traten selbstsicher, ja überheblich auf:
»Hast du von Zeynel Çelik gehört?«
»Hab ich, na und?«
»Na und ... Er ist mein großer Bruder!«
»Na und?«
»Wenn er hört, wie du mit uns umspringst ...«
»Schneidet er dir die Ohren ab!«

Danach machte sich ihr Gegenüber meistens erschreckt davon. Nahm er es weiterhin mit ihnen auf, erging es ihm schlecht; sie stürzten sich auf ihn, beschimpften ihn, bewarfen ihn mit Steinen, bis er tausendmal bereute, sich auf einen Streit mit den beiden eingelassen zu haben. Ging aber jemand, den sie angegangen waren, trotz angedrohtem großem Bruder, trotz Beschimpfung und Steinwürfen auf sie los, nahmen sie so schnell Reißaus, daß ihnen die Mantelschöße um die Beine flatterten.

Hin und wieder angelten sie auf den Pontons der Galata-Brücke. Fingen sie viel, aßen sie einen Teil der Fische und verkauften den Rest. Ja, sie gingen mit ihrem Geld sparsam um.

Dursun Kemal hatte oft Sehnsucht nach seinem Meister, diesem warmherzigen Mann voller Liebe, auch nach seiner Arbeit und den schönen Farben, doch obwohl er sich jeden Abend vornahm, ja schwor, ihn zu besuchen, gab er am nächsten Morgen seinen Vorsatz wieder auf. Würde der Meister nicht fragen, wo sein kleiner Dursun Kemal so lange gewesen sei? Würde er ihn nicht, o mein armer kleiner Kemal, bemitleiden? Denn er hatte bestimmt vom Tod der Mutter gelesen, hatte die Bilder von ihrem blutigen, nackten Körper in den Zeitungen gesehen, und wenn nicht, hatte er bestimmt davon gehört. Wie konnte er seinem Meister da noch in die Augen schauen? Diesem engelsgleichen Meister Adem, der sich scheute, auf eine Ameise zu treten ...

Und hin und wieder machte sich Dursun Kemal auch Sorgen um den kleinen, verwaisten Ahmet. Wie lange konnten sie sich denn noch so ohne festen Halt und Arbeit in dieser Stadt Istanbul herumtreiben? Wenn er Bruder Zeynel doch ein einziges Mal noch träfe, um ihm etwas zu sagen, ein, zwei Worte nur, nicht mehr. Und dann würde er Schluß machen mit diesem Vagabundenleben. Ob Meister Adem den kleinen Ahmet wohl nehmen würde, wenn er ihn zu ihm brächte? Er hatte ihn ohne nähere Erklärung einigemal in den Sand, einmal sogar mit Buntstiften auf Papier zeichnen lassen, und der Kleine hatte es richtig gut gemacht. Wenn er wenigstens allein wäre, doch jetzt hatte er auch noch Ahmet am Hals. Aber er konnte diesen Jungen schließlich nicht sich selbst überlassen ...

Und wenn der Meister auch noch gehört hatte, daß er mit dem Gangster Zeynel Çelik umhergezogen war? Auch wenn er's nicht gehört hatte, kam er dahinter ... Er sah und wußte alles, Meister Adem aus Bursa, der berühmte Tuchfärber und Kattundrucker. Und wenn er dahinterkommt, sagt er kein Wort, schaut einen nur einmal kurz an mit seinen schönen, mild und liebevoll blickenden Augen, und dann sieh zu, wie du dich unter dieser tausend Tonnen schweren Last herauswindest! Und das wußte ja nicht nur Dursun Kemal über ihn, das erzählten im Han alle, die Meister Adem kannten. Und wenn er nun Ahmet bei der Hand nahm und ihn zu Meister Adem brachte und dieser sie mit diesem Blick empfing? Würde Dursun Kemal da nicht vor Kummer sterben? Ach, wenn es doch nur jemanden gäbe, der Ahmet zum Meister brächte, ihm die Hand küßte, auf Ahmet zeigte und »das ist mein Bruder Ahmet« sagte ...

Die Schöne von Sariyer hatte man mit Einschüssen in Brüste und Nacken im Forst von Sultansuyu gefunden. Der Mörder und Gangster Zeynel Çelik hatte sie schänden wollen, und als das Mädchen sich wehrte und der mörderische Gangster sie nicht überwältigen konnte, hatte er sie erschossen und ihr, wie es seine Art war, Brüste und Genitale zerschnitten. Die ärztlichen Untersuchungen hatten ergeben, daß das Mädchen vom mörderischen Gangster auch noch mißbraucht worden war.

In den Zeitungen waren diesmal auch verschiedene Bilder aus der Kindheit und Jugend Zeynel Çeliks zu sehen, der demnach schon als Kind einen riesigen Revolver an der Hüfte getragen hatte ... Auch auf den Jugendbildern, ob von rechts, von links oder von vorn aufgenommen, war er immer nur mit einem Revolver zu sehen.

Zeynel Çeliks neuer Mord ... Der blindwütige Mörder erdrosselt aus Geldgier eine alleinstehende Witwe im Viertel Bağlarbaşi in Üsküdar, nachdem er sie vergewaltigt hat ...

Gangster Zeynel Çeliks nächstes Betätigungsfeld wurden die Konaks am Bosporus, von denen er einen der ältesten, den historischen Konak des Canfedazade Zülfü Pascha, anzündete. Bevor noch die Feuerwehr eingreifen konnte, war das Gebäude mit dem letzten Sproß der Canfedazades, der Hanumefendi Gülfeza, zu Asche verbrannt. Von den vielen wertvollen Gemälden und antiken Gegenständen konnte nichts gerettet werden.

Die Polizei verfolgt den mordlustigen Gangster Zeynel Çelik auf Schritt und Tritt. Endlich ist der mordende Gangster von der Polizei bereits eingekreist. Die Polizei weiß, wo er ist und was er tut. Doch wird der Ort nicht bekanntgegeben, damit der Gangster nicht vorzeitig die Flucht ergreift. In Kürze wird der Gangster und Mörder Zeynel Çelik in seinem Schlupfwinkel der Polizei tot oder lebendig in die Hände fallen. Die mit kugelsicheren Westen und langläufigen, automatischen Waffen ausgestatteten Polizisten haben um Gangster Zeynel Çeliks Versteck Stellung bezogen.

Die Stadt Istanbul lebt in ständiger Angst vor diesem furchterregenden Ungeheur, Gangster und Mörder Zeynel Çelik.

So berichteten die Zeitungen ja immer, aber in Menekşe herrschte Angst und Schrecken. Niemand konnte schlafen, keiner sprach ein Wort. Besonders nachdem Fischer Selim am hellichten Tage auf offener See niedergeschossen worden war ... Zeynel Çelik hatte ja auch diese Nachricht ans Krankenhaus geschickt: »Ihr könnt tun, was ihr wollt, steckt ihn in ein Schlangenloch oder unter den Flügel eines Vogels, ich werde Fischer Selim überall finden und töten. Und wenn ihr das Krankenhaus mit einem Regiment Soldaten oder Polizisten Tag und Nacht abriegelt, ich werde ihn töten.« Und jetzt sollen eine Kompanie Gendarmen und die Polizei Fischer Selim im Krankenhaus bewachen.

»Niemand hätte das von diesem folgsamen Jungen erwartet.«

»Jetzt sind sie schon neun Mann.«

»Sie treiben in Beyoğlu sämtliche Schutzgelder ein.«

»Und die Schöne von Sariyer soll eine echte Schönheit gewesen sein, oho!«

»Und mir hat die gelähmte Frau leid getan.«

»Sie konnte nicht fliehen, die arme.«

»Hätte Zeynel die arme Frau doch erst nach draußen gebracht und dann das Haus zu Asche verbrannt.«

»Wie sollte er denn wissen, wo sie sich in diesem riesigen Haus aufhält?«

»Ganz Menekşe könnte sich da drinnen verlieren, so groß.«

»Warum hat Zeynel es denn angezündet, einfach so?«

»Zeynel hat's nicht angezündet.«

»Ja wer denn sonst?«

»Sie haben ihm Geld gegeben.«

»Wer?«

»Na wer schon, die jetzigen Eigentümer des Konaks. ›Zeynel, haben sie gesagt, steck es an samt der Gelähmten‹ ... Denn die Gelähmte wollte nicht, daß es verkauft wird ...

Weil der größte Teil des Anwesens, vielleicht das ganze, ihr gehörte ...«

»Und Zeynel hat das Petroleum ausgeschüttet und ein Zündholz angerissen ...«

»Und die Feuerwehr kam und wollte löschen ...«

»Da hat Zeynel seinen Revolver gezogen und herumgeschossen ...«

»Hättet ihr das von Zeynel erwartet, von dieser folgsamen Rotznase ...«

»Psst, die Wände haben Ohren.«

Gestern lieferte sich Zeynel Çelik dreimal Gefechte mit der Polizei und konnte entkommen.

Die Zeynel-Çelik-Bande, deren Strafakte überquillt, ist mit Maschinenpistolen der Marke Sten ausgerüstet.

Der aus Menekşe flüchtige Mörder des Rabauken Ihsan des Blonden, Zeynel Çelik, wurde gestern in Karagümrük von Kriminalbeamten der Mordkommission im Erdgeschoß eines Wohnhauses gestellt und konnte nach einem langen Feuergefecht entkommen. Die Flucht wurde dem Gangster durch die Hilfe der Armen, die von ihm mit Mitteln aus Banküberfällen unterstützt werden, ermöglicht.

Wie wir von der Polizei erfahren, ist der Gangster, dessen Strafakte bei der Polizei überquillt, der Täter zahlloser Straftaten. Er sucht seine Opfer in Millionärskreisen und unter schönen Mädchen und Frauen, wie zuletzt in der Karaköy-Straße, wo er den Reeder Osman Mozikoğlu mit mehreren Salven aus seiner Waffe in dessen Auto Marke Mercedes erschoß. Der millionenschwere Geschäftsmann Mozikoğlu wies allein am Kopf zwanzig Einschüsse auf. Der nach der Tat mit seiner Sten-Maschinenpistole Richtung Tophane flüchtende Gangster Zeynel Çelik lieferte sich am öffentlichen Brunnen von Tophane mit der Polizei ein langes Feuergefecht, wobei er drei Polizisten mehrfach verwundete, bevor er fliehen und seine Spuren verwischen konnte. Der Gangster Zeynel Çelik, gegen den von der Ersten Strafkammer die vorläufige Festnahme angeordnet wurde und gegen den Schießbefehl besteht, hat schon unzählige Straftaten begangen. Die Polizei ist dem Gangster, der ohne ersichtlichen Grund bei einem Überfall mit fünf Kumpanen auf die Wache von Beyoğlu den Leitenden Kommissar verwundete, jederzeit auf den Fersen. Bereits mehrmals hatten die Beamten der Polizeiwache Aciçeşme und die Beamten der Abteilung für Sicherheit ihn mit einer Zangenbewegung in die Enge getrieben, doch ohne mit der Wimper zu zucken, hatte der blindwütige Gangster das Feuer auf sie eröffnet und konnte entkommen. Fahnder der Mordkommission hatten letzte Nacht erfahren, daß Zeynel Çelik sich in einem Appartement in Karagümrük aufhielt. Als sie die Wohnung stürmten, wurden sie von den durch Schüsse geweckten Bewohnern des Viertels mit einem Steinhagel empfangen. Vor Steinen in der Sicht behindert und fast blind vom Blut der Verletzungen durch gezielte Treffer, mußten die Beamten den Gangster kurz vor seiner Festnahme entkommen lassen. Auch sechsunddreißig Bewohner des Viertels wurden von Steinen getroffen und im Armenkrankenhaus behandelt. Von den Einwohnern, die diesem mörderischen Gangster zur Flucht verhalfen und mit Steinen, Stöcken und automatischen Waffen auf die Polizisten losgegangen waren, wurden zweihundertsiebenundvierzig Personen festgenommen und zur Anzeige gebracht. Als der Gangster Zeynel Çelik auf seiner Flucht um sich schoß, verletzte er den im Hinterhalt liegenden Polizeibeamten Atalay Soğan am Nacken schwer. Der Zustand des Beamten ist weiterhin besorgniserregend. Es ist nicht abzusehen, wie lange dieser von den armen Schichten der Bevölkerung beschützte und versteckte, blindwütige Gangster und blutrünstige Mörder noch sein Unwesen treiben wird. Die gesamte Polizei ist in erhöhter Alarmbereitschaft und durchaus in der Lage, diesen tobenden Mörder irgendwo in die Enge zu treiben. Die Polizei legt der Istanbuler Bevölkerung nahe, diesem rasenden, so rasenden wie gefährlichen, so gefährlichen wie wahnsinnigen Mörder, der auf jeden, ob Mädchen oder Frau, Gendarm oder Polizist, reich oder arm, rücksichtslos das Feuer eröffnet, mit äußerster Vorsicht zu begegnen. Vorsicht,

Sie stehen jeden Augenblick dem Tod von Angesicht zu Angesicht gegenüber. Auch gestern wurde am felsigen Ufer zwischen Fenerbahçe und Kalamiş die Leiche eines jungen Mädchens angeschwemmt. Es wird angenommen, daß es sich auch bei dem Mörder dieses erdrosselten Mädchens um den Gangster Zeynel Çelik handelt.

Ganz Istanbul war in Angst, hatte alles stehen- und liegenlassen und redete nur noch vom blindwütigen Gangster Zeynel Çelik. Wer nicht unbedingt mußte, ging, besonders nachts, nicht auf die Straße. Denn meistens suchten Gangster Zeynel und seine sechzehnköpfige Bande die Stadt in der Nacht heim und rotteten ganze Familien aus. Man nahm auch an, daß dieser im Volk beliebte blutrünstige Gangster von einer geheimen, linksextremistischen Organisation unterstützt wurde.

Nach einigen Tagen wurde den Chefredakteuren der Tageszeitungen von der Polizeidirektion telefonisch eine streng geheime Nachricht übermittelt: Die Polizei habe mit absoluter Sicherheit Gangster Zeynels Aufenthaltsort ermittelt und bereite eine umfassende Operation vor, und ob die Redaktionen ihre Berichterstatter und Photoreporter schicken könnten. Man möge unbesorgt sein, diesmal würde der Gangster den Polizisten nicht entkommen. Die mit kugelsicheren Westen und langläufigen, automatischen Waffen ausgerüsteten Polizisten würden bei dieser Operation auch Tränengas und Nebelgranaten einsetzen. Endlich würden sie an dem aalglatten Gangster Rache nehmen können für ihre Kameraden, die er nackt ausgezogen, die er verwundet, die er getötet habe. Voller Haß wegen der Leiden, die ihre Kameraden hätten erdulden müssen, seien die Männer fest entschlossen, die Angelegenheit zu Ende zu bringen und den Gangster ohne Vorwarnung zu erschießen, wo immer sie ihn auch erblickten. Denn bisher sei ihnen der Gangster jedesmal nach einer Vorwarnung durch die Lappen gegangen.

Und so machte sich lachend und scherzend gegen Nachmittag eine imposante Marschkolonne von Polizisten und Journalisten nach Unkapani auf den Weg, um in einer engen Gasse bei der Zigarettenfabrik von Cibali einen dreigeschossigen Neubau zu umstellen, der seit Mitternacht von einer unbekannten Anzahl Polizeibeamter bereits so dicht eingekreist war, daß durch die angrenzenden Straßen kein Vogel mehr hätte durchkommen können. Die Journalisten wurden in das oberste Stockwerk eines dem Neubau gegenüberliegenden Hauses geführt, von wo aus sie alles besser sehen und photographieren konnten.

Abendzeitungen mit kleiner Auflage hatten bereits eine Sonderausgabe gedruckt, und, brüllend die Blätter schwingend, rannten die Zeitungsjungen in Windeseile die steile Cağaloğlu-Straße hinunter.

Hier steht es geschrieben, hier steht alles über den in Unkapani in die Enge getriebenen Gangster Zeynel Çelik! Hier steht es geschrieben, hier steht alles über den gerade beginnenden Kampf zwischen der Polizei und den Gangstern ... Hier steht es, hier steht es geschrieben! Wird sich der Gangster Zeynel Çelik auch diesmal retten können? Hier steht es, hier steht es: Die auf Zeynel Çelik angesetzten Polizisten mit den kugelsicheren Westen sind für Sondereinsätze geschult. Hier steht es, hier steht es: Diesmal wird es Zeynel Çelik wohl schwerfallen, den Ring zu durchbrechen ...

Dursun Kemal und Ahmet schnappten sich von einem der Jungen eine Zeitung und sprangen in ein Sammeltaxi Richtung Unkapani. Sie waren sehr aufgeregt und atmeten schwer.

»Was ist denn los, Kinder?« fragte der Fahrer neugierig.

»Sie haben ihn eingekreist«, keuchte Dursun Kemal.

»Sie haben ihn in die Enge getrieben«, keuchte Ahmet.

»Wen?« fragte der Fahrer.

»Da steht es geschrieben«, antwortete Dursun Kemal und zeigte auf die Zeitung. »Den Bruder Zeynel.«

»Bruder Zeynel ist nämlich unser Bruder Zeynel«, sagte Ahmet.

»Tu uns den Gefallen, setz uns vor der Fabrik in Cibali ab«, bat Dursun Kemal.

»Und wie sieht's mit eurem Geld aus?« fragte der Fahrer.

»Ich wollte, Geld wär' unsere einzige Sorge!« antwortete Dursun Kemal.

»Wir haben viel Geld«, rief Ahmet, «Zey...«

Vom Fahrer unbemerkt, hielt Dursun Kemal ihm den Mund zu.

Vor der Zigarettenfabrik Cibali stiegen sie aus und schauten sich nach allen Seiten um. Ein Polizist, der seine Revolvertasche am Hintern festhielt, lief an ihnen vorbei, und sie folgten ihm.

»Bruder Zeynel wird es ihnen allen ...« flüsterte Ahmet.

»So Gott will, wird er sie alle zurechtstauchen«, pflichtete Dursun ihm bei.

Rechts neben dem belagerten Neubau stand eine ausladende Platane. Als sie näher kamen, zog der Polizist plötzlich seinen Revolver und warf sich zu Boden. Im selben Augenblick krachten rechts und links Schüsse, ein Mann schrie mehrmals auf, er sei getroffen, doch niemand schien sich darum zu kümmern. Dann wurde es still, und, die Maschinenpistolen im Anschlag, sprangen Polizisten in kugelsicheren Westen auf und stürmten ins Haus, wo gleich darauf ganz kurz nur einige Schüsse krachten. Kaum war wieder Stille eingekehrt, wimmelte die Straße von Polizisten, Presseleuten und Passanten. Zwei Polizisten hatten den am Kopf, am Nacken, am Bauch und an den Beinen noch blutenden Gangster an seinen Händen vors Haus gezerrt und schleiften den Toten, dessen baumelnder Kopf immer wieder dumpf aufschlug, zu dem kleinen, mit weißen, abgewetzten Steinen gepflasterten Platz unter der Platane.

»Geht beiseite, macht Platz ...«

In einem fort knüppelten die Polizisten auf die Menschen ein, flammten die Blitzlichter der Photographen auf:

»Geht beiseite, macht Platz, macht Platz!«

Lang ausgestreckt lag der Gangster auf dem Pflaster, daneben, hingeworfen, ein kleiner Revolver Kaliber sechsfünfunddreißig. Der Kopf des Mannes war kahl, wie glattrasiert, und seine dreieckigen Augen standen offen. Das sehr lange

Gesicht mit dem mandelförmigen Schnurrbart war aschfahl und lächelte unter der dicken Schicht geronnenen Blutes. Er war ein hochgewachsener Mann, sehr hager, mit schmalen Schultern, im Verhältnis zum Oberkörper überlangen Beinen und mit einem leichten Buckel.

Als keine Schüsse mehr fielen und die beiden Jungen, die sich am Ende der Gasse hinter dem Polizisten auf den Boden geworfen hatten, die Worte »sie haben ihn erledigt«, hörten, waren sie in Tränen ausgebrochen. Jetzt rappelten sie sich auf, überquerten die Gasse, setzten sich im Schatten eines Feigenbaumes auf eine niedrige Gartenmauer, blieben nebeneinander da hocken und mochten sich nicht ansehen. Beim Toten unter der Platane wurde das Gedränge von Frauen und Männern, Soldaten und Polizisten, Kind und Kegel immer größer, jeder hatte etwas zum besten zu geben. Das Stimmengewirr wuchs, drang bis zur Fabrik, bis zur Unkapani-Straße und weiter bis zum Garten des Popen.

»Ach«, seufzte Dursun Kemal, »sie haben meinen großen Bruder Zeynel getötet, was wird jetzt aus mir?«

»Und was wird aus mir«, eiferte Ahmet ihm nach. «Ach, ach ...«

»Wie schade«, sagte Dursun Kemal mit Tränen in den Augen.

»Wie schade«, seufzte Ahmet.

Aneinandergedrängt saßen die beiden Kinder in der engen Gasse auf der verfallenen Gartenmauer unterm Feigenbaum und teilten ihren tiefen Schmerz. Als sich nach und nach das Gedränge lichtete, standen sie auf und gingen mit rotverweinten Augen und ängstlich verhaltenen Schritten zur Platane, wo lang ausgestreckt noch immer die Leiche des Gangsters lag. Sein Blut war über das staubige, abgetretene weiße Kopfsteinpflaster bis zum Stamm des Baumes gesickert.

Dursun Kemal blieb am Kopfende des Toten stehen, und Ahmet blieb dicht neben ihm. Plötzlich weiteten sich Dursun Kemals Augen, er beugte sich über den Leichnam, musterte ihn, und je länger er ihn betrachtete, desto mehr hellte sich seine Miene auf. Schließlich drehte er sich zu Ahmet um und sagte voller Freude:

»Er ist es nicht, bei Gott, er ist es nicht! Dieser Mann ist nicht Bruder Zeynel, er ist auch nicht der andere Onkel Zeynel, dessen Bilder in der Zeitung waren ... Dieser Mann ist überhaupt niemand ... Juchheee, ist das ein Leben!«

Die beiden gingen um die Platane herum, blieben etwas abseits vor den heruntergelassenen Rolläden eines Geschäftes stehen, schauten sich an und fingen an zu lachen. Sie klatschten in die Hände, wippten in die Hocke, liefen zurück zum Toten, betrachteten ihn eine ganze Weile, stemmten die Hände in die Hüften und schrien vor Vergnügen.

Und die Passanten beobachteten verwundert, wie sich zwei Jungen eine ganze Weile neben einer Leiche vor Lachen bogen.

25

An einem regnerischen Morgen kam Fischer Selim im Laufschritt nach Menekşe. Die Augen geweitet vor Entsetzen, schwankte er verstört durch den Regen, umkreiste wie in Trance den kleinen Platz, ging, ohne nach links und rechts zu schauen, zum Ufer hinunter, dann auf die Brücke, streifte anschließend durch die Reihen an Land gezogener Barken und Kutter, blieb bei seinem Boot stehen und betrachtete mit leerem Blick lange Zeit den Motor. Währenddessen blutete seine Wunde ununterbrochen, färbte den durchtränkten Verband dunkelrot.

Der Regen fiel immer dichter, trommelte auf die Meeresoberfläche, die sich unter den berstenden Tropfen krüllte. Auch die Ansammlung Neugieriger vor dem Kaffeehaus wurde immer dichter.

»Seine Wunde blutet«, sagte Özkan.

»Der Mann ist wirklich eigenartig geworden«, meinte Ibo Efendi, »mit dem stimmt etwas nicht.«

»Sein Zustand ist schlimm«, sagte Ilya.
»Der wird nicht wieder«, stellte der alte Kadri fest. »Seht doch hin, sein Blut fliesst in Strömen!«
»In Strömen«, bestätigte Muharrem. »Fischer Selim blutet wie ein Stier.«
»Bestellen wir einen Tee«, sagte Nuri Rais, »einen Tee für diesen Verrückten.«
»Versuch diesen Durchgedrehten doch erst mal an einen Tisch zu bekommen, dann kannst du einen Tee bestellen«, spottete Ekrem der Lase.
»Rennt auf dem Platz im Kreis.«
»Wie ein Kreisel im Kreis.«
»Durchgedreht.«
»Seht euch doch mal seinen Pyjama genauer an ...«
»Er ist aus dem Krankenhaus weggelaufen.«
»Verrückt geworden.«
»Hat jemanden umgebracht.«
»Tollwütig geworden.«
»Wenn er sich doch nur hinsetzte ...«
»Einen heissen Tee tränke ...«
»Er ist nicht ganz bei sich.«
»Und wenn sich seine Wunde entzündet ...«
»Würmer kriegt ...«
»Die Wunde heilt nicht, sie bringt ihn um.«
Doch keiner mochte zu ihm gehen, mit ihm reden, ihm sagen: »Komm Fischer Selim, setz dich zu uns und trink einen Tee!« Und Fischer Selim wanderte im Regen immer wieder vom Platz zum Ufer, zwischen den Booten zum Sandstrand, von dort zur Brücke und zurück zur Strasse, schritt dabei immer schneller aus; mit gesenktem Kopf und in sich gekehrt, schien er auch den Regen nicht wahrzunehmen.
»Fischer Selim, setz dich doch und trink einen Tee ...«
»Schön heiss.«
»Deine Wunde blutet.«
»Es regnet.«
Der nasse Pyjama klebte an seinem Körper. Selim war nur

noch Haut und Knochen. Er ging barfuß. Das wirre Haar fiel ihm in die Stirn, klebte an Ohren und Nacken, und wie eine gereckte Faust trat sein Adamsapfel hervor.

Ein eiskalter Poyraz blies, Regenböen peitschten das Meer, wasserschweres Laub und Blütenblätter wirbelten durch die Luft.

Besorgt sprang Emin Efendi aus einem Auto, das auf dem Platz angehalten hatte, und lief zu Fischer Selim.

»Du wirst sterben! Wenn du weiterhin so viel Blut verlierst, wirst du sterben«, rief er und packte ihn am Arm. Fischer Selim beachtete ihn nicht, schritt weiter aus und zog Emin Efendi mit. »Du wirst sterben, wirst verbluten, nun bleib endlich stehen!« Doch Fischer Selim blieb nicht stehen. »Kommt her!« rief Emin Efendi den Männern vorm Kaffeehaus zu, »kommt her, wir müssen den da anhalten. Er ist aus dem Krankenhaus geflohen. Seht doch, seine Wunde blutet. Kommt schnell, der Blutverlust wird ihn umbringen!«

Vier, fünf Männer kamen zum Platz geeilt, doch Fischer Selim war schon über den Strand bis zu den Hüften in das vom niederprasselnden Regen aufgerauhte Meer gestiegen und dort stehengeblieben, während blutverschmiertes Regenwasser vom Wundverband über seine Brust lief.

»Komm zurück, Selim, du holst dir den Tod!«

Aber Selim hörte nicht, er watete weiter ins Wasser hinein, das schon seinen Oberkörper umspülte.

»Worauf wartet ihr?« schrie Emin Efendi wütend einigen jungen Burschen zu, die am Strand standen. »Zieht euch aus und holt ihn, sonst wird er sterben. Der Verband ist durchnäßt, das bringt ihn um!«

»Vielleicht will er sterben, laßt dem Mann doch seinen Frieden!« sagte Ibo Efendi.

»Er will nicht sterben«, brüllte Emin Efendi, »er ist nicht bei Sinnen.«

Die Burschen zogen sich aus, sprangen und wateten durchs Wasser, griffen Fischer Selim bei den Armen und schleppten ihn ans Ufer.

»Geht beiseite!« sagte Emin Efendi leise zu den jungen Burschen und hakte sich bei dem schwankenden Selim ein, nachdem sie ihn losgelassen hatten. Dann ging er mit ihm am Gasthof »Zur Möwe« entlang und unter der Eisenbahnbrücke hindurch zu Selims Hütte. In einigem Abstand folgten ihnen die Einwohner des Viertels, versammelten sich vor der Garteneinfriedung, wurden immer mehr und schienen, gebannt wie Fischer Selim, den Regen, der sie bis auf die Haut durchnäßte, gar nicht mehr zu bemerken.

»Hat jemand von euch die Schlüssel zur Hütte des Fischers«, fragte Emin Efendi die Menge.

»Ich habe welche«, rief Fatma, die an der Gartenpforte stand, ging zur Tür und öffnete sie mit gewohnten Handgriffen. Gefolgt von Fatma und noch einigen Nachbarn, führte Emin Efendi Selim den Fischer ins Haus.

»Mach du ein Feuer im Herd, Schwester Fatma!« sagte Emin Efendi. »Und dreh dich um, damit ich den Mann ausziehen und ins Bett legen kann.«

Und während Fatma ein Feuer anzündete, zog er Fischer Selim aus und rieb ihn mit einem Handtuch, das er in einem alten Koffer gefunden hatte, trocken. Noch immer sickerte Blut aus der Wunde; er wischte es ab, suchte aus dem alten Koffer Unterzeug zusammen und streifte es Selim über. Dann wandte er sich an die wartende Menschenmenge:

»Dieser Mann wird sterben«, sagte er und seufzte. »Ich muß sofort einen Arzt holen. In der Zwischenzeit machst du ihm einen Tee, Schwester Fatma. Die Wunde blutet, aber vielleicht können wir den Fischer retten.«

Er war ein kleiner, ausgemergelter Mann. Kaum war er vor der Tür, umringten ihn die Menekşeer und blickten ihn erwartungsvoll an.

»Als er ins Krankenhaus eingeliefert wurde«, begann Emin Efendi, »haben ihn die Ärzte sofort operiert und die Kugel entfernt. Sie saß sehr tief, und die Operation dauerte. Dann sagten mir die Doktoren: ›Freue dich, Emin Efendi, dein Kranker ist gerettet!‹ Und ich antwortete: ›Gott segne euch, meine Herren Doktoren, Gott segne euch, ich freue mich sehr!‹ Es wurde Morgen, da hörte ich Lärm aus Selims Zimmer, ging hin, um nachzuschauen, und sehe Fischer Selim den Korridor entlanglaufen. Ich lief hinter ihm her, hielt ihn am Arm fest, da schaute er mich mit hervorquellenden, wie im Wahn flackernden Augen an und schleuderte mich so weit von sich, daß ich mich an der Wand wiederfand. Seine Wunde blutete, aber ich konnte ihn nicht mehr einholen. Ich rief um Hilfe, da kamen noch einige Krankenpfleger und verfolgten ihn draußen im Garten. Mit stierem Blick rannte er jeden um, der sich ihm entgegenstellte. Schließlich sprang er mit einem Satz über die Gartenmauer. Seine Wunde blutete. Ich konnte nicht erfahren, wo er abgeblieben war. Wie ein verletztes Wildpferd hat sich Fischer Selim im Krankenhaus aufgebäumt und ist durchgegangen. Und ich bin hierhergekommen, wie ihr seht, hinter ihm her. Seine Wunde blutet, gebt gut auf ihn acht, damit er nicht fortläuft.«

»Hol du den Doktor!« rief von drinnen die Fatma, »seine Wunde blutet sehr.«

»Ich geh ja schon, ich geh ja schon«, beeilte sich Emin Efendi zu antworten.

»Fahr mit dem Taxi zum Doktor, ich bezahle Fuhre und Behandlung«, schrie Fatma von der Türschwelle hinter ihm her.

»In Ordnung«, sagte Emin Efendi, »bin schon unterwegs.«

Etwas später, die Menschenmenge hatte sich noch nicht verlaufen, hielt ein Taxi vor der Hütte, heraus sprang mit seiner riesigen Tasche der in Menekşe allseits bekannte Doktor Orhan Suna, gefolgt von Emin Efendi. Die beiden hasteten ins Haus.

Fischer Selims Genesung dauerte lange. Allen voran die gute Fatma, pflegten die Frauen und Männer von Menekşe den Kranken mit so viel Wärme, Liebe und Freundschaft, als sei er eines ihrer Kinder. Wie hatten sich diese Menschen, von denen ihm nichts erspart geblieben war, doch jetzt, da er daniederlag, verändert! Alle, die ihm bisher übel mitgespielt, ihn erniedrigt, ihm eine Grube gegraben hatten, schienen sich zusammengetan zu haben, um ihn gesundzupflegen. Sie brachten ihm die schmackhaftesten Fische, das erste Obst und Gemüse der neuen Ernten, den frischesten Yoghurt, den besten Honig, den fettesten Rahm.

Auch Doktor Orhan Suna Bey ließ seinen Kranken nicht im Stich. Jeden Nachmittag schaute er kurz herein, reinigte die Wunde und verband sie neu.

Und während er bettlägerig war, zog die gute Fatma diesen großen Mann wie ihr eigenes Kleinkind wohl zehnmal aus, machte Wasser warm, wusch ihn und rieb ihn gründlich ab.

Als Fischer Selim geheilt das Bett verlassen konnte, war er spindeldürr geworden, konnte nicht gerade auf den Beinen stehen und schwankte beim Gehen. Fast zwei Monate ging er nicht unter Menschen, und nach seinem neu gebauten Haus sah er nicht ein einziges Mal. Seine Nachbarn kümmerten sich um Haus und Garten. Die Pflege des Gartens hatte Sülü Yürek, Gärtner der öffentlichen Anlagen, übernommen und von allen schönen und seltenen Blumen, die in den Parks wuchsen, auch welche für Selim abgezweigt. Der Garten quoll fast über vor Blumen und war wohl der schönste in ganz Istanbul. Landhaus und Garten gehörten nicht mehr Fischer Selim allein, sondern dem ganzen Viertel. Die Menekşeer waren stolz auf das Anwesen und hüteten es wie ihren Augapfel. Wenn doch nur noch dieser Fischer Selim seine Halsstarrigkeit ablegte und in sein Landhaus zöge, das Glück der Menekşeer wäre grenzenlos!

Gedankenverloren kam der schweigsame Fischer Selim mit ernstem Gesicht ins Kaffeehaus, ging dann, ohne mit jemandem gesprochen zu haben, zum Strand hinunter, drehte eine Runde in der Badeanstalt von Florya, wanderte bis Yeşilköy, machte auf dem Rückweg hin und wieder einen Abstecher nach Çekmece, bevor er sich in seine Hütte einschloß und sich einige Tage nicht blicken ließ, bis er irgendwann wieder müde und bleich, mit gesenktem Kopf und leerem Blick, im Kaffeehaus erschien.

Tage, an denen es regnete, waren Fischer Selim die liebsten. Den Kopf wie ein Vogel zum Himmel gereckt, stapfte er dann von morgens bis abends am Ufer entlang durchs Wasser. Regentage waren Fischer Selims Festtage. Wenn er an solchen Tagen pudelnaß ins Kaffeehaus kam, hatten die Anwesenden den Eindruck, als umspielte ein leichtes Lächeln seine Lippen, und sie spürten, daß er sie, wenn auch nur aus den Augenwinkeln, anschaute.

Fischer Selims endgültige Genesung kündigte sich an jenem Morgen an, als er in sein Boot stieg und die Netze zu flicken begann. Während seiner Krankheit hatten sich die Fischer auch um sein Boot und seine Netze wie um ihr eigenes gekümmert, besonders der Japaner hatte es wie seinen Augapfel gehütet, hatte die Bordwände in den alten Farben neu gestrichen, die von der Sonne ausgebleichten Planken frisch lackiert, den Motor gewaschen und abgeschmiert.

Gegen Abend, kurz vor Sonnenuntergang, ließ Fischer Selim den Motor an, steuerte etwa eineinhalb Meilen aufs Meer hinaus, kam zurück und lächelte zufrieden, als er wieder an Land ging.

Danach ging in Fischer Selim eine unglaubliche Wandlung vor: Er redete mit jedem, der ihm über den Weg lief, ging bei jedem ein und aus, erkundigte sich nach jedermanns Befinden, nahm sich der Kranken und Siechen an, gab den Mittellosen Geld, eilte zu helfen, wo es vonnöten war, von morgens bis abends, von einem Ende Menekşes zum andern. Er dachte nicht mehr an sich, war nur noch für Menekşe da, war eins mit ihm geworden. Der Mann von gestern, schüchtern, zurückhaltend, ichbezogen, lebte nicht einmal mehr in seinen Erinnerungen, er war und blieb, vielleicht auf Nimmerwiedersehen, verschwunden.

Und mit grenzenloser Großzügigkeit gab er sein Geld aus. Jeden Abend versammelte er die Fischer, Fabrikarbeiter, Kohlentrimmer, Matrosen und Rumtreiber von Menekşe, fuhr mit ihnen in die Stadt und ließ in Beyoğlu und im Blumenbasar die Puppen tanzen ... Wenn sie dann gegen Morgen zurückkehrten, wurden am Strand Feuer angezündet, wurde die Saz gespielt, der Reigen getanzt, wurde gesungen und gegrölt. Sie veranstalteten auch Vergnügungsfahrten auf dem Wasser und ließen die Jahre des Überflusses, als Menekşe gegründet wurde, wieder aufleben. Am Ufer wurden riesige Feuer angezündet, wurden Fische auf die Glut geworfen, geröstet, in Weißbrothälften gelegt und von den Kindern mit einem Heißhunger verschlungen, daß ihnen das Fett von den Mundwinkeln lief. Jeden Tag, jede Nacht erlebte Menekşe ein Fest, eine Freude, Stunden des Glücks. Entlang dem Ufer vermischte sich der Geruch des Meeres mit dem Duft gebratener Fische, von denen man nie genug bekommen kann. Und mit Fischer Selim strahlte ganz Menekşe, lachten alle Menekşeer von sieben bis siebzig, tanzten mit ihm leicht wie fliegende Vögel die Lezginka. Denn fast jeden zweiten Tag brachte Fischer Selim die Akkordeonspieler vom Blumenbasar nach Menekşe.

Nicht genug damit, kaufte Fischer Selim eines Tages für Mustafa den Lasen, dem mit seinen zehn Kindern noch immer das Wasser bis zum Halse stand, von Sabih Turna, dem Fernsehtechniker, dessen siebeneinhalb Meter langes, nagelneues Boot samt Motor und einem dreihundert Faden langen Seebarbennetz ...

Kaum hatte Mustafa der Lase davon gehört, rannte er hinunter ans Ufer und wie kopflos am Strand auf und ab, bis er schließlich erschöpft schnaufend stehenblieb, sich niederkniete und abwechselnd das auflaufende Meerwasser und die Erde zu küssen begann.

Fischer Selim bezahlte den verlobten Mädchen die Aussteuer, gab den jungen Männern das Hochzeitsgeld, kaufte der guten Schwester Fatma eine Strickmaschine, ließ Hasans Hütte überholen, Müslüm Ağas Boot anstreichen und eine nagelneue Matratze in die Kajüte legen, denn Müslüm Ağa schlief an die vierzig Jahre schon in seinem Boot, es war ihm Wohnung, Werkstatt, war sein ein und alles. Wer auch immer etwas wollte, Fischer Selim erfüllte ihm den Wunsch. So einen Überfluß hatte Menekşe bisher noch nicht erlebt. Ob Mädchen oder Junge, jedes Kind, das Fischer Selim über den Weg lief, wurde von ihm eingekleidet. Und seit es Menekşe gibt, hatte es noch nie so viel Herzenswärme und menschliche Nähe erlebt. So viel Zuwendung hatten die Menekşeer nicht von ihren Müttern, Vätern und Geschwistern, noch von ihren Allerliebsten bekommen. Fischer Selim war zu einem Liebesquell geworden, der sprudelnd auf Menekşe niederströmte.

»Wieviel Geld er doch hat!«
»Es geht ihm niemals aus.«
»Er hat sich ja auch jahrelang nichts geleistet ...«
»Immer nur gespart.«
»Hat alle Fische dieser Gewässer gefangen und verkauft.«
»Hat verkauft und gespart.«
»Und jetzt verteilt er.«
»Verteilt es schön gleichmäßig.«
»Um sein Haus schert er sich nicht ...«
»Seitdem er aus dem Krankenhaus zurückgekommen ist.«
»Reckt nicht einmal seinen Kopf und sagt: ›Das Haus da habe ich gebaut ...‹«
»Fischer Selim ist böse auf sein Haus.«
»Böse auf sein Schloß.«
»Es ist wegen der Meerjungfrau.«
»Die davon ist über sieben Meere.«
»Aber sie wird über sieben Meere zurückkommen ...«
»Und Fischer Selim wird die Meerjungfrau mit den blonden Haaren, die wie die Sonne funkeln, durch ein Meer von Blumen zu seinem Schloß tragen, wird ihr den goldenen Schlüssel reichen und sagen: Schließ auf, Meerjungfrau, schließ auf ...«
»Schließ auf, meine Meerjungfrau, schließ auf!«
»Als die Meerjungfrau über sieben Meere verschwunden war ...«
»Emin Efendi weiß genau, wie es war, aber davon kommt kein Wort über seine Lippen.«
»Dieser Geheimniskrämer.«
»Warum ist Selim aus dem Krankenhaus geflüchtet?«

»So durchnäßt vom Regen?«
»Voll Blut ...«
»Warum ist er ins Meer gestiegen?«
»Für wen?«
»Warum wurde er wahnsinnig?«
»Wer hat auf See auf ihn geschossen?«
»Warum hat die Meerjungfrau ihn verlassen?«
»Warum hat er die ganze Nacht geweint, als er krank war?«
»Und von wem phantasiert?«
»›Sie war es nicht, sie war es nicht!‹, wen meinte er damit?«
»Wer war es wohl?«
»Ja, wer wohl?«
»Fischer Selim hat auf jemanden gewartet.«
»Vierzig Jahre auf jemanden gewartet.«
»Alles hat er für sie getan.«
»Und sie ist nicht gekommen.«
»Vierzig Jahre Ausschau nach ihr gehalten, daß ihm die Augen fast herausgefallen sind, doch sie ist nicht gekommen.«
»Na ja, und als sie nicht kam ...«

Eines Tages, vielleicht ein halbes, vielleicht ein ganzes Jahr danach, legte sich der Sturm, den Fischer Selim entfacht hatte, so plötzlich, wie er aufgekommen war. Keine Feuer mehr und fröhlichen Runden am Meeresufer, verrauscht die pausenlose Festtagsstimmung in Menekşe, weder Tänze, Feiern und Trinkgelage noch Frohsinn, Gelächter und schrilles Geschrei; gerade so, als habe es in Menekşe nie einen Fischer Selim gegeben. Trostlos, still und öde lag es da. Gelbes Herbstlaub wirbelte über den schlammverschmierten Asphalt der Uferstraße, auf der am Tage nur wenige Autos vorbeifuhren, vorsintflutliche Rostkutschen, von denen die Farbe abblätterte. Verschwunden die Lastwagen, die fliegenden Händler, die Gemüseläden und Melonenstände an jeder Straßenecke, und die Menschen, eng gedrängt in ihren Autos, am Straßenrand, am Strand und im Wasser wie weggewischt, als seien sie mit Fischer Selim davongezogen. Mit Fischer Selims Fortgang war ganz Menekşe, mit seinen Einwohnern, Fischen, Booten und Badestränden, in eine bodenlose Leere gestürzt.

Und niemand sprach mehr von ihm, fragte, was aus ihm geworden, wohin er gegangen sei, nicht einmal die gute Fatma. Als habe niemals – und diese Wasser, dieser Sand, diese Kiesel, dieser Tang würden es bezeugen, wenn sie sprechen könnten – einer namens Fischer Selim an diesen Ufern das Unterste zuoberst gekehrt, mit allen Burschen aus Menekşe, Çekmece und dem Paradiesviertel die Lezginka getanzt, einen über den Durst getrunken und gegrölt, Bootsladungen von Fisch angelandet und auf der Glut geröstet und allen Küstenbewohnern dieser Gegend, alt und jung, opulente Festessen gegeben.

Und niemand hatte seitdem im Hause des Fischers etwas sich rühren sehen. Übrigens hatte sich seitdem ja niemand auch nur ein einziges Mal nach seinem Haus umgeschaut ...

Nur der Gärtner Sülü Yürek hütete nach wie vor Fischer Selims Schloß und Garten wie seinen Augapfel. Mit ganz Menekşe zitterte er um jede Blume, die da wuchs. Der Garten wurde immer schöner, prächtiger, die vielblättrigen Blumen und Rosen wuchsen immer dichter, es blühte je nach Jahreszeit in immer anderen Farben, mit immer anderem Duft. Sülü Yürek hatte sich in diese Gartenarbeit so hineingekniet, daß er seine eigene Arbeit völlig vergaß, gefeuert wurde und seinen Anspruch auf Altersversorgung verlor. Trotzdem, er war stolz und glücklich. Daß er gefeuert wurde, kränkte ihn nicht. Er hatte ja eine Arbeit, und was für eine schöne! Alle Gärtner Istanbuls halfen ihm, alle Parks und Gärten waren nur für ihn da. Entdeckte er auf irgendeinem Beet, in irgendeiner Anlage nur eine neue Blume, dann blühte sie bereits am nächsten Tag mit aller Pracht in Fischer Selims Garten. Und jeden Morgen, jeden Abend standen die Menekşeer mit großen Augen an der Gartenmauer und bestaunten diese Wunder. Schon seit Istanbuls Gründung gibt es diesen Garten, ja, ja, er wurde den Menekşeern als ein Quell der Glückseligkeit geschenkt, und genauso verhält es sich mit diesem schönen Schloß! Fischer

Selim? Vielleicht war solch ein Mann, ganz verrückt nach der Seejungfrau mit den blonden Haaren, vor langer Zeit einmal hier in Menekşe vorbeigekommen, war dann weitergezogen und – ohne eine Spur zu hinterlassen – wer weiß wohin verschwunden. Vielleicht aber war ein Mann seines Namens auch nie in Menekşe gewesen.

Monate später kam Fischer Selim mit schleppenden Schritten wieder nach Menekşe. Sein Gesicht war schmaler geworden, ja etwas eingefallen; er hatte die Hemdsärmel hochgekrempelt, und die Haare auf seinen nackten Armen schimmerten in der Sonne mehr weiß als rotblond. Er ging geradewegs ins Kaffeehaus, stutzte einen Augenblick, zog sich einen Stuhl heran und bestellte einen Tee. Als sei er niemals fortgewesen und gerade vom Fischfang zurückgekehrt. So selbstverständlich, daß es die Männer einigermaßen verwirrte, als Ibo Efendi mit seinem Stock dreimal auf den Fußboden klopfte und mit gesenktem Kopf verschämt lächelnd »Willkommen, Fischer Selim!« sagte.

Fischer Selim erweckte den Eindruck, als habe er allem Weltlichen den Rücken gekehrt. Gedankenversunken, in sich gekehrt, ging er mit hängenden Armen wieder einsam und gebückt den Strand entlang, schien niemanden zu sehen, watete manchmal ins Meer hinein, merkte erst auf, wenn das kalte Wasser seine Knie umspülte, und kehrte dann mit derselben Schwerfälligkeit ans Ufer zurück.

Diese endlosen Spaziergänge den Strand entlang, durch die Ebene von Florya und im Umkreis der riesigen verdorrten Pappel dauerten mehrere Tage. Und ohne auch nur einen Blick auf sein Landhaus und sein vertäutes Boot zu werfen, kehrte er danach in seine Hütte zurück, warf sich auf sein Bett und blieb dort reglos liegen. Entrückt, als sei alles Leben aus seinem Körper gewichen, lag er, taub für jedes Geräusch, im Wachtraum da, taumelte er selbstvergessen in einer unendlichen Leere.

Die Sonnenstrahlen drangen weit hinunter in die Tiefe, überzogen Fische, Krebse und Hummer mit kupferfarbenem

Schimmer, und kupferfarben leuchtete die leicht gewellte blaue See. Wo Himmel und Meer ineinander übergehen, stand rosa und violett die Sonne, und Wolken von rosa getöntem Violett zogen die Kimm entlang. Der Meeresboden begann golden zu glänzen, und ein kupferfarbenes Glitzern bedeckte bald den ganzen Meeresgrund. Und über dem Meer diese riesige Sonne, die den halben Himmel in purpurnes Licht tauchte. Wie goldene Geschosse wirbelten rosa und violett blitzende Flugzeuge durch die Sonne ... Sie verschwanden im kupfernen Meer, in der Sonne oder in den Wolken und tauchten wieder auf.

Der Vorplatz der Universität war ein Meer von Blut. Flugzeuge flogen in dieses Meer und stiegen wieder auf. Mit ungeheurer Wucht fiel eine Bombe in die Menschenmenge, eine Stichflamme schoß empor und verlosch. Für einen Augenblick schien sich der Platz zu lichten, doch dann war er wieder schwarz von zusammengerückten Menschen. Staubwolken, Schreie und dann Schüsse ... Blutüberströmte Menschen, aufsitzende Polizisten, Krankenwagen ... Ein Meer von Blut, Menschen, die in diesem Meer versinken und wieder auftauchen ... Auch Flugzeuge, stahlblau blitzend, tauchen ein und auf ... Eine rosa und violette Sonne schießt gefächerte stählerne Strahlen in dieses Meer. Hintereinander fallen Bomben ins Blut. Einer jungen Frau wird das Auge herausgeschossen, sie rennt immerfort um ihre eigene Mitte. Sieben Tote, viele Verletzte, sieben Tote ... Sehr viele Verletzte ... In Ankara haben sie ein Kleinkind im Arm seiner Mutter erschossen ... Überströmt vom Blut ihres Kindes läuft die Mutter schreiend durchs Häusermeer zum Platz des Roten Halbmonds, hetzt schreiend durchs Gedränge. Dann legt sie das Kleinkind auf den Bürgersteig, umkreist es und singt dabei die Totenklage ...

Hin und wieder kehrte das Leben in Fischer Selims Körper zurück, und er bewegte sich. Selim stand auf, verließ die Hütte, ging wie ein Schlafwandler durch den Autoverkehr nach Çekmece, wunderte sich selbst, daß er heil über die Straßen kam, ging in ein Restaurant und aß sich satt, ohne genau zu wissen, was er aß. Dann trugen ihn seine Füße in die Ebene von Florya, und dort schaute er von einer Anhöhe auf das Meer, als sehe er diese Weite zum ersten Mal ... Er betrachtete auch die Bäume, Vögel und Menschen, als habe er sie bis jetzt noch nie gesehen ... Als lebte er in einem vegetativen Stadium, stellte er keine bewußten Bindungen zu seiner Umwelt her, er roch nichts, fühlte nichts, hatte vergessen, was Mitleid und was Liebe ist. Diese Leere und Einsamkeit inmitten einer quirlig lauten Welt war schlimmer als das Nichts. Nur ein einziger Gedanke, der ihn verwirrte, verband ihn noch mit seiner Umwelt: Auf diesem riesigen Kardendistelfeld mit der ausgehöhlten Pappel und den Zürgelbäumen, wo die Vögel seit Tausenden von Jahren Schutz und Nahrung suchen, wurden Betonberge von Wohnhäusern hochgezogen. Und was soll aus den winzigen Vögeln werden, wenn sie diesen Herbst zu Zehntausenden kommen, um hier Schutz zu suchen? Wo würden sie denn niedergehen? Das war es, was ihn verstörte. Mit großen Augen betrachtete er den Himmel, die Bäume, die Rohbauten, in denen die Handwerker wie Ameisen arbeiteten, das Meer, die hoch oben dahinziehenden Flugzeuge, die Menschen, überflog die Zeitungen, meinte, vom Inhalt nichts zu verstehen, blickte zutiefst verwirrt immer wieder um sich, schwankte dann mit tauben Gliedern, ohne sich um den Stand der Sonne zu kümmern, wie ein Schlafwandler zu seiner Hütte, warf sich bäuchlings aufs Bett, glitt in einem Alptraum zwischen Wachen und Schlafen vom Tag in die Nacht, vom Ufer auf den Grund des Meeres, vom Meeresgrund hinauf zu den Vögeln, immer wieder hin und her, und fiel schließlich ins Leere ... Mit feuerspeiender Mündung beharkt ihn eine Maschinenpistole aus einem Auto Marke Murat. Schreiende Menschen krümmen sich blutüberströmt zu seinen Füßen, verschwinden in einem aufschäumenden Meer von Blut. Ein junger Bursche stürzt sich mit hervorquellenden Augen auf ihn, packt ihn zitternd mit Händen wie Schraubstöcken am Hals, er windet sich, kann sich aus dem Klammergriff nicht lösen ... Schweißnaß schreckte er hoch, rannte in Todesangst hinaus in die Nacht, tauchte ins Meer und kauerte sich dann triefnaß in den grünen Lichtkegel einer Straßenlaterne, um zu verschnaufen.

Die ganze Stadt, Menschen, Bäume, Gewässer, Fische, Autos, Minarette, Vögel, die ganze Stadt, ob Mensch, ob Tier, flüchteten mit weit aufgerissenen Augen irgendwohin, trampelten sich nieder auf der Suche nach einer Zuflucht, strömten über den verschmutzten, nach vergammelten Melonenresten, nach fauligem Meer, fauliger Erde, nach Abwässern und fauligem Himmel stinkenden Asphalt der Uferstraße, füllten so eng den Vorhof der Süleymaniye-Moschee, daß sie nicht atmen konnten, und starrten angstzitternd auf die fallenden Bomben und die feuerspeienden Mündungen der auf sie gerichteten Maschinenpistolen. Überfüllte Autobusse fuhren vorüber, darinnen dichtgedrängte Menschen mit irren Blicken. Aus einem Auto Marke Murat wurde geschossen, ohrenbetäubende Schreie mischten sich in das Krachen der Bomben und Salven. Die ganze Stadt war dem Wahnsinn verfallen, sich gegenseitig niedertrampelnd, flüchtete alt und jung verzweifelt irgendwohin. Und plötzlich war die Stadt wie ausgestorben. Weit und breit kein Mensch, kein Auto, kein Bus, kein Zug, nur Katzen und Hunde bei den Mülltonnen ... Mit aufrecht gerollten Schwänzen trollten die Hunde frank und fröhlich durch die menschenleeren Straßen, gebuckelt und das Fell gesträubt, sahen die Katzen von Mauern und Dächern auf sie herab. Auch die Meere waren verwaist, nicht der kleinste Kahn, nicht Barke noch Dampfer waren unterwegs. Kein Flugzeug zog am Himmel seine Bahn, und kein Vogel kreiste über der Stadt ... Plötzlich erschienen Männer mit Maschinenpistolen, sie waren pechschwarz gekleidet, hatten angespannte Gesichter und blutverschmierte Hände. Sie bleckten ihre langen, weißen Hundezähne und knurrten. Ihre Augen waren dreieckig. Hinter den bewaffneten Männern erschienen andere schwarzgekleidete Männer, die prall gefüllte Säcke auf den Schultern trugen, aus denen sie auf den Eminönü-Platz Bücher schüttelten, die sie vor der Neuen Moschee zu einem Bücherberg auftürmten, kanisterweise mit Benzin übergossen und anzündeten. Die Flammen züngelten bis zu den Minarettspitzen der Moschee empor, und die Männer mit den Maschinenpistolen und auch die anderen schwarzgekleideten Männer vermischten sich mit den lodernden Flammen, tanzten mit wilden Schreien um das Feuer, verkohlte Papierfetzen wirbelten in den Himmel, ins Meer, blieben an leeren Mauern und Wänden haften, überzogen die ausgestorbene Stadt wie mit pechschwarzer Tünche. Hunderudel balgten sich in den leeren Straßen. Tausende Katzen buckelten mit gesträubten Haaren, bereit, auf die Hunde zu springen, ihnen die Augen auszukratzen, lauerten wie erstarrt, als hätten sie die Zeit vergessen.

Auf Lastwagen voller Bücher kamen die Schwarzgekleideten mit den Maschinenpistolen wieder, warfen schäumend vor Wut die Bücher ins Feuer, schossen Katzen und Hunde ab. Im Nu waren die rußgeschwärzten Straßen der Stadt voller Kadaver, verkohlte Papierfetzen wirbelten in das Blut der Hunde und der Katzen ... Die schwarzgekleideten Männer zogen davon. Die purpurfarbene Sonne stand tief im Westen wie erstarrt über dem Meer, leuchtete in immer dunklerem Violett.

Tausende Angelschnüre tauchten ins Meer, blitzten wie Millionen silbrige Funken ... Und die violette Sonne stand regungslos auf dem kupferfarbenen Grund des Meeres, Millionen Leinen funkelten in ihrem Licht, und Schwärme von Fischen, Tausende bissen an, Tausende flüchteten, schluckten die Haken der nächsten Angeln, die wieder zu Tausenden herabglitten. Fischer Selim hockte schweißbedeckt auf dem Meeresgrund. Hob er den Kopf, blickte er in Halim Bey Veziroğlus Augen. Und immer noch kamen grell blitzende Angelleinen auf den Meeresboden herunter ... Abertausende Fische zappelten an den Haken ... Blutende Delphine und schwarzgekleidete Männer, die ununterbrochen große schwarze Löcher in die Köpfe der Delphine schossen, und wie aus

Hunderten, ja Tausenden Brunnen flossen Ströme von Blut ins Meer. Schreiend wie erstickende Kleinkinder schnellten manche Delphine meterhoch, wenn sie getroffen wurden, und fielen zurück ins Wasser, andere drehten sich wie Mühlsteine über dem Meeresboden, stießen blutigen Schaum aus zu einer kreisrunden, blutroten Spur ... Mit ihren Maschinenpistolen schossen die Schwarzgekleideten unentwegt auf Delphine und auf Autobusse, in denen dichtgedrängte Menschen durch die Straßen fuhren ... Angeln, Fische, überfüllte Busse, die Straßen der ganzen Stadt verstopfende Autos, dichtgedrängte Menschen, Minarette, Fabrikschlote, blutiges Meer, lila Sonne, kupferfarbener Meeresgrund, alles vermischte sich, floß zu einem Wirrwarr ineinander. Dumpfes Dröhnen und Schreie hallten aus der Stadt ... Die Stimmen erwürgter Kinder füllten die Tiefe des Meeres. Den Wasserspiegel bedeckten Melonenschalen, Kadaver von Katzen und Hunden, tote Fische, Leichen von Menschen und verkohlte Bücher so dicht, daß die Schiffe in dieser Fäulnis steckenblieben ... Fischer Selim flüchtete, rang nach Luft, röchelte, erstickte fast. Die starke Hand seines Verfolgers griff nach ihm, hielt ihn fest.

»Halt, Selim, Fischer Selim, halt, lauf nicht weg!«

»Wer bist du?« brüllte Fischer Selim.

Die lilafarbene Sonne, die sich vom Grund des Meeres bis in den Himmel streckte, stand noch immer regungslos, und Millionen glitzernde Angelschnüre ... Die Haken lauerten auf Fische, die Fische aber füllten das Dunkel der Tiefe, lagen übereinandergetürmt, glotzten mit vor Angst hervorquellenden Augen auf die lila Angelhaken, die millionenfach stahlblau und lila glitzernd blendeten.

»Halt, Selim, seit Tagen und Wochen sucht dich Halim Bey Veziroğlu verzweifelt ... Er braucht dich ... Auch mich will er haben ... Er sucht Fischer, Meisterfischer vom Bosporus, aus Menekşe, aus Bandırma, vom Schwarzen Meer ... Warte, Fischer Selim, nun dreh doch nicht durch ... Der Fischfang alter Zeiten ist tot. Der Bey wird dir auch sein Grundstück geben ... Und vieles andere mehr. Er sagte: ›Findet mir den

Fischer Selim. Wenn jemand das schafft, dann Fischer Selim.‹ Halim Bey Veziroğlu hat Arbeit für uns ... Da sind Männer aus Europa zu ihm gekommen, Meisterfischer. Und Halim Bey Veziroğlu redet nur von Fischer Selim und von niemand anderem sonst. Er will dich. Warte Fischer Selim, bleib doch stehen!«

»Wer bist du?«

»Halt an, Fischer Selim, hast du mich nicht erkannt, halt an!«

»Wer bist du?«

»Halt an, Fischer Selim, ich bin Mahmut, halt an!«

Der Meeresboden schimmert kupferrot, die Fische und Angeln stahlblau, angehakte Fische, ein giftiges Grün senkt sich auf den Grund des Meeres, halt an, Fischer Selim, halt an, Minarette, Moscheen, Fabriken, Autoschlangen, Autobusse voller Blut und Geschrei füllen den Meeresgrund, Millionen angehakter Fische, sie winden sich, halt an, Fischer Selim, halt an, das Blut der Delphine fließt in Strömen, blutigen Schaum ausstoßend, drehen sie sich wie Mühlsteine um sich selbst, halt an, Fischer Selim, halt an, die Fische kommen frei, sind voller Freude, werfen die Haken ab und fliehen, haben Tausende Netze zerrissen, die wie Wolken vom Himmel auf sie niedergingen, halt an, Fischer Selim, halt an, Fische und Fischer zerfetzen die Netze, reißen sie in Stücke, halt an.

»Halim Bey Veziroğlu hat Schiffe gekauft, fünf oder zehn, es sind keine Schiffe, es sind Fabriken! Er hat Meisterfischer aus Europa kommen lassen. So ein Schiff schluckt die Meere, saugt dem Meer das Mark aus.«

Wie Riesenaugen die Radars auf den Schiffen. Die Augen der Schiffe durchkämmen die Meere bis auf den Grund. Halt an, Fischer Selim, nun halt doch an! Jedes Radar hat die Sehkraft von tausend, zehntausend, von einer Million Menschenaugen. Wo, in welchem Dämmer, in wieviel Faden Tiefe Fische stehen, sieht ein Radar klar und deutlich. Wie schwarze Wolken schwärmen die Fische über den Meeresgrund. Und Millionen grünlich schimmernde, messerscharfe Augen der

Schiffe sind über ihnen, halt an, Fischer Selim, nun halt doch an, mein Junge ... Die Schiffe haben ihre Riesenmäuler aufgerissen, in denen Schwärme von Fischen verschwinden und weiter hinten als Fischkonserven herauskommen. Schiffe mit Millionen Augen schlucken die Meere, beuten sie aus ... Die Konservendosen sind bunt, sie glänzen, und auf jeder ist das Bild von einem Fisch ... Die Schiffe schlucken Fische, schlukken die Meere, kotzen Konservendosen, Berge von Konserven türmen sich am Ufer, Lastwagen, Eisenbahnen und Dampfer bringen sie in jeden Winkel der Welt ... Halt, Selim, halt an! Im Marmarameer kein Boot, kein Fischer, keine Angel, keine Barke. Die Meere leer, gähnend leer! Halt, Fischer Selim, halt an! Fabrikschiffe mit Tausenden Augen, die Meere getötet, ausgeblutet, ausgesaugt bis aufs Mark, halt, Fischer Selim, halt an!

»Sag, was du willst, Mahmut!«

»Halim Bey Veziroğlu sucht dich. Er will dich haben. ›So geht es nicht‹, hat Veziroğlu gesagt, ›ich‹, hat er gesagt, ›verlasse mich nur auf unsere Fischer und am meisten auf Fischer Selim. Unsere Meere, bis in die tiefsten Tiefen, mit allen Schlupfwinkeln und Fischgründen, kennen nur unsere Fischer und am besten Fischer Selim ...‹«

Halim Bey Veziroğlu hat diese Schiffe ja nicht zum Vergnügen gekauft. Und seine Paläste in Frankreich, Italien und auf den Prinzeninseln sind ja nicht vom Himmel gefallen. Und die Reichen der Welt, die Waffenhändler, Autofabrikanten und Opiumschmuggler kommen ja nicht nur zum Vergnügen mit ihren Privatmaschinen zu Halim Bey Veziroğlu geflogen. Und auch Halim Bey Veziroğlu setzt sich morgens in sein Flugzeug, und nach einer Stunde empfängt ihn Onassis, der ja aus Akşehir, aus Manisa stammt und mit Vornamen Aristoteles heißt, und der die Frau des Präsidenten der Vereinigten Staaten geheiratet hat, empfängt ihn auf der Skorpion-Insel. Onassisoğlu spielt leidenschaftlich Tavla. Die beiden machen zwei Spielchen, die steinreichen zwei. Dann trinken sie Whisky und reden von Geschäften ... Beim Tavlaspiel lenken sie die Welt, die beiden ... Auch die andern Reichen der Welt kommen zur Skorpion-Insel, schauen den beiden bei ihren zwei Tavlaspielchen zu, holen sich bei beiden Rat, trinken Whisky und verschwinden. Diese beiden, Halim Bey Veziroğlu und Onassisoğlu, sind beide aus Manisa, sind beide aus anatolischem Land ... Und beide spielen der Welt übel mit ... Halt, Fischer Selim, halt an! Bleib stehen und denk darüber nach! Wenn diese beiden wollen, lassen sie die Welt verhungern und füllen sich die Taschen. Und wenn sie wollen, diese beiden, lassen sie die Welt im Wohlstand ersticken. Täglich kommen Geschäftsleute angeflogen, aus Europa, aus Amerika, und besprechen sich mit ihnen. Zwei Männer bewegen diese Welt, beide barfüßige anatolische Dörfler, klein angefangen, mit allen Hunden gehetzt, haben sie ihre Finger weltweit im Spiel.

»Veziroğlu will dich.«

»Ich kann nicht kommen.«

»Du?«

»Ja, ich!«

»Halt an, Fischer Selim, ich rede von Veziroğlu! Und wenn du dich auf den Kopf stellst oder der Drache der Meere wärst, man würde dich bei den Ohren packen und zu ihm bringen.«

»Ich kann nicht kommen.«

»Veziroğlu hat Augen, stahlhart ... Wenn er dich nur anschaut, bleibst du wie festgenagelt stehen und rührst dich nicht.«

»Ich kann nicht kommen.«

»Wenn du nicht kannst, dann kommen sie dich holen, und im Nu stehst du vor ihm. Du kannst nicht zu ihm kommen? Zu ihm kommen der Schah von Persien, der König der Saudis und der Präsident der Vereinigten Staaten, und sie kommen gern. Zu ihm kommt sogar Vehbi Koç. Und du nicht? Wir werden ja sehen!«

Halt, Fischer Selim, halt! Der Meeresgrund ist eine endlos weite, kupferfarbene Ebene. Die Sonne steht im Westen, die Hälfte dehnt sich in den Himmel, die andere tief ins Meer.

Flugzeuge, Schiffe, Eisenbahnen stürzen in sie hinein, sie streut nach und nach ihr purpurnes, violettes, blaues, orangefarbenes Licht übers Meer, über die Berge ... Kupfern schimmert der Meeresgrund im grünlichen Schein von Millionen Radaraugen. Die Fische fressen die Augen auf dem Meeresgrund. Millionen Fische verschlingen Millionen grün leuchtende Augen, schwimmen voller Übermut davon, blitzen grün und kupferfarben ... Sie verschlingen auch die Angelschnüre ... Millionen herunterhängende, schimmernde Leinen, der Meeresboden in hellem Licht. Grüne Augen, Angeln auf der endlosen Ebene in der Tiefe der kupferfarbenen See, Fische wirbeln aufleuchtend durcheinander. Halim Bey Veziroğlu auf dem Meeresgrund, im Hilton Hotel. Acht Mädchen mit blonden Haaren ...

»Sie war es nicht! Dieses blonde Mädchen war nicht sie, ich schwöre bei Gott, es war nicht sie.«

Eines dieser Mädchen ... Sieht es ihr ähnlich? Schimmernd liegt in der Tiefe das blonde Haar auf ihren Schultern. Es ist der Delphin, dieser Delphin ist es, er spricht mit ihm. Dieser Delphin hat flachsblondes Haar. Halim Bey Veziroğlu spielt Tavla mit ihm, mit dem Fisch, mit dem flachsblonden Mädchen ... Alle Fische haben sich um Halim Bey Veziroğlu aufgetürmt, in einem Kreis übereinander ... Sie weinen. Und alle Mädchen mit den blonden Haaren weinen auch ...

Kadaver von Hunden und Katzen, tote Fische, Leichen von Erwachsenen und Kleinkindern treiben im Wasser ... Dicht an dicht, der Bug der Schiffe kann sie nicht zerteilen. Veziroğlu, vorwärts! Vorwärts Veziroğlu. Allen voran Veziroğlu, seine Männer und die Schwarzgekleideten stehen auf dem Eminönü-Platz und feuern mit Maschinenpistolen auf das Meer, auf Autobusse, auf Minarette, auf Fische, Hunde, Katzen und Delphine. Der Platz von Eminönü steht in Flammen, ohrenbetäubende Schüsse überall, es knirscht in den Brücken, den Moscheen, den Minaretten, den Schiffen, im Leanderturm, im Galataturm, ganz Istanbul knirscht und knistert. Das Knistern, das Dröhnen, die Schüsse und das Bersten der Bomben macht die Menschen taub. Die Schwarzgekleideten stehen auf dem Platz, an ihrer Spitze Veziroğlu, Veziroğlu befiehlt, die Schwarzgekleideten schießen auf die Menschen, schießen auf die Kleinkinder. Blutüberströmt stürzen Menschen, Schreie überall, Istanbul knistert und knirscht. Von Kugeln getroffene Menschen schnellen schrecklich schreiend in die Höhe und fallen zurück auf den Betonboden, ihr Blut fließt in Strömen ins Meer. Menschen flüchten in alle Richtungen, trampeln sich mit schreckgeweiteten Augen gegenseitig nieder, andere winden sich verletzt am Boden, drehen sich wie Mühlsteine wirbelnd um ihre Mitte, schleudern Bäche von Blut um sich und auf die Freitreppe der Neuen Moschee, drehen sich ...

Zuerst kamen die Fische, sie hatten die Angeln und die Augen verschlungen, tauchten die Welt in helles Licht, türmten sich am Ufer des Meeres, dann die Hunde, die Katzen, die blutigen Delphine, die Pferde, die Menschen, so viele, daß die Häuser, die Moscheen, daß ganz Istanbul im Gedränge verschwand ... Sie bildeten einen Ring um die Schwarzgekleideten, die ununterbrochen Feuerstöße um sich jagten. Der Ring um sie wurde immer enger. Sie schossen ununterbrochen mit flammenden Feuerstößen auf die Menschen, auf die Pferde, Hunde und Katzen, auf die blutigen Delphine und auf Millionen grün leuchtender Fische ... Die Schwarzgekleideten schließen sich am Fuße der Hofmauer vor der Neuen Moschee zusammen, krümmen sich zähneklappernd und mit angstgeweiteten Augen. Sie schießen und zittern, zittern zähneklappernd und schießen. Die Menschenmenge kommt näher, die Augen der Schwarzgekleideten quellen aus ihren Höhlen. Halt, Fischer Selim, halt! Und die Menschenmenge trampelt über die Schwarzgekleideten hinweg, trampelt auf ihnen herum, als presse sie mit den Füßen Weintrauben im Bottich. Fische, blutige Delphine, Pferde, Katzen, Hunde und wutentbrannte Menschen zerquetschen die Schwarzgekleideten. Plötzlich verläuft sich alles, und nur die Gewehre liegen noch da, in Stücke geschlagen ... Darüber wirbeln verkohlte Buchseiten ... Eine gähnende Leere und Stille. Dann, von einem Augenblick zum andern, füllen Autos, Autobusse, Lastkraftwagen und Menschen die Straßen, Brücken und Alleen so dicht gedrängt, daß du keine Stecknadel auf den Erdboden werfen kannst. Von den Schwarzgekleideten kein Staubkorn mehr. Auf dem Pflaster Teile von Maschinenpistolen ...

»Du wirst mitkommen, Fischer Selim«, sagten die Fischer von Menekşe, »wir alle heuern auf Halim Bey Veziroğlus Fabrikschiffen an. Du weißt es noch nicht, aber dieses Menekşe wird verschwinden, und an seiner Stelle, genau über dem Flüßchen Çekmece, wird die Stadtverwaltung einen riesigen Abflußkanal bauen, der die Abwässer ins Meer speien wird ... Schon in den nächsten Tagen werden die Bulldozer unsere Häuser und Bäume niederwalzen, da, nimm, es sind die amtlichen Unterlagen ... Die Regierung hat es schon beschlossen.«

»Packen wir unsere Habe, und machen wir uns davon.«

»Halim Bey Veziroğlu wird schon für unser täglich Brot sorgen. Wenn wir nicht gehen, will er sich Fischer aus Griechenland holen ... Aus Italien ...«

»Wir haben keine andere Wahl.«

»Wir haben keine andere Wahl, als bei Halim Bey Veziroğlu anzuheuern.«

»Keine Wahl, Fischer Selim.«

»Zieh mit, Fischer Selim!«

»Besser als die Augen der Fabrikschiffe sehen deine Augen den Meeresboden.«

»Das sagt auch Halim Bey Veziroğlu.«

»Und ohne Fischer Selim sei das nicht zu machen.«

»Halt, Fischer Selim, halt!«

»Los, mach dich auf, Fischer Selim, heut ist heut!«

»Tu uns den Gefallen!«

»Uns bleibt nichts anderes übrig.«

»Es ist unsere einzige Hoffnung.«

»Wir haben keine andere Wahl, als uns bei Halim Bey Veziroğlu zu verdingen.«

»Unsere Hoffnung ...«
»Wir haben dir übel mitgespielt, dennoch bitten wir dich, Fischer Selim.«
»Halim Bey Veziroğlu will uns gut bezahlen.«
»Töte ihn nicht.«
»Veziroğlu kann niemand töten.«
»Hinter ihm stehen ganze Kommandos, schwarzgekleidete Kommandos.«
»Den kannst du nicht töten.«
»Du kommst nicht einmal in seine Nähe.«
»Wir haben keine andere Wahl, als uns zu fügen.«
»Keine, Fischer Selim.«
»Enttäusch uns nicht!«
»Du wirst der oberste Rais dieser Meere.«
»Anstatt unser Leben damit zu vergeuden, auf verrotteten Booten hinter einem einzigen Fisch herzujagen ...«
»Gehen wir an Bord eines Konservenschiffes ...«
»Jedes achtzehn Knoten schnell.«
»Mit Netzen, so groß wie das Meer ...«
»Sie senken sich über die Fische ...«
»Und Motorwinden ziehen sie hoch ...«
»Zehn Tonnen, fünfzehn Tonnen ...«
»Vierzig Tonnen auf einmal ...«
»Blitzblank ...«
»Kein Winter, kein Sommer, du erfrierst nicht in der Kälte und schmorst nicht in der Sonne ...«
»Blitzblank, das ganze Schiff ...«
»Das Unterdeck eine einzige Konservenfabrik ...«
»Bei den Russen hab ich schon mal so ein Schiff gesehen.«
»Sogar weißgekleidete, blonde, wunderschöne Krankenschwestern sind da ...«
»Und Doktoren. Doktoren für krank gewordene Fischer.«
»Halt, Fischer Selim, halt, ich bin's, Mahmut, halt einen Augenblick!«

Der Mereresgrund wie grün angelaufenes Kupfer, giftgrün. Tote Fische treiben auf dem Wasser. Der Meeresspiegel schimmernd weiß von toten Fischen ... Das Meer schlägt keine Wellen mehr, liegt schwer wie öde Erde ...

Bulldozer rollen auf Menekşe vor, rollen auf das Flüßchen zu, das vom seichten See ins Meer fließt, zermalmen die Häuser, füllen den kleinen Fluß mit Trümmern und Schotter, Menekşe verschwindet unter Wolken von Staub, Frauen schlagen sich auf die Brust und weinen ...

Mit klagenden Schreien umarmt Mustafa des Blinden Frau Fischer Selim am Portal ihres Hauses. Rechts und links vom Eingang stehen wie Götzen mit spöttischem Lächeln zwei Diener in weißem Jackett ...

»Mustafa ist tot, Fischer Selim, Mustafa ist tot. Er liegt da drinnen, Selim Ağa, er liegt da drinnen.«

Die Frau hat sich an ihn geklammert und klagt. Im Haus ist es totenstill. Die Hände auf dem Bauch, liegt Mustafas Leichnam auf einem goldverzierten, mit schneeweißen Linnen bezogenen riesigen Bett. Er trägt eine leuchtend rote Krawatte. Sein langes, zerfurchtes Gesicht ist aschfahl. Das linke, blinde Auge liegt tief in der Höhle wie in einem dunklen Loch. Sein anderes Auge quillt wie ein Apfel unter den halbgeschlossenen Lidern hervor ...

»Er ist tot, mein Mustafa ist tot.«

In der Außentasche seiner dunkelblauen Jacke steckt ein großes, rotes Ziertuch.

»Einsam wie ein Hund ist er gestorben ... Da liegt er nun, mein Mustafa ... In der Fremde, fern von Stamm und Sippe, mutterseelenallein, mein Mustafa.«

Mitten in einem Palast, im Reichtum, im Schimmer von Gold und Silber ... Söhne, Töchter, Enkel, Fabriken überall ... Liegt seine Leiche einsam in der Wüste, über ihm kreisen Adler und Geier mit schrillem Schrei und dumpfem Krächzen. Mustafa liegt da, mutterseelenallein.

Wäre er dort gestorben, in der Einsamkeit seines heimatlichen Dorfes ... Alle Frauen des Dorfes, das ganze Dorf stimmte jetzt bei ihm schreiend die Totenklage an, dem Recken der Recken, Mustafa, dem adlergleichen Mustafa.

Es stirbt sich schwer in Istanbul, einsam und verlassen.
»Nicht einmal seine Söhne kamen an sein Totenbett. Weder Schwiegertöchter noch Enkel. Drei Tage schon wache ich hier, Fischer Selim, mutterseelenallein bei meinem Mustafa, mutterseelenallein. Dieser Tod ist schlimmer als der Tod, mein Fischer.«

Langgestreckt liegt er da mit seinem Siegelring am Finger.

»Erführen es jetzt seine Dörfler, sie kämen von weither noch zum Leichnam meines Mustafa geeilt ...«

Wie verschwitzt hängen die grauen Haare wirr in seiner Stirn, die schmalen Lippen im erschöpftem Gesicht sind zornig verzerrt, zornig auf die Welt, auf den Tod, auf die Einsamkeit seines Todes ... Alles hat er seinen Söhnen gegeben, seinen Enkeln. Drei Tage schon wartet sein Leichnam. In Genf säßen sie fest, seine Söhne, könnten nicht kommen, kamen nicht. Telegramme gingen hin und her. Es hieß, der Tote möge warten. Mustafas Leichnam stank im Duft von Kölnisch Wasser. Flaschenweise wurde Kölnisch Wasser im Haus versprüht. Ein Toter und warten?

»Mustafas Leichnam soll warten.«

Am Genfer See. Ja, da ist ein See. Dorthin ziehen Mustafas Söhne, Schwiegertöchter und Enkel in die Sommerfrische. Mustafa ist gestorben und hat den Armen die Sommerfrische verdorben. Zeit zu sterben, ausgerechnet jetzt? Mustafas Leichnam möge warten, ja warten.

»Diesen Revolver hat Mustafa dir vermacht; reines Gold. ›Er soll Fischer Selim gehören‹, hat er gesagt. Ich kann Mustafa nicht einmal beklagen, ohne Totenklage verläßt er uns, mein Mustafa, denn ich schäme mich, ein Klagelied zu singen. Wären wir doch niemals hergekommen, wären wir doch vor Hunger gestorben, im Dorf, in der Öde, in Menekşe ... Wären wir es doch, mein Fischer Selim.«

Ein rotgeflügelter Adler kreiste über Yeşilköy. Möwen, schneeweiß, waren auf die Mauer des großen Gartens niedergegangen. Im herrschaftlichen Haus wanderte die einsame Frau mutterseelenallein um den stinkenden Toten.

Funkelnde Ringe an den Fingern, die Hosen messerscharf gebügelt, dicke Säcke unter den Augen, geht Halim Bey Veziroğlu in seinem hellen, mit saffianbezogenen Sesseln bestückten Zimmer selbstgefällig auf und ab.

»Einverstanden, Fischer Selim?« fragt er mit Nachdruck.

Der sitzt gelassen, fast schläfrig da.

»Sie werden Menekşe abreißen ... Es wird von dort verschwinden. An seiner Stelle werden Touristenhotels gebaut. Menekşe ist ein Paradies, das überläßt man doch nicht einer Handvoll abgerissener Fischer ... Ich gebe euch Arbeit, richtige Arbeit. Ihr werdet nicht mehr vor Hunger sterben müssen. Aber Menekşe können wir euch nicht überlassen.«

Wenn er lacht, hüpft auch sein Bauch. Männer gehen ein und aus, Angestellte, junge Mädchen, alle buckeln vor Halim Bey Veziroğlu, dienern, die Hände überm Bauch verschränkt.

»Was ich im Leben wollte, Fischer Selim, habe ich bekommen. Und du wirst auf meinen Schiffen arbeiten. Das Grundstück habe ich dir auch übertragen. Ich werde dir das Geld nach und nach vom Lohn abziehen.«

Sie hallt, die laute Stimme Halim Bey Veziroğlus.

Menekşe ist begeistert. Die Bulldozer rollen. Im Nu haben die Greifer Alis Hütte gefaßt und die Trümmer ans Ufer geschichtet. Menekşe schläft, und Fischer Selim ist voller Wut. Immer wieder sucht er Veziroğlu auf, erzählt vom Meer, von den Fischen, von kupferfarbenen Wassern und von Angeln, redet und redet.

»Halt, Fischer Selim, halt! Das geht nicht! Er ist unser Augapfel, ist unser täglich Brot.«

Mahmut hatte Fischer Selim umklammert, zitterte und flehte:

»Halt, Selim, Fischer Selim, halt an! Sie lassen dich nicht in seine Nähe. Du wirst nicht einmal seinen Fingernagel zu sehen bekommen. Er hat hundert Bewaffnete bei sich, die des Kranichs Auge treffen. Sei vernünftig. Stürz dich nicht ins Unglück, halt an!«

Es regnete, und seit Tagesanbruch wanderte Fischer Selim

durch den Regen, unfähig, einen klaren Gedanken zu fassen. Ein klitzekleiner Vogel flog tschilpend vor ihm her und verschwand im Garten seines Hauses. Fischer Selim folgte ihm. Er betrachtete die Blumen in seinem Garten, öffnete die Tür und ging ins Haus. Mit großen Augen bestaunte er jede Einzelheit, ging hinaus in den Garten, musterte jede Pflanze, besah sich die Fassade des Hauses, ging wieder hinein, prägte sich die Räume und alles andere sorgfältig ein.

Die Möwen waren aufs Wasser niedergegangen, schaukelten in den treibenden Wellen auf und ab. Fischer Selim lud den vergoldeten Revolver und steckte ihn in seinen Gürtel. Unten in Menekşe lärmten die Bulldozer, räumten mit jedem Schub eine Hütte beiseite, umringt von Menekşeern, die fröhlich zuschauten, wie die Bagger im Regen ihre Häuser zerstörten.

An der Tür standen zwei furchteinflößende, schwarzschnäuzige Hünen mit gerunzelten Brauen und grimmigem Gesicht. Beide schwarzgekleidet.

»Ich will mit Halim Bey Veziroğlu sprechen.«

»Wer bist du?«

»Ich bin ein Fischer und will mit Halim Bey Veziroğlu sprechen.«

Das Portal öffnete sich zur Straße, in der die Moschee stand. Jahrhundertealte Linden, Platanen und Pinien im großen Garten streckten ihre Äste bis zum Bosporus. Ein mit verschiedenfarbigen Kieseln festgestampfter Weg führte zum Haus. Rechts und links des Weges wuchsen feuerrote Blumen. Die Holzwände der zweistöckigen Strandvilla waren blaurot gestrichen und erstreckten sich von einem zum andern Ende der kleinen Bucht.

»Er sei Fischer und wolle den Bey sprechen.«

»Was will er, was will er?«

Halim Bey Veziroğlu hatte vom Fenster aus Fischer Selim gesehen, er stutzte, beobachtete ihn eine Zeitlang und sagte:

»Soll kommen.«

Fischer Selims Knie zitterten.

Halim Bey Veziroğlu saß an einem großen Tisch und erwartete ihn. Auf der Tischplatte stand in Gold gerahmt ein grosses Brustbild.

»Halt, Fischer Selim, halt!«

Fischer Selim zog den Revolver, den Mustafa der Blinde ihm hinterlassen hatte, und legte kaltblütig und mit ruhiger Hand den Finger an den Abzug. Beim Anblick der Waffe schien Halim Bey Veziroğlu weder erschrocken noch überrascht; er verzog keine Miene. In kurzen Abständen schoss Fischer Selim dreimal, und Veziroğlu rutschte lautlos vom Stuhl.

Als es Abend wurde, hockte Fischer Selim noch immer im gewölbten Bootsanleger unterm Haus, horchte gelassen auf das Jammern und Schreien über ihm und wartete ab. Gegen Mitternacht verstummte der Lärm, Fischer Selim verliess sein Versteck und ging seelenruhig durch den Garten zum Portal. Er wusste, dass die Wachen abgezogen waren und die Polizei jetzt in Istanbul das Unterste zuoberst kehrte, und musste lächeln. Doch wer kannte das Strassengewirr schon so gut wie der Meister? Und so erreichte er gegen Morgen bequem und unbehelligt Menekşe. Mahmut hockte auf dem Dollbord seines Bootes und wartete auf ihn.

»Halt, Fischer Selim, halt!« rief er. »Du hast uns alle zugrunde gerichtet, hast ganz Menekşe ausgelöscht ... Sieh dich um, überall Polizisten!«

Noch hatte sich das Meer nicht aufgehellt, Fischer Selim horchte, überall Totenstille und kein Polizist, soweit er sehen konnte. Er warf den Motor an.

»Runter vom Boot, ich fahre!«

»Ich geh nicht runter«, entgegnete Mahmut, »ich kann dich nicht allein lassen, ich komme mit.«

»Du sollst runter vom Boot!« wiederholte Selim.

Doch Mahmut rührte sich nicht.

Selim nahm den Revolver in die Hand.

»Runter mit dir«, drohte er. »Du hast Frau und Kinder. Wenn du mir einen Freundschaftsdienst erweisen willst, kannst du die Polizisten ja irreführen. Los, runter!«

Mahmut sprang an Land, Fischer Selim warf die Leinen los, und langsam glitt das Boot in die offene See. Der Tag brach an, als Selim die Unselige Insel erreichte und das Boot eine Meile vor den Klippen treiben ließ. Das Wasser lag spiegelglatt, aber von überallher zogen schwarze Wolken auf, ballten sich brodelnd über dem Marmarameer zusammen, und kurz darauf hallte ferner Donner. Dann zuckten die Blitze ununterbrochen, zerrissen den Himmel und fuhren in die dunkelnde See. Ein Blitz schlug in die Klippen ein, vervierfachte sich, und einer der Blitze legte sich wie eine rasende Schlinge um die Insel, die sich triefnaß in den Himmel zu heben schien und zurück ins Meer sank.

Fischer Selim stand auf dem Achterdeck, nahm verzückt den in bläuliche Schwärze übergehenden Spiegel wahr, die aufzukkenden Blitze, die Regenschleier im lauen Wind, die aufgetürmten Wolken, die ganze Welt in allen Einzelheiten, die knapp unter der Oberfläche dahinflitzenden Fische, den Tang, die Krebse, die weich dünende Bewegung von Millionen Tonnen Wassers, nahm jeden in Milliarden Lichtern funkelnden Tropfen mit jeder Faser seines Körpers wahr. Die Welt schien in brodelndem Lärm zu versinken, wie er ihn bisher noch nie gehört hatte. Und er stand inmitten dieses ohrenbetäubenden Durcheinanders wie verloren, spürte weder Freude noch Trauer, nur eine unendliche Leere, der er sich willenlos überlassen hatte.

Und plötzlich, in dieser Leere, in diesem Dunkel Fischer Selims, tat sich auf dem Meer unter niedergehenden Blitzen ein Wunder. Mit ungläubigem Staunen kniff der Fischer immer wieder die Augenlider zusammen. Er rieb sich die Augen, schloß und öffnete sie, linste: Zwischen dem durch Wolkenlücken einfallenden Sonnenlicht und den in einem fort niedergehenden Blitzen kamen über die weichen, lila, blau und grünlich schimmernden Wellen in weiten, blauen Bogen Delphine auf ihn zugesprungen, tauchten ein, schnellten, stahlblaue Funken sprühend, wie ein Feuerwerk der Freude wieder hervor. Nach Jahren zum ersten Mal sah der Fischer im Mar-